Fantasy

Herausgegeben von Wolfgang Jeschke

Von Katherine Kurtz erschienen in der Reihe
HEYNE SCIENCE FICTION & FANTASY:

FRÜHER DERYNI-ZYKLUS:

Band 1: Camber von Culdi · 06/3666
Band 2: Sankt Camber · 06/3720
Band 3: Camber der Ketzer · 06/4018

SPÄTER DERYNI-ZYKLUS:

Band 1: Das Geschlecht der Magier · 06/3576
Band 2: Die Zauberfürsten · 06/3598
Band 3: Ein Deryni-König · 06/3620

DIE GESCHICHTE VON KÖNIG KELSON:

Band 1: Das Erbe des Bischofs · 06/4561
Band 2: Die Gerechtigkeit des Königs · 06/4562
Band 3: Die Suche nach Sankt Camber · 06/4563
Band 4: Die Deryni-Archive · 06/4564

KATHERINE KURTZ

DIE DERYNI-ARCHIVE

Erzählungen und Berichte

Deutsche Erstausgabe

Fantasy

WILHELM HEYNE VERLAG
MÜNCHEN

HEYNE SCIENCE FICTION & FANTASY
Band 06/4564

Titel der amerikanischen Originalausgabe
THE DERYNI ARCHIVES
Deutsche Übersetzung von Horst Pukallus
Das Umschlagbild schuf Peter Eilhardt
Die Karte zeichnete Christine Göbel nach einem Entwurf
von R. Gustav Gaisbauer
Die Stammbäume zeichnete Christine Göbel

Redaktion: E. Senftbauer
Copyright © 1986 by Katherine Kurtz
(Copyrightvermerke zu den einzelnen Geschichten
jeweils im Anschluß an die Texte)
Copyright © 1991 der deutschen Übersetzungen
by Wilhelm Heyne Verlag GmbH & Co. KG, München
Printed in Germany 1991
Umschlaggestaltung: Atelier Ingrid Schütz, München
Satz: Schaber, Wels
Druck und Bindung: Elsnerdruck, Berlin

ISBN 3-453-03158-X

Inhalt

Einführung 9

I. Auslöser 19
II. Des Heilers Hymne 41
III. Berufung 61
IV. Bethane 99
V. Arilans Priesterweihe 125
VI. Vermächtnis 199
VII. Derrys Ritterschlag 219
VIII. Gericht zu Kiltuin 259

Historische Zeittafel der Elf Königreiche 291
Verzeichnis der Personen 301
Verzeichnis der Ortsnamen und Örtlichkeiten 333
Literarische Ursprünge der Deryni 343

Stammbäume 423

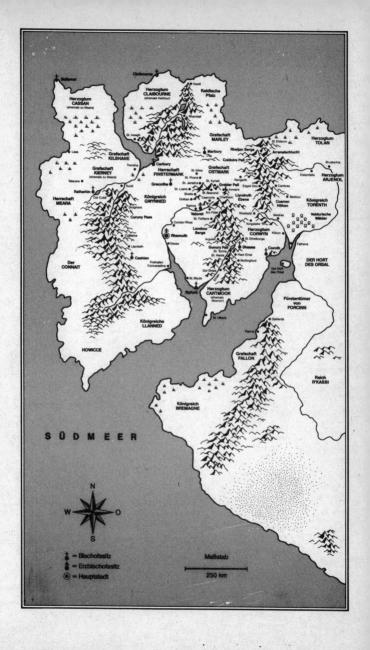

Einführung

Willkommen in Gwynedd und der Welt der Deryni! Ob Sie schon einmal dagewesen sind oder nicht, Sie werden sie wahrscheinlich wenigstens etwas als vertraut empfinden, weil Gwynedd und seine benachbarten Königreiche im groben Parallelen zu England, Wales und Schottland im zehnten, elften und zwölften Jahrhundert aufweisen, was die Kulturstufe, den technologischen und technischen Entwicklungsstand, die Vergleichbarkeit der gesellschaftlichen Struktur sowie den Einfluß einer mächtigen mittelalterlichen Kirche angeht, deren Tätigkeit in das Leben fast jedes Menschen hineinwirkt, ob von hoher oder niedriger Geburt. Der Hauptunterschied, abgesehen von historischen Persönlichkeiten und Örtlichkeiten, besteht darin, daß Magie funktioniert; die Deryni sind nämlich ein Geschlecht von Zauberern.

In gewissem Sinn ist der Begriff ›Magie‹ beinahe unpassend zur Beschreibung der Deryni-Fähigkeiten, weil viel davon, was Deryni können, in die allgemeine Kategorie dessen fällt, was wir heute Außersinnliche Wahrnehmung (ASW) nennen. Telepathie, Telekinese, Teleportation und andere ›paranormale‹ Phänomene sind Funktionen, von denen wir nun, da wir uns der Schwelle zum einundzwanzigsten Jahrhundert nähern und die Wissenschaft fortgesetzt unser Verständnis des menschlichen Potentials erweitert, zu vermuten anfangen, daß sie weit normaler sind, als wir es uns früher hätten träumen lassen. Tatsächlich wäre viel davon, was wir heute Wissenschaft nennen, den abergläubischen, der modernen Technik unkundigen Menschen der Feudalgesellschaft des Mittelalters wie Magie vorgekommen. (Über die Vorstellung, unsichtbare Kleintierchen namens ›Erreger‹ könnten Krankheiten verursachen, hätten sie gelacht, wußte doch *jeder,* daß schlechte Körpersäfte die Leute krank machten, oder bisweilen erkrankten sie durch den Zorn Gottes.)

Naturgemäß sind nicht alle ›magischen‹ Phänomene erklärbar, nicht einmal durch die moderne Wissenschaft. In Gwynedd verkompliziert es die Sache, daß auch die Deryni selbst nicht immer zwischen den verschiedenen Formen dieser Phänomene zu unterscheiden imstande sind. Erstens gibt es die *natürlichen* derynischen Fähigkeiten, Funktionen vom ASW-Typ. Zweitens gibt es eine Grauzone ritueller Prozeduren, deren Vollzug bei entsprechender mentaler Konzentration die geistigen Kräfte des Vollziehers ballen, um bestimmte vorhersehbare Resultate zu erzielen. Drittens und letztens existieren *über*natürliche Zusammenhänge, die sogar die Deryni als von magischer Art betrachten, weil sie auf unbekannte Weise ebenso unbekannte Energiequellen anzapfen, zu unbekannten Lasten des Heils der unsterblichen Seele, über deren Existenz man auch keine Gewißheit hat. Der letztere Bereich ist ein Gebiet, das stets bei Leuten tiefschürfendes Interesse fand, die zu philosophischen Erörterungen neigen, ob sie nun von wissenschaftlicher, eher esoterischer oder von der Seite der organisierten Religion aus geführt wird. (Und wenn wir Magie als die Kunst definieren, in Übereinstimmung mit dem Willen Veränderungen auszulösen, dann sind vielleicht *alle* Deryni-Fähigkeiten magischer Natur. In der Kurzgeschichte, die sich um ihn dreht, macht sich Denis Arilan einige Gedanken um übernatürliche Hilfsmittel.)

Die Deryni verfügen also über Fähigkeiten und Kräfte, wie sie den meisten Menschen unzugänglich bleiben, obwohl Deryni keineswegs allmächtig sind. Im günstigsten Fall verkörpern Deryni das Ideal einer zur Vollkommenheit aufgestiegenen Menschheit, das Ideal, das wir sein *könnten,* lernten wir es, uns über unsere irdischen Beschränktheiten zu erheben und unsere höchste

Bestimmung zu erfüllen. Man möchte gern daran glauben, daß ein bißchen von einem Deryni in uns allen steckt.

Der Gebrauch der derynischen Fähigkeiten muß — mit wenigen Ausnahmen — erlernt werden, so wie es sich bei jeder anderen Begabung verhält, und einige Deryni sind in ihrem Gebrauch geschickter und stärker als andere. Ursprüngliche Tüchtigkeit ist die Voraussetzung zu einem körperlichen, seelischen und geistigen Gleichgewicht und zur Körperbeherrschung und Beherrschung der Wahrnehmungen. Auch ohne regulären Unterricht können die meisten Deryni lernen, Müdigkeit zu überwinden — zumindest für einige Zeit —, körperliche Schmerzen zu unterdrücken und Schlaf zu bringen, lauter Fertigkeiten, deren Anwendung sowohl bei sich selbst wie auch bei jemand anderem möglich ist, ob der andere nun Deryni ist oder nicht, mit oder (wie es häufig geschieht, vor allem bei Nichtderyni) ohne Einwilligung des Subjekts.

Die Gabe des Heilens ist ebenfalls ein hochgradig nützliches derynisches Talent, jedoch selten, und es erfordert, um es vollendet zu nutzen, eine ganz spezielle Ausbildung. Ein ordnungsgemäß geschulter Heiler kann, wenn er die Zeit hat, um mit einem Patienten, ehe er stirbt, einen heilerisch wirksamen Rapport einzugehen, nahezu jede körperliche Verletzung erfolgreich beheben. Die Behandlung von Erkrankungen unterliegt zwangsläufig engeren Grenzen, beschränkt sich hauptsächlich auf die Bekämpfung der Symptome, weil die mittelalterliche Medizin die Mechanismen der Krankheitsentstehung erst noch durchschauen muß. (Sowohl menschliche wie auch derynische Ärzte *haben* die Verbindung zwischen Sauberkeit und verringerter Ansteckungswahrscheinlichkeit erkannt, aber es fehlt ihnen an der technischen Ausstattung, um ihren Ursprung zu entdecken.)

Kaum jemand würde Einwände gegen die soeben beschriebenen Fähigkeiten erheben, ausgenommen vielleicht das Schlafverursachen, sobald es gegen den Willen einer zum Widerstand unfähigen Person eingesetzt wird. Was Nichtderyni allerdings als viel bedrohlicher ansehen, ist der mögliche Gebrauch von Deryni-Fähigkeiten außerhalb der heilerischen Anwendung. Denn Deryni können — oft ohne Wissen oder Zustimmung eines Menschen — Gedanken lesen, und sie vermögen anderen Personen ihren Willen aufzuzwingen. Von ein paar außergewöhnlich befähigten Deryni ist bekannt, daß sie die Gestalt einer anderen Person angenommen haben.

In der praktischen Anwendung unterliegen diese sämtlichen Fähigkeiten eindeutigen Begrenzungen, doch haben die meisten Nichtderyni vom Umfang dieser Schranken, falls sie sie überhaupt einräumen, ziemlich falsche Vorstellungen. Und die Tatsache, daß manche Deryni Energien anzapfen können, die sogar außerhalb ihres Begriffsvermögens stehen, mit Mächten paktieren, die womöglich göttlichem Willen trotzen, trägt nicht gerade zur Beschwichtigung menschlicher Befürchtungen bei. Folglich spielt bei der Interaktion menschlicher und derynischer Charaktere in den Deryni-Romanen und -Geschichten die Furcht vor dem Unverstandenen eine wesentliche Rolle.

Aber die Menschen haben die Deryni als Geschlecht nicht immer gefürchtet, wenngleich einzelne Menschen möglicherweise einzelne Deryni zu fürchten lernten. Während mehrerer Jahrhunderte vor dem Deryni-Interregnum, insbesondere unter der konsolidierenden Herrschaft einer Folge wohlwollender Haldane-Könige (von denen mehrere im geheimen mit einigen moralisch hochstehenden Deryni im Bunde waren), gab es so wenige Deryni, verhielten sie sich im Umgang mit Menschen so unauffällig, daß diese beiden Gattungen Mensch relativ harmonisch zusammenlebten. Die Deryni gründeten Schulen sowie religiöse Einrichtungen und

Orden, teilten ihr Wissen und ihre heilerischen Kenntnisse mit jedem, der ihrer bedurfte, und ihre eigene, besondere Disziplin verhütete jeden krassen Mißbrauch der Macht, über die sie verfügten. Sicherlich muß es gelegentlich Zwischenfälle gegeben haben, denn die größere Macht der Deryni setzte sie wohl stärkeren Versuchungen aus; doch müssen ausschließlich von Deryni verübte Missetaten selten gewesen sein, denn es läßt sich keine allgemeine Deryni-Feindlichkeit vor dem Jahr 822 nachweisen. In diesem Jahr drang der derynische Prinz Festil, jüngster Sohn des Königs von Torenth, von Osten ins Land ein, und es gelang ihm, die Herrschaft der Haldane-Könige überraschend zu stürzen, die gesamte Königsfamilie der Haldanes — mit Ausnahme des zweijährigen Prinzen Aidan, der dem Morden entging — zu massakrieren.

Wir können dem späteren festilischen Regime einen Großteil der Verantwortung für die Verschlechterung der Beziehungen zwischen Menschen und Deryni in der Zeit nach der Invasion zumessen, denn die derynischen Nachfolger Festils I. waren in der Mehrheit landlose jüngere Söhne, wie er selbst einer gewesen war, und erkannten rasch, wie ergiebig sich das unterworfene Königreich bei Ausnutzung ihrer Vorteile als Deryni zur materiellen Bereicherung eignete. In den ersten Jahren der neuen Dynastie übersah man viel oder überging es mit Achselzucken, weil jeder Eroberer eine Weile brauchte, um seine Macht zu festigen und die zum Regieren des neuen Königreichs erforderliche Verwaltungsstruktur aufzubauen. Aber Willkür und Machtmißbrauch seitens hoher derynischer Kreise wurden zunehmend offenkundiger und führten schließlich im Jahr 904 zum Sturz des letzten Festil-Königs durch andere Deryni und zur Restauration der früheren menschlichen Linie von Herrschern in der Person von Cinhil Haldane, einem Enkel Prinz Aidans, der das Gemetzel der festilischen Eindringlinge überlebt gehabt hatte.

Unglücklicherweise gab man der Deryni-Magie als solcher, nicht dem falschen Verhalten und der Habgier einer Handvoll einzelner, die Schuld an den Übeln des Interregnums. Zudem versäumten die neuen Herrscher keine Zeit, kaum daß man die Restauration bewerkstelligt hatte, ehe sie die Ziele, wenn nicht gar die Methoden, ihrer vorherigen Herren übernahmen. Nach dem Tod König Cinhils lenkten Regentschaftsräte über zwanzig Jahre lang die Entscheidungen mehrerer Haldane-Könige nacheinander; Cinhils Söhne waren nämlich jung und starben jung — innerhalb eines Jahrzehnts —, und der nächste Thronerbe war Cinhils vierjähriger Enkel Owain.

Eine so glänzende Gelegenheit, um die Konkursmasse der Restauration zum eigenen Gewinn umzuverteilen, konnte von Regenten, die lebhafte Erinnerungen an vergangenes Unrecht hatten, schwerlich außer acht gelassen werden. Sobald es um Ländereien, Titel und Ämter ging, verdrängten stärker von Gefühlen bestimmte Erinnerungen an die derynischen Verbrechen, die letztendlich den Untergang der Deryni-Oberherrschaft herbeigeführt hatten, das Bewußtsein der Rolle gewisser Deryni bei der Restauration. Binnen lediglich weniger Jahre gerieten die in Gwynedd gebliebenen Deryni politisch, gesellschaftlich und religiös in die Isolation; die neuen Herren scheuten keinen nur irgendwie erdenklichen Vorwand, um den zuvorigen Herrschern jeden Einfluß zu nehmen und sich ihren Reichtum anzueignen.

Auch die kirchliche Hierarchie hatte daran ihren Anteil. In der nun völlig Menschen unterstellten Kirche verlagerte sich während nicht einmal einer Generation die politische Begründung der Deryni-Feindlichkeiten zu deren philosophischer Rechtfertigung, so daß man die Deryni schließlich als an und für sich böse einstufte, als Brut des Teufels, die möglicherweise sogar außerhalb jeder Rettung durch die Kirche stand — denn es konnte doch wohl keine rechtschaffene und gottesfürchtige Person solche Dinge tun, wie die Deryni sie taten, also *mußten* die Deryni Handlanger des Satans sein. Nur das vollständige Verleugnen der eigenen Kräfte und Fähigkeiten mochte einem Deryni noch das Überleben sichern, und selbst dann lediglich unter strengster Überwachung.

Selbstverständlich geschah nichts davon über Nacht. Doch die Zahl der Deryni war nie groß gewesen; und nachdem die hochgestellten Deryni-Familien nach und nach vernichtet wurden oder in Ungnade fielen, vermochten die Einzelpersonen außerhalb der engsten Kreise der politischen Macht — der weltlichen genauso wie der geistlichen — nicht zu erkennen, wie sich das Gleichgewicht zu ihren Ungunsten verschob, bevor es sich als zu spät erwies. Die großen Deryni-Verfolgungen nach dem Ableben Cinhil Haldanes reduzierten die ohnehin geringe derynische Bevölkerung Gwynedds um volle zwei Drittel. Manche Deryni flohen in andere Länder, in denen es nicht automatisch einem Todesurteil glich, wenn man offen als Deryni auftrat, aber eine weit höhere Anzahl fand den Tod. Nur wenigen gelang es, sich im Untergrund zu verbergen, ihre wahre Identität zu verheimlichen; und viele von denen, die im Untergrund untertauchten, unterdrückten ganz einfach das, was sie waren, weihten ihre Nachkommen nie in ihre einst stolze Herkunft ein.

Soweit ein sehr allgemein gehaltener Hintergrund der Deryni; vieles davon wird in den Kurzgeschichten des vorliegenden Buchs angeschnitten, in weit umfangreicherem Detail allerdings in den Romanen der Zyklen erzählt, deren Handlung in der Deryni-Welt spielt. Der Frühe Deryni-Zyklus — er umfaßt die Romane *Camber von Culdi*, *Sankt Camber* und *Camber der Ketzer* — schildert den Sturz des letzten Festil-Königs durch Camber und seine Kinder und erstreckt sich bis zu den Ereignissen unmittelbar nach dem Tod König Cinhil Haldanes dreizehn Jahre später. Im Späten Deryni-Zyklus, der aus den Bänden *Das Geschlecht der Magier, Die Zauberfürsten* sowie *Ein Deryni-König* besteht, handeln fast zweihundert Jahre danach, in einer Zeit, da die Anti-Deryni-Stimmung bei den gewöhnlichen Volksschichten etwas abgeebbt ist, aber noch nicht in der Hierarchie der Kirche. Der Zyklus ›Die Geschichte von König Kelson‹ mit den Bänden *Das Erbe des Bischofs, Die Gerechtigkeit des Königs* und *Die Suche nach Sankt Camber* befassen sich mit dem Geschehen im Anschluß an die Handlung des Späten Deryni-Zyklus.* Weitere Romane werden die Jahrhunderte zwischen der Herrschaft von Cinhils Nachfolgern und der Thronbesteigung Kelson Haldanes erhellen.

Die Kurzgeschichten des vorliegenden Buchs, die erste Story ausgenommen, spielen alle zwischen dem Frühen und dem Späten Deryni-Zyklus; mit einer Ausnahme** verkörpern sie die Gesamtheit der bisher geschriebenen kürzeren Texte aus der Deryni-Welt. Die ausgelassene Erzählung erweckte letzten Endes den Eindruck, einer ausführlicheren Bearbeitung zu bedürfen, und sie wird durch die Erweiterung zu einem Roman erfolgen. Drei Kurzgeschichten sind eigens für diese Sammlung geschrieben worden und vorher noch nicht erschienen. Wenigstens eine der anderen Kurzgeschichten ist lange nicht gedruckt erhältlich gewesen, und mehrere andere haben keine weite Verbreitung gehabt.*** Alle Geschichten korrespondieren inhaltlich mit

---

* Diese Romane sind in der angegebenen Reihenfolge als Heyne-Taschenbücher 3666, 3720, 4018, 3576, 3598, 3620, 4561, 4562 und 4563 erschienen.
** Gemeint ist wohl die in der von E. Ringer und H. Urbanek herausgegebenen Kurzgeschichtensammlung *Ashtaru der Schreckliche* (Heyne-Buch Nr. 06/3915) enthaltene Erzählung ›Des Marluks Untergang‹. *Der Übers.*
*** Diese Angaben beziehen sich auf die amerikanischen Originale. *Der Übers.*

den Romanen, d. h. was darin erzählt wird, steht dazu in einer inneren stimmigen Beziehung. Die Mehrzahl beschäftigt sich mit in den Romanen bereits erwähnten Vorkommnissen oder Personen. Und einige machen — über die eigentliche Handlung hinaus — Andeutungen über Dinge, auf die erst in künftigen Romanen eingegangen wird.

Bei dieser Gelegenheit möchte ich mich, bevor ich Sie dem Lesegenuß der in diesem Band enthaltenen Kurzgeschichten überlasse, kurz über mein Herangehen an die Deryni-Historie äußern. Ich habe behauptet, daß sie ungefähr parallel zur wirklichen Weltgeschichte abläuft, was Kultur, Stand der Technik, Regierungsform, kirchliche Macht und ähnliches betrifft. Aber Leser haben oft beanstandet, daß die Texte sich mehr wie historische Abhandlungen als wie Fantasy läsen. Tatsächlich hat man mir sogar vorgeworfen — und nicht einmal ganz im Spaß — ich erzählte schlichtweg den historischen Lauf einer Welt in einer anderen Dimension.

Darauf weiß ich, offen gestanden, keine Antwort. Teilweise rührt dieser Eindruck zweifellos von der Tatsache her, daß ich eine ausgebildete Historikerin bin und deshalb den Blick einer Historikerin für Details und die Kenntnisse einer Historikerin der wirklichen Weltgeschichte habe, auf die ich zurückgreifen kann.

Doch es gibt Umstände, unter denen ich keine Ahnung habe, woher das Material für meine Texte stammt; ich weiß ganz einfach, daß bestimmte Ereignisse sich auf eine gewisse Weise abspielen. Fragt man mich, was Charakter A nach Vorfall B getan hat, und antworte ich: Ich weiß es nicht, die Romanfiguren haben es mir noch nicht erzählt, dann mache ich tatsächlich keinen Scherz. Glaubhaft konzipierte Charaktere neigen dahin, zu tun, was sie wollen, unabhängig davon, wie sie sich nach Meinung des Autors verhalten *sollten*. Und manchmal kann ich nur zur Antwort geben: Ich kann nicht sagen, warum es so gekommen ist, ich weiß bloß, daß es so passiert ist. Bisweilen habe auch *ich* das Gefühl, beim Schreiben aus einem Fluß von Geschehnissen zu schöpfen, die sich schon ereignet haben, daß ich mich nur hinzusetzen, zu beobachten und niederzuschreiben brauche. Ich glaube, in gewissem Umfang arbeitet jeder Autor so. Aber wenn Leser dermaßen gründlich etwas Erfundenes kommentieren, wie meine Leser zu den Deryni Stellung genommen haben, muß man sich fragen — und sei es nur aus Nachdenklichkeit —, ob dieser Spekulation nicht zumindest eine Art von mythischer Wahrheit anhaftet. (Sicher, ich *könnte* Ihnen erzählen, daß ich ab und zu das Empfinden hatte, Camber sehe mir beim Schreiben über die Schulter, billige oder mißbillige, was ich tippte — doch das wäre ziemlich wunderlich, oder nicht?)

Also werden Sie Geschichten über Deryni und Leute lesen, die mit ihnen in Kontakt kommen, so wie die Beteiligten sie mir anvertraut haben. Ich hoffe, sie werden den Aufenthalt in ihrer Mitte genießen.

Sun Valley, Kalifornien, Juni 1985, Katherine Kurtz

I.
Auslöser
(Herbst 888)

Chronologisch gesehen ist dies die zeitlich am frühesten angesiedelte der bisher geschriebenen Deryni-Stories; sie spielt rund fünfzehn Jahre vor der Handlung von Camber von Culdi. *Verfaßt worden ist sie für eine Jubiläumsschrift zur Feier der fünfzigjährigen Autorenschaft Andre Nortons. (Unter einer solchen Jubiläumsschrift versteht man eine Art von Materialband und Anthologie zu Ehren eines Autors, für den andere Schriftsteller, die vom Jubilar beeinflußt worden sind und den Wunsch verspüren, sich bei ihm auf diese Weise für sein Vorbild zu bedanken, Beiträge verfassen.) Die wesentliche Voraussetzung war, daß die Story von der Sorte sein sollte, wie sie Andre Norton schätzte.*

Deshalb beschloß ich, weil ich mit Andre Nortons Büchern über Jugendliche, Tiere und Aufwachsen selbst herangewachsen war (eines meiner ersten Lieblingsbücher war Das große Abenteuer des Mutanten*, *einen Beitrag zu liefern, der ungefähr auf dieser Linie liegt. Ich sah in Cambers Kindern geeignete Kandidaten, weil ich noch keine Deryni-Texte geschrieben hatte, die zeitlich vor dem Inhalt des Romans* Camber von Culdi *spielten. Eine Kurzgeschichte über Joram, Rhys und Evaine betrachtete ich gleichzeitig als Gelegenheit, um ein wenig auf die Person Cathans einzugehen, Cambers ältesten Sohns, der im Frühen Deryni-Zyklus recht bald den Tod findet. Außerdem waren mir kurz vorher meine beiden älteren Katzen (Cimber und Gillie) an Altersschwäche gestorben, und die Story konnte mir als Andenken an sie dienen, denn ich war mir ohne weiteres vorzustellen imstande, daß*

---

* 1966 erschienen als Terra-Taschenbuch 105 im Pabel Verlag, Rastatt. *Der Übers.*

Cambers Kinder als Halbwüchsige auf der Burg zu Caerrorie mit Katzen spielten. (Bestimmt hatten sie auch Hunde, aber ich bin keine Hundefreundin und habe mich daher nie mit Hunden beschäftigt. Deshalb muß ich mich bei den Hundefreunden dafür entschuldigen, daß Hunde in dieser Story leider ungenügend berücksichtigt werden.)

Auf der Grundlage dieser Idee lag der nächste Schritt nahe, Rhys im Verlauf seiner Entdeckung, daß er ein Heiler sein wird, für seine Katze etwas tun zu lassen, was ich in der Realität für meine Katze nicht leisten konnte. In der Story veränderte ich Cimbers Namen in den ähnlich klingenden Symber, weil Cimber im Druck zu leicht mit Camber zu verwechseln gewesen wäre. Die Bemerkungen Lady Jocelyns, die Symber, als er ein schlaksiges Jungtier war, eine ›verwünschte Bohnenstange‹ nannte, gehen auf Kommentare meiner Mutter über meinen Cimber zurück; aber genau wie Symber wuchs er zu einem prächtigen Kater auf. Gillie, die in der Story die namenlose weiße Katze ist, die zu Cathans Füßen schläft, hat eine solche Zwischenphase nie durchlebt. Schon als Jungkätzchen war sie eine rundum richtig proportionierte Miniaturkatze, die ganz einfach nur größer wurde und bei dem bloßen Gedanken, sie sei irgend etwas anderes als anmutig und schön, vor Entrüstung mit dem buschigen Schwanz gezuckt hätte.

Die Geschichte ist also nicht nur für Andre Norton, sondern auch für Cimber und Gillie. Darüber hinaus ist sie die Lieblingsgeschichte meines Sohns Cameron, der das gleiche Alter wie Rhys und Joram hatte, als ich die Story schrieb, und der eine mindestens so große Schwäche für Katzen hat wie ich. Zusätzlich gefällt ihm die Geschichte, glaube ich, weil sie zeigt, daß Deryni-Kinder trotz all ihrer Vorteile beim Heranwachsen die gleichen Probleme wie andere Kinder haben.

Während er sich aus geistiger Angespanntheit auf die Lippe biß, richtete der elf Lenze alte Rhys Thuryn den Blick fest auf den roten Bogenschützen auf dem Spielbrett zwischen sich und Joram MacRorie und umfaßte ihn mit seines Geistes Kraft. Schwungvoll schwebte die kleine, bemalte Figur über zwei Spielfelder hinweg und bedrohte Jorams blauen Abt.

Der jüngere Knabe hatte das Haupt zur Seite gewandt, um zuzuschauen, wie Regen gegen die Scheiben eines hohen, mit grauem Glas versehenen Fensters zu tröpfeln begann, doch als er die Bewegung auf dem Spielbrett bemerkte, drehte er den blonden Schopf mit einem Ruck zurück nach vorn.

»O nein!« schrie er, stieß fast das Spielbrett beiseite, als er aufsprang, um es besser überblicken zu können. »Nicht! Doch nicht *meinen* Michaeliten! Rhys, das war ein arglistiger Zug. Cathan, was soll ich nur anfangen?«

Cathan, ein Jungmanne von fünfzehn Jahren, der sich durch Hochmut auszeichnete und den immerzu Langeweile plagte, hob mit einem altklugen Aufstöhnen den Blick von der Schriftrolle, welche er las; seine Nase war gerötet, er fühlte sich unwohl infolge des Gschnäufs, das er sich zugezogen und das es ihm verwehrt hatte, mit dem übrigen Haushalt auf die Jagd zu reiten. Die weiße Katze, die zu seinen Füßen schlummerte, regte sich nicht, auch nicht, als Rhys fröhlich lachte und sich das ohnedies wirre rote Haupthaar wild zerzauste.

»Hooo! Sieh nur, Cathan, wie ich ihn in die Enge gedrängt hab! Mein Bogenschütze wird ihm den Abt nehmen.«

Cathan schneuzte sich die Nase und rückte ein wenig näher ans Feuer, ehe er sich erneut ins Lesen der Schriftrolle vertiefte, und Rhy's Vergnügen verwandelte sich, als nun Jorams Kriegsfürst unbeirrt quer übers gesamte Spielbrett schwebte und ihm den roten Bogenschützen nahm, unversehens in Mißmut.

»In die Ecke gedrängt, wie?« krähte Joram, ließ sich rücklings auf den Stuhl plumpsen; Siegesgewißheit leuchtete ihm aus den grauen Augen. »Und was wirst du nun wohl *da*gegen unternehmen?«

Entmutigt kauerte sich Rhys in seiner mit Pelz gesäumten Gewandung zusammen, unterzog die Lage auf dem Spielbrett einer neuen Sichtung. Woher war nur so plötzlich der Kriegsfürst gekommen? Welch ein gar blödsinniges Spiel!

Freilich hatte er diesen Ausgang halb erwartet. Joram schlug ihn beinahe jedesmal beim Cardounet. Obwohl Rhys ein Jahr älter war als Joram und beide bei den Michaeliten zu Sankt Liam, in einer der hervorragendsten Klosterschulen ganz Gwynedds, die gleiche Unterweisung erhielten, ließ sich nicht der Umstand leugnen, daß Rhys schlichtweg für die Kriegskunst keine gleichrangige Begabung wie sein Milchbruder besaß. Joram hatte, wiewohl er erst zehn Lenze zählte, längst angekündigt, er gedächte, sobald er ins rechte Alter gelangte, dem Michaeliten-Orden beizutreten, ein Ritter des Heiligen Michael zu werden und zuletzt auch Priester — sehr zur Bestürzung seines Vaters, des Grafen Camber von Culdi.

Beileibe nicht die Priesterwürde war es, gegen die Camber Bedenken hegte, und Jocelyn, Jorams Mutter, zeigte sich eindeutig voll der Freude über die Absicht eines ihrer Söhne, Geistlicher zu werden. Oftmals hatte Camber den Knaben von jenen frohen Jahren erzählt, welche er in seiner Jugend selbst in frommen Orden zugebracht hatte, bis seines älteren Bruders Hinscheiden ihn zum Erben von ihres Vaters Grafschaft machte und er sich dazu gezwungen sah, heimzukehren und sich ihrer Sippe Pflichten aufzubürden. Sollten nicht weitere, unvorhersehbare Trauerfälle eintreten — denn früh in diesem Jahr hatte ein Fieber einen Bruder und eine Schwester dahingerafft, beide nur wenig älter als Joram —, fiel es Jorams Bruder Cathan zu, in dieser Geschlechterfolge den Namen MacRorie weiterzugeben, so daß Joram die Freiheit bliebe, um sich der frommen Berufung zu widmen, der Camber einst nicht hatte folgen können.

Nein, vielmehr gab der Michaeliten-Orden als solcher

den Anlaß zu Cambers Besorgnis ab; die Michaeliten an sich boten ihm den Grund, diese streitbaren Priester und Krieger, die bisweilen gefährlich freimütig Rede über die Verantwortung führten, wie sie nach ihren Begriffen mit den Vorrechten eines mit Magie begnadeten Deryni einhergingen. Camber, selbst ein machtvoller und aufs vortrefflichste geschulter Deryni, sah sich in keinem grundsätzlichen Widerspruch zur sittlichen Einstellung der Michaeliten; im Gegenteil, er hatte seine Kinder stets gelehrt, daß man hohen Stand und Pflicht nicht voneinander trennen durfte.

Indessen jedoch hatten des Ordens bisweilen übereifrige Bestrebungen, seiner gestrengen sittlichen Haltung mit Nachdruck allgemeine Gültigkeit zu verleihen, in der Tat schon mehr als einmal unheilvolle Folgen gezeitigt — denn Gwynedds Königshaus bestand aus Deryni, und unter denen, die mit der Deryni-Macht den übelsten Mißbrauch trieben, befanden sich einige königliche Sprößlinge. Bislang hatte sich der königliche Zorn immer nur wider unliebsame Einzelne gerichtet; doch ward Joram Michaelit, und des Königs Grimm traf einstmals den ganzen Orden ...

Derlei Erwägungen jedoch änderten nichts an der Tatsache, daß die Michaeliten-Schulen nun einmal für Deryni-Nachwuchs die vorzüglichste Grundunterweisung leisteten, ließ man die allerdings gänzlich besonders ausgerichtete Ausbildung außer acht, welche die wenigen Anwärter auf den Stand des Heilers genossen; und selbst unter den Deryni, einem mit einer breiten Vielfalt geistiger und magischer Fähigkeiten begnadeten Volksstamm — oder damit geschlagenen, wie so mancher meinte —, kam die Gabe des Heilens nur selten vor. Allein die mißbräuchliche Ausübung der Macht, wie sie bisweilen lediglich aus reiner Unkenntnis geschah, war es, welche des öfteren Verwicklungen zwischen Deryni und Menschen verursachten, oder sogar zwischen Deryni untereinander.

Eingedenk dieser Umstände hatte Camber den verwaisten Rhys und Joram auf die Schule zu Sankt Liam geschickt und ihnen deren fortgesetzten Besuch auch gestattet, nachdem Joram schwärmerische Neigungen zum Eintritt in den Michaeliten-Orden an den Tag zu legen begann. Vorerst konnte der Knabe ja noch nicht einmal ein zeitweiliges Gelübde eingehen, bevor er vierzehn Jahre alt wurde. Im Laufe von vier Jahren mochte vieles sich wandeln. Vielleicht wuchs Joram über seine Begeisterung für die stattlichen, verwegenen Ritter des Heiligen Michael in ihren unverkennbaren dunkelblauen Röcken und leuchtendweißen Schärpen hinaus und entschloß sich, falls er seine Absicht beibehielt, Priester zu werden, fürs Eintreten in einen herkömmlicheren Orden.

Dagegen fühlte Rhys sich nicht im geringsten zum Leben in gestrenger geistlicher Zucht und Frömmigkeit berufen, obschon es ihm durchaus behagte, seine Unterweisung in den klösterlichen Verhältnissen zu Sankt Liam zu erhalten. Andererseits hatte er davon, *wie* er denn sein Leben gestalten sollte, ebensowenig noch eine Vorstellung.

Große Aussichten hatte er nicht. Sein Vater entstammte zwar edler Abkunft, war jedoch nur der Zweitgeborene gewesen, so daß er weder Titel geerbt hatte noch eigenes Vermögen. Ausschließlich die enge Freundschaft seiner Mutter mit Herrn Cambers Gemahlin, Gräfin Jocelyn, hatte dem Knäblein Rhys eine Heimstatt gesichert, als ihm im Jahr nach seiner Geburt beide Elternteile durchs Wüten einer großen Seuche starben. Mit den Händen verstand er geschickt umzugehen, er kam — wie die Mehrzahl aller Deryni — aufs beste mit Tieren zurecht, und er wußte gewitzt Zahlen zu handhaben; doch keine dieser Kunstfertigkeiten verhieß eine zukunftsträchtige Betätigung für den jungen Pflegesohn eines Grafen.

Eines jedoch war gewiß, sann Rhys, derweil er weiterhin das Spielbrett betrachtete, eine Reihe möglicher, aber unvorteilhafter Züge erwog und verwarf: Aus dem Holz eines Kriegsmanns war er nicht geschnitzt. Die Grundsätze und Denkweisen der Kriegskunst, welche regelrecht Jorams Leidenschaft abgaben, glichen für Rhys einer fremden Sprache. Lediglich dank einiger Beharrlichkeit, deren er sich befleißigte, weil die Sache Joram so begeisterte, hatte Rhys sich hinlängliche Kenntnisse der Kriegskunst angeeignet, um in der Klosterschule nicht nachteilig aufzufallen und Jorams angeborenes Verständnis dieser Angelegenheiten würdigen zu können; jedoch konnte er Joram zumindest in der Hinsicht niemals ebenbürtig sein.

Selten zuvor war er sich dieser Tatsache auf so klägliche Weise bewußt gewesen wie in diesen Augenblicken, während er hartnäckig aufs Spielbrett starrte, erneut sich einen Zug überlegte, aber auch auf ihn verzichtete. Das mittlerweile starke Prasseln des Regens ans Fenster und darüber auf dem Schindeldach trug noch mehr zur Trübung seines Gemüts bei. Trotz der riesigen Fenster im Sonnensaal der Burg und trotz des Kaminfeuers war es beim Ausbruch des Gewitters, obwohl es erst kurz nach der Mittagsstunde war, kälter und düsterer geworden.

Boshaft hoffte Rhys, daß der Regen Camber, Gräfin Jocelyn und ihre Begleitung gehörig durchnäßte, der Himmel sie damit dafür bestrafte, mit dem König zur Jagd ausgeritten zu sein und ihn in der Burg zurückgelassen zu haben, wo er nichts anderes zu tun hatte, als sich mit Joram diesem dummen Spiel hinzugeben. Cathan, der sich bereits den gesamten Vormittag hindurch wegen seiner Erkältung gereizt und mürrisch betragen hatte, sollte einen Anlaß zum Frohsinn darin sehen, zum Daheimbleiben gedrängt worden zu sein, wo er warm und im Trockenen saß, gehüllt in einen mit Pelz besetzten Überrock, eine Katze zu Füßen und etwas zum Lesen auf dem Schoß.

In der Tat mochte ein gutes Buch eine angenehme Abwechslung bieten. Die Versuche, Joram beim Spiel zu schlagen, langweilten Rhys. Schon dachte er ernstlich daran, sich ebenfalls etwas Lesbares herauszukramen. Ehe er jedoch entscheiden konnte, welcher Art von Schrifttum er sein Interesse schenken sollte, kam zielstrebig Evaine, die Jüngste der MacRorie-Sippe, in den Saal getapt, die flachsblonden Zöpfe halb aufgelöst, in den Armen Symber, ihre schwarze Katze. Sie hielt das Tier dicht unter den Vorderbeinen umschlungen, so daß sein Leib und der Schwanz ihr fast auf die Knie baumelten. Wie sonderbar es auch wirkte, hatte es jedoch den Anschein, daß diese Art und Weise, umhergeschleppt zu werden, das Tier nicht störte.

»Cathan, Cathan, drunten geht jemand um«, flüsterte Evaine mit der ganzen aufgeregten Eindringlichkeit eines sechsjährigen Mädchens, derweil sie an Rhys und Joram vorüberhastete und an ihres älteren Bruders Arm niedersank.

Cathan ließ ein deutliches Aufseufzen vernehmen, senkte die Schriftrolle lange genug, um sich mit einem längst feuchten Sacktuch erneut die Nase zu schneuzen. »Das glaub ich gern«, röchelte er mit heiserer Stimme.

»Cathan, ich mach keinen Scherz«, beharrte Evaine. »Ich hab im Burgsaal Sachen poltern hören.«

»Ich glaub, 's sind die Hunde.«

»Hunde tun sowas nicht.«

»Dann sind's die Bediensteten.«

»Sie sind's *nicht*«, widersprach Evaine und stampfte mit dem Füßchen auf. »Symber kam die Treppe heraufgelaufen. Er hatte Furcht. Vor den Dienern läuft er nicht fort.«

»Ich denke mir, er hat bei der Köchin genascht, und sie hat ihn mit dem Besen vertrieben.«

»So war's *nicht!*« Evaine umarmte den Kater fester, während sie auch dieser Mutmaßung Cathans widersprach. »Drunten schleicht jemand umher. Komm und schau nach dem rechten. Bitte, Cathan!«

»Ich gehe *nicht* hinunter, Evaine«, brauste Cathan auf. »Mir ist nicht nach Spielen zumute. Sollt's dir wahrhaftig entgangen sein, so laß dir sagen, daß dies greuliche Gerotze mir die Laune verdirbt und mich unduldsam macht. Warum wendest du dich nicht an Joram und Rhys und nörgelst ihnen die Ohren voll?«

»Sie befassen sich ja immerzu nur mit ihrem dummen Spiel! Nur weil ich klein bin, mag niemand auf mich hören!«

Rhys, der dem Wortwechsel mit wachsender Belustigung gelauscht hatte, zwinkerte Joram, der sich gleichfalls zurückgelehnt hatte und grinste, verschwörerisch zu. »*Wir* werden sehr wohl auf dich hören, nicht wahr, Joram?« äußerte er, war insgeheim erfreut über die Gelegenheit, das für ihn hoffnungslos gewordene Spiel aufgeben und sich etwas anderem widmen zu können.

Anscheinend fand auch Joram kein sonderliches Vergnügen mehr am Spiel, denn er stimmte Rhys ohne das mindeste Zaudern zu. »Freilich werden wir's, Schwesterlein«, bekräftigte er Rhys' Beteuerung, erhob sich von seinem Platz, schob den Dolch zurecht, den er unter den Gürtel seines blauen Schulrocks gesteckt trug. »Am günstigsten wird's sein, du zeigst uns, wo du jene Geräusche vernommen hast. Wir dürfen nicht zulassen, daß Gelichter uns mit dem Silber durchgeht. Glaubst du, man hat das Gesinde in Bande geschlagen?«

»*Jooo-ram!*«

»Nun wohl, nun wohl!« Joram hielt beide Handflächen in die Höhe, gab sein Bestes, um eine ernste Miene aufzusetzen, wie sie seines Erachtens einem künftigen michaelitischen Ritter würdiger anstand. »Ich sag's doch, wir werden nachschauen. Laß Symber hier zurück, wo er in Sicherheit ist.«

»Nein!«

»So laß wenigstens *mich* ihn tragen«, sprach Rhys.

»Dann kannst du uns ungehindert vorauseilen und uns zeigen, wohin wir unsere Aufmerksamkeit richten sollen.«

»Daß du ihn trägst, soll mir recht sein«, willigte Evaine ein, reichte ihm den Kater. »Aber mir ist's lieber, Joram geht voraus. Er hat 'n Dolch.«

»Ein kluger Einfall«, merkte dazu Rhys an, obwohl es ihn Mühe kostete, nicht nochmals zu grinsen. Während er verstohlen die Tür zur Wendeltreppe ein wenig weiter aufschob, lehnte der Oberkörper der Katze an seiner Schulter und stützte ihr Gesicht mit der Armbeuge. Der Kater begann halblaut zu schnurren, als er sich behaglich an den Knaben schmiegte, ihn verspielt mit den Pfötchen tappte.

Rhys mißachtete Cathans leicht väterliches Lächeln der Belustigung, als er Joram und Evaine auf die Wendeltreppe folgte. Was scherte es *ihn*, was Cathan dachte? Wenn Evaine die Ansicht vertrat, daß sich Joram am besten dazu eignete, um eine Erkundung ins Untergeschoß anzuführen, erkannte sie damit lediglich seine offenkundige Begabtheit in der Kriegskunst an, und sie tat es ohne jegliche Andeutung der Geringschätzung, wie Cathan sie bisweilen Rhys wegen dessen geringeren Eifers in derlei Angelegenheiten spüren ließ. Und er, Rhys, war es, dem sie ihren geliebten Symber anvertraut hatte; damit trug er in ihren Augen eine weit bedeutsamere Verantwortung.

Und Symber war *wirklich* durch irgend etwas erschreckt worden. Der große schwarze Kater schwelgte zu sehr in seinem Wohlgefühl, während er sicher an Rhys' Schulter kauerte, genoß sein Behagen, wovon allein sein gedämpftes Schnurren zeugte, zu tief, als daß es Rhys möglich gewesen wäre, Einzelheiten zu ermitteln, doch er vermochte einen Eindruck von *etwas* zu erhaschen, das Symber mißfallen, ihn so nachhaltig erschreckt hatte, daß er es vorzog, eilends bei Evaine Schutz zu suchen. Und Rhys bezweifelte aus ihm selbst unklaren Gründen, daß es sich um die Köchin und ihren Besen gehandelt hatte.

Rhys gab Joram auf geistiger Ebene von diesem Eindruck Kenntnis, bevor sie den Fuß der Treppe erreichten, doch just als die beiden MacRorie-Knaben dicht vor dem Vorhang standen, welcher den Zugang zum Burgsaal verhüllte, erschien aus dem Spalt in der Mitte des Vorhangs ein Paar haarige Arme, packte einen jeden am Arm und zerrte die Knaben hindurch.

»Isch sacht's doch, isch sah 'n Balg!« grölte eine rauhe Stimme.

»Rhys, Rhys!« kreischte Evaine.

Ein dumpfes »*Uff!*« entfuhr jemandem, der erheblich größer und schwerer als Joram sein mußte, als Rhys sich unwillkürlich duckte und sich, anstatt sich in der Mitte des Vorhangs vorwärtsreißen zu lassen, zur Seite warf, belastet mit einem Armvoll plötzlich verstörten Katers, der geradewegs mitten in ein Kampfgetümmel von Leibern Erwachsener und Halbwüchsiger taumelte.

»Cathan!« schrie Joram, entsandte gleichzeitig auch geistig einen Hilferuf, entwand sich fast der Umklammerung eines Kerls, welcher ihn und Evaine ergriffen hatte, schaffte es, den Dolch aus dem Gürtel zu ziehen. »Rhys, hab acht!«

Rhys hatte in der Tat unterdessen seine liebe Not, den Pranken eines anderen, gleichfalls mit grober Gewandung bekleideten Schurken auszuweichen, der unmittelbar vor ihm aufragte. Ein Schmerzenslaut entfuhr ihm, und er verlor das Gleichgewicht, als Evaines Kater sich mit einem Mal, die hinteren Krallen entblößt, von seiner Schulter abstieß, doch das Aufblöken der Pein und der Überraschung, welches sein Bedränger ausstieß, belohnte ihn für die Unannehmlichkeit. Symber klammerte sich mit sämtlichen Krallen an den nackten Unterarm des Mannes, hing daran wie eine festgesaugte Schnecke, biß die Zähne mit wüstem Knurren in den fleischigen Teil des Daumens des Halunken.

Der Kerl fluchte und fuchtelte, versuchte sich den Kater vom Arm zu schütteln, Symber jedoch krallte sich nur mit allen vieren um so verbissener fest. Fast gelang es Rhys, den Mann zu Fall zu bringen, indem er eines seiner Beine umschlang, doch ein böser Tritt, der nur knapp seinen Kopf verfehlte, bewog ihn zum Verzicht auf weitere derartige Versuche. Er wälzte sich zur Seite, aus der Reichweite des Gegners, bemühte sich zu erkennen, ob sie es womöglich gar mit mehr als zwei Spitzbuben zu tun hatten, fragte sich gleichzeitig, wo wohl die Hunde stecken mochten; unterdessen entwand Evaine sich dem Griff ihres Bedrängers — den Jorams Dolch nun erheblich mehr sorgte als ein sechsjähriges Kind — und sprang zu dem Mann, der ihren Kater mißhandelte, trat ihn kräftig ans Schienbein.

Der Kerl heulte auf und fuhr herum. Dadurch verlor der Kater den Halt. Indem der Mann nach Evaine haschte, vor Wut fluchte, sie jedoch nicht zu fassen bekam, unternahm er eine noch verzweifeltere Anstrengung, um sich des schwarzen Dämons, der an seinem Arm hing, biß und kratzte, zu entledigen. Mit gewaltiger Wucht schüttelte er Symber ab und schleuderte ihn ans Geländer. Evaine schrie, als der Kater auf den Fußboden fiel, sich nicht mehr rührte.

Aber noch schlimmere Gefahr verhinderte, daß Rhys bemerkte, was danach mit dem Mädchen oder dem Katzentier geschah. Er hastete zu Joram, denn Joram drohte im Ringen um den Dolch seinem Widersacher zu unterliegen, da stand urplötzlich zwischen ihnen ein dritter Mann, warf einen Sack voller Beute auf die Fliesen, daß es laut klirrte, packte mit einer Faust Rhys' Oberarm, begann mit der anderen Hand ein Schwert zu zücken.

Binnen der nächsten Augenblicke besann sich Rhys auf jeden Kunstgriff der Kampfkünste des Nahkampfes, den er je geübt oder von dem er einmal vernommen hatte, denn er war unbewaffnet, und sein Gegner besaß nicht nur ein Schwert, sondern war überdies vermutlich dreimal so alt und schwer wie Rhys. Er duckte sich und entging einem Streich, der ihm, hätte er getroffen, wohl das Haupt von den Schultern gehauen hätte, sah zur gleichen Zeit, wie aus der Tür am oberen Ende der Wendeltreppe zu guter Letzt Cathan gestürzt kam, ein Schwert in der Faust, hörte ihn in durchdringendem Ton nach dem Gesinde rufen.

Es beanspruchte ihn zu stark, sich das liebe Leben zu retten, als daß er beobachten konnte, was sich ereignete, als der Jügling den Schuft anging, welcher erneut Evaine zu ergreifen trachtete. Während Evaine durch Cathans Beine das Weite suchte, erregte die noch heftiger gewordene Auseinandersetzung zwischen Joram und dessen Gegner von neuem Rhys' Aufmerksamkeit. Unversehens schien Feuer die Rückseite von Rhys' rechtem Bein zu versengen, es gab unter ihm nach.

Der Schmerz war grausam, noch ärger indessen Rhys' Ensetzen, als er zusammenbrach, sofort eilends aus der Nähe des Schwertträgers zu krauchen versuchte, eine Hand auf die Wunde gepreßt, die in seiner Wade klaffte. Blut hatte ihm die Hand gerötet. Als er sie flüchtig anhob, um die Verletzung zu betrachten, tränkte die dicke Wolle seiner grauen Hose, färbte sie rasch scharlachrot. Zu angestrengt keuchte er, als daß er einen Hilferuf auszustoßen vermocht hätte, als der Mann das blutige Schwert hob, um ihm den Todesstoß zu versetzen, aber sein verzweifelter geistiger Aufschrei hallte, unvernehmbar für das gewöhnliche Gehör, durch den Saal und sogar darüber hinaus, während er wildentschlossen einen letzten Versuch unternahm, sich der mörderischen Klinge zu entziehen, wenngleich er in der Gewißheit handelte, dem Tode geweiht zu sein.

Er merkte nicht, wie es Cathan gelang, dem Mordbuben in den Arm zu fallen, doch ganz plötzlich sauste eine andere Klinge aufwärts und wehrte den Stoß ab, die minderwertige Klinge des Bösewichts zerbrach, und Cathans Schwert spaltete ihm den Schädel vom Kinn bis zum Scheitel. Blut und Gehirn spritzten, und noch ehe der Lump entseelt auf den Boden fiel, wirbelte Cathan herum und wandte sich gegen Jorams Bedränger. Der Mann, welcher Evaine nachgestellt hatte, wand sich bereits auf dem Fußboden, die Hände auf eine Wunde im Leib gedrückt, und versuchte, aus Cathans Nähe zu kriechen.

In diesem Augenblick stürmte endlich eine Handvoll Knechte und Diener in den Burgsaal, halfen Cathan geschwind beim Überwältigen und Binden des dritten Eindringlings. Da erst wagte Rhys sich aufzusetzen und seine Wunde ein zweites Mal in Augenschein zu nehmen.

O Gott, sie war sehr ernst!

Der Atem fauchte durch Rhys' zusammengebissene Zähne, Tränen quollen ihm in die Augen, während er die Hand erneut auf die Schlitzwunde preßte und sich wieder am Fußboden ausstreckte.

Die große Sehne an der Rückseite des Wadenbeins war glatt durchtrennt worden. Trotz der Tiefe der Wunde hatte sie anscheinend anfangs weniger stark geblutet, doch begann das Bein nun, nachdem die Betäubung des ersten Schreckens abklang, zu pochen und zu brennen. Ein Heiler mochte dazu imstande sein, die Verletzung zu beheben. Wenn aber nicht, mußte Rhys für sein Lebtag ein Krüppel bleiben.

»Ich lasse einen Heiler rufen«, verhieß ein Diener mit verkniffenem Mund und bleichem Angesicht, nachdem er einen Blick auf Rhys' Bein geworfen hatte. »Versucht die Ruhe zu bewahren, junger Herr.«

Während er die Tränen unterdrückte — denn er war alt genug, um zu wissen, daß Weinen keinerlei Nutzen erbrachte —, krümmte sich Rhys auf seiner linken Seite zusammen und schloß die Augen, stützte sein Haupt auf den linken Arm, versuchte sich zu entkrampfen, derweil er inwendig eine der Zauberformeln zum Vertreiben von Schmerzen aufsagte, die man ihn gelehrt hatte. Er fürchtete um sein Wohl, doch blieb die Anwendung der Formel gegenwärtig alles, was er von sich aus zu tun vermochte.

Auf alle Fälle wirkte der Zauberspruch. Als er die Lider öffnete, war das Bein taub und gefühllos geworden, und auch seine Furcht hatte sich vermindert. Joram und Evaine, die noch verhalten schluchzte, knieten an seiner Seite: Evaine hielt Symber, der sich nicht regte, aber noch atmete, in ihren Armen.

»Ist's arg?« erkundigte sich Joram, reckte den Hals, um die Wunde besser anschauen zu können. »*Herr Jesus*, er hat dir die Sehne zerhauen! Aber zum Glück blutest du nicht stark. Vater wird in Bälde zurück sein. Cathan und ich haben ihn bereits mit ferngeistigem Ruf verständigt.«

»Ich glaub', das habe auch ich«, sprach Rhys mit leiser Stimme, rang sich um Evaines willen ein andeutungsweises verzerrtes Lächeln ab, während er tief Atem schöpfte, um dagegen vorzubeugen, daß Pein und Furcht von neuem in ihm emporwogten. »Ihn und Deryni zweier Grafschaften. Ich glaubte, wir würden fürwahr erschlagen.«

»Vielleicht haben sie Symber getötet«, sprach halblaut Evaine, während sie ein Aufschluchzen erstickte, senkte das Antlitz über den Kater, der mühsam atmete. »Das Scheusal hat ihn gegen die Mauer geschmettert. Noch atmet er, aber er rührt sich nicht mehr.«

Während Evaine flehentlichen Blicks Rhys ansah, offenbar hoffte, er werde ihr beteuern, es käme alles wieder ins rechte Lot, bemerkte Rhys, wie Joram knapp das Haupt schüttelte. Auch Rhys hatte vom Befinden des Tiers den schlechtesten Eindruck. Er zuckte zusammen, als er das unversehrte Bein unter die verwundete Wade schob, um sie zu stützen, die Rechte unverändert auf die Wunde gelegt und dachte über einen Weg nach, wie er Evaine diese traurige Einsicht erleichtern könnte.

»Das bekümmert mich sehr, Schwesterchen«, antwortete er gedämpft. »Vielleicht steht's weniger übel um ihn, als du's glaubst. Möchtest du ... möchtest du ihn zu mir betten? Mag sein, wir können beide geheilt werden, sobald ein Heiler eintrifft, und wenn ich mir Sorgen um Symber mache, gräme ich mich weniger wegen meines Beins.«

Wacker schluckte Evaine und legte den schlaffen Kater in Rhys' linke Armbeuge wo er unmittelbar an des Knaben Brust und Wange ruhte. Trotz der Besinnungslosigkeit des Tiers konnte Rhys spüren, daß es schwere innere Verletzungen erlitten hatte. Mit den Fingerspitzen streichelte er eine reglose, samtweiche Pfote, während er zu Evaine aufschaute und wünschte, er vermöchte irgend etwas Hilfreiches zu tun.

»Du ... *du* wirst doch nicht sterben, oder, Rhys?« fragte Evaine mit ganz kläglichem Stimmchen.

Rhys zwang sich zu einem Lächeln der Zuversicht. »Keine Sorge«, entgegnete er verhalten. »Die Verwundung ist ernst, aber ich werde genesen.«

Cathan kam und kauerte sich zu Rhys' Füßen nieder, besah sich die Wunde, schniefte und wischte sich vergeblich mit dem blutbeschmierten Ärmel die Nase; schließlich setzte er sich schwerfällig auf den Boden und stieß einen kummervollen Seufzer aus.

»Nun ja, zumindest wird Vater in kurzer Frist mit einem Heiler zur Stelle sein. Der König gibt ihm Dom Sereld mit, er ist unter den Heilern einer der tüchtigsten. Verdammnis!« Er hieb eine blutige Faust auf die Fliesen. »Ich hätte euch früher zu Hilfe eilen können. Ich hätte nach unten gehen sollen, als mich Evaine drum bat. Die Strolche haben die Hunde mit vergiftetem Fleisch beseitigt, derweil das Gesinde im Keller arbeitete. Sie müssen gewußt haben, daß ein Großteil des Haushalts ausgeritten ist.«

Der Tafelmeister fand sich ein und stellte Fragen wegen dem Gefangenen, und Cathan entfernte sich mit Joram, um sich der Angelegenheit anzunehmen. Evaine verblieb bei Rhys, breitete ihre Händchen auf seine Stirn, half ihm dabei, sich in einen geistigen Dämmerzustand, fast einer Trance gleich, zu versetzen, in welchem er die Schmerzen weniger wahrnahm. Rhys hätte dies allein bewerkstelligen können, nahezu jeder Deryni war auch ohne besondere Unterweisung dazu fähig, doch die Entlastung davon, es selber tun zu *müssen*, gestattete es ihm, in barmherzigen Schlummer zu entgleiten, derweil man auf den Heiler wartete.

Er träumte von dem Kater, der in seiner Armbeuge ruhte; er träumte daß das Tier sich enger an ihn schmiegte, ihm die feuchte, kühle Nase in die Seite drückte, so nachdrücklich schnurrte, daß die Töne Rhys' ganzen Körper zu durchschwingen schienen.

Er träumte von jenem Sommer, in dem Camber das Kätzchen mit auf die Burg gebracht hatte, ein liebreizendes junges Geschöpfchen mit weichem schwarzen Fell. Augen gleich winzigen Sonnenblümchen sowie nadelspitzen Krallen an den Zehen der Samtpfötchen. Um die Weihnachtszeit hatte sich das vielbewunderte Kätzlein, wie es natürlich unweigerlich kommt, zu einem etwas unbeholfenen, schlaksigen jungen Kater mit Ohren, die an eine Fledermaus erinnerten, übermäßig langen Beinen und einem dünnen, sehnigen Schwanz ausgewachsen. Mehrere Monde hindurch hatte Gräfin Jocelyn ihn nur »die verwünschte Bohnenstange« genannt.

Im folgenden Sommer jedoch löste Symber das Vielversprechende ein, das man ihm als Jungtier hatte ansehen können, und verwandelte sich in das geschmeidigschlanke, anmutige Tier, an welches Rhys die schönsten Erinnerungen hatte, das Freund und Tröster der gesamten Familie MacRorie war, ja sogar ihr gemeinsamer Vertrauter, wiewohl es den Anschein hatte, daß er Evaine und Rhys besonderen Vorzug gab. Symber war es, der Rhys durch den ganzen langen Traum begleitete, sein Schnurren erfüllte Rhys' Ohr, ließ ihn tiefer, tiefer entschweben ...

Einmal begann er aus dem Schlaf zu erwachen, doch eine andere Wesenheit hielt ihn sanft im Schlummer nieder. Zunächst dachte Rhys an Widerstand, vielleicht zumindest ratsam, bis er wußte, um wen es sich handelte, doch dann, fast ohne Verzug, erkannte er, es war die Gegenwart eines Heilers, die er verspürte, er durfte sich ihm bedenkenlos überantworten. Für die Dauer eines Augenblicks spürte er, wie Cambers und Gräfin Jocelyns Seelen sorgenvoll seinen Geist streiften; gleich darauf jedoch hatte er das Empfinden, es sei zuviel der Mühsal, sich weiter für das Geschehen zu interessieren. Benommen kehrte er zurück in den Traum von dem Kater und dessen Schnurren.

Als nächstes merkte er, wie *wirklich* an seinem Ohr eine Katze schnurrte. Sobald er die Lider hob — er lag noch immer leicht zusammengekrümmt auf der linken Körperseite —, räkelte sich an seiner Brust ein gertenschlanker, schwarzer Katzenleib, samtweiche Pfoten trommelten kurz gegen seinen Arm, eine feuchte schwarze Nase stupste seine Wange, ehe das Tier sich mit zufriedenem Schnurren erneut zum Schlaf ausstreckte. Zur Rechten Rhys' kniete ein Fremdling, der ein prunkvolles Gewand im Grün der Heiler trug, wischte sich die soeben gewaschenen Hände an einem sauberen Tuch trocken.

»Meiner Treu«, sprach der Heiler, schenkte Rhys ein freundliches Lächeln, »es verwundert mich, daß du das Werk der Heilung nicht selber vollendet hast. An dem Katzenvieh hast du dich aufs vortrefflichste bewährt.«

»Was hab ich?« fragte Rhys töricht, dieweil des Heilers Worte für seine Begriffe keinerlei Sinn ergaben.

Der Mann lachte nur verhalten und schüttelte das Haupt, warf das Tuch beiseite. Sommersprossen auf seiner Nase und den Wangen verliehen ihm ein jugendliches Aussehen, obschon über seiner Stirn der Haaransatz schon sichtlich zurückgewichen war, und man sah schwache Andeutungen von Grau in seinem rötlichbraunen Haar. Rhys schätzte sein Alter auf ungefähr fünfzig Jahre. Die Augenwinkel seiner dunkelbraunen Augen wiesen winzige Fältchen auf, und sein kleiner Kinnbart sowie der Schnauzbart, beide säuberlich gestutzt, waren grauer als das Haupthaar. Er befahl Rhys, sich auf den Rücken zu wälzen, aber als Rhys Anstalten machte, sich aufzusetzen, hielt er ihn zurück, indem er ihm eine Hand auf den Brustkorb legte.

»Noch nicht, mein Sohn. Ich möchte mich erst vergewissern, daß keine Blutgerinnsel vorhanden sind, bevor du das Bein wieder häufiger bewegst. Freilich, 's ist eine heikle Sache, sich selbst eine zertrennte Sehne zu heilen.« Er beugte sich über Rhys' geheiltes Bein, strich mit seinen heilkräftigen Händen sachte über die Stelle, wo sich die Schwertwunde befunden hatte. »Sogar mir mußte Herr Camber bei den rein körperlichen Maßnahmen Beistand leisten. Das Heilen fällt leichter, kann man verletzte Bereiche des Körpers wieder so ordnen, wie sie zuvor waren, ehe man sich ans Heilen macht. Eine zerschnittene Sehne bereitet auch einem Heiler Schwierigkeiten, wenn zwischen ihren Enden eine volle Spanne Abstand klafft. Aber alles das wirst du beizeiten noch lernen, wenn du nach allen Regeln der Kunst deine Ausbildung erhältst. Hast du wirklich nichts gewußt? Ich bin übrigens Sereld, der Heiler des Königs.«

»Ich ... ich bin Rhys Thuryn«, vermochte Rhys zur Antwort zu raunen, derweil ihm von den Weiterungen dessen, was Sereld äußerte, das Haupt schwirrte.

»Ja, ich weiß. Und zahlreiche andere Leute werden's bald auch wissen. Es ist ein Grund zum Feiern, wird jemand mit der Gabe zum Heilen entdeckt.« Sereld beendete die Untersuchung von Rhys' Bein, streckte es behutsam und legte es ab; dann musterte er Rhys, das Haupt seitwärts geneigt, versonnener denn zuvor. »War jemand von deinen Eltern Heiler, mein Sohn?«

»Nein. Sie verstarben, als ich noch im Säuglingsalter war.«

»Hmmm. Hat's ansonsten in deiner Sippschaft Heiler gegeben?«

»Ich wüßt's nicht«, antwortete Rhys leise. »Hab ich ... hab ich Symber *wahrhaftig* geheilt?«

»Die Katze? Es sieht ganz so aus. Und du hast auch deine Blutung selber weitgehend gestillt.« Sereld kraulte Symber unterm Kinn und lächelte, als der große Kater die Barthaare an seiner Hand rieb und noch lauter als vorhin schnurrte. »Was denn, mir brauchst du nicht zu danken, kleiner Freund. Du hast nunmehr einen eigenen Heiler, der fortan auf dich achtgeben wird.«

Nach wie vor konnte er nicht vollends glauben, was er da vernahm. Rhys stützte sich auf die Ellbogen.

»Aber wenn ich ein *Heiler* bin«, — er sprach die Bezeichnung mit regelrechter Ehrfurcht aus —, »wieso wußte ich's nicht?« Ohnehin traute er sich nur gedämpft zu sprechen. »Warum hat's niemand mir kundgetan?«

»Ich vermute, niemand ist auf den Gedanken verfallen, diese Möglichkeit zu überprüfen«, lautete Serelds Erwiderung, während er einer Schale voll Wasser ärztliche Werkzeuge entnahm und mit einem weichen Tüchlein abzutrocknen begann. »Auch deine Michaeliten sind beileibe keine Allwissenden, mußt du beachten. Und du entstammst ja keiner Heiler-Familie.« Rhys fuhr zusammen, als der Heiler die gereinigten Werkzeuge mit einem Klirren in eine grüne Tasche tat, wie sie Angehörige seiner Zunft mitführten. »Andererseits bist du genau in dem Alter, in welchem sich die Begabung zeigt, wenn sie sich aus eigenem Antrieb offenbart«, fügte Sereld seinen vorherigen Worten hinzu. »Naturgemäß vermag man die heilerische Begabung, hat man Anlaß zum Vermuten ihres Vorhandenseins, schon früh feststellen. Aber wenn nicht die ordentliche Ausbildung zum Heiler sie weckt und wirksam macht, tritt die eigentliche Gabe oft zum erstenmal auf, sobald an ihr und ihren Wirkungen dringlicher Bedarf entsteht.« Er lächelte breit. »Ich glaub, in deinem Fall war dein pelziger Freund ... Wie soll ich's nennen? Ein *Auslöser?*«

Angesichts dieser verwickelten Darlegungen stöhnte Rhys auf, stimmte danach jedoch, weil er anders nicht konnte, in Serelds herzliches Gelächter ein. Er grinste vom einen zum anderen Ohr, während der Heiler ihm beim Aufsetzen half; und Symbers dunkles Schnurren klang wie ein Widerhall von Rhys' Freude, als er den Kater nahm und sich in den Schoß legte.

Als Camber, Joram und Evaine — letzteres Paar voll ehrfürchtigen Staunens — sowie alle anderen in den Burgsaal kamen, sich um Rhys scharten, um ihn mit Glückwünschen zu überhäufen, da kannte er nicht länger noch den geringsten Zweifel hinsichtlich der Frage, was er mit seinem Leben anfangen sollte.

Originaltitel: ›Catalyst‹
(erschien urspr. in ›Moonsinger's Friends‹, 1985)
Copyright © 1985 by Katherine Kurtz

II.
Des Heilers Hymne
(1. August 914)

Des Heilers Hymne *ist weniger eine Kurzgeschichte als die Wiedergabe eines Vorfalls im Leben einiger Charaktere der Camber-Romane. Der im Titel erwähnte Heiler ist natürlich Rhys, und die Hymne ist das* Adsum Domine, *der Hymnus der Gabrieliten-Heiler, der viel von ethischen Kodex der in ihrer Tradition qualifizierten Heiler enthält. Camber hörte einen Teil davon, als er in der Gestalt Alister Cullens mit Rhys (in dem Roman* Camber der Ketzer) *die Abtei St. Neot besuchte; das geschah allerdings mehrere Jahre, nachdem er die Hymne — unter den in* Des Heilers Hymne *geschilderten Umständen — schon einmal in voller Länge zu hören bekommen hatte. In diesem Kontext diente das* Adsum Domine *als Rahmen für die magische Weihe von Rhys' und Evaines neugeborenem Sohn Tieg Joram Thuryn zum künftigen Heiler.*

Die Heiler-Ausbildung muß für die vom Glück gesegneten Deryni, die das Heiler-Talent besaßen, eine attraktive, vielseitige Karriere bedeutet haben; es handelte sich um ein seltenes, ganz spezielles Talent. Die Deryni brachten der Berufung zum Heiler den gleichen Respekt entgegen wie der Berufung zum Priester und bewerteten sie genau wie letztere als von Gott vorgenommene Bestimmung. Infolgedessen ist es nicht erstaunlich, daß die meisten Heiler ihre Ausbildung bei einem religiösen Orden wie beispielsweise den Gabrieliten erhielten.

Doch außer von der Schule, die der Orden des Hl. Gabriel in der Abtei St. Neot betrieb, wo Rhys einen wesentlichen Teil seiner Unterweisung genoß, wissen wir von mehreren vergleichbaren Einrichtungen, etwa der deutlich weltlicheren, pragmatischeren Varnariten-Schule in Grecotha, die von Tavis O'Neill (dem späteren Heiler Prinz Javans) besucht wurde, und wenigstens einer weiteren Heiler-Schule, deren Elitis-

mus das Elitedenken, wie es in St. Neot üblich war, sogar noch übertroffen und die eine ähnlich religiöse Orientierung wie die Gabrieliten, bei denen Dom Emrys lernte, gepflegt haben dürfte. (Ich persönlich habe den Verdacht, daß diese letztgenannte Schule in einem Zusammenhang mit dem aus schwarzen und weißen Kuben konstruierten Altar steht, auf den Camber und Joram unter Grecotha stießen.) Zweifellos werden wir, wenn Morgan und Duncan in zukünftigen Büchern ihre wiederentdeckten heilerischen Fähigkeiten erforschen, mehr über Heiler und ihre Ausbildung erfahren. (Der leicht abweichende Ritus Jebedias' zur Beschwörung der vier Himmelsrichtungen erlaubt die Schlußfolgerung, daß Heiler nicht die einzigen Deryni sind, die sich in Tradition und Ausbildung unterscheiden.)

So wichtig wie die Einsichten in Ethik und Ausbildung der Heiler, die uns Des Heilers Hymne *bietet, ist der Einblick in eine andere Art von derynischem Ritual, als wir sie schon kennen — eine mehr religiöse Zeremonie als traditionelle magische Praxis, völlig verschieden von den Riten der Machtaneignung, wie sie an einigen Haldane-Prinzen vollzogen worden sind, oder der Erstellung diverser Abwehrmittel oder zu vergleichenden derynischen Maßnahmen. Es ist kein rein christliches Zeremoniell, obwohl christliche Kleriker wie Joram und Camber/Alister mit den Förmlichkeiten vertraut sind und Camber im Verlauf des Ritus das christliche Sakrament der Taufe spendet. An erster und wichtigster Stelle ist es ein derynisches, auf uralte Tradition gestütztes Ritual, das veilleicht älter als das Christentum selbst ist. Das alles spricht für eine gewisse kosmopolitische Sichtweise der Deryni — eine Sicht, die man, wenn man will, im weitesten Sinn als katholisch bezeichnen könnte, aber die für jede Person, die jemals Gedanken über ihr Verhältnis zu der Schöpferkraft, die Entität, die wir im allgemeinen Gott nennen, angestellt hat, eine Bedeutung gewinnen kann.*

Ferner ist Des Heilers Hymne *eine sehr persönliche Beschreibung der Beziehung zwischen Rhys und Evaine, als Gatte und Gattin genauso wie als Partner in Sachen Magie;*

der Text gewährt aufschlußreiche Einblicknahmen in eine reichhaltige Verschmelzung physischer, mentaler und spiritueller Funktionen. Mögen wir alle in unseren Beziehungen zu den Menschen, die wir lieben, soviel Freude kennenlernen.

Dieses dritte Mal war Evaines Entbindung erheblich leichter abgelaufen, befand Rhys Thuryn, während er einen Kräutertrank anrührte, dabei das Haupt wandte, um zufrieden durchs Gemach hinüber zu der Bettstatt zu blicken, auf welcher seine Gemahlin mit dem neugeborenen Sohn ruhte. Wiewohl Rhys zur Zunft der Heiler zählte, hatte er nicht mit Gewißheit gewußt, was zu erwarten stand, denn bereits vor langem — fast schon im Augenblick der Zeugung — hatte er gespürt, daß dies Kind, anders denn Bruder und Schwester, wie sein Vater ein Heiler werden sollte. Während Evaines Schwangerschaft hatte er öfters am Rande der Wahrnehmung Schwingungen von des Ungeborenen in der Entwicklung begriffenen Heiler-Begabung bemerken können. Manchmal hatte sie sich sogar, wenn er sich dem Heilen widmete, aus Rhys' Umkreis entfernen müssen. Die Beschwerden des Kranken hatten beim Kind und dadurch auch bei ihr Beunruhigungen verursacht.

In den letzten Wochen der Schwangerschaft jedoch war die Gabe in der Seele unbewußte Schichten abgesunken; dieser Zustand würde mehrere Jahre lang andauern.

Evaine hob den Blick zu Rhys und lächelte, als er ans Bett trat, sich wie ein wahrer Beschützer über Eheweib und Sohn beugte, liebevoll der Gemahlin den mit Kräutern vermischten Wein reichte. Der Säugling nuckelte lustvoll an ihrer Brust, aus seinem winzigen, bereits mit rostroten Härchen bedeckten Köpflein drangen leise Schmatzlaute der Befriedigung.

»Er ist unverwechselbar dein Sohn«, sprach Evaine

mit verhaltener Stimme. Vergnügt funkelten ihre blauen Augen, indem sie den Becher von Rhys entgegennahm und trank. »Wäre die heilerische Begabung kein hinlänglicher Beweis, so bliebe doch, daß er dein Haar hat, deinen Mund, deine Hände ...«

Schalkhaft erwiderte Rhys ihr Lächeln, weil er aus ihren Worten mehrerlei Bedeutung hörte, dann beugte er sich noch tiefer und küßte die obere Rundung jener Brust, daran nicht das Kind hing, richtete seine Aufmerksamkeit danach auf ihre Lippen, die noch feucht waren vom Trank aus Wein und Kräutern. Indem er sie mit dem Gemüt geradeso umfing wie mit den Armen, küßte er ihren Mund ausgiebig, aber zärtlich, sein Gefühl des Glücks verschmolz mit dem ihren im Vollzug inniger seelischer Vereinigung und in einem Aufwallen gemeinsamer stiller Freude. Seine Heiler-Wahrnehmung bemerkte, wie sich ihr Leib, während die Wirkung des Tranks eintrat, inwendig zusammenzog, wie es so kurz nach einer Niederkunft sein mußte, und er streichelte mit einer Hand, welche für die Dauer einiger Herzschläge auf dem noch immer beim Nuckeln befindlichen Kind verweilte, den Säugling, ehe er sie auf ihren Unterleib breitete, er sich an Evaines Seite auf dem Bett ausstreckte und sich in die Kissen lehnte.

Du solltest dir nunmehr Ruhe gönnen, meine Liebste, raunte er ihr auf geistiger Ebene zu.

Mit einem Seufzen des Wohlbehagens rückte sich Evaine in seinen Armen zurecht und schlummerte ein.

An diesem beschaulichen Bilde des Eheglücks hatte sich noch nichts geändert — Evaine und der Neugeborene schliefen nach wie vor in Rhys' Armen —, als ein maßvolles Pochen an die Tür Rhys aus seiner verträumten Versonnenheit schreckte. Er wußte, wen er zu erwarten hatte, und als eine träge durchgeführte geistige Erkundung seine Annahme bestätigte, dachte er den Ankömmlingen ein herzliches *Willkommen!* zu.

Sämtliche drei Mannen, welche nach dem Klopfen,

ein Lächeln auf den Angesichtern, erst ins Gemach lugten, dann es betraten, waren Mitglieder im streitbaren Orden des Heiligen Michael, trugen an den Hüften Schwerter und hatten die weißen, mit Fransen gesäumten Schärpen der michaelitischen Ritterschaft um den Leib gewunden. Zwei hatten Umhänge im Blau der Michaeliten um die Schultern geworfen, doch der dritte und älteste des Dreigespanns war in die prächtige purpurne Gewandung eines Bischofs gekleidet. Rhys lächelte gleichfalls, als die Besucher näher traten, setzte beiläufig seine Heiler-Fähigkeit ein, um rings um Evaine, welche unverdrossen weiterschlummerte, einen geistigen Schild zur Abwehr fremder Gedanken zu errichten, auf daß sie nicht gestört werde. Als die drei sich ums Bett sammelten, hob er den freien Arm, ergriff des Ältesten Hand und küßte den Amethystring, während sein Geist zur Begrüßung *Camber!* rief, seine Lippen indessen dank langer Gewohnheit und aus Rücksicht auf die Anwesenheit des Dieners, welcher sich just anschickte, die Tür zu schließen, einen anderen Namen aussprachen.

»Wie ist Euer Befinden, Bischof Alister?« fragte er, drückte den beiden anderen Ordensrittern die Hand, derweil der Bischof seine Beachtung dem Weib und Kind schenkte, die da im Schlafe lagen.

Camber MacRorie, den die Welt als Bischof Alister Cullen kannte, betrachtete für einige Augenblicke voll Wohlwollen seine Tochter und den Enkel, dann strich er mit der Hand federleicht sachte über des Säuglings Köpfchen, bevor er sich auf den Stuhl niederließ, den ihm der jüngere seiner zwei michaelitischen Begleiter hinschob.

»Für ein greises Schlachtroß meines Alters ergeht's mir recht wohl«, erteilte Camber mit einem Auflachen Auskunft, denn weder fühlte er die Last der nahezu sechzig Lenze, die jener Mann heute zählte, in dessen Gestalt er umging, weilte er noch unter den Lebenden, noch sah man sie ihm an, und das gleiche galt — und zwar um so mehr — für die achtundsechzig Jahre, welche Camber selbst mittlerweile auf dem Buckel hatte, und er wußte genau, daß Rhys darüber gänzliche Klarheit besaß. »Darf ich unterstellen, daß Mutter und Kind wohlauf sind?«

»Freilich, sie ruhen nur aus. Joram, Jebedias, wie geht's, wie steht's?«

Joram, lediglich ein paar Jährchen älter als das schlafende Weib und auf den ersten Blick erkennbar als dessen Blutsverwandter, warf sich eine vom Wind in seine Stirn gewehte Strähne von hellem Haar aus den Brauen und lächelte.

»Für Herrn Jebedias kann ich nicht Rede führen, doch was mich betrifft, so fühle ich mich abermals ein wenig gealtert. Das fünfte Mal ist's, mußt du bedenken, daß ich Onkel werde.«

Rhys lachte. »Ei nun, es war ja dein *Wunsch*, Pater zu werden anstatt Vater«, spottete er gutmütig. »Ihr Priester habt keinen Anlaß zu Klagen. Und Ihr, Jebedias, hättet Euch nicht fürs weiberfreie Leben eines Ordensritters entscheiden *müssen*.«

»Gewiß nicht, aber es verhält sich keinesfalls so, daß ich's bereute.« Jebedias stieß ein Lachen aus, verschränkte die Arme auf der Brust. »Jede Berufung hat Ihre Nachteile, aber sie entschädigt dafür auch mit Vorteilen.«

Darüber lachten sie allesamt, denn sie vier übten höchstwahrscheinlich mehr Macht aus, was das Beherrschen des Königreichs Gwynedd anbelangte, als jede andere Handvoll Männer, den König eingeschlossen. Camber hatte als Alister Cullen das Amt des Reichskanzlers von Gwynedd inne, war zudem Bischof der im Norden gelegenen, hochwichtigen Diözese Grecotha. Zuvor war er Generalvikar der Michaeliten gewesen. Joram MacRorie, Cambers Sohn, war nicht allein Geistlicher und Ritter des Michaeliten-Ordens, sondern versah überdies die Stellung eines Geheimschreibers und Famulus des Reichskanzlers und Bischofs Cullen; dabei handelte es sich um eine hohe Vertrauensstellung, in welcher er weit mehr Einfluß hatte, als die Bezeichnung ahnen ließ. Jebedias von Alcara unterstanden in seiner Eigenschaft als Feldmarschall und Oberbefehlshaber des Königlichen Heeres sämtliche Streitkräfte Gwynedds, und geblieben war er außerdem Großmeister der mächtigen Ordensritter des Heiligen Michael. Rhys genoß den Rang eines Heilers der Krone von Gwynedd und trug als solcher die Verantwortung für die Gesundheit und das Wohlergehen des Königs sowie seiner drei jungen Erben.

Gegenwärtig jedoch beschäftigte Rhys am stärksten sein Stand als Heiler, kein anderweitiger Ausdruck weltlicher oder spiritueller Macht. Denn Rhys' Gemahlin, Tochter Cambers und Jorams Schwester, hatte eben einem zukünftigen Heiler das Leben geschenkt — ein Ereignis, welches auch bei dem für seine magischen Fähigkeiten bekannten Volksstimmen der Deryni, dem sie alle angehörten, als derartige Seltenheit galt, daß man, seit das Vorhandensein der Begabung beim Ungeborenen erkannt und unzweifelhaft festgestellt worden war, bestimmte Vorbereitungen in die Wege geleitet hatte.

Das gab dafür den Grund ab — über die verständliche Neigung hinaus, das jüngste Mitglied der Camber-Sippe zu sehen und in der irdischen Welt willkommen zu heißen sowie die Eltern zu beglückwünschen —, aus welchem sich jene drei äußerst stark von ihren Pflichten und Aufgaben in Anspruch genommenen, hochbedeutsamen Herren heute vor der Hauptstadt an Rhys' und Evaines Wohnsitz zu Sheele eingefunden hatten. Rhys hegte die Absicht, am Abend seinen neugeborenen Sohn in förmlicher Art und Weise, wie das Deryni-Brauchtum es vorschrieb, dem Dienst im Sinne seines heilerischen Erbteils zu weihen. Daß dem Ritus jene beiwohnten, die dem Kind und seinen Eltern am nahsten standen, war vollauf angemessen.

Etliche Stunden später, nach Anbruch der Dunkelheit, nachdem Evaine erwacht war, sich mit Vater, Bruder und dem einem Bruder gleichen Freund Jebedias frohen Mutes unterhalten und alle das abendliche Mahl verzehrt hatten, trafen die vier Männer die erforderlichen Maßnahmen, derweil Evaine den Kleinen säugte. Der erste Tag im August war es, der Tag des Erntefests, folglich hatte Jebedias am Morgen zu St. Neot frischgebackenes Brot mitgenommen, das sie zur Feier des Tages untereinander zu teilen gedachten. Der Laib lag nun auf einem schlichten, mit Salzglasur versehenen Teller auf der mit einer weißen Tischdecke gedeckten Tafel in der ungefähren Mitte der Kammer, eine besonders geeignete Gabe für die beabsichtigte Weihe, dieweil aus der Schule der Abtei St. Neot, wie man wußte, die vorzüglichsten Heiler hervorgingen. Ferner befanden sich darauf ein Becher Wein von allerdings weniger erhabener Herkunft sowie Gefäße, die Wasser, Salz sowie geweihtes Salböl enthielten — das letztere, weil das Kind im Laufe des Rituals von seinem Großvater getauft werden sollte. Indem er sich eine weiße Stola um den Hals legte, gesellte sich der Bischof zu den übrigen Beteiligten, die sich bereits in der Mitte des Raumes versammelt hatten.

»In diesen Kammerwänden sind Bestandteile eines Trutzbanns eingelassen, drum erübrigt's sich, eigens einen magischen Kreis zu ziehen, doch um der Erhaltung aller Förmlichkeiten willen werde ich dennoch einen Kreis durchschreiten«, erklärte Rhys, schwang sich den im Grün der Heilerzunft gefertigten Umhang um die Schultern und schloß an seiner Kehle die Spange. »Jebedias, Euch bitte ich, nehmt Ihr mir im Osten Aufstellung. Joram, Vater, wenn ihr wohl eure gewohnten Plätze im Süden und Norden einnehmen wolltet ...«

Die Genannten begaben sich an die erwähnten Standorte, verharrten in einigen Ellen Abstand von den Wänden, das Gesicht dem Innern der Kammer zugekehrt, drei auf beruhigende Weise wuchtige Gestalten in Königsblau und Purpur, hinterrücks erhellt von Kerzen, welche an den Wänden auf dem Fußboden brannten. An der Westseite saß Evaine, ebenfalls hinter ihrem Rücken Kerzenschein, auf einem Stuhl und glich nachgerade, zumal in ihrem Schoß das Kindlein schlief, einem vergoldeten Madonnen-Standbild.

Derweil er zwecks innerlicher Einstimmung auf das Zeremoniell seinen Geist mit Ruhe erfüllte, schritt Rhys langsam auf Jebedias' Seite der runden Kammer und trat zwischen ihn und die Kerze, erhob beide Hände, die Handteller auswärts gewandt, bis in Brusthöhe. Für ein kurzes Weilchen verhielt er so, ließ sich die magischen Gewalten in den eingemauerten ›Ecktürmen‹ des Banntrutzes ballen und sich mit seinen gespreizten Fingern verflechten, ein gleichzeitig hartes und doch weiches Geflacker knisterte, sichtbar und doch nicht ganz sichtbar; anschließend schloß er halb die Lider und begann nach rechts an der Krümmung der Mauer entlangzuschreiten, ohne jedoch dieselbe zu berühren. Die anderen Anwesenden neigten das Haupt, wenn er hinter ihnen vorüberschritt; alle waren sie sich der Kräfte bewußt, welche sich auf Rhys' Weg aufbauten wie ein Schleier grünlicher Glut, deren Gleißen beinahe unsichtbar blieb, außer als Flimmern in den Randbereichen der Wahrnehmung.

Sobald Rhys seine Durchkreisung der Kammer vollendet hatte, verharrte er erneut hinter Jebedias' Rücken und breitete die Arme bedächtig nach den Seiten aus, legte das Haupt in den Nacken und atmete tief von den Gewalten ein, welche er soeben beschworen hatte. Deren Halbleuchten dehnte sich nun auch über die Häupter der Beteiligten aus, überwölbte sie. Rhys senkte die Arme und kehrte in den Kreis zurück, drückte im Vorbeigehen, wie in Gedanken verloren, zum Zeichen der Kameradschaft Jebedias' Schulter. Während Rhys' seinen Kreis durch die Kammer zog, hatte Evaine sich von ihrem Platz erhoben und gleichfalls in die Mitte des

Raums begeben; nun legte sie ihrer beider Sohn in Rhys' Arme.

Sie hatte ihr Haupthaar gelöst, so daß es ihr auf die Schultern fiel wie ein Sturzbach geschmolzenen Goldes; nur über der Stirn war es zu dünnen, nach hinten über den Scheitel gebreiteten Zöpfchen geflochten, ließ ihr Antlitz frei. Als ihre Hand, indem sie ihm das Kind reichte, sie es gemeinsam an seinen grünen Heiler-Umhang lehnten, Rhys' Hand streifte, versetzte sie seine Nervenstränge ins Kribbeln. Rhys zitterte fürwahr, als er mit der freien Faust Evaines Hand ergriff und an seine Brust drückte, das Gemüt, indem sich ihre Blicke trafen, so inbrünstig mit dem Gemüt seiner Gemahlin vereinte, daß ihres Gefühlsüberschwangs tiefe Leidenschaftlichkeit auf geistiger Ebene zu den übrigen Anwesenden überzuschwappen anfing, ehe er daran dachte, in aller Interesse die Heftigkeit der Emanationen zu mildern. Er bemerkte, indessen ohne wirkliche Verlegenheit zu empfinden, Cambers Anwandlung belustigter Nachsicht, als er, diesmal die Emanationen ihrer innigen Empfindungen vermittelst der Fähigkeiten seiner Heiler-Begabung gedämpft, Evaines Handfläche an die Lippen preßte.

O Gott, wie ich dich liebe! dachte er ihr zu, ohne sich darum zu kümmern, ob die restlichen Mitwirkenden den Gedanken auffingen oder nicht. *Und hab meinen Dank für unseren Sohn.*

Evaine antwortete ihm nicht mit Worten, nicht einmal mit in Worte gefaßten Gedanken. Statt dessen lächelte sie und beugte sich ein wenig vor, derweil sie noch seine Hand hielt, berührte über den Säugling hinweg mit ihren Lippen aufs zärtlichste Rhys' Mund. Er spürte ihr geistiges Band fester werden, sich stetigen, als wäre es eine Flamme, während sie langsam weit genug von ihm auf Abstand ging, um hinter ihn treten zu können. Sie ließ seine Hand erst los, als sie alle vier sich gen Osten gekehrt hatten. Rhys merkte, wie sie hinter ihm ihre Arme nach den Seiten streckte, nah und liebevoll wie schutzreiche Schwingen, wiewohl sie mit ihm nicht länger in körperlicher Berührung stand. Ihre Stimme klang geringfügig leiser als gewöhnlich, während sie die wohlvertrauten Worte der einleitenden Beschwörung sprach.

»Außerhalb der Zeiten weilen wir, an einem Ort abseits des Erdenkreises. Wie unsere Ahnen vor uns taten, treten wir zusammen und sind eines.« Andächtig neigte Rhys das Haupt, ergab sich ganz und gar der inneren Stille; seine Lippen streiften die weiche, rötliche Behaarung auf seines Sohnes Köpfchen. »Bei Deinen heiligen Aposteln Matthäus, Markus, Lukas und Johannes, bei all Deinen Erzengeln, bei allen Mächten von Licht und Schatten, wir rufen Dich an, beschirme uns und bewahre uns vor allem Übel, o Allerhöchster«, sprach Evaine des weiteren. »So ist es und ist es immerzu gewesen, so wird es sein für alle künftigen Zeiten. *Per omnia saecula saeculorum.*«

»Amen«, ergänzten alle halblaut wie aus einem Munde, indem sie das Kreuzzeichen schlugen.

Rhys hob das Haupt, als Evaine sich zu seiner Rechten aufstellte; ihrer beider leichtes Lächeln wirkte eines wie das Spiegelbild des anderen und gleicherweise wie Spiegelbilder des Lächelns der anderen Beteiligten, welche sie beobachteten, während sie beide auf Jebedias zuschritten. Als sie zu ihm traten, verneigte der Ordensritter sich knapp, ließ sie an seiner rechten Seite Aufstellung nehmen, indem er sich dem stets nur fast erkennbaren Schimmern vor der durch den Banntrutz bewehrten Mauer zukehrte. Er zauderte, dann neigte er in einer Gebärde der Fragestellung das Haupt ein wenig in Rhys' Richtung.

»Ist's Euch einerlei, welche Beschwörung ich verwende? Ich möchte Euch den Vorschlag unterbreiten, uns einer zu bedienen, welchselbige mich mein Vater lehrte, sie entstammt einer etwas anders beschaffenen Überlieferung.«

»Es soll uns eine Ehre sein«, beschied Rhys ihn mit

gemäßigter Stimme und einer angedeuteten Verbeugung; er brauchte Evaine nicht erst anzuschauen, um zu wissen, auch sie war einverstanden.

Jebedias lächelte erfreut und hakte die Daumen in seine weiße Leibschärpe; sodann richtete er sich zu voller Körpergröße auf und richtete das Wort an den Wächter des Ostens.

»Alle Ehre dem Heiligen Raphael, dem Arzt und Heiler, dem Herrn über Wind und Stürme, dem Fürsten der Lüfte, dem Hüter des Ostens! Hier stehen deine Diener Rhys und Evaine, um dir ihren Sohn, einen geborenen Heiler, zu weihen.«

Für einen Augenblick hob Rhys seinen Jüngsten in die Höhe, hielt das kleine Bündel auf seinen Handflächen im Gleichgewicht; danach vollführten alle drei eine Verbeugung. Derweil sie sich strafften, Rhys und Evaine sich zur südwärtigen Seite entfernten, faßten Evaines Finger flüchtig die Schulter des Ordensritter. »Meinen Dank, Jebedias. Das ist ein wunderschöner Wortlaut.«

Das Paar trat hinter Joram, welcher das Antlitz zu einem fröhlichen, leicht schiefen Schmunzeln verzogen hatte.

»Ich werde Jebedias' Vorbild nacheifern, so ihr dagegen keine Einwände erhebt«, kündete er mit halblauter Stimme an. Er zückte sein Schwert, während das Paar sich rechts von ihm aufstellte, küßte fromm das von Griff und Querstange der Waffe gebildete Kreuz, bevor er die Klinge gen Süden erhob. »Alle Ehre dem Heiligen Michael, dem Verteidiger, der die Schlange zertritt, dem Wächter der Pforten zum Garten Eden, dem Fürsten des Feuers, dem Hüter des Südens! Hier stehen deine Diener Rhys und Evaine, um dir ihren Sohn, einen geborenen Heiler, zu weihen.«

Wieder hob Rhys den Säugling hoch, und die drei verbeugten sich, Joram endigte den Gruß, indem er das Schwert senkte, dann schob er es zurück in die Scheide. Er küßte seinen kleinen Neffen auf die Stirn, machte über ihm zum Segen das Kreuzzeichen, ehe er zurücktrat und dem Elternpaar den Weg freigab. Evaine umfing Jorams Leibesmitte, drückte ihn zärtlich und hauchte einen Kuß auf seine Lippen, bevor sie mit dem Gatten und ihrem Sohn weiterschritt, und Rhys spürte Umarmung und Kuß, als gölten sie ihm selbst. Gleich darauf standen sie an der Westseite, der Seite, welche für gewöhnlich Evaine einnahm. Sie neigte das Haupt, verharrte still für die Dauer eines Augenblicks, streckte sodann in einer Geste des Grußes die Arme empor.

»Alle Ehre dem Heiligen Gabriel, dem Himmelsboten, dem Fürsten des Wassers und Behüter des Westens, dem Überbringer der Frohen Botschaft an die Heilige Jungfrau und Gottesmutter! Hier stehen deine Diener Rhys und Evaine, um dir ihren Sohn, einen geborenen Heiler, zu weihen.«

Rhys verneigte sich, aber hielt das Kind noch nicht in die Höhe. »Im Namen der Kindsmutter möchte ich den Knaben gleichfalls dem Schutz der Heiligen Mutter Gottes anempfehlen«, sprach er leise, drehte das Haupt, schaute Evaine geradewegs in die Augen. »Denn die Gabe des Heilens ist auch ein Geschenk der Barmherzigkeit und des Mitleids — nicht allein der Heilung des Leibes —, und beides sind von der Königin des Himmels heißgeliebte Tugenden.«

Sobald er diese Worte gesprochen hatte, hob er den Säugling zum dritten Mal himmelwärts, verspürte wie Evaine einen Arm ausstreckte und ein winziges Händchen des Knäbleins hielt, und die Zärtlichkeit ihrer seelischen Emanationen verschmolz mit seinen gleichartigen Empfindungen, derweil sie beide ihre Verbeugungen vollführten. Anschließend schritten sie hinüber zu Camber und stellten sich an seine Seite.

Er trug nicht das Antlitz von Evaines Vater; schon fast ein Jahrzehnt zuvor hatte er es, um eines Königs und eines Königreichs willen, welche gerettet werden mußten, ein für allemal abgelegt, und die Gefahr einer Entlarvung war sogar inmitten eines geweihten magischen Kreises zu groß, als daß er es ohne Not gewagt hätte, sein wahres Antlitz zu zeigen. In der Jahre Verlauf hatten sich alle Eingeweihten mit der Unverzichtbarkeit dieser Vorsichtsmaßnahme abgefunden. Wog man sie gegen andere Opfer ab, welche gebracht worden waren, durfte man sie getrost als geringfügige Unannehmlichkeit bewerten.

Doch das Maß der Liebe, welches die drei empfing, als sie in Cambers ausgebreitete Arme traten, wurde für sie keineswegs weniger fühlbar, bloß weil es seinen Ursprung hinter den Augen eines Fremden hatte. Überdies konnte man Alister Cullen nach so langer Frist nicht mehr als Fremden bezeichnen. Inzwischen gab er einen Teil Cambers ab, obgleich sein Leichnam insgeheim in einem verborgenen Gewölbe tief unter der Erde begraben ruhte.

»Alle Ehre dem Heiligen Uriel, dem Herrn des Todes zu seiner Zeit« — Camber sprach mit leiser Stimme, jedoch vermittelte sein Tonfall eine Eindringlichkeit, welchselbige vielleicht daher rührte, daß er mehr an Jahren denn die übrigen in der Kammer Anwesenden zählte, und daß er dem Engel des Todes häufiger als einmal ins Antlitz geschaut und alle Furcht vor ihm überwunden hatte — »dem Herrscher über der Wälder Pfade und alles trockene Land, dem Fürsten der Erde, dem Hüter des Nordens!« Rhys fühlte Cambers Hand auf seiner Schulter verweilen, ein Strom der Kraftfülle floß vom Bischof über, auch auf Evaine. »Hier stehen deine Diener Rhys und Evaine, um dir ihren Sohn, einen geborenen Heiler, zu weihen.«

Erneut verbeugten sich alle drei; die Emanationen der uneingeschränkten Liebe Cambers begleiteten das Paar und ihr Kind, derweil es zurück auf die Seite Jebedias' kehrte, somit die Durchrundung der Kammer zu Ende führte. Von dort aus begaben sie sich wieder in die Mitte des Raumes, wohin ihnen sogleich auch die drei übrigen Mitwirkenden folgten, und Camber nahm die zur Taufe erforderlichen Gegenstände zur Hand, seine weiße Stola schimmerte vom Glanz der ihr innewohnenden Magie.

Rhys legte seinen Sohn in Jorams Arme und trat beiseite, überließ es vertrauensvoll den Geistlichen, den zweiten Abschnitt des Rituals zu zelebrieren. Während er sich innerlich sammelte, sich auf seine nächste Aufgabe vorbereitete — denn die allerwesentlichste Verrichtung, das Kernstück des Werks, das am heutigen Abend vollbracht werden sollte, stand erst noch bevor —, beobachtete er die Vorgänge mit gleichmütigem Interesse. Evaine hatte sich auf ihren Stuhl gesetzt, um in aller Ruhe zuzuschauen, und Rhys hatte beide Hände sacht auf ihre Schultern gesenkt; die körperliche Erregbarkeit war zur Gänze von ihm gewichen, er richtete all sein Denken und Empfinden vollkommen in sein Innerstes. Evaine stützte ihr Haupt gegen seine Hüfte, eine ihrer Hände über eine Hand Rhys' gebreitet, doch er wußte, sie spürte seinen allmählichen Rückzug an jene geistige Stätte, welche ausschließlich Heiler aufzusuchen vermochten. Er sah mit an, wie ihr Vater des Säuglings Schopf mit Chrisam salbte, ihm Salz auf die Zunge streute, ihm Wasser übers Köpfchen goß, ihn auf den Namen Tieg Joram taufte. »... *in nomine Patris, et Filii et Spiritus Sancti. Amen.*«

So nahm die feierliche Taufe ihren Gang, und nachdem Camber sie vollendet hatte, ward das Kind von neuem in Rhys' Arme gelegt; danach wichen die anderen ringsherum um ein paar Schritte zurück. An ihrem Platz beugte Evaine sich voll der Erwartung vor, ihre Miene widerspiegelte heitere Gelassenheit und Vertrauen.

Allgemeines Schweigen folgte, vertiefte sich, wirkte inmitten der Stille dieser magisch geschützten Kammer geradezu unergründlich; Rhys neigte das Haupt neben dem seines Söhnchens. Während er seinen Geist dem

Zustand der Heiler-Trance annäherte, verflocht er das Gemüt behutsam mit der Seele des Knäbleins. Das seelische Band ward in der sanftesten Art und Weise und ohne viel Umstände hergestellt; das Kind regte sich nur leicht im Schlummer, während im Gefühl beispiellosen inneren Einklangs für einen Augenblick ihrer beiden Heiler-Gaben ineinander verschmolzen.

In Gedanken lenkte Rhys seine Aufmerksamkeit zurück auf längst verflossene Jahre, die voller Begeisterung verbrachte Zeit seiner Schülerjahre bei den Gabrieliten, das *Credo* der priesterlichen Heiler, welche ihn gelehrt hatten. Seine Stimme konnte den vielstimmigen Chorgesängen zu St. Neot naturgemäß niemals ebenbürtig sein, doch auf alle Fälle eigneten sich die Worte zu dem Zweck, seiner Absicht in die gebührende äußere Gewandung zu kleiden. Später sollte Jung Tieg den Wortlaut vernehmen, so wie man ihn zu singen pflegte, damit er die gesamte Tragweite der weihevollen Bürde, welche das Schicksal ihm zugemutet hatte, erfassen könnte; für heute abend jedoch mußte ein Einzelgesang genügen.

Rhys drückte sich seinen Sohn ans Herz und fing zu singen an, seine dunkle, volltönende Stimme gewann an Kraft und Ausdrucksstärke, derweil die Worte des Gesangs erschollen. »*Adsum, Domine: Me gratiam corpora hominum sanare concessisti* ...«

»Hier bin ich, Herrgott:
Du hast mich begnadet mit der Gabe, der Menschen Leib zu heilen.
Hier bin ich, Herrgott:
Du hast mich gesegnet mit der Sicht des Einblicks in der Menschen Seelen.
Hier bin ich, Herrgott:
Du hast mir die Macht verliehen, der Menschen Willen zu beugen.
O Gott, gewähre mir Kraft und Weisheit, auf daß

ich alle diese Begabungen allein im Dienst an
Deinem Willen benutze ...«

Die Hymne, welche Rhys vortrug, war das uralte, zutiefst ehrfurchtgebietende *Adsum Domine*, gewissermaßen das Herzstück der sittlichen Grundsätze, von denen sich die Heiler, Laien ebenso wie Geistliche, in ihrem Verhalten leiten ließen, beinahe schon seit man unter den Deryni Heiler entdeckte. Er spürte, wie die restlichen Anwesenden voller Bewunderung und Andacht zusahen und lauschten, während er sich des Gesangsvortrags befleißigte, doch er wußte, daß sie lediglich einen schwachen Abklatsch der ganzen, vollen Bedeutung nachvollziehen konnten, welche die Worte für einen Heiler hatten, daß auch ihm einiges von der Wirkung entging, dieweil er allein die Hymne sang. Wenn die Heilermönche den Hymnus sangen, woben ihre Stimmen verwickelte Wohlklänge, wie sie im Gemüt eines Heilers tief drinnen verborgene Saiten anschlugen. Immerhin jedoch rührte nun die Erinnerung an jene Chorgesänge bei Rhys an selbige Saiten, und er fühlte, wie in ihm das altvertraute Entzücken emporschwoll, während er der Hymne erstes Teilstück beendete, dann den zweiten Versikel anstimmte. *»Dominus lucis me dixit: Ecce ...«*

»Des Lichtes Herr sprach zu mir: Siehe, du bist mein
auserwähltes Kind, Mein Geschenk an die Menschen.
Lange vor des Morgensterns Entstehn, lang ehe du in
  der Mutter Leib warst,
war deine Seele mein für alle Zeiten der Ewigkeit.
Du bist auf dieser Welt meine Heilende Hand,
Mein Werkzeug des Lebens und der Heilkräfte.
Dir verleihe ich den Atem der Lebenskraft,
gestützt auf erhabene Wunder und Geheimnisse
  von Wald, Tal und Erde.

Dir mache ich diese Gaben, auf daß du meine Liebe
  erkennst:
Verwende sie alle zum Wohle von Mensch und Tier.
Sei Läuterungsfeuer, das Verderben verbrennt,
sei Spender des Schlummers, der Schmerzen vertreibt.
Alle anvertrauten Geheimnisse hüte in deinem Herzen
wie in einem Schrein, als wären sie das
  Allerheiligste.
Mißbrauche das Gedanken-Sehen nicht zum Enthüllen
wider deines Schutzbefohlenen freien Willen.
Mit geweihten Händen heile Wunde und Siechtum.
Mit geweihter Seele spende Meinen Frieden ...«

Alle Beteiligten waren mittlerweile mit Rhys ein inniges geistiges Band eingegangen; und als er niederkniete, um den abschließenden Abgesang zu beginnen, verspürte er, welches Verlangen der Hymnus, der sie aufs allertiefste beeindruckte, ihnen einflößte, ihren fast grausam zu nennenden Gram angesichts der Tatsache, daß sie nie, niemals die vollständigen Ausmaße, nimmer die ganze Ausdehnung der Möglichkeiten, welche ihm offenstanden, erahnen könnten, und ebensowenig die Schwere der Verantwortung, die ihm die besagten Möglichkeiten auferlegten.

Auf beiden Knien hielt er seinen Sohn auf gestreckten Armen in die Höhe und sang die Hymne zu einem Gebet. Dicht neben sich bemerkte er Evaines Gegenwart, die ihren Platz keinen Augenblick lang verließ. Mit einem Mal fiel ihre süße Stimme in seinen von neuem aufgenommenen Gesang ein — ergänzte, erweiterte die bereits vollzogene Vereinigung von Herz und Gemüt —, zuerst zaghaft, dann jedoch mit jedem gemeinsamen Herzschlag kraftvoller. »*Adsum, Domine* ...«

»Hier bin ich, Herrgott:
Dir lege ich all meine Fertigkeiten zu Füßen.
Hier bin ich, Herrgott:
Du bist der eine Schöpfer aller Dinge.

Du bist der Allmächtige, der über Licht
   und Schatten herrscht.
Du bist Schenker und Geschenk des Lebens.
Hier bin ich, Herrgott:
Mit ganzem Wesen beuge ich mich Deinem Willen.
Hier bin ich, Herrgott:
Deinem Dienst verschworen, gerüstet mit der
   Macht des Rettens und des Verderbens.
Leite und beschirme Deinen Diener, o Herr,
   und bewahre ihn wider jedwede Versuchung,
auf daß meine Ehre ohne Makel bleibe und meine
   Gabe bar des Tadels ...«

Als der Gesang verstummte, schloß sich das allertiefste Schweigen an. Für ein Weilchen verblieb Rhys noch auf den Knien, Tränen der Demut und Dankbarkeit rannen ihm die Wangen hinab, während er sich vor der Gegenwart des Allmächtigsten verneigte, welcher ohne jeglichen Zweifel Sein Auge in diesen geweihten Kreis gerichtet und seinen Sohn angelächelt hatte. Dann hob er gemächlich das Haupt und schaute umher, sah auch alle anderen Anwesenden auf den Knien, ein jeder still in sich gekehrt und versunken in versonnene Andacht.

Nur Evaine war bereits wieder dazu imstande, Rhys' Blick zu erwidern, als er sich erhob und langsam vor sie trat, ihr den Sohn erneut in die Arme gab; auch in Evaines Augen glitzerten Tränen. Allein Evaine, so wußte Rhys, hatte mehr denn lediglich einen Bruchteil von dem verstanden, was sich soeben zugetragen hatte.

Er sank auf ein Knie, schlang einen Arm um Evaine, senkte das Haupt auf ihre Schulter und betrachtete gemeinsam mit der Gemahlin voll Freude ihrer beider Sohn Tieg Joram, der eines Tages Heiler sein sollte.

Originaltitel: ›Healer's Song‹
(erschien urspr. in ›Fantasy Book‹ Aug. 1982)
Copyright © 1982 by Katherine Kurtz

III.
Berufung
(24. Dezember 977)

Berufung spielt am sechzigsten Jahrestag der Zerstörung der Abtei St. Neot in deren Ruine. Die Deryni-Verfolgungen, die mit dieser furchtbaren Tat ihren Anfang nahmen, haben sechzig Jahre lang gegärt. Deryni sind nicht mehr die Herren Gwynedds. Das Ende der Herrschaftszeit König Uthyr Haldanes rückt heran, Enkel Cinhil Haldanes, dem Camber mit seinen Verwandten und Gefährten zum rechtmäßigen Thron verhalf; Uthyrs Vater, König Rhys Michael Haldane, war schon früh unter den Einfluß eines habgierigen und entschieden derynifeindlichen Regentschaftsrates gelangt.

Über ein halbes Jahrhundert dieser offiziellen Haltung hat nach und nach jede offene Teilnahme von Deryni an der Verwaltung des Reiches unmöglich gemacht, und das Stigma, ein Deryni zu sein, ist durch vom Konzil in Ramos beschlossene, kirchliche Sanktionen verschlimmert worden; die ersten Restriktionen waren eine Reaktion zur Eindämmung der Deryni-Macht im allgemeinen, besonders jedoch ihrer Magie-Fähigkeiten gewesen, aber schnell wurde daraus eine moralische Sache, und die Kirche verurteilt die Deryni nun als böse an und für sich. Sogar das Fortbestehen der Deryni als spezielle Gattung Mensch ist fraglich geworden, weil sich die Gültigkeit der harten antiderynischen Beschlüsse des Konzils in Ramos, die Gesetzeskraft verliehen erhielten, bis in die dritte und vierte Generation erstreckte. In Gwynedd werden Deryni oft durch bischöfliche Tribunale auf Scheiterhaufen verbrannt; weltliche Herren interpretieren ihr Privileg, Recht und Gesetz zu üben, häufig so großzügig, daß sie Deryni nach Lust und Laune malträtieren.

Gilrae d'Eirial ist kein Deryni, hat aber über sie Geschichten gehört. Die Ära der Deryni-Herrschaft ist noch nicht so lange vorbei, daß alle schon gestorben wären, die sie miterlebt haben, sich noch daran erinnern, wie es damals wirklich gewesen ist, aber die Zeitgenossen jener vergangenen Epoche werden immer weniger, und mit jedem Jahr, das verstreicht, verändern Übertreibungen, wie man sie aus Sagen und Märchen kennt, die Geschichten aus der alten Zeit. Bisher ist Gilraes Leben ziemlich typisch für einen Mann ritterlicher Abstammung verlaufen, und es ist seine Bestimmung, Nachfolger seines sterbenden Vaters zu werden, nämlich Baron d'Eirial. (Bereits der Titel rechtfertigt den Verdacht, daß Herr Radulf d'Eirial, Gilraes Vater, womöglich Empfänger von Liegenschaften war, die vorher Deryni oder Deryni-Sympathisanten gehörten und umverteilt wurden, denn Haut Eirial hieß ein Lehen im Besitz des Ordens des Heiligen Michael, ehe man die Michaeliten aus Gwynedd vertrieb.)

Aber Gilrae möchte gar nicht Baron d'Eirial werden; trotzdem hat er sich durch die Pflicht an sein Erbe binden lassen, so daß es für ihn ganz so aussieht, als ob die Übermächtigkeit des Schicksals ihm die freie Wahl unmöglich machte. Und nachdem er es versäumte, sich für das, was er wollte, zu entscheiden, solange er dazu noch die Gelegenheit hatte, hat es den Anschein, als ob sein Leben nun nicht nach seinen Wünschen, sondern nach Maßgabe des Schicksals gestaltet werden sollte. Das letzte, womit er rechnet, als er an diesem hellen Nachmittag im Dezember ausreitet, ist eine überraschende Erneuerung seiner Optionen.

Falls der Name Simonn dem einen oder anderen Leser bekannt vorkommt, möge er sich an Cambers Besuch der Ruine St. Neots und an einen jungen Heiler-Novizen dieses Namens erinnern, der seine eigenen körperlichen Prozesse zu erkennen lernte.

Kalt und sehr still war die Luft, als Gilrae, der vom Unglück verfolgte junge Erbe des Hauses d'Eirial, seine Stute auf einer Erhebung Höhe zügelte und in die Richtung zurückschaute, aus der er kam. Er und sein

Roß warfen einen sonderbar verkürzten Schatten in den jungfräulich weißen Schnee, weil die Sonne, wie man es an einem so lichten Wintertag erwarten mußte, hoch am Himmel stand; schon verharschte, schwache Hufabdrücke erstreckten sich sichtbar bis zu jener Stelle, da Gilrae den Pfad verlassen hatte. Wenige würden es wagen, ihm zu folgen, weil die meisten Menschen von der Ruine, zu welcher er ritt, abergläubisch wähnten, Spuk suchte sie heim, Caprus jedoch hätte keinerlei Mühe, falls er ernstlichen Wert darauf legte, ihn zu finden. Schon seit eh und je hatte Caprus es zu seiner bevorzugten Angelegenheit gemacht, über den Aufenthalt seines älteren Halbbruders Bescheid zu wissen, denn seine Mutter hatte ihn von Kindesbeinen an dazu angestiftet, auf Fehler Gilraes zu achten, welche dazu benutzt werden könnten, die Gunst des Vaters von seinem Sohn aus erster Ehe auf den Sohn aus zweiter Ehe zu übertragen. Caprus hätte sich mancherlei Umstände ersparen können, wäre er zu glauben imstande gewesen, wie wenig sein anscheinmäßiger Gegenspieler nach ihres Vaters Titel trachtete — oder hätte er geahnt, wie kurze Frist verstreichen sollte, bevor selbiger Titel wiederum weitergereicht würde, diesmal nicht vom Vater zum Sohn, sondern von Bruder zu Bruder.

Aber Gilraes letzte Prüfung lag noch um einige Monde in der Zukunft. Ihr Vater erlag nun zusehends dem Siechtum, und Gilrae vermochte es nicht länger zu ertragen, es mitanzusehen. Sollten Caprus und seine Mutter während der nächsten Stunden ohne ihn Wache am Sterbebette halten; bevor der Greis verschied, würden sie ihn wohl ohnehin nicht vermissen. Und innerhalb der Frist, welche verblieb, bis Caprus ihn suchte und holen kam, mußte Gilrae prüfen, welchen Weg seine Seele anstrebte und einen endgültigen Entschluß fällen. Wenigstens durfte er hier auf den Höhenzügen des Lendourischen Hochlands reine Luft atmen. Er bezweifelte, daß er es in der Enge und Stickigkeit von seines

Vaters Sterbezimmer auch nur ein kurzes Weilchen lang noch ausgehalten hätte.

Gilraes Blick durchdrang die frostige Luft, als er der Stute die Fersen in die Flanken stieß, sie hinauf zur Höhe des Tafelbergs lenkte, ließ sie sich jedoch selber den geeignetsten Weg suchen, richtete seine Aufmerksamkeit auf die zertrümmerten Mauern, welche gleich darauf in Sicht gerieten. Über die ursprünglichen Verheerungen hinaus, die der Abtei und ihren Bewohnern einst zugefügt worden waren, hatten mehr als ein halbes Jahrhundert harter Winter und völliger Vernachlässigung zusätzlich schweren Tribut gefordert. Die nachträgliche Plünderung durch Freisassen der Umgegend hatte den Verfall beschleunigt, denn für alle, die keck genug waren, um den Gespenstern zu trotzen, und stark genug, um Steine fortzukarren, gaben die glatten, bläulichen Quadersteine der Außenwälle vortrefflichen Baustoff für standfeste Öfen, Hausmauern und sogar Schafspferche ab. In einigen Abschnitten waren von den Außenwällen kaum mehr als Grundmauern übriggeblieben.

Gilrae befaßte sich in Gedanken mit den angeblichen Gespenstern, derweil die Stute achtsam durch einen seit langem unebenen, zerklüfteten, von vereistem Schneematsch schlüpfrigen Vorhof stelzte, die Ohren anlegte, als ein Kaninchen aus seiner Deckung sprang. Er vermutete, daß es wohl unvermeidlich sei, wenn eine derartige Stätte die Furcht vor Gespenstern nährte. Vor St. Neots Untergang hatte man hier ungehemmt verbotene Magie betrieben. In der Hauptsache hatten Deryni-Zauberer es bewohnt, Zauberwerke jener Art verrichtet, wie die Kirche sie als Teufelei verwarf, und die Magier selbst galten ihr als Gotteslästerer. Ein Deryni zu sein, bedeutete ein Leben in der Gefahr eines jederzeit vollstreckbaren Todesurteils, wenn man nicht den vom Satan geschenkten magischen Kräften abschwor und sich einem Dasein in Buße und Demut verpflichtete. Daß die Deryni, welche zu St. Neot gehaust hatten, Heiler und Lehrer von Heilern gewesen waren, besaß im Vergleich dazu keinerlei Bedeutung, ihre Weise des Heilens war ja ihren abscheulichen Zauberkräften und damit der Hölle entsprungen; so jedenfalls predigten es die Priester. Die Zerstörer der Abtei, eine Stoßschar unterm Oberbefehl der Regenten des jungen Königs, hatten die Mönche restlos niedergemetzelt, geradeso ihre Schüler, die Klosterkirche mit Strömen von Blut besudelt und sogar den Altar durch scheußlichsten Mord befleckt.

Damit allerdings hatte sich die Wut der Kriegsleute noch nicht ausgetobt. Nachdem sie ihr rohes Schlächterwerk vollbracht und sie alles Tragbare von einigem Wert zu ihrer Beute gemacht hatten, begannen sie mit der gründlichen Verwüstung all dessen, was sie nicht fortzuschleppen vermochten, sie zerschlugen die Bleiverglasung sowie die feinen Schnitzereien, welche Chorgestühl, Chorschranken und die Pforten des Gotteshauses verzierten, zerschrammten den widerstandsfähigeren Stein mit Schwert- und Keulenhieben, brandschatzten anschließend den gesamten Rest. Seltene Handschriften über allerlei menschliche Künste und auch ketzerische Deryni-Schriftwerke verbrannten in den Flammen, die am Ende bis hoch hinaus über die Eichensparren des Giebels und das Rohrdach loderten. Als zwei Tage später zu guter Letzt die Feuersbrunst niederglühte, rissen Knechte mittels Gäulen und Seilen ein, was der Brand verschont hatte. Über ein Halbjahrhundert später ragten nur wenige Mauerteile noch höher als der Widerrist von Gilraes Reittier empor. Angesichts solcher geschehener Greuel verwunderte es kaum, daß die Einheimischen die Rache derynischer Gespenster fürchteten.

Freilich war Gilrae noch nie einem derartigen Gespenst begegnet. Ebensowenig hatte er jemals — nach seiner Kenntnis — einen Deryni gesehen, sei es leibhaftig oder als Gespenst, wenngleich die Geistlichen warnten, die Zauberer wären arglistige Heimtücker, und man könnte nie darüber Gewißheit haben, vor wem man stünde. Selbst jene Örtlichkeiten, an denen früher derlei Finsterlinge gewohnt hatten, müßte man meiden, empfahlen die Priester; als Knabe hatte Gilrae indessen davon nicht das mindeste gewußt, und heute, als Erwachsener, konnte er auf etliche Jahre eigener Erfahrung zurückblicken, die ihm besagten, daß die Seelsorger sich jedenfalls in bezug auf die hiesige Ruine vollständig irrten. Darin gab es nichts Böses. Und was Gespenster anbetraf ...

Gespenster, wahrhaftig! Während Gilrae seine Stute durch die Trümmer eines einstigen Torgebäudes und des dazugehörigen Pförtnerhäuschens lenkte, auf Mauerreste zuritt, welche früher Bestandteil der Kellergewölbe eines Schlafsaals gewesen sein mußten, entsann er sich an ein Gespräch, das er und der alte Simonn über die vorgeblichen Gespenster geführt hatten — und an Simonns Lachen und den heiteren Blick der Nachsichtigkeit, welchen der Alte ihm bei selbiger Gelegenheit widmete.

Doch es war gewiß: Wenn irgendwer sich damit auskannte, dann der Alte. Allen etwaigen Gespenstern und den memmenhaften Klerikern zum Trotz lebte er bereits, seit Gilraes Vater ein Knabe gewesen war, in der Ruine. Falls es da Gespenster *gab*, hatten sie Simonn nie belästigt; und auch Gilrae war nie von ihnen behelligt worden.

Grübeln übers Sein oder Nichtsein von Gespenstern half jedoch nicht dabei, im erforderlichen Umfang aufs Rundherum zu achten. Die Stute kannte den Weg, wogegen Gilrae sich seit der Zeit vor seinem Unfall nicht wieder in der Ruine aufgehalten und infolgedessen den Höhenunterschied vergessen hatte, den die Stute nunmehr überwand, indem sie vom Hofgelände hinunter in den vormaligen Keller sprang. Ihr Satz abwärts trug sie kaum tiefer hinab, als ihr Bauch hoch reichte, aber Gilrae war darauf unvorbereitet, und als er sich aus eingefleischter Gewohnheit unwillkürlich abzufangen versuchte, gab seine rechte Hand nach, der Ruck warf ihn im Sattel so wuchtig vorwärts, daß er ums Haar kopfüber vom Roß stürzte. Durch den Schmerz, der vom Handgelenk bis in die Schulter hochschoß, verlor er beinahe die Besinnung.

Er ritt das letzte Stück voll des Mißmuts und mit zusammengepreßten Lippen, das Haupt in den Schatten seiner mit Pelz gesäumten Kapuze gesenkt, die unbrauchbar gewordene Rechte vorn in den Ausschnitt seines ledernen Reitrocks geschoben, um zu verhindern, daß das Reiten sie durchschüttelte. Als er zu der Nische im Gemäuer gelangte, welche er schon oft zum Unterstellen des Reittiers benutzt hatte, vermochte er zwar ohne Schwierigkeiten abzusitzen; doch als er den Sattelgurt lockern wollte, mußte er feststellen, daß er es mit der Linken nicht tun konnte. Er verkniff sich Tränen des Zorns und der Verbitterung, tätschelte der Stute den Hals, geradeso als bäte er sie um Verständnis, und drehte ihr den Rücken zu, stieg über den mit Schnee bedeckten Schutt hinüber in den offenen Klosterhof. Das Schwert, welches schwer und lästig statt an seiner rechten an der linken Seite hing, baumelte immer wieder gegen seine Stiefel und pendelte ihm zwischen den Beinen, während er die Ebene des Klosterhofs erklomm, brachte ihn mehrmals fast zu Fall, trieb ihm trotz seiner Entschlossenheit, sie zu unterdrücken, heiße Tränen in die Augen. In der Weite des Klosterhofs jedoch war der Untergrund freier, und er bemühte sich ums Verdrängen der Bitterkeit aus seinem Gemüt, sobald er aus den Schatten zurück ins Sonnenlicht trat.

Dieser Ort weckte bei ihm schönere Erinnerungen. Er konnte sich daran entsinnen, daß er sich als Knabe fortgeschlichen und stundenlang hier verweilt, sich ausgemalt hatte, das zerstörte Kirchlein sei unbeschadet, und er hätte die Freiheit der Wahl; damals wäre es ihm nie und nimmer bloß in den Sinn gekommen, ihm könnten Entscheidungen verwehrt werden, bevor er sie überhaupt fällen konnte.

Schon so früh hatte er Sehnsucht danach verspürt, einmal Priester zu werden. Als ganz kleiner Knabe hatte er sich im Spiel sogar einzubilden gewagt, er *sei* ein Priester, hatte des öfteren mit einer Eichelkappe als Abendmahlkelch und einem Eichenblatt als Patene den Vollzug der Meßfeier gespielt. Aber als er diese Spiele dem greisen Geistlichen beichtete, welcher auf der Burg Kaplan war und sich als sein Lehrmeister betätigte, und ihn schüchtern frug, ob er wohl eines Tages wirklich Priester werden könnte, hatte der Greis aus Entgeisterung zu stottern und dann zu schelten angefangen, zuletzt eine strenge Buße über ihn verhängt, nicht allein aufgrund des Sakrilegs, im Spiel das Meßopfer gefeiert zu haben, sondern auch für die Anmaßung, nur an die Priesterwürde zu denken, obwohl er des Barons Ältester war: Die Kirche verkörperte einen Weg für jüngere Söhne von Adelsgeschlechtern, nicht hingegen für ihre Erben. Der alte Pater Erdic hatte sogar — wiewohl dieser Verstoß wider seine Schweigepflicht zum Himmel schrie — Gilraes Vater davon in Kenntnis gesetzt.

Sein Vater hatte seine Einstellung dazu unmißverständlich zum Ausdruck gebracht: Freimütig hatte er eine Birkenrute auf Gilraes entblößtem Sitzfleisch tanzen lassen und ihm außerdem eine Woche Arrest in seiner Kammer bei nichts als Wasser und Brot verordnet. Etliche Monde waren vergangen, bis Gilrae sich wieder einmal allein davonschleichen konnte, und dem pflichtvergessenen Pfaffen hatte er nie mehr Vertrauen geschenkt. Er gab es auch nicht auf, mit Eichelkappen und Eichenblättern Meßfeiern zu mimen — zumindest für eine beträchtliche Weile noch nicht —, bis beizeiten die Sinnentleertheit und Zwecklosigkeit der Angewohnheit sie ihm verleidete und ihm zum Schluß davon nichts als eine Kindheitserinnerung noch verblieb.

Er bemerkte, wie er bei sich lächelte, derweil er sich an jene Tage kindlicher Unschuld erinnerte, und fragte sich, wie er jemals so einfältig hatte sein können. Heute zählte er zwanzig Lenze. Nach wie vor war er der Erbe der d'Eirials, und in jedem der nächsten Augenblicke mochte er Baron werden. Am vergangenen Osterfest hatte König Uthyr ihn eigenhändig zum Ritter geschlagen, weil sich bereits hatte absehen lassen, daß er sein Erbe in Bälde antreten mußte, und der König hatte ihn seinen ›getreuen Lehensmann‹ und ›überaus geliebten Untertan‹ genannt. Jeder gewöhnliche Mann wäre vollauf zufrieden gewesen; doch Gilrae d'Eirial hatte in Wahrheit nie etwas anderes als Priester zu werden sich gewünscht.

Er lächelte nicht länger, während er langsam und saumselig seine Schritte durch die weiträumige Offenheit des Klosterhofs lenkte und die Überreste der Kirche betrat, dabei die Unebenheit der Seitengänge mied, in deren Bereich haufenweise niedergestürzte Steine und verkohlte Balken lagen. Frischer Schafkot zeugte von der Art jener Lebewesen, die als letzte durch die Ruine gewandert waren; von anderen Menschen dagegen ließen sich keinerlei Anzeichen erkennen. Den gesunden Arm zur Seite ausgestreckt, rang Gilrae ums Gleichgewicht, während er zerbrochene, von Schnee schlüpfrige Stufen hinaufstieg, im Schutz eines einst zweifellos prachtvoll gewesenen Portals verharrte, durch das früher die Mönche in feierlichen Prozessionen gezogen sein mußten, blies sich in die nur von einem Wollhandschuh umhüllte Faust, um sie ein wenig zu wärmen spähte unterdessen ins südwärtige Querschiff, in die Vierung sowie in das nach Osten ausgerichtete Hauptschiff. Nur Schafe, auf deren Anwesenheit er eben Hinweise entdeckt hatte, grasten in der Ruine, knabberten an Flechten und Büscheln von mit Frost überzogenen Halmen.

Er streifte Kapuze und Reithaube vom Haupt, dieweil

es ihm gefiel, sich diesen Ort als noch geweihte Stätte vorzustellen, als er ins Querschiff trat und in Richtung des Chors strebte; wieder widmeten seine Überlegungen sich St. Neots Vergangenheit. Nach allem, was man erzählte, war die Abtei im selbigen Jahr zerstört worden, als der gute König Cinhil starb, demselben Jahre, in welchem die Bischöfe über den gesamten Volksstamm der Deryni ein Verdammungsurteil gesprochen, ihn mit dem Kirchenbann belegt hatten, so daß man seine Angehörigen von da an mied oder gar verfolgte, oft wurden sie von Selbstgerechten abgeschlachtet, allein weil es sich bei ihnen um Deryni handelte. Der Sturm auf die Abtei hatte am Heiligen Abend vor vollen dreimal zwanzig Jahren stattgefunden: *Heute* vor sechzig Jahren, erkannte Gilrae, nachdem er im Kopf nachgerechnet hatte.

In diesem Augenblick verschwand die Sonne hinter einer Wolke, Schatten breitete sich übers zerstörte Mittelschiff und Gilrae, und ihn schauderte es. Im Beklemmenden der Krankenstube seines Vaters hatte er beinahe vollständig vergessen, daß heute Heiligabend war. Viele Menschen glaubten, daß die Jahrestage schrecklicher Ereignisse aufs stärkste die Neigung zum Auftreten übernatürlicher Erscheinungen hatten — und welche Örtlichkeit könnte sich dafür besser eignen als ein durch Mord entweihter Altar?

Beunruhigt warf Gilrae, den es nach wie vor nicht ausschließlich infolge der winterlichen Kälte fröstelte, einen Blick hinüber zum geschändeten Altar. Der Schneefall der vergangenen Nacht hatte gleichsam eine neue, fürwahr schneeweiße Altardecke über ihn gebreitet, bedeckte die ausgedehnten Sprünge der einst geheiligten Altarplatte; doch als die Sonne wieder zum Vorschein kam, ward die Täuschung offenkundig. Die zerschlagenen, zerkerbten Kanten zeugten nur allzu deutlich vom Haß und von der Gewalttätigkeit der Schänder des Altars, und mit einem Mal verspürte Gilrae unwiderstehlich den Drang, sich zu bekreuzigen — aber seine unbrauchbare Rechte vereitelte seine Absicht.

Verärgert sowohl über seine Versehrtheit wie auch den Aberglauben, welcher ihn von neuem darauf aufmerksam gemacht hatte, stürmte er forsch durch den Mittelgang, das Schwert hüpfte an seiner Seite, während er durch den Schnee stapfte, regelrecht ungestüm vorwärtsschwankte. Doch die Verwegenheit floh ihn, sobald er den Fuß der Altarstufen erreichte. Er rang mit Keuchlauten, die nahezu wie Schluchzer klangen, um Atem, derweil er mit beiden Knien auf die unterste Stufe sank und das Antlitz in der unbeschadeten Hand verbarg.

Alles war ihm nun verweigert. Er hätte einmal Möglichkeiten der Wahl gehabt, wäre er nur mutig genug gewesen, um Entscheidungen zu treffen; jetzt aber war jeder Weg, den er einst hätte beschreiten können, zur Gänze versperrt. Selbst wenn nicht diese bösartige Geschwulst seinen Arm lähmte, auch wenn er nicht den Unfall erlitten hätte: So wenig wie er mit einer nutzlosen Rechten ein Schwert zu schwingen vermochte, so schlecht konnte er damit als Priester tätig sein. Die Kirche legte strenge Maßstäbe an, was Gesundheit und Lebenstüchtigkeit der Anwärter aufs Priesteramt anging, und ein Mann, welcher zu der Zeit, da er die Priesterweihe anstrebte, die Meßgefäße nicht ordnungsgemäß handhaben konnte, mußte wohl oder übel auf die Erfüllung seines Wunsches verzichten.

Die Sicht verschwommen von Tränen, die er nicht länger zu meistern vermochte, zerrte Gilrae an den Schnüren seines mit Pelz verbrämten Umhangs, streifte ihn endlich ab und legte ihn mit der ledernen Seite auf eine vergleichsweise trockene Stelle von unzerborstenen Fliesen unmittelbar unterhalb der Altarstufen. Kaum bemerkte er die Wärme des Sonnenscheins, wie er dalag, nachdem er sich der Länge nach auf dem dicken, mit Wolfspelz besetzten Umhang ausgestreckt hatte, zu benommen war er aus lauter Gram, als daß er zu mehr fähig gewesen wäre, als ein ganzes Weilchen nur bitterlich zu weinen, die Stirn auf den wohlbehaltenen Arm gestützt. Nach einiger Zeit löste Groll die Verzweiflung ab, voller Trotz und Zorn haderte er mit Gott, beklagte die krasse Ungerechtigkeit seines Geschicks, flehte um Errettung — doch am Ende zerfloß er wegen seiner Anmaßung schier vor Reue und Zerknirschung.

Nun wohl. Wenn es also sein Los sein sollte, zu sterben, ohne auf die eine oder andere Weise ein sinnvolles, erfülltes Leben geführt zu haben, dann sollte wenigstens *das* zum Ruhme des Allgewaltigen geschehen, dem er viel lieber anders gedient häte. Er bemühte sich um innerliche Gefaßtheit und sprach ein förmliches Gebet, bekannte vor Gott seinen Widerwillen gegen das Schicksal, das seiner harrte, entbot Ihm sein Grausen als Opfergabe, bat um die Kraft, die er brauchte, um sich in seine Fügung schicken zu können. Als er auch danach noch keinerlei Trost empfand, ließ er sich in stumpfe Niedergeschlagenheit absinken, versuchte an überhaupt nichts mehr zu denken, und mit der Zeit mäßigte der Sonnenschein auf seinem Rücken auch den letzten Rest seines Abscheus zu matter Schicksalsergebenheit.

Für geraume Frist strudelten hinter seinen geschlossenen Lidern nichts als Farben; sodann aber begannen vor seinem geistigen Auge mit einer lichten Klarheit, wie er sie bislang nur einige Male erlebt hatte, gänzlich andere Bilder zu entstehen.

In seiner gewandelten Innensicht schien es, als ragten ringsum die Mauern der Abtei wieder empor, als ob sich die hohen, von Mosaiken gesäumten Deckengewölbe des Chors schützend, wie wenn es nie anders gewesen wäre, über ihn erhöben. Das Sanktuarium leuchtete von Kerzenschein, das helle, mit Schnitzwerk geschmückte Holz des Kirchengestühls zeigte sich ihm wie völlig unbeschädigt, und der rubinrote Glanz des Ewigen Lichts überm Hochaltar verlieh den in schneeigem Weiß gekalkten Wänden einen rosig-rötlichen Schimmer.

Ebenso bot die Abtei sich als von neuem bevölkert dar, in weiße Kutten gehüllte, stille Männer erschienen, denen einzelne Langzöpfe über die nach hinten geschobenen Kapuzen, auf die Schultern fielen. Gilrae spürte, daß sie sich von jener Pforte her nahten, deren Schwelle er beim Betreten der Ruine überquert hatte, ihre Zweierreihe teilte sich an der Stelle, wo er lag, und die Mönche begaben sich zu beiden Seiten ins Gestühl. Indem sie sich wie ein Mann dem Altar zuwandten, erwiesen sie dem Allerheiligsten in vollkommener Einmütigkeit die Ehre, erhoben die Stimmen zu allerschönstem Wohlklang, den Gilrae jemals vernommen hatte. Nur die ersten Worte vermochte er deutlich zu unterscheiden, doch schon sie gemahnten ihn an die Köstlichkeit jenes Daseins, das führen zu dürfen er nun nie wieder bloß zu hoffen wagen durfte.

»*Adsum Domine*...« — »Hier bin ich, Herrgott...«

Gleichzeitig waren es die Worte eines Anwärters auf die Priesterwürde, wenn er vor den Bischof trat, welcher ihn salben und weihen sollte — jene Worte, die Gilrae nimmer sprechen sollte.

Die Trauer, welche nunmehr erneut in ihm aufquoll, verscheuchte das geistige Bildnis, und mit einem erstickten Aufschluchzen wälzte er sich auf die Seite, setzte sich dann auf, hielt sich den Arm, in dem es schmerzhaft pochte. Da erst merkte er, er war nicht allein; auf dem Sitz seiner aus Leder gefertigten Beinkleider wirbelte er herum, die gesunde Linke griff nach dem Dolch an seinem Leibgurt.

Aber noch beim Herumfahren erkannte er, daß er, hätte der Störenfried ihm etwas zuzufügen beabsichtigt, längst tot wäre; doch der Alte, der um ein paar Schritte entfernt auf einem Steinklotz hockte, verkörperte ohnehin keine Bedrohung. Vor Verlegenheit grinsend, steckte Gilrae den Dolch in die Scheide zurück, straffte seine

Haltung, wischte sich unauffällig mit dem linken Ärmel übers Angesicht, als striche er sich lediglich eine Strähne des Haupthaars aus den Augen. Er hätte, nachdem er die Schafe gesehen hatte, diese Begegnung erwarten müssen. Er hoffte, der Alte hatte nicht beobachtet, wie er weinte.

»Du hast mich erschreckt, Simonn. Ich dachte, ich wäre allein.«

»Wenn du willst«, gab der Greis zur Antwort, »werde ich dich gern wieder dem Alleinsein überlassen.«

»Nein, bleib!«

»Ganz, wie du's wünschst.«

Niemand wußte, wer der alte Simonn war, noch besaß irgendwer davon Kenntnis, woher er stammte. Alt war er schon gewesen, als Gilraes Vater noch ein Knabe gewesen war und in der Ruine gespielt hatte. Er züchtete Schafe und tauschte bisweilen, meist im Frühling, deren Wolle gegen verschiedenerlei Gegenstände des alltäglichen Bedarfs ein; manchmal kam er in die Dorfkirche und besuchte die Messe. Man nannte ihn Simonn den Schäfer, auch Simonn den Einsiedler; einige Leute hießen ihn gar Simonn den Frommen. Durch puren Zufall hatte Gilrae festgestellt, daß der Alte des Lesens und Schreibens kundig war, also über Fähigkeiten verfügte, welche ein Landmann sich im allgemeinen weder leicht aneignete, noch allzu häufig, zumal nicht hier im Lendourischen Hochland. Selbst Gilrae hatte sich das Vorrecht eines entsprechenden Unterrichts erstreiten müssen, und dabei war er der Sohn des Barons. Nie hatte er ihre Freundschaft dazu ausgenutzt, um allzu zudringlich Fragen zu stellen, doch dann und wann fragte er zumindest sich selbst, wieviel mehr Simonn wohl sein mochte, als er zu sein schien. Wer er auch war, er hatte immer als Freund zu Gilrae gestanden.

Der Alte lächelte und nickte, und fast hätte man meinen können, er wüßte von Gilraes insgeheimem Seelenzwist und Hader mit Gott, doch schauten seine Augen gütig und freundlich wie stets drein, während sie Gilrae aus der Nähe musterten. Als Gilrae keinerlei Anstalten machte, wieder von sich aus das Wort zu ergreifen, wölbte Simonn die weißen Brauen, erzeugte mit der Zunge eine Reihe leiser Schnalzlaute. »Sieh an, der junge Herr Gilrae ... Etliche Monde lang habe ich dich nicht gesehen. Was führt dich an diesem heiteren Heiligen Abend in diese Hügel? Man sollte meinen, du säßest beim Schmaus im Festsaal deines Vaters und würdest dich auf des Christuskinds Kommen vorbereiten.«

Gilrae senkte das Haupt. Offensichtlich wußte der Alte weder von der Krankheit seines Vaters noch von Gilraes eigenem Unglück. Er fühlte das heftige Pochen in der Geschwulst seines Unterarms deutlicher, als er ihn näher ans Zwerchfell preßte. Der Gedanke an die zwei absehbaren Todesfälle — den Tod seines Vaters und den eigenen — verursachte ihm in der Magengrube ein mulmiges Gefühl.

»Am heutigen Abend wird's zu Haut Eirial keine Feiern und Festlichkeiten geben, Simonn«, sprach er in gedämpftem Ton. »Mein Vater liegt im Sterben. Ich ... ich verspürte das Bedürfnis, mich für einige Stunden von allem zurückzuziehen.«

»Ach, ich verstehe«, entgegnete der Greis nach flüchtigem Schweigen. »Und du fühlst die Schwere deiner zukünftigen Verantwortung auf dir lasten.«

Gilrae bewahrte Schweigen. Ach, wäre nur alles derartig einfach! Mit zwei gesunden Händen, so vermutete er, hätte er sich vielleicht zu guter Letzt in das Leben eines weltlichen Edelmannes fügen können, die Aufgabe, die Güter der d'Eirials zu verwalten und des Königs Frieden zu bewachen, geradeso wie es sein Vater wünschte. Im Besitz zweier gesunder Hände hätte er womöglich sogar den Mut dazu aufgebracht, alles an seinen Bruder abzutreten und die Wahl zu fällen, welche treffen zu können er sich seit Jahren ersehnte. Aber sein Mißgeschick und dessen Folge, dies *Ding*, das in seinem Arm wucherte, hatten jeder Wahl ein Ende gesetzt.

Es schauderte ihn, als er sich den Arm unwillkürlich noch enger an den Leib drückte, ganz als ob er zu beschützen beabsichtigte, was er doch am meisten fürchtete, und obwohl er sich des alten Simonns wachsamen Blicks bewußt war, vermochte er nicht zu verhindern, daß er eine Fratze der Pein schnitt, als Schmerz seinen Arm durchschoß. Als er trotzig aufblickte, Simonn in stummer Herausforderung anschaute, um zu sehen, ob er es wagen wollte, darauf die Rede zu lenken, richtete der Greis seinen Blick hinüber zum verunstalteten Altar, verhielt sich auf einmal sehr still.

»Es ist nicht leicht, das zu verlieren, was man liebt«, äußerte Simonn nach einem Weilchen des Schweigens, versuchte Gilrae allem Anschein nach nunmehr auszuhorchen. »Ebenso ist's nicht leicht, sich Verantwortlichkeit aufzubürden, selbst wenn man sie willkommen heißt. Und sieht man sich gar durch die Ungunst der Umstände zur Übernahme solcher Pflichten genötigt, anstatt sie durch auf Liebe gestützte Entscheidung anzutreten, wird es freilich um so schwerer.«

»Willst du damit andeuten, es sei möglich, daß ich meinen Vater nicht liebe?« erkundigte Gilrae sich nach einigen Augenblicken des Schweigens einigermaßen bestürzt.

Simonn schüttelte das Haupt. »Natürlich ist's nicht das, was ich meine. Ich glaube, du liebst ihn sehr, just so wie ein Sohn seinen Vater lieben soll. Wär's anders, schmerzten dich nicht die Entschlüsse, welche du zu fällen hast. In den seltensten Fällen werden wir ausdrücklich dazu *aufgefordert*, die Entscheidungen zu treffen, vor welchen zu stehen, aber dennoch müssen sie getroffen werden.«

Indem er mühsam schluckte, senkte Gilrae den Blick auf den mit Wolfsfell besetzten Umhang, auf dem er kauerte, rieb sich, ohne sich dessen so recht bewußt zu sein, den taub gewordenen rechten Arm, um ihn zu wärmen.

»Was ... was verleitet dich zu der Ansicht, Alter, ich hätte mich mit irgendwelchen besonderen Entscheidungen zu befassen?« fragte er leicht zänkisch. »Mein Vater ist dem Tode geweiht, und ich werde binnen kurzem Baron d'Eirial sein. Da bleibt mir gar keine Wahl. Es ist meine Bestimmung, für welche ich geboren ward.«

»Dem Blute nach, gewiß«, gestand Simonn ihm zu. »Aber dem Geiste nach ... Ei nun, ich kann nicht glauben, daß du diese Abteiruine aufgesucht hast, derweil dein Vater mit dem Tode ringt, um dich aus übermächtiger Freude über die Aussicht, dein weltliches Erbe antreten zu müssen, vor dem Altar aufs Angesicht zu werfen. Und dabei liegt's mir vollständig fern, dir etwa zu unterstellen, deine Trauer angesichts des Sterbens deines Vaters sei unaufrichtig.« Den letzteren Satz sprach Simonn wohl, dieweil Gilrae so voll Staunen den Blick hob. »Mir stellt sich die Frage, ob du selbst eigentlich weißt, was es ist, das dich dazu trieb, dich heute vor diesem Altar auszustrecken ... dem Altar einer zerstörten Kirche, den das Blut Dutzender frommer Männer getränkt hat.«

Gilrae stieß ein Aufseufzen aus und senkte wieder die Augen, fühlte sich ganz und gar bekümmert. Simonn hatte ihn wenigstens zum Teil durchschaut. Schwierig konnte es nicht zu erraten gewesen sein. Einmal hatten sie ja, wiewohl nur als reines Gedankenspiel, über die Eigentümlichkeiten eines geistlichen Lebens geredet. Simonn hatte es zwar nie rundheraus ausgesprochen, doch es war vollauf klar, daß er — jedenfalls als Knabe — irgendeine Art der Unterweisung innerhalb einer frommen Gemeinschaft genossen hatte. Vielleicht hatte er dort das Lesen und Schreiben erlernt.

»Es zählt nicht mehr«, erteilte Gilrae schließlich halblaut die Antwort. »Die Frage ist nur noch schöngeistiger Natur. Mir stehen keinerlei eigenständige Entschlüsse mehr offen... Allein Pflichten und Aufgaben harren noch meiner, zu deren Erfüllung ich Tag um Tag schlechter geeignet sein werde... O mein Gott, fast wünschte ich, ich wäre schon tot!«

Kaum hatte er diese bitteren Worte ausgestoßen, stand Simonn bereits in tiefster Betroffenheit auf den Beinen, legte eilends die wenigen Schritte zurück, welche ihn und Gilrae voneinander trennten, packte ihn am Handgelenk, um ihn zu schütteln. Er ergriff den kranken Arm, und Gilrae keuchte aus Schmerz laut auf. Sofort kniete Simonn sich neben ihn und schob seinen Ärmel hoch, zog ihm den Handschuh aus, betastete mit den Fingern behutsam das geschwollene Fleisch.

»Wie ist's dazu gekommen?« wollte Simonn wissen, drehte den Unterarm, saugte vernehmlich den Atem ein, als er die schwarze Verfärbung sah, welche sich an der Innenseite ausbreitete. »Warum hast du mir verschwiegen, daß du krank bist?«

Gilrae schluckte und versuchte sich ihm zu entziehen, er fühlte sich wie ein in eine Falle geratenes Tier.

»Laß mich zufrieden, ich bitte dich! Welchen Unterschied kann's noch bedeuten, ob du die Hintergründe erfährst oder nicht?«

»Es kann für dein Leben Verlust oder Rettung bedeuten«, antwortete der Alte barsch, blickte ihm fest in die Augen. »Wie hat's begonnen?«

»Mit... mit einem Sturz vom Roß vor mehreren Monden«, hörte Gilrae sich unversehens Auskunft geben. »Zunächst... vermeinte ich, 's sei nur eine Verstauchung, doch dann... fing der Arm an zu schwellen.«

»Leidest du starke Schmerzen?«

Keuchend entzog Gilrae dem Alten den Blick und nickte, starrte auf den Untergrund, ohne etwas zu sehen.

»Ich... ich vermag die Hand nicht mehr zur Faust zu schließen«, brachte er endlich in kaum vernehmlichem

Raunen heraus. »Ich kann kein Schwert halten, und ich kann keine ...«

Obschon er es zu verhindern trachtete, sah er im Geiste von neuem die Erfüllung seines alten Traums vor sich: Er hob, gekleidet in Priestergewänder, bei der Meßfeier den Abendmahlskelch. Ein Schluchzen erstickte in seiner Kehle, und er schüttelte das Haupt, um die Vorstellung aus seinem Verstand zu vertreiben.

Er hatte nun *keine* Wahl mehr. Selbiger Traum sollte niemals Wirklichkeit werden; und ebensowenig würde er seinen Untertanen je ein tauglicher Herr sein können. Vor ihm fielen gleichsam alle Türen zu. Bis jetzt hatte er nie erwogen, sein Leben zu endigen, ehe es das Schwarze in seinem Arm tat, doch es *mochte* sein, daß ihm ein rascher Tod besser diente.

»Was ist's, das du außerdem nicht kannst?« drängte ihn der alte Simonn um Antwort. Gilrae hatte den Eindruck, als bohre sich des Alten Stimme in sein Hirn. »Was ist es, das du *wahrhaftig* am sehnlichsten begehrst?«

»Ich möchte, so glaube ich, noch einmal die Gelegenheit zur freien Wahl haben«, sprach Gilrae nach einem Augenblick des Zauderns mit leiser Stimme, neigte das Haupt und stützte die Stirn auf die Knie, scherte sich nicht länger darum, daß sein Arm noch in Simonns Hand ruhte. »Ich wünschte, wir hätten letzten Frühling, als ich noch ein gesunder Mann war, mir noch Entscheidungen offenstanden. Seither sind mir alle Entscheidungen abgenommen worden. Ich werde an diesem Übel in meinem Arm sterben. Niemand weiß um diese Unausweichlichkeit als meines Vater Feldscher, das jedoch ändert nichts an ihrer Unausbleiblichkeit.« Er hob das Haupt, betrachtete aus von Tränen verschleierten Augen den nutzlosen Arm. »Als ich die Möglichkeit hatte, ermangelte es mir am Mut, um die Sehnsucht meines Herzens zu stillen ... und nun kann ich nicht einmal meines Vaters Wunsch erfüllen, ein würdiges

Oberhaupt seines Völkchens zu sein, wenn er von uns gegangen ist.«

Für einige Zeit starrte er stumpfsinnig vor sich hin ins Leere, bis ein verhaltenes Aufseufzen Simonns ihn aus der Dumpfheit seines Jammers aufschreckte.

»Beim Herbeiführen deiner Entschlüsse vermag ich dir schwerlich zu helfen, Gilrae, aber 's mag sein, daß ich dir Abhilfe leisten kann, was deinen Arm betrifft«, erklärte der Greis. »Es dürfte ein recht schmerzhafter Eingriff werden, doch könnt's sein, daß sich die Geschwulst entfernen läßt.«

Geräuschvoll schluckte Gilrae, wagte indessen noch nicht wieder Hoffnung zu schöpfen.

»Zu gern wollte ich dir Glauben schenken, doch habe ich daran meine Zweifel«, vermochte er mit Mühe zu antworten. »Gilbert sagte nur, es kehrte nur schlimmer als zuvor zurück, wenn man's entfernte, und's würde um sich greifen. Sägte man mir den Arm ab, *könnte* es sein, daß es dadurch aufgehalten wird, *falls* ich selbige Maßnahme überlebe ... Welchen Nutzen hätte ich aber davon? Auch dann wäre ich mich für einen der Lebenswege zu entscheiden außerstande, zwischen welchen ich wählte, hätte ich noch die Wahl.«

»Es bleibt immer eine Wahl, mein Sohn«, widersprach Simonn mit leiser, allerdings dermaßen eindringlicher Stimme, daß Gilrae aufschaute und ihn abermals ansah. »Entscheidest du dich dafür, mich den Versuch vornehmen zu lassen, ermöglichst du's mir vielleicht, dir auch jene anderen Entscheidungen neu zu eröffnen. Was hättest du zu verlieren?«

In der Tat, was *hatte* er zu verlieren? sann Gilrae, während er in des Alten Augen blickte, dabei das Gefühl hatte, aus Benommenheit zu schwanken. Als zwänge irgendeine Kraft außerhalb seiner selbst ihn zu diesen Bewegungen, langte seine Linke, wie er bemerkte, nach dem Messer am Gürtel, zog es aus der Scheide, reichte es — mit dem Griff nach vorn — dem Alten, und als Simonn ihm winkte, erhob er sich, schlang den Umhang um die Schultern und erstieg hinter dem Greis des Altars Stufen.

»Nimm hier Platz«, flüsterte der Alte ihm zu, geleitete ihn zur linken Ecke, ließ ihn sich rücklings an den kalten Marmor lehnen.

Gilrae spürte, wie seine Knie unter ihm nachgaben, sein Rücken am Stein des Altars abwärtsrutschte, bis er saß, gehüllt in die Falten seines pelzbesetzten Umhangs, das Schwert lag gleich neben seinem rechten Oberschenkel. An des Altars Nordseite lagen noch Schneewehen. Gilrae war zumute, als wäre er zu jedem Widerstand unfähig gewesen, hätte er denn welchen aufbringen wollen, während Simonn den Ärmel des ledernen Reitrocks aufkrempelte und den rechten Unterarm in den Schnee drückte, um ihn zu betäuben. Inzwischen war die Sonne am westlichen Himmel ihres Weges halbe Strecke hinabgesunken — wie *konnte* es nur schon so spät sein? —, doch nach wie vor blendete ihr Schein Gilraes Augen, machte es vor ihnen funkeln und flimmern, derweil er das Haupt am Altar ruhen ließ, und zudem blitzten goldene Glanzlichter auf der Klinge, welche Simonn soeben am erstaunlich sauberen Saum seines grauen Untergewands blankputzte.

Als die Eiseskälte Gilrae stärker zu martern begann als der eigentliche Schmerz, kehrte Simonn den Unterarm in der Mulde geschmolzenen Schnees um und fuhr mit der Hand über den Bereich, wo der Eingriff vorgenommen werden sollte.

»Es ist beileibe nicht vonnöten, daß du zuschaust«, sprach er, berührte mit frostkalten Fingern Gilraes Wange, drehte ihm das Antlitz seitwärts. »Sieh dir den Sonnenuntergang an und gedenke anderer Sachen. Oder schau, wenn's dir beliebt, den Wolken nach. Es mag sein, daß deren Gestalt dir auf deine Fragen die eine oder andere Antwort eingibt.«

Irgendwie hatte es den Anschein, als ob des Alten

Finger nicht nur das Fleisch taub machten, welches sie anfaßten, sondern auch Gilraes Gehirn, denn er merkte, wie er allmählich geistig von seinem reglosen Körper losgelöst wurde. Während Simonn sich über des Unterarms nach oben gewandte Innenseite beugte, die Klinge ansetzte, bot Gilrae just soviel Willenskraft auf, wie nötig war, um hinzuschauen und zu beobachten, wie die Schneide seitlich der schwärzlichen Schwellung, welche er zu hassen und zu fürchten gelernt hatte, einen karminroten Einschnitt vollführte. Blut quoll hervor, färbte den Schnee scharlachrot, dampfte in der eisigen Luft, und Gilrae verdrehte die Augen himmelwärts. Nach wenigen Herzschlägen aber schloß er die Lider und fing zu träumen an.

Erneut befand er sich in einer Kirche, einem jedoch kleineren als dem Gotteshaus, darin er sich in seiner Vorstellung beim vorherigen Mal erlebt hatte — an sich handelte es sich lediglich um ein Kapellchen —, diesmal aber nicht nur als Zuschauer, sondern als Teilnehmer, als einer von vier feierlich-ernst und doch zur gleichen Zeit freudig gestimmten jungen Männern, die durchs schmale Mittelschiff schritten. Wie die drei anderen trug er in der Rechten eine entzündete Kerze; die Linke hatte er ehrfürchtig auf die Stola eines Diakons gelegt, welche quer über seine Brust verlief und an der rechten Hüfte befestigt war. Die Mönche im jeweils nur einreihigen Gestühl beiderseits des Mittelgangs hatten graue Kutten — keine weißen Gewänder, anders als im Wachtraum davor —, aber einige unter ihnen wiesen seltsamerweise wiederum den langen Einzelzopf auf, den Gilrae aus jenem zuvorigen Traumgesicht kannte. Ganz vorn, vor einem sehr schlichten Altar, warteten zwei Kleriker in Chormänteln, auf den Häuptern Mitren.

Gemeinsam mit seinen Brüdern kniete Gilrae zu ihren Füßen nieder — irgendwoher wußte er, die zwei Männer waren ein Bischof und ein Abt im Bischofsrang —, und wenngleich er die Worte, die der Ältere sprach, nicht genau zu verstehen vermochte, war ihm die Antwort vertraut. Er und seine Brüder sangen zusammen aus frohen Kehlen, hielten dabei die Kerzen, und die Klänge durchtönten die geweihte Stätte rein und klar.

»*Adsum Domine*...« — »Hier bin ich, Herrgott...«

Da verschwamm das Bild, zerfloß zu Gilraes tiefem Bedauern gänzlich, und für eine unbestimmbare Weile döste er nur in einem Zustand des Losgelöstseins vor sich hin, obwohl ein wenig traurig, sich des Sonnenscheins auf seinem Angesicht, seinen geschlossenen Lidern, der Kälte, die ihm aus den steinernen Stufen und dem Altar hinter seinem Rücken unter Umhang und Reitkleidung drang, und des Schnees, welcher seinen rechten Arm noch immer so wirksam betäubte, daß er darin nichts fühlte, nur schwach bewußt.

Er verspürte durchaus keine Neigung, die Augen aufzuschlagen, sich irgendwie zu regen, ja nicht einmal zu irgendwelchen Überlegungen. Für eine Zeitlang schien er zu schweben — und dann weilte er urplötzlich von neuem in dem Traum, kniete demütig, die Hände vor sich gefaltet, vor dem Bischof, wankte ein wenig auf den Knien, als sich dessen geweihte Hände auf sein Haupt senkten.

»*Accipe Spiritum Sanctum*...«

Gilrae vermeinte, er könnte der Weihe Kraft durch jeden seiner Nerven, durch jede Sehne brausen, sich von der göttlichen Macht bis zum Überfließen erfüllt werden fühlen, und dann schien es ihm, daß sie sein Inneres weitete, um ihn noch mehr, noch tiefer erfüllen zu können. Sein Entzücken steigerte sich zu solcher Stärke, daß er zu beben begann.

Da spürte er ganz plötzlich kalte Hände auf beiden Seiten seines Angesichts, und die sanfte Stimme des greisen Simonns forderte ihn auf, die Augen zu öffnen. Er schaffte es, die trockene Kehle zusammenzuziehen und zum Schlucken zu bringen, aber er blieb, sobald er die Augen offen hatte, noch für ein Weilchen ohne richtige Sicht, es schien, es sollte er Simonn nicht wieder deutlich erkennen können.

»Ich ... du ...«

»Du bist wohlauf«, sprach der Alte leise und lächelte. »Ich glaube, du bist mir während des Eingriffs eingeschlummert. Hast du geträumt?«

»Fürwahr! Woher weißt du's? Simonn, es war ein gar zu wunderschöner Traum! Ich ...«

Verwirrt hob Gilrae beide Hände und rieb sich die Schläfen, merkte dann erst, daß ihm die rechte genauso gehorcht hatte wie die linke Hand, und er verspürte keine Beschwerden mehr. Um seinen rechten Arm war vom Handgelenk bis halb hinauf zum Ellbogen ein Streifen grauen Stoffs gewickelt, doch ließ sich unter dem sauberen Leinen keine unnatürliche Beule mehr ersehen. Blut rötete den Schnee, wo sein Arm gelegen hatte, doch weit weniger, als er zu verlieren erwartet hatte. Simonn nahm den Dolch zur Hand, als Gilrae zu sprechen anfing, wischte Schneematsch von Klinge und Griff, hielt ihm die Waffe mit dem Knauf nach vorn entgegen.

»Ich bin der Überzeugung, daß deines Vaters Feldscher dich in ungerechtfertigtem Maße in Furcht versetzt hat«, erläuterte der Alte. »Ich bezweifle, daß die Geschwulst wiederkehrt. Mag sein, daß du dich einige Tage lang schwach fühlen wirst, doch wirst du feststellen, glaube ich, daß du ein Schwert halten kannst ... oder was sonst du ergreifen willst.«

»Aber ...«

Simonn schüttelte das Haupt und hob eine Hand, verwehrte Gilrae weitere Fragen; dann stand er auf, überschattete mit der Hand seine Augen gegen die Helligkeit der Sonne, spähte zur Ruine hinaus gen Westen. Während auch Gilrae sich aufraffte, wenn auch mit einiger Mühsal, sich auf die Ecke des Altars stützte, scharrte Simonn mit dem Fuß frischen Schnee über das Blut vor dem Altar, verbarg den sichtbaren Beweis für das, was sich eben zugetragen hatte.

»Dein Bruder kommt, begleitet von einer Eskorte«, sprach Simonn, blickte auf, als er das Werk verrichtet hatte. »Ich fürchte, er wird dir traurige Kunde überbringen ... Aber immerhin wirst du deine Entschlüsse nun auf der Grundlage deines tatsächlichen Strebens fällen können, nicht nach Maßgabe dessen, was dein körperlicher Zustand dir vorzuschreiben schien. Wenn du schätzt, was ich getan habe, so verschweige, darum bitte ich dich, meinen Anteil an deiner Heilung.«

»Mein Wort drauf«, versprach ihm Gilrae.

Doch schon entfernte der Alte sich zwischen den Trümmern, entschwand in die Schatten, und er wählte den Weg seines Abgangs so sorgsam, daß nicht einmal Gilrae, der ihm nachschaute, entdecken konnte, wohin er ging.

In diesem Augenblick hörte er seinen Bruder seinen Namen rufen, gewann darüber Klarheit, daß es nur eine kurze Weile dauern würde, bis man ihn fand. In höchster Erregung, weil er vorerst gar nicht so recht an seine Heilung zu glauben wagte, huschte er hinter den zerschlagenen Altar, duckte sich in den östlichen Schatten, riß mit zittrigen Fingern an dem Verband um seinen Arm, um sich Gewißheit zu verschaffen, solange sich Caprus mit seinen neugierigen Augen noch nicht in der Nähe befand. Unter dem Verband zeugte nur noch eine schwache Gelblichkeit der Haut von der Erkrankung, ein Rest des Blutergusses an der Stelle, wo zuvor das verhängnisvolle Schwarz wucherte, und ein kaum sichtbarer rosiger Strich gab wohl, wie Gilrae vermutete, das Überbleibsel von Simonns Einschnitt ab. Von der Geschwulst war nichts mehr zu sehen.

Voll Staunen krümmte er die Finger, ballte die Hand zur Faust, sah die Sehnenstränge sich unter der Haut bewegen und fühlte, wie ihm die Muskeln gehorchten. Er begann einen zunehmend stärkeren Verdacht zu hegen, was den alten Simonn anbetraf. Die Heilung allein sprach für sich selbst. Aber Gilrae verschob es auf später, sich Gedanken über ihren Ursprung zu machen, und ebenso über das Verheißungsvolle seines Traums nachzusinnen. Fürs erste genügte es ihm, daß sich ein Wunder ereignet, er nun aufs neue die Möglichkeit der Wahl hatte.

»Herr Gilrae?«

Ruckartig holte die Stimme Herrn Lorcans, des Vogts seines Vaters, ihn gleichsam zurück auf den Erdkreis, fast schuldbewußt zupfte sich Gilrae den Ärmel herunter, ließ den Verband in den Schnee fallen. Jetzt war nicht der richtige Zeitpunkt, um über Wunder nachzugrübeln. Während er umständlich die mit Pelz besetzten Reithandschuhe an die klammen Hände zog, hörte er auf den Fliesen hinten im zerstörten Mittelschiff das hohle *Klipp-klapp* eiserner Hufe, und dies Geräusch flößte ihm Zorn ein.

Narren! Vermochten sie nicht zu spüren, daß sie noch immer geweihten Boden betraten? Wie konnten sie es wagen, Gäule an diesen Ort zu bringen?

Empört über die Art und Weise des Eindringens der Mannen umfaßte Gilrae mit der Rechten den Schwertgriff, straffte seine Haltung, richtete sich auf zu voller Körpergröße. Er hegte keine Absicht, sie in das einzuweihen, was sich vorhin begeben hatte. Als er vor den Altar trat, dort verharrte, um auf die Ankömmlinge zu warten, erblickten sie ihn, Caprus deutete herüber, winkte seinen Begleitern zu, daß sie ihm rascher folgen sollten. Die Rösser stapften durch den Schnee, rutschten auf den uneben gewordenen Fliesen öfters aus, schlitterten da und dort regelrecht, verscheuchten durch die Unruhe ihres Kommens die Schafe; die Reiter achteten mehr auf den Untergrund denn auf Gilrae.

Insgesamt waren es ihrer zehn, angeführt von Caprus und Lorcan. Trotz seiner bläßlichen Jünglingsschönheit und hellblonden Locken beherrschte tiefste innere Aufgewühltheit vollauf Caprus' Miene, und Lorcans gefurchtes Antlitz hatte Gilrae nie zuvor dermaßen ernst gesehen. Hinter ihnen ritten Meister Gilbert, der Feldscher, und Pater Arnulf. Danach folgte ein halbes Dutzend Waffenknechte im Wappenrock seines Vaters — nein, nun *seines* Wappenrocks, wie er mit einem Mal begriff. Die Waffenknechte stützten ihre kurzen Spieße verkehrtherum in die Steigbügel, die behandschuhte Faust des Geistlichen hielt einen silbernen Reif, die Adelskrone von Gilraes Vater. Obschon er diesen Augenblick hatte näherrücken sehen, empfand Gilrae plötzlich eine schreckliche Kälte.

»Schafft die Rösser aus der Kirche!« befahl er in ruhigem Tonfall, als sie die Tiere im Querschiff zügelten und abzusitzen begannen. »Widersprecht nicht, Lorcan, tut wie geheißen.«

Er merkte, wie sein Befehl Caprus verdroß, doch Lorcan sprach in scharfem Ton leise etwas, wendete seinen Nußbraunen, so daß er gegen die Brust von Caprus' Grauem drängte, ihn gleichfalls zum Wenden nötigte, derweil sich Caprus verdutzt eine Entgegnung verkniff. Wortlos ritten sämtliche Reiter durchs halbe Kirchenschiff zurück, sodann stiegen Lorcan, Caprus, der Priester sowie der Feldscher ab, reichten ihre Zügel den übrigen Männern. Während diese die Tiere zur Kirche hinausführten, strebten jene vier, indem sie unter sich murmelten, zu Fuß von neuem in des Altars Richtung. Lorcan eilte ein Stück weit voraus, machte eine Verbeugung, sobald er die Altarstufen erreichte. Unter dem mit Pelz besetzten Umhang trug er, ebenso wie Caprus und der Feldscher, Reitleder und Kettenpanzer.

»Ich bedaure, Euch mitteilen zu müssen, daß Euer Vater die irdische Welt verlassen hat, Herr Gilrae«, sprach Lorcan, indem sein Atem weißliche Wölkchen in die eisige Luft blies. »Er bat uns, Euch dies zu überbringen.«

Er winkte knapp, und Pater Arnulf, ein Mann in mittleren Jahren, trat vor, hob mit unsicheren Händen Gilrae die Adelskrone entgegen.

»Ihr seid als sein Erbe bestätigt worden, Herr«, vermeldete Arnulf, und ein Anflug von Mitleid zeigte sich in seinem Mienenspiel, als Gilrae die Linke ausstreckte und das glänzende Silber berührte. »Da der König in Erwartung dieser Stunde Eure Nachfolge bereits gebilligt hat, steht diese nunmehr vollständig außer Frage. Möge Gott all Euren Taten und Unternehmungen Seinen Segen schenken.«

Gilrae spürte die Mühe, welche es die Männer kostete, nicht seine reglose Rechte anzuschauen, aber noch hatte er keine Neigung zu einer Enthüllung. Er nickte ihnen zum Dank zu und stieg bedächtig die Stufen des Altars hinab. Caprus maß ihn mit einer Miene, welche ein Gemisch von Kummer und Neid ausdrückte; Lorcan ließ sich gehöriges Unbehagen ansehen. Allein der seelisch gefestigte Meister Gilbert wirkte, als bliebe er trotz allem gänzlich gleichmütig, wiewohl man in seinen braunen Augen ein gewisses Mitgefühl erkennen konnte.

»Meinen Dank, Pater«, sprach Gilrae gedämpft, fiel vor dem Geistlichen aufs Knie. »Wolltest du mir wohl die Gefälligkeit erweisen und meines Vaters Adelskrone segnen, ehe du sie mir aufs Haupt setzt? Mir stehen nunmehr einige schwere Entscheidungen bevor, und um den rechten Weg zu beschreiten, werde ich sicherlich Gottes Beistand bedürfen.«

Dem vermochte freilich nicht einmal Caprus zu widersprechen. Während ringsum auch die anderen niederknieten, unter Reitleder und Pelz leise die Kettenpanzer klirrten, neigte Gilrae das Haupt, ließ des Geistlichen Segen auf sich herabwallen, als ob ihn eine leichte Welle des Sees zu Dhassa erquickte, versuchte unterdessen nachzudenken. Die Adelskrone drückte seine Stirn kalt und hart, sie schien weitaus schwerer als das Metall zu sein, aus dem sie bestand, sogar seine Seele selbst zu belasten, als er sich erhob und zur Seite kehrte, den Blick abwandte.

Die Zeit war da, daß er seinen Entschluß fällen mußte. Nun war er Baron, aber noch hatte er dazu die Gelegenheit, es zu ändern, so er es nur wagte. Langsam näherte er sich dem Altar, legte die vom Handschuh umhüllte Linke auf die Altarplatte, als gedächte er einen Eid zu schwören, hob die Finger der Rechten — verborgen hinter seiner Gestalt, so daß die anderen es nicht sehen konnten — und streifte mit ihnen des Altars Kante. Und wie er so seiner Finger Bewegungen betrachtete, da verstand er, daß seine wundersame Heilung nicht stattgefunden hatte, nur damit er eine Adelskrone trug.

»Herr Lorcan«, sprach er halblaut über seine Schulter, »Ihr seid meines Vaters Gefolgsmann gewesen.«

»Ihr wißt, daß ich's war, Herr.«

»Und nun seid Ihr mein Gefolgsmann?«

»Ich bin der Eure, Herr«, kam mit Nachdruck die Antwort.

»Ich danke Euch. Bitte ruft die übrigen Mannen her.«

Er blieb dem Altar zugedreht, vernahm jedoch aus Caprus' Richtung Regungen des Mißbehagens sowie einen geflüsterten Wortwechsel zwischen Gilbert und dem Priester, derweil sich Lorcan um ein paar Schritte entfernte und die Waffenknechte heranwinkte. Sobald er deren Ankunft spürte, schöpfte er tief Atem und wandte sich um, fühlte aufs beschwerlichste die Bürde der Adelskrone auf seinem Haupt. Die Männer knieten im Halbkreis zu Füßen der Altarstufen, die Mienen unter ihren Helmen brachten grimmigen Stolz zum Ausdruck. Caprus hielt sich bei dem Feldscher und dem Priester — sein Antlitz widerspiegelte unklare Beklommenheit —, während Lorcan die Hälfte der Stufen erklomm und sich verbeugte.

»Eure Weisung ist ausgeführt, Herr.«

»Ja, habt Dank.« Gilrae musterte die Männer, welche zu ihm aufblickten. »Herr Lorcan hat mich als dem neuen Baron d'Eirial soeben seiner fortgesetzten Treue versichert. Gilt das für alle, die ich hier vor mir sehe?«

Während die Männer gedämpfte Beteuerungen ihrer Treue äußerten, zückten sie die Schwerter und streckten sie ihm mit vorwärtsgekehrten Griffen entgegen, ihre mit Panzerhandschuhen gewappneten Fäuste umklammerten die Klingen unmittelbar unterhalb der Querstangen. Gilrae nickte.

»Seid bedankt. Ich fasse diese Bekundungen gleich wie ausdrückliche Treueschwüre auf. Steht auf, aber wartet noch. Lorcan?«

»Herr?«

»Lorcan, ich brauche Euren Ratschlag. Caprus, bitte tritt vor.«

Während sich die Waffenknechte erhoben und die Schwerter wieder in die Scheiden steckten, Lorcan schweigsam neben Gilraes linke Elle trat, nahte sich Caprus zögerlich seinem Bruder. Beim Klang seines Namens war er erbleicht, sein Reithandschuh spannte sich straff über die Knöchel der Rechten, welche fest den Griff seines Schwertes umfaßte, und er die Stufen erstieg. Stumm ging Gilrae ihm drei Stufen entgegen, verhielt an einer Stelle, wo zwischen ihnen eine kniehohe Schneewehe angehäuft lag, gab Caprus ein Zeichen, daß er an seine Seite kommen sollte. Nach kurzem Zögern gehorchte Caprus, sank verunsichert, als Gilrae kein Wort sprach, aufs Knie. Gilrae fühlte Lorcans Gegenwart gleich hinter sich, doch wandte er den Blick nicht aus seines Bruders Augen. Er konnte nicht voraussehen, ob ihm die Antworten auf die Fragen, welche er Caprus nun zu stellen hatte, gefallen mochten, aber wenn er zu tun wagen wollte, was sein Herz begehrte, dann mußte er die Antworten erfragen. Aber er flehte zu Gott, daß er hören würde, was er zu vernehmen wünschte.

»Mit welchem Rat mag ich Euch behilflich sein, Herr?« erkundigte sich ruhig Lorcan.

»In einer Frage des Rechts. Habe ich als Baron d'Eirial und des Reiches Ritter die Berechtigung zum Ausüben der Hohen und auch der Allgemeinen Gerichtsbarkeit über alle meine Vasallen und Untertanen, ob hoch oder niedrig, in meinen sämtlichen Ländereien?«

»Ihr besitzt sie, Herr.«

Die Hohe Gerichtsbarkeit: Sie verlieh Gilrae Gewalt über Leben und Tod. Er hatte gewußt, daß es sich so verhielt, aber vollkommen sicher sein wollen. Bevor Caprus mehr tun als den Mund zu einem Wort des Aufbegehrens aufklappen konnte, packte Gilrae mit der Linken sein Schwert, zog blank und stieß es zwischen ihnen in den Schnee wie einen Spieß.

»Halte Frieden, Caprus!« fuhr er den Halbbruder an. »Bewahre Schweigen und erwäge die Fragen ganz genau, welche ich an dich richten werde. Ich habe dafür meine Gründe, doch sei dessen versichert, daß ich in bezug auf dich nichts Übles im Sinn habe.«

Caprus bebte vor Zorn, hatte die Hände an seinen Seiten krampfhaft zu Fäusten geballt, aber er schwieg, derweil sein Bruder die andere Hand in den Schwertgurt hakte und ihn von dem höheren Standort aus mit wachsamem Blick maß. Obzwar Caprus während ihres ganzen bisherigen Lebens wiederholt mehr oder weniger lautstark, insbesondere in Anwesenheit seiner Mutter, seinem Mißmut hinsichtlich der Erbfolge Ausdruck verliehen hatte, bezweifelte Gilrae ernsthaft, daß er jemals auf tätige Weise untreu gewesen war, aber in dieser Hinsicht mußte er sich Gewißheit verschaffen; noch weitaus wichtiger war es allerdings, daß die Gefolgschaft darüber Gewißheit erhielt. Auch wenn ihm nun wieder eine Wahl offenstand, enthob sie ihn nicht seiner Verantwortung.

»Caprus d'Eirial«, sprach er mit klarer Stimme, »ich fordere dir vor Gott und allen, die daselbst zugegen sind, den feierlichen Eid ab, daß du dich niemals, weder in Worten noch in Taten, wider mich, unseren Vater oder anderweitig zum Schaden unserer Untertanen vergangen hast.«

Caprus' Unterlippe zitterte, doch er erwiderte Gilraes Blick ohne Wanken. Seine hellblauen Augen blitzten von Stolz und Wut.

»Wie kannst du dich vermessen, einen solchen Eid von mir zu fordern?« hielt er Gilrae entgegen. »Und warum just nachdem du von Hoher Gerichtsbarkeit geredet hast? Wann habe ich dir je dazu Anlaß gegeben, an meiner Treue zu zweifeln?«

»Leg deine Hände ans Schwert und leiste den Schwur bei Gott dem Herrn«, verlangte Gilrae ein zweites Mal. »Den Grund kann ich dir nicht offenbaren. Tu's!«

Einen Augenblick lang, für dessen Dauer Gilreas Herzschlag stockte, befürchtete er, Caprus würde sich weigern. Das Schwerwiegende der Forderung lag auf der Hand. Doch obschon sein jüngerer Bruder sich bisweilen durch Starrsinnigkeit und Hochmut auszeichnete, hatte Gilrae nie beobachten können, daß er sich unehrlich oder hinterlistig betragen hätte. Konnte er nicht seinen Stolz außer acht lassen und den Eid ablegen?

»Schwöre, Caprus«, wiederholte er aufs neue. »Ich bitte dich!«

Zum zweitenmal an diesem Nachmittag ward sein Glaube belohnt, denn plötzlich senkte Caprus den trutzigen Blick, riß sich die Handschuhe von den Händen, legte sie fest auf des Schwertes Querstange, seine Daumen ruhten auf dem Mittelstück, in dem die Waffe eine heilige Reliquie barg. Sein Kinn bezeugte Verbissenheit, als er das Angesicht über den Schwertgriff hinweg zu Gilrae aufwärtswandte, ansonsten aber blieb es ausdruckslos.

»Ich schwöre vor Gott dem Allmächtigen und den hier anwesenden Zeugen, daß ich unserem Vater und dir stets die Treue gehalten habe«, sprach Caprus deutlich und in markigem Ton. Sein Blick ward ingrimmiger, noch störrischer mahlten seine Kiefer, doch er umfaßte des Schwertes Klinge, streckte es zwischen ihnen in die Höhe wie ein Prozessions-Kreuz, derweil er weiterredete. »Des weiteren schwöre ich aus freiem Willen und eigenem Wunsche, daß ich von heute an mit Leib und Leben und weltlicher Verehrung in meinem Herzen dein Lehnsmann bin, Vertrauen und Treue gelobe ich dir, und ich schwöre, an deiner Seite gegen alle Widersacher zu stehen, so wahr mir Gott helfe.« Er verstummte, benetzte sich unsicher die Lippen. »Und solltest du wähnen, ich hätte mich je zu falschem Spiel verstiegen, Gilrae, so wandelst du in die Irre ... ganz gleich, welchen Eindruck meine Mutter bei dir erweckt haben mag. Als dein rechtmäßiger Bruder bin ich geboren worden, und du bist nun mein rechtmäßiger Herr.«

Er hob die Klinge an den Mund und küßte die Reliquie ohne Zaudern, aber sobald er die Waffe Gilrae reichte, auf daß der Lehnseid bestätigt werde, wankte seines Blickes Festigkeit ein wenig — nicht indessen aus Unaufrichtigkeit, sondern aus ehrlicher Sorge, daß Gilrae seine Ehrbarkeit nach wie vor anzweifeln könnte. Seine Erleichterung kaum zu verhehlen imstande, nahm Gilrae mit der Linken das Schwert knapp unterhalb des Griffs, richtete seinen Blick auf den verwunderten Lorcan.

»Eine Frage noch, Herr Lorcan. Zählt zu meinen Vorrechten als Baron auch das Recht, jemanden zum Ritter zu schlagen?«

»*Zum Ritter?* Ja freilich, Herr, Ihr habt dies Recht, aber ...«

Als Lorcan erstaunt um einen Schritt näher trat, nicht weniger verblüfft als die restlichen Anwesenden, die von neuem leise untereinander zu tuscheln begannen, schüttelte Gilrae das Haupt, packte des Schwertes Griff mit der geheilten Rechten, hielt es, die Klinge aufwärts gerichtet, hoch empor, um seinerseits die in die Querstange eingeschreinte Reliquie zu küssen. Mehrfaches Aufkeuchen ertönte, denn seit seinem Sturz war Gilrae nicht dazu fähig gewesen, die Waffe so zu fassen. Völlig entgeistert starrte Caprus ihn an, dann sprang er auf, haschte nach Gilraes Schwertarm, schob den Ärmel zurück und betrachtete den Unterarm.

»Gilrae, dein Arm...!« entfuhr es ihm, und in seinen Augen leuchtete echte Freude.

Gilrae erwiderte seines jüngeren Bruders frohes Lächeln, drängte ihn jedoch mit der freien Hand zurück auf die Knie, ließ den Blick, das Schwert unverändert vor sich erhoben, über die Versammelten schweifen.

»Wisset, daß sich am heutigen Nachmittag, derweil ich betete, etwas ereignete, das ich nicht zu erklären vermag«, sprach er mit ruhiger Stimme. »Ich war dem Verzagen nahe, weil ich dachte, mir stünde keinerlei Wahl noch offen. Aber es hat Gott gefallen, mich von neuem vor die Entscheidung zu stellen.« Er lächelte seinen Bruder an. »Ich hoffe, du wirst's mir nicht verübeln, wenn ich mit einem Teil meiner Bürden deine starken Schultern belaste, Caprus. Ich glaube, dein Trachten richtet sich seit langem auf die Übernahme herrschaftlicher Verantwortung — trotz aller Liebe —, und ich hege die Überzeugung, daß du dich bei der Herausforderung, wie die damit verbundenen Aufgaben und Pflichten sie verkörpern, aufs allertüchtigste bewähren wirst.«

Ehe Caprus und irgendein anderer Anwesender nur eine einzige Frage zu äußern vermochte, straffte Gilrae sich zu erhabener Haltung auf, hob das Schwert über Caprus' Gestalt, senkte sodann die Klinge mit geschmeidiger Geste auf des Bruders rechte Schulter.

»Im Namen Gottes und des Heiligen Michael schlage ich dich, Caprus d'Eirial, zum Ritter«, sprach er. Anschließend berührte er mit der Klinge die linke Schulter. »Ich erteile dir das Recht, Wappen zu tragen, und die Pflicht, die Schwachen und Wehrlosen zu beschützen.« Zuletzt legte er die Klinge auf Caprus' blonde Locken, schaute an der Waffe Länge hinab in seines Bruders von Tränen feuchte Augen. »Gleichfalls erhältst du die Verwaltung über unseres Vaters Ländereien und Besitztümer sowie das Recht zur Ausübung der Hohen und der Allgemeinen Gerichtsbarkeit«, fügte er hinzu, lenkte kurz noch einmal den Blick hinunter zu den Zeugen des Ritterschlags, welche das Geschehen ehrfürchtig mitverfolgten. »Sei deinen Untertanen ein guter Rittersmann und gütiger Herr.«

Er schnallte die Schwertscheide vom Gurt und schob die Waffe hinein, übergab dann beides dem staunenden Caprus in die hastig in die Höhe gestreckten Hände, bevor er sich die Adelskrone vom Haupt nahm. Er hielt sie mit beiden Händen vor sich hin, um nicht den geringsten Zweifel an der eigenen Eignung für die Ehre aufkommen zu lassen, welche er nun weiterzureichen gedachte — und kein Mißverständnis bezüglich seiner Absichten —, sodann setzte er sie mit nachdrücklicher Gebärde auf Caprus' Haupt.

»Vor Gott und den hier gegenwärtigen Zeugen entsage ich sämtlicher Ansprüche auf die Länder und Titel des Hauses Eirial und trete sie auf immer an diesen meinen Bruder Caprus d'Eirial ab, den leiblichen Sohn des seligen Radulf d'Eirial, sowie seine rechtmäßigen Nachfahren. Das ist mein unwiderruflicher Wunsch, von dem ich erhoffe, daß unser Herr König ihm seine Billigung geben wird.«

Er half Caprus, die rechte Hand um seine Rechte geklammert, beim Aufstehen, drehte ihn den Mannen zu. Er fragte sich, ob man ihm die Befriedigung wohl genauso ansah wie Caprus seine schier unbändige Freude, und nun befremdete es ihn, daß er jemals gemeint hatte, die Entscheidung könnte eine schwere Sache werden.

»Seht hier den neuen Baron d'Eirial. Ich befehle, ihm in gleicher Treue wie meinem Vater zu dienen, ihm die Treue zu erweisen, deren vorhin ich versichert wurde. Vorwärts, wir können uns nicht den ganzen lieben langen Abend dafür Zeit nehmen.«

Lorcan schwor Caprus die Treue; geradeso taten es die Waffenknechte. Auch Meister Gilbert und sogar der Priester legten den Eid ab. Doch während danach Caprus und alle anderen sich zu den Rössern entfernten, unter sich aufgeregt flüsterten und sich ab und zu voll der Ehrfurcht umschauten, blieb Lorcan in Gilraes Nähe.

»Was werdet Ihr nun beginnen, Herr?« fragte der altbewährte Vogt halblaut nach, spähte Caprus und den übrigen Gefolgsleuten hinterdrein — so wie Gilrae —, die in den Strahlen des Sonnenuntergangs außer Sicht entschwanden. »Ihr habt alles, alles aufgegeben.«

»Ich bin nicht mehr Euer Herr, Lorcan ... und ich habe nichts aufgegeben, das mir wahrhaft am Herzen gelegen hätte.« Gilrae neigte das Haupt seitwärts, betrachtete den Mann. »Versteht Ihr das Geschehen nicht? Bis zum heutigen Tage hatte ich ja nichts. Und da wurde mir alles wiedergegeben, damit ich wählen durfte, wonach mir in Wahrheit der Sinn steht.« Er entledigte sich des rechten Handschuhs und legte die geheilte Hand auf den zerschrammten Altar. »Begreift Ihr's nicht? Hier ist's, wo mein Platz ist. O nein, freilich nicht hier, nicht etwa vor diesem so beklagenswert entstellten Altar. Natürlich verblüfft's mich nicht weniger als Euch, daß sich an einer Stätte, wo einst Magie ihr Unwesen trieb, ein Wunder zutragen konnte. Aber 's mag sein, dies Vorkommnis muß als ein Hinweis darauf verstanden werden, daß jene Magie von ihrem Ursprung her womöglich gar nichts Schlechtes gewesen ist ... Ich weiß es nicht. Unzweifelhaft weiß ich hingegen, daß ich nicht derselbe wie jener Mann bin, welcher heute zu früherer Stunde diese Örtlichkeit aufsuchte.«

Indem er die Hand zur Faust schloß, als ergriffe er einen kostbaren Gegenstand, schaute er über den Altar hinweg in die Richtung der Stelle, wo er im Traum ein Ewiges Licht hatte leuchten sehen.

»Ich glaube, mir ist ein Zeichen zuteil geworden, Lorcan, ein Zeichen, das ich endlich verstehen kann. Immer habe ich danach, nach so etwas, Ausschau gehalten ... Ihr wißt's ja. Und ich gedenke meine zweite Gelegenheit keineswegs zu vertun.«

Der alte Vogt schüttelte das Haupt. »Ihr habt recht. Ich begreif's nicht.« Er schnaufte, dann streckte er die Hand aus; Gilrae nahm und drückte sie. »Doch wenn Ihr Eure wahre Berufung gefunden habt, so möge Gott Euch dabei Glück gewähren, Herr.«

»Sag nicht länger ›Herr‹ zu mir, Lorcan. Ruf mich einfach Gilrae ... Vielleicht kannst du mich eines Tages, falls Wirklichkeit wird, was ich mir erhoffe, *Pater* Gilrae nennen.«

»Und wenn nicht?«

»Ich habe den unerschütterlichen Glauben, daß es dahin kommen wird«, antwortete Gilrae mit einem Lächeln. Am nördlichen Ende des Querschiffs hatte eine schwache Bewegung seine Aufmerksamkeit erregt, und er drückte Lorcans Hand ein letztes Mal.

»Es dürfte am ratsamsten sein, du gehst nun, mein Freund. Dein neuer Herr wartet auf dich, und das gleiche gilt für mich. Diene Caprus getreulich, wie du mir gedient hättest. Ich zweifle nicht an, daß er deines Dienstes wert und würdig sein wird.«

Der alte Vogt sprach kein Wort mehr, doch er beugte sich zum Abschied über die Hand seines ehemaligen Herrn, preßte die Lippen auf den Handrücken, seine von etlichen Schlachten zernarbten Finger strichen flüchtig übers glatte Fleisch des vormals geschwollenen Handgelenks. Sodann machte er auf dem Absatz kehrt und stieg die Altarstufen hinab, das Haupt unter des Umhangs Kragen geduckt, er taumelte leicht, während er sich durchs Mittelschiff entfernte.

Gilrae blickte ihm nach, von der Sonne geblendet, zog schließlich wieder den Handschuh an und breitete die Hände erneut auf die beschädigte Altarplatte, neigte in stummer Danksagung, die Lider andächtig geschlossen, das Haupt. Er fühlte, wie hinter seinem Rücken die Sonne vollends sank, spürte des Abends Schatten düsterer und kälter werden; und nach einem Weilchen verspürte er auf seiner rechten Schulter die Berührung einer Hand.

»Gilrae?«

»*Adsum*«, raunte Gilrae.

Des alten Simonns leises, sanftmütiges Lachen durchtönte die Luft wie Musik, während des Abends erste Schneeflocken zur Erde herabzuschweben begannen. Fern im Osten sah Gilrae den Abendstern aufgehen und nicht allein des Christkönigs Niederkunft ankündigen, sondern auch für ihn einen neuen Anfang.

»Komm, junger Freund«, sprach Simonn eine Aufforderung. »Selbiges Wort aber mußt du einem anderen als mir vorbehalten. Komm mit mir, und ich führe dich vor einen unbefleckten Altar.«

Originaltitel: ›Vocation‹
(erschien urspr. in ›Nine visions‹*, 1983)*
Copyright © 1983 by Katherine Kurtz

IV.
Bethane
(Sommer 1100)

Mit Bethane wechseln wir um über hundert Jahre in die Zukunft über, in die Zeit Morgans, Kelsons und der übrigen aus den Deryni-Chroniken bekannten Personen. Zum Verfassen dieser Story haben mich zwei Motive veranlaßt: Erstens die beiläufige Erwähnung der Tatsache — in Die Zauberfürsten *—, daß Alaric Morgan eines Sommers vom Baum stürzte und sich einen Arm brach; zweitens die Bitte, für eine Anthologie eine Geschichte über Hexen beizusteuern. Ich habe die alte Bethane nie ausdrücklich als Hexe bezeichnet, aber in jedem Fall entspricht sie allen stereotypen Vorstellungen von Hexen als alten Weibern, die in Kesseln rühren usw. Außerdem bin ich in bezug auf sie immer neugierig gewesen. Ihr kurzer Auftritt in* Die Zauberfürsten *vermittelte über sie gerade soviel Informationen, um Neugier hervorzurufen; es warf mehr Fragen auf, als es beantwortete.*

Wer war Bethane? Wer war Darrell, ihr Gatte? Was hatte sich mit ihm ereignet? Was war Bethane zugestoßen, so daß sie so wurde, wie wir sie kennenlernten? Sie kann nicht immer eine alte Vettel gewesen sein, nicht schon immer in den Hügeln gehaust und ein erbärmliches Dasein durch Schafzucht und die Gaben gefristet haben, die ihr Einheimische als Gegenleistung für fragwürdige Liebestränke oder Anwendungen der Volksmedizin machten. Offensichtlich hatte sie Kontakte zu Deryni gehabt, aber war sie selbst eine Deryni — wenn auch ungenügend geschult —, oder etwas anderes, vergleichbar mit Warin de Grey?

Also verschmolz ich zwei Ideen miteinander: Alarics Sturz vom Baum und diese mysteriöse Alte in den Hügeln, zwanzig Jahre jünger als in dem Buch Die Zauberfürsten, *obwohl man auch die jüngere Bethane bereits als exzentrische Alte be-*

*zeichnen könnte. Alles Weitere überließ ich dann diesen beiden
Charakteren. Dadurch fand ich mehr über Bethane heraus,
als ich erwartet hatte, und auch über ihren Gatten und seine
Verbindungen sowie über einen anderen Deryni, mit dessen
Auftreten in diesem Kontext ich gar nicht gerechnet hatte. Erneut bot sich ein Einblick in die finstere Epoche der Deryni-Verfolgungen, die zu der Zeit, als Alaric Morgan ein Halbwüchsiger war, gerade erst auf ein einigermaßen erträgliches
Maß abzuebben anfingen.*

Die alte Bethane überschattete mit knorriger Hand
ihre Augen und spähte aus verkniffener Miene
über die Weide aus. Sie hatte die Kinder, welche sich da
näherten, vorhin schon einmal bemerkt. Bei zweien
handelte es sich um Söhne des Herzogs von Cassan;
das andere Paar kannte sie nicht. Diesmal hetzten die
vier ihre zottigen Bergpferdchen in rücksichtslosem Galopp über die Wiese, drohten die wolligen Schafe, mit
deren Zusammentreiben Bethane den gesamten Morgen zugebracht hatte, in alle Himmelsrichtungen zu
verstreuen.

Ein dumpfes Aufbrummen des Unmuts drang aus ihrer Kehle, als sie beobachtete, wie ein Knabe sich vom
Reittier herabbeugte und mit einem Johlen ein Mutterschaf und dessen Lamm erschreckte, die nahebei grasten. Aufgescheucht sprang das Mutterschaf davon,
dem Kleinpferd aus dem Weg, das Lämmchen hastete
hinterdrein, und Bethane raffte sich hoch, schwang ihren Hirtenstab dem Mädchen entgegen, das sie unterdessen fast erreicht hatte.

»He, du da! Halt ein!«

Der Maid Pferdchen verhielt wie vom Donner gerührt, und das Kind flog in hohem Bogen über des Tiers
Schädel hinweg, die Beine weit gespreizt, die Röcke
wehten, es prallte mit einem Wumsen ins Gras, das
Pferd wirbelte herum, wich zurück, bockte und wieherte

schrill. Bethane packte das Kind am Oberarm und zerrte es auf die Beine, rüttelte es unsanft durch.

»Hab ich dich!« krähte Bethane. »Was ist in dich gefahren, daß du hier umhersprengst, als wärst du Herrin der Lüfte, und einer ehrlichen Frau die Schafe verjagst? Wohlan, Dirn, heraus mit der Sprache! Was hast du zu deiner Rechtfertigung vorzutragen?«

Erstaunt hob das Kind ihr den Blick geweiteter blauer Augen entgegen, es hatte anscheinend über den Schrecken hinaus keinen Schaden erlitten. Die drei Burschen kamen herbeigaloppiert; der älteste von ihnen mußte etwa zwölf Lenze zählen, doch hatte er schon eine Haltung wie ein alter Recke. Die beiden anderen Knaben waren offenbar um einige Jährchen jünger; der eine hatte ähnlich hellblonde Haare wie das Mädchen.

»Laß meine Schwester in Frieden!« rief dieser blondgelockte Knabe, zügelte sein Kleinpferd und maß Bethane reichlich ungnädigen Blicks.

»Wir raten dir, tu ihr nichts an«, mengte sich der ältere Bursche drein. »Sie hatte nichts Verwerfliches im Sinn.«

Bethane lachte, so daß es nahezu wie ein Kreischen klang, und schüttelte das Haupt. »Nicht so geschwind, ihr jungen Herren. Zuvor ist's vonnöten, daß sie mich um Verzeihung ersucht.« Sie heftete den Blick auf ihre Gefangene. »Wie lautet dein Name, Dirn? Was dachtet ihr euch dabei, meine Schafe zu scheuchen?«

Das Mädchen, etwa fünf oder sechs Jahre mochte es sein, schluckte sichtlich, traute sich nicht einmal zu ihrem Bruder oder den beiden übrigen Begleitern hinüberzuschauen. Der Älteste hatte die Faust um den Griff seines Dolchs gelegt.

»Um Vergebung, Großmütterchen«, bat die Maid in kläglichem Tonfall. »Wir ahnten ja nicht, daß die Schafe jemandem gehörten. Ich meine, wir wußten, daß sie nicht Herzog Jareds Eigen sind, aber wir dachten, 's sei keine Herde, sondern da weideten Wildschafe.«

Bethane schnitt keineswegs eine freundlichere Miene, doch insgeheim fühlte sie sich bereits ein wenig besänftigt. Vielleicht waren diese Bälger doch nicht aufgekreuzt, um sie zu ärgern.

»Ach, das dachtet ihr, da schau, da schau«, äußerte sie halblaut. »Und wer seid ihr überhaupt?«

Der älteste Bursche richtete sich im Sattel mit leicht hochmütigem Gebaren höher auf, blickte von seinem Reittier auf Bethane herab. »Ich bin Graf Kevin von Kierney.« Er nickte hinüber zu dem anderen Knaben mit braunem Haupthaar. »Das ist mein Bruder, Herr Duncan, und dort siehst du Herrn Alaric Morgan, Bronwyns Bruder. Wir raten dir« — er wiederholte sich etwas weniger streitbar als zuvor — »von ihr abzulassen.«

»So, dazu ratet ihr mir, hä? Ei, laß mich dir eines sagen, junger Graf von Kierney: Du solltest lieber Anstand und Benehmen lernen, wenn du erwartest, daß jemand dich aus anderen Gründen denn lediglich dank deiner hochtrabenden Titel achtet. Was ist eure Rechtfertigung für diese Behelligung meiner armen, kleinen Mutterschafe?«

Während der junge Graf den Mund aufsperrte — man konnte ihm ansehen, er war es nicht gewöhnt, daß jemand derartig mit ihm redete —, trieb sein Bruder das Pferdchen um ein Stückchen näher heran, zog sich die lederne Reithaube vom Schopf und vollführte eine artige Verbeugung.

»Bitte verzeiht uns, Großmutter. Wir tragen alle gleiche Schuld an unserem tadelnswerten Benehmen. Wir haben achtlos gehandelt. Wie können wir dafür Abbitte leisten?«

Langsam gab Bethane der kleinen Maid Arm frei, musterte sie und die drei Burschen leicht argwöhnisch. Was hatte es mit diesen Kindern auf sich, daß sie sich ihretwegen so grimmig erregt hatte? Sie spürte bei ihnen eine Art von Übermut, wie sie dergleichen seit langem nicht mehr bemerkt hatte ...

Doch ihr sollte es einerlei sein. Sie raffte ihre verblichenen zerfransten Röcke, stützte sich auf den Hirtenstab und betrachtete die Kinder fortgesetzt gestrengen Blicks, dazu entschlossen, kein Wort der Nachsicht zu sprechen, ehe nicht alle vier die Augen senkten. Sie brauchte nicht lange zu warten.

»Nun wohl. Ich gewähre euch Entschuldigung. Und zur Wiedergutmachung mögt ihr mir nun, dieweil ihr sie auseinandergejagt habt, beim erneuten Zusammentreiben der Schafe behilflich sein.«

Ohne den gelindesten Anflug des Widerwillens nickte der blonde Knabe. »Ein gerechtes Verlangen, Großmütterlein. Wir werden die Sache sofort angehen.«

Für geraume Zeit widmeten die Kinder sich daraufhin beharrlich der Aufgabe, welche es zu bewältigen galt, und zu guter Letzt hatten sie nicht nur alle von ihnen fortgescheuchten Schafe wieder bei der Herde versammelt, sondern zudem sogar ein paar, die Bethane schon seit längerem vermißte. Danach packten sie auf der Weide unter einem großen Baum ihr Mittagsmahl aus. Das Mädchen lud Bethane ein, sie möge sich zu ihnen gesellen, doch die Alte schüttelte nur stumm das Haupt und zog sich in ihre Höhle zurück, welche oberhalb der Wiese lag. In so hochgestellter Runde mochte sie sich nicht aufhalten. Außerdem brachte der älteste Bursche, Kevin, ihr spürbare Abneigung entgegen. Allein das kleine Mädchen, so hatte es den Anschein, machte sich aufrichtige Sorgen um die Gefühle einer alten Witfrau, es übergab ihr gar, nachdem alle vier gegessen hatten, ein Bündel mit frischgebackenem Brot und köstlichem Käse. Die Maid legte es auf eine ebene Felsfläche und deutete anmutig einen Hofknicks an, ehe sie sich wortlos den Abhang hinab entfernte.

Ein solches Geschenk konnte Bethane schwerlich mißachten. Überdies lief ihr, sobald sie die Speisen roch, augenblicklich das Wasser im Munde zusammen. Das Brot, so stellte sie fest, war von der weichen, weißen Art, eine Wohltat für alte, schartige Zähne und empfindlichen Gaumen; solches Brot hatte sie seit ihrer Jugend, als man sie und Darrell einander vermählte, nicht wieder gekostet. Und der Käse ... Wie hätte er Darrell gemundet!

Süße Erinnerungen zur Gesellschaft, ruhte Bethane auf einem sonnigen Felssims unmittelbar vor der Höhle, kaute des Mahls letzte Brocken und genoß die sommerliche Wärme. Die leisen Stimmen der Kinder, welche noch auf der Weide spielten, das kühle Windchen und die Sättigung ihres Magens bewirkten binnen kurzem, daß ihr schläfrig zumute wurde, sich ihre alten Augen schlossen. Den Ehering dicht neben ihrer Wange, döste sie vor sich hin. Fast vermochte sie sich vorzustellen, sie sei wieder jung, an ihrer Seite läge Darrell.

Ein stattliches Mannsbild war er gewesen, um so mehr vielleicht, als er dem Magier-Geschlecht der Deryni angehörte, aus welchem Grund Bethane anfänglich vor ihm gebangt hatte. Sein Leben war von ihm in die Waagschale geworfen worden, um sie vor einem Dasein zu bewahren, an das sie noch heute nicht denken mochte. Die Liebe, die zwischen ihnen erblühte, ward für ihre Seele zu einem Leuchtfeuer, zu einem gedeihlichen Mutterboden für das Wissen, welches zuvor gedroht hatte, ihren Untergang zu erwirken.

Zudem hatte er sie mancherlei gelehrt: Allerlei magische Fertigkeiten, welche über die uralten Kenntnisse der Weisen Frauen, die Möglichkeiten des Hexens sowie des Hellsehens hinausgingen, wie ihre Mutter und Großmutter sie ihr überliefert hatten. Obzwar etliche der Verfahrensweisen sich ähnelten, war Darrells Macht einem Quell entsprungen, den sie nie angezapft hatte; ihr war es ihrerseits gegeben gewesen, ihn in die Nutzung der Naturkräfte einzuweihen, eigentlich nur einer Art von Zauberei für den Hausgebrauch, kaum zu vergleichen mit den hochgeistigen Lehren und verwickelten Riten der von Geheimnissen umwitterten und vielfach gefürchteten Deryni, doch in vielfacher Hinsicht ebenso wirksam. Gemeinsam hatten sie und Darrell davon geträumt, am Aufbau einer besseren Welt Anteil haben zu dürfen, in welcher unterschiedliche Herkunft keinen Vorwand zum Morden abgab. Sie hatten gehofft, ihre Kinder bräuchten, im Gegensatz zu ihnen, nicht in Furcht zu leben.

Aber sie sollten keine Kinder haben; wenigstens keine lebenden Kinder. Allzubald war es in ihrem Heimatdorf zu einem neuen Ausbruch wahnwitzigen Hasses gekommen, geduldet und teils gar geschürt durch den örtlichen Freiherrn. Darrell, von dem die Mehrheit ihrer gemeinsamen Bekannten nicht ahnte, daß er zu den Deryni zählte, war im nahen Grecotha als Lehrmeister der Mathematik tätig gewesen. Zusammen mit mehreren Deryni-Kollegen hatte er darüber hinaus im geheimen junge Kinder seines Volksstammes unterrichtet, obwohl man ihnen ein solches Tun, falls man sie dabei ertappte, als schweres Verbrechen auslegte, weil es im Widerspruch zu den zum Gesetz erhobenen Beschlüssen des Konzils zu Ramos stand.

Sie waren entlarvt worden. Bewaffnete im Dienste des Freiherrn, allesamt gewappnet und hoch zu Roß, hatten das kleine Gehöft überfallen, wo die Deryni-Schola sich zusammenzufinden pflegte, und die an jenem Tage anwesenden Lehrer erschlagen. Mehr als zwanzig Kinder hatte man gefangengenommen und wie Schafe in einen eigens errichteten Pferch voller Brennholz getrieben, da der Bevollmächtigte des Freiherrn und der Dorfpriester die Absicht gefaßt hatten, sie als Ketzer — dafür nämlich erachteten sie selbst diese Kinder schon — zu verbrennen.

Bethane entsann sich an den Geruch des mit Öl getränkten Reisigs in jenem Pferch, wie er ihnen entgegenwehte, während sie und Darrell sich unauffällig inmitten der Menge verbargen, welche sich versammelte, um mitanzusehen, wie man das schaurige Urteil in die

Tat umsetzte. Abermals sah sie vor sich den Ausdruck fassungslosen Entsetzens in den Mienen jener Kinder, deren Mehrzahl kaum älter gewesen war denn diese Dirn namens Bronwyn und ihr Bruder, die drunten auf der Wiese ihre Spiele trieben. Abermals bäumte ihr Magen sich aus Abscheu auf, geradeso wie damals, als sie aus einem Innenhof, welcher an den Dorfplatz grenzte, eine Reihe Knechte mit entflammten Fackeln nahen, rings um die gefangenen Kinder Aufstellung beziehen gesehen hatte. Der Bewaffnete Hauptmann sowie der Dorfpriester folgten; der Hauptmann trug bei sich eine Schriftrolle mit Kordeln und daran befestigten Siegeln. Die Menschenmenge lärmte wie ein erregtes wildes Tier, aber die Rufe, welche aus ihrer Mitte erschollen, bezeugten kein Grausen, sondern lüsterne Erwartung. Unter der ganzen Vielzahl von Gaffern fand sich kein einziger, der im Namen der von Schrecken erfüllten Kleinen ein Wort der Fürsprache eingelegt hätte.

»Darrell, wir müssen etwas unternehmen«, hatte Bethane ihrem Gemahl ins Ohr geraunt. »Wir können unmöglich dulden, daß man sie verbrennt. Was wäre, befände sich darunter unser eignes Kind?«

Sie war derzeit selbst just siebzehn Lenze jung gewesen und hatte unterm Herzen ihr erstes Kind getragen. In ihres Gemahls Stimme hatte, als er das Haupt schüttelte, Verzweiflung mitgeklungen.

»Wir sind nur zu zweit. Wir können nichts ausrichten. Man schwatzt, daß der Priester uns verraten hätte. Wenn's Deryni anbelangt, ist nicht einmal, wie's scheint, das Beichtgeheimnis noch heilig.«

Bethane preßte das Haupt an seine Schulter, bedeckte das andere Ohr mit der Hand, derweil der Dorfpfaffe frömmlerische Reden schwafelte und Gott anrief, der Hauptmann eines Urteils Niederschrift verlas. All diese scheinbare Rechtmäßigkeit und Gesetzestreue lieferten nur ein Deckmäntelchen für Mord. Das Kind in Bethanes Leib strampelte heftig, und sie schlang die Arme um ihren Unterleib, fing zu schluchzen an, klammerte sich an Darrells Arm.

In diesem Augenblick ertönte Hufschlag, hinter ihnen entstand Unruhe. Bethane schaute hoch, sah Bewaffnete ihre Rösser durch die Menge drängen, während andere Berittene des Dorfplatzes Ausgänge sperrten, Bogenschützen mit finsteren Mienen und kleinen, krummen Bogen, jeder hatte an die Sehne einen Pfeil gelegt und trug weitere Geschosse in einem Köcher auf dem Rücken mit. Ihr Anführer war ein hellgelockter Jüngling in smaragdgrüner Gewandung, schwerlich älter als Bethane. Seine Augen glichen einem Wald im Sonnenschein, während er den Blick über die Versammelten schweifen ließ, und seinen Hengst zum Hauptmann der Schergen trieb.

»Das ist ja Barrett, der junge Tor«, flüsterte Darrell wie zu sich selbst. »O mein Gott, Barrett, nicht doch!«

Barrett? hatte Bethane gedacht. *Ist der Mann ein Deryni?*

»Laß die Kindlein frei, Tarleton«, hatte der Mann mit Namen Barrett gerufen. »Dein Herr wird es mißbilligen, wenn du, als ob's in seinem Auftrag geschähe, Kinder hinmordest. Laß sie ziehen.«

Tarleton stierte ihn entgeistert an, hatte das Schriftstück mit dem Urteil in seiner unversehens erschlafften Hand nahezu vergessen. »Ihr habt hier keine Befugnisse, Herr Barrett. Dies sind Untertanen *meines* Herrn ... Deryni-Brut! Das Land ihrer zu entledigen, ist wohlgetan.«

»Ich befehle dir: Laß sie ziehen«, wiederholte Barrett. »Sie vermögen niemandem ein Leids zu tun. Wie sollen diese Kindlein Ketzer sein können?«

»Alle Deryni sind Ketzer!« heulte der Priester auf. »Wie könnt Ihr Euch erfrechen und der Heiligen Mutter Kirche bei ihrem Werk in die Arme fallen?«

»Genug, Pfaffe«, maulte Tarleton halblaut. Er winkte, und die Knechte mit den Fackeln traten näher an den

Pferch, darin sich die Kinder zusammengedrängt voll des Grauens niederduckten, hoben die Flammen nah ans mit Öl getränkte Reisig.

»Ich warne Euch, Barrett, haltet Euch fern«, wandte Tarleton sich wieder an den Jüngling. »Das Gesetz bestimmt, daß ein jeder, der den Beschlüssen von Ramos widerstrebt, dem Tode anheimfällt. Mir ist's gleich, ob diese Bälger jetzt verrecken oder später, doch müssen sie nun sterben, verdammt *Ihr* sie dazu, ohne geistlichen Segen, ohne Läuterung ihrer Deryni-Seelen, vom Feuer verzehrt zu werden. Verhindern könnt Ihr ihren Tod nicht. Ihr vermögt ihr Los nur zu verschlimmern.«

Für ein kurzes Weilchen regte sich niemand, die beiden Männer maßen einander über den geringen Abstand hinweg, welcher zwischen ihnen klaffte. Bethane spürte, wie ihres Gemahls innere Anspannung ihm im Arm die Muskeln unablässig verkrampfte und lockerte, begriff mit furchtsamer Gewißheit, die sie um so tiefer erschreckte, je mehr sie wuchs, daß Barrett um keinen Preis nachzugeben beabsichtigte. Der junge Edelmann sah sich um nach seinen Schützen, welche sich überall ringsherum verteilt hatten, dann ließ er die Zügel auf des Reittiers Nacken fallen.

»Wahrhaftig, ich habe die Beschlüsse von Ramos *nie* geschätzt«, sprach er mit klarer Stimme, hob bedächtig beide Arme bis in Scheitelhöhe, als gedächte er eine Geste der Anrufung zu vollführen.

Augenblicklich lohte rings um ihn ein Wabern smaragdgrüner Glut auf, sogar mitten im Sonnenschein sichtbar, der den Dorfplatz beschien. Das Keuchen des Grauens, wie es daraufhin die Menschenmenge durchfuhr, ähnelte einer Bö eines Wintersturms, zeugte von einer Furcht, welche nun wie Frostkälte nach den Herzen griff. Tarletons Angesicht lief rot an, hinter ihm schrak der Dorfpriester zurück, bekreuzigte sich verstohlen.

»Bei meinen Kräften, welche mich mit all der Machtfülle ausstatten, wie diese Kinder sie zu ihrem Schutz entbehren, schwöre ich, daß ich euch ihr Leben entreißen werde«, erklärte Barrett. »Dank selbiger Macht ist's mir gegeben, euch in der Tat, wenn's denn sein muß, in den Arm zu fallen und zumindest einen Teil zu retten, doch werden dann viele andere den Tod finden, die kein solches Schicksal verdienen.«

Voll des Zagens begann die Menge sich nach Fluchtwegen umzusehen, aber Barretts Männer hatten den Dorfplatz noch dichter abgeriegelt, alle Ausgänge verlegt. Nirgends bot sich eine Möglichkeit zum Entweichen.

»Doch in meinem Großmut stelle ich euch vor die folgende Wahl«, ergänzte Barrett seine vorherigen Ausführungen, erhöhte seiner Stimme Lautstärke, um das immer vernehmlichere Gemurmel der Bestürzung zu übertönen. »Gebt die Kinder frei und laßt meine Mannen sie in ihre Obhut nehmen und in Sicherheit bringen, und im Austausch gegen sie will ich mich in eure Hand geben. Was dürfte wohl euren Herrn mehr erfreuen? Eine Handvoll Kinder, welche ohnehin niemandem zu schaden vermögen, auf dem Scheiterhaufen, oder jemanden wie mich, einen in vollem Umfang geschulten Deryni, der jederzeit das ärgste Unheil zu stiften imstande ist, in seinem Gewahrsam zu haben? Indessen beachtet, daß ich dergleichen, allem zum Trotze, was ihr denkt, nie und nimmer mutwillig täte.«

Inmitten der Panik, die ringsum anschwoll, hörte niemand außer Bethane, wie Darrell ein ersticktes »Nein!« hervorstieß. Einige Augenblicke lang ließ Tarleton die Menge durcheinanderwimmeln, im ungewissen, sie unter sich murmeln und tuscheln, dann streckte er eine Hand in die Höhe, erheischte Schweigen. Man merkte ihm an, daß ihn Barretts Andeutung, er schaute ihm in den Geist, erheblich verunsicherte, doch der Hauptmann blieb ungeachtet dessen trotzig und verstockt. Allmählich verebbte die Unruhe der versammelten Menge.

»So ist also der edle Herr Barrett de Laney wahrlich selbst ein Deryni-Ketzer«, stellte der Hauptmann fest. »Mein Herr tat klug daran, Euch zu mißtrauen.«

»Dein Herr muß im Dunkeln und in den frühen Morgenstunden mit seinem Gewissen ringen und wird am Tag des Jüngsten Gerichts für alle seine Handlungen Rechenschaft ablegen müssen«, lautete Barretts Antwort.

»Fürwahr ein verlockendes Tauschangebot«, äußerte Tarleton, als hätte er Barretts letztes Wort nicht vernommen. »Aber wie soll ich wissen, daß Ihr Euren Teil der Abmachung haltet? Welchen Wert hat das Versprechen eines Deryni?«

»Welchen Wert hat eines Menschen Versprechen?« versetzte darauf Barrett. »Meine Zusagen habe ich stets wie die ernstesten Verpflichtungen erfüllt, solange man mich kennt. Ich sichere dir zu, daß ich mich, so ihr meinen Männer erlaubt diese Kinder fortzubringen, euch ausliefern und meine Kräfte nicht zum Widerstand gegen euch verwenden werde. Ich erteile euch mein Ehrenwort. Mein Leben für das Leben der Kinder. Das sind Bedingungen, welche ich vor Gott rechtfertigen zu können glaube.«

»Ihr müßt von Sinnen sein«, entgegnete Tarleton, und ein bedrohliches Grinsen begann sein Angesicht zu furchen. »Aber ich erkläre mein Einverständnis. Männer! Laßt Seiner edlen Begleiter die Bälger fortschaffen. Schützen, richtet Pfeile auf Herrn Barrett und achtet drauf, daß er sein Deryni-Ehrenwort einhält. Ich habe nie Kunde vernommen, daß Magie einen Pfeilhagel abwehren könnte.«

Ein Halbdutzend Bogenschützen zeigten sich auf den Dächern beiderseits Tarletons, legten Pfeile auf die Geisel an. Die übrigen Bewaffneten und Knechte des Hauptmanns flüsterten untereinander, leisteten jedoch Gehorsam, entfernten sich von dem Pferch und umstellten Barrett, bewahrten allerdings achtsam Abstand vom grünen Wabern seiner Magie-Kraft, welches ihn nach wie vor umhüllte. Danach ritten Barretts Männer einer nach dem anderen hinzu, und jeder hob sich ein Kind aufs Roß, setzte es vor sich in den Sattel, bis der Pferch leer war, und wenig später sprengte das letzte jener Tiere, auf denen jeweils ein Mann und ein Kind saßen, im Galopp auf der Dorfstraße davon. Vier Reiter blieben zurück, noch Pfeile an den leicht gespannten Sehnen ihrer kleinen, gekrümmten Bogen. Einer von ihnen nahm vor Barrett markig Haltung an.

»Eure Weisungen, Herr, sollen aufs gewissenhafteste ausgeführt werden.«

Gelassen nickte Barrett. »Empfangt meinen Dank für eure Treue. Ich entbinde euch aller weiteren Dienste. Nun reitet.«

Die vier Reiter verneigten sich über den Sattelknäufen, wendeten dann wie ein Mann ihre Rösser und galoppierten in dieselbe Richtung, in welche eben ihre Gefährten geritten waren; kaum war der Hufschlag verstummt, schwang sich Barrett aus dem Sattel und schritt langsam auf Tarleton zu. Vor ihm teilte sich die Menge, und auch Tarleton sowie der Geistliche wichen unwillkürlich um ein paar Schritte zurück. Als zwischen ihm und ihnen lediglich noch wenige Fuß Abstand lagen, verhielt er und neigte das Haupt. Rund um seine Gestalt erlosch die grünliche Glut, mit der Linken zog er das Schwert mit dem Griff voran aus der Scheide und streckte es Tarleton entgegen.

»Ich halte mein Wort, Hauptmann«, sprach er, seine Augen funkelten den Mann an.

Vorsichtig nahm Tarleton das Schwert und trat nochmals um einen Schritt rückwärts, und sofort umdrängten ein halbes Dutzend seiner Schergen Barrett, packten ihn an den Armen, begannen in zu binden.

»Seine Augen!« zischelte der Priester. »Das Böse leuchtet darin! Das Böse! Hüte dich vor seinen Augen, Hauptmann!«

Derweil die Gaffer das Gewäsch über Barretts Augen aufgriffen, es sich ausbreitete, winkte Tarleton den Männern knapp zu, wandte sich um und strebte allen voran zurück in den Innenhof. Barrett hielt das Haupt hocherhoben, strauchelte jedoch einige Male, derweil die Schergen ihn roh durchs Gedränge der Menge zerrten.

Die alte Bethane schüttelte während ihres Wachtraums das Haupt, an mehr mochte sie sich nicht erinnern; nichtsdestoweniger ging er unter ihren geschlossenen Lidern weiter, und irgendwie blieb es ihr verwehrt, sie zu öffnen und den traumartigen Erinnerungsbildern ein Ende zu machen.

In jenem Innenhof neben dem Dorfplatz hatte sich die Schmiede eines Grobschmieds befunden, und in des Zugangs Nähe, an einer Stelle, welche Bethane und Darrell an ihrem Standort, von dem aus sie das Geschehen voller Entsetzen beobachteten, ungehindert sehen konnten, hatten in einem Kohlenbecken mehrere Stücke rotglühendes Eisens gelegen. Dorthin führten Tarletons Schergen ihren Gefangenen, und einer der Kerle entnahm im Vorbeigehen der Lohe behutsam eine glutheiße Eisenstange. Sodann verschwand der Gefangene in einem Kreis von Schuften, die ihn zu martern sich anschickten.

Bethane hatte nicht gesehen, wie sie ihn blendeten, aber genau gewußt, daß das es war, was sie taten. Sein Schrei hallte über den Dorfplatz, so daß sich ihr Magen zusammenkrampfte, sogar das Kind in ihrem Leib sich aufbäumte. Während sie jedoch die Augen fest zusammenkniff, ihr Gehör den nachfolgenden Schmerzensschreien vergeblich zu verschließen versuchte, beugte sich Darrell zu ihr herab, zog ihr eine Hand vom Ohr, sprach mit eindringlicher, strenger Stimme.

»*Ich* habe kein Versprechen abgelegt. Drum werde ich eingreifen. Wenn's mir gelingt, ihn zu befreien, verbringe ich ihn ins Kloster Sankt Lukas. Dort wollen wir uns wiedertreffen. Gott mit dir, Liebste.«

Und dann huschte er fort, ehe Bethane ihn zurückzuhalten vermochte, schlüpfte durch die Menschenmenge und sprang auf Barretts Roß, das golden Leuchten seiner herrlichen derynischen Leibeswehr flammte rund um ihn auf, derweil er auf dem schneeweißen Hengst durch die Gaffer und in der Schmiede Hof ritt.

Magische Gewalten flackerten feurig, Rufe und Schreie gellten, verstummten wie abgehackt, und da geriet die Menge endgültig in Panik, drängte vom Dorfplatz, suchte nach allen Seiten das Weite. Bethane ward mitgerissen, ob sie wollte oder nicht, fort von der Schmiede geschoben, fort von Darrell, wie sehr sie auch weinte und tobte.

Gleich darauf erhaschte sie einen Blick auf ihn, wie er zum Tor des Innenhofs herausgeprescht kam, der Hengst, ein vortrefflich abgerichtetes Streitroß, wieherte wild und trat mit ehernen Hufen um sich, und vor ihrem Gemahl sah sie quer überm Sattel eine mit Blut besudelte, erschlaffte Gestalt liegen.

Tarletons übrige Männer drängten von allen Seiten auf Darrell zu, aber er durchbrach ihre Umzingelung, dann schossen die Bogenschützen auf ihn, während er dem Hengst die Sporen gab und ihn auf eine Gasse auf des Dorfplatzes anderer Seite zutrieb, Menschen fielen unter den Hufen ebenso wie unter den Pfeilen der Schützen.

Die Schreie der Menschen rings um Bethane durchbohrten sie mit Entsetzen, ähnlich wie Pfeile Fliehende durchbohrten, sie flüchtete geradeso wie sie, schrie gleichfalls, und ...

Andere Rufe drangen ihr ins Bewußtsein, und sie setzte sich benommen auf, sah die Maid mit Namen Bronwyn über die Weide herbeilaufen, sie schrie aus vollem Halse.

»Großmutter! Großmütterchen! Komm geschwind. Mein Bruder ist verletzt. Ach, komm schnell!«

Als sich Bethane unter Zuhilfenahme ihres Hirtenstabs emporraffte, sah sie, daß mitten auf der Wiese zwei der Burschen sich über den dritten Knaben beugten. Das Mädchen lief viel zu flink, als daß es rechtzeitig vor Bethane hätte stehenbleiben können, folglich rannte sie die Alte, indem sie ihr die Arme um die Leibesmitte warf, beinahe über den Haufen.

»Ach, komm eilends, ich bitte dich, Großmütterlein! Er ist verletzt. Ich glaube, sein Arm ist gebrochen.«

Bethane verspürte keinerlei Neigung zum Hingehen. Diese Kinder bedeuteten ihr nichts denn ein Ärgernis. Doch etwas am inständigen Flehen der Maid gemahnte sie an die kleinen Angesichter jener anderen Kinder vor langer Zeit auf dem Dorfplatz, also nahm sie ihre Ledertasche mit dem Verbandszeug und den heilkräftigen Kräutern und hinkte den steinigen Abhang hinunter, das Kind zog sie unterdessen unablässig an der Hand, um sie zu stets schnellerem Ausschreiten zu bewegen.

Die beiden über den dritten Lümmel gebeugten Burschen schauten auf, als Bethane in ihre Nähe gelangte; der junge McLain gebärdete sich nachgerade abweisend. Der blonde Knabe war es, welcher da ihm Gras lag und um Atem rang. Ein gesplitterter Zweig, der an einem Ast hoch droben im Baum baumelte, sagte über den Vorfall zur Genüge aus. Den Rest verriet ein Blick auf den unnatürlich angewinkelten rechten Arm des Knaben. Der junge Graf Kevin war so geistesgegenwärtig gewesen, dem Verletzten den Ärmel vom Handgelenk bis zur Schulter aufzuschneiden, doch verfärbte sich der dadurch entblößte Arm im Bereich der Bruchstelle bereits blaurot. Der Knabe war bei Besinnung, aber sein Atem ging stoßweise. Offenkundig hatte der Aufprall ihm nicht nur den Arm gebrochen, sondern zudem die Luft aus dem Leibe geprellt. Immerhin bemerkte Bethane kein Blut. Im allgemeinen galt so etwas als günstiges Zeichen.

»Nun ja, wollen's uns mal ansehen«, äußerte Bethane barsch, kniete sich rechterhand des Knaben nieder, legte die Tasche beiseite. »Fühlst du diese Berührung?« Als sie den Arm ober- und unterhalb des Bruchs anfaßte, zuckte der Knabe zusammen und nickte, verkniff sich allerdings jeden Laut der Pein. Sie gab sich alle Mühe, um ihm nicht noch mehr Schmerz zuzufügen, derweil sie sich der Aufgabe widmete, Art und Schwere des Bruchs zu ermitteln, doch noch einige Male ward sein Angesicht so bleich, als holte ihn der Tod.

»Beide Knochen haben glatte Bruchflächen«, erklärte sie, nachdem sie ihre Beurteilung abgeschlossen hatte. »Dennoch wird's weder leicht sein, den Bruch zu richten, noch angenehm.« Sie sah Kevin an. »Ich kann ihn notdürftig behandeln, doch wär's zu empfehlen, du sputest dich zu deinem Vater und läßt Männer eine Tragbahre bringen. Sobald der Arm geschient ist, darf er nicht bewegt werden, bis er wieder ein wenig zusammengewachsen ist.«

Des jungen Grafen Antlitz war blaß, aber in seinen klaren, blauen Augen noch ein Anflug seines Hochmuts zu erkennen. »Das ist sein Schwertarm, Großmutter«, antwortete er mit hörbarer Betonung. »Bist du gänzlich davon überzeugt, daß du ihn in der rechten Weise zu richten vermagst? Sollte ich nicht lieber meines Vaters Feldscher holen?«

»Nicht wenn du auf eine vollständige Heilung Wert legst«, entgegnete Bethane mit einem geringschätzigen Zurückwerfen des Hauptes. »Die Mehrzahl aller Feldschere neigen zum sofortigen Abschneiden eines verletzten Gliedes. Der Bruch ist ernst. Ein falscher Handgriff, und ein Knochen durchstößt die Haut — und dann *müßte* er den Arm verlieren. Ich weiß aufs beste, was ich tu. Also geh!«

Danach war alle Selbstüberhebung von Kevin gewichen. Mit einem Nicken der Einsicht — fast sogar der Zustimmung — erhob er sich, schwang sich aufs Pferd und ritt im Galopp davon. Bethane schickte die beiden anderen Kinder auf die Suche nach geeignetem Holz, damit sie Schienen für den Arm erhielt, dann hockte sie sich im Schneidersitz hin, vertiefte ihre Untersuchung des Bruchs. Inzwischen atmete der Knabe leichter und ruhiger, aber sobald Bethanes Finger den Umkreis der Bruchstelle betasteten, saugte er noch immer durch zusammengebissene Zähne die Luft ein. Ehe an eine richtige Behandlung zu denken war, brauchte er ein Schmerzlinderungsmittel.

Bethane zog ihre Umhängetasche heran, fing darin nach den erforderlichen Arzneien und Kräutern zu kramen an, betrachtete dabei ab und zu den Knaben aus verkniffenen Augen. Sie überließ die Auswahl ihrem Gespür, und es verdutzte sie, daß eines der Beutelchen, welche sie hervorsuchte, ein tödliches Gift enthielt.

Wieso das? überlegte sie. *Warum habe ich danach gegriffen?* Sie starrte den Beutel an und sann über einen etwaigen Grund nach. *Er ist lediglich ein Knabe, kein Feind, kein ...*

Ihr lieben Götter und Naturgeister! Der Knabe war ein Deryni!

Mit einem Mal kehrte all ihre lang angestaute Verbitterung zurück: Sie entsann sich an Darrell, wie er, den Pfeil eines Bogenschützen in seinem Rücken, in ihren Armen das Leben aushauchte, wie er starb, weil er sich dazu bewogen gefühlt hatte, den Versuch zu wagen, einem anderen Deryni das Leben zu retten, den Tod fand wegen jener Deryni-Kinder.

Ihr eigenes Kind war in der Zeit fürchterlichsten Grams nach Darrells Dahingerafftwerden tot geboren worden; und danach hatte sie im Kloster St. Lukas für lange, lange Frist krank und elendig auf dem Siechenbett geruht, sich nicht länger darum geschert, ob *sie* am Leben blieb oder verschied, irgend etwas in ihr war zersprungen und niemals wieder geheilt ...

Darrell ...

Ein Schluchzen schwoll ihr empor in die Kehle, aber erstickte, Tränen rannen ihr über die faltigen

Wangen, indem sie den Beutel an den welken Busen drückte.

Deryni-Kinder hatten Darrell das Leben gekostet. Um einer Schar Deryni-Kinder willen war er vom Pfeil eines Bogenschützen getötet worden. Nun hatte sie ein anderes Deryni-Kind in ihrer Gewalt, es vermochte sich gerechter Vergeltung nicht zu erwehren. Durfte sie zum Ausgleich für das Leben ihres Liebsten nicht wenigstens dies eine Leben nehmen?

Bethane langte hinter sich nach einem der Becher, welche die Kinder nach ihrem Mittagsmahl achtlos hatten liegen lassen. Der Becher war leer, ein zweites Trinkgefäß hingegen noch zwei Finger hoch gefüllt, mit durchaus genug Flüssigkeit für ihren Zweck. Der Knabe hatte die Lider geschlossen, infolgedessen merkte er nicht, wie sie aus dem Beutel eine hinlängliche Dosis des gräulichen Pulvers in den Becher schüttete, noch sah er, wie sie das gräuliche Pulver mit einem winzigen Zweiglein umrührte. Sie hätte dem Knaben den mörderischen Trank ohne Umschweife eingeflößt, hätte er nicht, als sie sein Haupt anhob, die Augen aufgeschlagen.

»Was ist das?« frug er, die grauen Augen geweitet und voll des Vertrauens, wiewohl er zusammenfuhr, als sich aufgrund der Bewegung des Hauptes auch der gebrochene Arm regte.

»Ein Mittelchen gegen den Schmerz«, log Bethane, die sein Blick beunruhigte. »Trink. Danach wirst du nichts mehr spüren.«

Folgsam legte er die gesunde Hand auf Bethanes Hand, die den Becher hielt, seine hellen Wimpern verschleierten das Nebelgrau seiner Augäpfel. Fast hatte er das Gefäß an die Lippen gehoben, da verhielt er plötzlich, richtete den Blick mit einem Ruck erneut auf Bethane, seine Miene widerspiegelte die Betroffenheit, einer häßlichen Erkenntnis.

»Das ist Gift!« keuchte er, schob den Becher von sich,

starrte Bethane ungläubig an. »Du willst mich meucheln!«

Bethane spürte, wie sein geistiges Erkunden ihr Gemüt streifte, schrak voller Furcht zurück, ließ sein Haupt ins Gras fallen. Er stieß ein Stöhnen aus, sein Angesicht ward von neuem totenbleich, indem er den verwundeten Arm an des Körpers Flanke preßte und sich zur Seite wälzte, Bethane den Rücken zukehrte, sich aufzusetzen versuchte. Bethane berührte seine Schulter, murmelte einen alten Hexenspruch, um ihn seiner Kräfte zu berauben: sie wußte, daß ihn der Schmerz daran hinderte, sich geistig auf Abwehr einzustellen, er würde, selbst *wenn* er eine genügende Unterweisung genossen hatte, um ihr zu widerstehen — daran aber hegte Bethane ihre Zweifel —, zu nicht mehr imstande sein, als mit knapper Not bei Bewußtsein zu bleiben. Als Bethane die Finger in sein Haar krallte und ihm das Haupt hochriß, er den Blick seiner von Pein getrübten Augen auf ihre andere Hand heftete, als vermöchte er allein dadurch den Becher zurückzustoßen, den sie nun ein zweites Mal an seine Lippen hob.

»Aber warum?« frug er, und Tränen zogen ihm aus den Augenwinkeln schmale Streifen über die Wangen. »Nie tat ich dir ein Leid. Ich wünschte dir nicht einmal Schlechtes. Es kann doch nicht wegen der *Schafe* sein ...!«

Bethane verhärtete gegen sein Flehen ihr Herz, nahm die Hand aus seinem Schopf und packte statt dessen seiner Kiefer Gelenke, um ihm den Mund aufzuzwingen.

Darrell, mein einziger Geliebter, ich handle so, um dich zu rächen! dachte sie, während der Knabe aufstöhnte und das Haupt abzuwenden versuchte.

Doch derweil sie entschlossen die Zähne zusammenbiß, des Knaben Stöhnen und seine schwächliche Gegenwehr mißachtete, fiel ein Sonnenstrahl auf den Ehering an ihrer Hand, und der lichte goldene Widerschein funkelte ihr in die Augen. Sie blinzelte und hielt inne.

Darrell ... O ihr Götter, was tu ich?!

Schlagartig erkannte sie, wie blutjung der Knabe noch war, er konnte schwerlich mehr denn acht oder neun Lenze zählen, ungeachtet all seines zuvor gezeigten mannhaften Gehabes. Er war ein Deryni, aber bedeutete das eine Schuld, war es eine Schuld jener anderen Kinder, Darrells oder des opferbereiten Barrett gewesen? War *das* es, was Darrell sie zu lehren sich bemüht hatte? Hatte Wahnwitz sie befallen, daß sie darauf sann, einen Deryni zu morden, jemanden wie *ihn*?

Mit einem erstickten, gedämpften Aufschrei warf sie den Becher von sich, ließ von dem Knaben ab, verbarg das Angesicht in den Händen.

»Vergib mir, Darrell«, schluchzte sie, preßte den Ehering, ihres Gemahls Ring, an die Lippen. »Vergib mir ... Ach, verzeih mir, mein Liebster. Ich bitte dich, verzeih mir, mein Liebster, mein Leben ...«

Als sie schließlich aufschaute, sich mit einem ausgefransten Rocksaum die Tränen abwischte, hatte der Knabe sich mittlerweile zurück auf den Rücken gedreht, seine grauen Augen beobachteten sie mit höchster Aufmerksamkeit. Sein hübsches Gesicht wirkte noch spitz von der Pein, wieder hielt er sich mit dem gesunden seinen verletzten Arm, doch unternahm er keinerlei Anstalten zur Flucht.

»Du weißt, was ich bin, stimmt's?« erkundigte er sich, sprach kaum lauter als im Flüsterton.

Als Bethane nickte, schloß er für einen Augenblick die Lider, bevor er sie von neuem ansah.

»Dieser Darrell ... Ist er von einem Deryni umgebracht worden?«

Bethane schüttelte das Haupt, unterdrückte ein Aufschluchzen. »Nein«, flüsterte sie. »*Er* war ein Deryni, und er starb bei dem Versuch, jemandem seinesgleichen das Leben zu retten.«

»Ich glaube zu verstehen«, antwortete der Knabe mit einem frühreifen, altklugen Nicken. Er schöpfte tief und gleichmäßig Atem, ehe er weiterredete. »Horch, du brauchst mir keinen Beistand zu erweisen, wenn du's nicht willst. Kevin wird, obschon du ihm davon abgeraten hast, auf alle Fälle den Feldscher mitbringen. Er wird mich sachkundig behandeln.«

»So daß du den Schwertarm verlierst, junger Deryni?« Mit erneuerter Würde straffte sich Bethane. »Nein, einer solchen Gefahr kann ich dich nicht aussetzen. Darrell tät's mißbilligen. Wie solltest du ohne einen tauglichen Schwertarm sein Werk fortführen können?«

Während der Knabe in wortloser Fragestellung die Stirn furchte, steckte Bethane den Beutel in die Ledertasche, holte Rollen gelblichen Verbandszeugs heraus.

»Ich werde dir kein zweites Mal ein Schmerzmittel anbieten«, sprach sie mit leicht verzerrtem Lächeln. »Nach dem, was just zwischen uns geschehen ist, möchte ich weder deinem noch meinem Urteil noch so recht trauen. Aber ich *werde* den Arm versorgen. Und ich gebe dir mein Wort, daß er, wenn du nur meine Weisungen befolgst, aufs schönste genesen wird.«

»Dein Wort?« wiederholte der Knabe. »Ja.« Er schaute zur Seite, da sich soeben Duncan und Bronwyn mit einer Anzahl gerader Aststücke einfanden.

Derweil Bethane sie begutachtete, vier Längen Holz auswählte, welche brauchbar waren, erinnerte sie sich an die Entgegnung jenes anderen Deryni auf die Frage nach seiner Ehrenhaftigkeit — »*Meine Zusagen habe ich stets wie die ernstesten Verpflichtungen erfüllt*« —, und sie ward sich dessen bewußt, daß auch sie vollkommen ernst meinte, was sie geäußert hatte. Während sie den zweiten Knaben die Hölzer von Knoten und Stümpfen säubern ließ, ihm danach erläuterte, wie man sie so beschnitt, daß eine Seite ganz glatt wurde, betrachtete sie den Verletzten voller rauher Zuneigung.

Irgend etwas in ihrer Miene beruhigte ihn anscheinend, oder er ersah ihre Empfindungen auf die gleiche Weise, wie Darrell untrüglich selbst ihre innersten Gefühle erkannt hatte, aber was auch die Ursache sein mochte, jedenfalls entspannte er sich nun sichtlich, ließ sein Haupt von seiner Schwester in deren Schoß betten, döste allem Anschein nach sogar ein bißchen, während Bethane ein letztes Mal die Hölzer sowie das Verbandszeug in Augenschein nahm, sich sodann an die anstehende Aufgabe machte.

Alle drei Kinder, darüber hatte sie nunmehr Klarheit, waren Deryni; und als sie den anderen Knaben bat, sich neben Jung Alaric zu knien und seinen unversehrten Arm zu halten, da spürte sie, daß *er* merkte, sie hatte sie durchschaut, doch wieso sie dazu fähig war, das verstand er ebensowenig, wie einst Darrell es begriffen hatte. Sie hatte Darrell zu erklären *versucht*, daß es am uralten Hexenwissen lag ...

»Horch, Dirn, du wirst ihn zu beschwichtigen haben«, wandte sie sich barsch an das Mädchen, betastete abermals den Arm oberhalb des Bruchs und packte mit der anderen Hand Alarics Handgelenk. »Eine schöne Jungfer vermag einen Mann vom Schmerz abzulenken. Das hat mein Darrell mich gelehrt.«

Bei ihrem ersten Wort fühlte sie, wie sich seine Haltung unwillkürlich versteifte, dieweil er wohl befürchtete, sie würde den Vorfall, welcher sich zwischen ihnen zugetragen hatte, versehentlich vor den beiden anderen Kindern ausplaudern; aber nun schloß er die Lider, holte tief Atem, und als er ausatmete, wich von ihm alle Verkrampfung. Für die Dauer einiger Herzschläge wartete Bethane noch ab, spürte die Anwendung einer schlichten Form eines Zaubers, den sie von Darrell kannte; anschließend drückte sie zum Zeichen der Vorwarnung flüchtig das Handgelenk des Knaben, dann streckte sie den Arm, drehte ihn gleichzeitig ein wenig und stemmte endlich die Bruchflächen der Knochen aneinander. Des Knaben Atem fauchte zwischen seinen zusammengebissenen Zähnen, verkrümmt bäumte sich aus Pein sein Rücken vom Untergrund empor; doch kein Aufschrei entfuhr ihm, und der gebrochene Arm blieb locker und reglos, außer wenn Bethane ihn bewegte. Nachdem sie ihn zu ihrer vollständigen Zufriedenheit gerichtet hatte, band sie die Schienen, gehalten von Duncan, an den Arm, schiente ihn vom Oberarm bis zu den Fingern. Als sie den Verband zum Schluß verknotet hatte und den geschienten Arm an Alarics Seite senkte, schwanden ihm zuletzt doch die Sinne.

Über die Weide näherten sich im Galopp Reiter. Bethane erhob sich, als sie ihre Rösser zügelten, sie hatte ihr Werk vollbracht. Unverzüglich saß ein Mann ab, welcher eine Arzttasche mitführte — der Tasche Bethanes gar nicht unähnlich —, kniete sich zu dem verletzten Knaben. Zwei weitere Mannen saßen ab, entrollten eine Tragbahre. Der vierte Reiter, hinter dem Herr Kevin auf dem Roß saß, half dem jungen Grafen beim Absteigen, sprang dann selbst aus dem Sattel. Dieser Reitersmann war ein blondgelockter Jüngling, hatte eine gewisse Ähnlichkeit mit Darrell, so wie Bethane ihn einst kennenlernte.

»Ich bin Deveril, Herzog Jareds Seneschall«, sprach der Mann, schaute dem zuerst abgesessenen Ankömmling zu, derweil er sich Bethanes Werk besah. »Seine Gnaden und des Knaben Vater sind fort. Was ist geschehen?«

Bethane neigte andeutungsweise das Haupt, stützte sich auf ihren Hirtenstab. »Knaben sind halt Knaben, Herr«, gab sie voller Zurückhaltung zur Antwort. »Der junge Herr ist vom Baum gefallen.« Sie wies mit dem Stab auf den geborstenen Ast, und der Männer Blicke richteten sich hinauf in den Baumwipfel. »Ich habe meine bescheidenen Fähigkeiten angewandt, um die Verwundung des Bürschleins zu versorgen. Der gebrochene Arm wird gewißlich heilen.«

»Macon?« meinte der Seneschall.

Der Feldscher nickte beifällig, während der Knabe mit einem Aufstöhnen das Bewußtsein wiedererlangte.

»Vortreffliche Hilfeleistung, Herr. Wenn der Arm ruhiggehalten wird, dürfte er in der Tat so gut heilen, daß man danach glauben könnte, er hätte nie einen Bruch erlitten.« Er schaute Bethane an. »Du hast ihm doch hoffentlich keines der Kräutchen verabreicht, mit welchen hier die Bewohner der Hügel quacksalbern, oder, Mütterlein?«

Indem sie sich eines Grienens enthielt, das recht freudlos ausgefallen wäre, schüttelte Bethane das Haupt. »Freilich nicht, Herr. Er ist ja ein wackerer Bursche, er wollte wider den Schmerz nichts einnehmen. Er wird einen tapferen Krieger abgeben und als Mann so manchen Strauß ausfechten.«

»O ja, das wird er sicherlich, auch ich glaub's«, antwortete Deveril, schenkte Bethane einen so seltsamen Blick, daß sie sich unwillkürlich fragte, ob er womöglich den zweifachen Sinn ihrer Worte begriffen hatte.

Der Knabe für seinen Teil verstand sie fürwahr sehr wohl. Denn sobald man ihn auf die Tragbahre gebettet hatte und sich anschickte, ihn fortzuschaffen, hob er die gesunde Hand, winkte Bethane zu sich; mittlerweile hatte der Feldscher ihm eines *seiner* Schmerzmittel gegeben, und Jung Alarics graue Augen schienen fast nur noch aus Augäpfeln zu bestehen, die hellen Lider sanken ihm herab, obzwar er dem Schlummer noch widerstrebte. Nichtsdestoweniger faßte seine Faust kräftig zu, als er Bethane zu sich hinabzog, um ihr ins Ohr zu flüstern.

»Sei bedankt, Großmütterchen ... für mehreres. Ich will mich drum bemühen ... *sein* Werk fortzusetzen.«

Bethane gestattete sich ein wohlwollendes Nicken, denn sie war, wenn sie nach dem Aussehen seiner Augen urteilte, der Überzeugung, daß er sich an nichts mehr entsinnen würde, wenn er, sobald des Feldschers Mittel seine Wirkung verlor, aus dem Schlaf erwachte. Doch just als die Männer sich mit der Tragbahre in Bewegung setzten, da nahm er Bethanes Hand vor sein

Angesicht und berührte mit den Lippen ihren Ring — Darrells Ring! — in eben der Weise, wie er es vor so vielen Jahren immer getan hatte.

Dann ermatteten seine Finger, indem der Schlummer ihn übermannte, des Grafen Getreue saßen auf zum Abritt, nur die Bahrenträger entfernten sich zu Fuß, trugen den Knaben achtsam davon in den goldenen Sonnenschein. Die Maid namens Bronwyn machte zum Abschied vor Bethane einen ernstmütig-artigen Hofknicks — war es denkbar, daß *sie* wußte, was sich ereignet hatte? —, dann eilten alle über die Weide heimwärts zur Burg.

Versonnen hob Bethane die Hand ans Angesicht, rieb das glatte Gold des Rings an ihrer Wange, wandte nicht den Blick von den Reitern und der Tragbahre, vor allem letzterer nicht, die zwischen ihren Trägern leicht schaukelte. Als sie alle in des Nachmittags Dunst verschwunden waren, glichen die Geschehnisse des heutigen Tages für Bethane lediglich noch schwachen, fernen Erinnerungen, ihr Geist floh von neuem über die Jahre hinweg in die Vergangenheit.

»Ei nun, Darrell, zumindest einen haben wir gerettet, nicht wahr?« raunte sie, küßte den Ring und lächelte ihn an.

Dann nahm sie ihre Umhängetasche und strebte hügelaufwärts, zurück zu ihrer Höhle, summte bei sich leise eine Melodie.

Originaltitel: ›Bethane‹
(erschien urspr. in ›Hecate's Cauldron‹)
Copyright © 1982 by Katherine Kurtz

V.
Arilans Priesterweihe
(1. August 1104—2. Februar 1105)

Der Deryni-Bischof Arilan ist für mich, seit er in dem Roman Das Geschlecht der Magier *als Mitglied in Kelsons Regentschaftsrat zum erstenmal auftrat, immer eine faszinierende Persönlichkeit gewesen. Ich wußte von Anfang an, daß Arilan heimlich ein Deryni war (obwohl ich zunächst keine Ahnung von der Existenz des Camberischen Rates hatte), aber offensichtlich wurde sein Derynitum erst in dem Band* Ein Deryni-König, *und ich bezweifle, daß Brion es je erfahren hat. Allerdings dürfte der Umstand, daß Brion einen recht jungen Weihbischof in seinen Kronrat aufnahm, Ausdruck engen persönlichen Vertrauens und echter Freundschaft gewesen sein. (Tatsächlich war Denis Arilan zum Zeitpunkt von Brions Tod sein Beichtvater — und wie es dazu kam, wird in einem künftigen Roman noch erzählt werden.)*

Arilans Bischofskollegen wußten eindeutig ebensowenig über sein Derynitum Bescheid, denn andernfalls hätte er nicht ins Episkopat gewählt werden können. Hätte die Bischofssynode von Arilans Derynitum Kenntnis gehabt, wäre er nicht einmal zum Priester geweiht worden — zu den Restriktionen, die das Konzil von Ramos den Deryni auferlegt hatte, zählte nämlich auch das bei Todesstrafe gültige Verbot, das Priesteramt auszuüben.

Offenbar entwickelte die Kirche im Laufe der Jahre Methoden, um die Einhaltung des Verbots durchzusetzen; Arilan jedoch muß seinerseits einen Weg gefunden haben, um es zu umgehen. In Ein Deryni-König *stellt der Deryni-Bischof fest, daß er und Duncan, soweit er informiert sei, die einzigen Deryni waren, die im Verlauf mehrerer Jahrhunderte zu Priestern geweiht worden seien. (Der Verdacht liegt nahe, daß Arilan möglicherweise bei Duncans Priesterweihe die Hand* mit im Spiel gehabt und ihm sicher über die Hürden geholfen hat, obwohl Duncan niemals irgend etwas derartiges erfuhr; andernfalls hätte er ja gewußt, daß Arilan ein Deryni ist.)

Auf welche Weise hielt die Kirche Deryni aus dem Priesteramt fern? Über welche Mittel verfügte sie, um zu verhindern, daß sich verkappte Deryni zu Priestern weihen ließen? Und wie gelang es Arilan, diese kirchlichen Hindernisse zu überwinden und trotzdem Priester zu werden? Und was war der Preis? Welche Rechtfertigung legte er vor dem eigenen Gewissen ab? Hat er sein Handeln jemals bereut?

»Doch sagt mir«, fragt ihn (in Ein Deryni-König) Duncan, »hat's Euch niemals bekümmert, tatenlos zu bleiben, während unser Geschlecht litt, unseresgleichen sterben mußte, da es an Eurem Beistand ermangelte? Ihr befandet Euch seit langem in einer Stellung, da Ihr hättet Hilfe leisten können, Herr Bischof. Und doch seid Ihr müßig geblieben.«

Arilan antwortet: »Ich habe getan, was ich zu tun wagen konnte, Duncan. Wäre ich zu mehr in der Lage gewesen, hätte ich's auch getan ... Ich war nicht keck genug, um mir auszumalen, welchen größeren Nutzen ich womöglich durch Voreiligkeit erreichen könnte.« Diesen Worten läßt sich entnehmen, daß er einen hohen Preis entrichtet haben muß.

Nebenbei kommen in dieser Story zwei bekannte Personen aus dem Camberischen Rat zur Zeit Kelsons vor, aber sie werden dem zwanzigjährigen Denis Arilan nur mit Vornamen vorgestellt, während er von ihrer Zugehörigkeit zu dieser Institution nichts weiß, er noch nicht einmal über ihre Existenz informiert worden ist. Ebenso ohne Denis' Wissen ist sein Bruder Jamyl Mitglied des Camberischen Rates; Denis weiß lediglich, daß Jamyl mächtige Freunde in irgendwelchen höheren Kreisen hat, zu denen auch König Brion zählt, aber nicht nur er. Mehr über die Brüder und ihre Verbindung zum Königshaus der Haldanes wird in der geplanten Trilogie um Jung Morgan enthüllt werden.

I

Der zwanzigjährige Denis Arilan, für den Aufenthalt im Chorraum in schwarze Soutane und weißes Chorhemd gekleidet, wußte nicht, ob Gott wahrhaftig jeden Deryni niederstreckte, welcher sich anmaßte, sich die Priesterweihe erschleichen zu wollen, jedoch stand er kurz davor, es herauszufinden; wer es indessen am eigenen Leibe erfahren sollte, war sein Freund Jorian de Courcy.

»Hülle mich in das Gewand der Unschuld und das Kleid des Lichtes, o Herr«, rezitierte Jorian leise, derweil Denis ihm die neue weiße Albe übers Haupt streifte. »Möge ich Deiner Gaben würdig sein und sie in Würde austeilen.«

Das Leinen roch nach Sonnenschein und Sommerwind, fiel in weichen Falten über Jorians Soutane, während Denis ihm beim Zuknüpfen der am Kragen befindlichen Schnüre half.

Du mußt diese Prüfung nicht auf dich nehmen, das sollte dir klar sein, raunte Denis ihm von Geist zu Geist zu, wie ausschließlich Deryni es vermochten; die Berührung ihrer Hände verstärkte das zwischen ihnen geflochtene geistige Band.

Noch drei Anwärter auf die Priesterschaft kleideten sich an diesem linden Augustmorgen in der Bibliothek des Seminars *Arx Fidei* für ihre bevorstehende Priesterweihe an, und jedem von ihnen war ein älterer Seminarist behilflich; in der gewöhnlichen Umkleidekammer der Sakristei des Gotteshauses hielten sich nämlich der zu Besuch erschienene Erzbischof sowie dessen Gefolge auf, die sich aus Anlaß von Priesterweihen jedesmal einfanden.

Wenn es nun wahr ist? fügte Denis hinzu. *Jorian, beachte meine Worte! Falls sie dich entlarven, wirst du des Todes sein.*

Jorian lächelte lediglich, indem er von Denis eine weiße Leibschärpe aus Seide entgegennahm und sie sich um die Leibesmitte schlang, und murmelte, als er einen Knoten knüpfte, das dementsprechende Gebet.

»Binde mich an Dich, o Herr Christus, mit den Banden der Liebe und dem Gürtel der Reinheit, auf daß Deine Kraft in mir Wohnstatt haben möge.«

Jorian, wenn es nun wahr ist? beharrte Denis.

Aber es mag sein, es ist NICHT wahr, erwiderte Jorian auf geistiger Ebene, in einer Art der Verständigung, welche viel tiefere Innigkeit erlaubte, als sie das mündlich gesprochene Wort ermöglicht hätte, zumal in der Anwesenheit anderer, die nie und nimmer merken durften, daß sie es mit Deryni zu tun hatten. *Indessen werden wir es niemals unzweifelhaft in Erfahrung bringen, so lange nicht jemand das Wagnis der Aufklärung auf sich lädt. Es liegt auf der Hand, daß ich derjenige sein muß. Ich habe keine so gründliche Ausbildung wie du genossen — und danach auch nie geeifert —, darum werde ich, falls mein Versuch scheitert, für unser Geschlecht ein geringerer Verlust sein. Priester zu werden, das ist der Lebenszweck, für welchen ich geboren wurde, Denis — und sollte dieses Zwecks Erfüllung mir versagt bleiben, will ich allemal dem Tode den Vorzug geben.*

Das ist Torheit!

Mag sein. Aber ich gedenke nun, da ich so dicht vor der Klarheit stehe, nicht noch zurückzuweichen. Wenn es meine Bestimmung ist, zum Priester geweiht zu werden, wird Gott mich beschützen.

Jorian sprach erneut laut ein Gebet, derweil er die weiße Stola eines Diakons über seine linke Schulter legte und sie von Denis, der sich bückte, an seiner rechten Hüfte festmachen ließ.

»O Du der Du sprachst: ›Mein Joch ist süß, meine Bürde gering‹, gewähre mir die Gunst, Deinen Segen in alle Welt tragen zu dürfen.«

Und ist es mir nicht vergönnt, ergänzte Jorian nun wieder im geistigen Bereich, *wird es vielleicht dir vergönnt sein.*

Zu gut war Denis in der Kunst der Selbstbeherrschung geübt, als daß er die Miene gewechselt hätte, während Jorian die Maniple an den linken Unterarm zog und befestigte, dabei abermals gedämpft ein Gebet aufsagte; doch er wußte, Jorian hatte recht. Obschon sie während ihrer gesamten gemeinsamen Teilnahme am Priesterseminar ihre Freundschaft nicht allzu deutlich in den Vordergrund gekehrt hatten, um dagegen vorzubeugen, daß Jorian, falls das Verhängnis ihn ereilte, Denis mit ins Verderben riß, hatte keiner von beiden sich dem Selbstbetrug hingegeben, ihr Trachten könnte denn irgendwie anders als mit dieser Prüfung enden, diesem Wagnis. *Jemand* mußte die Probe wagen, und Jorian war es, dem diese Aufgabe zufiel. Fast zwei Jahrhunderte lang hatte die Kirche gelehrt, daß Deryni sich bei Strafe des Todes nicht zu Priestern weihen lassen durften, und daß Gott jeden Deryni zerschmetterte, welcher sich etwa zu versuchen vermaß, das Priesteramt dennoch anzustreben. Die Überlieferung behauptete, daß er es in den Jahren unmittelbar nach dem Einsetzen der großen Deryni-Verfolgungen anfangs des zehnten Jahrhunderts getan hätte. Und jedes Priesterseminar kannte eigene grauenvolle Anekdoten darüber, was jenen zugestoßen sei, die es seither versucht hatten, gar schaurige Greuelgeschichten, die jeder neue Seminarist alsbald zu hören bekam.

Infolgedessen hatte es beinahe zweihundert Jahre lang in Gwynedd keine derynischen Geistlichen oder Bischöfe gegeben. Auf jeden Fall keine, welche Denis' Lehrer bekannt gewesen wären — und wenn jemand sich in einer Lage befand, die solche Kenntnis zugänglich machte, dann waren ohne Zweifel sie es. Doch wenn jemals Deryni ihres Volksstammes Verfolgung ein Ende bereiten, Ehre und Ansehen desselben wiederherstellen und von neuem einen gewissen Anteil an der Herrschaft übers Reich und seine Verwaltung erlangen wollten, mußte zumindest ein Teil des Anstoßes aus den

Reihen der Kirche kommen, indem sie ganz allmählich von ihrer Lehrmeinung Abstand nahm, die Deryni seien allein ihrer magischen Kräfte wegen von Grund auf schlecht. Selbiges Ziel verlangte nicht nur, daß Deryni erneut kirchliche Ämter bekleiden durften, sondern weiter, daß sie schließlich auch wieder in hohe Stellungen aufstiegen. Denis Arilans Lehrmeister hofften für ihren tüchtigsten Schüler auf nichts geringeres als ein Bischofsamt, und bei allem Kummer, dieweil sie Jorian derlei zumuten mußten, erleichterte es sie doch, als sich der an Jahren ältere und weniger begabte Jorian de Courcy dazu bereiterklärte, Denis den Weg zu ebnen, indem er als erster zur Priesterweihe schritt.

»Habt acht, Brüder, der Herr Abt«, ertönte eine leise Ankündigung Pater Loyalls — er war der Kaplan des Abtes —, der in diesem Augenblick das geschorene Haupt zum Türspalt hereinstreckte, sodann die Tür vollends öffnete und zur Seite wich.

Sobald Pater Calbert, der tatkräftige junge Abt des Seminars *Arx Fidei*, die Bibliothek betrat, gefolgt von mehreren Mitgliedern der Fakultät sowie einigen der angereisten Kleriker, wandten sich die Augen aller Anwesenden ihm zu, die vier Anwärter auf die Priesterschaft zupften eilends ein letztes Mal ihre Gewandung zurecht. Denis zog sich zusammen mit den übrigen älteren Seminaristen zurück in den Hintergrund, und alle verbeugten sich voll Hochachtung, als Calbert beide Hände zum Segen hob und die feierliche zeremonielle Begrüßung sprach.

»*Pax vobiscum, filii mei.*«

»*Deo gratias, Reverendissimus Pater*«, erwiderten sie wie aus einem Munde.

»Ach, was für feine Priester ihr alle abgeben werdet«, äußerte Calbert halblaut, sein Mienenspiel bezeugte höchste Beifälligkeit, während er seine Schützlinge musterte. »Der Chor mag seine Plätze aufsuchen, derweil ich mit euren Brüdern noch ein paar letzte Worte wechsle.«

Gehorsam bildeten Denis und die drei anderen als Helfer tätig gewesenen Seminaristen eine Reihe, um die Bücherei — den Blick demütig gesenkt, wie es sich geziemte — zu verlassen, doch als Denis an Jorian vorüberging, übermittelte er dessen Seele geistig einen Gruß, eine Tat, die er als geheime Bekundung des Trotzes empfand, allerdings nicht gerichtet gegen Calbert, welcher ein wirklich gelehrter und frommer Mann war, sondern gegen das abscheuliche Gesetz, durch welches dieser Tag, der für Jorian ein Tag des Frohlockens hätte sein sollen, für ihn zu einem Tag der Furcht wurde. Ohne körperliche Berührung, wie sie das Geistesband erheblich gestärkt hätte, und ohne daß Jorian von sich aus am Zustandekommen mitwirkte, forderte die kurze geistige Verbindung Denis ein hohes Maß an Kraftaufwand ab, doch Jorians schwächerer, wiewohl zutiefst inbrünstiger Dank, auf gleiche Weise übermittelt, lohnte ihm die Mühe, eben bevor sich zwischen ihnen der Bibliothek Tür schloß.

Draußen im Klosterhof reihte sich Denis mit seinen Mitschülern hinter den Trägern des Prozessions-Kreuzes und den Weihrauchschwenkern auf, und gemeinsam mit ihren Stimmen erhob auch er seine jugendliche Stimme zum Singen der Hymne, sandte gleichzeitig insgeheim ein Stoßgebet himmelwärts, erflehte von Gott, Jorian die Priesterwürde zu gewähren und keinen von ihnen beiden für ihre Vermessenheit zu zermalmen.

»*Jubilate Deo, omnis terra*«, sang er mit seinen Brüdern. »*Servite Domino in laetitia. Introite in conspectu euis in exsultatione ...*« Lobet den Herrn, all ihr Länder. Dienet dem Herrn mit Freuden. Tretet in Seine Gegenwart und singt ...

Die Klosterkirche, geweiht dem Heiligen Geist, war dichtgedrängt voller Menschen, sowohl aufgrund der Ankunft des Erzbischofs und seines Gefolges anläßlich der Priesterweihe, wie auch des Umstands, daß mehrere der heutigen Anwärter auf die Priesterwürde hochgeborenen Familien der Umgebung entstammten, darunter auch Jorian, obwohl die meisten seiner Blutsverwandten nicht mehr unter den Lebenden weilten. Auch dieser Gesichtspunkt hatte die Erwägungen beeinflußt, infolge derer es Jorian gestattet worden war, heute die Gefahr seiner Entlarvung einzugehen, denn Tote brauchten weder den Zorn der Kirche zu fürchten, noch die Bestrafung durch Gerichte, und ein gleiches besaß auch für derynische Tote Gültigkeit. Unbestimmbare böse Vorahnungen plagten Denis Arilan, während er als Teilnehmer der Prozession die vollbesetzte Kirche betrat.

Der Hochaltar leuchtete von Kerzen. Die Kerzenleuchter und die Altarplatte glänzten. Die gewohnten Düfte nach Bienenwachs und Weihrauch flößten Denis' Gemüt eine schon altvertraute Freude ein, als er seinen Platz auf der rechten Seite des Chorgestühls aufsuchte, das beiderseits des Hochaltars aufgereiht stand, und in tiefer Andacht hielt er die Hände vor sich gefaltet.

»*Benedicte, anima mea, Domino*«, sang der Chor, wechselte über zu einem anderen Psalm. »*Et omnia quae intra me sunt nomini sancto eius* ...« Segne den Herrn, du meine Seele und alles, was in mir ist, segne Seinen heiligen Namen ...

Der Einzug des Erzbischofs schien fast eine Ewigkeit zu dauern, und die Zusammensetzung seines Gefolges verhieß einem Deryni, welcher womöglich am heutigen Tag hier beim Versuch, sich die Priesterschaft zu erschleichen, entdeckt werden mochte, ganz und gar nichts Gutes. Der Erzbischof selbst war schlimm genug, dieweil es sich um den Feuerspeier Oliver de Nore handelte, den Erzbischof von Valoret und Primas von ganz Gwynedd, von dem man allgemein wußte, daß er während seiner Zeit als Weihbischof im Süden des Reiches Deryni auf Scheiterhaufen verbrannt hatte; und zwei jener Geistlichen, die zu seiner Begleitung zählten, standen ebenfalls im Rufe, übereifrige Derynifresser zu sein.

Besonders übel in dieser Hinsicht war Pater Gorony, der Kaplan des Erzbischofs, welcher sich bereits dessen rühmen konnte, mehrere Deryni aufgespürt und der Hinrichtung überantwortet zu haben. Der andere war ein Priester mit Namen Darby, der sich allem Anschein nach wachsender Beliebtheit erfreute und erst kürzlich zum Pfarrer des unweit gelegenen Sprengels Sankt Markus ernannt worden war, ein Amt, das seit jeher Söhnen der Kirche zufiel, welche bei deren Oberen bevorzugte Gunst genossen und als aussichtsreiche Kandidaten auf einen Bischofsstuhl galten. Jeder Geistliche in Gwynedd hatte schon von Alexander Darby vernommen, dessen Abhandlung über Deryni, verfaßt während seines Besuchs des Priesterseminars in Grecotha, jeder nur halbwegs strebsame Kleriker lesen mußte.

Jetzt jedoch war es nicht der rechte Zeitpunkt für Denis, um über die Untugenden der Gäste des *Arx Fidei* nachzugrübeln. Heute war ein entscheidender Tag für Jorian, er folgte Calbert als dritter in der Reihe der vier Diakone, welche am Schluß der Prozession, Kerzen in den Händen, vom Abt ins Gotteshaus geleitet wurden. Welche Befürchtungen der junge Deryni auch in bezug auf sein nahes Schicksal hegen mochte, sein schlichtes, von Aufrichtigkeit gekennzeichnetes Angesicht drückte verhaltenen Frohsinn aus, während die Verabreichung jenes Sakraments näherrückte, auf das er sich sein gesamtes bisheriges Leben lang vorbereitet hatte. Wieder betete Denis darum — so inständig, wie er noch nie zuvor gebetet hatte —, daß Jorian von Unseligem verschont bleiben möchte; und für geraume Weile erweckte alles den Eindruck, als ob sein Gebet erhört werden sollte.

Kein Blitzschlag schmetterte Jorian de Courcy nieder, als er vortrat, sobald man seinen Namen aufrief, mit einem deutlichen »*Adsum*« antwortete, und auch nicht, als er sich vor den Erzbischof kniete und ihm mit einer ehrfürchtigen Verbeugung seine Kerze überreichte. Geradesowenig klebte ihm die Zunge am Gaumen, als er die feierlichen Fragen beantwortete, welche man im Ablauf des Zeremoniells jedem Anwärter zu stellen pflegte. Und er brach nicht tot zusammen, während erst des Erzbischofs und dann die Hände sämtlicher weiteren anwesenden Geistlichen sich zum Zwecke des Weihens und Segnens auf seinen Scheitel senkten, und noch immer nicht, als ihm das geweihte Salböl auf die nach oben gekehrten Handflächen gegossen wurde.

Nachdem Jorian dann endlich die weiße Kasel und die Stola eines Priesters trug und sich mit den drei anderen neuen Priestern am Altar versammelte, um gemeinschaftlich mit dem Erzbischof das erste Mal die Messe zu feiern, begann Denis zu glauben, daß alles ohne Schwierigkeiten zu Ende gehen möchte. Doch als Jorian, sobald er von Erzbischof de Nore die Heilige Kommunion erhalten hatte, ein Ziborium zur Hand nahm, um am Austeilen des Sakraments an die Priesterschüler und restlichen Anwesenden mitzuwirken, wich der Ausdruck der Verzückung auf seinem Antlitz plötzlich einer Miene der Überraschung, dann des Erschreckens, und er taumelte.

»O süßer *Jesus*, steh mir bei!« hörte Denis ihn unterdrückt hervorstoßen, als der eben erst zum Priester Geweihte erbleichte und auf die Knie sackte, sich mit einer Hand an den Chorschranken abfing, ums Haar den Inhalt des Ziboriums verschüttete.

Pater Oriolt, welcher vorhin gemeinsam mit Jorian zum Priester gesalbt worden war, brachte genug Geistesgegenwart auf, um das Ziborium zu erhaschen und festzuhalten, aber schon strebte Erzbischof de Nore zielbewußt auf Jorian zu, der hin- und herschwankte, reichte das eigene Ziborium Pater Gorony, just als auch Abt Calbert sich eilends bei dem benommenen Geistlichen einfand.

»Jorian, bist du krank?« erkundigte sich Calbert, schlang die Arme um Jorians Schultern, um ihn zu stützen, während de Nore und mehrere andere Kleriker sich um ihn scharten.

Von der Stelle aus, an welcher er im Chorgestühl kniete, konnte Denis die Antwort Jorians nicht vernehmen, auch den weiteren Wortwechsel, der sich vorn an den Chorschranken entspann, vermochte er nicht zu verstehen, doch war jedwedes Mißverständnis ausgeschlossen, was Jorians elendigen Zustand anbetraf, denn er sank immer mehr zusammen, dem Fußboden entgegen, war nun nahezu hinter erregten und besorgten Klerikern verborgen. Auf einen gebieterischen Wink de Nores hin holte Gorony vom Altar den Abendmahlskelch des Erzbischofs, und man gab Jorian daraus zu trinken, jedoch mit keiner hilfreichen Wirkung. Im Gegenteil, es hatte den Anschein, als ginge es ihm danach noch schlechter.

Und als de Nore sich mit dem Abt und dem halb besinnungslosen Jorian, welcher durch Oriolt und Pater Riordan, den Vorsteher der Novizen, aufrechtgehalten werden mußte, in die Sakristei zurückzog, da wußte Denis endgültig, ihr Versuch war schrecklich mißlungen. Konnte es sein, daß Gott Jorian *tatsächlich* gestraft hatte?

Daran mochte Denis nicht glauben, aber was für eine andersartige Erklärung ließ sich für den Vorfall denken? Jorian zählte nicht zu jenen Schwächlingen, denen bei jeder Gelegenheit die Sinne schwanden. Er hatte vor der Feier, während Denis ihm beim Ankleiden half, keinerlei Anzeichen irgendeiner Schwäche gezeigt. Und in seinem ganzen Jahr als Diakon, in welchem er sich auf die Anforderungen und Aufgaben eines Geistlichen vorbereitet hatte, war er so häufig als Helfer an Meßfeiern beteiligt gewesen, daß *unmöglich* die Ausgabe der Heiligen Kommunion, von wie tiefem Ernst sie auch sein mochte, ihn dermaßen aus dem Gleichgewicht geworfen haben konnte.

Die einzig andere vorstellbare Schlußfolgerung lautete, daß Jorians Zusammenbruch *wirklich* etwas mit seinem Derynitum zu tun hatte. Anscheinend *hatte* Gott ihn niedergestreckt, so wie es den in Umlauf befindlichen Erzählungen zufolge hatte kommen müssen. Und als es an Denis war, vorzutreten und die Kommunion zu empfangen, fragte er sich, ob Gott auch *ihn* bestrafen würde, dieweil er sich an Jorians verbotenem Trachten als Mitverschwörer betätigt hatte.

Doch obwohl die geweihte Hostie, welche Denis aus Pater Goronys Hand gereicht ward, ihm trockener als sonst zu sein schien und ihm, während er an seinen Platz zurückkehrte, beinahe im Hals stecken blieb, ereilte *ihn* kein göttliches Strafgericht. Allerdings hatte er sich auch nicht eben trotz des Verbots der Heiligen Mutter Kirche zum Priester salben lassen.

Die gesamte restliche Dauer der Messe hindurch marterte ihn die Sorge um Jorian, aufs dringlichste begehrte er zu wissen, was unterdessen geschah. Kurz nach dem Vorkommnis kehrte der Erzbischof mit Oriolt aus der Sakristei wieder und setzte das Spenden der Kommunion fort, als wäre nichts geschehen, aber Pater Darby suchte statt des Erzbischofs die Sakristei auf; und im Anschluß an die Kommunion begab sich de Nore erneut für kurze Zeit dorthin, derweil Pater Gorony die Messe weiterfeierte.

Als die anderen neuen Priester zum erstenmal den Segen spendeten, blieb Jorian noch immer aus, und nach der Messe durften ausschließlich Gefolgsleute des Erzbischofs die Sakristei betreten. Beim späteren festlichen Essen im Refektorium fehlte Jorian nach wie vor; ungefähr nach der Hälfte der dafür vorgesehenen Zeit gesellte sich jedoch der Erzbischof dazu, wenngleich ohne seinen Kaplan, und auch Pater Darby kam nicht.

Während des Festmahls äußerte weder der Erzbischof sich über Jorian, noch tat es der Abt, obwohl ihnen nicht entgehen konnte, daß in der gelockerten Stimmung, wie die Aufhebung des Schweigegebots anläßlich des Festtags sie begünstigte, unter den Gästen und Seminaristen allerlei Mutmaßungen um sich griffen. Allerdings traute sich auch niemand, nach Jorian zu fragen. Aber als sich die Schule am Abend zur Vesper versammelte, keine Außenstehenden mehr zugegen waren, erstieg nach der Andacht Abt Calbert, der zutiefst erschüttert wirkte, die Kanzel, die Lippen verpreßt, und heischte um Aufmerksamkeit.

»Meine geliebten Söhne in Christo, es ist meine schmerzliche Pflicht, euch davon Kunde zu geben, welche Erkenntnisse heute über Jorian de Courcy gewonnen worden sind«, sprach er, und sein Tonfall sowie die Auslassung von Jorians geistlichem Titel flößte Denis, derweil er lauschte, eisig kaltes Grausen ein. »Natürlich ist eure Besorgnis mir nicht verborgen geblieben. Ich wünschte mir von Herzen, euch mitteilen zu können, Jorian sei wohlauf ... Ja, es wäre mir sogar lieber, ich könnte euch sagen, er sei tot. Unglückseligerweise jedoch vermag ich keines von beidem. Denn Jorian de Courcy ist in unserer Mitte als bis auf den heutigen Tag unverdächtigter derynischer Spion entlarvt worden.«

Er machte diese Enthüllung leidenschaftslos, ohne sonderliche Betonung, dennoch entfuhr jedem Mann, jedem Jüngling in der Kirche unwillkürlich ein Aufkeuchen. Denis, der gegen ein Emporwallen von Panik ankämpfen mußte, welche ihn, widerstand er ihr nicht, zu unbesonnener, verhängnisvoller Flucht verleiten mochte, benutzte seine Deryni-Kräfte, um seinem Äußeren Ruhe aufzuzwingen, so daß er unter den anderen Versammelten durch kein übertriebenes Gebaren auffiel, doch an den gefalteten Händen, die er an die Lippen hob, um hastig ein Gebet für Jorian gen Himmel zu senden, traten die Knöchel weißlich hervor. Als das anfängliche Geraune unter den Priesterschülern einem lautstarken Austausch von Vermutungen und Ansichten wich, streckte Calbert eine Hand in die Höhe und gebot Schweigen, und man gehorchte ihm ohne Verzug.

»Fürwahr, niemand von uns hat ihn bis heute eines solchen Greuels verdächtigt. Die Deryni sind in den Künsten des Lugs und Trugs sehr bewandert — aber nicht einmal die Deryni-Magie vermag den Herrn der Heerscharen zu täuschen! Gott hat Jorian de Courcy für seine Vermessenheit und seinen Ungehorsam bestraft, und Gottes Diener werden sicherstellen, daß gebührliche Gerechtigkeit geübt wird. Morgen wird man de Courcy nach Valoret verbringen und vor dem Kirchengericht des Erzbischofs aburteilen. Es mag sich ergeben, daß einige von euch dazu aufgefordert werden, vor selbigem Gericht über sein Verhalten hier im *Arx Fidei* Aussagen zu machen, denn es liefert zu ernstlichen Bedenken Anlaß, daß es einem Deryni gelingen konnte, so nah an des Herrgotts Heilige Mysterien vorzudringen.«

Mehr oder weniger nachdrücklich wurde das Verbot verkündet, über das Ereignis weitere Gespräche zu führen, aber später am selben Abend, nach dem Komplet, als alle im Bett liegen sollten, traf sich Denis gleich vor des Schlafsaals Tür mit mehreren anderen fortgeschrittenen Seminaristen, um den heute zum Priester geweihten Pater Oriolt zu befragen, welcher als einziger außer dem Erzbischof, seinen Mitarbeitern sowie dem Abt selbst gesehen hatte, was in der Sakristei geschah, nachdem man Jorian dort hineingeschafft hatte.

»Ich *weiß* nicht, was sich zugetragen hat«, beteuerte Oriolt, und Denis rückte ihm ein wenig näher, um seine nur geflüsterte Darstellung besser verstehen zu können. »Ich wähnte, ihm sei lediglich aus lauter Erregung schwindlig geworden, und vom Fasten seit dem gestrigen Tag. Mir selbst war ja ein bißchen schwummrig zumute. Der Wein, welchen der Erzbischof verwendet, hat bei leerem Magen eine starke Wirkung.«

»Aber wieso rief er um Hilfe?« meinte Benjamin, einer der höheren Priesterschüler, der gleichfalls am Altar ausgeholfen hatte und im kommenden Frühling, so wie

Denis und die meisten heimlich Versammelten, mit dem nächsten Schub neuer Geistlicher die Priesterweihe erhalten sollte.

Als Jung Oriolt das Haupt schüttelte und sich zu antworten anschickte, wendete Denis ganz behutsam seine Fähigkeit des Gedanken-Sehens bei ihm an.

»Das vermag ich nicht zu sagen. Benommenheit hatte ihn gepackt. Er konnte kaum auf den Beinen bleiben. Fast übergab er sich, als wir ihn in die Sakristei gebracht hatten. Ich entledigte ihn der Gewänder, so rasch es sich machen ließ, derweil ich glaubte, die Hitze hätte ihn so geschwächt, aber er bebte wie Espenlaub, und seine Augen waren geweitet. De Nore ordnete an, ihm nochmals Wein einzuflößen, doch kam's mir so vor, als hülf's nicht. Ich befürchtete schon, er würde in Krämpfe verfallen, da jedoch sank er in Ohnmacht. Danach wies de Nore mich an, mit ihm zurück ins Sanktuarium zu gehen, er sagte, Pater Darby sollte bei Jorian ausharren, derweil wir die Meßfeier beendeten. Wie's den Anschein haben will, hat Darby ärztliche Kenntnisse.«

Einige Seminaristen richteten noch die eine oder andere kurze Frage an Oriolt, jedoch hatte der Geistliche schon alles erzählt, was er wußte, und Denis besaß darüber Klarheit, daß Oriolt seine Beobachtungen wahrheitsgetreu berichtet hatte. Alsbald löste sich die kleine Zusammenkunft auf, und ein jeder schlich sich wieder zu seinem Bett, denn im Grunde genommen war es verboten, sich während des für der Nachtruhe Dauer verordneten Schweigens überhaupt zu unterhalten. Denis lag noch länger als eine Stunde wach und starrte zur Decke des Schlafsaales hinauf, derweil sein Verstand sich mit einem immer stärkeren Verdacht befaßte, welchen er als stets überzeugender erachtete, je ausführlicher er das Erfahrene erwog. Die Krankheitserscheinungen, wie Oriolt sie beschrieben hatten, verwiesen auf eine Vergiftung; oder auf ...

Merascha! Dasselbe war ein von Deryni erfundenes

Mittel und unter gewöhnlichen Menschen nicht allgemein bekannt, aber *Merascha* konnte sehr wohl Jorians Anfall hervorgerufen haben. Beim *Merascha* handelte es sich um eine höchst wirksame Droge, welche die Kräfte des Verstandes lähmte; ersonnen hatten sie schon vor Jahrhunderten die Deryni selbst, um ihresgleichen bändigen zu können. Auf Menschen wirkte sie lediglich wie ein schwaches Beruhigungsmittel, wogegen bei Deryni bereits eine winzige Dosis Schwindelgefühl, Übelkeit, den Verlust der Körperbeherrschung sowie des Vermögens verursachte, den Geist völlig auf etwas Bestimmtes zu richten oder die unter herkömmlichen Umständen jemandem ihres Volksstammes verfügbaren geistigen Kräfte aufzubieten. Im Laufe seiner fortgeschritteneren Deryni-Ausbildung war ihm mehrmals *Merascha* verabreicht worden, damit er lernte, dessen Wirkung rechtzeitig zu erkennen — für den Fall, daß ein Widersacher ihm jemals welches unbemerkt geben sollte — und sie so weit wie möglich abzuschwächen; doch nicht einmal solche Gegenmaßnahmen konnten die Folgen des *Merascha* völlig abwenden, und leider war Jorian keine sonderlich gründliche Schulung zuteil geworden. Denis bezweifelte, daß man seinen Freund jemals mit *Merascha* vertraut gemacht hatte.

Aber wenn Jorian *in der Tat* durch *Merascha* zu Fall gebracht worden war, wie hatte man es ihm verabreicht? Konnte die Hierarchie der Kirche irgendwie von der Anfälligkeit der Deryni für die Droge erfahren und sie daraufhin zum Prüfstein für die Anwärter aufs Priesteramt erhoben haben, wohl wissend, daß sie für menschliche Kandidaten harmlos war, hingegen jeden Deryni, welcher sich frevelhaft dazu verstieg, die Priesterwürde zu begehren, zu seinem Verhängnis entlarvte? War »Gottes Wille«, daß Deryni keine Priester werden dürften, in Wahrheit der Wille der Kirche, welche dadurch sicherte, daß die Beschränkungen, denen man das Magier-Geschlecht nach der Wiedereinsetzung des Königshauses der Haldanes aus Furcht vor Gegenschlägen unterworfen hatte, ohne Ende Fortbestand behielten?

Plötzlich hegte Denis auch bezüglich der Verfahrensweise einen Verdacht: Er galt dem Meßwein. Oriolt hatte bemerkt, der Erzbischof hätte einen recht starken Wein. Aus selbiger Äußerung ließ sich ableiten, daß der Erzbischof eigenen Meßwein mitgebracht hatte, eine zumindest vordergründig einleuchtende Maßnahme, dieweil ein Bischof, welcher bei der Wahrnehmung seiner vielfältigen Pflichten von Gemeinde zu Gemeinde reiste, unterwegs unweigerlich etliche minderwertige Weine vorfinden mußte.

Und erst recht war sie verständlich, wenn ein Bischof eigenen, mit *Merascha* vermischten Wein mitbrachte, welcher eben nicht allein seinem Gaumen schmeichelte, sondern außerdem die Gewähr bot, daß kein Deryni Gottes Wille unterlief und zum Priester geweiht wurde — oder auf jeden Fall, *wenn* er geweiht wurde, den Altar nicht verlassen konte, ohne daß seine Maske fiel ...

Es *mußte* am Wein liegen. Und de Nore hatte Jorian zweimal davon trinken lassen — nein, dreimal: Zweimal aus dem eigenen Meßkelch und einmal in der Sakristei, doch war der Wein beim dritten Mal wenigstens nicht geweiht gewesen. Schändlich war es, wenn nicht gar lästerlich, den für das Sakrament bestimmten Wein in solcher Art und Weise zu mißbrauchen, aber mit Gewißheit wäre es den Zwecken einer ausschließlich aus Menschen zusammengesetzten kirchlichen Hierarchie dienlich, welche aus Frucht vor Deryni und zur Sicherung des Vorrechts, das nur Menschen Zutritt zur Priesterschaft und zum Episkopat gestattete, keinerlei Einwände der Vernunft gelten ließ.

Es schauderte Denis regelrecht, während er für eine Weile über die ganze Tragweite seiner Vermutung nachdachte, er kummervoll, unter der dünnen Decke zusammengerollt, im Bett lag, noch nicht glauben konnte, daß sein Verdacht wahr sein sollte. Aber wenn er den Tatsa-

chen entsprach, mußte er sich Klarheit verschaffen —
und einen Weg ersinnen, wie er sich schützen könnte,
denn bis zu seiner Priesterweihe verblieb lediglich noch
ein halbes Jahr. Er versuchte, nicht daran zu denken,
welches Los nun Jorian ereilen würde, den das Glück
verlassen hatte.

Indem er sich schier das Haupt zermarterte, um sich
darauf zu besinnen, wer am Morgen die Verantwortung
für die in der Sakristei erforderlichen Vorbereitungen
gehabt hatte. Zu guter Letzt erinnerte Denis sich an
die Gesichter zweier jüngerer Subdiakone. Einer von ihnen
schlief in einem anderen Dormitorium, während
Denis den anderen, einen gewissen Elgin de Torres, näher
kannte, nur ein paar Betten weiter schnarchte er leise.

Nachdem er den Saal für eine Zeitlang aufmerksam
beobachtet hatte, um sich dessen zu vergewissern, daß
niemand außer ihm wach war, erhob sich Denis verstohlen
aus dem Bett und schlich lautlos zu Elgins
Schlafstatt. Bedächtig kniete er sich an der Bettstatt oberem
Ende nieder, verzog das Angesicht, als ein Knie
knackte, berührte dann mit äußerster Behutsamkeit mit
einem Zeigefinger des schlummernden Elgin Stirn genau
zwischen den Augen, dehnte seine Geisteskräfte
durch das so geschaffene Band ganz sanft auf des anderen
Hirn aus.

*Elgin, hat Erzbischof de Nore für die Meßfeier eigenen
Wein mitgebracht?* forschte Denis nach, verlangte die
Antwort jedoch nicht in Worten, sondern nur in Gestalt
geistiger Bilder.

Unverzüglich kam Elgins Erinnerung an seinen Aufenthalt
in der Sakristei zum Vorschein. Denis sah Gedankenbilder
von de Nores Kaplan, wie er prunkvolle
Gewänder, einen mit Edelsteinen geschmückten Meßkelch
und eine ebenso prächtige Patene sowie eine Flasche
Wein von gänzlich gewöhnlichem Aussehen auspackte;
aus selbiger Flasche füllte er das Meßkännchen,
welches zu des Altars Ausstattung gehörte.

Also *hatte* de Nore eigenen Wein mitgebracht! Das bedeutete keineswegs zwangsläufig, daß sich darin *Merascha* befunden hatte, doch konnte es so gewesen sein. Und alle vier neu geweihten Priester hatten bei der Kommunion aus dem Kelch des Erzbischofs getrunken.

Aber war das *Merascha* schon im Meßwein enthalten gewesen, als Gorony ihn ins Meßkännchen füllte, oder nachträglich hineingegeben worden? Es *konnte* auch in das Wassergefäß getan worden sein; dadurch entstünde für die Kleriker keine so erhebliche sittliche Fragwürdigkeit wie beim Vermischen mit dem Meßwein, welcher ja allein dem Sakrament vorbehalten bleiben sollte, aber es hätte die gleiche Wirkung. Denis fragte sich, ob es, als man Jorian zum drittenmal Wein zu trinken reichte, Wein des Hauses gewesen war oder Wein aus de Nores Vorrat — daraus ergäbe sich nämlich Aufklärung im Hinblick auf das Wasser —, doch von allen Beteiligten, an welche Denis unbedenkliche Fragen richten durfte, vermochte nur Oriolt darüber Auskunft zu erteilen, aber Oriolt hatte sich bereits ins Bett begeben, war unerreichbar, und am frühen Morgen sollte er vom Seminar Abschied nehmen, um andernorts als Priester in einer Pfarrei tätig zu werden.

Nichtsdestotrotz bedeutete es, ob man nun Wein oder Wasser verwendet hatte, einen bloß geringen Unterschied. *Merascha* im Abendmahlskelch mußte man als nachgerade teuflische Schandtat bewerten. Letzten Endes war dergleichen nichts anderes als eine abscheuliche Schmähung des Sakramentes selbst, welches der zuvor gesalbte Priester anläßlich seiner Weihe das erste Mal feiern durfte. Sie ließ sich vergleichen mit jener grauenvollen Erzählung über vergiftetes Taufsalz, wie es von einem in die Irre geleiteten Priester benutzt worden sein sollte, um zur Zeit der Wiedererringung der Macht durch die Haldanes einen neugeborenen Haldane-Prinzen zu meucheln. Niemals würde Denis sein

Entsetzen vergessen, das er verspürte, als er erstmals *davon* vernommen hatte.

In Denis' Betrachtungsweise allerdings war vergifteter Meßwein eine noch ungeheuerlichere Schändlichkeit, weil dergleichen die Heiligkeit des bedeutsamsten Sakraments der Kirche in Frage stellte, wiewohl nur für Deryni, die es sich ersehnten, Priester zu werden. Allein Priester und Bischöfe erhielten bei der Kommunion sowohl vom Wein wie auch vom Brot — Gott sei Dank, denn andernfalls könnte kein Deryni es noch wagen, sich Chorschranken zu nahen, um des Sakraments Gnade und Tröstung zu erfahren.

Mit *Merascha* im Kelch blieb es jedem Deryni-Geistlichen verwehrt, seine erste, gemeinsam mit dem Bischof, welcher ihn zum Priester weihte, gefeierte Messe durchzustehen, ohne daß sein Derynitum offenbart wurde. Folglich konnte es nicht verwundern, daß es keine derynischen Priester gab, es so viele, viele Jahre lang keine gegeben hatte. Wie sollte ein Anwärter auf die Priesterschaft das Sakrament meiden — oder überhaupt wissen, daß es zu scheuen sich für ihn aufs dringlichste empfahl —, das spenden zu dürfen doch eben die Gunst war, um welchselbiger willen er die Stellung eines Geistlichen erstrebt hatte?

Es grauste Denis, als er sich aus Elgins Geist zurückzog, nachdem er jedwede Erinnerung an sein Eindringen ausgelöscht und den Schlummer des Jünglings ein wenig vertieft hatte. Er mußte sich in bezug auf seinen Verdacht Gewißheit verschaffen. Falls es ihm gelang, sich in die Sakristei zu schleichen, ohne ertappt zu werden, mochte er möglicherweise irgendeinen Hinweis entdecken, der ihm hinsichtlich der dort stattgefundenen Geschehnisse Aufschluß gab, vielleicht in den Kännchen, so man sie ungenügend ausgewaschen hatte, oder womöglich waren sie infolge der Störung des üblichen Ablaufs, dem Durcheinander und der Verwirrung nach Jorians Zusammenbruch, gar nicht gesäubert worden.

Er mußte noch in dieser Nacht nachforschen, denn sonst würden die Priesterschüler, welche morgen in der Sakristei den Dienst versahen, zweifelsfrei sämtliche Spuren ausmerzen, welche ihre Mitschüler hinterlassen haben mochten. Für Denis war es zwar unverfänglich, das Sanktuarium aufzusuchen, dieweil Seminaristen im Rang eines Diakons oder Subdiakons des Recht besaßen, jederzeit im Gotteshaus zu beten, auch während der Nachtstunden und des dann gültigen Redeverbots; aber sollte er in der Sakristei erwischt werden, würde er dafür auf der Stelle eine vollkommen glaubwürdige Erklärung geben können müssen, nachdem man erst am Vortag in Jorian einen Deryni erkannt hatte.

Doch selbiges Wagnis mußte er sich aufbürden. Wenn nämlich *wirklich* mit *Merascha* vergifteter Wein den Schlüssel zum Verständnis des Ausleseverfahrens verkörperte, mit dessen Hilfe die Kirchen-Hierarchie Deryni aus den Reihen der Priesterschaft fernhielt, also kein unmittelbares göttliches Eingreifen vorlag, dann bestand die Aussicht, daß Denis oder seine derynischen Lehrmeister Mittel und Wege ersannen, wie man dagegen Schutz fand. Falls es ihnen nicht gelang, blieb Denis nur noch zweierlei Wahl: Entweder stellte er sich der Gefahr, das gleiche Schicksal wie Jorian zu erleiden, oder er floh das *Arx Fidei* und verschwand vollständig aus dem Lichte der Öffentlichkeit, wovon indes die Folge war, daß der Nutzen, den das Wirken eines heimlichen Deryni in der Kirche langfristig haben mochte, verlorenging.

Aber allem Anschein nach stand sein Vorhaben, unbemerkt der Sakristei einen Besuch abzustatten, von Anfang an unter einem ungünstigen Stern, wenigstens in dieser Nacht. Als er nämlich die nachtdunklen Treppen hinabgeschlichen und durchs südliche Querschiff gehuscht war, sah er, sobald er im Schatten verharrte, um den Vorderteil der Kirche zu erkunden, im von Kerzenschein trüb erhellten Chorgestühl schon zwei seiner

Mitschüler knien. Und gerade da kam Pater Riordan, der Novizen Vorsteher, die Altarstufen herab und näherte sich ihnen.

Verdammnis! Jetzt fehlte bloß noch, sann Denis, daß Riordan ihm sagte, er sollte zurück ins Bett gehen, so wie er es nun dem Paar im Chorgestühl mit einem Handzeichen nahelegte. Denis war in dieser Beziehung nicht dazu *verpflichtet*, sich der Folgsamkeit zu befleißigen, auch wenn Riordan auch ihn zur Umkehr ins Dormitorium aufforderte, doch konnte eine Weigerung womöglich Mißtrauen erregen, wo es bislang keines gab. Denis überlegte, ob er den Vorsteher unter Umständen wenigstens dazu verleiten könnte, das Schweigen zu brechen und ihm etwas über Jorian zu erzählen — natürlich allein durch ganz gewöhnliches Zureden —, doch war er sich darüber im klaren, daß er, falls Riordan nicht zur Gesprächigkeit neigte, ihn nicht drängen durfte. Und da schickte Riordan auch schon seine beiden schlaflosen Schüler durchs Querschiff in die Richtung der Treppe, geradewegs auf Denis zu.

Aber zum Glück befand sich Riordan, urteilte Denis nach den Mienen seiner zwei Mitschüler, als sie sich im Vorbeigehen verbeugten, gehorsam zurück zum Schlafsaal strebten, heute nacht anscheinend in etwas nachsichtigerer Laune, ja er nickte Denis sogar mit sichtlichem Wohlwollen zu, sobald er ihn erblickte, und trat von sich aus näher, hob dabei jedoch bereits die Hand, um ihm ein Zeichen zum Kehrtmachen zu geben.

Denis verlieh, wie er hoffte, seiner Miene den traurigsten und sorgenschwersten Ausdruck, indem er sich vor dem Vorsteher verbeugte, die Hände demütig in seines Rocks Ärmel geschoben, und verließ sich verwegen darauf, sein Ansehen als einer der klügsten und frömmsten Priesterschüler des Seminars möchte sich zu seinem Vorteil auswirken.

»Verzeih mir, Pater, wenn ich das Schweigegebot breche, doch ich vermochte unmöglich Schlummer zu finden«, sprach Denis im Flüsterton. »Ich habe für Jorian de Courcys Seele gebetet. Kannst ... kannst du mir sagen, was aus ihm werden wird?«

Riordan blieb stehen, verschränkte die Arme auf dem Brustkorb und schnaufte ungnädig. »Du weißt, 's ist verboten, das Schweigen zu brechen, Denis.«

»Ich beuge mich jedweder Buße, welche du mir auferlegst, Pater«, murmelte Denis unterwürfig, senkte kurz den Blick, indem er auf der Brust die Hände faltete. »Aber ... ich habe ihm am Morgen beim Ankleiden geholfen, bevor ...« Er schluckte. »Gedanken an sein Seelenheil haben mich gequält. Ich dachte, vielleicht könnte meine inbrünstige Fürbitte im Gebet, wie bescheiden ein solcher Einsatz auch zu bewerten sein mag, ihm zum Bereuen dessen bewegen, was er getan hat.«

Indem er matt aufseufzte, schaute Riordan sich zum Altar um, zu dem großen Kruzifix, das darüber hing, der lebensgroßen, fahlen Gestalt des Dornengekrönten, des Kreuzeskönigs, rötlich angeleuchtet vom Schein des Ewigen Lichtes, das vorm Tabernakel glomm.

»Ich verstehe deinen Kummer, mein Sohn«, entgegnete Riordan ebenso leise. »Auch ich habe für ihn gebetet. Ich begreife nicht, wie ich mich dermaßen in ihm täuschen konnte. So deutlich schien er berufen zu sein, ein so ...« Befremdet schüttelte er das Haupt, ließ er neut einen Seufzer vernehmen. »Wie auch immer, man hat ihn bereits auf den Weg nach Valoret gebracht. Wenn's ... so abläuft, wie's in den meisten derartigen Fällen geschieht, wird man ihn ... in ein, zwei Monden zurückbringen ... zur Hinrichtung.«

Zur Hinrichtung ... auf dem Scheiterhaufen ...

Denis erschauderte, neigte das Haupt auf die gefalteten Hände, schloß die Lider, als vermöchte er dadurch den Gedanken an ein so grausames Geschick zu verscheuchen, doch im Geiste erzeugte sein Vorstellungsvermögen dafür um so scheußlichere Bilder. Nur einmal bisher, als er noch ein Junge war, hatte er einen Menschen verbrannt werden sehen.

»Ich weiß«, hörte er Riordan äußern und zuckte zusammen, als sich des Geistlichen Hand schwer auf seine Schulter legte, »es ist ein schrecklicher Tod. Du darfst dich nicht mit derlei Gedanken belasten. Eines nur mag als Trost dienen: Daß die Flammen ihn von seinen Sünden läutern werden. Und vielleicht werden die Gebete jener, welche allein seine edlere Seite kannten, dazu beitragen, daß der Herrgott, wenn Jorian am Tag des Jüngsten Gerichts vor Seinen Thron tritt, ihm Barmherzigkeit schenkt.«

Denis hatte darüber volle Klarheit, daß Riordan es wahrhaft gut meinte, dennoch verabscheute er — weil er nicht anders konnte — die frömmlerische Wiederholung all der wohlfeilen Floskeln, wie Menschen sie seit zwei Jahrhunderten über die Deryni verbreiteten, aus dem Mund dieses Mannes. Er wankte zurück zu seinem Bett, fast blind von Tränen des Zorns, von denen er hoffte, daß Riordan sie seinem weichen Gemüt zuschrieb. Noch lange schluchzte er in sein Kissen, ehe er schließlich für die wenigen Stunden, die noch bis zu den Laudes verblieben, in ruhelosen Schlaf sank.

Über eine Woche verstrich, bis Denis endlich doch eine Möglichkeit hatte, sich allein in der Sakristei aufzuhalten, als er nämlich damit an der Reihe war — nach einer Wochentags-Messe —, die Gefäße auszuwaschen und das Linnen zu ordnen. Mittlerweile ließen sich jedoch keinerlei Übrigbleibsel der Vorgänge während der Priesterweihe mehr feststellen. Er hatte auch nicht mehr erwartet, noch irgend etwas entdecken zu können.

Wiederum um eine Woche später aber ergab sich für Denis die Gelegenheit, seinen Verdacht seinem älteren Bruder Jamyl mitzuteilen, welcher ihn eines lauen Sonntagnachmittags besuchte. Herr Jamyl Arilan glich bei Hofe einem leuchtkräftigen Schweifstern, er war Busenfreund und Vertrauter des jungen Königs Brion Haldane, seit kurzem Mitglied im Kronrat Brions und zudem — wovon jedoch nicht einmal Brion etwas ahnte — ein Deryni von höchst umfangreicher, gründlicher Ausbildung. Außer jenen bei Hofe kannte Jamyl weitere mächtige Freunde, Deryni von sehr hohem Rang, denen sogar die Lehrmeister der Gebrüder Arilan unterstanden. Denis gab sich der Hoffnung hin, Jamyl könnte für ihn womöglich bei *ihnen* Beistand erlangen.

»Grundgütiges *Jesulein*, Denis, vernähm ich's nicht von dir, ich tät's nie und nimmer glauben«, sprach Jamyl mit gedämpftem Tonfall, nachdem Denis ihm durch das gesprochene Wort sowie geistige Übermittlung alles kundgetan hatte, was er über Jorians Entlarvung wußte. »Was du da erzählst ist wirklich unglaublich ... und wenn's dennoch die Wahrheit ist, wird's nahezu unmöglich sein, etwas dagegen zu tun, ohne unsere Leute unter dem Gefolge eines jeden Bischofs in Gwynedd zu haben. Vielleicht solltest du deine Absicht verwerfen.«

Das schwere Gewicht, welches sich in Denis' Magengrube gebildet zu haben schien, drohte ihm nun in die Kehle emporzusteigen. Er hatte bereits befürchtet, daß sein Bruder ihm diesen Rat gäbe.

»Jamyl, das ist vollständig ausgeschlossen. Welche Begründung sollte ich denn nennen? Im Februar soll ich der Priesterweihe zuteil werden. Ich habe mich *zu gut* geführt, als daß ich einen Rückzieher machen könnte. Nähme ich so kurz nach Jorians Entdeckung von meinem Vorhaben Abstand, würde man sehr wohl den Grund erraten, und dadurch kämen wir alle in Gefahr. Überdies muß ich's schon um Jorians willen tun.«

Jamyl neigte das Haupt, schlug die Spitze einer Reitpeitsche gegen seine Stiefel, betrachtete den Untergrund zwischen seinen Füßen.

»Jorians Mißgeschick wird ein böses Ende nehmen, das dürfte dir klar sein«, antwortete er ruhig. »Ich lasse dir fortwährend über den Verlauf seines Gerichtsverfahrens berichten, aber mehr kann selbst ich mir in dieser

Angelegenheit nicht erlauben. Seit der Nacht, als man Jorian ergriff, befindet er sich in der Gewalt von de Nores Inquisitoren. Der Jüngling weiß zu wenig, um jemanden mit ins Unglück reißen zu können ... außer dich, mag sein, und womöglich mich ...«

»Jorian wird uns niemals verraten ...« begann Denis eine hitzige Erwiderung.

»Gemach, gemach, ich habe nicht behauptet, er tät's. Aber man verliert allmählich mit ihm die Geduld. Und wenn sie zuletzt alle Nachsicht ablegen ...«

Beschwerlich schluckte Denis. »Ich weiß«, flüsterte er. »Pater Riordan sagt, er wird auf dem Scheiterhaufen sterben.«

»Pater Riordan ist ein gut unterrichteter Mann«, bemerkte Jamyl dazu in nichtssagendem Ton.

Denis rang mit dem Klumpen, welcher in seiner Kehle zu stecken schien, und schaute zur Seite, blinzelte Tränen aus seinen Augen. »Und der König?« meinte er nach einem flüchtigen Weilchen des Schweigens zaghaft. »Vermag *er* nichts zu erwirken? Er haßt uns Deryni nicht.«

Traurig schüttelte Jamyl das Haupt. »Eine Sache ist's, Denis, bei Hofe den einen oder anderen Deryni zu dulden, aber jemanden in Schutz nehmen zu wollen, der gegen das Kirchenrecht verstoßen hat, ist eine völlig andere Sache. Über mich weiß Brion nicht Bescheid, und der junge Alaric Morgan ist nur ein Halbderyni und Sohn eines Mannes, welcher Brions Vater sehr nahestand. Zudem zählt er erst dreizehn Lenze. Doch Jorian de Courcy hat nicht bloß dem Kirchenrecht getrotzt, sondern auch versucht, sich in die Rangordnung der Kirche einzuschleichen. Das können die Bischöfe ihm nicht durchgehen lassen, und Brion kann sich in die Geschäfte der Kirche nicht dreinmengen, ohne sich selbst Anfechtungen auszusetzen. In der Vergangenheit haben die Bischöfe im Hinblick auf die gleichsam magische Haldane-Begabung gewohnheitsmäßig stets ein Auge zugedrückt, sollte jedoch ein Haldane-König ihnen zuviel zumuten, könnt's durchaus dahin kommen, daß sich dazu ihre Einstellung wandelt.«

»Und wie steht's mit deinen derynischen Freunden?« erkundigte sich Denis. »In ihrem Auftrag sind wir unterwiesen worden. Von ihnen stammte das Geheiß, Jorian und ich sollten in die Reihen der Priesterschaft eindringen. Mag sein, sie sind dazu außerstande, *ihm* noch zu helfen — und ich bin mir darin sicher, daß er dafür Verständnis aufbringen wird, weil er wußte, 's ist damit ein Wagnis verbunden —, aber wär's nicht denkbar, daß sie nun, da ich herausgefunden habe, welcher Art die Gefahr ist, uns helfen, etwas dagegen zu tun?«

»Ich werde nachfragen, ob sie's können«, gab Jamyl zur Antwort.

»Du wirst's?« Erstaunt starrte Denis seinen Bruder an. »Glaubst du, 's wird ihnen möglich sein?«

»Versprechen kann ich dir nichts, aber selbstverständlich werde ich mich danach erkundigen. Kannst du das Seminar für ein paar Tage verlassen?«

»Wahrscheinlich nicht vor Weihnachten. Für die Zeit um Sankt Martin ist ein wichtiges Ereignis angekündigt ... So wollen's jedenfalls die Gerüchte unter den Priesterschülern wissen. Auf alle Fälle sind uns allen die Heimreisen gestrichen worden.«

»Du weißt's nicht?« frug Jamyl mit einem seltsamen Ausdruck der Gequältheit in der Miene.

»Was weiß ich nicht?«

»An Sankt Martin wird man ihn verbrennen, Denis.«

II

Während der fast drei Monate bis zum Martinsfest erhielt Denis von seinem Bruder nur einen einzigen, kurzen Brief. Rein äußerlich besehen, umfaßte das

Schreiben lediglich Nachrichten aus dem Kreise der Familie. Dem Siegel des Briefs jedoch vermochte Denis zusätzliche Mitteilungen zu entnehmen; derynische Magie hatte sie dem Siegel eingeprägt, und sie waren ausschließlich einem Deryni zugänglich, überdies allein jenem, dem die Botschaft galt.

Die Kunde erwies sich als schlecht, soweit sie das Schicksal Jorian de Courcys betraf. Jamyl zufolge hatte das erzbischöfliche Kirchengericht Jorian in der Tat zum Tode verurteilt und seine Hinrichtung, welche beim *Arx Fidei* stattfinden sollte, auf den Martinstag festgesetzt, um ein zur Abschreckung geeignetes Beispiel zu geben. Doch immerhin hatten Jamyls derynische Freunde, wenngleich sie Jorian keinen Beistand mehr leisten konnten, gewisse Vorstellungen von einer für Denis möglichen Hilfe.

Es wird jedoch vonnöten sein, die Einzelheiten mit dir selbst zu besprechen, gab Jamyl ihm durchs Siegel zu wissen. *Das Vorgehen, welches wir im Sinn haben, wird höchst gefahrvoll sein, sowohl für dich wie auch für jene, welche dir helfen wollen, aber sie wollen es wagen, wenn du es gleichfalls willst. Sei daher nicht überrascht, wenn du kurz nach Sankt Martin Nachricht erhältst, ich sei schwer erkrankt und könnte gar sterben. Das wird dein Vorwand sein, um für einige Tage nach Hause kommen zu dürfen.*

Denis' Heimreise sollte allerdings eine andere, eine schauervolle Reise vorausgehen, keine Reise von Denis, sondern Jorians Fahrt empor in die himmlischen Gefilde. Ganz wie Jamyl angesagt, verbrachten die Oberen der Kirche Jorian zurück zum *Arx Fidei*, damit seine Mitschüler mit eigenen Augen ansehen könnten, wie es jenen Deryni erging, welche den vermessenen Versuch unternahmen, Gottes Gesetz zu umgehen. Niemand, weder der Abt selbst, noch der jüngste, erst vierzehnjährige Seminarist, durfte der Hinrichtung fernbleiben.

Der Martinstag dämmerte klar und herrlich schön heran, das helle Morgenlicht verhieß einen Tag, wie man ihn im November nur selten erlebte, dem frühmorgendlichen Wind merkte man noch kaum eine Vorwarnung des kommenden Winters an. Beim Morgengebet vertrat Pater Riordan den Abt, dieweil Calbert sich mit dem Erzbischof und seinen Mitarbeitern, welche am Vorabend mit dem todgeweihten Jorian eingetroffen waren, zurückgezogen hatte. Danach führte Riordan die Seminaristen auf den Vorplatz der Klosterkirche, wo sich unterdessen etliche Dutzend Schüler benachbarter Klosterschulen sowie eine Handvoll neugieriger Außenstehender, die einmal einen Deryni verbrennen sehen wollten, versammelt hatten.

Denis erkannte den Freund kaum wieder, als man den verhärmten, ausgemergelten Jorian, der unterwegs fortgesetzt strauchelte, in Ketten zu dem in der Mitte des Vorplatzes in den Erdboden gerammten Pfahl zerrte. Keine Blutergüsse, von Peitschenhieben verursachte Striemen oder sonstige Anzeichen körperlicher Folterungen ließen sich an seiner Erscheinung bemerken, aber selbst aus einigem Abstand vermochte Denis nachgerade jede einzelne Rippe zu zählen. Aufgrund der Ausdruckslosigkeit seines Angesichts sowie des Eindrucks allgemeiner Verstörtheit, welchen er erweckte, zog Denis die Schlußfolgerung, daß er auch jetzt unter dem Einfluß von *Merascha* stand, und fragte sich, ob man ihn wohl während sämtlicher Monde seiner Gefangenschaft in dieser Verfassung — umnachtet durch die Droge — gehalten haben mochte.

Eines jedoch wußte Denis genau: Fast ohne Aufschub hatte man Jorian seiner priesterlichen Eigenschaften entkleidet, ihn unbarmherzig der einzigen Vorrechte beraubt, welche ihm, indem das Verderben heranrückte, ein gewisses Maß an Trost hätte spenden können. Ähnlich unnachsichtig hatte man dafür gesorgt, daß Jorian nicht länger wie ein Priester *aussah*. Ein aus grobem Wollstoff gewobenes, um seine Hüften geschlungenes Tuch war an diesem Morgen sein einziges Kleidungsstück; ihm war nichts zugestanden worden, was sich als Gewand, Rock oder gar geistliche Tracht hätte einstufen lassen. Eine zusätzliche Erniedrigung bedeutete es, daß er sich weder Bart noch Schopf hatte scheren, auch die Tonsur nicht hatte beibehalten dürfen. Auf einem Platz voller säuberlich barbierter Männer und Jünglinge mit Flaum auf den Wangen erschien einzig Jorian mit wildem Bart; und gleichsam zur Krönung der Niederträchtigkeit hatte jemand ihm rund um die zugewachsene Tonsur wirr das Haar beschnitten, so daß sich nicht einmal noch erkennen ließ, wo sich die Tonsur zuvor befunden hatte, und auf diese Weise war ihm sogar dies Zeichen seines vorherigen geistlichen Standes genommen worden.

Überdies mußte Jorian de Courcy als Exkommunizierter und ohne die Gnade der Sakramente sterben. Vor dem Morgengebet hatte Riordan den Priesterschülern das Dokument der Aburteilung verlesen; dabei hatte seine Stimme so stark gezittert, daß ihn zu verstehen einige Mühe kostete, denn der Vorsteher der Novizen hatte Jorian sehr geschätzt. Danach hatte Riordan eine kurze Predigt über Gewissensfragen und Mitgefühl gehalten und darauf verwiesen — ohne Jorian namentlich zu erwähnen —, daß mitleidige Menschen es ohne weiteres mit ihrem Gewissen vereinbaren könnten, während des stummen Gebets, das bevorstand, für jedweden Sünder zu beten, welcher ihnen am Herzen liegen mochte.

Diese an sich geringfügige Bekundung der Güte verlangte nichtsdestotrotz Mut, dieweil Riordan sich damit eine strenge Rüge oder sogar den Verlust seiner Stellung eingehandelt hätte, wären seine Darlegungen von Gefolgsleuten des Erzbischofs belauscht worden; die grundsätzliche Haltung der Kirche zu den Deryni gestattete nämlich nicht die gelindeste Milde. Doch es waren nur Priesterschüler zugegen, und alle empfanden wohl eine viel zu tiefe Betroffenheit und Aufwühlung, als daß es jemandem eingefallen wäre, sobald sie die Häupter still zum Gebet senkten, Riordans Worte als verfehlt zu bewerten. Während der darauffolgenden Stille bediente Denis sich seiner Deryni-Kräfte, um die Gefühle verschiedener Mitschüler in seinem näheren Umkreis zu ermitteln — unter herkömmlichen Umständen eine unverzeihliche Verletzung der seelischen Unantastbarkeit —, und er fand es tröstlich, daß nahezu jeder von ihnen Jorians Geschick aufrichtig beklagte. Daraus schöpfte er die Hoffnung, daß der langgehegte Haß wider die Deryni vielleicht einstmals dort schwinden mochte, wo sein Fortfall das größte Gewicht besaß, denn diese jungen Leute rings um Denis verkörperten die zukünftige Führung der Kirche; und das Volk pflegte ihr auf den Weg, den sie beschritt, zu folgen. Bis dahin konnte Denis möglicherweise, sollte ihm da, wo Jorian gescheitert war, Erfolg beschieden sein, selber daran mitwirken, die Kirche von innen heraus dahin zu beeinflussen, daß sie gegenüber den Deryni eine Einstellung der Mäßigung und Duldung einnahm.

Der persönliche Trost all dieser Überlegungen blieb für Denis allerdings gering, derweil er nun zuschaute, wie die Henkersknechte des Erzbischofs Jorian an den Pfahl ketteten. Während sie die Ketten über Jorians bloßer Brust strammzogen, die Arme indes frei ließen, kam Erzbischof de Nore in Begleitung seines Kaplans und Abt Calberts heraus auf die Freitreppe der Klosterkirche; Calbert wirkte, als müßte er sogleich selbst in Ohnmacht sinken, denn die Gelehrsamkeit der Schulen bereitete auch Äbte nicht auf das vor, dessen er heute Zeuge werden sollte. De Nores Erscheinen veranlaßte die Menge der Zuschauer zu einem erwartungsvollen Gemurmel, und Jorian erbebte sichtlich, wiewohl er den Blick nicht zum Erzbischof lenkte. Denis versuchte, ihn auf geistigem Wege zu erreichen, um ihm, falls irgendwie möglich, Tröstung zu gewähren, bemühte sich fast bis an die Grenzen seiner Kräfte darum, doch bereits ein verschwommenes Ertasten von Jorians durchs *Merascha* umnachtete Gemüt erwies sich als unerträglich, und Denis mußte auf weitere Versuche verzichten.

Angesichts der Ungerechtigkeit des Geschehens beinahe in Tränen aufgelöst, zog sich Denis voll der Verzweiflung ins eigene Innere zurück, schlang seine Arme um den Brustkorb, wünschte vergebens, er könnte noch etwas tun — irgend etwas —, um dem Freund das Los, welches seiner harrte, zu erleichtern; aber ihm standen dazu keinerlei Möglichkeiten offen. Jorian mußte mit Gott allein zum Tröster in seine letzte Prüfung gehen; Denis blieb es versagt, ihm Hilfe zu geben.

Indem er den Ingrimm niederrang, der auch ihm den Untergang bescheren mochte, wenn er ihn nicht meisterte, unterwarf Denis seinen Geist streng den Übungen des Betens, derweil de Nore vortrat, den Bischofsstab in der Faust, und eine ausgedehnte Predigt hielt, welche sich mit der Schlechtigkeit aller Deryni befaßte und Genugtuung darüber zum Ausdruck brachte, daß heute diesen Angehörigen jenes verworfenen Geschlechts, welcher da am Pfahl stand, die gerechte Strafe ereilen sollte. Jorian harrte nur teilnahmslos des Kommenden, die Hände ungebunden, doch hingen sie ihm schlaff an den Seiten, ganz als ob ihn nicht länger noch irgend etwas kümmerte — bis de Nore endlich seinen Sermon endigte und geruhsam eine Fackel ans Reisig hielt, welches man rings um die Füße des ausgestoßenen Geistlichen aufgeschichtet hatte.

Ein Aufkeuchen, halb der Billigung, halb des Entsetzens, raunte durch die Menge der Versammelten, als das Holz Feuer fing, die Flammen stetiger brannten, sodann höher emporzüngelten, angefacht von einem böigen Herbstwind. Da regte sich Jorian, hob die kräftigen Hände zu einer bemitleidenswert schwächlichen Gebärde der Abwehr, entlockte damit einigen Zuschauern Rufe der Schmähung und des Hohns, weil sie darin einen neuen Beweis der Vermessenheit dieses Deryni-Ketzers sahen, welcher schon die Anmaßung besessen hatte, sich zum Priester berufen zu wähnen.

Dann aber erhob Jorian den Blick über die Häupter seiner Marterer, und es hatte ganz den Anschein, als suchte er nach etwas auf den Dächern der umstehenden Klostergebäude. Die Mehrheit der Zuschauer vermeinte ohne Zweifel, er spähte nach etwas aus, was ihm Grund zur Hoffnung auf Rettung oder Heil sein könnte; Denis hingegen erriet fast sofort, um was es Jorian ging. Jorian de Courcy bewahrte seinem Glauben bis zum Ende die Treue, er forschte nach einem Kreuz; doch de Nore hatte ihn so an den Pfahl ketten lassen, daß er kein Kreuz im Blickfeld hatte.

Hätte Denis seine Deryni-Kräfte zum Zwecke der Vernichtung aufbieten können, er hätte in diesem Augenblick mit äußerstem Vergnügen den Erzbischof zur Hölle geschickt; aber darin war er noch nicht unterwiesen worden, und später war er darüber froh, keiner wirklichen, ernsthaften Versuchung ausgesetzt gewesen zu sein. Unterdessen zeigte der edelmütige Jorian sich de Nore zum Trotze gar wacker, er lehnte, die Augen geschlossen, das Haupt an den Pfahl, faltete ruhig die Hände auf dem Busen, während die Flammen näherloderten, schon seine Füße und das Lendentuch versengten, und dem Anschein nach blieb er unempfindlich für den Schmerz, welchen das Feuer verursachen mußte, indem es mit stets stärkerer Glut loderte.

Denis vermochte diesen Anblick kaum zu verkraften, aber zwang sich um Jorians willen zum Hinsehen, fest dazu entschlossen, dieses Ereignis unauslöschlich seinem Gedächtnis einzuprägen, für alle Zukunft, damit Jorians Vorbild und die Sache, für welche er den Tod erleiden mußte, seinen Gedanken niemals fern sein sollte. Jorian de Courcy war weder der erste derynische Märtyrer, welcher dem Haß und Grimm der Menschen zum Opfer fiel, noch der letzte, doch Denis neigte zu der Ansicht, daß er sicherlich zu den tapfersten zählte. Bis zum

Ende ließ Jorian keinen Laut der Klage vernehmen. Denis war der Überzeugung, den genauen Augenblick zu spüren, in dem Jorians Seele seinen gemarterten Leib floh, und er entbot dem Freund auf geistiger Ebene ein stummes Lebewohl, als sie sich alles Irdischen entledigte und gen Himmel schwang, sich Gottes Hand anvertraute. Und dann, während das Feuer Jorians weltliche Überreste schwärzte und entstellte, die Zuschauer mit merklichem Mißbehagen untereinander murmelten, erklang plötzlich eine noch knabenhafte Stimme über den Platz. »*Sacerdos in aeternum!*«

Sacerdos in aeternum ... Priester in Ewigkeit. Den Wahrheitsgehalt dieser Feststellung wagte nicht einmal die Kirche zu leugnen. Das Urteil des Kirchengerichtes mochte Jorian seiner priesterlichen Eigenschaften entkleidet haben, aber die heilige Auszeichnung, welche der Seele eines Priesters bei der Weihe widerfuhr, konnte so wenig rückgängig gemacht werden wie eine Salbung zum König. Tatsächlich stammte der Brauch, einen König weihevoll zu salben, noch aus einer Zeit, als Könige nicht allein Herrscher übers Volk waren, sondern zudem deren Priester, und das Ritual der Krönung hatte sich allmählich aus der Priesterweihe entwickelt. Was Gott durch die Sakramente Seiner Kirche jemandem zusprach, vermochte durch bloße Sterbliche nicht aberkannt zu werden, ob der Empfänger nun Deryni war oder nicht.

Folglich bedeutete der Ausruf *Sacerdos in aeternum* eine peinliche Erinnerung an die vorerwähnte Wahrheit und erzeugte bei den Zuschauern ein Schweigen der Bestürzung. Denis wußte nicht, wer den Ruf ausgestoßen hatte — obwohl ein aufsässiger Teil seines Gemüts insgeheim wünschte, *er* hätte es getan —, und später gab weder jemand es zu, noch wollte irgendwer wissen, wer es gewesen sein könnte. Ganz offenkundig war jeder Anwesende, als er den Ruf vernahm, mit aller Deutlichkeit darauf hingewiesen worden, daß Jorian de Courcy *wirklich* in Ewigkeit Priester war, unabhängig davon, was er ansonsten gewesen sein mochte; das letzte Urteil konnte jetzt nur Gott allein über ihn fällen.

Aber wenngleich mit dem Erschallen des Ausrufs aller Hohn und Spott verstummten, auf dem Platz sich eine beinahe andächtige Stille ausbreitete, derweil eine rußige Rauchsäule immer höher emporquoll, Flammen den Pfahl umbrausten, konnte nichts über die hochgradige Gräßlichkeit des irdischen Geschehens hinwegtäuschen, dieses feurigen Vernichtens eines lebendigen Geschöpfs. Sein gesamter Verstand, sowohl dessen derynischer Bestandteil wie auch die allgemeine menschliche Vernunft, sagte Denis, daß Jorian de Courcy nicht länger in der verschrumpften Leibeshülle hauste, welche da im Feuer zuckte, deren geschwärzte Glieder die Hitze verkrümmte, daß diese Bewegungen lediglich das Ergebnis der Einwirkung des Feuers auf grobstoffliche Materie war und keineswegs ein verzweifeltes letztes Winden eines Lebenden in unerträglicher Qual.

Doch Anblick und Gestank des schmorenden Fleischs riefen gefühlsmäßige Aufwühlungen hervor, wie Vernunft oder Verstand sie nicht zur Gänze mäßigen konnten, vor allem nicht bei den Jüngeren. Ebensowenig vermochten sie körperliche Folgewirkungen endlos hinauszuschieben. Denis war weder der erste in der Versammlung, der sich hinkauern und das Haupt auf die Knie senken mußte, um nicht in Ohnmacht zu fallen, noch der letzte, und nicht allein er wankte mit starkem Brechreiz vom Platz, als man endlich die Erlaubnis zum Gehen gab, vom Scheiterhaufen nur eine Anhäufung von Glutasche verblieb.

Noch tagelang umwehte der Gestank das *Arx Fidei*, nachdem man Jorians Asche sang- und klanglos in den nahen Fluß gestreut hatte. Als Denis eine Woche später — inzwischen hatte er die erwartete Benachrichtigung von der vorgeblichen schweren Erkrankung seines Bruders erhalten — im Innenhof des Herrenhauses Tre-Arilan, dem Stammsitz seiner Sippe, gelegen bei Rhemuth, das Roß zügelte, wähnte er, er könnte noch immer seinem Reitrock anhaftenden Rauch riechen.

»Tja, ich glaube, ich kann nichts sagen, was dein Gemüt erhellen könnte«, sprach Jamyl in ruhigem Ton, als die beiden Brüder, nachdem eine kurze Begrüßung der Familie sowie des Gesindes stattgefunden hatte, sich schließlich allein in Jamyls Gemach aufhielten. »Ich werde dich nicht um eine Schilderung der Ereignisse bitten, weil du sie bald wiederholen müßtest. Ich werde dich heute abend zu einer Zusammenkunft mit höchst wichtigen Männern bringen, Denis. Ich hoffe, dir ist klar, welches Wagnis wir allesamt eingehen ... und was wir bereits für dich gewagt haben.«

Denis senkte den Blick, kämpfte mit den Tränen, welche er schon seit dem Abritt vom *Arx Fidei* hatte unterdrücken müssen.

»Und wieviel hat *er* gewagt, Jamyl?« gelang es ihm mühevoll mit heiserer Stimme zu raunen. »Er hat, so vermeine ich, den höchsten Preis entrichtet. Ich will *nicht* dulden, daß 's vergeblich gewesen sein soll, selbst wenn ich versuchen müßte, mich in dieser Sache ganz auf mich allein gestellt zu bewähren.«

»Auf ein so entschiedenes Wort aus deinem Munde habe ich gehofft«, antwortete Jamyl, erhob sich und legte in einer Geste des Trostes die Hand auf Denis' Schulter. »Und zudem dürfen wir hoffen, daß genug ist mit dem Sterben. Komm mit! Die anderen warten auf uns.«

Denis kannte den Geheimgang, dessen Zugang neben dem Kamin Jamyl nun öffnete, schloß sich dem Bruder ohne Fragen zu stellen an, als der Ältere Arilan ihn zügig ins Finstere führte, in welcher dann ein jeder von ihnen ein silbriges Hand-Feuer erzeugte, mit welchen sie sich den Weg erhellten. Unbekannt dagegen war ihm das Vorhandensein der Porta Itineris in der kleinen Zeremonien-Kammer am anderen Ende des Geheimgangs gewesen; und auch Jamyls nächste Aufforderung hatte er nicht erwartet.

»Ich habe die Weisung erhalten, dich gleichsam als Blinden an unseren Bestimmungsort zu geleiten«, erklärte Denis' Bruder. »Fürwahr, ich weiß 's kaum zu rechtfertigen, daß ich dich an jene Stätte verbringe, wohin wir gehen, aber die Beförderung eines der Gegenstände, die wir brauchen, wäre zu umständlich. Aber du mußt mir den feierlichen Eid leisten, niemals über das, was du sehen und hören wirst, ein Wort zu sprechen. Auch darf ich keine Fragen beantworten, welche dich unweigerlich, sobald wir zurückgekehrt sind, beschäftigen werden, weder in bezug auf die Örtlichkeit, noch auf die Leute. Hast du mich verstanden?«

Voller Unbehagen schluckte Denis, fragte sich zum erstenmal, auf was er sich da wohl eingelassen hatte.

»Ich versteh's«, beteuerte er.

»Dann mußt du jetzt den förmlichen Eid ablegen«, beharrte Jamyl, wandte kein einziges Mal den Blick seiner Augen, deren Farbe sich am ehesten als dunkles Blau bis Veilchenblau bezeichnen ließ, von Denis, streckte mit nach oben gedrehten Handtellern die Hände aus. »Du mußt einen Wortlaut wählen, welcher völlig unmißverständlich und eindeutig ist, mir dabei deinen Geist zur Einsichtnahme gänzlich öffnen und bei dem schwören, was dir als das Heiligste gilt.«

Ein Schaudern der Ehrfurcht rieselte Denis übers Rückgrat, als er in vollem Umfang erkannte, wie zutiefst ernst Jamyl die Sache war, wie vollauf ernst er seine Forderung meinte. In seinen Füßen fühlte er das Kribbeln der Porta Itineris, ringsum spürte er die Magie des Deryni-Geschlechts, und er öffnete dem Bruder seine Geistesschilde, indem er die Hand in seine Hand legte, es Jamyl ermöglichte, sich dank der geistigen Kräfte, die sie beide besaßen, von der völligen Aufrichtigkeit des Schwurs zu überzeugen.

»Bei meiner Berufung zum Priester und beim Andenken Jorian de Courcys, dessen Priesterschaft ich bei meiner Ehre niemals in Vergessenheit geraten lassen will, schwöre ich, daß ich nicht die kleinste Einzelheit von alldem, dessen Zeuge ich am heutigen Abend werden soll, jemals irgendwem enthüllen werde«, sprach Denis mit leiser Stimme. »Ich werde dies Wissen geradeso unverbrüchlich hüten wie das Beichtgeheimnis. Wenn ich diesen Eid breche, soll mich das Unglück bei allem verfolgen, was ich beginne, und ich bei meinem Trachten nach der Priesterwürde scheitern. Das alles schwöre ich im Namen des Vaters, des Sohnes und des Heiligen Geistes. Amen.«

Erst als er den Schwur vollständig zu Ende gesprochen hatte, entzog er Jamyl die Hand, um sich zu bekreuzigen und zum Zeichen der Besiegelung seinen Daumennagel zu küssen. Er hatte nie einen wichtigeren oder feierlicheren Eid geschworen.

»Hab Dank«, sprach Jamyl gedämpft, hob die Hände und legte sie auf Denis' Schultern. »Ich selbst hatte freilich keine Zweifel an dir, doch müssen die anderen Betroffenen vollkommene Gewißheit haben. Ich werde dich nun zu ihnen bringen. Es ist erforderlich, daß du mir für kurze Zeit uneingeschränkte Gewalt über dich zugestehst.«

Indem er blinzelte, langsam Atem schöpfte und zum Ausdruck der Zustimmung nickte, ließ Denis zu seinem Bruder ein längst vertrautes Geistesband entstehen, senkte beim Ausatmen die Geistesschilde vollends. Während sein Blickfeld sich auf Jamyls Augen einengte, welche im schwachen Lichtschein der Hand-Feuer, deren Leuchtkraft nun nachzulassen anfing, fast aus nichts noch zu bestehen schienen als Augäpfel, merkte er, wie Jamyl seine magischen Kräfte auf ihn ausdehnte, und es war ihm beinahe willkommen, einfach alles fahren lassen zu können, nachdem er sich etliche Monde hindurch der strengsten Selbstbeherrschung hatte befleißigen müssen. Seine Lider flatterten, sanken herab, fast noch bevor Jamyls Rechte seine Braue streifte; als nächstes bemerkte er, daß sie die Porta durchquert hatten, und er wußte nicht, wohin.

»Belasse die Augen geschlossen, bis ich dir sage, daß du sie öffnen darfst«, raunte Jamyl, faßte Denis' rechten Ellbogen und führte ihn vorwärts.

Jamyls geistige Gewalt, welcher er unterlag, hinderte Denis daran, mittels seiner Deryni-Sinne Wahrnehmungen der Umgebung zu ertasten, derweil sie ein paar Dutzend Schritte weit gingen, und er wußte, daß er, wäre er dazu fähig gewesen, widersetzlich zu sein und die Augen aufzuschlagen, nichts gesehen hätte. Er mußte blind und hilflos bleiben, bis es Jamyl beliebte, ihn aus diesem Zustand zu erlösen; die Kenntnis davon bereitete ihm in seiner tiefen Selbstversunkenheit jedoch nicht die allergeringste Besorgnis. Nach Ablauf einer Zeit, welche Denis sehr lange vorkam, ließ Jamyl wortlos ihn in einem Lehnstuhl mit hoher Rücklehne Platz nehmen, vor dem ein Tisch mit anscheinend überaus schwergewichtiger Platte stand. Denis machte sich von dem, was ihn erwarten könnte, keinerlei Vorstellungen; folglich erschrak er nicht, als Jamyl ihm beide Hände auf einen Gegenstand legte, der die Größe eines Menschenhauptes hatte und sich anfühlte wie ein Stück geglätteten Steins, sodann eine Hand in Denis' Nacken senkte und behutsam sein Genick umfaßte.

»Ich werde unsere geistige Vereinigung um zwei weitere Teilnehmer ergänzen, Denis. Ich möchte, daß du uns, sobald wir alle bestens aufeinander eingestimmt sind, deine Erinnerungen an Jorians Priesterweihe zugänglich machst, an all das, was du selbst erlebt, und sämtliches, was du danach vernommen oder erfahren hast. Wir wollen diesen Einblick unverzüglich tun.«

Denis war nicht um seine Einwilligung gebeten worden, und in Anbetracht der Festigkeit von Jamyls geistigem Zugriff war dies ohnehin überflüssig; dennoch erteilte Denis sie freiwillig, versuchte selber am Zustandekommen der dreiseitigen seelischen Vereinigung mitzuwirken, sobald die beiden anderen Beteiligten sich ihr gewandt anschlossen. Obwohl es sich bei Jamyl um einen machtvollen, vorzüglich geschulten Deryni handelte, spürte Denis hinter seiner Wesenheit die ungeheure geistig-magische Kraftfülle der zwei zusätzlichen Teilnehmer. Fast augenblicklich quollen aus seines Gedächtnis Tiefe die Erinnerungen hervor, erschütterten sein Gemüt nahezu ebenso stark wie die tatsächlichen Ereignisse, waren bittersüß in den anfänglichen Teilen, ehe das Unheil hereinbrach; aber er hätte die Empfindungen nicht abgeschwächt, wäre er dazu imstande gewesen, doch so oder so hatte er jedweden Einfluß auf sein eigenes Innenleben abgetreten.

Er glaubte, die geistige Einsichtnahme tapfer durchgestanden, auch tüchtig unterstützt zu haben, als alles offenbart worden war — nachdem das Dreigespann außerdem die Erinnerung an Jorians Hinrichtung abgezapft hatte —, an das er sich bewußt entsann; danach jedoch setzten die drei ihre Untersuchung auf noch tieferer Ebene fort, und alsbald schwanden Denis jegliche Eindrücke seiner selbst und der Umgebung. Als seine Sinne ihm wieder Wahrnehmungen vermittelten, geschah es nicht etwa allmählich; plötzlich saß er da in jenem Lehnstuhl vor zwei Männern, welche er nie zuvor gesehen hatte. Der Tisch, welchen er vorhin bemerkt hatte, stand nun zu seiner Rechten, er war gefertigt aus altem, in Gold gefaßtem Elfenbein; zu seiner Linken hockte Jamyl auf der Armlehne, knetete sanft, indem er bei sich lächelte, die verkrampften Muskeln in Denis' Nacken.

Verspürst du außer denen, welchen ich mich bereits abzuhelfen bemühe, irgendwelche Beschwerden? erkundigte sich gedanklich sein Bruder.

Nein, antwortete Denis lediglich, zu sehr beansprucht von der Gegenwart der beiden Fremden und dem, was sie mit ihm gemacht hatten; es übertraf, wie er begriff, Jamyls Fähigkeiten bei weitem. Der jüngere dieser zwei Männer wirkte kaum älter als Jamyl; auch er lächelte, strich sich zerstreut mit der Hand eine Stirnlocke des weißblonden Haupthaars, welche ihm, obwohl es nur halblang war, ständig über ein Auge fiel, aus den Brauen, in seinen hellen Augen glomm stille Belustigung. Sein Gewand war vom selben kräftigen Blau wie die Grundfarbe des Wappenschilds, das man über seinem Scheitel an der Rücklehne des Lehnstuhls prangen sah; das Wappen wies Pfeilspitzen und Sparren auf, es kam Denis undeutlich bekannt vor, jedoch vermochte er es nicht zuzuordnen.

Der andere Mann mußte wohl über vierzig Jahre zählen, hatte rötlichbraunes, an den Schläfen sichtlich ergrautes Haar, die dunklen Augen in seinem hageren, kantigen Angesicht spiegelten tiefen Ernstmut wider. Über einem Rock von teurem Aussehen trug er die Robe eines Gelehrten, und an den beiden ersten Fingern seiner rechten Hand sah man Tintenflecken. Er beugte sich soeben über den Tisch und breitete ein blaurotes Seidentuch über den größten *Shiral*-Kristall, den Denis jemals erblickt hatte.

»Ein wunderhübsches Stück, nicht wahr?« meinte der Jüngere, und beim Klang seiner ungemein angenehmen, mitteltiefen Stimme merkte Denis sofort auf. »Natürlich, ein *Shiral*. Verschwendet keinen Gedanken an die Kosten eines solchen Kristalls. Ich bin übrigens Stefan.« Er schmunzelte, als Denis ihn verwirrt anzwinkerte. »Das ist Laran, unser Arzt. Und der Jüngling an Eurer Seite ist Jamyl, doch glaub ich, Ihr kennt ihn bereits. Und es kann nicht den winzigsten Zweifel daran geben, daß Ihr ein wahrer Arilan seid, was?« Beim letzten Wörtchen heftete Stefan den Blick mit übermütigem Auflachen auf Jamyl. »Es mag sein, Jamyl, daß Eurer Bruder Euch, was das Maß seiner Befähigung anbelangt, eines Tages übertreffen wird ... Freilich nur, falls wir's schaffen, daß er seine Priesterweihe ungeschoren übersteht.«

Bei dieser Bemerkung schluckte Denis leicht betroffen. Er war es nicht gewöhnt, daß Leute, welche nicht zur Sippschaft zählten, in so unbekümmertem Umgangston zu Jamyl sprachen. Diese Männer mußten ihm in der Tat sehr eng verbunden sein. Als Denis seinen Bruder anschaute, um womöglich von ihm ein Zeichen oder Wort der Klarstellung zu erhalten, setzte sich der Mann namens Laran in den freien Lehnstuhl an Stefans Seite und holte aus seiner Robe ein verstöpseltes Fläschchen, streckte den Arm aus und gab es Denis in die Hand.

»Das ist alles, was gegenwärtig zwischen Euch und der Priesterwürde ein Hemmnis abgibt, Denis Arilan«, sprach Laran. »Wie's sich gezeigt hat, seid Ihr, was das *Merascha* im Meßwein betrifft, vollständig im Recht gewesen.«

Fast ließ Denis das Fläschchen fallen, als er begriff, daß er wahrhaftig etwas von dem mit *Merascha* vermengten Wein in der Hand hielt.

»Seit beinahe zweihundert Jahren rätseln wir an der Frage, wie die Bischöfe es verhindern, daß einer der unserigen zum Priester geweiht wird«, fügte Laran hinzu. »Nun ist das Rätsel gelöst. Bedauerlicherweise ist *Merascha* ein nachgerade aufs vollkommenste geeignetes Mittel, um Deryni zu entlarven. Kein Gegenmittel ist bekannt, weder eines, das man zur Vorbeugung, noch eines, daß man nach der Vergiftung einnehmen könnte, obwohl's uns möglich *ist*, einige der scheußlicheren körperlichen Folgen zu lindern. Bei Menschen wirkt es, selbst wenn es in einer für unsereins tödlichen Dosis verabreicht wird, lediglich als Beruhigungs- und Schlafmittel, und die Stärke der Wirkung ist abhängig von der Dosis und der jeweiligen Person. Die Dosis in diesem Wein reicht vielleicht zum Bewirken leichter Schläfrigkeit.« Mit einem Wink deutete er auf die kleine Flasche, welche Denis noch in der Hand hatte. »Nichts tritt auf, was sich nicht durch die bloße Wirkung starken Weins auf den leeren Magen von jemandem, der ohnehin bereits durchs Bevorstehen der Priesterweihe innerlich angespannt und gefühlsmäßig aufgewühlt ist, erklärt werden könnte, und nichts, was die Aufmerksamkeit auf den einmaligen Gebrauch von Wein von eigenem Vorrat eines Bischofs für die erste Feier der Heiligen Kommunion eines frischgesalbten Priesters lenken müßte. Bei Deryni dagegen ... und folglich leider auch bei Eurem jungen Freund Jorian ...« Laran stieß einen Seufzer aus. »Aber ich brauche ja *Euch* nicht zu erzählen, wie's ihm ergangen ist ...«

Denis schüttelte das Haupt, stellte das Fläschchen vorsichtig auf den Tisch, wischte sich dann voll des Abscheus die Hände an den Beinkleidern.

»Stammt dieser Wein aus de Nores Vorrat?« erkundigte er sich.

»Nein, das nicht«, gab ihm Stefan zur Antwort. »Bislang haben wir noch gar nicht versucht, in den Kreis seines Gefolges einzudringen. Es wird waghalsig genug sein, sich unter seinen Anhang zu mischen, wie's womöglich nötig sein *wird*, um Euch bei Eurer Priesterweihe Beistand zu leisten. Der Wein entstammt der Sakristei eines anderen Bischofs. Und wir haben zudem bei zwei weiteren Bischöfen nachgeforscht.« Er verzog das Angesicht. »Allesamt verfügen sie über einen besonderen Weinvorrat, welcher regelmäßig durch die Verwaltung des Primas' nachgeliefert wird und ausschließlich bei Priesterweihen Verwendung finden darf. Ich muß wohl nicht erst klarstellen, daß jede Lieferung *Merascha* enthält. Also brauchen wir erst gar nicht über die Möglichkeit nachzusinnen, Euch in einer anderen Diözese zum Priester weihen zu lassen.«

»Da ich das Priesterseminar *Arx Fidei* besucht habe, wäre so etwas ohnehin unmöglich«, erläuterte Denis mit leiser Stimme. »Auf keinen Fall wär's denkbar, ohne daß ich eine große Zahl heikler Fragen beantworten müßte, und das wäre so kurz nach Jorians Aburteilung um so gefährlicher. Könnte man nicht den Wein vertauschen?«

Laran nickte. »Genau darüber machen wir uns Gedanken. Es ist uns sogar schon gelungen, eine gewisse Menge unvergifteten Weins der richtigen Traube und desselben Jahrgangs aufzuspüren. Zu unserem Bedauern allerdings bedeutet das noch keineswegs die ganze Lösung.«

»Inwiefern nicht?«

Laran hob die Schultern. »Ei nun, abgesehen von der Schwierigkeit, den Austausch zu bewerkstelligen, ohne dabei ertappt zu werden, fragt's sich natürlich, ob möglicherweise jemand, bei dem's uns außerordentlich unrecht wäre, einen Unterschied im Geschmack feststellen könnte. *Merascha* hat *per se* keinen Eigengeschmack, jedoch einen deutlichen Nachgeschmack, wie wir alle wissen ... Menschen empfinden ihn als weniger stark, aber nichtsdestotrotz ist er vorhanden.«

»Und Ihr sorgt Euch«, sagte Jamyl, »de Nore möchte es, wenn er fehlt, sogleich bemerken.«

»Nun ja, er *ist* dafür berühmt, den Gaumen eines Feinschmeckers zu besitzen«, entgegnete Laran. »Das bietet ihm nicht nur einen überzeugungskräftigen Vorwand, um eigenen Wein mit auf Reisen zu nehmen und davon anderen Bischöfen zum Zeichen der Gunst des Episkopats zu schicken, sondern er feiert auch zur genüge Messen mit herkömmlichem Wein, so daß er mit Genauigkeit wissen dürfte, wie der Wein aus seinem mit *Merascha* vermengten Vorrat schmeckt. Um die Vertauschung des Weins zu verdecken, müssen wir also etwas haben, was einen ähnlichen Nachgeschmack hinterläßt wie *Merascha*, gleichzeitig die Wirkung eines schwachen Beruhigungsmittels, ansonsten jedoch, weder für Menschen, noch für Deryni, keinerlei Nebenwirkungen hat ... Wahrscheinlich bedarf es dazu einer neuen, dementsprechend abgewandelten Vermischung der Bestandteile.« Laran seufzte schwer auf, bevor er seine Darlegungen fortsetzte. »Oder's mag sich zeigen, daß wir uns auf puren Wein verlegen und das Wagnis, daß de Nore etwas merkt, hinnehmen müssen. Dies Vorgehen wäre immerhin besser als Untätigkeit. Wie *Merascha* wirkt, ist uns ja geläufig.«

»Mag sein, unvermischter Wein verkörpert keine so große Gefährdung, wie Ihr glaubt«, äußerte Denis. »Ich wollte wetten, er benutzt welchen für die täglichen Meßfeiern. Sicherlich tät er's nicht wagen, seinen besonderen Vorrat jeden Tag zu verwenden, und sei's allein wegen der Dösigkeit, welche dadurch bei ihm die Folge sein müßte.«

»Hmmm, es möchte sehr wohl so sein, daß er dagegen eine körperliche Unempfindlichkeit entwickelt hat«, wandte Laran ein. »Dennoch hat Eure Überlegung etwas für sich. Anbeträchtlich der Haltung de Nores zu uns Deryni und unter der Voraussetzung, daß er überhaupt *selbst* weiß, weshalb der für die Priesterweihen bestimmte Wein anders schmeckt ...«

Verdutzt drehte Stefan sich Laran zu, blickte ihn an, seine unübersehbare Überraschung unterbrach den Arzt inmitten seiner Erwägungen.

»Gedenkt Ihr damit anzudeuten, er könnte *nicht* wissen, daß der Wein *Merascha* enthält, und jemand anderes sollte dafür die Verantwortung tragen?« frug er mit gepreßter Stimme.

Mit seinen von Tinte verfärbten Fingern vollführte Laran eine Gebärde der Ungeduld, winkte ab.

»Das eine kann wahr sein, oder das andere, Stefan, oder keines von beidem. An und für sich jedoch bleibt's unerheblich. Man treibt's schon seit vielen, vielen Jahren so, derweil die einzelnen Bischöfe kommen und gehen. Aber man denke einmal daran zurück, wie einst alles angefangen haben muß.«

Binnen eines Augenblickchens verwandelte sich der

Arzt Laran in den Gelehrten Laran, die Eindringlichkeit des Lehrmeisters verdrängte den ärztlichen Gleichmut, seine scharfgeschnittenen Gesichtszüge erglühten von Eifer, sobald er in die Rolle des Lehrers schlüpfte. »Die Glaubensfrage von Gut und Böse einmal außer acht gelassen, diente es den Nachfahren der Kirchenfürsten, welche die Festlegungen des Konzils zu Ramos trafen, aufs vorzüglichste, auf dieser Grundlage die Deryni vom Klerus ausschließen zu können«, führte er an. »Dadurch wurde alle geistliche Macht in Menschenhänden geballt, und mit ihr auch eine gar nicht unbeträchtliche weltliche Macht — ein Ergebnis, welches nach menschlicher Auffassung keineswegs als ungerechtfertigt gelten konnte, denn es wußte ja ein jeder, daß der Mißbrauch der Macht der Deryni die erneute Thronnahme der Haldanes sowie alles, was danach geschah, ausgelöst hatte. Wie tief *wir* dergleichen auch beklagen mögen, die Verwendung von *Merascha*, um Deryni von der Priesterwürde auszuschließen, war lediglich eine verstandesmäßig naheliegende Fortsetzung dessen, womit längst der Anfang gemacht worden war, es bot sich nämlich als das am besten geeignete Verfahren an, um zu sichern, daß unsere Volksgenossen niemals wieder Einfluß erlangen könnten, am besten darum, weil die Wirkungsweise des *Merascha* auf einen derynischen Priesteranwärter für jeden, der's nicht besser weiß, den Eindruck erwecken muß, Gottes Zorn strecke den vermessenen, schurkigen Deryni nieder, welcher nach dem heiligen Priesteramt trachtet. Erforderlich war's dazu nur, daß man die fortwährende Anwendung gewährleistete.«

»Eine Aufgabe«, meldete sich Jamyl zu Wort, »welche man den Bischöfen übertrug.«

»Wahrscheinlich ... Auf jeden Fall zum Teil. Doch dieweil man berücksichtigen muß, denkt man einmal in größeren Zeitspannen, daß auch Bischöfe nicht ewig leben, erachte ich's als durchaus des Nachdenkens wert, ob nicht jene frommen Väter zu Ramos einen gesonderten, geheimen Kreis von Beauftragten gründeten, welcher dafür Sorge tragen sollte, daß nur Menschen in den Reihen des Klerus Aufnahme finden, ein Zirkel, der vielleicht noch heute Bestand hat. Mag sein, 's handelt sich um einen kleinen, von der Kirche besonders verhätschelten Orden auserlesener Mönche, ein Kloster womöglich, das einen Weinberg besitzt. Das alles ist, wie ich klarzustellen wünsche, bloße Mutmaßung, verdient aber weitere Beachtung.«

Stefan schnob und verschränkte die Arme auf der Brust. »Ich weigere mich, zu glauben, daß de Nore nicht weiß, was er tut.«

»Ach, es mag ja sehr wohl der Fall sein, daß er *genau* weiß, was er da macht«, gestand ihm Laran zu. »Das schließt indessen nicht zwangsläufig aus, daß es einen geheimen Zirkel gibt, dem's obliegt, dafür die Voraussetzungen zu schaffen. Es kann sich so verhalten, daß das Geheimnis jedem neuen Erzbischof durch einen bestimmten Sprecher selbigen Zirkels weitergereicht wird, dessen Pflicht es ist, zu sichern, daß die Bischöfe anläßlich der Priesterweihen ausschließlich ›eigens gesegneten‹ Wein verwenden, sie wissen, auf was sie achtzugeben haben. Auf welcherlei Weise 's auch getan wird, es bewährt sich: Es gibt jedenfalls keine derynischen Geistlichen oder gar Bischöfe.«

Gegen derartige Schlußfolgerungen wußte Denis nichts einzuwenden, doch erregte Stefan fast den Eindruck, als ob sie ihn verdrössen. Nach einem Weilchen, das eine Ewigkeit zu dauern schien, drosch Stefan den Handballen auf die Armlehne seines Stuhls und ließ einen heftigen Stoßseufzer vernehmen. Laran hatte sich gelassen in den Stuhl gelehnt, wieder ganz das Gebaren eines leidenschaftslosen, mit Scharfsicht begnadeten Arztes angenommen, richtete nun von neuem den Blick auf das Fläschchen Wein, das neben den Männern auf dem Tisch stand.

»Nun wohl«, sprach er in gemütvollem Tonfall, »was wir auch an Erkenntnissen gewonnen oder an Schwierigkeiten unbehoben gelassen haben mögen, derweil ich den großen Gelehrten mimte — ich ersuche alle Anwesenden dafür um Vergebung —, mit aller Wahrscheinlichkeit hat unser junger Freund Denis vollauf recht, wenn er unterstellt, daß de Nore den Wein nicht alle Tage verwendet. Zum einen erübrigt's sich, wenn keine derynischen Umtriebe zu befürchten sind, zum anderen könnte die Wirkung des Schläfrigmachens über einen längeren Zeitraum hinweg sehr wohl gesundheitliche Beeinträchtigungen verursachen. Vielleicht also ist seine Erfahrung hinsichtlich des *Merascha* beschränkt genug, daß er den Austausch vergifteten gegen unvermischten Weins *nicht* bemkert.«

»*Vielleicht* ist keine hinlängliche Klarheit«, sprach Jamyl gedämpft, rutschte von der Armlehne an Denis' Stuhl, auf welcher er bislang gehockt hatte, begann ruhelos hin- und herzuschreiten. »Wir verhandeln über das Leben meines Bruders.« Er tat noch ein paar Schritte, die Daumen hinten in seinen Gürtel gehakt, dann blieb er stehen, schaute sich nach den übrigen Männern um.

»Gehe ich richtig in der Annahme, daß wir's schlichtweg nicht wagen können, de Nore selbst zu beeinflussen?« fragte er nach. »Es müßte ja ohne weiteres machbar sein, dafür zu sorgen, daß er den Wein eigenhändig vertauscht und danach selbige Handlung einfach vergißt.«

»Das wäre ganz und gar kein kluges Handeln«, sprach Stefan. »Jegliche Beeinflussung de Nores könnte, das ist denkbar, zur Ungültigmachung von Denis' Priesterweihe führen, falls man sie jemals nachträglich entdecken sollte.«

»Und wie stünd's mit einem Vertrauten de Nores?« meinte Denis. »Ihr habt erwähnt, Ihr seid in den Umkreis anderer Bischöfe vorgedrungen, um Proben ihres

Weins zu beschaffen. Ist derlei etwa nicht mit Beeinflussung einhergegangen?«

»Gewiß ist's das«, gab Laran zu. »Aber nicht sie werden Euch zum Priester weihen.«

»Tja, dann wüßte ich einen anderen Vorschlag«, sprach Denis, hatte plötzlich einen Einfall. »De Nore trinkt ein Schlückchen vom Wein, ehe er ihn den neuen Priestern zwecks Feier der Kommunion überläßt. Es ist sein Kaplan, der den Kelch vollends leert und zum Schluß die Absolution vornimmt. Vielleicht wär's weniger verwerflich, auf *ihn* Einfluß auszuüben. *Er* ist am Vollzug der Priesterweihe nur mittelbar beteiligt.«

Laran setzte eine Miene auf, als hätte er ernste Bedenken, während Stefan langsam zu nicken anfing.

»Unser junger Freund, so will's mir scheinen, hat uns damit einen gewichtigen Hinweis gegeben. Wie lautet der Name von de Nores Kaplan? Gorony? *Goronys* Geschmackssinn ist's, den wir täuschen müssen, Laran, nicht de Nores. Und Gorony ist's, der sich in der allergünstigsten Lage dazu befindet, einen Austausch des Weins auszuführen. Was müßte man tun, um zu vermeiden, daß er beim Wein eine leichte Veränderung des Geschmacks bemerkt?«

»Eurerseits«, frug Laran, indem er Stefan einen eigentümlichen Blick zuwarf, »oder meinerseits?«

Erneut schnob Stefan, über sein Angesicht glitt ein etwas verzerrtes Grienen, allerdings so flüchtig, daß Denis schon im nächsten Moment bezweifelte, es wirklich gesehen zu haben.

»Wir werden uns damit beschäftigen«, lautete Stefans geheimnisträchtige Antwort. »Nun jedoch wird's spät, und wir sollten die Zusammenkunft beenden. Aber ich vertrete die Ansicht, Denis sollte wissen, was ihm bevorsteht, im Falle daß uns kein Erfolg vergönnt sein wird.« Er ergriff die Flasche mit dem vergifteten Wein. »Habt Ihr einen Becher und ein wenig Wasser zur Hand, Laran?«

Derweil Denis ihn erschrocken anstarrte, machte sich Stefan daran, die Flasche zu entstöpseln. Laran verließ die Stube, doch Denis bemerkte es kaum.

Sicherlich konnten sie doch unmöglich in allem Ernst von ihm verlangen, daß er ohne Umstände — nach dem, was Jorian erlitten hatte — *Merascha* trank?! Er hatte im Rahmen seiner Ausbildung freilich schon mit der Droge Bekanntschaft geschlossen, aber was sie nun von ihm erwarteten, war doch etwas anderes: Dies war der Wein, der Jorian verraten und dem Tod ausgeliefert hatte!

»Es *kann* dahin kommen, daß Ihr den Wein bei der Priesterweihe zu Euch nehmen müßt, sollte irgend etwas unsere Absicht vereiteln«, sprach Stefan, beantwortete damit Denis' unausgesprochene Frage, während er das leere Glas nahm, welches Laran brachte, bedächtig Wein hineinfüllte. »Wenn Ihr wißt, auf was Ihr gefaßt sein müßt, besteht zumindest eine geringe Aussicht, daß 's Euch gelingt, die Wirkung zu verhehlen. Bevor Ihr uns heute nacht verlaßt, werden wir Euch etwas geben, was wenigstens den übelsten Folgen entgegenwirkt. Ist das ungefähr die rechte Menge?«

Er hielt das Glas in die Höhe, zu einem Viertel gefüllt mit dunklem Wein von kräftigem Aussehen, und Denis versuchte, derweil ihm das Herz im Busen hämmerte, sich das Glas als de Nores Meßkelch vorzustellen.

»Ihr müßt nun Wasser hinzuschenken«, brachte er mühsam im Flüsterton heraus.

Gelassen ließ Stefan sich von Laran ein zweites Glas reichen, welches diesmal Wasser enthielt, hob es über das mit dem vergifteten Wein gefüllte Glas und begann Wasser hineinzugeben; doch sofort unterbrach er sein tun, streckte das Wasser Denis entgegen.

»Es dünkt mich klüger, Ihr macht's. Euch ist bekannt, wieviel 's sein muß.«

Denis' Hände zitterten, während er das Glas nahm und Wasser in das andere Glas schenkte; es wurde zuviel.

»Ihr müßt noch ein wenig Wein hinzufügen«, hörte er sich sagen, als Laran ihm das Wasser abnahm, in seiner Arzttasche nach eine Beutel mit Arznei zu kramen anfing. »Ich habe etwas mehr als beabsichtigt hineingetan.«

»Wieviel würde de Nore hinzufügen?« frug Stefan, füllte ganz langsam Wein nach, bis Denis ihm ein Zeichen gab, daß er aufhören sollte.

»Ich weiß es nicht«, gestand Denis. »Ich habe noch nie mit ihm die Messe gefeiert ... und mit keinem anderen Bischof. Ich ... ich glaube, bei einer Priesterweihe würde er nur eine geringe Menge Wasser nehmen ... dieweil ja vom Wein soviel abhängt ...«

Sein Stimme verklang, während Stefan das Fläschchen zur Seite stellte, und er mußte die Hände ganz fest in seinem Schoß falten, um ihr Zittern zu unterbinden.

»Leider muß ich Eurer Überlegung zustimmen«, sprach Stefan seelenruhig, trat mit dem Glas ein wenig näher. »Doch besinnt Euch noch einmal, ehe Ihr nun trinkt. Einen wie großen Schluck wolltet Ihr unter gewöhnlichen Umständen nehmen, und wie klein könnte er ausfallen, ohne daß Ihr dadurch Verdacht erregt?«

Denis schloß kurz die Lider, stellte sich in Gedanken de Nores großen edelsteinbesetzten Meßkelch vor. Er würde, damit man ihn bemerkte, einen tüchtigen Schluck trinken müssen.

»Nun ist's soweit«, hörte er Stefan, der nun dicht vor ihm stand, leise sagen, und des Weinglases Rand berührte seine Lippen. »Denkt an meine Worte.«

Beinahe willenlos hob Denis die Hände, um das Glas zu halten, derweil Stefan es neigte, damit er trinken konnte. Denis hatte niemals die Heilige Kommunion durch die Hostie und auch den Abendmahlskelch empfangen, denn dies Vorrecht stand allein Geistlichen und Bischöfen zu. Der Wein war von vollem, fruchtigem Geschmack, und Denis blieb sich darüber im unklaren, ob er den erwarteten Nachgeschmack des *Merascha*, als er nachdrücklich schluckte, Stefan das Glas wegstellte, überhaupt kostete. Während er trank, war Laran hinter ihn getreten, hatte eine kühle Hand seitlich an Denis Hals gelegt, um mittels seiner Deryni-Sinne das Eintreten der Wirkung zu beobachten.

»Tja«, meinte Stefan verhalten, indem er das Glas Jamyl weiterreichte, der das Geschehen sorgenvoll mitanschaute, »ich muß bekennen, ich habe nie eine nähere Untersuchung darüber vorgenommen, was für Züge Geistliche nehmen, wenn sie Meßwein schlürfen, aber wie Ihr's getan habt, wirkte auf mich überaus überzeugungskräftig.« Er legte ein Gebaren der vollständigsten Geruhsamkeit an den Tag, als er sich in den Stuhl lehnte, aber sein Blick wich nie von Denis' Angesicht. »Bemüht Euch darum, Euch so wenig von Euren Beschwerden anmerken zu lassen, wie's überhaupt nur möglich ist«, forderte er Denis auf. »Nach meiner Schätzung werdet Ihr sie ungefähr für eine Stunde erdulden müssen, wenn's bei Eurer Priesterweihe Ernst werden sollte, bevor Ihr Euch ohne Aufsehen zurückziehen könnt, falls nicht gar länger. Aber wenn wir ein gewisses Maß an Glück haben, wird's wohl nicht nötig sein. Sagt an, habt Ihr das *Merascha* schmecken können?«

Inzwischen schmeckte Denis es tatsächlich, es hinterließ auf seiner Zunge einen leicht bitteren Nachgeschmack. Er tat sein Bestes, um ihn zu beschreiben, sich dessen bewußt, daß Laran vermittelst seiner Deryni-Wahrnehmung immer tiefer in sein Inneres hineintastete, um jede Einzelheit, jede noch so winzige Kleinigkeit seiner Empfindungen zu erfassen und sich einzuprägen, jedoch verspürte er alsbald, wie die Droge ihre Wirkung des Umnachtens auf seinen gesamten Geist auszudehnen begann, ihn unwiderstehlich in der gräßlichsten Weise — so fühlte er es, obwohl er wußte, hier war er in Sicherheit — zu trüben anfing. Er vermochte ein bißchen länger als Jorian durchzuhalten, indessen keinesfalls lange genug, um eine ganze Messe und die anschließenden Feierlichkeiten durchzustehen. Die Dosis untertraf offenbar jene, welche man ihm bereits während der Ausbildung verabreicht hatte, aber die Folge beschränkte sich darauf, daß die Wirkung langsam eintrat, nicht wie ein Faustschlag ins Angesicht. Er versuchte nicht daran zu denken, wie es für Jorian gewesen sein mußte, der ja ein zweites Mal aus dem Meßkelch zu trinken erhalten, dem danach in der Sakristei noch ein drittes Mal Wein gereicht worden war, fast mit Gewißheit abermals aus de Nores eigenem Vorrat.

In seinem Schädel pochte es, er konnte kaum noch irgend etwas sehen, als Laran sich zu guter Letzt seiner erbarmte und ihm ein zweites Glas Wein mit einem hilfreichen Mittelchen einflößte, um dem *Merascha* zumindest ein klein wenig entgegenzuwirken. Wie Jamyl ihn später durch die Porta Itineris beförderte und ins Bett schaffte, erlebte er nicht mehr bewußt mit. Ungefähr zur Mittagsstunde des nächsten Tages erwachte er für kurze Zeit, nur so lange, daß er seine Notdurft verrichten und noch eine Dosis des Mittels einnehmen konnte, welche Laran am Vortag Jamyl mitgegeben hatte; sein Haupt schmerzte noch immer, und er kroch sogleich zurück in die Federn. Am darauffolgenden Morgen hatte er sich weitgehend erholt, doch verblieb ihm nur ein Weilchen Zeit für eine rasche Unterredung mit Stefan und Laran, bevor er, dieweil sein Urlaub ablief, zum *Arx Fidei* zurückreiten mußte. Diesmal kamen die beiden nach Tre-Arilan, und man versammelte sich verschwörerisch in Jamyls kleiner Zeremonien-Kammer.

»Ich wünschte sehr, ich könnte Euch mehr Ermutigung bieten«, sprach Stefan, während Laran in seiner Arzttasche suchte und Denis angespannt zuschaute. »Wir haben einen Plan ausgeheckt, von dem wir *glauben*, er kann sich bewähren, doch ist's weit sicherer für sämtliche Beteiligten, wenn Ihr ihn nicht kennt.«

Er erhielt von Jamyl einen leeren Becher und eine Karaffe mit Wasser, streckte den Becher Laran hin, der ihn zur Hälfte mit Wein füllte.

»Was ist das?« wollte Denis im Flüsterton wissen. »In etwa einer Stunde muß ich mich auf den Rückweg zur Priesterschule begeben.«

»Das ist Larans Antwort auf Erzbischof de Nores greulichen Wein«, entgegnete Stefan und reichte den Becher Denis. »Es ist erforderlich, daß Ihr den Geschmack überprüft, denn mit hinlänglichem Glück werdet Ihr bei Eurer Priesterweihe dies und nicht de Nores Gemisch trinken. Gedenkt Ihr das Wasser hinzuzufügen, oder soll ich's tun?«

»Ich tu's«, versetzte Denis darauf halblaut, gab unruhig die entsprechende Menge Wasser dazu. »Was befindet sich drin?«

»Ach, dies und jenes«, sprach Laran, indem er schmunzelte; es war das erste Mal, daß Denis, soweit er sich zu besinnen vermochte, ihn lächeln sah. »Ich bin des festen Glaubens, daß die Wirkung im wesentlichen dem gleicht, was Menschen nach der Einnahme von *Merascha* verspüren. Ihr allerdings dürftet wenig zu leiden haben.«

Denis *hoffte*, er würde nicht viel spüren, als er den Becher an den Mund setzte, um zu trinken, gleichzeitig Laran auch diesmal seine inneren Vorgänge mittels der Deryni-Sinne zu beobachten begann. Für seine Begriffe war der Geschmack der gleiche, ein etwas bitterer Nachgeschmack trat wenige Augenblicke nach dem Schlucken auf; allerdings stand zu beachten, daß er keinen so verfeinerten Geschmackssinn hatte, wie er ihn sich nun wünschte. Mit zwanzig Lenzen war er nun einmal noch kein sonderlicher Weinkenner.

»Aber wenn Gorony *doch* einen Unterschied feststellen kann?« meinte er, derweil er der Wirkung harrte, welcher Art sie auch sein mochte. »Oder angenommen, 's mißlingt Euch schlichtweg, den Austausch zu bewerkstelligen?«

»Was denn, wolltet Ihr Euch etwa jetzt noch drücken?« erwiderte Stefan. »Freilich, genügend Zeit bleibt Euch ja, das steht außer Frage ... Indes könnte sehr wohl das Ergebnis sein, daß Jamyl und seine gesamte Sippe, sollte je irgendwer darauf verfallen, daß der Grund für Euren Rückzieher nichts anderes ist als Euer Derynitum, aus Gwynedd fliehen müssen.«

Beschwerlich schluckte Denis, denn er besaß vollständig darüber Klarheit, daß Jamyls Entfernung aus dem Kronrat die Deryni den geringfügigen Gewinn kosten müßte, welchen sie im Verlauf des vergangenen Jahrzehnts errungen hatten.

»Wenn man mich entlarvt«, sprach Denis kaum vernehmlich, »wird's ohnedies dahin kommen. Jamyl, wirst du zugegen sein?«

Jamyl stieß ein schallendes Gelächter aus. »O ja, kleiner Bruder. Ich kann's mir kaum erlauben, das zu versäumen, meinst du nicht auch?«

»Also bist du an der Durchführung des Plans beteiligt.«

»Ich verkörpere, so muß ich's leider wohl schildern, einen Teil der Schwierigkeit wie gleichermaßen einen Teil der Lösung.«

»Wir werden für Euch alles tun, was in unserer Macht und unserem besten Können steht, Denis«, beteuerte Stefan leise. »Bei Gott, wir wünschen wirklich und wahrhaftig nicht, daß Euch eine Wiederholung von Jorians Schicksal ereilt. Aber wenn's denn wahrlich Euer Entschluß ist, Priester zu werden — und wir brauchen Euch *aufs allerdringlichste* in den Reihen der Kleriker —, dann könnt Ihr, wie ich zu meinem Bedauern mit aller Klarheit sagen muß, keinen anderen Weg beschreiten.«

»Weshalb darf ich Euren Plan nicht erfahren?« erkundigte sich Denis. »Schließlich geht's ja um mein Leben. Habe ich somit kein Recht, über ihn Bescheid zu wissen?«

»Bedauerlicherweise handelt's sich um keine Sache

irgendeines ›Rechts auf Bescheidwissen‹. Es ist eine Sache der Gefahr für uns andere Beteiligte, welche uns ernstlich drohte, falls der Plan fehlschlägt und man Euch gefangen nimmt. Soviel wir wissen, hat Jorian nichts ausgeplaudert — damit soll beileibe nicht unterstellt werden, daß Ihr's tätet —, aber möchtet Ihr Euch neben allem anderen auch darum noch Sorgen machen müssen? Wenn alles so verläuft, wie's soll, werdet Ihr keine Veranlassung zu Befürchtungen haben, es könnten irgendwelche Seltsamkeiten oder Mißliebigkeiten geschehen. Und falls unser Vorhaben mißlingt ... Nun, was dann folgt, wißt Ihr selbst in aller Deutlichkeit.«

Eben das war es, was Denis Sorge bereitete, aber er mußte eingestehen, daß sich Stefans Äußerungen nicht widerlegen ließen. Was er nicht wußte, das konnte er nicht verraten, und er nahm an, daß seine Deryni-Sinne, wenn er sie auf das empfindsamste benutzte, sie mit aller Schärfe aufbot, um während der Priesterweihe die Lage ständig unter Beobachtung zu halten, ihn bezüglich des Laufs der Dinge einigermaßen unterrichten konnten. Immerhin würde ja auch Jamyl anwesend sein. Er hoffte jedoch, daß sein Bruder auch einen Plan für eine mögliche Flucht ersonnen hatte, sollte ein Entweichen sich als notwendig erweisen.

»Nun wohl«, sprach er und gähnte. »Wenn alle bereit sind, bin ich's auch. Werde ich vor Mariä Lichtmeß noch einmal irgendeine Nachricht erhalten?«

Laran lachte gedämpft auf, beendete nunmehr seine Einblicknahme in Denis' Innenleben, schüttelte das Haupt, als Denis noch einmal gähnte. »Mag sein ... Aber erwartet's nicht. Sagt, wie fühlt Ihr Euch dabei, wenn ihr auf das Gemisch wie ein Mensch anspricht?«

»Was meint Ihr damit?«

»Wie ich bereits erwähnte, hat das, was Ihr getrunken habt, auf Euch die gleiche Wirkung wie *Merascha* auf Menschen. Fühlt Ihr Euch nicht ein wenig ermüdet?«

Denis lachte und schüttelte seinerseits das Haupt, während er abermals gähnen mußte.

»Ich werde doch wohl nicht im Sattel einschlummern, oder?«

»Nein. Es dürfte nicht schlimmer werden, als Ihr's gegenwärtig verspürt. Wenn Ihr in der Abtei eintrefft, müßtet Ihr wieder in prächtiger Verfassung sein.«

Seine Ankunft in der Abtei war indessen das aller*letzte*, worüber Denis sich beunruhigte, derweil er sich hastig verabschiedete und sich auf den Rückweg zum *Arx Fidei* machte. Vielmehr stellte sich ihm die Frage, wie er die nächsten, fast noch vollen drei Monde bis Mariä Lichtmeß überstehen sollte, und ob diese Frist ausreichte, so daß seine Mitverschworenen erledigen konnten, was *sie* an Vorbereitungen zu leisten hatten.

III

Am Morgen jenes Tages, da seine Priesterweihe stattfinden sollte, blieb Denis Arilan äußerlich ruhig, während Elgin de Torres ihm in einem Winkel der Bibliothek beim Ankleiden half. Allerdings hatte seine Ruhe etwas von innerlicher Betäubtheit an sich, denn seit er am Ende des Novembers Tre-Arilan verließ, hatte er von jenen, welche ihm Grund dazu gegeben hatten, ihrerseits Rettung zu erhoffen, ja nicht einmal von seinem Bruder irgendeine Kunde bekommen. Der Besuch daheim hatte ihn um seinen eigentlich in der Weihnachtszeit fälligen Urlaub gebracht, und zwar mit der Begründung, seine Abwesenheit hätte in seinen Kenntnissen eine Lücke hinterlassen, welche er in Anbetracht seiner nahen Priesterweihe unbedingt aufholen müsse. Denis hoffte, daß das tatsächlich der einzige Grund war, und gab sich alle Mühe, um nicht darüber nachzugrübeln, was das Schweigen seiner Bundesgenossen alles an Unerfreulichem bedeuten könnte.

Wenn nun irgend etwas sie daran gehindert hatte, ihren Plan — wie dieser Plan denn auch beschaffen sein mochte — in die Tat umzusetzen? Wenn ihn nun das gleiche Los wie Jorian ereilen, er in der Stunde seines höchsten Glücks, welche er sein Lebtag lang ersehnt, des Höhepunkts seines Strebens nach der Priesterwürde, als Deryni enttarnt und dem Tode ausgeliefert werden sollte?

Er versuchte zu beten, während er sich die Stola eines Diakons über die Schulter breitete und Elgin sie an seiner Hüfte befestigen ließ, wiederholte bei sich unablässig die richtigen Worte, aber es gelang ihm nicht, Jorian aus seinen Gedankengängen zu verdrängen. Ebensowenig vermochten es, so vermutete er, die vier übrigen Priesteranwärter, welche sich zur gleichen Zeit wie er ankleideten, einer dabei stiller als der andere. Jorians Geschick hatte jeden Seminaristen des *Arx Fidei* zutiefst erschüttert, doch wußte niemand außer Denis, daß nicht Gott den unglückseligen Deryni-Priester entdeckt hatte, sondern daß Menschen es getan hatten. In einer jener Unterrichtsstunden, in denen die Grundsätze der Sittlichkeit gelehrt wurden, hatte Charles FitzMichael, ein Priesterschüler, welcher am stärksten mit Denis um die höchsten Auszeichnungen des Seminars wetteiferte, sogar die Kühnheit zu der Frage besessen, was denn jemandem geschähe, der von seinem Derynitum gar nichts wüßte und die Priesterwürde erstrebte. Würde ein gerechter, aber liebevoller Gott einen solchen ahnungslosen Unschuldigen zerschmettern?

Abt Calbert hatte darauf keine wohlfeile, fertige Antwort geben können, und dieser Mangel hatte zur Folgeerscheinung, daß in der nächsten Woche Verlauf die Hälfte aller Seminaristen sich recht bang und zaghaft betrug — denn es war durchaus denkbar, Deryni zu sein und es *nicht* zu wissen, berücksichtigte man die Verfolgungen der vergangenen zweihundert Jahre sowie die Tatsache, daß zahlreiche Deryni sich ganz einfach ins

Verborgene zurückgezogen hatten, ihr Derynitum verhehlten und ihre Begabung verleugneten, ihren Kindern und Enkeln verschwiegen, wer sie wirklich waren und was. Tatsächlich, *jeder* mochte ein Deryni sein, ohne es zu ahnen!

So sah es jedenfalls grundsätzlich aus. Denis neigte zu der Ansicht, daß jemand derynischen Blutes, vor allem wenn er Unterweisung in den Verfahren der inneren Selbstversenkung und der geistigen Zucht erhielt, deren Meisterung man von Priesteranwärtern verlangte, irgendwann wenigstens einen *Verdacht* fassen mußte; das jedoch änderte nichts an der Bedeutsamkeit der ursprünglichen Fragestellung. *Würde* ein Gott der Gerechtigkeit wie auch der Liebe einen unwissentlichen Übertreter des Verbots, falls nicht Menschen es taten, selber bestrafen?

In getuschelten Gesprächen zwischen den Unterrichtsstunden, auf dem Weg zur Kirche oder nach Beginn der Nachtruhe kamen Denis' Mitschüler schließlich mehrheitlich darin überein, obwohl es ihnen einiges Mißbehagen bereitete, daß Gottes Gerechtigkeit und Seine Liebe in derartig gelagerten Fällen sehr wohl zueinander in Gegensatz geraten mochten, und wer wollte darüber entscheiden, welche Erwägungen bei Ihm dem einen oder anderen den Ausschlag verliehen?

Einerseits *hatte* Gottes Kirche den Deryni die Priesterwürde verboten; deshalb wäre es von Gott *gerecht,* jeden zu strafen, der es sich anmaßte, diesem Bann zu trotzen.

Andererseits hatte die entgegengesetzte Überlegung das gleiche Gewicht. Wenn nämlich Gott nicht nur unendlich gerecht war, sondern auch ein Quell unendlicher Liebe, würde Er — *könnte* Er es überhaupt — einen gottesfürchtigen Sohn verurteilen, welcher nicht aus Vermessenheit ungehorsam war, sondern aus Unkenntnis?

All diese Spitzfindigkeiten des Denkens halfen indessen Denis nicht im mindesten, dieweil er genau wußte, was er da begann, aber bedeuteten einen gewissen Trost für Charles, Benjamin und die zwei weiteren Anwärter, die heute ihre Priesterweihe empfangen sollten, einen Jungmannen namens Melwas sowie einen stämmigen llaneddischen Jüngling mit Namen Argostino. Denis konnte nur darum beten, daß sein Begriff von Gerechtigkeit mit Gottes Gerechtigkeitsbegriff übereinstimmte, und daß er und die übrigen Deryni, welche Ihm und Seiner Gerechtigkeit zu dienen wünschten, dazu imstande wären, die Hürden, die ihnen Haß und Furcht der Menschen auf ihrem Weg errichteten, zu überwinden.

Unvermutet hatte es den Anschein, als sollte sein Gebet zumindest teilweise erhört werden, sobald Abt Calbert die Bibliothek betrat, um gewohnheitsmäßig ein letztes Wort an die Priesteranwärter zu richten, begleitet von Lehrern der Klosterschule und mehreren auswärtigen Geistlichen. Denis vermochte sich nicht des Eindrucks zu erwehren, daß einer der fremden Priester eine bemerkenswerte Ähnlichkeit mit dem Deryni Stefan aufwies, obschon er leicht hinkte und sein Haupthaar nicht hellblond war, sondern von mit Grau gesträhntem Braun.

Denis versuchte, den Mann aus der Nähe zu betrachten, während die Schüler unterer Ränge, welche den Anwärtern beim Umkleiden geholfen hatten, die Bücherei verließen, Calbert die Kandidaten zu sich winkte, damit sie sich um ihn scharten, wagte sich jedoch nicht zu auffällig zu betragen. Auch traute er sich nicht, im geistigen Bereich eine Verbindung aufzunehmen zu versuchen, denn manche Menschen spürten eine solche seelische Berührung.

Es schien, als redete Calbert stundenlang, und sein Übermaß an Worten verschwamm in Denis' Ohren zu einem sinnentleerten Einerlei. Erst nachdem er verstummt war, die fünf Anwärter sich auf sein Geheiß hinter ihm aufreihten, blickte der unbekannte Priester auf einmal Denis in die Augen, und es bestätigte sich, er war kein anderer als Stefan.

Heute sind viele Geistliche von auswärts anwesend, empfing Denis einen klaren Gedanken Stefans, indem derselbe im Vorbeischreiten Denis an der Schulter faßte, wie um beim Aufreihen der Anwärter für den Einzug aus der Bücherei in die Klosterkirche behilflich zu sein. *Der Erzbischof wähnt, ich sei ein Priester aus Calberts Umgebung, hingegen glaubt Calbert, ich sei mit de Nore angelangt. Bewahre Gelassenheit. Der Austausch des Weins WIRD stattfinden.*

Sofort entfernte sich Stefan gemeinsam mit den restlichen Klerikern, fast ehe Denis die Mitteilung richtig verstanden hatte.

Der Austausch des Weins *wird* stattfinden. Also war er *noch nicht erfolgt*. Und wenn er nun vereitelt würde?

Denis konnte fühlen, wie in seiner Magengrube ein Beben einsetzte, derweil er sich als zweiter in der Reihe langsam vorwärtsschob, er vermeinte, sein Herz wummerte laut genug, um des Chors »*Confitebor tibi, Domine, in toto corde meo*« — Aus meinem ganzen Herzen, o Herr, will ich Dich preisen — zu übertönen. Ein jüngerer Schüler reichte ihm eine angezündete Kerze, als er durchs Portal die Kirche betrat, und er nutzte Wärme und Flackern des Flämmchens sowie den honigsüßen Duft des Bienenwachses, um seine Unruhe zu bändigen. Er durfte sich seine Furcht nicht anmerken lassen.

Er versuchte die Tatsache zu übersehen, daß die Kirche diesmal noch dichtgedrängter gefüllt war mit Gläubigen als beim letzten Mal. Der Besuch eines Bischofs in einer Pfarrei zog stets viel Volk an, jedoch mutmaßte Denis, daß wenigstens einen Teil der Zuschauer nicht de Nores Anwesenheit angelockt hatte, sondern die Geschichte vom Geschehen anläßlich der letzten im *Arx Fidei* gefeierten Priesterweihe. Dicht an dicht standen in den Seitengängen Menschen. Verzweifelt überlegte Denis, wo wohl Jamyl stecken mochte.

Bald allerdings wurde es ihm möglich, über Jamyls Anteil bei des Plans Verwirklichung gewisse Vermutungen anzustellen. Derweil nämlich die Prozession gemächlich den Mittelgang durchmaß, allen voran Prozessionskreuz, Kerzen und Weihrauch, die Stimmen des Chors unentwegt zu Gottes Ehren das Loblied sangen, bemerkte Denis, wie Malachi de Bruyn und ein zweiter Jungschüler sich abseits bereithielten, um einen kleinen, mit einer schneeweißen Decke gedeckten Tisch in den Mittelgang zu tragen, sobald er und die übrigen Kandidaten ihn verlassen hatten. Auf dem Tisch befanden sich außer zusätzlichen Meßgefäßen mit Brot, das im Laufe der Messe gesegnet werden sollte, auch die Kännchen mit dem zur heutigen Verwendung bestimmten Wein und Wasser.

Ja, freilich! Nach der Priesterweihe brachten ja Anverwandte der neuen Geistlichen, wie es der Brauch war, die Gaben des Brots und Weins nach vorn, auf daß man sie bei der Heiligen Kommunion benutzte. Unzweifelhaft würde auch Jamyl dabei sein. Denis vermochte sich nicht auszumalen, wie sein Bruder diese Aufgabe zu bewerkstelligen gedachte, doch es mußte *Jamyl* sein, der den Austausch vorzunehmen hatte.

Bei dieser Einsicht verspürte er einige Erleichterung, welche sodann um so mehr wuchs, als er gleich darauf *tatsächlich* Jamyl im linken Chorgestühl stehen sah, unweit der Chorschranken. Jamyls Gemahlin und sein Sohn fehlten; ohnehin hatte Denis aber mit deren Teilnahme nicht gerechnet, dieweil die Gefahr berücksichtigt werden mußte, die jedem mit dem Namen Arilan drohte, falls man ihn enttarnte. Schon in der Weihnachtszeit hatte Jamyl sie an einen sicheren Aufenthaltsort gesandt, an welchem sie verbleiben sollten, bis es keine Gefahren mehr gab.

Aber konnte es denn fürwahr *König Brion* sein, der da zur Linken Jamyls stand? Grundgütiger Herrgott, der *König* war doch sicherlich nicht auch in die Verschwörung verwickelt?

Es *war* Brion, erkannte Denis alsbald, indem er in einer Reihe mit den anderen Anwärtern unterhalb der Altarstufen, unmittelbar vor den Chorschranken, Aufstellung bezog, dann niederkniete, so wie sie, die Kerze andächtig vor sich erhoben. Jamyl mußte eine noch weit engere Freundschaft mit dem König pflegen, als Denis es sich je auch nur im Traum vorzustellen getraut hätte, denn daß ein König einer Priesterweihe beiwohnte, durfte als einzigartige Ehrung der Kandidaten gelten. Offenbar hatten inzwischen *alle* Anwesenden Kenntnis von der Gegenwart des Königs. Vielleicht war *sie* der Anlaß für die zahlenmäßig starke Teilnahme am heutigen Morgen, nicht die hämisch-gehässige Hoffnung, es könnte erneut einem Deryni die Maske herabgerissen werden. Sogar der Erzbischof verharrte, um sich in des Königs Richtung zu verbeugen, bevor er seinen Platz einnahm, um sich der Befragung der Anwärter zu widmen.

Die nächste halbe Stunde verbrachte Denis in einem regelrechter Benommenheit vergleichbaren Zustand. Er sprach auf die zeremoniellen Fragen, sobald sie ihm gestellt wurden, die zeremoniellen Antworten. Zusammen mit den vier Kollegen streckte er sich der Länge nach aus und lauschte einer scheinbar endlosen Litanei der Anrufung von mehr Heiligen, als er überhaupt kannte. Danach verblieb er, nachdem der Erzbischof jedem der nun vor ihn geknieten Anwärter zum erstenmal die Hände aufs Haupt gesenkt hatte, mit seinen Glaubensbrüdern auf den Knien, derweil sämtliche restlichen anwesenden Geistlichen vortraten und ihnen zusätzlich ihren Segen spendeten. Mittels seiner Deryni-Sinne ließ er seelische Eindrücke von jedem der Kleriker auf sich einwirken, wenn jedes Paar Hände kurz seinen Scheitel berührte, um sich sogleich weiterzubewegen zum nächsten Anwärter, und es ermutigte ihn geradeso, was er dabei ersah, wie es ihn bestürzte.

Einigen Priestern war innere Unruhe anzumerken, anderen Unsicherheit... Etliche betrachteten die Segnung nur als ihnen eingefleischte, überkommene Handlung ohne tiefere spirituelle Bedeutung, deren Vollzug man halt von ihnen erwartete ... Bei einigen wenigen grenzte die Anteilnahme insgeheim an richtiggehende Langeweile ... Beim größten Teil jedoch stellte Denis — ungeachtet aller sonstigen Empfindungen — ein ehrliches Anliegen fest, den Wunsch, eine ununterbrochene apostolische Nachfolge zu sichern, ganz wie man es schon bei jedem dieser Geistlichen durch dessen Weihung zum Priester getan hatte, es während einer Zeitspanne von über fünfzig Jahren geschehen war durch eine Vielzahl Bischöfe verschiedenerlei Grades der Rechtschaffenheit und Heiligkeit. Zumindestens diese Art von *Magie* — die Weitergabe der göttlichen Vollmachten — ward selbst seitens der allem Althergebrachten am stärksten verpflichteten Prälaten der kirchlichen Hierarchie gebilligt, und ebensowenig wäre es einem von ihnen in den Sinn gekommen, gegen das Magische der Eucharistie-Feier, wie sie sich der Priesterweihe anzuschließen pflegte, irgendwelche Bedenken anzumelden.

Auch Stefan kam nach vorn; zwar war er kein wirklicher Priester, doch in seinem Mangel an tatsächlicher geistlicher Hoheit unterschied er sich kaum von einigen anwesenden echten Klerikern, und auf alle Fälle bestärkte die Botschaft, welche er Denis übermittelte, als er ihm flüchtig die Hände auf das geneigte Haupt legte, aufs beträchtlichste Denis' Hoffnung.

Alles läßt sich vorzüglich an, teilte Stefan ihm mit. *Sei guten Mutes. Und möge Gott dich segnen und behüten, junger Deryni-Priester!*

Denis schwelgte während des gesamten Rests der Weiheriten in Stefans frommer Anempfehlung, wagte es sogar, sich von der gänzlich underynischen Magie der Vorgänge nahezu bis zur Verzückung hinreißen zu lassen, als man ihm die Hände mit dem gesegneten Salböl salbte, auf daß sie um so würdiger zur Handhabung aller Bestandteile der Eucharistie wären, und ihn ausstattete mit dem Meßgewand und den sonstigen äußerlichen Zeichen der Priesterschaft. Und keineswegs streckte Gott ihn seiner Maßlosigkeit halber nieder ... Aber auch Jorian war nicht vom Verhängnis getroffen worden, ehe er in seiner Eigenschaft als neuer Priester das höchste Sakrament hatte begehen wollen.

Als der Augenblick anbrach, da Denis damit an der Reihe war, begann er, was er zu tun hatte, mit dem kühlen, nüchternen Bewußtsein dessen, daß seine Prüfung nun erst bevorstand. Ließ man des Erzbischofs Hinterlist einmal außer acht, welcher Sterbliche konnte denn schon reinen Gewissens darüber Aussagen machen, *wann* ein erzürnter Gott Seine gerechte Strafe verhängte? Oder wer hätte mit Gewißheit verneinen können, daß möglicherweise das *Merascha* als solches für Gottes Grimm das Werkzeug abgab? Gott wirkte meistens durch sterbliche Stellvertreter. Welches Bedürfnis sollte Ihn dazu verleiten, regelrechte Wunder zu tun, solange Ihm gewöhnliche Hilfsmittel zur Verfügung standen?

Die Messe ward an der Stelle wiederaufgenommen, da man sie zum Zwecke der Priesterweihe unterbrochen hatte. Während der Chor das Offertorium sang, stand Denis mit seinen gleichfalls just zu Geistlichen geweihten Brüdern neben dem Erzbischof, der Versammlung zugewandt, und beobachtete, wie Jamyl und andere Angehörige der neuen Priester ihre Plätze verließen, die Gaben des Brots und Weins brachten. Jamyl war es gelungen, das Meßkännchen mit dem Wein an sich zu nehmen — durch behutsame Lenkung vermittels derynischer Beeinflussung geistiger Art war die Aufmerksamkeit der übrigen Mitwirkenden wohl auf andere Gegenstände des Kultbedarfs gerichtet worden —, doch Denis erkannte in seines Bruders Miene keinen Hinweis darauf, ob er den Austausch schon vollzogen hatte. Auch als sich ihrer beider Hände streiften, sobald Jamyl ihm das Meßkännchen übergab, erhielt er auf geistiger

Ebene keinen Bescheid über den Stand der Dinge. Jamyls Geistesschilde blieben undurchdringlich.

Denis befürchtete das Schlimmste. Warum sonst sollte sich Jamyl dergestalt von ihm absondern? Er hoffte, nicht den eigenen Tod in den Händen zu halten, als er das Meßkännchen auf das Vorlegebrett stellte, welches der Erzbischof von Benjamins ältlicher Mutter entgegengenommen hatte, und es kostete ihn alle Mühe, dem Gefäß nicht nachzustarren, als sich de Nore kurz umdrehte und beides Pater Gorony reichte, der schon bereitstand, es nun nahm und zum Altar trug. Das Herz pochte ihm im Halse, während er sich — so selbstverständlich, als wäre alles in schönster Ordnung — an den ihm für die gemeinsame Feier der Heiligen Kommunion bestimmten Platz begab, von da aus mitanschaute, wie de Nore das Brot als Opfer darbrachte, und zusammen mit den anderen, wie im Traum, die dazugehörigen Gebete sprach.

»*Suscipe, sancte Pater, omnipotens aeterne Deus, hanc immaculatam hostiam* ...« Heiliger Vater, allmächtiger und ewiger Gott, nimm dieses makellose geweihte Opfer an, das ich, Dein unwürdiger Diener, Dir darbringe, meinem lebendigen und wahren Gott ...

Als nächstes war die Reihe am Meßkelch. Mit eindrucksvoller Sorgfalt, die an pomphafte Umständlichkeit grenzte, ließ de Nore seinen Kaplan Gorony aus dem Kännchen in den großen, mit Juwelen geschmückten Abendmahlskelch gießen, segnete dann das Wasser, fügte davon jedoch nur einige wenige Tropfen hinzu.

»*Offerimus tibi, Domine, calicem salutaris* ...« Wir bringen Dir, o Gott, den Kelch des Heils dar ...

Insgeheim befürchtete Denis, für *ihn* könnte es ganz und gar kein Kelch des Heils sein — jedenfalls nicht in *dieser* Welt —, doch jetzt gab es keinen Weg zurück mehr. Falls der Austausch des Weins nicht hatte bewerkstelligt werden können, blieb ihm nichts anderes noch übrig, als auf ein Wunder zu hoffen. Denis glaubte an Wunder, vermochte sich aber nicht vorzustellen, daß ausgerechnet er für ein solches ausersehen sein sollte. Und kein Wunder hatte Jorian gerettet, von dem Denis der Meinung war, daß er es weit eher verdient gehabt hätte.

Wie ein Benommener durchlebte er die Beweihräucherung, das Lavabo und die nachfolgenden Gebete, sprach richtig alle angebrachten Worte und vollführte die vorgeschriebenen Handlungen, sein ganzes Herz indessen galt nur einem einzigen Flehen.

O Du Herr mein Gott, in Dich setze ich mein Vertrauen, betete er. *Beschütze mich wider alle, die mir nachstellen wollen, und behüte mich vor ihrer Feindschaft ... Sollte indes mein Tod Dir am besten dienen, so biete ich mich Dir freimütig als Opfer dar, so wie ich auf Deinem Altar dies Brot und diesen Wein opfere ... Aber kann mein Leben auf Erden Dir nicht weitaus dienlicher sein ...?*

Der Chor sang das *Sanctus* in süßeren Klängen, als Denis sie je zuvor vernommen hatte — *Heilig, heilig heilig!* —, und er versuchte, die Freude, welche sie in seinem Gemüt hervorriefen, ohne Vorbehalte auszukosten, als er die Hände der zerbrechlichen, weißlichen Hostie entgegenhob, die der Erzbischof zum Zwecke der mystischen Verklärung in die Höhe hielt, flüsterte die Worte der Wandlung mit aller Festigkeit und Inbrünstigkeit seines Glaubens.

»*Hoc est einem corpus meum.*« Dies ist mein Leib ...

Das Läuten der Altarschellen versetzte ihn in tiefe, ehrfürchtige Andacht, derweil er und die anderen Priester des Erzbischofs Verbeugungen und sein jeweiliges Wiederaufrichten nachahmten, und er wagte es kaum, seinen Blick auf den Abendmahlskelch zu heften, den der Erzbischof nun als nächstes in die Höhe hob, wild rangen Glaube und Furcht in seinem Herzen miteinander, während er de Nores Worte nachsprach.

»*Simili modo postquam coenatum est, accipiens et hunc praeclarum calicem in sanctas ac venerabilis manus suas.*«

Auf gleiche Weise nahm Er, nachdem Er gegessen hatte, diesen prächtigen Kelch in Seine heiligen und ehrwürdigen Hände ...

Hilf, o Gott, denn der Fromme schwebt in Bedrängnis, und den Gläubigen droht unter den Menschenkindern Gefahr! betete Denis.

»*Hic est einem calix sanguinis mei* ...« Dies ist mein Blut des Bundes, das für viele vergossen wird zur Vergebung der Sünden. Tut dies zu meinem Gedächtnis!

Dank einer Magie, welche nichts mit Derynitum oder Menschsein zu schaffen hatte, *ward* Denis in diesem Augenblick das Opfer, in uneingeschränkter Unterwerfung opferte er sein Lebensblut als Gabe auf, so wie einst Christus, wie auch Jorian es getan hatte. Während der übrigen Gebete, welche noch der Kommunion vorangingen, erfüllte der tiefste, ungetrübte Friede Denis, und danach fiel er mit den anderen auf die Knie, um erst vom Brot, dann vom Wein zu empfangen. Die Hostie berührte seine Zunge leicht wie Tau; und als de Nore ihm den großen Meßkelch an die Lippen setzte, er die Hände an das Gefäß legte, um es ein wenig zu stützen, da hatte er nur einen einzigen Gedanken.

In Deine Hände, o Herr, empfehle ich meinen Geist. Dein Wille möge geschehen ...

»*Sanguis Domini nostri Jesu Christi custodiat animam tuam in vitam aeternam*«, sprach de Nore mit leiser Stimme. Möge das Blut unseres Herrn Jesus Christus deiner Seele das ewige Leben schenken ...

Denis hauchte ein »Amen«, dann trank er aus dem Kelch. Der Wein war süßlich und spritzig, leichter als er ihn in Erinnerung hatte, verursachte ein zuerst schwaches, jedoch stetig spürbareres Kribbeln, welches sich vom Magen ausbreitete, an der Wirbelsäule emporstieg, in Fingerspitzen und Zehen vordrang, schließlich im Hinterkopf jäh zu einer Wolke der Wärme, des Lichts und der Liebe anschwoll — es war nicht die Wirkung von *Merascha*.

Licht schien den Gefäßen, welche noch auf dem Altar standen, zu entströmen, ebenso dem Tabernakel auf dem Kredenztisch und dem Meßkelch, den de Nore nun zurück zum Altar brachte, und Denis spürte, wie Licht die Gestalten all jener durchgleißte, die sich mit dem Erzbischof um den Altar geschart hatten. Aus Benjamin und Melwas, die andächtig beiderseits Denis' knieten, glomm das gleiche Licht. Und das Ziborium, welches de Nore ihm einige Augenblicke später feierlich in die Hände gab, erfüllte das schwache Pulsen von Schwingungen, die vom Herzschlag der gesamten Schöpfung ausgingen, silbriger Glanz strahlte aus dem Gefäß, erhellte seine Hände mit einem Leuchten, das anscheinend nur er sehen konnte.

Er fühlte sich, als schwebte er eine Spanne hoch überm Fußboden, derweil er sich erhob und hinab zu den Chorschranken schritt, wo sein Bruder sowie die Anverwandten der übrigen neuen Geistlichen darauf harrten, das Sakrament in Empfang nehmen zu dürfen. Er vergewisserte sich sicherheitshalber sogar dessen, daß er nicht etwa *wirklich* schwebte, denn so wie ihm gegenwärtig zumute war — seine Deryni-Kräfte waren nicht bloß weiterhin vorhanden, sondern allem Anschein zufolge sogar verstärkt worden —, *hätte* es dahin, glaubte er, durchaus kommen können, vielleicht fehlte dazu nur noch ein winzigkleines Maß an Verzükkung mehr. Die innige Vertraulichkeit des Augenblicks, in dem er, endlich Priester geworden, seinem Bruder zum erstenmal die Heilige Kommunion spendete, bereitete ihm eine fast unbezähmbare Freude, das ehrfürchtige Staunen und die Andacht in Jamyls Miene war ein Anblick, welchen er bis zu seinem letzten Atemzug nicht vergessen sollte.

Und als der König sich an Jamyls Seite kniete, überdeutlich das Antlitz Denis zuwandte, als de Nore Anstalten machte, das Vorrecht, dem Herrscher das Sakrament zu reichen, in Anspruch zu nehmen, da konnte

Denis sich nur im stillen über dies hervorragende Zeichen der königlichen Huld wundern. Seinem König die Kommunion geben zu dürfen, bedeutete für ihn einen zusätzlichen Höhepunkt an diesem gesegnetsten, glorreichsten Tag seines Lebens.

Seine Sinneswahrnehmung begann allmählich wieder auf ihren herkömmlichen Umfang zu schrumpfen, als er sich der Aufgabe widmete, die Kommunion an weitere Gläubige auszuteilen, die nach vorn gekommen waren, und er spürte eine leichte Schlaffheit sich in seinen Gliedmaßen ausbreiten, während er die letzten Hostien verteilte, doch hegte er die Überzeugung, daß lediglich rein körperliche Ermattung und Larans Arzneien die Ursache abgaben, nicht etwa eine verspätete, schleichende Wirkung von *Merascha*. Die Ermüdung war stärker, als er sie infolge der einen Probe, welche Laran ihm zu trinken gegeben hatte, in Erinnerung hatte, aber verursachte ihm kein Mißbehagen. Außerdem sah er, wie Charles, der ein Stück weiter an den Chorschranken tätig war, ein Gähnen unterdrückte, und er merkte, daß auch Melwas und Argostino gegen eine gewisse Müdigkeit anzukämpfen hatten.

Die körperlichen Nachwirkungen machten ihm ein wenig ärger zu schaffen, als er zum Altar hinaufstieg, um das Ziborium abzustellen, doch gelang es ihm, sich ihrer im wesentlichen zu erwehren, indem er rasch einen Zauber zum Bannen von Ermüdung anwendete, während er Seite an Seite mit seinen Brüdern kniete und zusah, wie de Nore und Gorony die Reste aus sämtlichen Gefäßen in ein anderes umfüllte und letzteres ins Tabernakel stellte. Dann schritt de Nore zu seinem Bischofsstuhl zurück und kniete zum Zwecke der inneren Einkehr nieder, derweil Gorony zum Abschluß die Absolution vollzog — das war die letzte Gelegenheit, bei der sich noch irgendeine Mißlichkeit ereignen mochte. Denn falls Gorony ein Unterschied im Geschmack des Weins auffiel ...

Zum Glück jedoch verhielt der schüchterne, fahrige Seminarist, der vortrat, um Gorony Wein und Wasser einzuschenken, sich recht tölpelhaft, das Weinkännchen entglitt seinen zittrigen Fingern und zerschellte auf dem Marmorboden, bevor er oder sonst jemand es verhindern konnte. Goronys offenkundige Ungnädigkeit führte allerdings zu keinen Weiterungen, dieweil der König just diesen Augenblick wählte, um sich zu erheben und sich mit seinem Gefolge leise durchs Kirchenschiff zu entfernen, um dem Gedränge zu entrinnen, das sich ergeben mußte, sobald auch alle anderen Gläubigen sich das Gotteshaus zu verlassen anschickten, und des Erzbischofs Kaplan gab schichtweg mit einem Wink zu verstehen, man sollte neuen Wein aus der Sakristei holen — winkte ausgerechnet Stefan zu, der daraufhin den entehrten Seminaristen in die Sakristei geleitete, wo zweifellos die magische Beeinflussung des Deryni ihm jede Erinnerung, wie er sie womöglich noch daran haben mochte, daß ihm das »Mißgeschick« mittels derynischer Einflüsterung befohlen worden war, ausräumen würde.

»Wie ist's euch nur gelungen?« erkundigte sich Denis später, am Abend, endlich bei seinem Bruder, als der seltsam verkrampfte Jamyl ihn während der feierlichen Festlichkeit für einiger Augenblicke Dauer beiseite ziehen konnte und sie beide sich vermittels ihrer Deryni-Sinne davon überzeugt hatten, daß niemand sie belauschte. »Es muß geschehen sein, als du bei der Opferung das Weinkännchen nach vorn gebracht hast.«

Ernstmütig schüttelte Jamyl das Haupt. »Ich hab's nicht getan, Denis«, flüsterte er. »Ich konnt's nicht. Man hat mich viel zu wachsam beobachtet. Ich weiß nicht, was sich ereignet hat, aber du hast *Merascha* getrunken, ohne daß es auf dich wirkte.«

»*Was?*«

Just da kam der König zu Denis, um sich von ihm einen Segen zu erbitten, verunmöglichte so jedes weitere

Gespräch mit Jamyl, aber Denis dachte noch den ganzen, langen Abend hindurch über die Bedeutung dessen nach, was Jamyls Worte zufolge sich zugetragen haben mußte, und am späteren Abend fiel er in der inzwischen verlassenen Kirche auf die Knie, um zu danken und vielleicht Klarheit zu erlangen.

Eigentlich jedoch war die Klosterkirche keineswegs verlassen. Daran gemahnte ihn nun das rote Lämplein, welches vorm Tabernakel brannte, hätte er es denn — nach dem, was geschehen war — wirklich und wahrhaftig vergessen können. Und als er den Blick demütig zum Dornenkönig erhob, der dort überm Altar am Kreuze hing, da wußte er schlußendlich mit der vollständigsten Gewißheit, daß er ein so vollkommenes Wunder, wie ein Sterblicher es sich nur wünschen konnte, erlebt hatte — und er den Rest seines Daseins im Streben verbringen würde, den Zwecken des Einen, welcher ihn heute verschont hatte, zu dienen.

O Herr, ich bin ein Deryni, abe ebenso bin ich Dein Kind, betete er. *Und wiewohl ich es nie ernstlich anzweifelte, glaube ich jetzt mit der eindeutigsten Offenkundigkeit zu erkennen, daß Du dieses Unser Zeitalter erkoren hast, um Deine anderen Kinder, uns Deryni, wieder auf die gleiche Stufe wie die Söhne der Menschheit zu erheben, denn Du hast mich vor dem Grimm jener gerettet, die Dein Sakrament mißbrauchten, um mich zu verderben. Für diese Errettung sage ich Dir meinen Dank.*

Mühsam schluckte er, kauerte sich auf die Fersen, versuchte das Beben seiner gefalteten Hände zu unterbinden.

Ich glaube, o Du mein Gott, daß wir Deryni vielleicht von den Menschen nicht gar so verschieden sind, fügte er ermutigt hinzu, derweil er im Antlitz des Gottessohnes forschte. *Du gewährst uns Gaben, welche die Menschen nicht verstehen und die sie deshalb fürchten, und manche von uns haben in der Vergangenheit tatsächlich ihre Begabung mißbräuchlich benutzt, und manche werden es sicherlich auch* in Zukunft tun, doch hat auch die Menschheit in ihrer Schwäche viele andere Gaben mißbraucht, welche nicht den Deryni allein gegeben sind. Wir erflehen keine besondere Gunst, o Herr, nur daß wir von den anderen Sterblichen und von Dir nach den Tugenden und Verfehlungen des Einzelnen, nicht hingegen nach den Tugenden und Verfehlungen unseres Geschlechts beurteilt werden.

Er neigte das Haupt und schloß die Lider.

Adsum, Domine ... Hier bin ich, o Gott. In der Stunde meiner Zeugung hast Du mich gerufen, und heute habe ich vor aller Welt Augen Deinem Ruf den Gehorsam erwiesen und mich dem Dienst an Dir verschrieben. Schenke mir Weisheit und Kraft, Herr, damit ich Deinen Willen erkenne und nach bestem Vermögen erfülle, auf daß ich immerdar Dein wahrer Priester und Diener sein, Deiner Gläubigen Herde, alle Deine Kinder, Deryni ebenso wie Menschen, voll der Duldsamkeit, des Mitgefühls und der Liebe hüten kann ... — Denn DAS ist doch die Aufgabe, um derentwillen Du mich gerettet hast ... oder nicht?

An all seinen zukünftigen Erdentagen, wann immer er sich an dies einseitige, ein wenig wirre Gespräch mit Gott entsann, sollte er niemals dessen sicher sein, ob seine Einbildungskraft es ihm nur vorspiegelte, oder ob, als er das Haupt hob, ihm die Augen von Tränen überliefen, das Bildnis des Kreuzeskönigs wirklich kaum merklich genickt hatte.

VI.
Vermächtnis
(21. Juni 1105)

Eines der zentralen Ereignisse, die in dem Roman Das Geschlecht der Magier *und den nachfolgenden Bänden des Späten Deryni-Zyklus erwähnt werden, ist — obwohl es ungefähr fünfzehn Jahre vor dem zeitlichen Beginn des Zyklus stattfand — König Brion Haldanes Sieg über Charissas Vater, den Marluk, den er bei einer magischen Konfrontation tötete. Aus der Sicht der Haldanes erlitt der Marluk damit freilich nur ein verdientes Schicksal, nachdem er es gewagt hatte, dem rechtmäßigen König Gwynedds Thron und Krone streitig zu machen.*

Naturgemäß vertraten die Anhänger des Marluks einen gegenteiligen Standpunkt, und zwar um so deutlicher, als seine Erbin schließlich, sobald sie das Erwachsenenalter erreichte, den Kampf neu aufzunehmen anfing, denn sowohl Vater wie auch Tochter entstammten dem älteren Zweig des Hauses Festil, dessen Anspruch auf Gwynedds Krone aus der Zeit unmittelbar nach dem Interregnum datierte; dabei ließ man allerdings unberücksichtigt, daß die Festils den Thron ursprünglich einem Haldane-König entrissen hatten. Über zweihundert Jahre lang verlegten die Nachkommen Markus' von Festil, des von Imre, dem letzten festilischen König, mit seiner Schwester Ariella gezeugten Sohns, sich hartnäckig auf die Behauptung, Cinhil Haldane und seine Nachfolger seien die Thronräuber, übersahen dabei — erst recht nach Ablauf einiger Generationen — völlig das Stigma, das normalerweise dem Nachwuchs einer inzestuösen Bruder-Schwester-Beziehung anhaftet.

Vermächtnis *erzählt einen Teil der Vorgeschichte zur Handlung des Buchs* Das Geschlecht der Magier, *aber nicht aus der Sicht der Haldanes, sondern der Festils — den Augenzeugenbericht vom Tode des Marluks, wie die elfjährige Charissa* ihn lieferte, gesehen unter den Vorzeichen der Betrachtungsweise und des Ehrgeizes Wencits von Torenth, ihres entfernten Verwandten, der zufällig auch nach Charissa der nächste festilische Erbe ist. Die Erzählung bietet, glaube ich, ein interessantes Gegenstück zur Sichtweise der Haldanes, denn die offizielle Geschichte wird ja immer von Siegern geschrieben. Ich würde zu behaupten wagen, daß selbst die finstersten Schurken der Weltgeschichte — es sei denn, sie wären wirklich ernsthaft geistig verwirrt gewesen — im allgemeinen etwas anführen konnten, das sie als tatsächlich gute Gründe für ihre Taten bewerteten. Wenig geistig gesunde Menschen begehen Gemeinheiten nur um der Gemeinheit willen.

Nach festilischem Standpunkt war Charissa also keineswegs eine Unholdin, sondern die treue Tochter ihres Vaters, geboren und herangewachsen in der Erwartung, daß sie eines Tages den Kampf des Vaters um den Thron erneut aufnehmen sollte, der nach seiner Auffassung rechtmäßig den Festils zustand. Wenn man die anscheinmäßige Härte, die sie in dem Band *Das Geschlecht der Magier* an den Tag legt, teilweise auf den als Kind erduldeten Schrecken zurückführt, den es ihr verursacht haben muß, den eigenen Vater vor ihren Augen erschlagen werden zu sehen, hat man durchaus den Eindruck, daß sie überwiegend ganz einfach das tat, was sie tun zu müssen glaubte, um die Ehre ihrer Familie zu retten. Man ist sich zu fragen versucht, wie anders alles für sämtliche Beteiligten geworden wäre, hätte sie ihren Verwandten Wencit geheiratet.

Noch interessanter als Charissa war für mich jedoch der Einblick, den ich in Wencits Charakter gewann, indem ich seine Reaktionen auf Charissas Bericht beobachtete. Mit zweiunddreißig Jahren hatte Wencit von Torenth offensichtlich schon fest vor, in jeder Hinsicht bestmöglich auf seine Vorteile zu achten — denn obwohl er torenthisch-festilisches Königsblut in den Adern hatte, war er nicht dazu geboren worden, die Krone Torenths zu tragen. Er war der zweite Sohn des Königs gewesen, und sein älterer Bruder hatte einen Sohn. Irgendwann werde ich auch die Geschichte darüber schreiben, wie Wencit König wurde ...

Voller Licht und Luft war die Turmstube, und wenn man so etwas selten genug in irgendeiner beliebigen Burg antraf, so galt dies um so mehr zu Hoch-Cardosa, wo sogar im Sommer stürmische Winde von den Rheljaner Bergen herabwehten und dazu nötigten, das gesamte Jahr hindurch die Fensterläden geschlossen zu halten. Diese Turmstube jedoch war nicht mit Läden verschlossen worden, denn der in rostbraune Gewandung gehüllte Mann, welcher darin inmitten eines Lichtkegels aus Sonnenschein beim Lesen saß, kannte sich in den Künsten des Wetterzaubers mehr als nur ein wenig aus. Nicht der schwächste Lufthauch kräuselte die vom Alter vergilbten, auf seinem Pult ausgebreiteten Rollen Pergament, obschon draußen auf den Söllern das schwarze Hirschbanner und die orangeroten Wimpel, die des torenthischen Hofes Anwesenheit anzeigten, im böigen Wind flatterten, welche die Zinnen der Befestigungswerke umbrauste.

Ebensowenig konnte die Gegenwart des Königlichen Hofes so fernab der Hauptstadt Torenths als alltägliches Vorkommnis gelten, denn nach und nach beschränkte das Vorrücken des Alters die Bewegungsfreiheit des Königs. Fast eine Woche zuvor war der dem Greisenalter nahe Nimur II., nachdem er die Landfahrt langsam, in mehreren Abschnitten, bewältigt hatte, in Begleitung seiner beiden Söhne, seines Enkels sowie mit einem kleinen Gefolge und der Vorhut der Streitkräfte des Herzogs von Tolan eingetroffen. Hogan Gwernach, genannt Marluk, erstrebte die Wahrnehmung seines festilischen Geburtsrechts, ein Vorhaben, das Nimur hautnah mitbetraf, fiel doch nach Hogans Tochter Charissa die festilische Nachfolge zurück an das Haus Furstan und verlieh Nimur und dessen Erben einen rechtmäßigen Anspruch auf die Krone Gwynedds.

Überaus alt war der furstanische Anspruch, er ging zurück auf die Vermählung Markus', des Sohns des letzten festilischen Königs, mit einer Tochter Nimurs I., und vor erst einer Geschlechterfolge war selbiges Anrecht bestärkt worden, als Hogans Großmutter mit einem geringeren furstanischen Fürsten vermählt wurde. Gar noch stärker sollte der besagte Anspruch werden, sobald man Jung Charissa am nächsten Martinsfest öffentlich dem Enkel des Königs anverlobte, eine Anbahnung, welche dem Mann in der Turmstube nicht so recht behagen mochte, aber er war der Ansicht, sie verkraften zu können. Da ein Bruder und ein Neffe ihm in der Nachfolge vorangingen, bestand kaum die Wahrscheinlichkeit, daß Prinz Wencit von Torenth jemals über die vereinten Lande Torenths und Gwynedds herrschen durfte, selbst wenn Hogan Erfolg beschieden sein sollte; je mehr indessen die furstanischen Ländereien an Ausdehnung zunahmen, um so umfangreicher mußte sein Anteil als einziger Bruder des künftigen Königs ausfallen. Ungemein verwickelt stellten sich die weitverzweigten Stammbäume dar, denen die Rechte aller Beteiligten zugrundelagen, sie gaben eher eine Angelegenheit ab, mit welcher sich in der Stammeskunde bewanderte Gelehrte plagen mochten, nicht hingegen Prinzen, aber Wencit hatte es dennoch zu seiner Sache erhoben, sich der Zusammenhänge in allen ihren Einzelheiten kundig zu machen. Man konnte niemals mit aller Genauigkeit voraussehen, welche Rolle man vom Schicksal noch zugeteilt erhalten mochte.

Wencits Überlegungen galten Hogan und den Ansprüchen der Festils, derweil er ein anderes Pergament entrollte. Der Zwist um Gwynedds Thron war nicht neu. Nachdem er vor nahezu fünf Jahrhunderten in der Ebene inmitten Gwynedds sowie ihrer Umgebung eine Anzahl zerstrittener Krautjunker und winziger Fürstentümer vereinigt hatte, nannte erstmals Augarin Haldane sich Großkönig von Gwynedd. Beinahe zweihundert Jahre lang hatten er und seine Nachfahren das allmählich stets ausgedehntere Königreich beherrscht, bis der erste Festil, jüngster Bruder des damaligen Königs von

Torenth, an der Spitze eines Deryni-Heers nach Gwynedd einfiel und die Haldanes jäh vom Thron stürzte.

Die durch Festil I. begründete Erbfolge hatte etwas mehr als achtzig Jahre lang Bestand, deren Dauer die Haldane-Anhänger als Interregnum bezeichneten. Dann war Imre, der letzte festilische König, durch die Verräterei eines Mannes, welcher vorgab, ein Haldane-Sproß zu sein, und die Beihilfe des abtrünnigen Grafen von Culdi, welchen man kurz darauf gar zum Heiligen ausrief, der Krone beraubt worden, und seither herrschte erneut das wiederhergestellte Haus Haldane über Gwynedd.

Mit einem Aufseufzen der Ungeduld widmete Wencit seine Aufmerksamkeit der Schriftrolle, welche er in den Händen hielt. Hogan befand sich gegenwärtig dabei, seinen Anspruch in Gwynedd durchzusetzen, und es verursachte Wencit einige Mühe, hinlängliche Zerstreuung zu finden, während er auf die Rückkehr seines Anverwandten harrte. Im Sonnenschein ließ sich die ausgeblichene braune Tinte auf dem Pergament nur noch dermaßen schwach erkennen, daß man den Wortlaut des Schriftstücks kaum zu enträtseln vermochte, doch er kannte den Inhalt ohnehin genau auswendig. Es handelte sich um eines der wenigen erhalten gebliebenen Sendschreiben seiner Urahnin Ariella an ihren Bruder und Geliebten Imre. Die Sprache war altertümlich, ihre Worte gefaßt in die Wendungen und Schnörkel eines seit zwei Jahrhunderten dahingegangenen Zeitalters, jedoch ersah man daraus im Wesentlichen die Grundlage sämtlicher festilischer und furstanischer Ansprüche, welche Hogan zur Zeit tatkräftig anmeldete. Das Kind der Blutschande, welches in Ariellas Sendschreiben Erwähnung fand, war später derselbe Prinz Markus geworden, dem man König Nimurs I. Tochter anvermählt hatte.

»*Drum müssen wir feste stehn, meyn liepster Lehnsherr, oberster Gebieter und Bruder, diwil manch eyner wird unsrer Liepe Frucht verdammen — wenn nicht abtun als Lüderlichkeyt meyner Syts — und dem Faktum widerstreben, daß das Kindlyn Deyn ist und also Deyn Erbe. Aber solt aach die Werld unsern Sohn eynen Bankert schimpfen und Gschöpf meyner Lüsternheyt, so ist er doch eyn Festil. Und so von uns zween keyner eyn ander Vermählung feyert, wird er unser Erbe seyn und uns auf den Thron nachfolgen. Mögen andre denken, was sie denn wollen. Wir seynd Deryni. An witrer Rechtfertigung ist keyn Bedarf.*«

Angesichts solcher Selbstüberhebung entrang sich Wencit ein gelindes Lächeln, doch zur Gänze blieb ihm diese Denkungsart durchaus nicht fremd, während seine hellen, fast farblosen Augen den Rest des Schriftstücks durchlasen. So wie einst Imre und Ariella zählten ja auch er und seine Sippschaft zum Herrenvolk der Deryni, den Meistern magischer Fähigkeiten, wie gemeine Sterbliche sie für gewöhnlich nicht hatten — außer in vereinzelten, nichtsdestotrotz jedoch ärgerlichen Fällen der eine oder andere Haldane, obschon der gegenwärtige Haldane-König Brion sich bislang keine Anzeichen irgendeiner besonderen Machtfülle hatte anmerken lassen. Während Wencit das Sendschreiben las, erahnte er selbst über die Kluft zweier Jahrhunderte hinweg noch die ganze Kraft der Liebe Ariellas. Fast fühlte er sich wie ein heimlicher Lauscher, als er die abschließenden, leidenschaftlichen, an ihren Bruder gerichteten Worte des Schreibens las, und in seinen Lenden regte sich etwas, wie ebenso Imre es in seiner Hingabe empfunden haben mochte, indem er sich vorstellte, wie die heißblütige Ariella ihre Liebesversprechen einlöste. Gewiß mußte die Liebe jenes Paars eine der wahrhaft großen Lieben aller Zeitalter gewesen sein. Solch eine Liebe hatte einmal auch Wencit sich erträumt, als er noch ernstlich in

Erwägung zog, Charissa selbst zu ehelichen. Nicht zum erstenmal erhob sich für ihn die Frage, was denn sein Vater täte, stieße Neffe Aldred ein Unheil zu. Keinesfalls wünschte er dem Knaben von ganzem Herzen Übles, jedoch bedeutete dergleichen einen sehr wohl verführerischen Traum.

Für geraume Frist saß Wencit da und blickte zum Fenster hinaus, schwelgte still in einem Wachtraum, zu welchem sowohl die quicklebendige Charissa ihren Teil beitrug, wie auch die längst tote Ariella; dann schließlich blinzelte er, kehrte in den gewohnten Zustand seines Geistes zurück, als Unruhe am Haupttor seine Beachtung erregte. Die Fahne, welche an der Spitze des Häufleins Reiter wehte, das soeben in die Burg gesprengt kam, war Hogans Banner, aber Hogan befand sich nicht unter den Ankömmlingen. In der Mitte der kleinen, mit Lehm bespritzten Schar ritt auf einem mausgrauen Schimmel eine blutjunge Maid mit unterm blauen Umhang herabgesunkenen Schultern.

Sie schluchzte in Aldreds Armen, als Wencit aus der Turmstube hinuntergeeilt war in den Burgsaal, das blonde Haar hing ihr wüst ins Antlitz, die von Nässe wirren Strähnen reichten ihr bis hinab über den Gürtel. Wencit empfand eine heftige Anwandlung des Mißgunsts gegen den unreifen Aldred, welcher es wagte, sie in einem solchen Augenblick mit seinen stets schweißigen Händen zu umarmen, um ihr Trost zu spenden, doch rasch unterdrückte er diese Erregung. Nach seines Vaters Entscheidung galt Charissa von Tolan schon als Aldred gleichsam anverlobt. Jeden Widerwillen, den Wencit dagegen hegte, mußte er unter anderen Deryni sorgfältigst hinter seinen Geistesschilden verbergen, vor allem, wenn er sich im Kreis der Sippe aufhielt, in deren Gesellschaft man sich mit nur wenigen Schranken umgeben konnte, ohne Mißfallen oder gar irgendeinen Verdacht zu erwecken.

Wencits Bruder Carolus hatte sich eingefunden, und

ebenso sein Vater, der König, obschon der Alte bereits einen schlimmen Tag hinter sich hatte und sich schwer auf den Arm eines in den Wappenrock des Herrscherhauses gekleideten Bediensteten stützen mußte. Hassan, Hogans Berater in Fragen der Kriegskunst sowie eigenmächtig dazu ernannte Leibwächter Hogans wie auch dessen jungen Töchterleins, kniete zu Füßen des Königs, die schwarzen Gewänder verkrustet von Schmutz und Schlamm, einen Zipfel der *Keffijeh* um die untere Hälfte des Angesichts geschlungen, so daß man nur seine von Kummer erfüllten Augen sah.

In merklicher Niedergeschlagenheit betraten nacheinander eine Handvoll Ritter sowie etliche Waffenknechte, allesamt erschöpft infolge eines Gefechts und davon beschmutzt, den Burgsaal, verteilten ringsum, während Knappen ihnen beim Ablegen halfen, ihr Rüstzeug, die Helme und Waffen, und Carolus gab markig Befehle bezüglich der Unterbringung und Verköstigung der Mannen, bevor er seines Vaters Arm ergriff und mit dem König in eine kleinere, hinter der Empore des Saals gelegene Beratungskammer voranstrebte. Sobald er dem König dabei geholfen hatte, auf einem Lehnstuhl mit hoher Rücklehne Platz zu nehmen, winkte Carolus den in Schwarz gekleideten Hassan näher. Die Versammelten zählten nun lediglich noch sechs: Die Königliche Familie, Charissa und den Mohren. Hassan entblößte das Angesicht, als er erneut vor König und Kronprinz auf die Knie fiel.

»Nun denn«, erkundigte sich Carolus, »was hat sich zugetragen?«

Hassan senkte den Blick. »Der freche Haldane erwies sich als stärker denn vermutet, o mein Prinz. Was ließe sich mehr vermelden? Der Ungläubige überwältigte meinen Herrn mit gestohlener Magie und schlug ihm das Haupt ab. Wir ahnten nicht, daß er über solcherlei Macht gebietet. *Al Marluk* hätte ihn wie einen Käfer zertreten können müssen!«

»*Al Marluk* erlag der Arglist eines abtrünnigen Deryni!« stieß Charissa erbittert hervor, sprach nun, indem sie ihren Tränen trotzte, das erste Mal. »Das Halbblut Alaric Morgan stand dem Thronräuber zur Seite. Das Od seiner Magie umhüllte das Haldanesche Königlein wie ein Mantel. Mein Vater unterlag durch Verrat!«

Wencit wechselte einen Blick mit seinem Bruder, blickte danach den König an. Der Alte nahm die Kunde zutiefst bestürzt auf, und abermals, wie es in jüngster Zeit öfters geschah, überzog sich sein Antlitz mit fahler Blässe; doch sein Geist war ungetrübt, obwohl sein gealterter Leib verstockt darauf beharrte, ihn im Stich lassen zu wollen.

»Morgan stand ihm bei?« raunte der König. »Der Knappe Haldanes? Aber er ist ja noch ein Bub.«

»Ein Knabe, der älter ist als ich, Sire«, berichtigte Charissa ihn hochmütig, kehrte alle Würde ihrer elf Lenze heraus, indem sie sich aus Aldreds Armen befreite, um allein vor dem König zu stehen. Wencit schwieg, tat nichts, jedoch blieb es ihm gänzlich unmöglich, in diesem Augenblick irgend etwas anderes als Stolz zu empfinden. Charissa war eine Festil, aber gleichzeitig eine Furstan, und es war denkbar gewesen, daß sie seine Gemahlin würde. Ihr Vater wäre in dieser Stunde allemal auf sie stolz gewesen.

»Woran willst du erkannt haben«, fragte der König beharrlich nach, »daß Morgan dem Thronräuber Beistand geleistet hat?«

Charissa löste die Spange ihres Umhangs und ließ ihn auf den Fußboden rutschen, trat zu dem Tisch neben des Herrschers Lehnstuhl. Dort schenkte sie dunkelroten Wein in einen irdenen Becher, so daß das Gefäß fast überfloß. Unwillkürlich straffte sich Wencit, rückte dann näher, um sie, sollte es erforderlich sein, mit seinen Magie-Kräften bei ihrem Tun unterstützen zu können. Er wußte, welche Absicht sie verfolgte, während man Aldred anmerkte, daß er nichts ahnte, und Carolus vermutete es nur; der König hingegen wußte gleichfalls Bescheid und nickte andeutungsweise, als Charissa den Becher in beide Hände nahm und bis in die Höhe ihres Busens erhob.

»Schaut meines Vaters Tod durch meine Augen, Sire«, sprach sie mit leiser Stimme, neigte das Haupt über den Becher und murmelte kaum vernehmliche Worte, indem sie langsam eine Hand über den Wein hinwegbewegte. »Vermag ich den Zauber lange genug aufrechtzuerhalten, werdet Ihr selbst zu sehen und zu entscheiden imstande sein, ob Brion Haldane seinen Streit alleinig ausfocht.«

Derweil sie den Becher auf dem Tisch abstellte, sich einen Stuhl heranzog und sich darauf niederließ, traten die übrigen Anwesenden näher. Nicht nur der König, sondern ebenso Carolus und sogar Hassan besaßen nunmehr vollständig darüber Klarheit, was sie im Sinn hatte, und Wencit wußte, daß jeder von ihnen ein gleiches zu vollbringen vermocht hätte; Jung Aldred dagegen beherrschte dies Kunststück noch nicht, obwohl er vier Lenze mehr zählte als Charissa und ein Jahr älter war als Alaric Morgan. Wencit bezweifelte, daß diese kleinere magische Verrichtung Morgan auch nur das geringste Zaudern abgenötigt hätte.

Da er wußte, was Charissa beabsichtigte, brachte Wencit vermittelst eines Winks seiner Hand sämtliche Fackeln in den Wandhalterungen zum Erlöschen, so daß ausschließlich die Kerzen auf dem Tisch brennen blieben. Charissa widmete ihm eine verkrampfte, ganz knappe Verbeugung des Danks, ehe sie bis auf eine auch die Kerzen löschte. Stille breitete sich rings um sie aus wie ein Dunst, derweil sie ihren Blick tief in den Wein senkte.

»Schaut die Lichtung am Ende des Weges durch die Llegoddin-Schlucht, wo wir mit der Streitmacht Haldanes zusammenprallten«, sprach sie schließlich im Flüsterton, behauchte des Weins Spiegel auf arkane Weise.

Zwischendurch: ▬▬▬▬▬▬▬▬▬▬▬▬▬
▬▬▬▬▬▬▬▬▬▬▬▬▬▬▬▬▬▬▬▬▬▬
▬▬▬▬▬▬▬▬▬▬▬▬▬▬▬▬▬▬▬▬▬▬
▬▬▬▬▬▬▬▬▬▬▬▬▬▬▬▬▬▬▬▬▬▬
▬▬▬▬▬▬▬▬▬▬▬▬▬▬▬▬▬▬▬▬▬▬
▬▬▬▬▬▬▬▬▬▬▬▬▬▬▬
▬▬▬▬▬▬▬▬▬▬▬▬▬▬▬▬▬▬▬▬▬▬
▬▬▬▬▬▬▬▬▬▬▬▬▬▬▬▬▬▬▬▬▬▬
▬▬▬▬▬▬▬▬▬▬▬▬▬▬▬▬▬▬▬▬▬▬
▬▬▬▬▬▬▬ Mit magischen Kräften erlaubt Charissa den Blick in ihre Erlebniswelt: Auf dem Spiegel des Weines werden Bilder sichtbar... ▬▬▬▬▬▬▬▬▬
▬▬▬▬▬▬▬▬▬▬▬▬▬▬▬▬▬▬▬▬▬▬
▬▬▬▬▬▬▬▬▬▬▬▬▬▬▬▬▬▬▬▬▬▬
▬▬▬▬▬▬▬▬▬▬▬▬▬▬▬▬▬▬▬▬▬▬
▬▬▬▬▬▬▬▬▬▬▬▬▬▬▬▬▬▬▬▬▬▬
▬▬▬▬▬▬▬▬▬▬▬▬▬▬▬▬
▬▬▬▬▬▬▬▬ Aber brauchen wir dazu wirklich Magie? Wenn wir uns jetzt zwischendurch ein wenig zurücklehnen, uns einen heißen Drink bereiten und in den Dampf blasen – können wir dann nicht mit etwas Fantasie in die Welt unserer Helden blicken? Wir brauchen dazu nur den... ▬▬▬▬▬
▬▬▬▬▬▬▬▬▬▬▬▬▬▬▬▬▬▬▬▬▬▬
▬▬▬▬▬▬▬▬▬▬▬▬▬▬▬▬▬▬▬▬▬▬
▬▬▬▬▬▬▬▬▬▬▬▬▬▬▬▬▬▬
▬▬▬▬▬▬▬▬▬▬▬▬▬▬▬▬▬▬▬▬▬▬

Zwischendurch:

Die geschmackvolle Trinksuppe für den kleinen Appetit. – In Sekundenschnelle zubereitet. Einfach mit kochendem Wasser übergießen, umrühren, fertig.

Viele Sorten – viel Abwechslung.

Guten Appetit!

»Seht den Haufen meines Vaters sich sammeln, derweil wir der Haldanes harrten. Fühlt den Sonnenschein auf unseren Händen und Angesichtern, spürt den Wind in unserem Haupthaar. Seht wie die seidenen, mit Gold bestickten Banner sich entfalten, hört sie über unseren Scheiteln im Wind flattern. Riecht Schweiß und Furcht und die kräftigen Gerüche von Wasser, Tannen und aufgewühlter Erde ...«

Auf der Oberfläche des Weins entstanden Bilder, während sie so sprach, zuerst verschwommene Abbilder, jedoch gewannen sie alsbald an Deutlichkeit und Schärfe, während die Zuschauer sich in Trance versetzten und für den von Charissa gewobenen Zauber empfänglich machten. Wencit ließ sich gleichsam zu einem Teil selbiger Magie werden, sah das Geschehen wie mit Charissas Augen, so wie es sich ihrem Gedächtnis eingeprägt hatte, empfand ihre Furcht, ihre Freude und ebenso alles übrige nach, indem ihre Erinnerung sich vor ihm wie eine Wand mit Schlachtgemälden ausbreitete.

Sonnenlicht gleißte auf den Helmen und Waffen der Tolaner, während sie sich auf der Weide zur Schlachtreihe aufstellten und des Gegners Ankunft erwarteten. Hogan, gewappnet mit Kettenpanzer und Helm, angetan mit einem weißen Waffenrock, saß neben Charissa wie ein heidnischer Kriegsgott auf seinem rotbraunen Schlachtroß, spähte angestrengt über die Wiese hinweg hinüber zu jenem von Schatten dunklen Hohlweg, aus welchem binnen kurzem sein Erzfeind zum Vorschein kommen sollte. Erst nachdem alle seine Kriegsleute bereitstanden, richtete er seiner goldbraunen Augen Blick auf seine Tochter.

»Sei tapfer, *cara mia*«, sprach er zu ihr mit gedämpfter Stimme, packte die Lanze mit dem Arm, mit dem er den Schild trug, hob die behandschuhte Rechte und strich mit einem Finger um Charissas Kinn. »All dies ist nur ein zeitliches Ereignis. Was auch geschehen mag, du hast mein Blut in deinen Adern, das Blut von Königen. Dasselbe wird immerdar Bestand haben.«

Charissa schüttelte das Haupt und faßte seine Hand, drückte sie an ihre Wange. »Was kümmert mich das Blut, mein Vater! Du bist's, an dem mir liegt. Gib mir dein Wort, daß du von der Walstatt zurückkehrst.«

Hogan lächelte. »Ums Blut muß man sehr wohl etwas geben, liebste Tochter. Eines Tages wirst du eine Königin sein. Aber du weißt, daß ich, solang's in meiner Macht steht, an deine Seite zurückkehren werde.« Flüchtig legte er Charissa die Hand auf den Schopf. »Sollt's mir indessen verwehrt sein, verlasse ich dich nun mit meinem väterlichen Segen. Gott erhalte und behüte dich, *cara mia.*«

»Du redest, als gedächtest du zu sterben«, flüsterte Charissa, und ihre Augen füllten sich mit Tränen. »Du darfst nicht sterben. Du darfst's nicht!«

»Wir müssen uns mit dem abfinden, was das Geschick über uns verhängt, *cara mia*«, gab Hogan zur Antwort, entzog Charissa seine Hand, um wieder die Lanze zu packen. »Ich verspüre noch keine Neigung zum Sterben, doch wenn's Gottes Wille ist, daß ich hinscheide, dann mußt du stark sein und aufrecht bleiben, und niemals vergessen, wer du bist und was.«

In Charissas Kehle erstickte ein Schluchzen, aber ohnehin hatte ihr Vater sich von neuem der Weide zugekehrt. Gleich darauf trieb er sein riesiges Schlachtroß mit den Sporen vorwärts und ritt vor die Reihen seiner Krieger, über ihm wallte mit den Löwentatzen und Tolans Hermelin, ergänzt um ein Feld mit den Löwen Gwynedds, das Banner, welches ihm vom Fähnrich nachgetragen wurde.

Ganz plötzlich zeigte sich der Feind, der Emporkömmling Brion sowie sein Bruder kreuzten auf einander ähnlichen Grauen an der Schluchtmündung den Bach. Dahinter ritt auf einem Rappen Morgan, er wirkte erstaunt und ein wenig furchtsam; danach folgte das übrige Haldanesche Kriegsvolk. Über dem Heerhaufen, gehalten durch Prinz Nigels Faust, flatterte das Banner mit dem Löwenwappen der Haldanes, und das gleiche Wappen leuchtete auf dem Waffenrock des Thronräubers. Weiteren Einzelheiten jedoch schenkte Charissa keine Beachtung, denn es war der Mann mit dem Löwenwappen, den es zu zermalmen galt. Alle anderen glichen bloßer Spreu im Wind.

Erst ein geringer Teil des Haldaneschen Heerhaufens hatte den Bach durchmessen und die enge Schlucht verlassen, als Hogan seine Lanze senkte und das Zeichen zum Angriff gab. Der Ansturm der tolanischen Schlachtrösser erschütterte die Erde, derweil sie auf den überraschten Gegner zugaloppierten. Während der Abstand zwischen den Heerhaufen zusehends schrumpfte, schrie auf Feindesseite jemand »*Hie, Haldane!*« Doch selbst als andere Krieger den Schlachtruf des Emporkömmlings aufgriffen und wiederholten, klang ihr Kampfgeschrei im Vergleich zum wortlosen Donnern der Hufe, wie es dröhnte, indem die Reiterei des Marluks vorwärtssprengte, gar kläglich.

Wie der Ausbruch eines Ungewitters prallten die verfeindeten Heerscharen aufeinander, das hohle, trockene Bersten von Lanzen vermengte sich mit dem Klirren von Erz an Erz sowie den dumpferen, schauderhaften Geräuschen, welche entstanden, wenn geschärftes Eisen Fleisch, Bein und Kettenpanzer zertrennte. Unablässig wehte während des ganzen Gefechts das festiliche Banner über dem Getümmel, glänzte stolz und unnahbar, kennzeichneten Hogans Aufenthalt, der Hermelin auf rotem Feld und die Löwentatzen schienen mit dem gwyneddischen Löwen zu tanzen. Mehrmals verhinderte die Wildheit des Ringens, daß die beiden Widersacher Auge in Auge gegeneinander antraten. Zuletzt war es der Haldane, welcher den entscheidungsträchtigen Zweikampf suchte, er ließ sein Schlachtroß, das gellende Schreie ausstieß, sich durch einen engen Kreis drehen, hob das Schwert hoch empor, brüllte den Namen von Charissas Vater. »Gwernach!«

Charissa sah das Gewimmel sich teilen. Ihr Vater hatte den Helm verloren, oder es mochte sein, er hatte ihn fortgeworfen; das helle Haar umwallte sein Haupt wie ein Heiligenschein, als er die Ringelhaube in den Nakken schob. Von seinem Antlitz und den Händen schienen Strahlen gleißenden Lichts auszugehen, doch dabei handelte es sich womöglich nur um den Ausfluß der Einbildungskraft einer elfjährigen Jungfer, womit sie die Erinnerung an den Vater verschönte. Er zügelte sein Roß, so daß es sich aufbäumte, schwang das Schwert überm Haupt, lachte sodann laut, schrie dem Rivalen, den zu töten er gekommen war, seine Herausforderung entgegen.

»Der Haldane ist mein!« erscholl seine Stimme, derweil er sein Streitroß in die Richtung des langerwarteten Erzfeinds lenkte, ihm unterwegs einen weiteren Kriegsmann erschlug. »Stelle dich und setz dich zur Wehr, Emporkömmling! Gwynedd ist mein rechtmäßiges Erbe!«

Als die zwei Herrscher ihren Waffengang begannen, ihre Kriegsleute auf beiden Seiten achtungsvollen Abstand einnahmen, fing Charissas Sicht undeutlich zu werden an. Für ein Kind blieben die Feinheiten eines solchen Zweikampfs im wesentlichen ununterscheidbar, selbst wenn es der eigene Vater war, welcher da als einer der Streiter ums Leben focht. Keuchlaute entfuhren Charissa, als die Schlachtrösser — erst der Rotfuchs, dann der Graue — den Tod fanden, und sie wandte das Angesicht ab, Tränen des Bedauerns um die getreuen, unglückseligen Tiere quollen ihr in die Augen; aber erst, als die beiden Recken auseinanderwankten, sich auf ihre Schwerter stützten, angestrengt um Atem rangen, ward Charissas Blickfeld wieder klarer, wurden von neuem sämtliche Einzelheiten des Geschehens erkennbar. Ihre Stimmen klangen zu leise, als daß man ihre

Worte zu verstehen vermocht hätte, jedoch ließ sich vieles von dem, was sie beabsichtigten, aus ihren Handlungen ableiten.

Nach dem Wortwechsel zogen erst der Haldane, als zweiter Hogan mit ihren Schwertspitzen Symbole in den Staub des Erdreichs, Wahrzeichen der rituellen Herausforderung sowie deren Annahme. Beim Anblick dessen, was Hogan in den Erdboden zeichnete, drohte der Haldane einem Bann zu erliegen, doch mit einem Mal entriß er sich der Beeinflussung, löschte erzürnt mit dem Stiefel das gefährliche Symbol aus. Hogan erregte durchaus keinen Eindruck des Befremdetseins.

Wencit dagegen fühlte sich außerordentlich verdutzt, schrak um ein Haar aus der Trance, denn er hatte erkannt, auf was Hogan es abgesehen gehabt hatte. Wiewohl jeder Deryni, welcher nur teilweise eine förmliche Unterweisung in den Künsten der Magie genossen hatte, diesen Zauber erkannt hätte, wäre es zu erwarten gewesen, daß dergleichen dem Haldane unersichtlich blieb; Morgan hingegen konnte über derlei Kenntnisse verfügen, und er mußte sie seinem Gebieter anvertraut haben. Charissa hatte recht, was die Verräterei des Mischlings anbelangte!

Wencit beobachtete, vermittelt durch Charissas Sicht, wie die beiden Widerstreiter einander gegenüber Aufstellung nahmen, dann einen magischen Schutzkreis errichteten, zur Hälfte in Karminrot, halb in Blau; auch das war etwas, wovon der Haldane keinerlei Wissen hätte besitzen dürfen. Sodann hob der Zweikampf von neuem an, diesmal jedoch ward er ausgetragen mit feurigen magischen Gewalten, welche von Schwert zu Schwert sprangen, zuckten wie geschleuderte Blitze.

Der Kampf dauerte lang, aber dieses Mal verfolgte Charissa ihn mit weit stärkerem Interesse und gründlicherem Verständnis mit, als zuvor den mit bloßen Körperkräften geführten Streit. Keiner der Widersacher rührte sich von der Stelle, zwischen ihnen jedoch loderte magische Glut von ungeheurer Macht, wurde von einem gegen den anderen entfesselt und sogleich abgewehrt.

Nachdem nicht einmal Charissas Auge das Lohen und Wabern der Magie-Kräfte, welche in dem Schutzkreis wüteten, noch durchdringen konnte, teilte Wencit mit ihr nachträglich den kurzen, scheußlichen Moment der Anspannung und Ungewißheit, den sie durchlebt hatte. Als gleich darauf das Lodern im Innern des Kreises verflackerte, sah man eine der zwei Gestalten auf die Knie sacken, das Schwert noch zu einer verzweifelten, aber zwecklosen Gebärde der Abwehr erheben. Mit Weh im Herzen vergegenwärtigte sich Wencit, daß der Unterliegende Hogan sein mußte.

Der Haldane ragte für ein ganzes Weilchen nur über ihm empor, die Waffe zum tödlichen Streich in die Höhe geschwungen, doch für die Dauer eines langen Augenblicks hatte es den Anschein, als hemmte irgend etwas seine Faust. Wie widersinnig es auch war, flüchtig ergab sich Wencit der Hoffnung, Hogan möchte letzten Endes doch siegen, aus irgendeinem, vielleicht längst vergessenen Quell der Kraft neue, zusätzliche Gewalten erlangen, um mit ihnen jenen Hundsfott von einem Haldane-Emporkömmling so zu zerschmettern, daß kein Fetzen von ihm übrigbliebe.

Da jedoch waberten abermals magische Kräfte, und die Waffe entfiel Hogans Hand. Zur gleichen Zeit, da er, aufs vollständigste erschöpft, auf Hände und Knie sank, fuhr des Siegers Klinge herab. Charissa keuchte auf, wandte das Antlitz ab, der Zauber verflog, von der Oberfläche des Weins verschwand das Bild. Ein unterdrücktes Schluchzen drang aus ihrer Kehle, als jedoch Aldred und sogar Carolus trösten wollten, wich sie ihren Berührungen aus, schüttelte den Schopf, verscheuchte mit Blinzeln neue Tränen, reckte das Haupt so hoch wie die Königin, welche zu werden sie zweifelsfrei das Licht der Welt erblickt hatte.

»Nein«, sprach sie mit fester Stimme. »Laßt mich. Nun muß ich lernen, auf mich allein gestellt und stark zu sein. Er ist dahin, aber ich werde weder vergessen, wie er lebte, noch wie er starb. Und ebensowenig gedenke ich zu vergessen, wer an seinem Tode die Schuld trägt. Ich werde Vergeltung üben.«

»Aber Charissa, sag an, was war in deinen Vater gefahren?« meinte Aldred halblaut. »Seit etlichen Geschlechterfolgen wohnt den Haldanes die Anlage zu einer Magie-Macht inne, welche sich durchaus mit unseren Fähigkeiten vergleichen läßt. Was hat deinen Vater zu der Vermutung bewogen, es könnte sich mit diesem Haldane anders verhalten?«

Der König ließ ein Räuspern vernehmen, schüttelte gleichfalls das Haupt und wischte sich Tränen aus den entzündeten Augen. »Wir hegten gewisse Hoffnungen«, erklärte er. »Als Brion Haldanes Vater verstarb, war Brion noch jung. Wir glaubten, es sei niemand da und bereit, um ihn mit den besonderen Kräften der Haldanes auszustatten. Und als er in den vergangenen zehn Jahren, während all seiner Zeit als König, keinerlei Anzeichen dieser Kräfte zeigte, dachten wir, sie wären verloren. Wer hätte vermutet, daß das Bürschlein Morgan etwas derartiges verrichten könnte, was er allem Anschein zufolge vollbracht hat?«

Indem er die Finger einer Hand gegen die andere Hand preßte, nickte Carolus. »Wir haben ihn unterschätzt«, pflichtete er dem König bei. »Dies Mißgeschick wird uns kein zweites Mal unterlaufen. Allem zum Trotz ist und bleibt der Haldane ein Thronräuber. Wenn Aldred und Charissa erst vermählt sind, müssen wir gewährleisten, daß ihr gemeinsames Erbe beide Königreiche einschließt. Wir werden sowohl den Haldane wie auch diesen ehrgeizigen Deryni-Bankert im Augenmerk behalten.«

Derweil die übrigen Anwesenden nickten, um ihre Zustimmung zu bekunden, der König und Carolus nunmehr Hassan ausführlicher befragten, stellte Wencit stumm Überlegungen an, welche der stattgefundenen Schlacht ebenso wie der nun nachfolgenden Beratung galten, merkte sich viele Angelegenheiten vor, um sie später in aller Geruhsamkeit genauer zu durchdenken. Heute hatte er mehr als eine wichtige Sache in Erfahrung gebracht. Zum einen, daß Aldred nichts anderes war als ein Tor. Sollte er jemals Carolus auf den Thron nachfolgen, wäre er ihn so wenig zu behalten imstande, wie Hogan gegen den Haldane zu bestehen vermocht hatte. Und auch Carolus, obgleich es Wencit nie zuvor in den Sinn gekommen war, seinen Bruder in so nachteiligem Lichte zu betrachten, verhieß für die Zukunft keine sonderlich besseren Aussichten. Das allein bot ihm Anlaß zu mancherlei insgeheimen Gedanken und Erwägungen.

Zum zweiten waren ohne Zweifel der Haldane und auch Morgan gleichermaßen weiteren Nachsinnens wert, insbesonders der letztere; obzwar der Halbderyni-Bursche kaum das Knabenalter überschritten hatte, handelte es sich bei ihm offensichtlich um jemanden, mit dem man künftig rechnen mußte — und mit Gewißheit verkörperte er zumindest zu einem Teil den Schlüssel für den schlußendlichen Untergang der Haldanes. Vielleicht durfte Wencit, falls das Schicksal sich als ihm hold erwies, einmal selbst das Werkzeug sein, welches schließlich Morgan vernichtete. Weit weniger wahrscheinliche Dinge waren in den Bereich des Möglichen gerückt ...

Originaltitel: ›Legacy‹
(erschien urspr. in ›Fantasy Book‹, Feb. 1983)
Copyright © 1983 by Katherine Kurtz

VII.
Derrys Ritterschlag
(Mai 1115)

Zu einem meiner beliebtesten nichtderynischen Charaktere ist im Laufe der Jahre Sean Derry geworden, Morgans Leutinger (eine Art von Adjutant). Er ist ein sympathischer Kerl: Treu, tüchtig, einfühlsam — und völlig menschlich. Ich bin oft gefragt worden, wie sich Morgan und Derry kennengelernt hätten und wie es dazu gekommen wäre, daß Derry in Morgans Dienste trat. Deshalb erzähle ich jetzt hier diese Geschichte.

Interessant ist, daß sie beinahe nicht geschrieben worden wäre. Ursprünglich hatte ich sie aus Morgans Perspektive abzufassen angefangen, bekam aber enorme Schwierigkeiten, beim Schreiben Fortschritte zu machen. Nachdem ich fast eine Woche lang an Stammbäumen und Zeittafeln gearbeitet hatte — um überhaupt etwas zu tun, während ich mich vor dem Weiterschreiben drückte (aber wenigstens weiß ich jetzt, wie Morgan und Duncan von Rhys' und Evaines Nachfahren abstammen) —, verbrachte ich schließlich einen ganzen Tag damit, mühselig knapp fünf Seiten zu verfassen. Das war an einem Freitag. Ich schreibe heutzutage am Computer; und als ich mich am Montag ans Gerät setzte, um die Arbeit an der Story fortzusetzen, konnte ich den Computer nicht dazu bringen, den Text von der Diskette zu laden. Ich konnte den Text nicht erreichen, und kopieren ließ die Diskette sich auch nicht mehr; der Text war schlichtweg für mich unzugänglich geworden. Anscheinend hatte die Diskette irgendeinen Defekt abgekriegt.

Also unternahm ich einen halbherzigen Versuch, die Story zu rekonstruieren — ein Vorgehen, das fast nie klappt —, sah dann aber völlig davon ab und fing auf einer anderen Diskette ganz von vorn an, erzählte die Geschichte diesmal jedoch aus Derrys Perspektive, eigentlich nur im Rahmen des Bemühens, wieder zügiger und schwungvoller schreiben zu können. Und diesmal erwachte Derry regelrecht zum Leben, die Story entwickelte Dynamik.

Ich wünschte fast, ich könnte sagen, spätere Versuche, an den ursprünglichen Text zu gelangen, seien auf keine Hindernisse gestoßen, nachdem ich die Erzählperspektive der Geschichte geändert hatte; aber so ist es nun einmal nicht gewesen. Ich bin auch nicht so vermessen, in meinem Alltag in solchen Dingen göttliches Eingreifen zu unterstellen. Ähnlich wie Denis Arilan neige ich zu der Meinung, daß Gott am häufigsten durch sterbliche Helfer wirkt — oder vielleicht manchmal durch von Sterblichen angefertigte Apparate. Jedenfalls genügt die Feststellung, daß die Erstfassung der Geschichte unwiderbringlich verloren ging, und daß es so nur gut war; der innere Prozeß, diesen Verlust zu verwinden, gab mir den Anstoß zum Überdenken meines Herangehens, und zu guter Letzt wurde die Erzählung so, wie ich sie von Anfang an hätte schreiben sollen.

Das Resultat, wodurch es auch inspiriert worden ist, liefert auf alle Fälle einige interessante Hintergrundinformationen über Derry und seine Familie. Warum zog ein junger Adeliger mit womöglich vielversprechender Zukunft es vor, bei einem Herzog in Dienst zu treten, statt sein eigener Herr zu bleiben? Alaric Morgans damals längst unwiderstehliches persönliches Charisma kann ein sehr wichtiger Faktor gewesen sein, aber können nicht die Wunder an König Brions Hof, gesehen mit den Augen eines relativ ungebildeten, in der Hierarchie des Adels niedrigstehenden Junkers von erst achtzehn Jahren, den man gerade erst zum Ritter geschlagen, der seinen König erst ein paarmal gesehen und noch nie persönlich mit ihm gesprochen hat, den Ausschlag gegeben haben?

Außerdem begegnen wir dem inzwischen reiferen Denis Arilan wieder — zehn Jahre nach seiner Priesterweihe — und erfahren, welche Rolle er mittlerweile in Kreisen des Königshauses spielt.

Graf Sean Derry, achtzehn Lenze alt, weniger als vierzehn Tage entfernt vom Ritterschlag durch die Hände König Brions von Gwynedd, entließ den Atem in sehnsüchtigem Aufseufzen aus seinen Lungen, während er beobachtete, wie Roßknechte die ihnen anvertrauten Tiere auf einem schmalen, von Zäunen gesäumten Pfad zur Versteigerungsstätte des Pferdemarktes führten, welcher in jedem Frühjahr zu Rhelledd stattfand. Der besondere Gegenstand seiner Sehnsucht war noch nicht gebracht, dem Zug der Pferde nicht eingereiht worden, doch mochte dieser Umstand Derry einerlei sein, da schon der für dies Roß bestimmte Anfangspreis seine Mittel bei weitem überforderte. Freilich, er war ein Graf, aber seine Güter in den östlichen Marken besaßen einen lediglich bescheidenen Umfang, so wie es sich bei Grafen häufig verhielt, und erst vor kurzem hatte Derry die Schulden beglichen, welche sein Vater, als er vor neun Jahren verstarb, noch bei der Krone auf dem Kerbholz gehabt und ihm hinterlassen hatte. Ohm Trevor, kaum besser gestellt als Derry, hatte ihm — als Geschenk zum Ritterschlag seines einzigen Neffen — ein für seine Verhältnisse ansehnliches Sümmchen zur Unterstützung angeboten; aber Derry wußte, daß nicht einmal ihrer beider Vermögen zusammengenommen ausgereicht hätten.

»Der Rotbraune dort ist nicht übel«, sprach Ohm Trevor halblaut, deutete auf ein Reittier mit ruhigem Gebaren und breiten weißen Stellen an den Vorderläufen. »Die Zeichnung lasse ich einmal außer acht. Doch er hat einen kräftigen Brustkorb und friedliche Augen. Ich habe Erkundigungen nach seiner Abstammung eingezogen und recht vorteilhafte Auskünfte erhalten. Oder's käme der Dunkelbraune in Frage, welchen man vorhin vorbeiführte. Gewißlich entsinnst du dich an ihn. Ich möchte meinen, einen davon können wir uns wahrlich leisten.«

Derry zuckte die Achseln, ohne den Blick von den

Rössern zu wenden, welche man gegenwärtig aus den etwas entfernten Pferchen holte.

»Sie werden's tun«, gestand er dem Ohm zu. »Der Nußbraune indes ...«

»Ei, ich kann's dir schwerlich zum Vorwurf machen, daß deines Herzens Wunsch ihm gilt«, antwortete Trevor voller Verständnis, als der Hengst, den ihr Gespräch betraf, am Anfang des Pfads in Sicht kam. »Selbiges Roß ist fürwahr eines Königs würdig, Sean. Ich hoffe nur, 's wird dich nicht allzu tief enttäuschen, wenn's sich erweist, daß wir ihn nicht bezahlen können.«

»Ich bin mir darüber im klaren, daß sein Kaufpreis voraussichtlich unsere Mittel übersteigt«, versetzte Derry zur Antwort. »Darauf bin ich inwendig schon gefaßt. Einer jener zwei anderen Braunen wird mir recht sein, da wir den Nußbraunen zu erwerben außerstande bleiben, aber bei *Gott!*, wie gerne ritte ich ein solches Roß.«

»Da ergeht's dir geradeso wie jedem anderen hier anwesenden Reiter«, versicherte Trevor leise.

Indem er zum Zeichen der Zustimmung zerstreut nickte, schwang sich Derry auf einen benachbarten Querbalken des Zauns, reckte den Hals in die Richtung des heißbegehrten Reittiers, kaute auf seiner Unterlippe, während man den Hengst nahebei vorüberführte. Seinen blauen Augen entging keine Zuckung der starken Muskeln, welche sich unter dem nachgerade samtweichen Fell regten, während das herrliche Tier tänzelte, sich drehte, gegen die Gurte sträubte, an denen zwei Pferdeknechte es vorwärtsgeleiteten, gelegentlich trotzig den geringeren Hengsten zuwieherte, die vor und hinter ihm gingen.

»Süßer *Jesus*, wie ist er prachtvoll!« raunte Derry, zog schuldbewußt das Haupt ein, als er den ungnädigen Blick der Mißbilligung bemerkte, welchen ihm angesichts seiner Verstocktheit, die an Lästerlichkeit grenzen mochte, der Ohm zuwarf. »Ach, vergib mir, Ohm Trevor.«

Aber es handelte sich bei dem Hengst *wahrhaftig* um ein prächtiges Geschöpf: Einen lebhaften Nußbraunen mit massigem Brustkorb, am ganzen Körper wies er kein einziges Fleckchen Weiß auf, doch sah man dem hohen Kamm, den ausgeprägten Kinnbacken sowie den großen, klugen, braunen Augen die vornehmste r'kassische Abkunft an. Mit einem dergestalteten Roß als Deckhengst und einem sorgsam durchdachten Zuchtverfahren traute Derry es sich zu, binnen fünf Jahren die Art des heimatlichen märkischen Reittiers als Ganzes vollkommen zu wandeln. Auch täten die Einnahmen aus Deckgeldern einheimischer Gutspächter und niedrigerer Edelleute der Umgebung Derrys gräflicher Kasse keineswegs übel. Und als Reittier wäre ein solches Roß Derrys ganzer Stolz, könnte er darauf am Tage seines Ritterschlags zu Rhemuth in die Stadt einreiten. Kaum eine Woche trennte ihn noch von jenem Tag ...

Derry schwelgte in einem Wachtraum von diesem Tag, stellte sich vor, wie er, in vollem Prunk von Wehr und Waffen, auf dem Nußbraunen saß, sein hellblau bemalter Plattenpanzer im Sonnenschein leuchtete, da geschah das Unheil. Unversehens huschte ein kleines Kind, dessen Kleidchen und Ärmel wehten, unterm tiefsten Querbalken der Absperrung hindurch, um auf die andere Seite des Pfads zu laufen — und stolperte fast unter der Nase eines mißgelaunten Grauen, welcher sichtlich unruhig unmittelbar dem Nußbraunen nachfolgte.

Der Graue erschrak und verfiel ins Toben. Indem er den Schädel emporwarf und ein ärgerliches Wiehern ausstieß, erhob er sich zu einer vollkommenen Levade auf die Hinterläufe, riß den überraschten Roßknecht von den Füßen, drehte dann den langen Hals seitwärts und verbiß die kräftigen Kiefer in die Schulter des Mannes, schüttelte ihn, wie eine Dachsbracke eine Ratte schüttelt, ließ erst von ihm ab, als sich durch seinen Wutausbruch auch der Nußbraune aufbäumte und dem Grauen einen Schrei der Herausforderung zuwieherte, dabei die Roßknechte abschüttelte, als wären sie Mäuse.

Derry tat bereits einen Satz über den Zaun, als er das abscheuliche, dumpfe, hohle Wumsen vernahm, wie es ertönte, wenn ein mit Eisen beschlagener Huf die Brust eines Menschen traf, ein Unglück, das in diesem Augenblick einen Pferdeknecht ereilte, und gleich darauf entging er, als er hinter den Grauen sprang, um das niedergeduckte Kind zu packen und sich mit ihm aus der Gefahr Bereich zu wälzen, nur knapp dem gleichen Schicksal. Als er sich aufgerafft und das Kind über den Zaun in die eilfertigen Arme eines Mannes gehoben hatte, befanden sich die beiden Hengste schon in ernstem Zwist, Pferdeknechte und sonstige Betreuer rannten ringsum kreuz und quer durcheinander, bemühten sich schleunigst, die übrigen Hengste fortzuschaffen, bevor sie in den Kampf verwickelt werden konnten. Aufgrund der Staubwolken, welche das Wüten der zwei Rösser aufwirbelte, vermochte Derry nicht so recht zu erkennen, was inzwischen aus den für die beiden Tiere zuständigen Knechten geworden war, doch vermeinte er, er könnte nahe der Absperrung eine bereits mit Staub bedeckte Gestalt reglos daliegen sehen, und ein anderer Knecht hatte sich fast unmittelbar unter den lebensgefährlichen Hufen der Tiere zusammengekrümmt, in sinnlosem Bestreben, sein Haupt zu schützen, die Arme um es geschlungen.

»Sean, nicht«, hörte Derry seinen Onkel rufen, als er ein zweites Mal hinzusprang, um noch eine Rettung zu versuchen, nach den Leitzügeln grapschte, welche dem Nußbraunen vom Hals baumelten.

Es gelang ihm, die Leitzügel zu erhaschen, aber der Hengst vollführte mit dem Kopf einen gewaltsamen Ruck und brachte Derry, ehe er die Zügel fahren lassen konnte, aus dem Gleichgewicht, schleuderte ihn geradewegs den Vorderläufen des Grauen entgegen. Gott sei Dank rammte nur ein Knie Derrys Kinn, kein Huf, dennoch schienen vor seinen Augen zahllose Sternchen zu gaukeln, während er rücklings niederstürzte, sich überschlug, dann mühsam wieder aufrappelte. Einen Augenblick später sauste ein Huf bedrohlich dicht an seinem Haupt vorbei, streifte die Schulter und fügte ihm eine tiefe Platzwunde zu, doch genügte die Kraft des Trittes nicht, um ihm Knochen zu brechen, da in diesem Moment ein Paar in Schwarz gewandete Männer das Zaumzeug des Grauen packten und ihn am Hals rückwärtszerrten.

Dies Eingreifen gab dem Knecht auf dem Erdboden eine Gelegenheit, um sich zur Seite zu wälzen, und als Derry sich dazu imstande fühlte, den Nußbraunen nochmals anzugehen, der ihm ein schweißnasses braunes Ohr zudrehte, um den Kopf des Hengstes herabzuziehen, hatten die zwei Schwarzgekleideten den Grauen gebändigt.

»Gemach, gemach, mein Freund«, sprach Derry in einem Tonfall der Beschwichtigung auf das Roß ein, gab das Ohr frei, sobald der Hengst sich fügsam zu zeigen begann. »Ho-hooohooo ...«

Einer der Mannen in Schwarz hatte sein Wams abgestreift und es dem Grauen um die Augen gebunden, um ihn leichter von seinem Gegner entfernen zu können, und der Fuchsbraune beruhigte sich gleichfalls zusehends, derweil Derry ihn streichelte und freundlich auf ihn einredete, kehrte sich vom Grauen ab. Diese Bewegung jedoch offenbarte, indem das Tier sich folgsam auf der Vorderhand drehte, ein ernstliches Hinken der hinteren Läufe, und das Derry zugewandte Hinterbein blutete. Derry spürte selbst jeden Muskel in seinem zerschundenen Körper, als er die Leitzügel einigen Roßknechten überließ, welche sich nun, da die Gefahr ausgestanden war, mit einem Mal wieder herantrauten; anschließend trat er gewohnheitsmäßig um einen Schritt zurück, um das verletzte Bein in Augenschein zu nehmen. Ein scheußliches Gefühl krampfte ihm den Magen zusammen, als er, während er mit zittrigen Händen an des Hengstes schweißiger Flanke abwärtstastete, die Wunde fand.

»Ein arger Biß«, äußerte eine verhaltene, angenehme Stimme fast gleich neben Derrys Ohr. »Zudem eine gerissene Sehne, will's mich dünken. Welch ein Jammer.«

Derry schaute nur lange genug auf, um zu sehen, daß der Sprecher einer der Schwarzgewandeten war, welche den grauen Hengst gemeistert hatten, jener der beiden, welcher sein Wams opferte, um es dem Roß um den Kopf zu schlingen. Auf der Brust des Mannes glänzte ein Kettenhemd — daß jemand derlei unter der Reitkleidung trug, durfte als ungewöhnlich gelten —, doch Derry schenkte dieser Seltsamkeit vorerst keine Beachtung, bewegte vielmehr das verwundete Bein des Tiers, besänftigte mit der anderen Hand den Hengst so weit, daß er den Schmerz, welche die Bewegungen offenkundig verursachten, willig erduldete.

»Mein Eindruck ist, daß die Sehne nicht vollauf zerrissen ward«, entgegnete Derry gedämpft, kniete nieder, indem er den Huf zurück auf die Erde stellte. »Wenn's gelingt, sie zu nähen und zu schienen, dafür zu sorgen, daß er den Riß nicht verschlimmert, mag's durchaus sein, daß er gesund wird.«

»Er wird nie und nimmer hinlänglich genesen, um als Schlachtroß dienen zu können«, erwiderte der Fremde. »Es dürfte sich empfehlen, ihm den Gnadenstoß zu geben.«

»Aber nein!« widersprach Derry. »Ich habe einen Hufschmied, derselbe versteht sich darauf, besondere Schienen anzufertigen, die ein so verletztes Bein stützen, bis es verheilt ist. Ohm Trevor, könntest du wohl schauen, ob du irgendwo jemanden mit Verbandszeug entdeckst? Unterdessen sollte jemand verhindern, daß er dies Bein belastet. Einen Versuch ist's wert, oder nicht?«

Während der Gewappnete jemandem winkte, den Derry nicht sehen konnte, dann selbst des Hengstes

Kopf nahm, um ihn zu tätscheln und sanft zu dem Tier zu reden, trat ein anderer Fremdling näher, gekleidet in braunes Leder, blickte Derry über die Schulter.

»Ein Riß der Sehne, hm? Fluchwürdiger Unsegen! Hab Dank für deine Bemühungen, Bursche, doch von nun an wird mein Getreuer sich der Sache annehmen. Maclyn, wir werden ihm den Gnadenstoß geben müssen.«

»Nein«, rief Derry noch einmal. »Doch nicht so ohne Weiteres! Laßt mich zumindest eine Behandlung versuchen.«

»Es ist den Aufwand nicht wert, Bursch. Er wird nimmermehr heil werden.«

»Nicht für den Dienst als Streitroß, gewiß. Aber er könte einem Gestüt als Zuchthengst nützlich sein. Für selbigen Zweck braucht er keiner zur Gänze heilen Glieder, solang er keine Schmerzen leidet.«

»Es hat keinen Sinn, Bursch.«

»Seid Ihr der Eigentümer?« erkundigte sich Derry.

»Ja.«

»Dann kaufe ich ihn Euch für die Summe ab, welche Ihr für ihn vom Roßschlächter erhieltet. Und ich ... ich will von Euch überdies ein zweites, gesundes Roß erwerben. Ich hatte bereits zwei Tiere in Betracht gezogen.«

Versonnen schabte sich der Mann am Kinn. »Welche zwei?«

»Nun ja, einen Dunkelbraunen hab ich gesehen, ein Roß mit ungemein starken Muskeln ... Und einen Rotbraunen mit auffälliger weißer Vorderhand.«

»Aha«, machte der Mann. »Der Rotbraune ist eines meiner Tiere. Mein Preis für ihn beträgt zweihundert Goldmark. Zahlt mir dreihundert, und ihr könnt ihn und dies Roß dazu haben.«

»Julius!« schnob der Mann im Kettenhemd. »Das ist Wucher. Tot ist dies Tier, mitsamt Fell und allem übrigen, keine zwanzig Taler wert.«

»Das gilt nicht, Herr«, erwiderte Julius, »wenn der Hengst sich zur Zucht bewährt.«

»Aber das bleibt ja zunächst ungewiß«, hielt der Gewappnete ihm daraufhin entgegen. »Und du hast alle Neigung gehabt, das Tier dem Schlächter zuzuführen. Überlaß dem Jüngling beide Rösser für zweihundertfünfzig Goldmark, und du hast an dem Mißgeschick weit mehr Gewinn, als ein ehrbarer Christenmensch sich erhoffen dürfte.«

»Ei nun, ich ...«

»Was denn, was denn, Julius«, redete der Gewappnete dem Händler gut zu. »Zum Ausgleich erwerbe ich für den schandbar überhöhten Kaufpreis, welchen du für sie verlangst, deine schwarze Stute.«

»*Und* ihr Fohlen?«

»*Und* deren Fohlen«, willigte der Mann ein. »Allerdings für nur fünfzig Goldmark mehr. Und damit erweise ich *dir* eine Gefälligkeit.«

»Nun wohl, Herr. Ihr seid, muß ich erwähnen, recht tüchtig in Kaufgeschäften.«

Als die beiden Männer den Handel durch Handschlag besiegelten, vermochte Derry noch kaum an sein großes Glück zu glauben, denn das vereinbarte Entgelt entsprach schwerlich nur zur Hälfte dem Gegenwert des Nußbraunen — vorausgesetzt jedoch, Derry schaffte es, seine vollmundige Ankündigung, die Heilung der Wunde bewirken zu können, in die Tat umzusetzen.

Ein Roßknecht brachte einen Kübel Wasser, und Derry machte sich daran, behutsam die Verwundung des Hengstes zu waschen, staunte währenddessen darüber, daß das Tier gegen die Behandlung nicht die schwächste Abneigung an den Tag legte. Tatsächlich war das gewaltige, starke Roß in den Händen des sonderbaren, gewappneten Edelmanns still und friedfertig wie ein Lamm geworden. Unterdessen fing es in Derrys Haupt durch den Stoß, welchen er gegen das Kinn erhalten hatte, zu pochen an, eigenes Blut rann ihm am linken

Arm hinab, vermischte sich mit dem des Hengstes, während er sich dem Säubern der Wunde widmete, aber darum scherte er sich nicht, und ebensowenig kümmerte ihn ein stets stärkeres Unwohlsein. Und auf alle Fälle würde er aushalten, bis er sich aufrichtete. Ohm Trevor kam und hockte sich an seine Seite, reichte ihm Nähnadeln und Zwirn, entrollte Verbandszeug, und auch Romare, Schloß Derrys Hufschmied, fand sich ein, untersuchte die Verletzung.

»Ich habe mit deinen Fähigkeiten geprahlt, Romare«, sprach Derry mit gedämpfter Stimme. »Schließlich warst du's ja, von dem ich alles gelernt habe, was man nur über Rösser wissen kann. *Ist's* möglich, ihn zu retten?«

»Dieweil Ihr ihn ohnehin bereits erworben habt, lohnt's allemal den Versuch«, lautete Romares Antwort. »Doch ich bitte Euch, laßt nunmehr mich das Werk fortsetzen. Ich vermag Wunden nicht schlechter denn jeder andere zu nähen. Es sollte sich indessen wohl jemand Eures Arms annehmen. Ihr blutet ärger, glaub ich, als Ihr's glaubt.«

»Er hat recht, glaube ihm«, sprach der Gewappnete, griff zu, als sich Derry erhob, sofort schwankte, sich mit einer Hand an der Flanke des Hengstes abstützte, faßte Derrys Arm unterhalb der Platzwunde. »Es will mir sehr wohl den Anschein haben, als gäb's auch bei Euch einiges zu nähen. Und an Eurem Kinn sehe ich keine gar so geringfügige Beule.« Sachte berührten mit Blut beschmierte Finger selbige Beule, eine allem Anschein zufolge inzwischen ganz beträchtliche Schwellung. »Randolph, werdet Ihr Euch, sobald Ihr dem Roßknecht genügsamen Beistand geleistet habt, wohl einmal diesen Jüngling anschauen?«

Derry sah noch hellgraue Augen und einen Schopf kurzgeschorenen, blonden Haupthaars oberhalb des Kettenhemds, welches der Fremdling trug, ehe sich sein Blickfeld trübte und ihm sodann die Sinne vollends schwanden.

Als seine Sinneswahrnehmung wiederkehrte, verspürte er als erstes erneut in seinem Kinn das Pochen, ein Stechen und Brennen hatte die Pein im linken Oberarm nahezu verdrängt, und in seines Hauptes Nähe summte jemand unschön eine Melodie. Er schlug die Augen auf und erblickte vor sich einen schwarzgewandeten Mann mit überaus angenehmen Gesichtszügen, welcher soeben ein nasses Stück schwarzer Seide aus den blutgetränkten Fetzen des linken Ärmels von Derrys Kittel zupfte. Das haltbare blaue Leinen war vom Ellbogen bis zur Schulter aufgeschnitten und dadurch eine Fleischwunde, so lang wie eine Menschenhand, entblößt worden; das Stechen und Brennen ging von der Nadel aus, welchselbige der Mann verwendete, um die Wunde zu nähen.

»Sieh an, sieh an«, sprach der Mann und lächelte, indem er den Zwirn festzog. »Da seid Ihr ja wieder unter den Lebenden. Ich befürchtete, Ihr hättet, als Ihr in Ohnmacht sankt, eine Erschütterung der Hirnschale erlitten, nun jedoch wähne ich, Euch haben schlichtweg Schrecken und Anstrengung überwältigt. Ich wage vorauszusagen, Ihr werdet wohlauf sein, nachdem Ihr ein Weilchen der Ruhe genossen habt.«

»Bin ich lang ohne Besinnung gewesen?« frug Derry mit schwacher, leiser Stimme.

»O nein, nicht allzu lange, eben erst habe ich mit dem Nähen begonnen. Ich glaub, Eure Wunde zu waschen und sie zu verbinden, hätt's auch getan, ist sie jedoch genäht, wird eine geringfügige Narbe zurückbleiben. Junge Edelleute kriegen in ihres Lebens Verlauf, so wie die Welt nun einmal beschaffen ist, noch reichlich Narben ab. Gefährlich scharf sind die Eisenhufe jener zu Schlachtrössern bestimmten Tiere, und außerdem schmutzig, doch bin ich der Überzeugung, daß die Verletzung sorgfältig gesäubert ist. Hättet Ihr die Wahl gehabt, entweder das Waschen oder das Nähen verschlafen zu dürfen, so seid Ihr mit ersterem gut dran gewesen, wiewohl Euch auch, das glaubt mir, das Nähen kein Vergnügen bereiten dürfte. Übrigens bin ich, um Euch diesbezüglich Aufschluß zu geben, Meister Randolph, ich habe diese Dinge gelernt, also sorgt Euch nicht. Mein Herr mochte Euch nicht einem der örtlichen Barbiere oder Wundärzte überlassen.«

Derry gab sich redlich Mühe, um den Mann nicht anzustarren, während derselbe unablässig auf ihn einsprach, jedoch kam er nicht umhin, ihn zumindest in gewissem Umfang einer Musterung zu unterziehen. Der Mann, welcher sich ihm als Meister Randolph vorgestellt hatte, mochte ein Alter zwischen dreißig und vierzig Jahren haben, und das auf der linken Seite seiner Brust gestickte Wappen zeigte den kleinen Kopf eines Greifen, ausgeführt in Grün und Gold auf Schwarz, während das Wappenschild selbst einen goldenen Saum aufwies. Derry blinzelte, befand sich innerlich nicht weit davon, sich daran zu erinnern, wem dies Wappen gehörte; doch da hob er unklug das Haupt, um Meister Randolphs Tun genauer zu beobachten, und als er sah, wie sich die Nadel von neuem in den Rand der Wunde bohrte, verzerrte sich ihm unwillkürlich das Angesicht.

»Ihr verrichtet Euer Werk vortrefflich«, merkte Derry verhalten an, indem er das Haupt zurück auf die Liegestatt senkte und zu vermeiden suchte, daß er beim nächsten Stich zusammenzuckte. »Ich bin Sean Derry.«

»Zu Diensten, Herr, das ist mir bereits bekannt«, versetzte Meister Randolph zur Antwort. »Graf Derry. Euer Ohm hat's mir mitgeteilt. Er weilt, wie Euch interessieren mag, bei Julius, um ihn auszuzahlen. Euer Hufschmied hat sich unterdessen den Nußbraunen vorgenommen. Entweder habt Ihr einen ganz außergewöhnlich gewinnträchtigen Handel abgeschlossen, oder aber sehr teures Pferdefleisch erworben.«

»Ich weiß, wie's um die Sache steht«, entgegnete Derry, legte sich den unversehrten Arm quer über die Augen. »Es ist ein Wagnis, welches ich wohl besser hätte meiden sollen. Die Anschaffungen, deren's in Vorbereitung auf meinen Ritterschlag bedurfte, haben uns ohnedies beträchtliche Kosten verursacht. Hätte ich den Braunen auf dem Markt ersteigert, er wäre mich wohl weit billiger gekommen. Zwar hat er tadellose Zeugnisse, aber das Weiß an den Beinen hätte einem allzu hohen Kaufpreis vorgebeugt.«

»Hmmm, er wird durchaus ein taugliches Reittier für Euch abgeben«, antwortete Randolph. »Und die weißen Beine ... werden Euch von Nutzen sein, wenn's gilt, ihn von weitem zu erkennen.«

Derry begann gedämpft über diese Äußerung zu lachen, unterdrückte dann aber einen Aufschrei, als ihn die Nadel nochmals stach, und hob wieder das Haupt an, um sich von Randolphs Vorgehen einen Eindruck zu verschaffen. Mittlerweile war die Wunde zu einem guten Drittel genäht. Als er gemurmelt um Vergebung bat, das Haupt erneut auf die Liege bettete und das Angesicht zu der Randolph abgewandten Seite drehte, da sah er dort einen zweiten Mann sitzen — den Fremdling im Kettenhemd. Derry fragte sich, wann wohl *er* eingetreten sein mochte.

»Nun, junger Herr Derry, wie ist Euch zumute?« wollte der Fremde erfahren, indem er Derry zulächelte. »Wird der teure Meister Randolph die an Euch zu verübende Marterung alsbald vollbracht haben?«

In seinen grauen Augen stand eine Andeutung wie von Nebel und Sommerregen, indessen aufgehellt von Sonnenschein. Und im Gegensatz zu Derrys anfänglichem Eindruck konnte er kaum älter als Derry selbst sein, höchstenfalls ein Mittzwanziger. Derry fühlte sich ihm sofort zugetan.

»Leider muß ich sagen, ich befinde mich Euch gegenüber im Nachteil, Herr«, sprach er auf die an ihn gerichteten Worte und erwiderte — wiewohl ein wenig zaghaft — das Lächeln. »Es hat den Anschein, daß sowohl

Ihr wie auch Meister Randolph wißt, wer *ich* bin, hingegen ich Euch ganz und gar nicht kenne.«

»Hm, da mögt Ihr freilich recht haben«, stimmte der Fremde ihm halblaut zu. »Zur Stunde ist's allerdings weitaus *bedeutsamer*, daß Eure Wunde versorgt wird. Bedenkt, daß Ihr Euch heute als wahrer Held bewährt habt. Die Eltern jenes Kindes, welches von Euch errettet wurde, wollen Euch gar zum Heiligen erhoben sehen. Wie steht's um die Beule an Eurem Kinn? Sein Haupt hat ansonsten keine Beeinträchtigungen davongetragen, oder wie verhält's sich, Randolph?« Indem der Mann sich an den Wundarzt wandte, betastete er mit beiden Händen Derrys braungelockten Schopf, um etwaige weitere Schwellungen ausfindig zu machen.

Gerade wollte Derry auf die Frage seinerseits eine Antwort geben, da verspürte er den unwiderstehlichen Drang zu gähnen, fuhr allerdings, als er diesem Drang erlag, von neuem zusammen, als sich Meister Randolphs Nadel, indem der Wundarzt sein für Derry unerfreuliches, lästiges Werk fortsetzte, abermals in sein Fleisch bohrte.

»Lenkt Eure Gedanken auf andere Angelegenheiten«, riet der Fremdling im Kettenpanzer ihm mit leiser Stimme, der Blick seiner auf unglaubliche Weise silbrigen Augen erfaßte und bannte Derrys Blick, während der Gewappnete die Hände an beide Seiten von Derrys Haupt legte. »Schließt Eure Lider, malt Euch im Geiste aus, Ihr weiltet andernorts. Löst Euch inwendig von allem Mißvergnügen.«

Derry gähnte, als risse ein Drache das Maul auf, befolgte den Rat und spürte sogleich alles Unbehagen und Unangenehme schwinden, als rückte es von ihm ab in die Ferne. Und wahrhaftig, er döste sogar ein. Als er wieder aufwachte, war der Gewappnete fort, Meister Randolph befestigte just an der Schulter den Verband, und auf einem Stuhl neben Derry saß Onkel Trevor, betrachtete ihn mit sorgenvoller Miene.

»Wie ist dir zumute?« frug Trevor nach.

»Wie jemandem, dem ein Roß gegen Kinn und Schulter getreten hat«, lautete Derrys Antwort, während er sich mit aller Vorsicht auf die Ellbogen zu stützen trachtete. »Wohin ist denn mein geheimnisvoller Wohltäter entschwunden? Ich muß ihm noch meinen Dank aussprechen. Und wer ist er eigentlich?«

Meister Randolph lächelte, derweil er seine wundärztlichen Werkzeuge in die Arzttasche packte und sie verschloß.

»Er ist gegangen, um sich seinen Geschäften zu widmen, doch weiß er sehr wohl, daß ihm Eure Dankbarkeit gewiß ist.« Randolph stand auf und schlang sich die Tasche an ihrem Gurt um die Schulter. »Und was Eure Frage anbelangt, wer er ist, so denke ich, er hätt's Euch aus eigenem Munde kundgetan, hätte er's als wesentlich erachtet, daß Ihr's ohne Verzug erfahrt. Aber Ihr werdet davon Kenntnis erhalten. Ich wünsche Euch, junger Graf Derry, und Euch, Baron Varagh, noch einen recht schönen Tag.«

Bevor Derry gegen seine Worte Einspruch zu erheben vermochte, hatte er die Kammer verlassen. Verdutzt setzte Derry sich vollends auf und schaute seinen Onkel an.

»Weiß *du*, um wen's sich handelte?« erkundigte er sich im Flüsterton. »Offenbar muß er ein hochgeborener Edelmann gewesen sein...«

»Er zählt zu den Hochgestelltesten des Reiches«, sprach Trevor mit ruhiger Stimme. »Was hat er mit dir gemacht?«

»Mit mir *gemacht*? Was meinst du damit?«

»Hat er dich berührt? Entsinnst du dich an seine Reden?«

»Ei *ja* doch, berührt hat er mich. Er befühlte mein Haupt, um sich dessen zu vergewissern, daß ich keine... Wer *war* er, Ohm?«

Trevor schnob, verkniff es sich knapp, eine Miene der

Erbitterung zu schneiden. »Alaric Morgan, der Herzog von Corwyn.«

»Cor... Alaric *Morgan?*« raunte Derry. »Der Deryni?«

»Jawohl. Derselbe.«

»Alle Wetter... Potzdonner...!« Mehr fiel Derry dazu nicht ein, während er sich wieder rücklings ausstreckte, sich den Unterarm auf die Stirn legte und auf all das, was sich zuvor ereignet hatte, zu besinnen versuchte. »Also *das* war der berüchtigte Morgan.«

Er besaß aufs deutlichste darüber Klarheit, daß er nun eigentlich Furcht empfinden müßte, dieweil man den mit Magie begabten Deryni nachsagte, sie könnten eines Menschen Seele mit weit weniger als einer Berührung, nämlich schon mit einem bloßen Blick verderben; aus irgendwelchen Gründen aber blieb es ihm unmöglich, irgend etwas anderes als Bewunderung für Morgan zu fühlen, welcher ja — auf dem Gelände des Pferdemarkts ebenso wie später, während Meister Randolph seine Verwundung behandelte — soviel für ihn getan hatte. Unverändert rief das, was er in den lichten, silbrigen Augen des Herzogs geschaut hatte, bei ihm die lebhafteste Zuneigung hervor, und er hegte so oder so seine Zweifel an dem, was die Priester über den Volksstamm der Deryni als Ganzes lehrten.

Und was Morgans verbotene Magie anging... Nun, falls Derry sie zu spüren bekommen haben sollte, als Morgan ihm empfahl, die Beschwerden aus dem Bewußtsein zu verdrängen, so hatten derartige hilfreiche Maßnahmen nach Derrys Geschmack wohl kaum mit irgend etwas Schlechtem zu schaffen. Von Schmerzen ungemartert zu bleiben, derweil ein Wundarzt sein Werk verrichtete — dergleichen *konnte* einem jeden, welcher sich dem Waffenhandwerk weihte, nie und nimmer als Unheil gelten, sondern ausschließlich als Segen. Aber wenn Morgan noch über weitere, weniger heilsame Kräfte verfügte?

Derry beschloß, diese Möglichkeit vorerst nicht näher

zu erwägen. Er lehnte es ab, jemanden allein nach dem Hörensagen zu beurteilen, und dieser Grundsatz hatte seine Gültigkeit auch in bezug auf Deryni. Morgan mochte durchaus Furcht erregende Kräfte haben, doch alles, was Derry bei dem Mann beobachtet hatte, bezeugte Gemäßigtheit, Mitgefühl und einen unter der altüberlieferten Devise *Noblesse Oblige* geläufigen Edelmut, wie er allemal nur angeboren, nicht hingegen durch den Aufstieg in hohe Ämter und hohen Rang angeeignet sein konnte. Derry überlegte, ob er den Deryni-Herzog wohl bei Hofe wiedersähe, wenn er in Rhemuth weilte, um zum Ritter geschlagen zu werden. Immerhin hieß es ja, Morgan sei der Busenfreund des Königs. Und nunmehr, da Derry wußte, wer Morgan war, dünkte ihn eine artige Danksagung für die zu Rhelledd erwiesene Hilfeleistung wirklich angebracht.

Die darauffolgende Woche stürzte sich Derry auf jeden Fall in die größte Hast, dieweil er sich beeilen mußte, um die für die Reise nach Rhemuth erforderlichen, letzten Vorbereitungen abzuschließen, doch sie bereitete ihm um so mehr Schwierigkeiten, als er unter den Nachwirkungen seiner Verletzungen zu leiden hatte; ernster Natur waren sie zwar nicht, aber sie genügten, ihm ein beachtliches Hemmnis zu bedeuten, denn für noch mehrere Tage schmerzte ihn jeder Knochen, jeder Muskel im Leibe, und nahezu die ganze Woche lang spürte er im Haupt jenes Pochen. Da sein Kopf möglicherweise Schaden gelitten haben konnte, hatte Ohm Trevor darauf beharrt, daß Derry in einer Pferdesänfte nach Schloß Derry heimkehrte, und zuverlässig veranlaßt, daß der nußbraune Hengst fürs erste zu Rhelledd in einem Stall untergestellt wurde, wo der Hufschmied Romare seine Betreuung übernahm. Derrys Mutter erregte sich sehr über alles Erforderliche, wenn sie ihren Sohn nicht gerade unnachsichtig dafür schalt, seine beschränkten Mittel für ein womöglich nutzloses Tier verschleudert zu haben, und Derry atmete auf, als es an der Zeit war zum Aufbruch nach Rhemuth.

Und so machte sich Derry während des gemächlichen Ritts zur Hauptstadt, begleitet von Schwester, Mutter und der übrigen Familie — darunter auch Ohm Trevor, welcher als sein Bürge und Schirmherr auftreten sollte —, mehr sorgenvolle Gedanken um seine Geldangelegenheiten, als daß er viel Zeit für Überlegungen bezüglich des Deryni-Herzogs Alaric Morgan aufwendete. Als Page ritt an Derrys Seite Trevors Sohn, der elf Lenze alte Padrig, den es mit großer Begeisterung erfüllte, zum erstenmal die Hauptstadt besuchen zu dürfen, und die Vorfreude des Knaben tat das ihre, um während der Reise Derry wieder in einigem Umfang zur Wohlgelauntheit zu verhelfen. Der Braune mit den weißen Beinen erwies sich als Reittier von sanfter Gangart und freundlichem Gemüt, als jeden Reichspfennig wert, welchen Derry für ihn *und* den Nußbraunen gezahlt hatte; und die letzte Nachricht, die von Romare eintraf, ehe man aufbrach, enthielt die Kunde, daß die Heilung des Nußbraunen vorzügliche Fortschritte machte. Folglich mochte Derrys Lage, was seine Geldmittel anbelangte, vielleicht doch weniger verzweifelt sein, als er bisher befürchtet hatte.

Auch nach der Ankunft in Rhemuth fand Derry wenig Gelegenheit, um sich mit Morgan zu befassen. Der Herzog ließ sich nicht blicken, derweil Derry und die übrigen Anwärter auf die Ritterschaft sich abschließend auf das feierliche Zeremoniell vorbereiteten, doch erklärte der junge Sieur de Vali, danach befragt, Morgan sei sein Schirmherr. Während des Bads am Vorabend des Ritterschlags, wie es dem Brauchtum entsprach, ging Ohm Trevor selbst Derry zur Hand, kleidete ihn in die in den Farben Weiß, Schwarz und Rot gehaltenen Gewänder, bevor Derry sich erst zur Beichte, danach zur bei seinen Waffen zu leistende Nachtwache in die Basilika innerhalb die Mauern der Königsburg begab;

doch bei dem Jüngling, dessen Bürge Morgan war, betätigte sich nicht der Herzog als Helfer, sondern ein anderer Mann.

In der Tat bekam Derry bis zum Morgen vor dem Zeremoniell des Ritterschlags Morgan nicht einmal nur zu sehen; als er ihn dann erblickte, sah er ihn still im Hintergrund des Thronsaals, an der Seite de Valis, dessen Lehnsherr Morgan war, des Weiteren harren. Sobald Derry, wie er in Begleitung Trevors und Padrigs an ihm vorbeistrebte, seiner ansichtig ward, bewirkte des Herzogs bloßer Anblick, daß ihm mit einem Mal all die unausgesprochenen und unbeantworteten Fragen, welche den Mann betreffen, aufs neue durchs Denken und Sinnen kreisten.

In Derrys Augen jedenfalls wirkte Morgan beileibe nicht wie ein finsterer, mächtiger Deryni-Zauberer, wiewohl man ihm den Herzog ansah, allerdings auf weniger vordergründige Weise als bei anderen Edlen gleichen Ranges. Zwar trug Morgan seine Adelskrone, jedoch lediglich in Gestalt eines schlichten Reifs von gehämmertem Gold, welcher seine Stirn umwand. Und seine Gewandung ...

Freilich hatte Derry schon erzählen hören, daß Morgan fast jederzeit gänzlich schwarzer Kleidung den Vorzug gab — und demgemäß war er ja auch zu Rhelledd umgegangen —, dennoch hatte Derry erwartet, er werde, zumal aus Anlaß einer so bedeutungsschweren höfischen Feierlichkeit wie der Erhebung etlicher vornehmer Jünglinge in den Ritterstand, und da er überdies in der Tat den Bürgen Sieur de Valis abgab, etwas ... ja, etwas *Prunkvolleres* tragen.

Tiefschwarze Seide in schwerer, rauher Webart umhüllte den Herzog von der Kehle bis zu den mit goldenen Sporen bewehrten Fersen; er hatte einen förmlich hohen, steifen Kragen angelegt, doch milderten die Strenge seiner Gesamterscheinung ein wenig die feingewirkten Bänder aus Golddraht geflochtener, in der

Drehung einander entgegengesetzter Zierkordeln an Kragen, Ärmeln, Saum sowie den langen Rändern seiner vorn und hinten geschlitzten Schaube, betonten zudem die merkliche Gelockertheit seiner inneren Haltung. Auch das Weiß des Gürtels, welcher Morgans Ritterschaft anzeigte, schwächte das Düstere seines Äußeren ab, der mit Leder umwickelte Griff seines Schwertes allerdings blieb unter dem Schatten seines linken Ärmels nahezu unsichtbar, und ein gleiches galt für die schlichte schwarze Schwertscheide, welche in den Falten des langen, höfischen Übergewands hing. Das Schwert war die einzige Waffe, welchselbige man an Morgan sah, aber Derry wagte erst gar nicht zu erwägen, was für sonstige Mittel zu seiner Verteidigung des Deryni-Edlen verfügbar sein mochten. Wahrscheinlich trug er, so wie zu Rhelledd unterm Reitleder, auch unter der Hofgewandung einen Haubert.

Als man jedoch Derrys Namen aufrief und er nach vorn schritt, um den Ritterschlag zu empfangen, dachte er nicht länger an Morgan. Zu sehr beanspruchte es ihn, alles recht auszuführen, die richtigen Worte zu sprechen, während er vor Ohm Trevor kniete und dieser ihn in Schwert und Sporen gürtete, dann ehrfürchtig das Haupt vor König Brion zu beugen, der den Ritterschlag mit eigener Hand vornahm. Er erbebte und schauderte beglückt zusammen, als des Königs geweihte Klinge ihn auf den Schultern und dem Scheitel berührte, so stark ergriff es sein Gemüt, nun endlich vor dem Oberherrn des Reiches zu knien, den er erst einige wenige Male im Leben *gesehen* hatte, und das nur von fern. Und das altüberkommene Schwurwort, welches er sprach, indem er die Hände zwischen des Königs Hände legte, um den Lehnseid zu leisten, bedeutete den ersten Wortwechsel zwischen ihm und Brion Haldane.

»Ich, Sean Seamus O'Flynn, Markgraf Derry, erkläre mich mit Leib und Leben sowie mit weltlicher Verehrung im Herzen zu Eurem Lehnsmann, Vertrauen und

Treue gelobe ich Eurer Majestät im Leben und im Sterben, und ich schwöre, an Eurer Seite gegen jedwede Widersacher zu stehen, so wahr mir Gott helfe.«

Anschließend küßte er des Königs Hände, ehe der Herrscher ihn vor sich aufrichtete, und aus lauter Stolz errötete er, als der ganze Hofstaat ihm, dem nun in diesen neuen Stand erhobenen Reichsritter, zum Glückwunsche zujubelte, und Königin Jehana ihm den weißen Gürtel des ritterlichen Ranges umschnallte. Nachdem sie ihn zur Beglückwünschung auf beide Wangen geküßt hatte, beugte er sich in vollendeter höfischer Weise über ihre Hand, um dieselbe seinerseits zu küssen, verneigte sich danach vor dem König sowie dem acht Lenze alten Prinzen Kelson, welcher zur Rechten seines Vaters saß, und begab sich zu guter Letzt mit Ohm Trevor, welchem die Freude aus dem Angesicht leuchtete, zur Seite, um das restliche Zeremoniell mitanzuschauen. Als Graf, ungeachtet des Umstands, daß er womöglich zu verarmen drohte, hatte Derry zu den ersten Anwärtern gezählt, welche den Ritterschlag erhielten. Infolgedessen ward es ihm nun vergönnt, das Geschehen mit unverhohlener Neugierde zu beobachten, als schließlich Herzog Alaric mit Sieur de Vali, der lediglich den Titel eines Barons trug, vor den König trat.

Morgan tat alles, um möglichst unauffällig zu wirken, während der junge Vasall niederkniete, um vom König die Ritterschaft zu erbitten, kniete derweil selbst gesenkten Hauptes daneben und band de Vali die Sporen an die Fersen, aber sogar Derry, obzwar er in höfischen Eigentümlichkeiten auf keinerlei Erfahrung zurückzublicken vermochte, konnte spüren, daß der Hofstaat samt und sonders diesem einen Ritterschlag deutlich erhöhtes Interesse entgegenbrachte — oder jedenfalls, nahm man es genau, dem Gönner des Anwärters. Das Schwert, mit welchem Morgan auf des Königs Geheiß seinen Günstling wappnete, war wohlgefertigt, aber keineswegs irgendwie besonders prächtig verziert; aufgrund der wie gebannten Aufmerksamkeit des Hofstaats jedoch, den dieser zeigte, als die Waffe übergeben wurde, stellte sich Derry unwillkürlich die Frage, ob man wohl erwartete, es möchten Flammen hervorschießen.

Indessen ereignete sich nichts dergleichen, und auch Morgan selbst spie kein Feuer. Ganz wie ein gewöhnlicher Sterblicher kniete der Herzog still dabei, derweil de Vali den Ritterschlag empfing, den Lehnseid ablegte und sich erhob, um durch die Königin mit dem weißen Leibgurt ausgestattet zu werden. Während die Höflinge auch diesem neuen Ritter des Reiches zujubelten, verschwand Morgan unversehens inmitten der Versammlung. Erst erheblich später am Tag, schon einige Zeit nach der Festlichkeit, kam er Derry von neuem vor die Augen; Derry erspähte den Deryni-Herzog, wie er allein an der Rückseite des Thronsaals in einem Fenstererker saß. Den Stehkragen des höfischen schwarzen Mantelrocks hatte er an der Kehle gelockert, die Adelskrone, welche er in des Tages vorherigem Verlauf auf dem Haupt getragen hatte, lag nun neben ihm auf einem Kissen, doch verwandelte der Sonnenschein den goldblonden Schopf des Herzogs, wie er da gebeugt kauerte und mit einem Stilett spielte, in eine eigene Art von Krone.

Derry zauderte am Zugang zum Fenstererker, sich darin im ungewissen, ob er nähertreten sollte — oder es überhaupt selbst zu tun wünschte —, aber fast sofort hob Morgan den Blick und stand auf von seinem Sitzplatz.

»Ach, der junge Markgraf Derry«, sprach der Herzog, indem das Stilett so urplötzlich aus seiner Hand entschwand, daß Derry zunächst erwog, Morgan könnte es fortgezaubert haben. »Oder soll ich Euch, dieweil Ihr ja heute den Ritterschlag empfangen habt, ›Herr Ritter‹ rufen?« Höflich machte Morgan, beide leere Handflächen vor sich hingestreckt, eine knappe Verbeugung. »In jedem Fall, Herr Ritter, wünsch ich Euch aus tiefstem Herzen Glück. Ihr seid der Ehre, welche Euch am heutigen Tag zuteil wurde, sehr wohl würdig.«

Wieder lief Derrys Angesicht rot an, als er die Verneigung erwiderte, und er überlegte, daß er wohl, wenngleich es ihm nur wenig Verlegenheit einflößte, von einem Herzog gelobt zu werden, einiges Unbehagen empfinden sollte, da er die Beachtung eines Deryni erregte.

»Darüber vermag ich nicht zu befinden, Euer Gnaden, aber ich sage Euch dennoch für Eure gütigen Worte meinen Dank.« Keck fügte er hinzu: »Ich erhöbe keinerlei Einwände, tätet Ihr mich Derry nennen. Als ich zum Grafen eingesetzt wurde, zählte ich erst neun Lenze, drum hat der Titel im Laufe der Jahre für mich beinahe den Klang eines Taufnamens angenommen.«

»Ah ja, so kann's im Leben ergehen«, antwortete Morgan. »Ich erinnere mich an Euren Vater. Ihr tragt auch seinen Namen, stimmt's?«

»Sehr wohl, Herr. Er war Seamus Michael O'Flynn. Ich heiße Sean Seamus.«

»Ja, durch den von Euch geleisteten Lehnseid entsinne ich mich daran.« Morgan neigte das Haupt ein wenig seitwärts und widmete Derry, indem er weiterredete, ein andeutungsweises Lächeln. »Auf jenem Feldzug, auf welchem Euer Vater seine tödlichen Wunden erlitt, diente ich dem König als Knappe. Es ist in meinem Gedächtnis unvergeßlich eingeschreint, daß Euer markgräflicher Herr Vater überaus tapfer focht, und es bereitete mir Kummer, als ich später erfuhr, daß er seinen Verletzungen erlag, und mein Gram galt sowohl ihm wie auch Euch. Auch ich zählte erst neun Jahre, als mein Vater starb.«

Überrascht zwinkerte Derry den Herzog an. Nie und nimmer hätte er geahnt, daß Morgan so vieles über seine Sippe wußte.

»Dann haben wir ja ... durchaus einiges an Gemeinsamkeiten, Euer Gnaden ...«, plapperte er leicht wirr drauflos. »Will sagen, außer der Vorliebe für edle Rösser. Darf ich ... Darf ich mich setzen?«

Morgan ließ die feinen blonden Brauen in die Höhe rutschen und verschränkte bedächtig die Arme auf der Brust. »Seid Ihr Euch auch wirklich dessen sicher, daß Ihr's wagen möchtet, etwa zusamen mit mir gesehen zu werden? Ihr wißt, was ich bin.«

»In der Tat, Herr.«

Es gelang Derry, dem Blick der lichten, silbrigen Augen standzuhalten, derweil Morgan in seiner Miene forschte, und nicht zurückzuschrecken, während Morgan ihn vom Haupt bis zu den Füßen und sodann noch einmal in umgekehrter Richtung musterte. Als Morgan sich halb abwandte und von neuem Platz nahm, mit anmutiger Hand fahrig auf die ihm gegenüber befindliche Sitzbank des Fenstererkers deutete, verspürte Derry eine fast körperlich fühlbare Erleichterung.

»So gesellt Euch zu mir, ich bitte Euch«, sprach Morgan mit gedämpfter Stime, »und berichtet mir, wie's um jenen Hengst steht, welchen wir den Wucherern entrissen haben.«

Derry schluckte, meisterte seine insgeheime Zaghaftigkeit und befolgte die Aufforderung, betrat den Fenstererker vollends und nahm schüchtern auf der anderen Sitzbank Platz.

»Der Hengst ist mittlerweile auf dem Wege der Genesung, Herr«, erteilte er Auskunft. »Es war mein Gedanke, daß Euch an solchem Bescheid gelegen sein möchte, und darum nahte ich mich Euch. Auch ist's mein Wunsch, mich bei Euch dafür zu bedanken, daß Ihr Euch für das Zustandekommen des Handels verwendet habt. Mein Hufschmied hat ihm den Lauf mit einer besonderen Art von Beinschiene umhüllt, um das Glied unbewegt zu halten, derweil die Verletzung heilt, und wie mir berichtet wurde, gedeiht das Roß — jedoch benimmt's sich störrisch, weil's schon eine Woche lang im Stall bleiben mußte.«

»Und sein Mißmut wird sich zweifelsfrei noch steigern, bevor er so weit genesen ist, daß er wieder laufen und springen darf«, äußerte dazu Morgan. »Aber das ist weniger arg als der Gnadentod. Dennoch ist's ein Jammer. Ich hatte darauf gehofft, selbigen Hengst für den König erwerben zu können. Im allgemeinen bevorzugt Seine Majestät Graue, aber jener Hengst war ein Tier, das meines Gebieters beinahe würdig gewesen wäre.«

Derry nickte, entsann sich an die eigene anfängliche Begeisterung für das Tier, und er fühlte sich durch das damit übereinstimmende Urteil Morgans geschmeichelt.

»Fürwahr, er war's, Euer Gnaden. Doch könnte der König ihn nicht zumindest, sobald er genesen ist, für Zuchtzwecke heranziehen? Wenn alles reibungslos verläuft, müßte er im nächsten Frühling zum Decken bereitstehen.«

Indem er belustigt auflachte, wölbte Morgan humorig die Brauen.

»Ich wollte zu behaupten wagen, daß der König einem dementsprechenden Angebot das huldvollste Interesse entgegenbringen wird«, lautete seine Antwort. »Ihr müßt mir jedoch darauf Euer Wort geben, daß Ihr von der Königlichen Kasse ein angemessenes Deckgeld einfordern werdet.«

»Ich sollte vom König Geld verlangen?« Derry keuchte vor Bestürzung.

»Ei nun, wenn Euch dran gelegen ist, einen Ruf als vortrefflicher Pferdekenner zu erringen, so muß Euer sachkundiger Ratschlag einen gewissen Preis haben«, versicherte ihm Morgan. »Außerdem könnt Ihr mir schwerlich weismachen, daß Eure gräfliche Schatztruhe keine zusätzlichen Einnahmen vertrüge.«

»Aber der König ...«

»Herr Derry, war's des Königs Verdienst, daß jener Hengst Euer Eigen ward?«

»Nein, Herr.«

»Na also, da seht Ihr's.« Morgan schmunzelte schelmisch. »Andererseits hingegen, wäre ich's, nicht der König, der Eures Hengstes Zeugungskraft in Anspruch zu nehmen wünschte, und böte man mir ... ähm ... bestimmte Vergünstigungen an ...«

Mit vornehmem Schwung hob er die Schultern, schnitt eine Miene der Unschuld, welche einigermaßen unvereinbar mit seinem sonst so gestrengen Erscheinungsbild wirkte, das zudem von hohem Geiste zeugte, und Derry erkannte, daß Morgan ihn in Wahrheit, obschon mit Nachsichtigkeit, auf die Probe stellte.

»Ich glaub, ich verstehe Eurer Gnaden Andeutung aufs allerklarste«, entgegnete Derry voll der Zurückhaltung. »Könnte es daher nicht empfehlenswert für mich sein, weil ich doch wünsche, weithin vorzügliches Ansehen als Pferdekenner zu erlangen, den Wert meines Urteilsvermögens auch einem anderen solchen Kenner zu verdeutlichen?«

Erneut zuckte Morgan mit den Schultern, diesmal gar noch unbefangener denn zuvor, doch die Fröhlichkeit, welche Derry in des Herzogs grauen Augen bemerkte, entschädigte ihn überreichlich für seine flüchtige Befürchtung, Morgan könnte ihm die erteilte Antwort verübeln.

»Wohlgesprochen, junger Freund«, versetzte darauf Morgan, indem er nickte. »Ihr werdet mit Gewißheit noch lernen, tüchtig zu feilschen. Übrigens, als wie tauglich hat sich der Braune mit der weißen Vorderhand erwiesen? Abgesehen von den befremdlichen Läufen macht er auf mich keinen so üblen Eindruck.«

Derry gestattete sich ein Lächeln; das unbekümmerte Geplauder über Rösser beruhigte seine Seele.

»Mit ihm habe ich einen durchaus gelungenen Kauf getätigt, Herr, er ist von maßvollem Gemüt und zeichnet sich durch eine sanfte Gangart aus. Sollte ich eines Tages auch ihn zur Zucht verwenden, hoffe ich die weißen Flecken bei seinen Abkömmlingen vermeiden zu können, ansonsten jedoch kann ich wirklich nicht über ihn klagen.«

»Auch ich sehe keine Veranlassung zu Klagen.«

Als Morgan von neuem seiner hellgrauen Augen Blick unmittelbar auf Derry richtete, hatte Derry mit einem Mal das Gefühl, Gegenstand eine über jedes herkömmliche Maß hinaus durchdringenden Musterung zu sein, einer Erforschung, welche nicht allein mit dem Augenlicht stattfand. Fast stockte ihm der Atem. Er hegte daran seine Zweifel, ob es ihm gelänge, sich diesem eindringlichen Blick zu entziehen, aber er verspürte dazu gar keinen sonderlichen Drang. Er fürchtete sich nicht, aber mit jedem Herzschlag wuchs das Ausmaß seiner Neugier. Und als Morgan kein Wort sprach, entschloß er sich zur Kühnheit.

»Herr, nehmt Ihr ... nehmt Ihr Einsicht in meinen Geist?« erkundigte er sich im Flüsterton.

Morgan lächelte und blinzelte, wandte aber den Blick nicht ab.

»Nein. Ist's Euer Begehr, daß ich's tät?«

Derry schluckte vernehmlich und wollte kurz zur Seite zu schauen versuchen, just um sich davon zu überzeugen, daß es ihm noch möglich sei, aber statt dessen schüttelte er nur knapp das Haupt.

»Warum nicht?« frug Morgan leise. »Habt Ihr Furcht?«

»Nein, Herr.«

»Um so besser.«

Indem er das sprach, nahm Morgan seinen Blick von Derry, erlöste ihn von dem Bann, und der junge Markgraf vermochte wieder frei zu atmen.

Und *wirklich* empfand Derry keine Furcht. Er verspürte Hochachtung, gewiß — so wie er sie jedem klugen Mann, welcher ein Freund des Königs war und Herzog, entgegengebracht hätte —, doch diesbezüglich sah er keinen Zusammenhang mit Morgans Magie. Derry mochte noch ein vergleichsweise schlichtmütiger Jüngling sein, aber Morgan hinterließ bei ihm den Eindruck eines Ehrenmannes, obwohl er ein Deryni war und alle gottesfürchtigen Menschen ihm mißtrauen und ihn meiden sollten.

Was Derry indessen im geheimen *bewegte*, war die Wißbegierde, ob Morgan seine Magie-Gaben an jenem Tag, da sie einander zum erstenmal begegnet waren, benutzt hatte. Bislang hatte er wenig Zeit gefunden, um eingehender darüber nachzudenken; inzwischen jedoch empfand er es recht seltsam, daß er wahrhaftig eingenickt war, während Meister Randolph ihm den Arm nähte.

»Habt Ihr mir denn zuvor schon einmal in den Geist geschaut?« fragte er scheu nach, schrak ein wenig zurück, als Morgan das Haupt drehte und abermals den Blick auf ihn heftete.

Verwundert neigte Morgan das Haupt seitwärts. »Wann?«

»Zu Rhelled, derweil Euer Meister Randolph die Verwundung meines Arms flickte.«

»Ach so.« Flüchtig lächelte Morgan. »Nicht auf regelrechte Weise. Aber ich habe Euch ... äh ... ein bißchen abgeholfen, was den Schmerz anbelangte.«

»Inwiefern ... *abgeholfen?*« beharrte Derry auf Klarheit. »Habt Ihr an mir Eure magischen Kräfte angewendet?«

Für die Dauer eines Herzschlags senkte Morgan den Blick, dann sah er Derry wieder in die Augen, jedoch ohne die zuvorige Eindringlichkeit.

»Ja. Ich ersah darin keinen Sinn, Euch weitere Pein erdulden zu lassen, während's in meiner Macht stand, 's Euch zu ersparen. Ich ... war der Hoffnung, so behutsam vorgegangen zu sein, daß Ihr's nicht merktet.«

»Ohne diese unsere Zwiesprache am heuten Nachmittag hätte ich's in der Tat nimmer erfahren«, gab Derry ihm zur Antwort. »Weshalb verbreiten die Pfaffen die Lehre, solches Tun sei von böser Natur?«

Morgan verklammerte die Finger ineinander und streckte vor sich die Arme, kehrte die Handteller auswärts, bis die Knöchel knackten, befleißigte sich anscheinend dieser Übung als Vorwand, um Derry nicht ansehen zu brauchen.

»Sie schwafeln aus Unwissenheit so«, sprach der Herzog nach einem Weilchen des Schweigens, lenkte seinen Blick, indem er die Hände in den Schoß sinken ließ, zum Fenster hinaus. »Sklaven alter Vorurteile sind sie, begründet auf einstigen Groll wegen der Untaten mißgeleiteter Einzelner. Die Kirche hat unsere Fähigkeiten nicht immer als verwerflich abgetan.«

Einige Augenblicke lang sann Derry über diese Worte nach; sodann schüttelte er den Schopf.

»Wahrlich, für mich ergibt dergleichen keinerlei Sinn, Euer Gnaden. Ich verstehe nicht, warum nicht jeder einfach seinen Frieden haben und auch jedem anderen seinen Frieden gönnen kann.«

»Tja, man wünschte, 's wäre alles dergestalt einfach beschaffen.«

»Ja, wahrhaftig. Nun dann ...« Derry seufzte und lugte in den Thronsaal, sich dessen bewußt, daß er sich in Bälde wieder bei seinem Onkel einfinden müßte, aber eigentlich mochte er noch nicht aus der Nähe des Herzogs weichen.

»Ich werde nicht gekränkt sein, wenn Ihr Euch nun verabschiedet«, sprach Morgan gelassen, betrachtete Derry von neuem aus seinen einzigartigen, grauen Augen. »Und nein, auch diesmal nehme ich keine Einsicht in Eure Gedanken. Es liegt ja bloß nahe, daß Ihr Euch fragt, ob womöglich jemand Euch vermißt, oder ob irgend jemand bemerkt hat, mit wem Ihr Unterhaltung pflegt.«

»Nun ja, Eure Gedankengänge sind zweifelsohne vollauf folgerichtig«, gestand Derry zu, zuckte leicht einfältig die Achseln. »Treibt Ihr's so öfters?«

»Wovon redet Ihr?«

»Daß Ihr schlichtweg erratet, was andere Leute denken, so wie's jeder gemeine Sterbliche täte, aber sie *glauben* laßt, Ihr wüßtet's dank Magie?«

Als Morgan, sichtlich aufs höchste verblüfft, die Brauen wölbte, spürte Derry, daß er da gleichsam ins Schwarze getroffen hatte. Er ließ alle Vorsicht fahren und sprach weiter. »So *ist's* doch, wie Ihr's macht, nicht wahr, Euer Gnaden?« wagte er zu äußern. »Ich habe der Fama schon manches über Euch entnehmen können, doch ehe ich Euch heute erblickte, ganz in Schwarz, so daß Ihr — vollständig mit Absicht — den Anschein einer gewissen Finsterkeit erweckt ...«

Plötzlich brach Morgan in lautes Gelächter aus, schlug sich mit einer Hand auf einen in Schwarz gehüllten Oberschenkel, schüttelte sodann das Haupt, derweil er Derry voll der Erheiterung und mit einigem Staunen anschaute.

»Potztausend, mein Herr, Ihr seid wirklich und wahrlich weitaus einfühlsamer, als ich's mir jemals hätte träumen lassen. Mag sein, ich hätte Euch einer geistigen Einsichtnahme unterziehen *sollen* ... Indes schwöre ich's Euch, zu Rhelledd habe ich Euch lediglich den Schmerz erspart, und heute habe ich Euch einer geistigen Wahrheitsprüfung unterworfen, eine Verrichtung, welche nicht die allerkleinste Ähnlichkeit hat mit einer etwaigen Vergewaltigung Eurer Seele. Sagt an, woher rührt all Eure Schlauheit?«

Verwundert starrte Derry den Herzog an, begriff nicht, was er gesprochen haben könnte, um Morgan derlei Worte zu entlocken. »Wie meinen, Euer Gnaden?« raunte er.

»Laßt's gut sein«, entgegnete Morgan und winkte mit der Hand ab, lachte noch immer verhalten vor sich hin. »Aber laßt mich Euch das folgende versichern, Sean Graf Derry, neuer Ritter des Reiches: Mir behagt Eure Art. Eine solche Aufrichtigkeit wie die Eure ist fürwahr überaus selten auf dem ganzen Erdenkreis, um so mehr, muß ich hinzufügen, zu Männern wie mir, und damit spreche ich nicht ausschließlich von meinen eher ungewöhnlicheren Eigenheiten. Ich vermute, Ihr werdet feststellen, nachdem Ihr nun in den Stand eines Ritters erhoben worden seid, daß Grafen die gleichen Schwierigkeiten haben wie Herzöge, sobald's drauf ankommt, die Ehrlichkeit der Leute, mit welchen man Umgang hat, zu ermitteln.«

»Ach was«, widersprach Derry kleinmütig, »ich bin ja nur ein unbedeutendes Gräflein aus des Königreichs Marken.«

»Ein Grund mehr, wieso Ihr genau der Mann sein könntet, welchen ich suche«, hielt ihm Morgan entgegen, sprach auf eine Weise, als redete er im wesentlichen zu sich selbst. »Sagt mir, wärt Ihr vielleicht daran interessiert, als Leutinger in meine Dienste zu treten?«

»*Eu-Euer Leutinger*, Herr?« vermochte Derry mit Mühe zu raunen.

»Ja freilich, es sei denn, ich hätte mich aufs gründlichste getäuscht, und Ihr hegt *keineswegs* den Wunsch, in meinen Diensten tätig zu werden. In meinem Fall ist das Ansehen, welches ein Mann in solcher Stellung in der Regel genießt, leider recht zweifelhaft, wie Ihr bereits erkannt habt. Aber ich möchte mit aller Deutlichkeit erklären, es ist für mich von höchster Wichtigkeit, jemanden an meiner Seite zu wissen, dem ich volles Vertrauen schenken kann. Ich glaube, so ein Mann könntet Ihr sein.«

»Euer Gnaden, Ihr kennt mich doch kaum.«

Morgan lächelte. »Was berechtigt Euch zu der Ansicht, ich hätte mich nicht schon vollkommen über Euch in Kenntnis gesetzt, bevor unsere kleine Plauderei begann?«

»Das habt ihr?« trachtete Derry sich in ganz zaghaftem Tonfall zu vergewissern.

»In der Tat.«

»Aber ... es verhielt sich doch so, daß ich *Eure* Nähe suchte! Woher konntet Ihr wissen, daß ...?«

»Nun, *gewußt* habe ich's freilich nicht«, gab Morgan zur Antwort. »Naturgemäß wußte ich nicht, wann und wie Ihr Euch an mich wenden würdet. Und erst recht ahnte ich nicht, daß Ihr Euch als so ... so einfühlsam erweisen könntet ... Das war doch das Wort, glaube ich, welches ich benutzt habe, oder nicht?«

»Jawohl, Herr.«

»Alsdann: Seid Ihr der Meinung, diese Stellung könnte für Euch von Interesse sein? Ihr braucht mir keineswegs sofort zu antworten, ob Ihr sie antreten möchtet oder drauf verzichtet, fürs erste genügt mir Euer Bescheid, daß Ihr drüber nachzudenken gewillt seid. Der Sold ist mittelmäßig, des Dienstes Stunden hingegen lang, jedoch bin ich überzeugt, Ihr werdet in mir einen gerechten und ehrbaren Vorgesetzten finden. Und mit Gewißheit werdet Ihr niemals an Langeweile leiden.«

Dessen war sich Derry gänzlich sicher, ebenso wie seines Wunsches — ohne daß er länger darüber hätte grübeln müssen —, in die angebotene Stellung einzutreten. Er schaute auf und erwiderte Morgans Blick, lieferte sich rückhaltlos den lichten, silbrigen Augen aus, erlaubte sich das schüchternste Lächeln und streckte dem Deryni-Herzog die Rechte hin.

»Hier sind Antwort und Hand, welche ich Euch darauf gebe, Herr«, sprach er in leisem Ton. »Es bedarf in dieser Sache meinerseits keiner weiteren Überlegungen. Wenn Ihr auf meine Dienste Wert legt, bin ich Euer Mann.«

Morgan lächelte breit, ergriff die dargebotene Hand und drückte sie.

»So sicher seid Ihr Euch? Habt acht, ich kann bisweilen viel von meinen Untergebenen fordern. Und ich vermag Euch nicht zu versprechen, daß es mir allezeit möglich sein wird, Euch meine Handlungsweisen zu Eurer vollen Zufriedenheit zu erklären. Ich kann Euch nur beteuern, daß ich immer danach strebe, ehrenhaft zu handeln, ein Diener nicht der Finsternis, sondern des Lichts zu sein.«

»Was könnte irgendwer mehr verlangen, Herr?« antwortete Derry mit halblauter Stimme.

»Wie haltet Ihr's mit der Kirche?« wollte Morgan wissen, gab Derrys Hand frei. »Ihr könnt Euch mit Leichtigkeit denken, daß sie mich mit starkem Widerwillen betrachtet. Drum nämlich bin ich am gestrigen Abend der Basilika ferngeblieben, obwohl Jung Arnaud meine Gegenwart viel bedeutet hätte. Immerhin habe ich zu meinem Glück einen duldsamen Bischof und einen überaus verständnisvollen Beichtvater, und des Königs Kaplan macht für mich bei Hofe den Lauscher, aber es gibt Leute, welche vor ganz und gar nichts zurückschreckten, ergäbe sich ihnen bloß irgendein Vorwand, um mich exkommunizieren zu können. Um ein Beispiel anzuführen: Es war für mich ein großer Glücksfall, daß der neue Erzbischof von Valoret heute nicht zugegen weilte. Edmund Loris bin ich durch und durch verhaßt. Als meinen Vertrauten könnte sehr wohl eines Tages auch Euch das Unheil ereilen.«

Derry hob die Schultern. »Ich denke, Herr, dann werde ich auf alle Fälle in erlesener Gesellschaft sein.«

»Das hängt ab vom jeweiligen Standpunkt«, merkte Morgan verhalten an. »Andererseits ist allerdings zu berücksichtigen, daß Ihr — abgesehen von meinem Schutz, wie sich versteht — für Euch und Eure Sippe des Königs Schirm genießen werdet. Und ich glaube, ich darf ohne Bedenken voraussagen, daß Seine Majestät dem Grafen Derry und all seinen Anverwandten sehr huldvoll gesonnen sein wird.«

»Was sollte ich dann zu fürchten haben, Herr?«

Morgan ließ ein Aufseufzen der Befriedigung vernehmen. »Nun, wohl nichts, möchte man meinen. Bei Gott, ich hätte mir nicht träumen lassen, 's könnte so leicht sein, Euch für mich zu gewinnen. Wollen wir uns zum

König sputen und ihn um seinen Segen ersuchen, ehe Ihr Euren Sinn wandelt? Wir sollten unsere Schwüre vor Zeugen leisten.«

»Vor dem König?« flüsterte Derry, riß weit die Augen auf.

»Freilich vor dem König«, bekräftigte Morgan, erhob sich, nahm seine Adelskrone an sich und geleitete Derry aus dem Fenstererker. »Da, tragt mir dies Ding. Bei allen Heiligen, fast habe ich den Eindruck, Ihr scheut ihn mehr als mich.«

»Nun ja, er ist doch der *König*«, murmelte Derry. Aus Morgans Adelskrone schien ein Kribbeln in seine Finger überzugehen. »Vor dem heutigen Tage hatte ich ihn nur ein halbes Dutzend Mal *gesehen* — dagegen *niemals* ein Wörtchen mit ihm gewechselt.«

Morgan schüttelte lediglich das Haupt und lachte gedämpft, führte Derry an des Thronsaals Seite entlang zu des Königs Empore.

Beim Ritterschlag des Sieur de Vali hatte der Deryni-Herzog alles vermieden, wodurch er oder sein Schützling besonders hätten auffallen können, doch war es so, daß sein bloßes Auftreten unfehlbar beträchtliche Aufmerksamkeit anzog. Derry merkte mit aller Deutlichkeit, daß man sie beide beobachtete, wie die Gespräche verstummten, wenn sie sich nahten, man sie fortsetzte, sobald er und Morgan vorübergestrebt waren; er spürte etwas, das nicht unbedingt offene Feindschaft wider Morgan bedeutete — denn so etwas wollte hinsichtlich eines Freunds des Königs im Thronsaal und zudem in des Königs Anwesenheit niemand wagen —, aber zumindest Vorsicht, welche an Argwohn grenzte, und diese galt nun ihm ebenso wie Morgan. Derry fühlte, wie die Blicke sie verfolgten, zur Kenntnis genommen wurde, daß er Morgans Adelskrone trug. Er vermied es, seinen Ohm anzuschauen, während sie vorbeischritten, wo nahebei Trevor mit einem der Barone plauderte, deren Ländereien in der Nachbarschaft seiner Güter lagen, bemerkte aber dennoch im Augenwinkel Trevors Miene der Betroffenheit.

Als sie des Königs Empore erreichten, auf der Brion und ein jüngerer Priester Königin Jehana beim Stimmen einer Laute lauschten — zu Füßen des Dreigespanns hockte im Schneidersitz der junge Prinz Kelson —, hatte Derry seine tiefe Ehrfurcht vor dem König beinahe vergessen, doch kehrte dieselbe in dem Augenblick mit einem Schlag zurück, als Morgan an den Stufen verharrte und sich verneigte, ein Tun, das Derry sofort nachahmte. Während der Festlichkeiten des Nachmittags hatte Brion seine Krone abgelegt, aber auch ohne Krone konnte es darüber, wer Gwynedds Herrscher war, keinerlei Mißverständnisse geben.

»Oho, Alaric, ich sehe, Ihr habt abermals Bekanntschaft mit einer unserer neuen Reichsritter geschlossen«, ergriff der König unbekümmert das Wort, stellte einen Krug Bier beiseite. »Herr Sean O'Flynn Graf Derry, wenn ich mich nicht irre?« Als Derry sich hastig noch einmal verneigte, lächelte König Brion. »Und ich wollte wetten, Ihr dachtet, ich könnte mich, nachdem ich heute so viele Jungmannen in den Ritterstand erhoben habe, an Euch nicht erinnern, wie?«

Beschwerlich schluckte Derry; er wußte nicht, wie er auf des Königs scherzhafte Rede eingehen sollte.

»Sire, Ihr habt dem Jüngling die Sprache verschlagen«, äußerte Morgan und lächelte, mischte sich zu Derrys Gunsten sogleich ins Gespräch ein. »Es mag sich empfehlen, in Zukunft mit Euren jungen Rittern auch bei andersartigen Anlässen als ausschließlich bei der Vereidigung, vor allem Hofstaat, zu reden. *Mir* gelingt's allem Anschein zufolge nicht, ihn dermaßen einzuschüchtern.«

»Ach was! 's will ihm nicht gelingen, Jung Derry?« wandte der König sich erneut an Derry, heftete seiner grauen Haldane-Augen Blick in gespieltem Ernst fest auf ihn. »Welches Verhängnis kündet sich denn an, daß mein derynischer Herzog und einer meiner neuen Ritter so unvermutet gemeinsam vor mich kommen?«

»Es handelt sich durchaus um kein Verhängnis, Sire«, brachte Derry unversehens hervor, indem er — aus welchem Quell, das mochte Gott wissen — allen nur erdenklichen Mut zusammennahm. »Seine Gnaden hat an mich die Frage gerichtet...« Er sah Morgan an, um sich dessen zu vergewissern, daß er sprechen durfte, und der Herzog nickte ihm zum Zeichen der Einwilligung zu. »Seine Gnaden hat mich drum angegangen, daß ich in seine Dienste treten möge, Sire. Dieweil ich mit ganzem Herzen sein Angebot angenommen habe, möchte ich — mit Eurer Majestät Billigung — von Euch erflehen, daß Ihr unserer Schwüre Zeuge seid.«

Brion nickte, sein angedeutetes Lächeln ward ums Haar verhehlt durch seinen sorgsam gestutzten, schwarzen Bart; Königin Jehana hingegen tat mit einem Gebaren kühler Gefaßtheit ihre Laute zur Seite und stand von ihrem Platz auf.

»Habt die Güte, mich zu entschuldigen, Herr«, sprach sie leise. »Just kam mir in den Sinn, daß ich mich noch einer Erledigung widmen muß. Einen schönen Tag wünsche ich Euch noch, Pater Arilan.« Sie warf sich ihren Flohpelz über die Schulter und verließ die Empore.

Kelson blickte bei seiner Mutter Abgang besorgt zum Vater auf, jedoch wirkte Brion nicht im mindesten überrascht durch das Verhalten seiner Königin. Ebensowenig wunderte es offenbar den Geistlichen.

»Ihr müßt der Königin vergeben, Jung Derry«, sprach Arilan halblaut. »Bedauerlicherweise teilt Ihre Majestät die Zuneigung unseres Herrn Königs zu seinem derynischen Herzog nicht.«

»Aber was denn, Denis«, meinte der König. »Wir dürfen diesem jungen Edelmann keine falschen Vorstellungen einflüstern.«

»Es wird am vorteilhaftesten sein, er weiß, was ihm bevorsteht, Sire, wenn er einem Deryni zu dienen beabsichtigt«, antwortete der Priester. »Nur wenige sind so duldsam wie Eure Majestät.«

Brion schnaufte, legte seinem Sohn eine Hand auf die Schulter, schaute sodann Morgan an, welcher während des Gesprächs keine Miene verzogen hatte.

»Wißt, Alaric, ich glaube wirklich nicht, daß *alle* meine jungen Ritter so wenig zungenfertig sind, wie Ihr's mich glauben machen möchtet«, sprach Brion leichten Mutes. »Jung Derry hat wohlgesetzte Worte gesprochen. Ich wünschte, ich hätte beizeiten von seinem Eifer erfahren, so hätte ich ihn in meine eigenen Dienste gestellt.«

»Ach, aber indem ich ihn in meine Dienste nehme, Sire«, erläuterte Morgan dem Herrscher, »gewinnt ja auch Ihr seine Dienste, denn indem er mir dient, dient er in Wahrheit Euch.«

Brion lachte, schüttelte das Haupt, als wäre er von Morgans Darlegung überzeugt worden.

»Genug davon, meine Herren. Ich pflege meinen Nutzen selbst zu erkennen. Denis, tätet Ihr mir wohl meine Krone reichen?«

Morgan setzte sich die Adelskrone aufs Haupt, derweil sich der Geistliche erhob, um des Königs Weisung zu befolgen, und Brion warf Derry, als er und Morgan niederknieten, einen gleichsam verschwörerischen Blick zu.

»Verbringt Ihr erst einmal viel Zeit gemeinschaftlich mit Morgan, werdet Ihr auch mit Pater Arilan noch nähere Bekanntschaft schließen«, sprach Brion, während der Priester ihm die Krone übergab und wieder Platz nahm. »Er zählt zu den wenigen Geistlichen bei Hofe, welche nicht immerzu predigen, man dürfte keinen Umgang mit Deryni pflegen. Er ist mein und ebenso Kelsons Beichtvater, und ich kann ihn Euch aufs allerwärmste empfehlen.«

Derry widmete Arilan einen kurzen Blick, doch der Priester zuckte nur mit den Schultern und lächelte, lenkte mit den Augen Derrys Beachtung auf die Krone, welche Brion nun den beiden Mannen entgegengestreckt, die vor ihm ihre Schwüre abzulegen gedachten. Morgan hatte bereits die Rechte auf sie gelegt, und Derry tat schnell desgleichen, gepackt von tiefer Ehrfurcht, weil er wirklich und wahrhaftig die Krone Gwynedds berühren durfte.

»Sean Seamus O'Flynn Graf Derry«, sprach Brion zu ihm, »wollt Ihr hier vor mir und Gott als Zeugen feierlich schwören, daß Ihr Herrn Alaric Anthoni Morgan, Herzog von Corwyn, in jedweder Sache, wie sie mit Eurer Treue zu Eurem König und des Reiches Ehre vereinbar ist, getreulich zu dienen beabsichtigt, so wahr Euch Gott helfe?«

»Das schwöre ich aus aufrichtigem Herzen, mein Lehnsherr, so wahr mir Gott helfe«, flüsterte Derry voll der inständigsten Inbrunst.

Brion richtete den Blick auf Moran, welcher froh lächelte.

»Und schwört Ihr feierlich, Alaric Anthony Morgan, Herzog von Corwyn, hier vor mir und dem Herrgott als Zeugen, daß Ihr diesem Ritter, Herrn Sean Seamus O'Flynn Graf Derry in jeglicher Weise, wie sie mit Eurer Treue zum König sowie der Ehre des Reiches zu vereinbaren ist, ein des Vertrauens würdiger und ehrbarer Vorgesetzter sein werdet, so wahr Euch Gott helfe?«

»Ich schwöre es bei meiner Ehre und aller Macht, welche mir zu Gebote steht, mein Herr und König, so wahr mir Gott helfe«, sprach Morgan mit fester Stimme. »Und sollte ich diesen meinen Eid jemals brechen, so mögen meine Kräfte mich in der Stunde der höchsten Not verlassen. So und nicht anders soll es sein.«

Brion lächelte, entzog den Händen der beiden Edelmänner die Königskrone und reichte sie Arilan zurück.

»So sei's denn«, wiederholte Brion mit Betonung. »Und ich wünsche Euch das allergedeihlichste Zusammenwirken«, fügte er hinzu, gestattete ihnen mit einem

Wink, sich von den Knien zu erheben. »So, Alaric, sagt an, habt Ihr schon mit Nigel über seine Bogenschützen gesprochen? Was *mag* nur in seinem Schädel vorgegangen sein, als er sein Einverständnis zur Verwendung bremagnischer Bogen erteilte? Doch horcht, Jehana darf nimmer hören, daß ich mich nachteilig über ihr Heimatland auslasse. Nichtsdestotrotz, jedermann weiß ja, daß man die vorzüglichsten Schützen in R'Kassa findet. Und Ihr, Derry, schaut Euch um, ob Ihr irgendwo Herrn Rhodri entdeckt, ja? Denis wird Euch behilflich sein. Herr Rhodri muß sich im Saal aufhalten. Ich vermag mir schlichtweg nicht vorzustellen, wo die Spielleute abgeblieben sein können, deren Auftritt er uns für den heutigen Nachmittag verheißen hatte.«

»Ich komme auch mit«, meldete sich der acht Lenze alte Kelson zu Wort, sprang auf, als sich Arilan erhob, um Derry zu begleiten.

Und so begann Sean Graf Derry mit königlichem und geistlichem Geleit seinen Dienst sowohl an der Krone Gwynedds wie auch bei Alaric Morgan, dem Herzog von Corwyn.

Originaltitel: ›The Knighting of Derry‹
Copyright © 1986 by Katherine Kurtz

VIII.
Gericht zu Kiltuin
(Frühjahr 1118)

Gericht zu Kiltuin *zu schreiben, war eines der anspruchsvolleren Projekte, die ich im Rahmen meiner Arbeit an der Welt der Deryni verwirklicht habe. Die Geschichte entstand nicht als Antwort auf eine Frage, die ich mir oder den Roman-Charakteren über die Deryni stellte; vielmehr kam sie durch das Zusammenfügen mir von anderer Seite vorgegebener Elemente zustande, die ich zu einer Story verarbeitete. Diesen Ursprung will ich genauer erklären.*

Im Winter 1984 besuchte ich einen kleineren, zum erstenmal veranstalteten Science Fiction-Kongreß im Westen der Vereinigten Staaten. Wie es gerade bei solchen kleineren, ersten Kongressen manchmal geschieht, hatten die Veranstalter die Kosten unterschätzt und waren in finanzielle Schwierigkeiten geraten. Um zur Behebung dieser Probleme Geld aufzubringen, bat die Veranstaltungsleitung die anwesenden Science Fiction-Profis, irgend etwas zum Versteigern beizusteuern: Ein signiertes Buch, ein Manuskript, einen vom Autor mit eigener Hand leergeschriebenen Kugelschreiber, Gegenstände eben, die Fans dazu bewegen könnten, sich für eine gute Sache von Geld zu trennen. Nachdem ich über das Anliegen nachgedacht hatte, machte ich folgendes Angebot: Ich sei bereit, für den Meistbietenden eine einseitige Szene zu schreiben, in der er selbst zusammen mit einem Deryni-Charakter seiner Wahl vorkommt und deren allgemeines Thema er auch selber bestimmen dürfte.

Ich hatte mir nicht träumen lassen, was für eine Aufregung ich damit verursachte; niemand hatte so etwas erwartet. Die Veranstaltungsleitung brachte mein Angebot als letztes Objekt zur Versteigerung, und die Fans rasteten regelrecht aus. Als die Gebote dreistellige Summen erreichten und die Inter-

essenten Konsortien zu bilden anfingen, um ihr Geld zusammenzulegen und weiter mitbieten zu können, erhöhte ich meine Gegenleistung für den Fall, daß zwei oder mehr Personen die Käufer sein sollten, auf eine zweiseitige Szene mit zwei Deryni-Charakteren ihrer Wahl.

Ich kann mich wirklich nicht mehr daran entsinnen, welchen Betrag die Szene zum Schluß eintrug, aber ich glaube, es wäre für eine durchschnittlich umfangreiche Kurzgeschichte in einem typischen Science Fiction- oder Fantasy-Magazin ein ganz beachtliches Honorar gewesen; die Ironie jedoch war dabei, daß die beiden Herren, die die Szene schließlich ersteigerten, noch nie einen Deryni-Roman gelesen hatten. Der eine Käufer, ein dynamischer junger Mann mit blondem Schnauzbart und dem nach Mythen klingenden Nachnamen Stalker wollte in dem Text ein königlicher Förster sein und hätte in der zu schreibenden Szene gern eine schöne derynische Dame, vielleicht eine Poetin, als weitere handelnde Figur gehabt; der andere Käufer, der sich Ferris nannte und in der Gesellschaft für Kreativen Anachronismus (GKA) eine nordische Gestalt verkörpert, war ein Schwertschmied, der viele einschlägige Veranstaltungen besucht und mit entsprechenden Waffen und Rüstungen handelt. Er wünschte im Text eine Version seiner GKA-Persönlichkeit zu sein. Sie einigten sich dahin, daß ich die zusätzlichen Deryni-Charaktere nach meinem Ermessen aussuchen könnte.

Also machte ich mir Notizen über ihr Aussehen, schrieb mir ihre Adressen auf und versprach, ihnen die Szene zu liefern, sobald es ginge. Dann dachte ich erst einmal länger darüber nach — tatsächlich sogar mehrere Monate lang —, und plötzlich entwickelte sich daraus eine komplette Story.

Ich hatte überhaupt nicht die Absicht gehabt, die ursprüngliche Etüde zu einer richtigen Kurzgeschichte auszubauen, aber irgendwie zwang das Thema mich dazu. (Als sich der Inhalt der Story abzeichnete, hatte ich sogar die Idee, sie für Andre Nortons Anthologie einzureichen, doch es stellte sich bald heraus, daß sie sich dafür nicht eignete.) Ehe ich mich versah, war Ferris ein umherreisender Waffenschmied

aus Eistenfalla im Norden Torenths geworden, der Kiltuin in Corwyn (Morgans Herzogtum) aufsuchte, um dort Geschäfte zu machen. Kiltuin, ein Stück weit flußabwärts hinter Fathane gelegen, aber auf corwynscher Seite, ist eine Hafenstadt unter der Ägide Ralf Tollivers, Morgans Bischof; und Tolliver hält die Zügel straff, Gesetzlosigkeit wird in Kiltuin nicht geduldet.
Ferris ist fremd in der Stadt und beherrscht die Landessprache nicht allzu gut; und prompt läuft er in eine Falle ...
Aber lesen Sie die Story und sehen Sie selber, was passiert. Seine schöne Deryni-Dichterin bekam Stalker nicht, doch immerhin wurde er Königlicher Förster; und Ferris handelte sich mehr ein, als er sich ausgerechnet hatte.

Pein brachte Ferris wieder zur Besinnung, ein Schmerz wie von glühendem Eisen bohrte hinterm rechten Ohr in seinem Haupt, als müßte er ihm den Schädel zersprengen, zudem trat jemand ihn wiederholt in die Rippen, und etwas quetschte die Finger seiner Schwerthand, welche einen harten, klebrig-warmen Gegenstand hielten.

»*Herr Jesulein*, sie blutet wie eine abgestochene Sau«, stieß eine gepreßte Stimme hervor. »Gib acht, daß er dich nicht etwa sticht!«

»*Niemanden* wird er noch stechen«, antwortete eine zweite Stimme, und ein neuer Tritt in Ferris' Rippen verlieh der Äußerung Nachdruck. »Den Schuft wollen wir schinden!«

Weitere Stimmen erklangen — teils in barschem oder heftigem Tonfall, andere in unterdrücktem, wie verschwörerischem Ton —, bedienten sich einer Sprache, welche Ferris selbst bei wachem Geist nur unzulänglich verstand; doch wiewohl er die genaue Bedeutung der Reden nicht begriff, erfaßte er nichtsdestoweniger die Stimmung, die zugrundelag. Schierer Wille zum Überleben bewog ihn zu dem Versuch, sich fortzuwälzen und auf diese Weise seinen Bedrängern zu entziehen, aber die Waffe in seiner Faust traf nichts als leere Luft. Zwei Gestalten umklammerten seine Arme, während zwei andere fortgesetzt auf ihn eindroschen und ihn traten. Ein besonders bösartiger Hieb galt dem Sonnengeflecht seiner Magengrube, so daß ihm ein »*Uuff!*« der Qual entfuhr, ihn bedrohlich dicht an den Rand zur Bewußtlosigkeit zurückwarf.

Wo eigentlich im Namen des Himmelsvaters befand er sich? Und warum trachteten diese Leute ihm nach dem Leben? Das letzte, an was er sich zu erinnern vermochte, war sein Abschied aus der Taverne *Zum Becherer*, wo er frohgemut einen Teil der Einnahme eines ganz vortrefflichen Handels verzecht hatte. In der Tat war ihm das eigene Schwert für eine erkleckliche Summe von der Hüfte weggekauft worden.

Doch als er Schreie vernommen hatte, die Laute eines Handgemenges, die Geräusche eiliger Füße, da ...

»Heda! Was geht dort vor?« wollte in diesem Augenblick eine neue Stimme erfahren, und ihr herrischer Klang hatte zum Ergebnis, daß man Ferris zu treten aufhörte, seine Peiniger erschrocken ein wenig zurückwichen, derweil Lichtschein heranschaukelte, die Schritte beschlagener Stiefel sich näherten.

»Verdammnis, die Stadtwache«, murmelte jemand.

»Entwind ihm das Messer«, forderte irgendwer, und der Waffe Griff ward Ferris' gefühllosen Fingern entrissen. »Holla, Wache! Kommt und ergreift den Kerl! Er hat das Mädchen erstochen.«

Nun erst sah Ferris, indem man ihn an beiden Armen auf die Beine zerrte, den schlaffen Körper ausgestreckt liegen, wo eben auch er selbst das Pflaster der Gasse gemessen hatte — und die dunklen Lachen, welchselbige sich rings um den Körper ausbreiteten, sich im Helligkeitsschein der Laterne, in deren Licht sich die Stadtwächter nahten, als von blutroter Färbung zeigten. Das Naß tränkte ihr Kleid von feinem Linnen, während es noch aus gar gräßlichen, ihrem Busen zugefügten Verletzungen sowie einer Wunde sickerte, welche in der vollen Breite der Kehle klaffte.

»Haltet ihn! Laßt ihn nicht entweichen!«

Ferris jedoch hatte ohnehin nicht die mindeste Aussicht auf Entkommen. Nach den Prügeln, welche er just hatte einstecken müssen, kostete es ihn bereits die allergrößte Mühsal, nur bei Bewußtsein zu bleiben. Ein benommener Blick an sich hinab offenbarte ihm, daß auch er besudelt war mit Blut, und unversehens packte ihn die Befürchtung, daß davon wohl am wenigsten von ihm stammte. Sein braungelbes Wams aus starkem Ochsenleder war schlüpfrig von Blut, und er spürte, wie es in den feinen Härchen auf seinen Handrücken schon gerann, ihm Haupthaar und Bart, wo er gleichfalls bespritzt worden war, aufs widerwärtigste verklebte.

»Ich fleh euch an, ich hab nichts getan«, gelang es ihm hervorzukeuchen, als der Mann mit der Laterne vor ihn trat, den Bewaffneten in Wappenröcken, welche ihm nachfolgten, gedämpft Befehle erteilte, sodann aber sogleich wieder zurücktrat, um einem anderen Mann, der sich vordrängte, um mehr sehen zu können, das Nähertreten zu verwehren.

»O Gott, ist's etwa Lillas?«

»Ihr werdet diesen Anblick gern entbehren wollen.«

»Er hat sie umgebracht! Der elendige Schurke hat sie ermordet!«

»*Niemals zuvor* hab ich sie nur *gesehn!*«

»Schweig, du Lump!«

Ferris krümmte sich, als man ihm ein Knie in den Unterleib rammte, doch besaß er darüber die vollständigste Klarheit, daß er sich auf gar keinen Fall zum Schweigen bringen lassen durfte.

»Nein!« schrie er. »Bei allen Göttern, ich schwör's, ich hab niemanden gemordet! Ich selbst wurde überfallen.«

»So, ›bei allen Göttern‹ schwört er, hä?« Einer der Männer, welche Ferris im Griff hielten, nötigte ihn, indem er ihm einen Arm übel umdrehte, der ihm ohnedies schon heftig weh tat, auf die Knie. »Heidnischer Bankert!« Geringschätzig spie er Ferris ins Angesicht. »Arglistiger Lügner!«

»Fürwahr, es kann keinen Irrtum geben«, mischte sich ein weiterer Mann ein. »Aufgeschlitzt hat er sie, jawohl!! Gütiger Gott, man *sehe* nur einmal all das Blut!«

Jener Mann, welcher sich darum bemühte, sich an der Menge vorbeizudrängen, um einen Blick auf die Tote werfen zu können, beachtete den Wortwechsel kaum; sobald er indessen den Leichnam endlich in dessen ganzer Schauerlichkeit geschaut hatte, schien er zu versteinern, sein mit Entsetzen und Seelenmarter vermengter Gesichtsausdruck der Ungläubigkeit wich alsbald, indem er sich straffte und umwandte, um Ferris anzusehen, einer Miene gleichsam eisigen Abscheus.

»Nicht doch, Stalker«, ermahnte ihn der Befehlshabende mit der Laterne, ergriff ihn am Ärmel. »Laßt Euch nicht zu willkürlicher Rache verleiten!«

Aber der mit Stalker Angesprochene schüttelte dessen Faust ab und richtete sich zu voller Körpergröße auf, starrte auf Ferris herab, als vermeinte er ihn mit seinem Blick töten zu können, sein Antlitz wirkte im Laternenlicht weiß wie Schnee. Anders als die Stadtwächter mit ihren Wappenröcken in Rostrot und Goldgelb trug er den mit einem Monogramm bestickten, ledernen Tasselmantel sowie die hohen Schaftstiefel eines Königlichen Försters, dazu eine grüne Jagdkappe aus Leder, daraus schwungvoll ein Büschel Reiherfedern ragte. Er mochte im gleichen Alter wie Ferris sein — zweifelsohne zählte er nicht mehr als dreißig Jahre —, jedoch in der jetzt gemeisterten Gram hatte sein Angesicht eine Schönheit angenommen, wie man sie bei Standbildern der Alten bemerken konnte, welche Ferris zu Eistenfalla im Tempel gesehen hatte. Für die Dauer eines Augenblicks wähnte sich Ferris wahrhaftig von Antlitz zu Antlitz mit einem jener Alten und fürchtete, wiewohl er sich schuldlos wußte, ernstlich um seine Seele.

»Er ist der Mordtat unzweifelhaft überführt, Förster«, behauptete einer der Männer, die Ferris überwältigt hatten, nutzte das gespannte Schweigen. »Wir haben ihn mit dem Messer in der Faust ertappt.«

»So geschah's«, bekräftigte ein anderer Mann. »Als wir an die Stätte der Untat eilten, lag sie bereits erstochen. Wir konnten ihr nicht mehr helfen.«

Die Umstehenden sprachen viel zu schnell, als daß Ferris vom weiteren Verlauf der Unterhaltung viel zu verstehen imstande gewesen wäre, das meiste blieb ihm unklar; doch er brauchte beileibe nicht jedes Wort zu begreifen, um zu erkennen, daß er in ernster Bedrängnis steckte. Mehrmals versuchte er seine Unschuld zu beteuern, aber er war der Landessprache zu unkundig, und ihm fiel niemals beizeiten ein, was sich zu seiner Verteidigung anführen ließe, sondern stets erst zu spät, wenn dafür der rechte Augenblick verflossen war; und zudem schwirrte ihm noch das Haupt von der gemeinsamen Wirkung des Zechens sowie der erhaltenen Schläge.

Eine altbekannte Art von Falle war es, in die er da gegangen war: Als Fremder in dieser Stadt sollte er für eine Schandtat Einheimischer den Sündenbock abgeben. Und als Fremdling aus entlegenem Lande, der in der hiesigen Sprache mehr schlecht als recht zu unterhandeln vermochte, mußte es nahezu unmöglich werden, zumal er noch bei der Tat gefaßt worden zu sein schien, seine Schuldlosigkeit unter Beweis zu stellen.

»Nun denn, mich dünkt's, wir brauchen keine Zeit mehr mit Disputen auf der Gasse zu vergeuden«, erklärte zuletzt der Kommandant der Stadtwache, trat an des Försters Seite. »Der Hergang des Vorfalls ist im wesentlichen klar ersichtlich.«

»Ja freilich, Kommandant«, äußerte ein Stadtwächter. »Hei-ho, Genossen, der Strolch gibt uns 'n frisches Galgengehänge ab, was meint ihr?!«

Die Mehrheit der Versammelten lachte, derweil Ferris

aus Schrecken nachgerade stocksteif wurde, denn *diese* Worte verstand er nur allzu wohl. Draußen vor den Stadttoren hatte er an den Galgen Gehängte faulen sehen. Im ersten Grausen frug er sich, ob man etwa die Absicht haben könnte, ihn ohne viel Federlesens, ohne jede Gerichtsverhandlung, sogleich aufzuknüpfen.

Doch nicht daß eine Gerichtsverhandlung ihm zwangsläufig zur Gerechtigkeit verhelfen würde: In Kiltuin waltete der Bischof von Corwyn und übte innerhalb der Stadtwälle die niedere ebenso wie die hohe Gerichtsbarkeit aus, und Kiltuin, eine Hafenstadt voller rauher Gesellen, überdies unweit der Grenze zum feindlichen Torenth gelegen, war ein Ort, wo die hohe Gerichtsbarkeit öfters bemüht werden mußte. Dazu gehörte auch das Recht, die allerschwersten Strafen zu verhängen, und auf dem Verzeichnis der Verbrechen, welche man mit der Todesstrafe belegte, stand hinter Verrat gleich an zweiter Stelle Mord.

Auch mochte Mord keineswegs das einzige Verbrechen bleiben, dessen man Ferris beschuldigte. Man sagte Ralf Tolliver nach, ein gerechter und ehrenhafter Richter zu sein, gleichzeitig aber war er ja auch christlicher Bischof; und während Ferris den christlichen Glauben achtete, dem man in Gwynedd anhing, war er selbst eines andersartigen Glaubens Kind. Im Laufe einer Gerichtsverhandlung, der ein Mann wie Tolliver vorsaß, mochte durchaus zur Sprache gelangen, *welchen* Glauben Ferris hatte. In noch gar nicht seit so langem verstrichenen Zeiten waren sogar in gewissen Landstrichen von Ferris' Heimat jene, die dem Glauben an den Himmelsvater treu blieben, nahezu ähnlich greulichen Verfolgungen unterworfen worden wie die Deryni, von deren Magie es hieß, sie verdammte sie bei den Christen in jene unterweltlichen Gefilde, die Ferris als die Sieben Höllen fürchtete. Ferris hatte Gerüchte vernommen, denen zufolge Corwyns Herzog, Tollivers weltlicher Herr, ein Halb-Deryni sein sollte, jedoch wußte er nicht, ob er derlei glauben durfte oder anzweifeln mußte. Er selbst war noch nie einem Deryni begegnet.

»Kommandant, schafft ihn fort, bevor ich mich zu Taten hinreißen lasse, die wir alle später bereuen müßten«, sprach schließlich der Förster, den es offenkundig die entschlossenste Zurückhaltung kostete, so maßvolle Worte zu äußern, wandte den Blick von Ferris und dem reglosen, ausgestreckten Leichnam ab. »Allein dem Bischof ist's bestimmt, darüber zu entscheiden, was für Früchte der Galgen trägt. Seine Exzellenz wird Gerechtigkeit üben.«

Der Oberstadtwächter ließ ein Aufseufzen der Erleichterung vernehmen und deutete, indem er seinen Untergebenen winkte, mit dem Kinn auf Ferris.

»So ist's recht. Also bindet ihn, Männer, und macht's gut. Er sieht mir aus wie ein Raufbold.« Derweil man Lederriemen um Ferris' Handgelenke schlang und ihm die Hände grob auf den Rücken band, richtete der Weibel das Wort erstmals an ihn selbst. »Wie ist dein Name, Kerl?«

Diese Frage wenigstens verstand Ferris zur Gänze. Es war das erste Mal, daß jemand ihn überhaupt irgend etwas fragte. Ach, könnte er diese Leute nur dazu bringen, ihm Gehör zu schenken!

»Mein Name ist Ferris.« Er zuckte zusammen, als man die Lederriemen um seine Handgelenke fest anzog und ihm einen weiteren Riemen um den Hals warf, um ihn daran wie an einem Zügel zu führen. »Ich schmiede Schwerter. Ich hab die Maid nicht gemordet.«

»Nein, gewiß nicht«, spottete der Weibel. »So schwatzen sie's alle. Hinfort mit ihm, Leute! Morgen früh wird der Bischof über ihn das Urteil fällen.«

Zu Ferris Verwunderung unterzog man ihn keinen zusätzlichen Mißhandlungen, nachdem die Stadtwächter ihn in ihren Gewahrsam genommen und abgeführt hatten. Der Kerker unter des Bischofs Palast erwies sich als einigermaßen reinlich, und lediglich eine Handvoll Übeltäter befand sich darin und wartete auf die für den nächsten Morgen anberaumte Aburteilung, darum sperrte man Ferris in eine eigene Zelle; allerdings gab man ihm keine Gelegenheit zum Abwaschen des Bluts jener Jungfer, welche er nicht ermordet hatte.

Den Rest der Nacht verbrachte er damit, seine gestauchten Rippen und das schmerzhafte Haupt zu schonen, so gut es sich einrichten ließ; sein Schädel litt zweifach, einmal nämlich wegen des Alkohols, zum anderen infolge einer überaus empfindlichen Schwellung hinterm Ohr. Wie er da auf dem Stroh ruhte, minderten die Beschwerden seine Fähigkeit zu klarem Nachsinnen, seine Hand lechzte nach nur einer jener zahlreichen Klingen, welche er in der Jahre Lauf geschmiedet hatte, und er ersehnte sich eine Möglichkeit, sie zu schwingen — wenn nicht, um sich den Weg aus dem Kerker zu erkämpfen, so wenigstens, um den Henker um sein Opfer zu prellen und den Tod auf eine selber erwählte Weise zu finden, denn er sah kaum Anlaß zu hoffen, man werde seinem Wort mehr Gewicht beimessen als den Aussagen der vier Schandbuben, welche ihn dermaßen über den Löffel barbiert hatten. Wahrscheinlich waren sie selbst die Halunken gewesen, von denen das Mädchen hingemordet worden war, und sein Aufkreuzen hatten sie genutzt — fremd in der Stadt und trunken, wie er ihnen in die Arme taumelte —, um die Schuld ihm anzulasten. Ach, bei den Göttern, seine Sache war allemal hoffnungslos!

Am Morgen ward dann alles noch übler. Die Wächter, die ihn kurz nach dem ersten Hahnenschrei holen kamen, verstanden sich auf ihre Aufgaben, und er hatte nicht die geringste Aussicht, einen Versuch zur Flucht wagen zu können. Höchst wirksam fesselten sie ihm vorm Bauch die Hände mit vortrefflich gefertigten, abschließbaren Handschellen, so kunstvoll geschmiedet, daß sie sich auf ihre Weise durchaus mit Ferris'

Schwertfeger-Künsten vergleichen ließen, und es war ohne Zweifel unmöglich, sich von ihnen zu befreien. Danach schob man ihm eine dicke hölzerne Stange zwischen die gebeugten Ellbogen und die Wölbung des Rückens und schnürte sie an den Oberarmen fest.

Auf Fesseln war er gefaßt gewesen, *nicht* hingegen auf den ledernen Knebel, welchen man ihm fest ums Angesicht schnallte, dessen hölzerne Kugel ihm — ähnlich wie eines Gauls Gebißstange — zwischen den Zähnen saß und ein Stück weit in den Schlund ragte. Zunächst röchelte und würgte er, ohne daß er es verhindern konnte, als man ihm dies Ding anlegte, und mußte entdecken, daß jede Bemühung, einen Laut auszustoßen, nur erneuten Brechreiz erzeugte.

»Schweig still, und's ist erträglich«, empfahl ihm ein Wächter, als Ferris endlich wieder ruhiger zu atmen vermochte, sich bang aufrichtete, die Männer betroffen anschaute. Der Wächter hatte nicht jener Streife der Stadtwache angehört, welche Ferris gestern abgeführt hatte. »Du wirst deine Gelegenheit erhalten, zu deiner Verteidigung zu sprechen. Die Zeugen indes haben angegeben, du hättest 'n böses Maul. Und Seine Exzellenz mag, wenn er sich einen Fall vortragen läßt, ungern gestört werden.«

Eine Störung von seiner Seite, so befand Ferris bitter, derweil man ihn, indem er leicht schwankte, steinerne Treppen emporgeleitete, ihn an den Enden der Holzstange unter seinen Armen führte, in des Bischofs Gerichtssaal brachte, brauchte der Bischof wohl kaum zu befürchten. Wäre Ferris dazu aufgefordert worden, er hätte ohne Zaudern sein Ehrenwort erteilt, zu schweigen, bis er mit seiner Aussage an die Reihe kam, aber weshalb hätte man sich eine solche Mühe machen sollen? Seine Schuld schien ja, was diese Leute anbetraf, von vornherein bewiesen zu sein. Man harrte lediglich noch des Bischofs Urteilsspruch. Derweil man Ferris durch den Saal nach vorn schob, in die Richtung von Bischof Tollivers erhöht aufgestelltem Sitz, verschaffte er sich einen Eindruck von dem Mann, in dessen Händen nun in bezug auf ihn der Entscheid über Leben oder Tod lag.

Der Bischof war jünger, als Ferris ihn sich vorgestellt hatte: Vierzig Jahre oder ein paar Lenze mehr vielleicht, und ein Mann, der offenbar eine gewisse Leibesertüchtigung pflegte, keineswegs war er ein feistes, aufgedunsenes Pfäfflein. Im braunen, auf dem Scheitel geschorenen Haupthaar sah man erst ganz geringfügige Ansätze von Grau, und das sorgsam barbierte Angesicht zeichnete sich durch die gesunde Sonnenbräune jemandes aus, der sich häufig im Freien tummelt. Seit seiner Jugend konnte seine Leibesmitte schwerlich mehr als einige wenige Fingerbreit an Umfang zugenommen haben.

Blankgeputzte Reitstiefel mit Sporen lugten unterm Saum seines purpurnen Priesterrocks hervor, den gleichfalls purpurnen Bischofsmantel trug er wie ein Fürst, und er war ja auch ein Kirchenfürst. Seine mit dem bischöflichen Amethystring geschmückte Hand bewegte sich flink und anmutig, als er mit einem Wink einem Schreiber befahl, die Niederschrift der eben beendeten Gerichtsverhandlung zu verlesen, und Ferris gelangte zu der Einschätzung, daß selbige Hand Schwert und Kreuz mit gleichwertiger Geschicklichkeit zu handhaben vermochte.

Die Scharfsichtigkeit, wie sie im geschulten Blick eines erfahrenen Kriegsmanns Ausdruck fand, sobald er jemanden zu würdigen versuchte, widerspiegelte sich in Tollivers gleichsam ehernen Augen, als er Ferris, während derselbe sich ihm näherte, kurz musterte, und der Schwertfeger dachte unwillkürlich, wie abwegig es unter den gegebenen Umständen auch sein mochte, darüber nach, was für eine Art von prächtigem Schwert diesem Mann am glanzvollsten stehen könnte — allerdings nur, bis der Bischof seinen Blick auf die Weise wohlhabend gekleideter Männer auf das Viergespann heftete, welches auf einer Sitzbank gegenüber der Anklagebank hockten. Mit einem Ruck, so daß der Knebel ihn erneut zu ersticken drohte, erkannte Ferris, daß es sich um dieselben Männer handelte, die ihn am gestrigen Abend des Mordes beschuldigt hatten — und eindeutig waren sie in der Stadt Leute von Bedeutung und Ansehen.

Die Bestürzung, welche dies Wiedersehen bei Ferris auslöste, sowie die endgültige Einsicht in die vollständige Hoffnungslosigkeit seiner Lage verhinderten, daß er von dem, was sich als nächstes zutrug, sonderlich viel wahrnahm; immerhin hatte er die Geistesgegenwart, sich achtungsvoll vor dem Bischof zu verneigen — ein Betragen, das unverkennbar mehr als nur einen der im Saal Anwesenden verdutzte, zu deren geringsten keinesfalls der Königliche Förster zählte, welcher zur Rechten des Bischofs bei den Schreibern saß —, als die Wachen verhielten, um ihr geistliches Oberhaupt mit einer Verbeugung zu begrüßen, doch auf einer Anklagebank Platz nehmen zu müssen, war eine Schmach, von welcher er sein Lebtag gehofft hatte, sie würde ihm erspart bleiben. In den Augen der Einheimischen mochte er als fremdländischer Unhold gelten, aber er war — bei allen Göttern! — ein vollauf ehrlicher Mann.

Die Wachen wichen nicht von seiner Seite, nachdem er sich gesetzt hatte, vielmehr legten zwei von ihnen jeder eine Hand an ein Ende der Holzstange, ganz als ob sie sich sorgten, er könnte aufspringen und zu entweichen trachten. Jene drei Stadtwächter, welche Ferris am Vorabend verhaftet hatten, saßen in einem Gestühl zwischen der Anklagebank und dem Bischof. Noch weitere Personen waren zugegen, aber Ferris wußte nicht, ob sie zum bischöflichen Gefolge zählten, mit der Gerichtsverhandlung zu tun hatten oder lediglich als neugierige Gaffer im Saal weilten. Im Hintergrund stand auf einem in Schwarz verhangenen Totengerüst ein mit einem schwarzen Leichentuch bedeckter Sarg. Ferris mutmaßte, indem ihm im Magen mulmig zumute ward, daß darin der gemordeten Maid Leichnam ruhte. Lillas, so hatte der Forstmeister ihren Namen genannt.

Ferris versuchte, den Vortrag seiner Anschuldiger zu begreifen, doch seine mangelhafte Kenntnis der Landessprache sowie seine Erbitterung und das leibliche Mißbehagen, welch letzteres er leiden mußte, hatten zur Folge, daß er die meisten Reden nur als unverständliches Gebrabbel hörte, und was er verstand, lief darauf hinaus, daß die Beweislast wider ihn stets schwerer wog, denn Ruf und Einfluß der Männer, welche ihn der Tat bezichtigten, verliehen ihrem Wort ein unverhältnismäßiges Gewicht. Jedes neue Zeugnis, das abgelegt ward, bekräftigte die zuvorige Aussage, machte Ferris' Verhängnis um so unabwendbarer.

Ein unerwarteter Zwischenfall ereignete sich, während eine von zwei in schwarze Tracht gehüllten Nonnen, von denen des Mädchens Leichnam für die Bestattung vorbereitet worden war, ihre Aussage machte. Nach dem wenigen, was Ferris vom mit leiser Stimme schüchtern dahergenölten Zeugnis der Nonne begriff, war die Ermordete ein Mädchen aus gutem Hause und von tadellosem Lebenswandel gewesen, hatte ihre Erziehung in einem Stift genossen und dem Königlichen Förster, welcher bei den Schreibern saß, anverlobt worden — gewißlich ein Ausbund an bewundernswürdiger Tugendhaftigkeit, dachte sich Ferris, doch soweit er eine Ahnung von den Gepflogenheiten der Gerichtsbarkeit hatte, schwerlich von Belang, um über die Fragestellung zu entscheiden, ob er sie gemeuchelt hatte oder nicht.

Aber derweil der Bischof die Befragung der Nonne fortsetzte, wurde mit einem Mal gänzlich deutlich, welcher Sinn sich dahinter verbarg. Plötzlich nämlich brach die Ordensfrau in Tränen aus und stieß kurz, jedoch äußerst aufgewühlt, eine neue Anschuldigung hervor, deren wesentlicher Begriff ›Schändung‹ lautete.

»Ich bring ihn um!« brüllte der Förster, stürzte sich

quer durch den Saal auf Ferris, und die vier Hauptzeugen sprangen auf, beschimpften ihn mit den niederträchtigsten Worten.

Bis der Förster dann wirklich die Hände um Ferris' Gurgel klammerte, vermochte er gar nicht zu glauben, was er da soeben vernommen hatte. Sein Blickfeld hatte sich zu trüben begonnen, als es den Wachen schlußendlich gelang, des Försters Fäuste von seiner Kehle zu lösen und ihn, während er Verwünschungen ausstieß und Tränen vergoß, von der Anklagebank fortzudrängen und festzuhalten. Ferris' Bewacher zerrten ihn an dem Holz zurück auf den Sitz, und einer von ihnen überprüfte den Knebel, um sich dessen zu vergewissern, daß Ferris wieder zu atmen vermochte, aber all das scherte Ferris kaum noch, derweil er angestrengt um Atem rang. Er hatte den Sinngehalt der neuen Beschuldigung erfaßt, wenngleich nicht den genauen Wortlaut, und wußte, damit war er zweifach dem Tode geweiht.

Während jedoch die Büttel im Saal Ruhe und Ordnung wiederherstellten, zeigten sich am Eingang, ehe der Bischof die für die Unterbrechung Verantwortlichen rügen konnte, zwei Ankömmlinge, deren Erscheinen sofort allgemeines Schweigen und Innehalten verursachte. Beiderseits des Mittelgangs erhoben sich die Anwesenden, indem das Paar den Saal durchmaß; die Damen vollführten anmutige Hofknickse, und die Männer neigten voller Hochachtung das Haupt.

Wer die beiden waren, wurde Ferris selbstverständlich nicht mitgeteilt. Der jüngere Mann, umhüllt von einem leuchtendblauen Umhang, mochte ein Knappe oder Adlatus sein; er war ein Bursche mit frischem Angesicht, zählte aller Wahrscheinlichkeit nach noch keine zwanzig Lenze, bewegte sich mit jener Geschmeidigkeit, wie man sie nur fortwährenden körperlichen Übungen verdankte, und unter einer unbändigen Mähne brauner Locken guckten fröhlich zwei blaue Augen in die Welt. Der andere Mann dagegen ...

Er war es gewesen, dessen Ankunft die Verhandlung so unversehens ins Stocken gebracht hatte, obzwar er selbst das Jünglingsalter noch nicht lange hinter sich liegen haben konnte. Weder irgendwelche Rangabzeichen, noch diese oder jene Wahrzeichen irgendeiner Amtswürde hatte den Versammelten Anlaß zu ihren Achtungsbekundungen gegeben, deren sie sich befleißigten, während er, an seiner Seite den Jungmannen, zur Estrade des Bischofs strebte. Seine schwarze, von einem Ritt staubige Reitkleidung gab für jemanden, der just mit solcher Ehrerbietung empfangen worden war, eine bemerkenswert schlichte Gewandung ab, und das Schwert an seiner Hüfte, wiewohl es allem Anschein zufolge diesem Recken gleichsam als ständiger, allzeit gewöhnter Lebensgefährte diente, erweckte den Eindruck, soweit Ferris von seinem Platz aus darüber zu befinden vermochte, als wäre es nicht mehr denn eben tauglich für seine Zwecke.

Genausowenig wirkte der Mann, was seine Gestalt anbelangte, über die Maßen bedrohlich, und auch ansonsten flößte er in keiner Hinsicht irgendwie Furcht ein; allerdings haftete ihm etwas an, das unverkennbar eine Machtfülle bezeugte, welchselbige niemand in Frage zu stellen wagte. Von ein wenig überdurchschnittlich hohem Wuchs war er, sein Äußeres hatte die Vorzüge einer hageren Sehnigkeit und einer Gelenkigkeit, wie man sie einzig durch gewohnheitsmäßige, strenge Leibesübungen erwerben konnte — höchstwahrscheinlich war er im Umgang mit der Klinge, die er am Schwertgurt trug, ein Meister —, jedoch sah man ihm nichts von der Unerbittlichkeit und Härte an, welche man des öfteren Söldnern oder anderen gewerbsmäßigen Waffenträgern anmerkte. Ganz im Gegenteil bezeugten seine Gesichtszüge eine hochvornehme Abstammung: Graue Augen blickten kühn und klug aus einem mannhaft schönen Antlitz mit sorgfältig barbierten Wangen, dem das Kinn einen Ausdruck von Entschlossenheit gab; ein recht kurz gestutzter Schopf feinen, glatten, hellblonden Haars zierte das Haupt.

Was hatte es mit selbigem Mann auf sich, daß es den Anwesenden all die Ehrerbietigkeit und stumme Anerkennung entlockte, welche Ferris bei ihnen beobachtete? Es mußte mehr als eine herrische Natur oder lediglich hoher Stand sein. Sogar der Bischof erhob sich aus seinem Lehnstuhl, während der Mann, vor den Stufen der Estrade angelangt, dieselbe erstieg, und sein Begleiter ließ ihm den Vortritt, verneigte sich, ehe er sich ihm anschloß. Und selbst der Bischof vollführte vor dem Schwarzgewandeten eine Verbeugung, bevor der Mann seinerseits das Haupt neigte und den Bischofsring küßte.

»Euer Gnaden, Ihr seid uns überaus willkommen«, sprach der Bischof zur Begrüßung, gab einem Büttel mit einer Geste zu verstehen, daß er einen zweiten Lehnstuhl herbeischaffen sollte. »Sagt an, was bringt Euch nach Kiltuin? Ich wähnte Euch in Rhemuth.«

Der Ankömmling reichte dem Bischof ein Bündel Pergamente, während er gelassen im Saal Umschau hielt.

»In der Tat weilte ich dort. Doch dringliche Angelegenheiten riefen mich heim nach Coroth, darum bat mich Seine Majestät, auf dem Wege bei Euch diese Urkunden abzuliefern. Aber ich bin wahrlich überrascht, Ralf. Gestattet Ihr häufiger, wenn Ihr Gericht haltet, derlei Auftritte?«

Tolliver setzte ein grimmiges, verpreßtes Lächeln auf, derweil er den Schriftstücken einen flüchtigen Blick widmete und sie sodann einem Schreiber aushändigte, und ein Büttel stellte zu seiner Rechten einen Stuhl ab.

»Nein, eigentlich nicht, wie Ihr sehr wohl wißt. Dieser Fall allerdings hat in der ganzen Stadt Zorn erregt. Hättet Ihr dazu Neigung, mir bei der Verhandlung Beistand zu leisten?«

»Gewißlich, aber lediglich als Gutachter.« Als Tolliver ihm mit einer Gebärde den prunkvollen Lehnstuhl anbot, lehnte der Mann ab und ließ sich statt dessen auf dem bescheideneren Stuhl nieder, seine Hände, die in ledernen Handschuhen steckten, legten eine Reitpeitsche über die in Leder gehüllten Knie. »Was hat der Beklagte verbrochen?«

Und als er seinen Blick auf Ferris richtete, der ratlos und entgeistert an der Anklagebank stand, hatte Ferris für eines Herzschlags Dauer das Empfinden, als schaute der Mann ihm bis ins Innerste der Seele. Er vermochte, solange die grauen Augen ihn musterten, nicht fortzusehen, aber kaum daß der Schwarzgekleidete den Blick von ihm wandte und von neuem den Bischof ansah, drehte Ferris verzweifelt das Angesicht demjenigen seiner beiden hauptsächlichen Bewacher zu, welcher ihm am nächsten saß.

»Das ist der Herzog«, raunte der Stadtscherge, sich offenbar darüber im klaren, welche Frage Ferris beschäftigte. »Nun ist dein Los wahrhaft besiegelt.«

Daraufhin erlebte Ferris, indem er erneut zu dem Edelmann in Schwarz hinüberblickte, ein Weilchen eines noch ärgeren Grausens denn zuvor, denn schon den Bischof von Corwyn kannte man als gestrengen Gerichtsherrn, aber der Herzog von Corwyn stand im Rufe der zweifachen Strenge. Und zudem sagte man Alaric Morgan, dem Herzog von Corwyn, weithin nach, ein Deryni zu sein, Gebieter über finstere Kräfte, von welchselbigen gemeine Sterbliche nicht einmal zu träumen wagten.

»So also ist's«, meinte Morgan gedämpft, verständigte sich noch immer mit dem Bischof. »Doch wieso hat man ihm das Mundwerk verschlossen?«

Tolliver zuckte die Achseln. »Die Zeugen haben vermeldet, er sei ein zänkischer Haderer, so daß seinerseits Störungen der Verhandlungsführung zu befürchten seien«, lautete seine Antwort, deutete auf die vier wohlgekleideten Stadtbürger, die ihre Sitzplätze in der Estrade Nähe hatten, seit Morgans Eintreffen indessen etwas weniger selbstsicher und zuversichtlich wirkten. »Unter solchen Umständen ist derlei eine durchaus herkömmliche Vorkehrung, welche ihren Sinn hat, bis der Beschuldigte tatsächlich das Wort ergreifen darf.«

»Hmmm. Ich konnte mich nicht so recht des Eindrucks erwehren, daß jener Förster dort sich als größerer Störenfried denn der Angeklagte betätigte«, entgegnete Morgan kauzig, nickte andeutungsweise in die Richtung Stalkers, welcher inzwischen wieder seinen vorherigen Platz eingenommen hatte und reichlich verlegen dreinschaute.

»Gewiß, jedoch muß man ihm zugutehalten, daß die gemeuchelte Jungfer seine Braut werden sollte, Euer Gnaden«, sprach darauf Tolliver. »Und just vor Eurer Ankunft haben die ehrwürdigen Schwestern, denen die traurige Aufgabe zufiel, den Leichnam für die Beisetzung vorzubereiten, uns kundgetan, daß der Mordbube, ehe er sein Opfer erdolchte, es geschändet hat.«

»Aha.«

Morgans Miene ward ungnädiger, als er das vernahm, und ganz wider Willen schrak Ferris zurück — wiewohl er des einen Verbrechens so unschuldig war wie der anderen Übeltat —, sank gegen die rückwärtige Schranke der Anklagebank, als des Herzogs Blick ihn erneut streifte, diesmal jedoch mit merklicher Verachtung.

Für all das aber, was heute daselbst geschah, hatte Schuldlosigkeit keinerlei Bedeutung. Ferris wußte, ihm würde niemand, selbst im Fall er noch dazu Gelegenheit erhielt, die Sache aus seiner Warte zu schildern, Glauben schenken. Nicht gegen das Wort jener vier Männer, welche ihn der Missetat beklagt hatten. Folglich verblüffte ihn die nächste Frage, welche Morgan dem Bischof stellte.

»Habt Ihr bereits seine Aussage angehört?«

»Nein, Euer Gnaden. Wir hatten eben erst die Vernehmung der Zeugen beendet.«

»Nun wohl.« Morgan winkte den Wachen an Ferris' Seiten zu. »Nehmt ihm den Sperrling ab und führt ihn mir vor.«

»Er soll die Anklagebank verlassen, Euer Gnaden?« trachtete ein Gerichtsbüttel sich beunruhigt zu vergewissern, als die Wachen sich anschickten, der Weisung zu gehorchen.

»Gewiß, es sei denn, dies ehrenwerte Gericht hätte die Absicht, auch die Anklagebank vor mich zu schaffen«, entgegnete Morgan, indem er launig schmunzelte. »Vermeinst du etwa, ich sei ihn, und wäre er auch der Bande ledig, zu bändigen außerstande?«

Ferris kam nicht umhin, dieser Anwandlung trockener Humorigkeit eine gewisse Bewunderung zu zollen, doch gleichzeitig empfand er infolge der unbestimmten Bedrohlichkeit von Morgans Worten einiges Zagen. Er hatte das Gefühl, in anderer Lage könnte er den Mann durchaus mögen, und in Anbetracht der Schandtaten, deren Ferris angeklagt ward, ließ es sich Morgan schwerlich verübeln, daß er sich ihm nicht freundlich gesonnen zeigte. Konnte es möglich sein, daß ihm doch die Gerechtigkeit einer Anhörung zuteil werden sollte? Sowohl vom Bischof wie auch von Morgan hieß es, sie seien gerecht und unbestechlich; aber galt das auch, wenn es um einen Fremdling ging?

Voller Bangen bewegte er etliche Male seine Kiefer, nachdem man ihm den Knebel entfernt, der Unannehmlichkeit von Holzkugel und Riemen entledigt hatte, versuchte jedoch, derweil ihn zwei Bewacher von der Anklagebank zu den Stufen der Estrade führten, sich seine Furcht nicht anmerken zu lassen. Zu Füßen der kurzen Treppe fiel er geräuschvoll auf beide Knie, ehe die Wachen ihn zum Niederknien nötigen konnten, widmete Morgan und dem Bischof eine tiefe, überaus achtungsvolle Verbeugung des Hauptes.

»Ich bitte Euch, Ihr Herren, laßt mich sprechen«, flehte er, indem er den Blick zu ihnen hob, in ihre Mienen.

»Ich ... bin der Landessprache nicht sonderlich mächtig, aber ich ... bin unschuldig. Ich schwör's!«

Nachsichtig seufzte der Bischof, als er die offenbar erwartete Ableugnung vernahm, Morgan dagegen sah man mit einem Mal tiefere Versonnenheit an, er verkniff ein wenig die Augen, während er Ferris musterte.

»Unsere Sprache ist nicht deine Muttersprache?« erkundigte sich Morgan.

Ferris schüttelte das Haupt. »Nein, Herr. Ich komme aus Eistenfalla. Ich mache Schwerter. Ich ... kann recht zungenfertig unterhandeln, sobald's Waffen betrifft, doch nicht ... allzu schnell.«

Als der Bischof sich in seinem Lehnstuhl regte, anscheinend einzugreifen gedachte, winkte Morgan ab.

»Ich verstehe. Tja, mir scheint, niemand hier spricht deine Sprache, drum werden wir zusehen müssen, wie wir uns zurechtfinden. Ist dir einsichtig, weshalb du vor Gericht stehst?«

Mit Nachdruck nickte Ferris, ebenso erstaunt wie froh darüber, daß der Herzog dazu die Bereitschaft aufbrachte, sich seine Verteidigung anzuhören.

»Ich soll ein Weib getötet haben, Herr ...«

»Und geschändet«, ergänzte der Bischof.

»Nein, Herr!«

»*Alle* Übeltäter leugnen vor Gericht ihre Taten, ist's nicht so?« äußerte Morgan.

»So ist's, ja. Ich aber hab's nicht getan, Herr.«

»Die frommen Schwestern haben ein gegenteiliges Zeugnis abgelegt, Alaric«, sprach verhalten der Bischof, welchem man nunmehr einigen Überdruß ansehen konnte, »und als man ihn ergriff, hatte er den blutigen Dolch noch in der Faust. Das Blut der Gemeuchelten ist's, von dem Ihr seine Bekleidung besudelt seht. Vier Augenzeugen von makellosem Ruf sagen aus, daß sie ihn bei der Untat beobachteten.«

»Fürwahr?« meinte Morgan halblaut, erhob sich mit natürlicher Vornehmheit von seinem Platz. »Das scheint mir von höchstem Interesse, denn ich glaube, er spricht die Wahrheit.«

Während die Gerichtsversammlung sein Wort zur Kenntnis nahm, Getuschel der Verblüffung und Bestürztheit sich ausbreitete — am stärksten überrascht wirkte der Bischof —, stieg Morgen das Treppchen der Estrade herab und verharrte dicht vor dem noch auf den Knien befindlichen Ferris.

»Niemand hat mir deinen Namen genannt«, sprach Morgen, reichte die Reitpeitsche seinem Adlatus und streifte rasch die schwarzen Lederhandschuhe ab. »Wie heißt du?«

Ferris blieb den Blick von Morgans Augen zu wenden außerstande.

»Fe ... Ferris, Herr«, gelang es ihm mühselig zu flüstern.

»Ferris«, wiederholte Morgan. »Und ist dir bekannt, wer ich bin?«

»Der ... der Herzog von Corwyn, Herr.«

»Und was weißt du ferner über mich?« frug Morgan des weiteren.

»Daß ... daß Ihr ein ehrbarer Mann seid, Herr.«

»Und?«

»Daß Eure Gerichte vollauf gerecht Recht sprechen.«

»Und?«

Ferris schluckte, mochte mit dem, was ihm überdies auf der Zunge lag, nicht herausrücken.

»Nur zu«, ermunterte ihn Morgan. »Was noch?«

»Daß ... daß Ihr ein Deryni seid, Herr«, preßte Ferris mit beträchtlicher Anstrengung hervor, nach wie vor den Blick von Morgan zu nehmen vollständig unfähig.

»Das ist die Wahrheit«, bestätigte Morgan, und sein Blick schweifte seitwärts, streifte flüchtig die vier Zeugen, welche das Geschehen aus aufgerissenen Augen mitverfolgten, ganz als wären sie einem Bann verfallen. »Kannst du mir kundtun, was's, daß ich ein Deryni bin, für dich bedeutet?« fügte er in aller Ruhe hinzu.

»Daß Ihr... Ihr Euch mit Schwarzer Magie befaßt«, kam es zu Ferris' eigenem Entsetzen über seine Lippen.

Morgan verzog das Angesicht und stieß ein beschwerliches Aufseufzen aus. »Mit Magie, ja, deren Farbe indes ist zumeist eine Sache der jeweiligen Auslegung. Ich gebiete über einige ganz außergewöhnliche Fähigkeiten, Ferris, jedoch verwende ich sie ausschließlich im Namen der Gerechtigkeit.«

Als Ferris ihn unsicher anschaute — erneut hatte Morgans Wortschatz sein Verständnis der hiesigen Landessprache zu überfordern begonnen —, verzichtete der Herzog, wie es den Anschein hatte, auf ausführlichere Erläuterungen und schenkte Ferris ein Lächeln der Geduld.

»Du verstehst nicht die Hälfte von meinen Reden, habe ich recht?«

Ferris wagte das Haupt knapp zu schütteln.

»Verstehst du's, wenn ich dir mitteile, daß ich's zu erkennen vermag, wenn jemand lügt?«

»*Ich* lüge nicht, Herr«, raunte Ferris voll der höchsten Verzweiflung. »Ich habe das Weib nicht getötet. Auch geschändet hab ich's nicht.«

»Und in der Tat ersehe ich, daß du's nicht getan hast«, lautete darauf Morgans Antwort, und ein Keuchen der Verdutztheit entfuhr Ferris, Tränen der Erleichterung, da man ihm endlich Glauben schenkte, quollen ihm in die Augen. »Doch 's mag sein«, ergänzte Morgan seine folgenschwere Äußerung, »du kannst uns enthüllen, wer's tat.«

»Aber... ich weiß es nicht, Herr...«, schickte Ferris sich zu erklären an.

»Entsinne dich an den gestrigen Abend«, gebot ihm Morgan, nahm Ferris' Haupt zwischen seine Hände, legte die Daumen an seine Schläfen, sein Blick senkte sich so fest und tief, daß jegliches Fortschauen außerhalb des Möglichen blieb, in Ferris' Augen.

Ferris befürchtete, er könnte in selbigen Augen versinken, er vermochte außer ihnen nichts mehr zu sehen, und Morgans Berührung verursachte ihm ein Gefühl der Benommenheit und Hilflosigkeit, ein schaurig-süßes Schwindeln, welches seinen Ursprung, wie es schien, unter der Schädeldecke nahm, sodann bis in seine Magengrube gleichsam abwärtsrutschte, zudem bewirkte, daß ihm die Knie einknickten.

Er spürte, wie die Wachen ihn an der ihm an die Arme gebundenen Holzstange stützten, als er, völlig dem zu widerstehen außerstande, was mit ihm geschah, auf die Fersen sackte; und sobald seine Lider flatterten, ihm sogleich vollends herabsanken, schwand ihm jede bewußte Wahrnehmung Morgans, der Wachen, des Gerichtssaals sowie auch alles übrigen in seiner gegenwärtigen Umgebung. Plötzlich war es wieder Nacht, er schwankte durch eine Gasse, von welcher er sich erhoffte, sie möge ihn zurück zu jenem Gasthof führen, in dem er Unterkunft genommen hatte, und er bereute es schon, so schwer gezecht zu haben.

Da erschollen Schreie, schrille Schreie des Schreckens und der Pein, er lief in die Richtung, woher sie ertönten, das Geräusch von Schritten durchdrang die Schatten. Nur ganz flüchtig erhaschte er einen Blick auf einen reglosen, schlanken Körper in heller Gewandung sowie dunkle Gestalten, welche bei seiner Annäherung nach allen Seiten entsprangen, bevor ihn hinterrücks ein herber Schlag traf und alles ringsherum in Schwärze verschwand.

Als nächstes erlebte er in seiner Erinnerung ein zweites Mal all die Prügel und Tritte, vom Zechen und der Mißhandlung schien die Welt um sein armes, zermartertes Haupt zu kreisen, Blut hatte ihn befleckt, er versuchte den Tritten gestiefelter Füße auszuweichen. Dann fand sich die Stadtwache am Ort des Vorfalls ein, Ferris' Peiniger beschuldigten ihn des Mordes, und ihm fehlte es an den rechten Worten, um seine Schuldlosigkeit zu beteuern.

»Befreit ihn von den Fesseln«, vernahm er eine Stimme, als er unvermittelt wieder den eigenen Leib spürte, die Hände sich von seinen Schläfen lösten. »Er hat die Mordtat nicht verübt. Jedoch glaube ich zu wissen, wer sie begangen hat.«

Ferris öffnete die Augen und sah Morgan sich von ihm abwenden, sich statt dessen den vier Zeugen zukehren, welche links hinter dem Herzog in ihrem Gestühl aufgereiht saßen, und sie aufmerksam mustern. Selbige Männer erhoben sich, während Morgans Blick sie maß, ihr Hochmut, welchen sie noch kurz zuvor an den Tag gelegt hatten, war verflogen. Ihre Bangigkeit wuchs, als der Bischof mit einem Wink einem Halbdutzend Büttel befahl, hinter ihren Rücken Aufstellung zu nehmen; aber noch tastete niemand das Vierergespann an.

Alles Weitere ward zu Ferris' fortgesetztem Staunen und Wundern recht zügig getan. Derweil seine Bewacher ihn der Fesseln entledigten, ihm beim Aufstehen halfen, trat Morgan nacheinander vor einen jeden der vier Zeugen, richtete an jeden von ihnen die gleichen drei Fragen: »Habt Ihr die Jungfer gemordet?« — »Seid Ihr an ihrer Schändung beteiligt gewesen?« — »Habt Ihr Euch mit Euren Bekannten dahin verschworen, diesen fremdländischen Schwertfeger der Freveltat zu verleumden?«

Der Deryni-Edle rührte keinen der Männer an, heftete nur auf jeden seinen gleichmäßigen, unwiderstehlichen, silbrigen Blick und entlockte ihnen so die Wahrheit. Und obzwar nur einer der Befragten die erste Frage bejahte, antworteten ohne Ausnahme alle vier auf die zweite und dritte Frage mit einem Ja. Sie erweckten den Eindruck einer gewissen Verstörtheit, während Morgan gelassen auf die Estrade zurückkehrte und die Stadtschergen sie umringten, ihnen die Hände auf den Rücken banden.

»Ich vertraue darauf, daß Ihr mein Vorgehen nicht so

einschätzt, ich hätte meine Zuständigkeit überschritten, Bischof«, hörte Ferris den Herzog zu Tolliver murmeln, als Morgan wieder im Lehnstuhl zur Rechten des Bischofs Platz nahm. »Hegt Ihr irgendwelche Zweifel daran, daß der Gerechtigkeit Genüge getan wurde?«

Langsam schüttelte Tolliver das Haupt. »Wir müssen dem Herrgott dafür Dank erweisen, daß Ihr zur rechten Stunde eingetroffen seid, Alaric«, antwortete er in gedämpftem Ton. »Andernfalls hätten wir womöglich einen Unschuldigen gehenkt.«

»Ja, er ist wahrhaftig unschuldig«, bekräftigte der Herzog, schaute erneut Ferris an, der sich zerstreut und fahrig die Handgelenke rieb, den Deryni-Edelmann voller Ehrfurcht anstarrte. »Du darfst als freier Mann deines Weges ziehen, Schwertfeger. Die Männer, welche falsches Zeugnis wider Euch abgelegt haben, werden dafür sowie für ihre sonstigen Greueltaten am Galgen baumeln.« Er mißachtete das Geraune der Fassungslosigkeit, das unter den Schuldigen entstand, als sie seine Worte begriffen. »Ich wünschte nur, es wäre möglich, dich für die erlittenen Unbilden zu entschädigen.«

Aus lauter Verwunderung sank Ferris das Kinn herab, und er fragte sich, ob er richtig verstanden haben mochte. Der Herzog hatte ihm das Leben wiedergegeben, nachdem Ferris bereits vermeinte, es sei ein für allemal vertan. Er war es, beileibe nicht Morgan, der sich dafür erkenntlich zeigen müßte; und als sein Blick von neuem auf die Klinge fiel, die unmittelbar neben Morgans Schenkel lag — um eine Spanne zu kurz, als daß der Herzog damit seines Arms Reichweite voll hätte ausnutzen können, und wahrscheinlich, ihrem Aussehen zufolge, außerdem von schlechter gewichtsmäßiger Ausgewogenheit —, da glaubte Ferris zu wissen, auf welche angemessene Weise er seiner Dankbarkeit Ausdruck verleihen könnte.

»Ihr habt mich entschädigt, weil mir durch Euch Gerechtigkeit widerfuhr, Herr«, antwortete Ferris, ließ sich auf ein Knie sinken und entbot, indem er nach seines Volkes Sitte die rechte Faust aufs Herz schlug, dem Herzog ein Zeichen seiner allertiefsten Hochachtung. »Doch mag ich Euch, Herr ... um eine Gunst bitten?«

»Welcher Art?« erkundigte sich Morgan.

»Ich ... täte lieber mit Euch allein darüber reden, so's statthaft ist, Herr.«

Morgan winkte ihn zu sich; Ferris stand auf und erklomm der Estrade Stufen, verbeugte sich andeutungsweise in des Bischofs Richtung, stellte sodann Morgan mit einem Blick stumm die Frage, ob es vielleicht möglich sei, sich noch ein wenig weiter abseits zu begeben. Morgan nickte, erhob sich und strebte ihm voraus die Estrade hinunter und an des Saals Seite, seine Hand ruhte dabei locker auf dem Griff jenes Schwertes, an welchem Ferris, da er es aus den Augen eines sachkundigen Schwertfegers betrachtete, schon von unterhalb der Estrade Anstoß genommen hatte.

»Meinen Dank, Herr«, sprach Ferris leise, enthielt sich eines Lächelns, als er bemerkte, wie Morgans junger Adlatus in einigem Abstand von dem Fenstererker, den sie betraten, ebenso unaufdringlich wie wachsam Wartestellung einnahm. »Mir ... mangeln Eurer Sprache Worte, um Euch meine volle Dankbarkeit auszudrükken. Ich verstehe nicht, wie Ihr getan habt ... was Ihr gemacht habt. Wegen der Miene des Bischofs glaube ich, er wünschte fast, Ihr hättet's nicht getan, denn er fürchtet Eure Kräfte, obwohl er Euch als Edelmann achtet ... Ich aber will Euch sagen ... ich werde künftig keine Furcht haben ... wenn die Leute über Deryni sprechen.«

»Nicht?« vergewisserte Morgan sich mit humorigem Schmunzeln. »Dann wirst du unter den vielen, welche Furcht hegen, eine seltene Ausnahme sein.«

»Ihr habt eine Fähigkeit, die Ihr im Namen der Wahrheit benutzt«, entgegnete Ferris unbeirrt. »Mein Volk schätzt den Wert der Wahrheit. Der Himmelsva ...«

»Weiterer Worte bedarf's nicht«, fiel ihm Morgan in die Rede, ein nachdenklicheres Lächeln umspielte nun seine Lippen. »Vom Anfang an mutmaßte ich, daß du den Himmelsvater verehrst. Sowohl dein Volk wie auch mein Volksstamm haben beide Leid erdulden müssen, einzig dieweil, so will's mich deuchen, sie sich in mancher Hinsicht von anderen Völkerscharen unterscheiden. Ist's das, was du mir verdeutlichen möchtest?«

»Es ist ... nicht alles, Herr«, gab Ferris leise zur Antwort. »Tätet Ihr ... mir Euer Schwert zeigen?«

»Mein Schwert?«

»Ja, Herr. Wie ich zuvor sagte, bin ich ein Meister der Kunst des Schwertschmiedens. Ich habe bemerkt, daß Eure Klinge für Eures Schwertarms Reichweite zu kurz sein dürfte. Ist's möglich, daß Ihr mir Eure Handhabung der Waffe zeigt?«

Morgan wölbte die blonden Brauen, trat um einen Schritt rückwärts und zückte das Schwert, bedeutete gleichzeitig seinem Adlatus mit einer Geste, daß keine Gefahr drohte; anschließend schwang er die Klinge in dieser und jener Weise, so wie Ferris es erbat, vollführte mit der Waffe eine Anzahl grundlegender Schlagübungen, beendete zum Schluß die Darbietung mit schwungvoller Gebärde, schob Ferris den Schwertgriff in die bereitgehaltene Faust.

»So, Schwertfeger, ist's eine gelungene Klinge, oder nicht?«

»Ihr seid ein vortrefflicher Schwertfechter, Herr«, erwiderte Ferris mit halblauter Stimme, indem er des Schwertes Griff packte, »doch Ihr könntet, hättet Ihr die rechte Waffe, ein wahrer Meister der Klinge sein.«

Ohne auf des Herzogs Miene des Erstaunens zu achten, trat Ferris näher ans Fenster, legte sich die Klinge über den Unterarm, drehte sie im Lichte hin und her, untersuchte das Erz auf Unregelmäßigkeiten oder sonstige Mängel; dergleichen vermochte er allerdings nicht festzustellen. Daraufhin faßte er die Waffe mit beiden

Händen, bat Morgan um einige Schritte zurückzutreten, und führte seinerseits eine Reihe selbst ersonnener Übungen mit dem Zweck aus, einer Klinge Ausgewogenheit zu prüfen. Sobald er das vollbracht hatte, warf er sie in die Luft empor, fing sie dicht unterhalb der Querstangen auf und reichte sie Morgan zurück, den Griff ihm hingestreckt.

»Nun?«

»Wirklich ist's eine gelungene Klinge, Herr, aber nicht zur Genüge vorzüglich gelungen für Euch«, beschied Ferris wohlgemut den Herzog. »Hebt sie auf für Eures Sohnes erste Fechtübungen. Ich kann Euch ein besseres Schwert schmieden.«

»Das *könnt* ihr?« meinte Morgan, ließ erneut — teils aus Belustigung, zum Teil aus auf Verunsicherung begründeter Fragestellung — die Brauen aufwärtsrutschen, schob zu des Adlatus' offenkundiger Erleichterung die Waffe wieder in ihre Scheide. »Und was möchte eine derartige Klinge mich kosten, Schwertfeger-Meister?«

»Eine Stätte zu des Werks Verrichtung«, antwortete Ferris ohne Zögern. »Das Eisen zum Schmieden. Ferner soviel von Eurer Zeit, daß die Waffe genau auf Eure Art, ein Schwert zu handhaben, zugerichtet werden kann. Jemand wie Ihr verdient eine wahrhaft edle Klinge, Herr. Das allergeringste ist's, was ich für Euch tun kann, Euch eine solche Waffe zu fertigen. Und wenn Ihr ...« Unversehens rang sich Ferris zu äußerster Verlegenheit durch. »Wenn mein Werk Euch zur Gänze zufriedenstellt, tätet Ihr mich womöglich ... in Eure Dienste nehmen?«

Morgan blickte ihm für ein so beträchtliches Weilchen in die Augen, daß Ferris zu der Überzeugung gelangte, der Deryni-Edle läse in seinem Geist, doch es blieb ihm einerlei. Er *schätzte* diesen Mann. Er hätte ihn wohl auch dann geschätzt, vermutete er, wäre ihm von Morgan *nicht* das Leben gerettet worden. Noch mehr jedoch zählte die Tatsache, daß er ihm die allerhöchste Achtung entgegenbrachte. Der Herzog von Corwyn war ein Mann, welchem er mit Freuden dienen könnte.

»Dir ist bekannt, daß ein Deryni einem Menschen ins Gemüt zu schauen vermag, ist's nicht so?« frug Morgan auf einmal mit kaum vernehmlich leiser Stimme. »Sicherlich muß selbiger Sachverhalt dir Grausen einflößen.«

»Ich habe vor Euch nichts zu verhehlen, Herr«, entgegnete Ferris bedächtig, sprach in vollkommenem Ernst. »Für einen gerechten und ehrenhaften Herrn wie Euch meinem Handwerk nachzugehen, wäre mir eine Ehre. Mehr wüßte ich nicht zu verlangen.«

»Und doch ...«, begann Morgan mit unterdrückter Stimme.

Ferris schluckte, schämte sich plötzlich seiner Unterstellung.

»Doch was, Herr?«

»Und doch *fürchtest* du dich ein ganz klein wenig«, sprach Morgan freundlich, »und man kann's dir gewißlich nicht verdenken.« Matt seufzte er und lenkte seinen Blick zum Fenster hinaus. »Du überlegst, ob ich vorhin Einsicht in deinen Geist genommen habe, und fragst dich, ob ich dergleichen auch in Zukunft täte. Ich vermag dir derlei Erwägungen keineswegs zu verübeln.«

»Verzeiht mir, Herr«, flüsterte Ferris, kam zu der Auffassung, nun sei jedwede Aussicht dahin, dem Deryni-Herzog dienen zu dürfen.

»Nein, du besitzt vollauf dazu ein Recht, dir dergleichen Fragen zu stellen«, antwortete Morgan. »Und du magst sehr wohl auf deine unausgesprochene Frage eine Antwort beanspruchen. Ich habe vorhin nicht in deine Gedanken geschaut, und ich tät's ebensowenig, stündest du in meinen Diensten, in Zukunft — es sei denn, es wäre ein besonderer Anlaß vorhanden, und dann geschäh's nur mit deiner Einwilligung, außer ich hätte für ein gegenteiliges Handeln schwerwiegende

Gründe.« Er schenkte Ferris ein flüchtiges, verpreßtes, leicht schiefes Lächeln. »Ohnehin müßte ich dich für den bewußten Zweck anrühren.«

»So wie vor einem Weilchen im Saal?« frug Ferris leise, entsann sich des unheimlichen Gefühls der Wehrlosigkeit, welches ihn ereilte, als Morgan ihm befohlen hatte, sich an den Vorabend zu erinnern.

»Ja. Allerdings fiel's mir, müßte ich's wiederholen, mit deiner innerlichen Bereitschaft leichter.«

»Jene vier anderen Männer jedoch habt Ihr nicht berührt«, stellte Ferris fest.

»Gewiß, ich habe ja bei ihnen nicht in ihre Gedanken geschaut. Sie habe ich lediglich einer Wahrheitsprüfung unterzogen. Dazwischen besteht ein Unterschied.«

»Ach so ...« Mühsam schluckte Ferris, versuchte all das zu begreifen, was ihm Morgan erklärte.

»Ich weiß wahrlich nicht, weshalb ich dir diese Dinge erzähle«, murmelte Morgan. »Ein Mann wie ich sollte einem vollständigen Fremdling nichts über die Grenzen seiner Möglichkeiten ausplaudern.« Er widmete Ferris einen Seitenblick. »Mag sein, der Grund ist, ich *sähe* dich gern in meinen Diensten ... Und's ist ja nur angebracht, wenn du erfährst, was auf dich wartet, falls 's sich so ergibt. Vielleicht ist auch von Belang, daß ich, als ich in dein Gemüt schauen mußte, um deine Unschuld zu ermitteln, deine unerschütterliche Ehrlichkeit und Rechtschaffenheit erkannte.«

»Ich *wäre* Euch treu, Herr«, beteuerte Ferris mit leidenschaftlicher Nachdrücklichkeit. »Ich schwör's Euch bei allen Göttern.«

Indem er lächelte, betrachtete Morgan den Griff des Schwerts, das an seiner Hüfte hing, blickte danach von neuem Ferris an.

»Ich glaube, daß du's bei allen Göttern wärst. Doch dies ist nicht die günstigste Stunde für uns beide, um derlei Verpflichtungen einzugehen. Eben erst habe ich dich dem Rachen eines Todes entrissen, welchen du gänzlich zu unrecht erlitten hättest. Es scheint mir eine natürliche Anwandlung, daß du dich als dankbar erweisen möchtest. Du hast dich anerboten, mir zum Zeichen deines Dankes ein besseres Schwert zu schmieden. Dazu erteile ich dir meine Erlaubnis. Warum also reitest du nicht am Nachmittag mit mir und meinem Leutinger nach Coroth, so daß ich dich dort ans Werk schicken kann? Wenn du mir das verheißene Schwert übergeben hast, *dann* werden wir entscheiden, wie's zukünftig mit uns sein soll.«

»Einverstanden, Herr«, sprach Ferris, indem er und Morgan den Fenstererker verließen, um sich zu Morgans Leutinger zu gesellen. »*Ich* jedoch weiß schon heute, was mein Entschluß sein wird.«

Originaltitel: ›Trial‹
Copyright © 1986 by Katherine Kurtz

Historische Zeittafel der Elf Königreiche

822	Der Deryni Festil, jüngster Sohn des Königs von Torenth, fällt mit einem Heer in Gwynedd ein und entthront das Königshaus der Haldanes; die gesamte Königsfamilie mit Ausnahme des zweijährigen Prinzen Aidan Haldane wird massakriert; Festil macht Valoret zu seiner Hauptstadt und herrscht 17 Jahre lang. In den Jahrzehnten nach der Hinrichtung König Ifor Haldanes wird Gwynedd nacheinander von insgesamt fünf Festilkönigen beherrscht:

Festil I.   822—839 (17 Jahre)
Festil II. 839—851 (12 Jahre)
Festil III. 851—885 (34 Jahre)
Blaine   885—900 (15 Jahre)
Imre   900—904 (4 Jahre)

839—851	Herrschaft König Festils II.; ca. 850; Zerstörung der Abtei St. Torin bei Dhassa.
846	Camber Kyriell MacRorie, dritter Sohn des Grafen von Culdi, wird auf Cor Culdi geboren.
851—885	Herrschaft König Festils III.
860	Geburt Prinz Cinhil Haldanes
875	Geburt Ariellas von Festil
881	Geburt Imres von Festil
885—900	Herrschaft König Blaines von Festil
888	Herbst: *Auslöser*
900—904	König Blaine stirbt; Herrschaft König Imres von Festil
903—904	In Valoret stirbt Prinz Aidan Haldane, ent-

hüllt jedoch auf dem Sterbebett, daß noch ein Urenkel seiner Familie lebt. Prinz Cinhil Haldane wird in einem Kloster aufgespürt und durch Cambers Kinder daraus entführt, damit eine Restauration der Haldane-Herrschaft eingeleitet werden kann; er wird mit Megan de Camero verheiratet.

904 1./2. Dez.: Restauration. Imre von Festil wird durch Cinhil Haldane gestürzt und findet den Tod. 25. Dez.: Cinhil Haldane wird im Alter von 44 Jahren zum König gekrönt.

905—907 *Sankt Camber:* 905 wird in Torenth Ariellas Sohn Markus geboren. Ein Versuch Ariellas, die Restauration rückgängig zu machen, scheitert am 25. Juni 906. Alister Cullen kommt um, als er Ariella tötet, und Camber übernimmt, indem er am selben Tag offiziell ›stirbt‹, Cullens Identität.

906 Frühjahr/Sommer: Sighere von der Ostmark erklärt sich zu König Cinhils Vasall. Cinhil marschiert mit Truppen in den Norden und unterstützt die Niederwerfung einer Rebellion in Kheldour. 14. Nov.: Camber wird heiliggesprochen.

917—918 *Camber der Ketzer*
917—921 Herrschaft König Alroy Haldanes
917 2. Febr.: Cinhil stirbt, sein Thronerbe ist sein zwölfjähriger Sohn Alroy. Die Regenten des jungen Königs verlegen den Königshof nach Rhemuth, der alten Hauptstadt Gwynedds. Nach der Ermordung des Deryni-Erzbischofs Jaffray wird Alister Cullen alias Camber zu dessen Nachfolger gewählt, aber die Regenten übergehen die Wahl und lassen einen ihnen genehmen Prälaten zum neuen Erzbischof

wählen. Der Michaeliten-Orden wird aufgelöst.
Erste größere Deryni-Verfolgungen.
Dez.: Rhys Thuryn kommt ums Leben.
Das Konzil von Ramos beginnt seine Beratungen, die bis ins Frühjahr 918 dauern, spricht Camber die Heiligkeit ab und beschränkt die Rechte der Deryni in Gwynedd. Burg Trurill wird zerstört.

918	Jebedias von Alcara findet den Tod; Camber verschwindet.
921—922	Herrschaft von König Javan Haldane
922—928	Herrschaft von König Rhys Michael Haldane
928—948	Herrschaft von König Owain Haldane
948	Imres und Ariellas Sohn Markus versucht Gwynedds Thron zurückzuerobern.

In diesem Jahrhundert rebelliert der Deryni-Adelige Rolf MacPherson gegen den Camberischen Rat.

948—980	Herrschaft von König Uthyr Haldane
977	24. Dez.: *Berufung*
980—983	Herrschaft von König Nygel Haldane
983—985	Herrschaft von König Jasher Haldane

Im Namen Prinz Markus-Imres, eines Ururenkels Imres von Festil, führt Durchad Mor seine gepanzerten Fußkämpfer gegen König Jasher Haldanes Truppen ins Feld.

985—994	Herrschaft von König Cluim Haldane
994—1025	Herrschaft von König Urien Haldane
1025	Imre II. (972—1025) sucht die entscheidende Konfrontation mit Gwynedd, die jedoch in einer Auslöschung der männlichen festilischen Linie für vier Generationen resultiert.
1025—1074	Herrschaft von König Malcolm Haldane. Er heiratet Prinzessin Roisian von Meara,

die älteste Tochter und einzige Erbin Jolyons, des letzten Prinzen von Meara, der auf der Seite Imres II. gestanden hatte. Die Ehe sollte die mearische Erbfolge auf das Haus Haldane übertragen, aber Jolyons Witwe, Prinzessin Urracca, bringt ihre beiden jüngeren Töchter, von denen eine (Annalind) Roisians Zwillingsschwester ist, in Sicherheit und gründet eine Bewegung, die Annalind als die erstrangige, rechtmäßige Erbin ausgibt.

1027	König Malcolm unternimmt einen Feldzug nach Meara, um mearische Abtrünnige zu bezwingen.
1045	Zweiter Feldzug König Malcolms nach Meara.
1060	Dritter Feldzug König Malcolms nach Meara, diesmal zu dem Zweck, Annalinds Sohn Judhael zu finden.
1068—1070	Bei der Rettung derynischer Kinder vor dem Scheiterhaufen verliert Barrett de Laney das Augenlicht. In diesen Jahren sagt sich der infame Deryni Lewys ap Norfal vom Camberischen Rat los.
1074—1095	Herrschaft von König Donal Blaine Haldane
1076	König Donal führt einen neuen Feldzug nach Meara durch, um Prinz Judhael ausfindig zu machen.
1080	König Dona heiratet Richeldis von Llannedd.
1081	Geburt Prinz Brions Haldane
1087	Geburt Prinz Nigels Haldane
1089	König Donal unternimmt einen weiteren Feldzug nach Meara.
1091	29. Sept.: Alaric Morgan wird geboren.
1092	2. Febr.: Duncan McLain wird geboren.

1095	König Donal stirbt; sein Nachfolger wird Prinz Brion. Herzogin Alyce von Corwyn stirbt nach der Geburt ihrer Tochter Bronwyn.
1100	Sommer: *Bethane* 24. Sept.: Herr Kenneth Morgan stirbt; wenig später wird der neunjährige Alaric Morgan an den Königshof geschickt, um Page zu werden. Dez.: Morgan begegnet König Brion bei der weihnachtlichen Hofhaltung das erste Mal.
1104	6. Jan.: Brion heiratet Jehana von Bremagne. 1. Aug.: Jorian de Courcy wird bei seiner Priesterweihe als Deryni entlarvt. *(Arilans Priesterweihe.)* 12. Nov.: Hinrichtung Jorians.
1105	2. Febr.: Der Deryni Denis Arilan wird, ohne daß man sein Derynitum entdeckt, zum Priester geweiht. Frühjahr/Sommer: Der Marluk, Festils Erbe, unterliegt König Brion im Kampf *(Des Marluks Untergang)*. 21. Juni: *Vermächtnis*. Juli 1105—Febr. 1106: Königin Jehana verbringt den Winter in der Abtei St. Giles.
1106	14. Nov.: Geburt Kelsons Haldane; seine Einsetzung zum Prinzen von Meara löst dort eine neue Rebellion aus.
1107	Frühjahr: König Brion unterdrückt den Aufstand in Meara, aber Prinz Jolyons Tochter, Caitrin von Meara, kann entkommen. Da ihr Gatte und Sohn gefallen sind, heiratet Sicard MacArdry Caitrin. Duncan McLain verlobt sich heimlich mit Maryse, der Tochter von Sicards älterem Bruder Caulay, nachdem ein McLain-Gefolgsmann im Streit ihren Bruder erschlagen hat. Um eine Blutfehde zu vermeiden, bre-

	chen die beiden Sippen die gegenseitigen Beziehungen ab, doch Maryse wird schwanger.
1108	3. Jan.: Maryse bringt einen Sohn zur Welt, der auf den Namen Dhugal getauft wird, stirbt aber an Komplikationen bei der Geburt; ihre Mutter Adreana zieht den Jungen als Zwilling einer ihr zur gleichen Zeit geborenen Tochter auf.
	Frühjahr: Duncan erfährt, daß Maryse im Winter gestorben ist, angeblich jedoch an einem Fieber; er verdrängt jede Erinnerung an sie und gibt seiner längst vorhandenen Neigung zur Priesterschaft nach.
1110	Alaric Morgan wird durch König Brion zum Ritter geschlagen.
1112	In Erwartung der Priesterweihe Duncan McLains läßt sich Denis Arilan nach Rhemuth versetzen, um ihr Zustandekommen zu begünstigen.
1113	Ostern: Dank der geheimen Förderung durch Denis Arilan wird Duncan im Rhemuther Dom zum Priester geweiht; er tritt seine Tätigkeit als Geistlicher in einer Pfarrei bei Culdi an, unweit des Wohnsitzes seiner Familie.
1114	Zum Zwecke weiterer Studien wird Duncan für zwei Jahre an die Hochschule in Grecotha entsandt.
1114—1115	Winter: Herzogin Vera stirbt, Duncans Mutter, so daß Duncan und Morgan ihrer einzigen Möglichkeit beraubt werden, ihre Deryni-Begabung zu trainieren.
	Monsignor Denis Arilan wird König Brions Beichtvater.
1115	Mai: Sean Graf Derry wird in Rhemuth

	zum Ritter geschlagen und wird Morgans Leutinger *(Derrys Ritterschlag)*.
1116	Frühjahr: Denis Arilan holt Duncan als seinen Sekretär und Famulus nach Rhemuth. Sommer: Duncan wird Lehrer des inzwischen zehnjährigen Prinzen Kelson.
1117	Aufgrund seiner Bewährung als Kelsons Lehrer wird Duncan zusätzlich zum Beichtvater des Prinzen ernannt.
1118	Der jetzt fünfunddreißigjährige Denis Arilan wird unter Erzbischof Corrigan in Rhemuth zum Weihbischof befördert und gleichzeitig in Brions Kronrat berufen. *Vermächtnis*
1120	Juni: König Brion schließt einen neuen Grenzvertrag mit Wencit von Torenth ab. Sept.: Morgan begibt sich nach Cardosa, um die Vorgänge an der Grenze zu beobachten. Nov.: *Das Geschlecht der Magier*; 1. Nov.: Charissa von Tolan, gen. Schattenwalküre, ermordet König Brion; 4. Nov.: Brions Beisetzung; 14. Nov.: An Kelsons Geburtstag kehrt Morgan nach Rhemuth zurück; 15. Nov.: Kelson besiegt Charissa und wird in Rhemuth zum König gekrönt. Nach dem Ende des Interregnums (904) herrschen nacheinander folgende Könige über Gwynedd:

Cinhil	904—917	(13 Jahre)
Alroy	917—921	(4 Jahre)
Javan	921—922	(1 Jahr)
Rhys	922—928	(6 Jahre)
Owain	928—948	(20 Jahre)
Uthyr	948—980	(32 Jahre)
Nygel	980—983	(3 Jahre)
Jasher	983—985	(2 Jahre)

Cluim	985—994	(9 Jahre)
Urien	994—1025	(31 Jahre)
Malcolm	1025—1074	(49 Jahre)
Donal	1074—1095	(21 Jahre)
Brion	1095—1120	(25 Jahre)
Kelson	1120—	

1121 Sommer: *Die Zauberfürsten* und *Ein Deryni-König*. Zwist mit Erzbischof Loris und anderen Bischöfen.

Der Feldzug gegen Wencit von Torenth endet mit Wencits Niederlage in der Llyndruthebene.

1121—1122 Winter: Kelson konsolidiert in Rhemuth seine Herrschaft. Morgan verbringt einen Großteil des Winters entweder in Rhemuth, wo er Kelson berät, oder Coroth, wo er seine Angelegenheiten regelt. Duncan hält sich abwechselnd in Rhemuth und Cassan oder Kierney auf und befaßt sich mit den Geschäften seines Adelsbesitzes, widmet sich aber hauptsächlich den Interessen seiner geistlichen Berufung. Baron Jodrell, ein intelligenter junger Adeliger Kierneys und glühender Anhänger König Kelsons, sucht in Duncans Begleitung den Königshof auf, wo Kelson sofort Sympathie zu ihm faßt und ihn zum Mitglied des Kronrats macht.

1122 Jan.: In Rhemuth rügt ein Konzil offiziell Erzbischof Loris' Verhalten (er ist seit dem vergangenen Sommer in Haft), enthebt ihn des Amtes und verbannt ihn auf Lebenszeit in die Abtei St. Iveagh in Rhendall. (Corrigan verstarb im vorangegangenen Herbst an einem Herzanfall, bevor er zur Verantwortung gezogen werden konnte.) An Loris' Stelle wird Bradene von Grecotha zum Primas von Gwynedd und Erzbischof von Valoret gewählt; Cardiel wird Bischof von Rhemuth; zum Bischof von Dhassa wird Arilan. Weitere neue Bischöfe werden ernannt, verschiedene Diözesen neu besetzt.

1. Mai: Morgan heiratet Richenda von Marley; in Anwesenheit des Königs vollzieht Duncan die Trauung. Morgan begibt sich mit seiner Braut und dem Stiefsohn für den Sommer heim nach Corwyn.

Sommer: Von Marley aus reist Kelson nordwärts in die Kheldische Pfalz, um aus Wachsamkeit gegenüber Torenth die Verteidigungsbereitschaft zu prüfen. Er lernt Saer de Traherne kennen, den Bruder seiner Tante Meraude und jungen Grafen von Rhendall, und nimmt ihn als Berater mit an den Hof.

Duncan bereist während des größten Teils dieses Sommers seine Ländereien und trifft herrschaftliche Maßnahmen, die die Verwaltung der Güter vorwiegend *in absentia* ermöglichen sollen. Gegen Ende des Sommers verstärken sich die Gerüchte, daß Anhänger des alten mearischen Königshauses, darüber verärgert, daß ein derynischer Herzog und Priester nun Teile des einstigen mearischen Königreiches beherrscht, abermals für eine Unabhängigkeit Mearas Propaganda betreiben.

1122—1123 Winter: Kelson festigt weiter seine Autorität und schmiedet Pläne für eine Reise durch Cassan, Kierney und Meara im folgenden Sommer, um durch seine demonstrative Anwesenheit die Unzufriedenheit der Separatisten zu ersticken. Während

	des Winters hält er bei Hofe Gericht. Morgan reitet mehrmals zwischen Rhemuth und Coroth hin und her, weil Richenda ihrer beider erstes Kind erwartet.
1123	31. Jan.: Richenda gebiert Morgans Tochter Briony Bronwyn Morgan.
	Frühjahr: Der junge König Alroy von Torenth kommt nur wenige Monate nach seinem vierzehnten Geburtstag bei der Jagd durch einen Sturz vom Pferd ums Leben. Fast sofort kursieren Gerüchte, Kelson hätte aus Furcht vor einem volljährigen torenthischen König den Unfall fingiert. Der neunjährige Liam wird König, seine Mutter Morag wieder Regentin; zahlreiche torenthische Adelige halten um ihre Hand an. Sommer: Kelson widmet seine Aufmerksamkeit von neuem der verschlechterten Situation in Meara und reist wie geplant, in Duncans Begleitung durch Meara, Cassan und Kierney. Morgan bringt den Sommer überwiegend in Corwyn zu, um dort einer Bedrohung durch Torenth vorzubeugen, stößt aber in Culdi zu Kelson, nachdem der kränkliche Bischof Carsten von Meara verstirbt und die wichtige Diözese Meara verwaist.
	Ende Nov.: Eine Bischofssynode versammelt sich in Culdi, um einen neuen Bischof von Meara zu wählen, ernennt jedoch zunächst mehrere neue Weihbischöfe, darunter auch Duncan (er wird neben Erzbischof Cardiel Bischof von Rhemuth und Cardiels Assistent).
1123—1124	Nov. 1123—Febr. 1124: *Das Erbe des Bischofs*
1124	Mai—Juli: *Die Gerechtigkeit des Königs*
1125	März—April: *Die Suche nach St. Camber*

Verzeichnis
der Personen

ALCARA Jebedias von — um 914 Großmeister im Orden des Hl. Michel (Michaeliten); unter König Cinhil Reichsmarschall von Gwynedd; Gründungsmitglied des Camberischen Rates.

AGNES Lady — Hofdame Königin Jehenas (1120).

ALDRED Prinz — Enkel Nimurs II. von Torenth und Neffe Wencits von Torenth, Deryni; 15 Jahre alt im Juni 1105.

ALEXANDER — 1113 Erzbischof von Rhemuth; weihte Duncan McLain zum Priester.

ALROY — verstorbener Knabenkönig von Torenth, ältester Sohn Herzog Lionels von Arjenol und Wencits Schwester, Prinzessin Morag; kam kurz nach dem vierzehnten Geburtstag im Sommer 1123 bei einem Jagdunfall (Sturz vom Pferd) ums Leben; Nachfolger ist sein jüngerer, um 1125 neunjähriger Bruder Liam.

ANDREW — Hilfssteuermann auf Morgans Schiff *Rhafallia*; trank ein langsam wirkendes Gift, bevor er Morgan zu ermorden versuchte (1121).

ANDREW — Hufschmied in Grecotha (ca. 905).

ANDREW — Mönch im Kloster St. Piran (903).

ANSELM Pater — früherer Kaplan von Morgans Mutter, der Herzogin Alyce; danach an der Pfarrkirche St. Teilo in Culdi tätig (1121).

ARDEN Pater Gregory von — Abt des Klosters St. Jarlath (917).

ARGOSTINO Pater — stämmiger junger llanneddischer Geistlicher, 1105 zusammen mit Denis Arilan zum Priester geweiht.

ARIELLA Prinzessin — Schwester und Geliebte Imres, des

letzten festilischen Königs Gwynedds, Deryni; Mutter seines Sohnes Markus (geb. 905).

ARIK — Bediensteter in Rhys Thuryns und Evaines Herrenhaus (917/918).

ARILAN Pater Denis — im Frühjahr 1105 an der Priesterschule *Arx Fidei* mit 21 Jahren zum Priester geweihter Deryni; ab 1115 König Brions Beichtvater; ab 1122 Bischof von Dhassa; späteres Mitglied des Camberischen Rates.

ARILAN Herr Jamyl — älterer Bruder Denis Arilans, 25 Jahre alt um 1104/05, enger Freund und Vertrauter König Brions sowie Mitglied des Camberischen Rates.

ARJENOL Lionel von — Herzog von Arjenol und Schwager Wencits von Torenth; seine drei Söhne sind unmittelbare torenthische Thronerben (1121).

ARLISS Herr Guaire von — Freund Cathan MacRories; ehemaliger Adjutant Alister Cullens; Gründer des Ordens St. Cambers Knechte (907).

ARMAGH Meister — ein Fechtmeister König Imres (903).

ARMAND Herr — Sagenheld der Elf Königreiche, besungen in vielen Balladen.

ARNHAM Edward MacInnis von — zwanzigjähriger Sohn Graf Manfreds, des Bruders Bischof Hubertus'; Weihbischof, späterer Bischof von Grecotha (917).

ARNOLD Bruder — ein Mönch, der Kelson und Dhugal zu den Ruinen Caerroiries führt (1125).

ARNULF Pater — im Jahre 977 vergreister Burgkaplan auf Burg d'Eirial.

ARRAND Archer von — Theologe und Prediger des *Ordo Verbi Dei*; später Bischof von Dhassa (917).

BARRA Agnes de — 1125 junge Hofdame am gwyneddischen Königshof.

BARTHOLOMÄUS — Bediensteter in Rhys Thuryns und Evaines Herrenhaus (917/918).

BELDEN Erne von — Bischof von Cashien, wg. seiner Be-

teiligung an der mearischen Rebellion der Jahre 1123/
24 des Amtes enthoben.

BENED — ein *Cyann* bzw. Häuptling der Bewohner des
Bergdorfs St. Kyriell (1125).

BENJAMIN Pater — Seminarist am *Arx Fidei;* 1105 gemeinsam mit Denis Arilan zum Priester geweiht.

BENNET — ein Untergebener Graf Bran Coris' (1121).

BEREN Herr — ein michaelitischer Ordensritter (ca. 905).

BERRY Hugh de — langjähriger Kollege Duncan McLains, früherer Sekretär Erzbischof Corrigans, später einer der zwölf Weihbischöfe Gwynedds; durch die Valoreter Synode 1125 zum Bischof von Ballymar gewählt.

BERTRAND — Knappe Prinz Javans (917).

BETHANE — alte Frau, die in der Nähe Culdis Schafe weidet; Gattin Darrells; verschrien als Hexe (ca. 1120).

BLAKE, Hurd de — Vasall Herzog Morgans; seine Güter verwüstete der derynifeindliche Aufrührer Warin de Grey (1121).

BLANET Wolfram de — ursprünglich Sprecher der zwölf Weihbischöfe Gwynedds, später Bischof von Grecotha; stand während des Interdikts (1121) auf der Seite Cardiels und Arilans.

BORS — Waffenknecht im Dienste Herrn Coel Howells (ca. 904).

BOTOLPH — Pferdezüchter in Valoret (917).

BRADENE — Gelehrter in und Bischof von Grecotha; ab 1122 Erzbischof von Valoret und Primas von Gwynedd.

BROWN Jason — Geselle Daniel Drapers alias Aidan Haldanes; erbte dessen Geschäft (903).

BRUYN Malachi de — um 1105 junger Seminarist am *Arx Fidei*.

BURCHARD Herr — einer der Herzog Jared McLain unterstellten Heerführer; kann mit Heerführer Gloddruth dem Massaker bei Rengarth entkommen (1121).

CALBERT Pater — um 1104/05 energischer junger Abt der Priesterschule *Arx Fidei*.

CALEB — ein Bediensteter in Bischof Cullens Gefolge (917).

CAMERON Megan de (888—907) — ursprünglich Mündel Camber MacRories; später Königin Cinhils; Mutter der Prinzen Aidan, Alroy, Javan und Rhys Michael.

CAMPBELL Baron — Baron aus der Ostmark; Adjutant Graf Bran Coris' (1121).

CANLAVAY Sieur de — ein mit Herzog Jared McLain bei Rengarth in Gefangenschaft geratener Adeliger (1121).

CARA — tote Tochter des Deryni Thorne Hagen; starb schon in jungen Jahren (vor 1121).

CARBURY Jaffray von — Deryni und ehemaliger Gabrielit; Nachfolger Anscoms von Trevas als Erzbischof von Valoret und Primas von Gwynedd; Gründungsmitglied des Camberischen Rates.

CARCASHALE Graf Thomas von — um 1125 Besitzer der zu Caerrorie gehörigen Ländereien.

CARDIEL Thomas — zunächst Bischof von Dhassa, ab 1122 Erzbischof von Rhemuth, 46 Jahre (1125).

CARMICHEAL Herr Denzil — in das Attentat auf die Prinzen Javan und Rhys Michael verwickelter Deryni; starb beim Verhör (917).

CAROLUS Kronprinz — ältester Sohn Nimurs II. und Vater Prinz Alreds sowie Bruder Wencits, Deryni; um 1105 im Alter von 35 Jahren.

CARSTEN Bischof — Bischof von Meara; stand während des Interdikts (1121) ursprünglich auf Erzbischof Loris' Seite, nahm aber später eine eher neutrale Haltung ein.

CARTHANE Graf — gwyneddischer Adeliger, dessen Töchter bei den jungen Männern an Kelsons Königshof Interesse erregen (1125).

CARTHANE Herr Murdoch von — Graf von Carthane; einer der Regenten König Alroys (917).

CARTHMOOR Herzogin Meraude von — Nigels Gattin sowie Mutter Conalls, Rorys, Paynes und Eirians Haldane; Schwester Saers de Traherne (ca. 1125).

CHARISSA — Tochter und einziges Kind Hogan Gwernachs, gen. Marluk, Deryni; im Sommer 1105 im Alter von 11 Jahren; als Herzogin von Tolan ermordete sie später König Brion und wurde von seinem Sohn Kelson während seiner Krönung im Duell getötet (1120).

CHARLES Bruder — Mönch des Ordens St. Cambers Knechte in Dolban; war früher Bäcker in einem Dorf bei Caerrorie (ca. 905).

CIERAN Bruder — Laienbruder im Kloster St. Prian (917).

CLARON Tiercel de — Deryni, Mitte 20, jüngstes Mitglied des Camberischen Rates; unterrichtet heimlich Conall Haldane in Magie; 1125 Tod durch Unfall (Sturz).

CLAYBOURNE Ewan von — Herzog von Claybourne, Inhaber des Erbamtes des gwyneddischen Reichsmarschalls sowie Mitglied des Kronrates von Gwynedd (ca. 1120).

CLAYBOURNE Sighere von — ursprünglich Reichs- und Markgraf der Ostmark; nominell einer der Regenten König Alroys, aber aus Gesundheitsgründen an der Amtsausübung gehindert; erster Herzog von Claybourne (917).

CLEARY Pater Gellis de — Ritter des Michaelitenordens (ca. 905).

CLURE Eidiard von — Leibwächter der Prinzen Javan und Rhys Michael, dessen Posten in Verkleidung Davin MacRorie übernahm (917).

COLLIER Herr — einer der mit Herzog Jared McLain bei Rengarth in Gefangenschaft gefallenen Adeligen (1121).

CONLAN — Bischof von Stavenham; stand während des Interdikts (1121) zunächst auf Erzbischof Loris' Seite, ergriff aber später die Partei Cardiels und Arilans.

CORAM Stefan — derynischer Bundesgenosse der Brüder Jamyl und Denis Arilan; um 1104/05 gegen 30 Jahre alt.

CORBIE Rather de — Botschafter des Edlen von dem

Orsal und langjähriger Freund Herzog Morgans (1121).
CORDAN — Wunderarzt Graf Bran Coris' (1121).
CORIS Bran — verräterischer Graf von Marley und Ex-Gatte Richendas; durch Kelson 1121 getötet.
CORIS Brendan — achtjähriger Graf von Marley, Sohn Brans und Richendas von Marley (1125).
CORRIDAN Patrick — Erzbischof von Rhemuth; gemeinsam mit Erzbischof Loris Wortführer der Fraktion des Klerus, die gegen Herzog Morgan eine feindliche Position bezieht (1121).
CORUND — Leibwächter der Prinzen Javan und Rhys Michael; kommt bei einem Attentat ums Leben (917).
CORWYN Alyce von — Deryni, Herzogin von Corwyn, Mutter Morgans und Bronwyns (verstorben 1095).
CORWYN Bronwyn von — Morgans Schwester, verlobt mit Kevin McLain; wird zu Culdi zusammen mit Kevin durch Magie ermordet (1121).
CORWYN Dominik von — Vorfahr Alaric Morgans (erster Herzog von Corwyn).
COURCY Pater Jorian de — junger Deryni, 1104 mit 21 Jahren zum Priester geweiht; wurde dabei als Deryni enttarnt und von einem erzbischöflichen Gericht zum Tode verurteilt.
CREODA — nach Auflösung seiner früheren Diözese Carbury Bischof von Culdi; Loris' Komplize bei dessen Flucht aus der Klosterhaft; wg. Beteiligung an der mearischen Rebellion der Jahre 1123/24 des Amtes enthoben.
CREVAN Allyn — als Nachfolger Alister Cullens Generalvikar der Michaeliten (ca. 905).
CRINAN — Knappe Cathan MacRorie (903).
CULLEN Alister — Generalvikar des Michaelitenordens; um 914 Bischof von Grecotha und Reichskanzler Gwynedds, Deryni; gefallen 905; *Alter ego* Camber MacRories.

DAMON — Bediensteter in Rhys Thuryns und Evaines Herrenhaus (917/918).

DANOC Graf von — ein in Dhassa in König Kelsons Kriegsrat anwesender Vasall Kelsons (1121).

DARBY Pater Alexander — um 1104 neuernannter Pfarrer der St. Markus-Kirche in der Nachbarschaft des Priesterseminars *Arx Fidei*. Seine Abhandlung über die Deryni, verfaßt während seiner Seminaristenzeit in Grecotha, wurde vorgeschriebener Studientext für alle an einer höheren Laufbahn interessierten Kleriker. Ärztliche Ausbildung.

DARRELL — Ehemann Bethanes, Mathematiklehrer in Grecotha, Kryptoderyni; umgekommen bei der Befreiung Barrett de Laneys (vor 1100).

DAVENCY Peter — Waffenknecht Graf Bran Coris'; bei Graf Derrys Versuch, der Gefangennahme zu entgehen, von ihm getötet (1121).

DAVIS — Waffenknecht Bischof Cardiels in Dhassa; war dort an der Festnahme Morgans und Duncans beteiligt (1121).

DAWKIN — Flickschuster, den Morgan und Duncan auf der Landstraße nach Dhassa befragten (1121).

DEEGAN — ein Gefolgsmann Wencits von Torenth auf der Bergfestung *Esgair Ddu* (1121).

D'EIRIAL Caprus — 977 siebzehnjähriger Sohn Baron Radulf d'Eirials und Halbbruder des Erben Gilrae d'Eirial.

D'EIRIAL Gilrae — zwanzigjähriger Erbe der Baronei d'Eirial; möchte lieber Priester werden; älterer Halbbruder Caprus d'Eirials (977).

D'EIRIAL Herr Radulf — Baron d'Eirial, Vater Gilraes und Caprus'; verstirbt 977.

DELACEY Bischof — stand während des Interdikts (1121) zuerst auf Erzbischof Loris' Seite; später unterstützte er jedoch die Bischöfe Cardiel und Arilan.

DERRY Sean Seamus O'Flynn — durch König Brion im Frühjahr 1115 zum Ritter geschlagener Markgraf; Alaric Morgans Leutinger (Adjutant); seit Herrn Ralsons Tod (1120) Mitglied des gwyneddischen Kronrats.

DERRY Seamus Michael O'Flynn — Markgraf, Vater Sean Graf Derynis; starb 1108 an während König Brions Feldzug nach Meara (1107) erlittenen Verletzungen.

DERVERGUILLE Lady — im 9. Jahrhundert durch den grausamen Herrn Gerent ermordet; wird in einer von Herrn Llewelyn verfaßten Ballade besungen.

DESCANTOR Kai — derynischer Weihbischof (ca. 907).

DESMOND Gilbert — einer der zwölf Weihbischöfe von Gwynedd, wg. seiner Verwicklung in die mearische Rebellion der Jahre 1123/24 amtsenthoben.

D'ESTRELLDAS Nevan — gwyneddischer Weihbischof; während der mearischen Rebellion der Jahre 1123/24 in Wehr und Waffen gefangengenommen und wg. seiner Komplizenschaft amtsenthoben.

DEVERIL Herr — um 1100 Herzog Jared MacLains Seneschall (Oberster Hofbeamter).

D'EVERING Benoit — auf der Synode in Valoret (1125) zum Nebenbischof von Valoret gewählt.

DOBBS — Späher in Kelsons Heer (1121).

DOLFIN — Kelsons fünfzehnjähriger Knappe (ca. 1125).

DOMINIK Bruder — Krankenwärter der Abtei der Hl. Jungfrau von den Matten (ca. 917).

DOMINIK Pater — Priester im Kloster St. Liam; früherer Lehrer Joram MacRories und Rhys Thuryns (vor 903).

DONALSON Malcolm — durch Herzog Morgan und Duncan McLain in dem Dorf Jennan Vale geheilter Bauer (1121).

DORN — Prinz Javans Knappe; kam beim Anschlag auf die Prinzen Javan und Rhys Michael ums Leben (917).

DOV Herr — in der Abtei St. Neot erschlagener Heiler (917).

DRUMMOND Herr James — Großneffe Camber MacRories und zweiter Gatte der verwitweten Elinor MacRorie (ca. 905).

DUALTA Herr Jarriot — Ordensritter der Michaeliten (903).
DURIN Meister — Heiler bei Iomaire (905).

EBOR Herr Gregory von — Graf von Ebor; Gründungsmitglied des Camberischen Rates (917).
EBOR Herr Jesse von — ältester Sohn und Erbe Graf Gregorys von Ebor (917/918).
EDGAR Herr — Baron von Mathelwaite; einer der drei Vasallen Herzog Morgans, die Ian Howell zu der Ansicht verleitete, Morgan müßte beseitigt werden; beging Selbstmord, anstatt Howells Mitwirkung an Charissas Verschwörung gegen Kelson zu enthüllen (1120).
EDMOND — ehemaliger Erzbischof von Valoret (ca. 917).
EDULF — ein Stallknecht Camber MacRories auf Caerrorie; einer von 50 Bauern, die man 903 auf König Imres Befehl zur Vergeltung für die Ermordung Herrn Rannulfs hinrichtete.
EDWARD Pater — Priester, der Nicholas Draper alias Cinhil Haldane taufte (860).
EGBERT Bruder — Mönch im Kloster St. Jarlath (903).
ELAS — ein in Dhassa im Kriegsrat König Kelsons anwesender Heerführer (1121).
ELROY Pater — Erzbischof Bradenes Kämmerer (ca. 1121).
ELSWORTH John von — Waffenknecht; von Ian Howell als Medium mißbraucht (1120).
ELVIRA Lady — Hofdame Königin Jehanas (1120).
EMRYS Dom — derynischer Adept und Heiler; Abt des Gabrielitenordens (ca. 907).
ERCON St. — heiliggesprochener Gelehrter und Historiker, der kurz nach Lebzeiten des Hl. Bearand Haldane (nach 794) wirkte; Bruder St. Willims.
ERDIC Pater — in den 960ern Kaplan des Hauses d'Eirial.
ERIC — Page Graf Bran Coris' (1121).
ERNE Dothan von — auf König Cinhils Befehl eingekerkerter festilischer Minister; sein Sohn und seine Toch-

ter kamen 905 bei einem versuchten Attentat auf Cinhil ums Leben.

ESTHER — Hofdame Königin Jehanas (1120).

EVANS Pater — Sekretär Bischof Cardiels (1121).

FAIRLEIGH Eustace von — einer der sechs gwyneddischen Weihbischöfe vor dem Konzil von Ramos 917.

FALLON Graf Rogier von — vor der Königsgruft unter dem Rhemuther St.-Georgs-Dom von Ian Howell ermordet (1120).

FARNHAM Herr — Vater Megan de Camerons (verstorben vor 903).

FARNHAM Lady — Mutter Megan de Camerons (verstorben vor 903).

FARQUHARSON Herr Shaw — derynischer Attentäter, der bei dem Anschlag auf die Prinzen Javan und Rhys Michael ums Leben kam (917).

FERGUS Herr — Vasall Herzog Jared McLains; richtete auf den Befehl des Herzogs den Baumeister Rimmell hin (1121).

FERRIS — Schwertfeger aus Eistenfalla; schmiedet um 1118/19 ein Schwert für Morgan.

FESTIL I. — jüngerer Sohn des torenthischen Königshauses, der 822 in Gwynedd das Deryni-Interregnum einleitete und das Königsgeschlecht der Festils gründete, das 82 Jahre lang regierte; herrschte 822—839.

FESTIL II. — zweiter festilischer König von Gwynedd; regierte 839—851.

FESTIL III. — dritter festilischer König von Gwynedd, Großvater König Imres; regierte 851—885.

FESTIL Blaine von — vierter festilischer König von Gwynedd, regierte 885—900; Vater Imres von Festil.

FESTIL Imre von — während des Deryni-Interregnums letzter festilischer König Gwynedds (regierte 900—904); kam bei einer Entmachtung durch Cinhil Haldane ums Leben; zeugte mit seiner Schwester Ariella einen Sohn namens Markus.

FESTIL Markus von — Sohn Imres von Festil und dessen Schwester Ariella; nach dem Tod seiner Eltern Repräsentant des festilischen Adelsgeschlechts (geboren 905).

FIANNA Colin von — achtzehnjähriger Sohn des Grafen von Fianna, des Königlichen Kellermeisters; kam in der Nähe Valorets zusammen mit Herrn Ralson bei einem Hinterhalt ums Leben (1120).

FINTAN Herr — Mitglied von König Cinhils Kronrat (ca. 905).

FITZMARTIN Harold — einer der drei Vasallen Morgans, denen Ian Howell einflüsterte, sie müßten den Herzog beseitigen; im Kampf von Duncan McLain erschlagen (1120).

FITZMICHAEL Pater Charles — junger Geistlicher, um 1105 zusammen mit Denis Arilan zum Priester geweiht.

FITZWILLIAM Baron Fulk — Herr der Kheldischen Pfalz; Vater Richard Fitzwilliams (1121).

FITZWILLIAMS Richard — Knappe König Kelsons; kam im Alter von 17 Jahren ums Leben, als er an Bord der *Rhafallia* ein Attentat auf Herzog Morgan vereitelte (1121).

FULK — Waffenknecht im Dienst Herrn Coel Howells (904).

GALLAREAUX Humphrey von — michaelitischer Ordensritter, verantwortlich für die Vergiftung von Cinhil Haldanes Erstgeborenem, Prinz Aidan Haldane (904).

GARISH Brey de — von Graf Derry in Fathane getöteter torenthischer Spion (1121).

GARON — Leibknappe Wencits von Torenth (1121).

GAVIN — Knappe Prinz Alroys (917).

GELRIC — Mönchsbruder, der sich als Führer Kelsons und seiner Begleitung zum Grelder Hochpaß oberhalb der Abtei St. Bearand betätigte (1125).

GENDAS Paul de — Unterführer des Rebellen Warin de Grey (1121).

GERENT Herr — grausamer Baron des Interregnums; verantwortlich für den Tod Mathurins und Derverguilles (vor 903).

GIFFORD — Leibdiener Rhys Thuryns (903).

GILBERT Bischof — einer der zwölf Weihbischöfe Gwynedds; stand während des Interdikts (1121) auf der Seite Cardiels und Arilans.

GILBERT Meister — Feldscher des Hauses d'Eirial (977).

GILBERT Meister — ein Silberschmied (917).

GILES — König Kelsons Leibknappe (1120).

GILLIS Bruder — im Kloster St. Neot erschlagener gabrielitischer Mönch (917).

GILSTRACHAN Herr Ranald — derynischer Attentäter; auf Befehl der Regenten hingerichtet (917).

GLODDRUTH Herr — ein Heerführer König Kelsons; in Dhassa im Kriegsrat anwesend (1121).

GODWIN Herr — ein Heerführer König Kelsons; ebenfalls in Dhassa im Kriegsrat anwesend (1121).

GORONY Pater Lawrence Edward — um 1104/05 Kaplan Erzbischof de Nores; später Sekretär Erzbischof Loris'; 1124 auf Befehl Kelsons wg. Hochverrats hingerichtet.

GRAHAM — ein Untergebener Graf Bran Coris' (1121).

GRAND-TELLIE Graf Santare von — ein Feldherr König Imres (904).

GREY Warin de — im Jahre 1121 selbsternannter Messias, der sich anfangs von Gott dazu ausersehen glaubte, alle Deryni auszurotten; verfügt über Heilerkräfte, die aber keines derynischen Ursprungs zu sein scheinen.

GREYSTOKE Martin von — Herr des Schreibers Thierry (1121).

GWERNACH Hogan — gen. Marluk, Deryni, Vater Charissas; Sprößling der festilischen Linie, die Anspruch auf Gwynedds Thron erhebt; am 21. Juni 1105 im Alter von 45 Jahren durch König Brion erschlagen.

GUTHRIE — Leibwächter Bischof Cullens alias Camber (917).

GWYLLIM — Hauptmann in Graf Bran Coris' Heer und persönlicher Freund des Grafen (1121).

HAGEN Thorne — Deryni und Mitglied des Camberischen Rates (1121).

HALDANE Aidan — Prinz, einziges Kind König Ifors, das den festilischen Thronraub des Jahres 822 überlebte; lebte unter dem Namen Daniel Draper; Großvater König Cinhils.

HALDANE Aidan Alroy Camber — Prinz, Sohn Cinhils und Megan de Camerons; im Alter von 1 Monat durch vergiftetes Taufsalz ermordet (904).

HALDANE Alroy — 905 geborener, ältester lebender Sohn König Cinhils und Zwillingsburder Javan Haldanes; erst Prinz, dann König von Gwynedd (ab 917).

HALDANE Augurin — erster König von Gwynedd; nannte sich noch Großkönig (Regierungszeit: 645—673).

HALDANE Bearand — heiliggesprochener König von Gwynedd (Regierungszeit: 736—794); Ururgroßvater König Cinhils.

HALDANE Brion Cinhil Urien — 1095—1120 König von Gwynedd; Vater Kelsons und Bruder Nigels; 1120 bei Candor Rhea von Charissa mittels Magie ermordet.

HALDANE Cinhil Donal Ifor — lebte unter dem Namen Benedikt als Geistlicher im *Ordo Verbi Dei;* auf Cambers Veranlassung aus dem Kloster entführt und als Haldane-Erbe zum König eingesetzt; regierte in Gwynedd 904—917.

HALDANE Conall Blaine Cluim Uthyr — ältester Sohn Prinz Nigels und Kelsons Vetter; 1125 im Alter von 18 Jahren wg. Hochverrats hingerichtet.

HALDANE Donal — König von Gwynedd, Vater König Brions; starb 1095, als Brion 14 Jahre zählte.

HALDANE Eirian Elsbeth Sidana — kleine Tochter Nigels und Meraudes, geb. Juni 1124.

HALDANE Ifor — letzter König von Gwynedd vor dem Interregnum (regierte 794—822); Vater Prinz Aidans, der als Daniel Draper aufwuchs.

HALDANE Prinz Javan Jashan Urien — Zwillingsbruder König Alroys, geboren 905 mit Klumpfuß.

HALDANE Kelson Cinhil Rhys Anthony — Erbe König Brions; 8 Jahre alt um 1115; ab 1120 König von Gwynedd; Deryni.

HALDANE Malcolm — König von Gwynedd, König Brions Großvater; regierte 1025—1074.

HALDANE Prinz Nigel Cluim Gwydion Rhys — König Brions jüngerer Bruder, Herzog von Carthmoor, 38 Jahre (1125); Kelsons Onkel und vorläufiger Thronerbe Gwynedds.

HALDANE Prinz Payne — jüngster Sohn Nigels (10); Königlicher Page (1125).

HALDANE Prinz Rhys Michael — jüngster überlebender Sohn König Cinhils, 10 Jahre alt (geboren 907).

HALDANE Prinz Rory — zweiter Sohn Prinz Nigels, 15 Jahre (1125).

HALDANE Uthyr — 948—980 König von Gwynedd.

HAMILTON Herr — Morgans Seneschall auf Burg Coroth (1121).

HARKNESS Herr — ein mit Herzog Jared McLain bei Rengarth in Gefangenschaft geratener Adeliger (1121).

HASSAN — derynischer »Mohr«, Hogan Gwernachs Militärberater sowie sein und Charissas Leibwächter (1105).

HELOISE — Äbtissin des Klosters der Hl. Brigid (1124).

HEPBURN Ivo — Kelsons Jungknappe (12).

HILDRED Herr — Mitglied von König Cinhils Kronrat; Pferdekenner (ca. 907).

HILLARY — Hauptmann der Besatzung Burg Coroths (1121).

HORTNESS Rhun von — Baron (32), gen. Rhun der Ruchlose; einer der Regenten König Alroys; später Graf von Sheele (917/918).

HOWELL Herr Coel — Bruder von Cathan MacRories Gattin Elinor, Mitglied in König Imres Kronrat; 905 auf Befehl König Cinhils hingerichtet.

HOWELL Ian — mit der Zauberin Charissa verbündeter ostmärkischer Markgraf; nachdem Morgan ihn bei der Krönung König Kelsons im Zweikampf tödlich verwundete, gewährte ihm Charissa den Gnadentod (1120).

HOWELL Lady Melissa — Schwester Coel Howells; sollte bei Hofe König Imre verführen (904).

HOWICCAN Pargan — klassischer derynischer Dichter.

ILLAN Herr — michaelitischer Ordensritter (ca. 905).

IFOR Bischof — einer der zwölf gwyneddischen Weihbischöfe; stand während des Interdikts (1121) zunächst auf der Seite Erzbischof Loris'; später verhielt er sich neutral.

ISTELYN Henry — früher Weihbischof und Adlatus Erzbischof Bradenes, für kurze Zeit Bischof von Meara; auf Anordnung Erzbischof Loris' 1123 grausam hingerichtet; 1125 diskutiert die Synode in Valoret seine Heiligsprechung.

JAMES — Hufschmied auf Burg Coroth (1121).

JAMES Bruder — Schreiber in Erzbischof Corrigans Kanzlei (1121).

JAMES — ein Unterführer des Rebellen Warin de Grey (1121).

JANNIVER — Tochter eines connaitischen Fürsten; Ex-Verlobte des Königs von Llannedd (1124).

JARLATH St. — im 6. Jahrhundert Abt und Bischof von Meara; heiliggesprochener Gründer des *Ordo Verbi Dei*.

JASON Herr — Ritter und Leibwächter der Prinzen Javan und Rhys Michael (917).

JATHAM — ehemaliger Knappe Kelsons, 1125 von ihm zum Ritter geschlagen.

JEHANA Königin — Gattin König Brions und Mutter Kelson Haldanes; Deryni, eine Tatsache, die bis zu Kelsons Krönung unbekannt bleibt (1120).

JENAS Graf Roger von — ein Vasall Kelsons; geriet mit Herzog Jared McLain bei Rengarth in Gefangenschaft (1121).

JEROME Bruder — älterer Küster des St.-Georgs-Doms in Rhemuth (1120).

JILYAN — eine *Ban-aba* bzw. Äbtissin bei den Bergbewohnern in der Umgebung St. Kyriells (1125).

JODRELL Baron — ein Vasall Duncan McLains in Kierney (1124).

JOHANNES Bruder — michaelitischer Laienbruder; Diener Alister Cullens (903).

JOHN — Mönch im Kloster St. Piran (903).

JOHN — Kaufmann, der dem Orden St. Cambers Knechte den ersten Ordenssitz (Dolban) finanzierte (905).

JONAS Pater — greiser Pfarrer zu Caerrorie (903).

JOSEF — Schreiber Graf Bran Coris' (1121).

JOSEPH — Untergebener Graf Maldreds (904).

JOWAN — Conall Haldanes Knappe (1125).

JUBAL Bruder — Mönch der zum *Ordo Verbi Dei* gehörigen Abtei St. Foillan (903).

JULIUS — um 1115 Pferdehändler auf dem Pferdemarkt bei Rhelledd.

JURIS Dom — gabrielitischer Geistlicher (917).

KENRIC Dom — Heiler des Klosters St. Neot (917).

KIERNEY Mir de — einer der zwölf Weihbischöfe Gwynedds; wg. seiner Beteiligung an der mearischen Rebellion der Jahre 1123/24 des Amtes enthoben.

KINEVAN Dom Queron — derynischer Heiler und Geistlicher, ursprünglich Mitglied des Gabrielitenordens; Mitbegründer des Ordens St. Cambers Knechte; später als Nachfolger Jaffrays von Carbury Mitglied des Camberischen Rates (917/918).

KIRBY Dickon — achtjähriger Sohn Kapitän Henry Kirbys (1121).

KIRBY Henry — Kapitän von Herzog Morgans Schiff *Rhafallia* (1121).

KILSHANE Graf — gwyneddische Sagengestalt, gen. Fröhlicher Landgraf; Gegenstand vieler märkischer Balladen.

KYLAN — ein Bogenschütze des Bergdorfs St. Kyriell (1125).

KYRI Lady — gen. Kyri von der Flamme, Deryni, ca. 30 Jahre; Mitglied des Camberischen Rates (1121).

LAEL Pater — Erzbischof Cardiels Kaplan und Feldscher (1124).

LANEY Barrett de — junger Deryni-Adeliger, der die Freilassung von ca. drei Dutzend derynischer Kinder erhandelte, indem er sich selbst an ihrer Stelle den Häschern auslieferte; wurde vor seiner Befreiung durch Darrell von ihnen geblendet (ca. 1068); später Mitglied und Ko-Adjutor des Camberischen Rates (1121).

LAUREN Herr — michaelitischer Ordensritter (ca. 905).

LAWRENCE Herr — einer der drei Vasallen Morgans, denen Ian Howell einflüsterte, den Herzog zu ermorden; wurde bei dem Mordversuch gefangengenommen (1020).

LESLIE Herr Dafydd — Neffe Herrn Jowerth Leslies; starb beim Verhör durch Tavis O'Neill (917).

LESLIE Herr Jowerth — Onkel Dafydd Leslies, Deryni; bis zu seinem Tod im Jahre 915 Berater König Cinhils.

LESTER Herr — ein gemeinsam mit Herzog Jared McLain bei Rengarth in Gefangenschaft gefallener Ritter (1121).

LIAM — zweitältester Sohn Herzog Lionels und Prinzessin Morags, 11 Jahre; seit dem Tode seines älteren Bruders im Sommer 1123 König von Torenth; Deryni.

LICKEN Herr — ein Heerführer Wencits von Torenth (1121).

LILLAS — Verlobte des Königlichen Forstaufsehers Stalker; um 1118 in Kiltuin vergewaltigt und ermordet.

LIREL — Amme der Söhne König Cinhils (ca. 905).

LLEW — ein Leibwächter Bischof Cullens alias Camber (ca. 907).

LLEWELYN Herr — berühmter Troubadour des 9. Jahrhunderts; verfaßte die Ballade von Mathurin und Derverguille.

LONGUEVILLE Stephen de — Waffenknecht im Dienste Graf Bran Coris', dessen Wundarzt an ihm ein Mittel ausprobierte (1121).

LORCAN Herr — um 977 Vogt des Barons d'Eirial.

LORDA Zephram von — ursprünglich Abt des zum *Ordo Verbi Dei* gehörigen Klosters St. Foillan; vor dem Konzil von Ramos (917) für kurze Zeit Weihbischof; später Bischof von Cashien.

LORIS Edmund — ab 1115 Erzbischof von Valoret und Primas von Gwynedd; fanatischer Deryni-Gegner, der besonders Alaric Morgan haßt; um 1121 durch die übrigen gwyneddischen Bischöfe seiner Ämter enthoben und ins Kloster verbannt, aus dem er 1124 entflieht; auf Kelsons Befehl 1124 wg. Hochverrats (Beteiligung an der mearischen Rebellion unter Führung Caitrins von Meara) exekutiert.

LOVAT Herr Ivo — in den Anschlag auf die Prinzen Javan und Rhys Michael verwickelter Deryni (917); jüngster Sohn Baron Frizells; auf Befehl der Regenten hingerichtet.

LOYALL Pater — um 1104/05 Kaplan des Abtes an der Priesterschule *Arx Fidei*.

LUGH Ulliam ap — Bischof von Nyford (ca. 917).

LUKE Schwester — Bischof Cardiel unterstellte Nonne, der Herzogin Richenda als Helferin zugeteilt (1121).

LUNAL Pater Porric — Geistlicher des Michaelitenordens und Kandidat auf die Nachfolge Alister Cullens als Generalvikar (ca. 906).

LYLE Edmund — von Graf Derry in Fathane getöteter torenthischer Spion (1121).

MACARDRY Ardry — ältester Sohn und Erbe Caulay MacArdrys; fand 1107 mit 20 Jahren bei einer Schlägerei mit einem Gefolgsmann der McLains den Tod.

MACARDRY Caulay — Häuptling des MacArdry-Klans und Graf von Transha bis zu seinem Tod im Jahre 1123; galt als Dhugals Vater, bis sich Duncan McLains Vaterschaft erwies.

MACARDRY Dhugal Ardry — 1125 siebzehnjähriger Jugendfreund Kelsons; Graf von Transha und Häuptling des MacArdry-Klans; Sohn Duncan McLains und Maryse MacArdrys, Caulay MacArdrys Enkel.

MACARDRY Jass — junger Angehöriger des MacArdry-Klans, von Kelson 1125 zum Ritter geschlagen.

MACARDRY Lambert — älterer Angehöriger des MacArdry-Klans (1125).

MACARDRY Maryse — älteste Tochter Caulay MacArdrys; starb 1108 im Alter von 17 Jahren; Gattin Duncan McLains und Mutter Dhugals.

MACARDRY Matthias — Angehöriger des MacArdry-Klans, ca. 30 Jahre (1125).

MACARDRY Michael — zweiter Sohn Caulay MacArdrys, starb 1119 im Alter von 29 Jahren, so daß Dhugal zum MacArdry-Erben wurde.

MACARDRY Herr Sicard — jüngerer Bruder Caulay MacArdrys, Dhugals Großonkel und Ehemann der mearischen Prätendentin Caitrin von Meara; auf dem Schlachtfeld bei Dorna durch Kelson getötet (1124).

MACDHUGAL Herr Sholto — in das Attentat auf die Prinzen Javan und Rhys Michael verwickelter Deryni; konnte fliehen (917).

MACGREGOR Ailin — Bischof von Valoret (ca. 906).

MACINNIS Hubertus — gwyneddischer Regent und Bischof von Rhemuth; später Erzbischof von Valoret und Primas von Gwynedd (917).

MACINNIS Herr Manfred — Baron von Marlor und nach Davon MacRories Ächtung auch Graf von Culdi; Bruder Bischof Hubertus' und Vater Bischof Edward Mac Innis' von Arnham (917).

MACLEAN Adrian — Herr von Kierney; Enkel von Cambers Schwester Aislinn und Pflegevater von Cambers Enkel Aidan Thuryn (917).

MACLEAN Camber Allin — Sohn Adrian MacLeans, 11 Jahre alt (917).

MACLEAN Lady Fiona — Schwester Adrian MacLeans und Enkelin von Camber MacRories Schwester Aislinn MacRorie-MacLean (917).

MACLEAN Lady Mairi — Gattin Adrian MacLeans und Mutter Camber Allin MacLeans (917).

MACLYN — um 1115 auf dem Pferdemarkt bei Rhelledd Pferdeknecht im Dienst des Pferdehändlers Julius.

MACON Meister — um 1100 Herzog Jareds Feldscher.

MACPHERSON Rolf — derynischer Adeliger des 10. Jahrhunderts, der gegen den Camberischen Rat rebellierte.

MACRORIE-MACLEAN Aislinn — Cambers jüngere Schwester, Gräfinwitwe von Kierney; Mutter des Grafen von Kierney und Großmutter seines Erben Adrian MacLean (917).

MACRORIE Ansel Irial — jüngerer Sohn Cathan MacRories, Enkel Cambers, 17 Jahre (917).

MACRORIE Camber — derynischer Graf von Culdi, Vater Cathans, Jorams und Evaines. Unter König Cinhil war er in der Gestalt Alister Cullens Bischof von Grecotha und Reichskanzler von Gwynedd, für kurze Zeit auch Erzbischof von Valoret und Primas von Gwynedd (918). Im Jahre 906 als St. Camber, *Denfensor Hominum*, heiliggesprochen; 917 widerruft das Konzil von Ramos die Heiligsprechung. 200 Jahre nach seinem Verschwinden gilt er als verfemter Deryni-Heiliger und Schutzpatron der Deryni-Magie.

MACRORIE Cathan — ältester, im Jahre 888 fünfzehnjähriger Sohn Cambers, Deryni; später Mitglied in König Imres Kronrat; 903 von Imre mit eigener Hand ermordet.

MACRORIE David Elathan — ältester Sohn (19 Jahre) Cathan MacRories und sein Nachfolger als Graf von Culdi (903).

MACRORIE Elinor — Witwe Cathan MacRories, Mutter Davin und Ansel MacRories; später Gattin James Drummonds (903).

MACRORIE-THURYN Evaine — Tochter Cambers, Deryni; im Jahre 888 sechsjährig; später (903) Gattin Rhys Thuryns; Gründungsmitglied des Camberischen Rates (917).

MACRORIE Joram — Sohn Cambers, Deryni; im Jahre 888 zehnjährig; später (903) Geistlicher und Ritter im Orden des Hl. Michael (Michaeliten); Geheimschreiber Bischof Alister Cullens alias Camber; Gründungsmitglied des Camberischen Rates.

MACRORIE Gräfin Jocelyn — Cambers Gattin, Mutter Cathans, Jorams und Evaines; Deryni (903).

MAHAEL — einstiger derynischer Historiker, Autor der *Geschichte Kheldours*.

MAHAEL Herzog — jüngerer Bruder des 1121 gefallenen Herzogs Lionel und dessen herzöglicher Erbe; neben Prinzessin Morag Regent des Knabenkönigs Liam von Torenth.

MALDRED Graf — ein Feldherr König Imres; ermordet durch einen Mietling Coel Howells (904).

MARCHE Herr Torcuill de la — derynischer Baron; früherer festilischer Minister; zählte auch zum Beraterkreis König Cinhils (ca. 907); von den Regenten entlassen.

MARCUS — ein Unterführer des Aufrührers Warin de Grey (1121).

MARIS — Zofe Prinzessin Ariellas (904).

MARLEY Herr Sighere von — jüngster Sohn Herzog Sigheres von Claybourne, später Graf von Marley (ca. 907).

MARTHA Lady — Hofdame Bronwyns von Corwyn (1121).

MARTHAM Harold — Vasall Herzog Morgans; wurde bestraft, weil er sein Vieh auf anderer Leute Land weiden ließ (1121).

MARTIN — Anhänger Warin de Greys, von ihm in Kingslake geheilt (1121).

MARY ELISABETH Lady — Hofdame Bronwyns von Corwyn (1121).

MATHISON Owen — Anhänger Warin de Greys, der ihm bei Coroth die zerschmetterten Beine heilte (1121).

MATHURIN — im 9. Jahrhundert gemeinsam mit der edlen Derverguille von dem grausamen Herrn Gerent gemeuchelter Edelmann; wird mit ihr in der von dem berühmten Troubadour Llewelyn verfaßten Ballade von Mathurin und Derverguille besungen.

MCLAIN Duncan Howard — derynischer Geistlicher und Vetter Alaric Morgans, 33 Jahre (1125); nach dem Tode seines Vaters und älteren Bruders Herzog von Cassan und Graf von Kierney; ab 1123 unter Erzbischof Cardiel Bischof in Rhemuth; ab 1125 Kelsons Statthalter in Meara; Vater Dhugal MacArdrys.

MCLAIN Elaine — Herzogin, erste Gattin Herzog Jareds; Kevins Mutter (1121).

MCLAIN Jared — Herzog von Cassan, Vater Kevins und Duncans McLain; 1121 bei Rengarth in die Gefangenschaft Wencits von Torenth geraten und in der Llyndruthebene hingerichtet.

MCLAIN Kevin — Graf von Kierney, Halbbruder Duncan McLains; zu Culdi zusammen mit Bronwyn von Corwyn durch Magie ermordet (1121).

MCLAIN Margarete — Herzogin, dritte Gattin Herzog Jared McLains (1121).

MCLAIN Vera — Herzogin und Kryptoderyni; zweite Gattin Herzog Jared McLains und Duncans Mutter; Schwester Alyces von Corwyn; verstorben im Winter 1114/1115.

MEARA Caitrin von — König Kelson unterlegene Prätendentin Mearas, 1124 mit 62 Jahren ins Kloster verbannt; Mutter Ithels, Llewells und Sidanas von Meara.
MEARA Prinz Ithel von — ältester Sohn und Erbe der Prätendentin Caitrin von Meara; 1124 im Alter von 16 Jahren wg. Hochverrats auf Befehl Kelsons exekutiert.
MEARA Prinz Judhael Michael Richard Jolyon MacDonald Quinnell von — Priester, Neffe Caitrins von Meara; durch Loris widerrechtlich zum Bischof von Ratharkin eingesetzt und im Alter von 38 Jahren auf Kelsons Befehl wg. Hochverrats exekutiert (1124).
MEARA Prinz Llewell von — jüngerer Sohn der Prätendentin Caitrin von Meara; wg. Mordes an seiner Schwester Sidane von Meara auf Kelsons Befehl im Alter von 15 Jahren exekutiert (1124).
MEARA Prinzessin Sidana von — Tochter Sicard MacArdrys und Caitrins von Meara; für kurze Zeit Kelsons Gattin, noch am Hochzeitstag von ihrem Bruder Llewell ermordet (1123).
MELWAS Pater — junger Geistlicher, 1105 zusammen mit Arilan zum Priester geweiht.
MICHAEL — *Coisrigte* bzw. Mitglied der Priesterkaste in der Umgebung des Bergdorfs St. Kyriell (1125).
MICAH Bruder — Mitglied des Ordens St. Cambers Knechte (ca. 917).
MICHAEL — ein Unterführer des Rebellen Warin de Grey (1121).
MICHAEL — eines der Kinder, die ein Pferd Herzog Morgans zu stehlen versuchen (1121).
MILES — stummer Falkner auf Burg Coroth (1121).
MILLER Pater Jasper — Geistlicher des Michaelitenordens (ca. 905).
MOIRA — Geliebte des Deryni Thorne Hagen (1121).
MORAG Prinzessin — Schwester Wencits von Torenth und Witwe Herzog Lionels (seit 1121); Mutter des Knabenkönigs Liam von Torenth sowie Prinz Ronals; Deryni.

MORGAN Herr Alaric — Herzog von Corwyn, Deryni; Königlicher Kämpe und Feldmarschall von Gwynedd; Vetter Duncan McLains und Ehemann Richendas von Marley; 34 Jahre (1125).

MORGAN Briony Bronwyn — Tochter Alaric Morgans und Richendas, geb. Jan. 1123.

MORGAN Kelric Alain — junger Sohn Alaric Morgans und Richendas von Marley, geb. Frühjahr 1125.

MORLAND Amyot von — derynischer Attentäter, bei einem Anschlag auf die Prinzen Javan und Rhys Michael ums Leben gekommen (917).

MORLAND Trefor von — derynischer Attentäter, ums Leben gekommen bei einem Anschlag auf die Prinzen Javan und Rhys Michael (917).

MORRIS Bischof — einer der zwölf gwyneddischen Weihbischöfe; stand während des Interdikts (1121) anfangs auf der Seite der Erzbischöfe Loris und Corrigan.

MORRISEY Herr Fulbert de — 917 in den Anschlag auf die Prinzen Javan und Rhys Michael verwickelter derynischer Attentäter; auf Befehl der Regenten hingerichtet.

MORTIMER Herr — ein Heerführer König Kelsons, in Dhassa im Kriegsrat anwesend (1121).

MUSTAFA Emir — »Mohr« und Hauptmann der Krieger Charissas (1120).

NATHAN Pater — michaelitischer Geistlicher (ca. 907).

NESTA derynische Seherin, die den Untergang Caeriesses prophezeite.

NETTERHAVEN Torval von — wird durch Wencit von Torenth als Bote in König Kelsons Heerlager geschickt und bei einem Scharmützel von Warin de Grey und Duncan McLain erschlagen (1121).

NEVAN Davet — einer der sechs gwyneddischen Weihbischöfe vor dem Konzil von Ramos (917).

NIMUR I. — Deryni-König von Torenth; durch die weibliche Seite der Familie mit den festilischen Königen von Gwynedd verwandt (vor 1080).

NIMUR II. — derynischer König (1080—1106) von Torenth, Vater der Prinzen Carolus und Wencit.

NIVARD Pater John — einer von mehreren jungen Geistlichen, die von Bischof Arilan zu Priestern geweiht wurden und insgeheim Deryni sind (vor 1120).

NORE Oliver de — 1104/05 Erzbischof von Valoret und Primas von Gwynedd; weihte Denis Arilan zum Priester; während seiner Amtszeit als Weihbischof verurteilte er im Süden des Reiches Deryni zum Scheiterhaufen.

NORFAL Lewys ap — infamer Deryni, der die Autorität des Camberischen Rates anfocht (ca. 1070).

NYFORD Richard von — einer der zwölf Weihbischöfe Gwynedds; geriet mit Herzog Jared McLain bei Rengarth in torenthische Gefangenschaft (1121).

O'BEIRNE Dermot — Bischof von Cashien (ca. 907).

O'NEILL Herr Tavis — für Prinz Javan zuständiger Deryni-Heiler (917).

ORIEL Herr — junger derynischer Heiler (917).

ORIN — derynischer Mystiker und Magier; Verfasser einiger Schriften mit Sammlungen besonders effektiver Zauberformeln der Deryni-Magie.

ORIOLT Pater — junger Geistlicher, mit 21 Jahren 1004 an der Priesterschule *Arx Fidei* gemeinsam mit Jorian de Courcy zum Priester geweiht.

ORISS Robert — ehemaliger Generalvikar des *Ordo Verbi Dei*, Erzbischof von Rhemuth (nach 903).

ORSAL Edler von dem — absoluter Herrscher in dem im Osten gelegenen Hort des Orsal; Verbündeter Herzog Morgans (1120).

O'RUANE Ciard — Dhugals treuer, alter Knecht (1123).

OSTMARK Rhydon von der — derynischer Adeliger, ehemaliges Mitglied des Camberischen Rates; zum Schein mit Wencit von Torenth verbündet (1121).

OSTMARK Herr Hrorik von der — zweitältester Sohn Herzog Sigheres von Claybourne; ostmärkischer Markgraf (ca. 917).

PARDYCE Laran ap — derynischer Arzt und Scholar, 16. Baron Pardyce; um 1104 im Alter von 46 Jahren; Bundesgenosse der Brüder Jamyl und Denis Arilan sowie Mitglied des Camberischen Rates.
PATRICK Bruder — Prior der Abtei St. Foillan; später Abt (903).
PAUL Bruder — Mönch der Abtei St. Foillan (903).
PERRIS Herr — ein Heerführer König Kelsons (1120).
PHINEAS Bruder — Pförtner der Abtei St. Foillan (903).
PIEDUR Herr — den Prinzen Javan und Rhys Michael als Leibwächter zugeteilter Ritter (917).
PLENNYDD Gwydion ap — berühmter Troubadour an Herzog Morgans Hof (1121).

QUARLES Lachlan de — Bischof von Ballymar in Cassan; wg. seiner Beteiligung an der mearischen Rebellion der Jahre 1123/24 seines Amtes enthoben.

RALSON Herr von Evering und Mitglied des gwyneddischen Regentschaftsrates unter Königin Jehana; zusammen mit Colin de Fianna bei einem Hinterhalt in der Nähe von Valoret getötet (1120).
RAMOS Bischof Paulin von — Stiefsohn Graf Tammarons; Gründer des Ordens der Kleinen Brüder des Hl. Ercon (912); Weihbischof, später erster Bischof der neuen Diözese Stavenham.
RANDOLPH Meister — Morgans Wundarzt und Feldscher (1121).
RANNULF Herr — 903 von willimitischen Terroristen gevierteilter Deryni-Adeliger.
RATHOLD Herr — Herzog Morgans Kämmerer auf Burg Coroth (1121).
RAYMOND Bischof — ehemaliger Fürstbischof von Dhassa

und Onkel mütterlicherseits Alister Cullens, den er zum Priester weihte (vor 903).

REIDER Merrit von — ein Baron im Dienst Wencits von Torenth (1121).

REMIE Herr — ein Heerführer König Kelsons, in Dhassa im Kriegsrat anwesend (1121).

REVAN — lahmer ehemaliger Zimmermannslehrling, als Schreiber in Cathan MacRories Dienst; Lehrer der Kinder Rhys Thuryns und Evaines (917).

REYNARD Bruder — Krankenwärter der Abtei St. Foillan (903).

RHENDALL Herr Ewan von — Graf von Rhendall, ältester Sohn Herzog Sigheres von Claybourne; einer der Regenten Gwynedds (917).

RHIDIAN — junger Deryni; Mitglied des Dorfrates in St.Kyriell.

RHODRI Herr — um 1115 Königlicher Kammerherr in Rhemuth; Freund Herzog Morgans.

RHORAU Herr Termod von — Deryni-Fürst, Vetter König Imres; 903 von willimitischen Terroristen liquidiert.

RICHARDSON Royston — Bauernjunge (10 Jahre); ist bei der Heilung Malcolm Donalsons dabei (1121).

RICHENDA Herzogin — Witwe Bran Coris', des Grafen von Marley, und Mutter des gegenwärtigen Grafen, ihres Sohnes Brendan; Gattin Alaric Morgans und Mutter seiner Tochter Briony sowie seines Sohnes Kelric; Deryni, Alter 26 Jahre (1125).

RIMMELL — Hofbaumeister Herzog Jared McLains; für seine Mitschuld am Tode Kevin McLains und Bronwyns von Corwyn zu Culdi hingerichtet (1121).

RIORDAN Pater — um 1104/05 an der Priesterschule *Arx Fidei* Vorsteher der Novizen.

R'KASSI Sulien von — derynischer Adept alter Zeiten, Verfasser der *Annalen*.

ROBEAR Herr — den Prinzen Javan und Rhys Michael als Leibwächter zugeteilter Ritter (917).

ROGAN — zweiter Sohn (drittes Kind) des Edlen von dem Orsal, 11 Jahre alt (1121); weilt als Knappe an Herzog Morgans Hof.

ROLAND Bischof — unter Erzbischof Anscom Bischof von Valoret; verstorben 916.

ROMARE — Graf Derrys Hufschmied (1115).

RONAL Prinz — jüngerer Bruder des Knabenkönigs Liam von Torenth; Deryni, Alter 7 Jahre (1125).

RONDEL Herr — Ritter im Dienst Graf Manfreds von Culdi (917).

ROS — Anhänger Warin de Greys; Anführer der Bande, die das Anwesen Sieur de Valis niederbrannte (1121).

ROTHANA Lady — Novizin im Kloster der Hl. Brigid, Deryni, 17 Jahre (1125); Tochter des Emirs Nur Hallaj und Verwandte Herzogin Richendas.

SAMUEL treuer Gefolgsmann Cambers auf Caerrorie (ca. 904).

SELDEN — Waffenknecht im Dienst Bischof Cardiels; beteiligt an der Festnahme Morgans und Duncan McLains in Dhassa (1121).

SELKIRK — ein Fechtmeister König Imres (903).

SELLAR Tim — einer der 50 Bauern, die auf Befehl König Imres zur Vergeltung für die Ermordung Herrn Rannulfs hingerichtet wurden (903).

SELLAR Wat — einer der 50 Bauern, die auf Befehl König Imres zur Vergeltung für den Mord an Herrn Rannulf hingerichtet wurden (903).

SERELD Dom — 888 Königlicher Heiler, ca. 50 Jahre.

SHANDON Pater — junger Geistlicher, Bischof Duncans Adlatus (1123).

SHEELE Calder von — einer der zwölf Weihbischöfe Gwynedds; Großonkel Dhugal MacArdrys; wg. Beteiligung an der mearischen Rebellion der Jahre 1123/24 amtsenthoben.

SIMONN — Heilerschüler im Kloster St. Neot; noch um 977 als Einsiedler in der Klosterruine wohnhaft.

SIWARD — Bischof von Cardosa; stand während des Interdikts (1121) auf der Seite Cardiels und Arilans.

SOFIANA — Prinzessin von Andelon, Deryni und Herzogin Richendas Tante; Mitglied des Camberischen Rates (1121).

SORLE — Knappe König Cinhils; von ihm am Dreikönigsabend 917 zum Ritter geschlagen.

STALKER — 1118 Königlicher Forstaufseher in der Hafenstadt Kiltuin nahe der torenthischen Grenze.

STEPHAN — Schüler im Kloster St. Neot (917).

SYLVIE — Rothanas jacanische Zofe (1125).

TAGAS Pater — Alaric Morgans Kaplan auf Burg Coroth (1121).

TAMMARON Graf Fritz-Arthur von — einer der Regenten König Alroys; Nachfolger Alister Cullens alias Camber als Reichskanzler von Gwynedd (917).

TARI Al Rasoul ibn — »Mohr« und Abgesandter des torenthischen Königshofes (1123).

TARLETON — ein Hauptmann, mit dem Barrett de Laney um die Freilassung einer Anzahl Deryni-Kinder feilschte (ca. 1068).

TENDALL Herr Robert von — Morgans Amtmann auf Burg Coroth (50 Jahre/1121).

THIERRY Meister — Schreiber Herrn Martin von Greystokes; wird auf der Straße nach Dhassa von Morgan und Duncan angehalten und befragt (1121).

THOMAS — Bediensteter Rhys Thuryns und Evaines (ca. 917).

THOMAS — Gutsverwalter des Ordens St. Cambers Knechte zu Dolban (ca. 907).

THOMAS Bischof — ehemaliger Bischof von Valoret (917).

THOMAS Herr Dylan ap — beim Anschlag auf die Prinzen Javan und Rhys Michael umgekommener derynischer Attentäter (917).

THOMPSON Dickon — ein Bäcker (ca. 917).

THURYN Aiden — ältester Sohn Rhys und Evaines, 10 Jahre (917); späterer Pflegesohn Herrn Adrian MacLeans auf Burg Trurill.

THURYN Jerusha Evaine — kleine Tochter Rhys Thuryns und Evaines; künftige Heilerin (917).

THURYN Rhys — derynischer Pflegesohn Cambers, im Jahre 888 elfjährig, später (903) Ehemann Evaine MacRories und Heiler; Begründer der nach ihm benannten Thurynschen Trance; Gründungsmitglied des Camberischen Rates.

THURYN Rhysel Jocelyn — Tochter Rhys' und Evaines, 7 Jahre alt (917).

THURYN Tieg Joram — kleiner Sohn Rhys' und Evaines, 3 Jahre alt (917); zukünftiger Heiler.

TIVAR Dom — gabrielitischer Geistlicher und Waffenwart im Kloster St. Neot (ca. 917).

TOBAN — ein Herbergsdiener (ca. 906).

TOLLIVER Ralf — um 1118 Bischof von Corwyn; Herzog Morgans Gerichtsherr in Kiltuin; um 1125 im Alter von 52 Jahren.

TOMAIS — Knappe Prinz Rhys Michaels (ca. 917).

TORIGNY Bevan de — einer der zwölf Weihbischöfe Gwynedds; 1125 von der Valoreter Synode zum Bischof von Culdi gewählt.

TORIN — Leibwächter Bischof Cullens alias Camber (917).

TORRES Elgin de — 1105 junger Seminarist am *Arx Fidei*.

TRAHERNE Graf Saer de — Graf von Rhenndall und Bruder Herzogin Meraudes, Prinz Nigels Gattin (1121).

TREVAS Anscom von — Erzbischof von Valoret und Primas von Gwynedd, Deryni (ca. 910).

TREY Niallan — derynischer Bischof von Dhassa (ca. 910).

TURLOUGH Bischof — derynischer Weihbischof; später erster Bischof von Marbury (ca. 910).

TURSTANE Dom — gabrielitischer Heiler (vor seiner Ausbildung zum Heiler war er Steinmetzgeselle); Gründungsmitglied des Camberischen Rates (ca. 917).

UDAUT Graf — Konnetabel von Gwynedd (ca. 910).

UDAUT Padrig — Graf Derrys elfjähriger Vetter, Sohn Trevor Udauts, des Barons Varagh (1115).

UDAUT Trevor — Graf Derrys Onkel mütterlicherseits und sein Sponsor anläßlich des Ritterschlags im Jahre 1115, Vater Padrigs.

ULRIC — Heilernovize im Kloster St. Neot, während Dom Kinnevan dort noch unterrichtete; wg. Amoklaufs von Dom Emrys getötet (917).

UMPHRED — Cambers Amtmann auf Caerrorie (ca. 904).

VALENCE Raymer de — gwyneddischer Weihbischof; aufgrund seiner Verwicklung in die mearische Rebellion der Jahre 1123/24 seines Amtes enthoben.

VALERIAN — Lateinlehrer der Söhne König Cinhils (ca. 917).

VALI Sieur Arnaud de — junger Vasall Morgans, 1115 zusammen mit Graf Derry zum Ritter geschlagen.

VANISSA — Conalls Geliebte, von ihm geschwängert (1125).

VIVIENNE Lady — Deryni; ältere Ko-Adjutorin des Camberischen Rates (1121).

WAT — Diener Rhys Thuryns (904).

WEAVER Mary — zählte zu den 50 Landleuten, die man auf Befehl König Imres zur Vergeltung für den Mord an Herrn Rannulf hinrichtete (903).

WEAVER Tom — einer der 50 Bauern, die man auf Befehl König Imres zur Vergeltung für den Mord an Herrn Rannulf hinrichtete (903).

WEAVER Will — gehörte zu den 50 Bauern, die man auf Befehl König Imres zur Vergeltung für die Ermordung Herrn Rannulfs exekutierte (903).

WENCIT König — zweiter Sohn König Nimurs von Torenth, Deryni und Bruder des früheren Kronprinzen Carolus; im Jahre 1105 zweiunddreißigjährig; Vorkämpfer des festilischen Anspruchs auf den Thron

Gwynedds; 1121 in der Llyndruthebene von Kelson getötet.

WILLIAM — Vogt der herzöglichen corwynischen Güter in Donneral, die einen Teil der Mitgift Bronwyns von Corwyn abgeben sollten (1121).

WILLIM St. — um die Wende vom 8. zum 9. Jahrhundert von Deryni ermordeter, darum als Märtyrer heiliggesprochener Knabe; jüngerer Bruder St. Ercons; Schutzpatron der Willimiten-Bewegung, die sich zum Ziel setzte, Deryni zu bestrafen, die trotz begangener Verbrechen der Gerechtigkeit entgehen; 904 unter König Imre weitgehend unterdrückt, erlebte aber unter König Cinhil neuen Aufschwung.

WILLOWEN Pater — Dekan am Dom in Grecotha und Mitarbeiter Bischof Cullens alias Camber (ca. 917).

WOODBOURNE Alfred von — anfänglich Cinhils Beichtvater; später Nebenbischof von Rhemuth (ca. 905).

WULPHER Meister — Cathan MacRories Tafelmeister zu Tal Traeth (903).

Verzeichnis der Ortsnamen und Örtlichkeiten

ALLERHEILIGENDOM — Kathedrale des Erzbischofs von Valoret und Primas von Gwynedd (um 1125 Bradane von Grecotha).

ARGOED — nach 905 Sitz der Michaeliten-Kommandantur in Gwynedd im Süden der Lendourischen Berge.

ARJENOL — Herzogtum im Osten Torenths; seit dem Tode Herzog Lionels im Besitz seines Bruders Mahael.

ARRANALSCHLUCHT — Nordpaß durch die Berge zwischen Marley und Torenth.

ARX FIDEI — Priesterschule in der Nähe Valorets, die Jorian de Courcy und Denis Arilan als Seminaristen besuchten und wo sie zu Priestern geweiht wurden.

BALLYMAR — neuere Diözese an der Küste des nördlichen Cassan (um 1125 Bischof Lachlan de Quarles).

BARWICKE — Sitz des Klosters St. Jarlath nördlich der Abtei St. Liam.

BELDOUR — Hauptstadt von Torenth.

BREMAGNE — Königreich im Osten; Heimatland Königin Jehanas von Gwynedd.

BRUSTARKIA — michaelitischer Ordenssitz in Arjenol.

BURG DERRY — Stammsitz der Grafen von Derry, Herren einer kleinen Grafschaft in der Ostmark, zwischen Cardosa und Rengarth.

CAERRORIE — früherer Grafensitz und mutmaßlicher Bestattungsort Camber MacRories nordöstlich Valorets.

CANDOR RHEA — Landstrich in der Umgebung Rhemuths, wo König Brion ermordet wurde; Stätte einer heiligen Quelle.

CARBURY — Hafenstadt nördlich Valorets; Bischofssitz seit 917.

CARCASHALE — Grafschaft im Norden Gwynedds, zu der auch das frühere Caerrorie gehört.

CARDOSA — Festungsstadt in den Rehljaner Bergen, an der gwyneddisch-torenthischen Grenze.

CARTHANE — kleine gwyneddische Grafschaft.

CARTHMOOR — Herzogtum Prinz Nigels zwischen Corwyn und dem Haldaneschen Krongut.

CASHIEN — neuere Diözese an der gwyneddisch-connaitischen Grenze (um 1125 Bischof Belden von Erne).

CASSAN — Herzogtum Duncan McLains seit dem Tode seines Vaters; umfaßt die Grafschaft Kierney und grenzt an das Protektorat Meara.

CHELTHAM — ursprünglicher Sitz der Michaeliten-Kommandantur; 904 auf Befehl König Imres zerstört.

CLAYBOURNE — ehemalige Hauptstadt des alten kheldischen Fürstentums; nach dem Anschluß Kheldours durch König Cinhil an Gwynedd als Herzogtum an Sighere von der Ostmark gegeben.

COAMER HÖHEN — Gebirgszug im Süden der Llyndruthebene; trennt den Cardosa-Paß von der Dhassaer Region.

COLDOIRE — Paß durch die Rehljaner Berge in der Nähe der Arranalschlucht.

CONCARADINE — Freihafen im gwyneddischen Flußdelta, Seehafen; außerdem berühmt für sein Gold- und Schmuckhandwerk.

CONNAIT — barbarisches Königreich im Westen; Herkunftsland zahlreicher Söldner.

COR CULDI — Festung der Grafen von Culdi an der gwyneddisch-mearischen Grenze, in der Nähe der Stadt Culdi gelegen.

COROTH — Hauptstadt und Burg von Morgans Herzogtum Corwyn.

CORWYN — Morgans Herzogtum im Südosten Gwynedds.

CUILTEINE — michaelitischer Ordenssitz im westlichen Gwynedd.

CULDI — Cambers Grafschaft im Nordwesten Gwynedds an der gwyneddisch-mearischen Grenze; um 1123 Tagungsort einer Synode zwecks Wahl eines neuen Bischofs von Meara; Diözese des amtsenthobenen Bischofs Creoda.

DESSE — Hafenstädtchen am Fluß südlich Rhemuths.

DHASSA — heilige Freistadt und Bischofssitz Denis Arilans, gelegen in den Lendourischen Bergen; hat weithin einen Ruf wg. ihres Holzkunsthandwerks und der Heiligtümer ihrer Schutzheiligen, Sankt Torins und der Hl. Ethelburga, die an den Zugängen südlich und nördlich der Stadt stehen.

DJELLARDA — ursprüngliches Mutterhaus des Michaelitenordens am Rande der Pufferlande von Forcinn und der Amboß Gottes genannten Wüste.

DOLBAN — Stammhaus des Ordens Sankt Cambers Knechte und Stätte eines St. Camber geweihten Heiligtums.

DORNA — die Ebene, wo Duncan schließlich auf Sicard MacArdrys Heer stieß.

DRELLINGHAM — 1121 vereinten sich auf dem Marsch nach nach Cardosa dort die Truppen König Kelsons und Feldherr Gloddruths.

EBOR — Grafschaft im Norden Valorets.

EIRIAL — Baronei Herrn Radulf d'Eirials, früher Teil der Michaeliten-Besitzung Haut Eirial.

ELF KÖNIGREICHE — ältere Bezeichnung für sämtliche Gebiete in und um Gwynedd.

FALLON — Grafschaft Herrn Rogiers.

FARNHAM — Landgut der Familie Cameron; seit König Cinhils Krönung im Besitz der Krone.

FATHANE — Hafenstadt in Torenth.

FIANNA — Küstenstadt und Weinland jenseits des Südmeers, gegenüber Carthmoor.
FINSTERNMARK — Niederungen nördlich Rhemuths, Besitztum der Krone Gwynedds.
FORCINN — allgemein als Pufferlande von Forcinn bezeichnetes Gebiet, das eine Anzahl kleiner, unabhängiger Fürstentümer im Süden Torenths umfaßt, darunter auch das Emirat Nur Hallaj.

GARWODE — Dorf in der Nähe des Klosters St. Torin.
GRECOTHA — Sitz einer berühmten Universität und Priesterschule (ursprünglich unter Leitung des Varnaritenordens); um 1125 Bischofssitz Wolfram de Blanets.
GRELDER PASS — Hochpaß zwischen der Abtei St. Bearand nordöstlich Caerrories und der Ebene von Iomaire.
GUNURY-PASS — in den Lendourischen Bergen südlicher Zugang nach St. Torin und Dhassa.
GWYNEDD — zentrales, mächtigstes der Elf Königreiche, seit 645 regiert vom Haus Haldane; 822—904 zeitweilig unter der Herrschaft des festilischen Adelsgeschlechts; fiel 904 mit der Thronbesteigung Cinhil Haldanes an die Haldanes zurück.

HANFELL — Stätte eines St. Camber geweihten Heiligtums.
HAUT VERMELIOR — Stätte eines St. Camber geweihten Heiligtums.
HEILIGE JUNGFRAU VON DEN MATTEN — abgeschiedenes Kloster im Hochland bei Culdi.
HEILIGEN BRIGID Kloster der — um 1124 von Prinz Ithel verwüstetes Kloster im mearischen Grenzgebiet; Kelson lernte dort Rothana kennen.
HEILIGEN GEORG Dom des — Sitz des Erzbischofs von Rhemuth (um 1125 Thomas Cardiel).
HOWICCE — Königreich südwestlich Gwynedds.

IOMAIRE — Ebene, in der zeitweise an der Stelle, wo Camber angeblich in der Schlacht gegen Ariellas Truppen fiel, eine Gedenkstätte stand.

JASHAN — See im Süden Dhassas, nahe des Klosters St. Torin.

JENAS — gwyneddische Grafschaft.

JENNAN VAL — Dorf in Corwyn; 1121 Schauplatz eines Scharmützels zwischen Rebellen Warin de Greys und Truppen Prinz Nigels.

KHELDISCHE PFALZ — nordöstlicher Zipfel des einstigen Königreichs Kheldour, berühmt wg. der dort heimischen Webkunst.

KIERNEY — Grafschaft und Zweitbesitz des Herzogs von Cassan (um 1125 Duncan McLain); nördlich von Culdi gelegen; grenzt an Cassan, das Haldanesche Krongut und das Protektorat Meara.

KILSHANE — alte Grafschaft an der Küste; grenzt an Transha.

KILTUIN — Hafenstadt nahe der corwynisch-torenthischen Grenze, Gerichtsort des Bischofs von Corwyn, der bevollmächtigter Gerichtsherr des Herzogs von Corwyn ist.

KINGSLAKE — Dorf im nordwestlichen Corwyn.

LAAS — alte Hauptstadt Mearas.

LENDOURISCHE BERGE — Bergkette zwischen Corwyn und dem Haldaneschen Krongut; in ihrem Bereich liegen Dhassa, St. Torin, St. Neot und der Gunury-Paß.

LLANNEDD — Königreich im Südwesten Gwynedds.

LLENTIETH — im 9. und 10. Jahrhundert Sitz einer Deryni-Schule in der Nähe des Connait.

LLYNDRUTHEBENE — steppenartiges Flachland unterhalb des Cardosa-Hochpasses; Ort der Entscheidungsschlacht zwischen König Kelson und Wencit von Torenth (1121).

MARBURY Bischofssitz Bischof Ifors in Marley.

MARLEY — früher Grafschaft Bran Coris', seit 1121 im Besitz seines Sohnes Brendan (unter der Regentschaft Richendas und Morgans).

MARLOR — Baronei Manfred MacInnis'.

MEARA — Fürstentum westlich Gwynedds, wo Sean Graf Derrys Vater tödliche Verletzungen erlitt; Besitz der Krone Gwynedds.

MEDRAS — torenthische Stadt im Norden Fathanes.

MOLLINGFORD — michaelitischer Ordenssitz in der gwyneddischen Zentralebene; 904 unter König Imre zerstört, 917 unter den Regenten nochmals geschleift.

MOORYN — kleines Königreich im Südosten Gwynedds; Verbündeter König Imres.

NYFORD — Flußstadt in der gwyneddischen Zentralebene, nahe des Klosters St. Illtyd, Bischofssitz; sollte unter König Imre zur neuen Hauptstadt ausgebaut werden.

OSTMARK — früher Grafschaft Ian Howells; verfiel nach dessen Tod (1120) der Krone und wurde — zum Dank für die im Krieg gegen Torenth erwiesene Treue — Burchard de Varian gegeben.

PIK TOPHEL — von Thorne Hagens Burg aus sichtbarer Berg.

RAMOS — Tagungsort des berüchtigten Konzils im Jahre 917, das allen Deryni strenge Verbote auferlegte, z. B., ihnen Ämter, Priesterwürde, Vermögen und Eigentum usw. verwehrte.

RATHARKIN — seit der Vereinigung Mearas und Gwynedds (1025) neue mearische Hauptstadt und Sitz des Bischofs von Meara.

RENGARTH — Grenzstadt im Dreieck Gwynedd-Ostmark-Torenth.

RHELJANER BERGE — Verlauf längs der gwyneddisch-torenthischen Grenze.

RHELLEDD — Marktflecken im Norden Corwyns, nahe Kingslakes und der torenthischen Grenze, wo jeweils im Frühjahr ein bedeutender Pferdemarkt stattfindet.

RHEMUTH — unter den Haldane-Königen Hauptstadt Gwynedds, gen. Rhemuth die Schöne; Sitz des Erzbischofs von Rhemuth (um 1125 Thomas Cardiel).

RHENDALL — Grafschaft im gebirgigen Südteil Kheldours, von der man besonders das Blau ihrer Seen rühmt: 1125 Besitz Saers de Traherne, des Bruders der Herzogin Meraude.

RHORAU — Festung Herrn Termods, eines Verwandten König Imres; gelegen in der Region Rhendall.

R'KASSI — östliches Königreich (südlich und östlich vom Hort des Orsal); bekannt für seine rassigen Pferde und meisterhaften Bogenschützen.

RUSTAN — Ortschaft im Vorgebirge der Rheljaner Berge; in der Nähe kam es zum Kampf zwischen König Brion und dem Marluk.

SANKT BEARAND — Abtei am Fuß des Grelder Passes, nahe Caerrories.

SANKT ELDERON — michaelitischer Ordenssitz an der Küste Torenths, in der Nähe der ostmärkischen Grenze.

SANKT FOILLAN — in den Bergen südöstlich Valorets gelegenes Haus des *Ordo Verbi Dei;* Camber und Rhys entdeckten dort 903 Prinz Cinhil Haldane.

SANKT GILES — Abtei in Shannis Meer in der Nähe der ostmärkischen Grenze; Königin Jehana zog sich nach Prinz Kelsons Geburt und auch nach seiner Krönung (1120) dorthin zurück.

SANKT HILARY — alte Königliche Basilika in der Rhemuther Königsburg; Pfarrer: Duncan McLain.

SANKT ILLTYD — Kloster des *Ordo Verbi Dei* in der Nähe Nyfords.

SANKT KYRIELL — abgeschiedene Bergdorf-Gemeinde in

den Höhen nördlich und östlich Caerrories; dorthin zog sich eine Anzahl von Mitgliedern des Ordens Sankt Cambers Knechte nach der Setzung der Beschlüsse des Konzils von Ramos in eine Art freiwilligen Exils zurück.

SANKT LIAM — Klosterschule der Michealiten nordöstlich Valorets.

SANKT MARKUS — Pfarrei in der Nähe Valorets.

SANKT NEOT — Abtei, Stammhaus des Gabrielitenordens, der Heiler ausbildete; gelegen in den Lendourischen Bergen im Süden Gwynedds, zwischen Corwyn und Dhassa.

SANKT PIRAN — Haus des *Ordo Verbi Dei* nördlich des Klosters St. Jarlath.

SANKT-SENANS-KATHEDRALE — Dom in Dhassa.

SANKT TEILO — Pfarrkirche in Culdi.

SANKT TORIN — südlich von Dhassa und des Jashan-Sees gelegenes Heiligtum des Schutzheiligen Dhassas und Kloster.

SANKT ULTAN — Haus des *Ordo Verbi Dei* an der südwestlichen Küste Mooryns.

SHANNIS MEER — Ortschaft, zu der die Abtei St. Giles gehört.

SHEELE — Rhys Thuryns und Evaines Herrensitz nördlich Valorets.

STAVENHAM — Bischofssitz des Bischofs von Stavenham.

TAL TRAETH — Cathan MacRories Herrenhaus bei Valoret.

TOLAN — Herzogtum Charissas östlich Marleys im Norden Torenths.

TORENTH — großes Königreich östlich Gwynedds, seit 1121 im Namen des Knabenkönigs Liam, eines Neffen des gefallenen Königs Wencit, durch Regenten regiert.

TRANSHA — Stammsitz Dhugal MacArdrys, des Markgrafen von Transha; gelegen im Grenzland zwischen Kierney und Finsternmark.

THRE-ARILAN — Familiensitz der Arilans in der Nähe Rhemuths.

TRURILL — Burg Adrian MacLeans in der Nähe Cor Culdis.

VALORET — unter den Festil-Königen (während des Interregnums 822—904) Hauptstadt von Gwynedds; Sitz des Erzbischofs von Valoret und Primas von Gwynedd (um 1125 Bradene von Grecotha).

WARRINGHAM — Stätte eines St. Camber geweihten Heiligtums.

Literarische Ursprünge der Deryni

Wie es anfing

In all den Jahren ist die von meinen Lesern am zweithäufigsten gestellte Frage (nach »Wann erscheint das nächste Buch?«) wahrscheinlich diese gewesen: »Wie sind Sie auf die Idee gekommen?« Dann muß ich jedesmal antworten, daß ich einmal einen Traum gehabt habe ...

Es ist ein komplizierter Prozeß, durch den ein Traum zu einem Universum wird, das viele Leser für real halten, auch wenn es in einer anderen Dimension lokalisiert ist. Für alle, die an diesem Prozeß interessiert sind, möchte ich nachfolgend die Stufen der Entwicklung vom Trauminhalt zu dem darstellen, was wir heute als die Deryni-Zyklen kennen.

Obwohl das folgende Textmaterial nicht als deren integrierter Bestandteil bewertet werden sollte (weil die eigentlichen Romane und Erzählungen aus der Deryni-Welt bereits eine ›offizielle‹ bzw. ›feststehende‹ Deryni-Historie umfassen), verkörpert es doch eine Art von Urmaterie, ohne die es keine Deryni-Zyklen gegeben hätte.

Der den Deryni-Zyklen zugrunde liegende Traum

Am 11. Oktober 1964 hatte ich einen sehr lebhaften Traum und schrieb nach dem Aufwachen auf zwei Karteikarten des Formats 6×12 cm die nachstehenden Notizen.

Szene: Audienzsaal einer Burg. Die junge verwitwete Kaiserin (25) hält mit dem treuen Feldherrn (40) ihres Gatten und dem Adjutanten (20) Audienz. Sie trägt ein weißes, wallendes Kleid, Trauerflor und einen schlichten Smaragd-Stirnreif. Im Nachbarzimmer schläft ihr kleiner Sohn. Der Feldherr versucht das Geheimnis der Kräfte des toten Kaisers zu enträtseln, das in einer kunstvollen Spange aus Gold und Smaragd verborgen steckt. Der Kaiser konnte seiner Gattin den Schlüssel zu dem Geheimnis nicht mehr verraten. Er wurde von der Blauen Hexe ermordet, die die Herrschaft an sich gerissen hat. Der Feldherr ist ein sehr kluger und mächtiger Mann, er zeigte der Kaiserin, wie man auf die Kräfte des toten Kaisers Zugriff erlangt (sein ermordeter Oberherr hat ihm Hinweise hinterlassen): Man muß sich die Nadel der Spange in die Hand stechen, zehn Sekunden später setzt die Übertragung der Kräfte ein, die fünf Minuten dauert. Die Übertragung verläuft erfolgreich, die Kaiserin erprobt die Kräfte mit guten Resultaten. Möglicherweise zwischen Kaiserin und Feldherr Liebe, nachdem die Macht zurückerrungen und die Trauer vorbei ist.

Ungefähr ein Jahr nach dem obigen Traum schrieb ich (im Oktober 1965) die Erzählung Die Herrscher von Sorandor*. Inzwischen hatte sich eine Menge geändert. Das Königreich hatte nun einen Namen: Sorandor. Daraus sollte dann später allerdings Gwynedd werden. Aus dem Kleinkind wurde der vierzehnjährige Prinz Kelson. Die in der Erzählung* Die Herrscher von Sorandor *Sanil genannte Person, die sich später in Jehana verwandelte, hatte jetzt das Alter, um einen Sohn im Teenageralter zu haben; gleichzeitig trat sie in ihrer Bedeutung als Handlungscharakter in den Hintergrund und verlor jedes romantische Interesse an Morgan. Und obschon die Deryni als solche noch nicht in Erscheinung traten, war Magie zu einem wesentlichen Handlungselement geworden.*

Die grundlegende Gestalt des Deryni-Universums jedoch war geschaffen, und erhebliche Teile der Erzählung Die Herrscher von Sorandor *sind erkennbar in den Roman* Das Geschlecht der Magier *übergegangen.*

Die Herrscher von Sorandor

1

Sanil von Sorandor streifte sich, während sie aufstand, den schwarzen Trauerschleier glatt über das kupferrote Haar, so wie sie es während des vergangenen Monats jeden Tag getan hatte. Die bleichen Hände vor sich auf den Ankleidetisch gestützt, schaute sie für einen langen Moment in die grünen Augen, die sie aus dem Spiegel anblickten, dann setzte sie sich entschlossen den schlichten, mit Edelsteinen geschmückten Stirnreif aufs Haupt.

»Eure Majestät?« wandte sich eine Dienerin mit gedämpfter Stimme an sie. »Feldherr Alaric Morgan wünscht Euch zu sprechen. Soll ich ihm sagen, daß Eure Majestät keine Besucher empfangen?«

»Morgan? Ich ... Nein, ich glaube, ich muß tatsächlich mit ihm reden. Wo befindet er sich gegenwärtig?«

»Im Schloßgarten, hochedle Dame.«

»Nun wohl. Ich empfange ihn im Sonnensaal.«

Sanil betrat den teilweise überdachten Vorbau und nahm auf einem kleinen, mit schwarzem Tuch verhüllten Lehnstuhl Platz, breitete sich den düsteren Samt ihres Kleids in zierlichen Falten über die Füße. Nahebei hielten mehrere Hofdamen sich in Bereitschaft, und in einem Winkel des Vorbaus spielte ein junger Musikus auf einer Flöte eine sanfte Melodie.

Die Pforte zum Schloßgarten wurde aufgeschwungen, und ein hochgewachsener, in schwarzes Leder gewandeter Mann kam in den Saal; im verwaschenen Sonnenschein sah man an ihm Kettenpanzer und Schwert glänzen. Er beugte ehrerbietig den goldblonden Schopf, kniete mit geschmeidiger Bewegung vor der Königin nieder und schlug sich zum Gruß die mit einem Handschuh bekleidete Faust auf die Brust. Sanil gab ihm durch einen Wink zu verstehen, daß er sich erheben sollte.

»Alsdann, Herr Alaric?«

»Ich erflehe eure Vergebung, Gebieterin. Ich hätte Euch früher aufgesucht, doch ärgert der jüngste Burgfriede die Männer schwer und macht sie störrisch, und König Brions Verlust erfüllt sie mit tiefem Gram. Man wird ihn noch schmerzlich vermissen.«

»Ja, fürwahr.« Sanil harrte aufschlußreicherer Worte.

»Gebieterin, es ist von der allerhöchsten Wichtigkeit, daß ich mit Euch unter vier Augen sprechen darf.«

»Herr Alaric, ich ... Nun wohl, es sei.« Indem sie ihnen knapp zunickte, entließ Sanil die Hofdamen aus ihrer Gegenwart, dann deutete sie auf einen Stuhl, welcher nahebei stand. »Herr Alaric, eingedenk der hohen Wertschätzung, die Euch mein Gemahl entgegenbrachte, habe ich getan, um was Ihr mich ersuchtet. Wisset, daß Brion Euch oft erwähnt hat ... Will sagen, wenn er zu mir überhaupt von Angelegenheiten der Staatskunst redete.« Ihr Blick schweifte durch den Saal, sie vermied es, den Feldherrn anzusehen. »Hätte er sich zu mir ausgiebiger über sein Tun geäußert, wäre ich, mag sein, besser auf das, was geschehen ist, vorbereitet gewesen«, sprach sie, betrachtete voller Bitterkeit ihre gefalteten Hände. »So wie's sich ergab, ahnte ich nichts von der ständigen Gefahr, welche ihm sein Leben lang drohte, bis er's zuletzt zur Unzeit verlor.« Sie blickte auf, ihre Stimme nahm einen festeren Tonfall an. »Aber Ihr habt den Ritt nicht unternommen, um meinen Reden über Brion zu lauschen, oder wie verhält's sich, Feldherr?«

»In der Tat nicht, Majestät«, antwortete Morgan, schüttelte das Haupt. Mit einem Ruck erhob er sich vom Stuhl, begann auf- und niederzustapfen, rang die noch in seine Handschuhe gehüllten Hände. »Hochedle Dame«, fing er gleich darauf von neuem an, »ehe Euer Gemahl ins letzte Gefecht ging, in welchem er von der Hand der Blauen Hexe fiel, sprach er ausführlich mit mir über seine von Gott verliehene Macht zur Wahrung seiner Herrschaft, die im Königshause von Geschlecht zu Geschlecht weitergereicht wird, seit es vor vielen Jahren über Sorandor die Obergewalt erlangte. Ohne Zweifel hat er auch zu Euch davon geredet, vielleicht nur beiläufig, jedoch vermute ich, Ihr habt seine Bemerkungen als eitlen Aberglauben abgetan, wie er im Verlauf der Jahre zur Bestärkung des Glaubens an die Gottgegebenheit seines königlichen Herrschertums entstanden sein könnte. Bei den meisten Männern hätte Eure Annahme gewißlich zugetroffen ... Anders hingegen lag der Fall bei Brion.« Bedächtig wandte er sich Sanil zu. »Hochedle Herrin, hätte Brion beizeiten den Anschlag der Blauen Hexe vorausgesehen, er wäre sich ihrer zu erwehren imstande gewesen, ja unter günstigen Umständen hätte er sie zerschmettern können. Unglückseligerweise aber hat König Brion die Blaue Hexe unterschätzt ... Schlimmer noch, er gewahrte nicht ihren Einfluß unter seinen eigenen Vasallen.« Angesichts der bitterlichen Erinnerung an das vergangene Ereignis verzerrte sich seine Miene, als er die scheußliche Wahrheit hervorstieß. »Ein Freund hat ihn verraten!«

Er drosch eine Faust in die andere Hand, fand sodann jedoch, als er sich darauf besann, wo er sich aufhielt, die Beherrschung wieder. Mit verkniffenem Lächeln kehrte er sich vollends zur Königin um. »Ihr entsinnt Euch an König Brions Feldschenk, den jungen Landgrafen Colin von Fianna?« Unversehens ward Morgan schwermütig. »Ach weh, armer Colin«, klagte er. »Ihr müßt wissen, die Blaue Hexe hat ihn verzaubert. Sie verleitete den betörten Jüngling dazu, in den Wein des Königs eine Droge zu füllen. Dieselbige sei zu schwach, um ihn zu töten, versicherte sie ihm, sie hätte nur die Wirkung, ihn in Schlaf zu versetzen. Colin tat wie geheißen, und am nächsten Morgen erschlug die Blaue Hexe König Brion mit fürchterlicher Zauberkraft, auf die er nicht gefaßt war, zu benommen war er von der Droge, um ihre Absicht rechtzeitig zu erkennen. Und Colin stürzte sich, als er sah, was er angerichtet hatte, in sein Schwert, zu stolz war er, um dem Tod eines Verräters entgegenzublicken, und zu zerrüttet sein Gemüt, als daß er noch hätte leben mögen.« Matt sank Morgan zurück auf den Stuhl, senkte das Haupt in die Hände. »Und so leben wir denn nun unterm erzwungenen Burgfrieden der Blauen Hexe.« Er lächelte grimmig. »Er ist ihr letztes Zeichen der Achtung für ihren entschiedensten Widersacher.«

Ein unterdrücktes Schluchzen Sanils brach schließlich die Stille, die sich Morgans Worten anschloß.

»Um Vergebung, Gebieterin. Ich trachtete nicht danach, die Wunden Eures Herzens aufzureißen, aber mein Standpunkt war's, daß Ihr Bescheid wissen solltet.« Morgan betrachtete den Fußboden. »Wie ist Prinz Kelsons Befinden?« erkundigte er sich, sann auf einen Wechsel des Gesprächsstoffs.

»Er ist wohlauf«, lautete Sanils Antwort, die sich darum bemühte, ihre Fassung wiederzuerringen. »Wie Ihr wißt, soll morgen seine Krönung stattfinden.« Fast flehentlich blickte sie den Feldherrn an. »Ich hatte gehofft, das sei der Grund Eures Kommens: Seiner Krönung beizuwohnen.«

»Das ist wahrhaftig der Anlaß, hochedle Dame«, beteuerte Morgan. »Indes will ich ihn zu einem wirklich machtvollen König gekrönt werden sehen ... einem König wie sein Vater.«

»Nein!« entfuhr es Sanil voller Entsetzen. »Falls Brion in Wahrheit derlei Kräfte besaß, wie Ihr sie mit Euren Andeutungen beschreibt, so sind sie mit seinem Tode dahingegangen. Kelson muß als Herrscher ein Sterblicher wie jeder andere sein.« Sie richtete den furchtsamen Blick ihrer aufgerissenen Augen auf Morgan.

»Kelson wird nie und nimmer so herrschen können, Gebieterin«, widersprach ihr der Feldherr. »Die Blaue Hexe erschlüge ihn ohne viel Aufhebens, geradeso wie seinen Vater. Das wißt Ihr sehr wohl.«

»Brions Zauberkräfte haben *ihn* nicht gerettet. Außerdem täte sie doch keinen wehrlosen Knaben hinmorden!«

»Ihr wißt's wirklich besser, Herrin«, entgegnete Morgan. »Aber Kelson wird, so Gott will, der Blauen Hexe nicht machtlos gegenübertreten müssen. Ich habe den Schlüssel zu Brions Kräften in meiner Hand — und selbige Kräfte gebühren Kelson.«

»Nein!« fauchte Sanil, erhob sich halb aus dem Lehnstuhl. »Ich werd's nicht dulden. Kelson ist noch ein Knabe.«

»Mit Verlaub, Eure Rede ist töricht, hochedle Dame«, sprach Morgan, ergriff sie keck an den Schultern und drückte sie zurück in den Lehnstuhl. »Denkt ein Momentchen lang nach. Morgen wird Kelson vierzehn Lenze zählen, also mündig sein, was seine Aufgaben als Monarch anbetrifft, und zum König gekrönt. Sollte die Blaue Hexe, die seinen Vater meuchelte« — kurz schwieg er, um seiner Darlegung erhöhte Eindringlichkeit zu verleihen — »etwa den Sohn lediglich um seiner Jugend willen schonen? Sie will die ganze Macht übers Reich, Gebieterin. Wird sie sich da von *irgendeinem* bloßen Sterblichen den Weg vertreten lassen?«

»Nein.« Sanil preßte das Wörtchen in heiserem Raunen hervor, ließ sich entmutigt in des Lehnstuhls Polsterung sinken.

Morgan nahm seine Hände von ihren Schultern und trat zurück. »Folglich werdet Ihr mir gestatten, mit ihm zu sprechen?«

»Ja«, flüsterte Sanil wie eine Benommene. »Tut's noch in dieser Stunde.«

Aber Widerwille verfinsterte ihre Miene, derweil sie dem Feldherrn nachschaute, wie er durch die von der Sonne beschienene Pforte zum Schloßgarten eilte.

2

»Was habt Ihr mit meiner Mutter besprochen?«

Morgans schwarzer, seidener Umhang raschelte im Sonnenschein vernehmlich, als er herumwirbelte, um festzustellen, wer ihn da so unversehens angesprochen hatte.

»Kelson.« Des Feldherrn plötzliche Angespanntheit wich freudiger Überraschung, als er den Prinzen erkannte, ein Lächeln huschte über sein Antlitz. »Woher habt Ihr von meiner Anwesenheit Kenntnis?«

»Ich sah Euch die Nähe meiner Mutter verlassen und folgte Euch.« Sorge trübte des Prinzen graue Augen, als er seines väterlichen Freundes Verdutztheit gewahrte. »Habe ich unrecht gehandelt?« fragte Kelson.

»Freilich nicht, mein Prinz«, gab Morgan zur Antwort, versetzte dem Jüngling einen Klaps auf die Schulter. »Ich habe mich tatsächlich eingefunden, um Euch aufzusuchen, nicht Eure Frau Mutter. Überdies muß ich Euch anvertrauen, daß ich zur Zeit nicht sonderlich in ihrer Gunst stehe. Ich habe sie darauf aufmerksam gemacht, daß Ihr zum König geboren seid.«

Schelmisch schnob Kelson. »Sie sieht in mir noch immer ihr ›Knäblein‹. Es hat den Anschein, als könnte sie nicht so recht begreifen, daß ich morgen König sein werde.« Versonnen hob er den Blick zu Morgan. »Bisweilen regt sich in mir die Frage, wozu nach ihrer Ansicht König Brions Sohn wohl — *außer* zum Herren — imstande sein könnte. Sagt an, Morgan, Ihr kanntet meinen Herrn Vater gut. Glaubt Ihr, ich vermag ihm ein würdiger Nachfolger zu sein? Antwortet mir wahrheitsgemäß, weil ich's sofort sehen werde, wenn Ihr mir nur schmeicheln wollt.«

In tiefen Gedanken schritt Morgan, die Hände auf dem Rücken gefaltet, um den Jungmannen, musterte ihn von allen Seiten, sah die anscheinende Zartheit der schlanken, jugendlichen Gestalt, erinnerte sich allerdings gleichzeitig der kraftvollen Spannung der Sehnen, der katzenhaften Anmut, wie man sie beobachten konnte, wenn sich der Jüngling bewegte. Indem er Kelson so anschaute, erblickte er vor sich ein jüngeres Abbild Brions, unter dem Schopf glänzend-schwarzen, dichten Haars sahen große, graue Augen drein, die Ebenmäßigkeit der Haltung und die stolze Erhobenheit des Hauptes, die Selbstverständlichkeit, mit welcher er das Königsblau trug, bezeugten ganz und gar einen Haldane, die engste Verwandtschaft zu Brion mit dem Lachen in den Augen, Brion mit dem sausenden Schwert, Brion mit den unvermutet sanftherzigen Anwandlungen, der seinen Sohn schon im Knabenalter das Fechten und Reiten gelehrt, in aller Pracht eines Monarchen Hof gehalten und dabei das Kind als gleichsam gebannten Zuschauer zu seinen Füßen sitzen gehabt hatte. So sehr erinnerte der Jüngling an Brion, welcher einen Freund, der ihm teurer war als das Leben, zu schwören gebeten hatte, daß sein Sohn, sollte er, der König, verfrüht sterben, immer einen Beschützer hätte; an Brion, der am Vorabend seines Todes dem Mann, der nun vor diesem seinem Sohn stand, den Schlüssel zu seinen von Gott geschenkten Kräften kundgetan hatte.

Mit einem Mal schrak Morgan aus seiner ehrfürchtigen Bewunderung, bewog mit einer Gebärde den Jungmannen zum Niedersetzen.

»Ihr seid Eures Vaters Ebenbild, mein Prinz«, äußerte der Feldherr, hockte sich auf eine steinerne Stufe. »Und er hat Euch vortrefflich auf die Aufgabe vorbereitet, die morgen auf Euch wartet. Ich glaube, er ahnte sehr deutlich, daß Ihr schon in jungen Jahren den Thron besteigen müßt, ja ich bin der Überzeugung, er erwartete es regelrecht, denn er ließ Euch die allerbeste Unterweisung zuteil werden, wie sie ein Prinz nur genießen kann. Von jenem Tag an, da Ihr ohne Hilfe sitzen konntet, hob er Euch täglich auf einen Pferderücken. Eure Fechtmeister waren die tüchtigsten, die sich weit und breit auf dem ganzen Erdenkreis nur finden lassen, und nachdem sie Euch ihre Fertigkeiten gelehrt hatten, erweiterte er das Gelernte, so daß Ihr Eure zuvorigen Lehrmeister schon bald überboten habt. Die alten Annalen der Feldzüge und Kriegskunst habt Ihr studiert, auch fremde Sprachen und die Mathematik, sogar in Sternkunde und Alchemie durftet Ihr Einblick nehmen. Doch alles, was Ihr an Gelehrtenbildung erfahren habt, hatte durchaus seinen Sinn. Ich will Euch nur sagen, wie ungemein weise die dem Schein nach gänzlich ungewöhnliche Angewohnheit Brions war, Euch schon als kleinen, öfters unruhigen Kronprinzen in den Sitzungen des Kronrates an seiner Seite zu haben. Dadurch vermochtet Ihr Euch bereits von Kindesbeinen an, obwohl's Euch sicherlich nicht klar gewesen ist, die Grundlagen jener tadellosen Redekunst und rednerischen Überzeugungsfähigkeit anzueignen, für welche man Brion ebenso rühmte wie für sein glanzvolles Fechtertum oder seine Tapferkeit. Auf diese Weise habt Ihr gelernt, klug und ohne Vorurteile Rat zu empfangen und Rat zu erteilen, und während alldessen wurde Euch geläufig, daß ein weiser Herrscher niemals im Zorn spricht, nie ein Urteil fällt, ohne sich mit sämtlichen Tatsachen vertraut zu machen.« Für ein Weilchen schwieg Morgan; endlich redete er nachdenklich weiter. »Ich bin der Ansicht, in mancher Hinsicht werdet Ihr sogar ein größerer König sein, als Brion es war, mein Prinz. Ihr seid zutiefst empfindsam, Ihr habt Verständnis für die schönen Künste — für Bücher, Musik und Sang —, wie er es, so wage ich zu behaupten, niemals vollauf fand, wenngleich ich die Meinung vertrete, er war deshalb kein *geringerer* König. O gewiß, er lauschte dem Philosophen so geduldig wie dem Kriegsmann, jedoch neigte ich stets ein wenig zu der Auffassung, daß er dergleichen schöngeistige Sachen nie ganz *verstand*. Euch aber ist solch ein Verständnis gegeben.«

Kelson wandte das Haupt, sah dem Feldherrn fest in

die Augen. »Eines laßt Ihr außer acht, Morgan«, hielt er ihm ruhig entgegen. »Mir ermangeln meines Vaters Kräfte, und ohne sie werde ich untergehen.« Ungeduldig stand Kelson auf. »Hat er Euch keinen Hinweis hinterlassen, wie's mir vergönnt sein möchte, nach der Krönung König zu bleiben? Wie steht's um seine Meuchlerin? Muß ich als Sterblicher ohne Schutz und Schirm der Blauen Hexe gegenübertreten? Morgan ...« Er sah seines toten Vaters Freund eindringlich an, fast wie ein Bittsteller. »Was soll ich tun?«

»Damit kommt Ihr zum Kern der ganzen Schwierigkeit, mein Prinz.« Morgan lächelte. »Folgt mir. Wir sitzen schon zu lang auf diesen Stufen. Es könnte sich nachteilig auswirken, liefe uns nun Eure Frau Mutter über den Weg.«

Er nahm den jungen Prinzen am Arm und begann ihn durch den Schloßgarten zu führen, fort vom Wohngebäude, darin die Königin sich meistenteils antreffen ließ.

Just im selben Augenblick kam, ganz außer Atem, eine mollige Hofdame in den Garten gehastet.

»Eure Hoheit«, kreischte sie, machte recht würdelos Halt, »wir haben euch überall gesucht. Eure Mutter, die Königin, ist *aufs äußerste* besorgt, und Ihr *wißt*, sie mißbilligt's, wenn Ihr allein umherstreift. Es sei, so sagt sie, gar gefährlich.« Allmählich verklang ihre überstürzte Rede, als sie bemerkte, daß der Prinz keineswegs allein war.

»Habt Ihr das vernommen, Morgan?« meinte Kelson zum Freund. »Es ist ›gar gefährlich‹. Lady Bolliston«, — seine Stimme nahm einen Tonfall spöttischer Humorigkeit an —, »wolltet Ihr wohl meine ehrenfeste Frau Mutter davon unterrichten, daß ich mich mit Feldherrn Morgan im Schloßgarten aufgehalten habe und vollständig in Sicherheit befand?«

Lady Bollistons Augen wurden groß und rund, als sie erfuhr, um wen es sich bei Morgan handelte, und eine dickliche Hand fuhr an ihre Lippen, verbarg ein kaum vernehmlich ausgestoßenes »Oh!«

Eilig machte sie einen Hofknicks. »Ich habe Euch nicht erkannt, Euer Gnaden«, stammelte sie.

»Das ist nicht weiter verwunderlich, Lady Bolliston« — Morgan nickte — »denn ich habe länger nicht bei Hofe geweilt. Aber ich hoffe, Ihr werdet in Zukunft etwas mehr Achtung vor Eurem König zeigen.« Er lächelte gütig. »Euer Auftreten gab keinesfalls ein Musterbild an Schicklichkeit ab.«

Lady Bolliston lächelte, wiewohl ein wenig widerwillig; vielleicht dachte sie, daß der Feldherr des toten Königs doch kein solcher Menschenfresser sei, als welchen die Königin ihn gern auszugeben neigte, und sie bat leise um Verzeihung. »Nichtsdestotrotz ist's so, Eure Hoheit«, fügte sie hinzu, »daß Eure Frau Mutter Euch ohne Verzug zu sprechen wünscht.«

»Betrifft ihr Wunsch Feldherr Morgan?« wollte Kelson erfahren. »Ich dacht's mir«, sprach er, als die Antwort ausblieb. »Nun, so richtet denn meiner Frau Mutter aus, daß ich bereits dabei bin, mich mit Herrn Alaric Morgan zu beraten, und daß ich keine Störung zu gedulden gedenke. Ihr könnt ihr getrost versichern« — wieder merkte man ihm Launigkeit an — »daß mir unterdessen keinerlei Gefahr droht.«

»Jawohl, Eure Hoheit.« Erneut vollführte die Hofdame einen Knicks, entfernt sich sodann eilends übers gestutzte Gras, um die Mitteilung auszurichten. Sobald sie außer Sichtweite war, brachen Morgan und der Prinz in schallendes Gelächter aus.

»Wißt Ihr, ich glaube, sie hatte eigentlich nicht vor, mich zu Euch zu lassen, mein Prinz«, sprach Morgan, legte eine von einem schwarzen Handschuh umhüllte Hand auf des Jünglings Schulter. »Es dürfte sich empfehlen, daß wir uns nunmehr sputen, bevor Eure Frau Mutter höchstpersönlich erscheint.«

Zum Zeichen der Zustimmung nickte Kelson, und das Paar eilte in den Schloßgarten.

3

Indem er bedächtig von dem Weihwasserbecken aufblickte, das er gerade füllte, beobachtete Pater Duncan McLain die beiden Gestalten, welche soeben den ausgedehnten Burghof durchquerten. Rasch richtete er sich auf, überschattete mit einer Hand die Augen wider das grelle Licht der Mittagssonne. Der jüngere Mann mußte Prinz Kelson sein, der mit Gold bestickte Saum seines samtenen Umhanges glitzerte im Sonnenschein. Hingegen der Ältere ... Verblüffung und Freude leuchteten in des jungen Geistlichen Augen auf. Ja wahrhaftig, es war Alaric!

Duncan stellte den inzwischen leeren Krug auf den Fußboden, strich sich den zerknitterten Priesterrock glatt und schritt zügig zum Portal der Kirche.

»Alaric«, rief er, drückte des Ankömmlings Hand. »Fürwahr, das *ist* eine frohe Überraschung. Seid auch Ihr willkommen« — er schlang einen Arm um die Schulter des jugendlichen Prinzen, der fröhlich lächelte, um auch ihn zu begrüßen — »im Hause des Herrn, Kelson.« Duncan geleitete die beiden in die Kühle und Stille der inneren Kirchenvorhalle. »Ich kann's kaum glauben«, sagte er. »Jene zwei Menschen, denen meine tiefste Liebe gilt, besuchen mich an ein und demselben Tag. Aber ach!, an Alarics Miene erkenne ich, daß der Besuch auch einen ernsten Anlaß hat, oder sollte ich mich irren?«

»Du bist allzu empfänglich für anderer Leute Gemütszustände, Duncan.« Der Feldherr lächelte. »Nie vermochte ich dich übers Ohr zu hauen, nicht einmal, als wir zwei noch Knäblein waren. Ich habe mir überlegt, ob Kelson und ich uns wohl für vielleicht ein Stündchen in dein Studierzimmer zurückziehen dürften, um uns dort in aller Ruhe zu beratschlagen.«

Duncan schmunzelte leicht verzerrt, zeigte jedoch durch ein Nicken seine Einwilligung an. »Ich hätte mir denken können, daß die Geschäfte des Reiches dich zu uns bringen, Alaric«, sprach er, nahm den leeren Krug an sich und strebte voraus durch den Mittelgang des Kirchenschiffs. »Ei, mag sein, ich sollte dein Beichtvater werden, so sähe ich dich wenigstens einmal im Jahr. Aber denke ich genauer drüber nach, ist's wohl doch kein so gelungener Einfall ... dich kenne ich schon gar zu gut.«

Im Querschiff verhielten die drei Männer, um sich vor dem Hochaltar zu verbeugen.

»Oho, Duncan, was du nicht sagst«, entgegnete Morgan, lachte gedämpft vor sich hin, derweil er dem Geistlichen zu einer Seitenpforte hinausfolgte, Kelson dicht an den Fersen. »Ich statte dir durchaus häufiger Besuche ab. Zudem gilt's zu berücksichtigen, daß 's von meiner Burg zur Hauptstadt fünfzig Meilen sind.«

»Nein, Alaric, ich werde mich mit keinen neuerlichen Ausreden abspeisen lassen. Entweder gibst du mir dein Wort, daß du mich künftig öfters besuchst, oder ich werde dich und den Prinzen meines Studierzimmers verweisen, und die Beratung mag der Kuckuck holen.« Mit Nachdruck schloß er von innen die Tür und ging zu einem kleinen, runden Tisch in der Mitte der Kammer.

»Nun wohl, Duncan, sei's drum.« Morgan lachte, forderte die beiden mit einer Gebärde zum Hinsetzen auf. »Du hast mein Wort.«

Von seinem Leibgurt knöpfte Morgan einen kleinen Lederbeutel, begann höchst aufmerksam an den Schnüren zu nesteln. »Hast du ein Tuch, welches sich auf diesem Tisch auslegen ließe, Duncan?« fragte er, öffnete den Beutel.

Ehe der Priester Antwort geben konnte, zog Kelson aus dem Ärmel ein weißes Schweißtuch von weicher Seide, breitete es vor dem Feldherrn aus. »Wird's das tun, Morgan?«

»Durchaus, mein Prinz«, antwortete der Feldherr, langte in den Beutel und brachte vorsichtig ein

Schmuckstück aus Gold und Edelstein zum Vorschein, welches er behutsam auf die Seide legte. »Erkennt Ihr, was 's ist, Kelson?«

Verhalten ließ Kelson den Atem entweichen, seine Augen weiteten sich aus Staunen und Ehrfürchtigkeit. »Das ist der Ring aus Feuer, das Siegel der Macht meines Vaters.«

»Darf ich den Ring einmal näher betrachten?« fragte Duncan mit eifrigem Interesse in seinem Blick.

Mit einem Nicken tat Morgan ihm sein Einverständnis kund.

Sachte ergriff der junge Geistliche mit einem Zipfel Seide zwischen seinen Fingern und dem Ring das Schmuckstück, drehte und wendete es in der Düsternis der Kammer. Die blutroten Edelsteine schimmerten licht, das blanke Edelmetall glomm in warmem Glanz. Duncan besah sich den Ring mit äußerster Genauigkeit, legte ihn sodann zurück auf den Tisch, glättete die zerdrückte Seide.

»So weit, so gut«, meinte er mit leiser Stimme, und ein Ausdruck gelinder Hoffnung ward seiner Miene anzusehen. »Was hat's damit weiter auf sich?«

Statt einer Antwort griff Morgan nochmals in den Beutel, holte diesmal eine schwere, mit Brennguß verzierte Spange hervor, so groß wie eine Faust. Auf karmesinrotem Hintergrund war darauf ein aufgerichteter goldener Löwe erkennbar, und die tief eingeschnittenen Umrisse der Fibel hatten eine Fassung aus mehreren Strängen umeinandergeschlungenen Golddrahts.

»Was ...?« begann Kelson, verkniff voller Verwirrung die Brauen.

»Das ist der Schlüssel, mein Prinz ...«, offenbarte Morgan mit leiser Stimme, lehnte sich auf dem Stuhl zurück. »Der Schlüssel zu Eures Vaters Macht.« Er reichte die Spange Duncan, der sie kurz in Augenschein nahm, dann Kelson aushändigte. »Brion hat mich eingeweiht, als ich ihn das letzte Mal als Lebenden sah. Er muß gespürt haben, daß ihm die allerernsteste Gefahr drohte, denn er ließ mich schwören, Spange und Ring, sollte er fallen, um jeden Preis Euch zu überbringen, Kelson. Bei dieser Fibel befand sich auch ein Gedicht.«

»Was für ein Gedicht, Alaric?« fragte der Geistliche, beugte sich erwartungsvoll vor. »Du hast's zur Hand?«

»Freilich«, bestätigte der Feldherr matt. »Doch der Wortlaut ergibt wenig Sinn. Horcht!« Sein Angesicht bekam einen Ausdruck der Abgetretenheit, als weilte sein Geist in fernen Sphären, derweil er das Dichtwerk vortrug.

> *»Am Abend vor Deinem Krönen*
> *Soll Großgewalt Dich schönen.*
> *Ein Frommer wird Dein Führer sein,*
> *Ein Kämpe kühn zur Seite stehn.*
> *Die Linkshand wackre Tat besteht:*
> *Des Löwen Zahn durchs Fleische geht.*
> *Den Ring der Linken angetan:*
> *Sogleich wirst alle Macht Du han.«*

»Süßes Jesulein«, sprach Duncan verdutzt, lehnte sich zurück und wölbte die Brauen. »Viel hat er uns, um seinem Willen Genüge zu tun, nicht hinterlassen, oder?«

»Nicht doch, Pater«, widersprach aufgeregt Kelson. »Der anfängliche Teil ist ja deutlich genug: ›*Am Abend vor Deinem Krönen/Soll Großgewalt Dich schönen* ...‹ Das besagt lediglich, daß das, was 's zu bewerkstelligen gilt, noch heute abend geschehen muß. ›*Ein Frommer*‹ — nämlich Ihr, Pater — ›*wird Dein Führer sein/Ein Kämpe kühn zur Seite stehn.*‹« Er schaute Morgan an, um dessen Meinung zu erfahren.

»Ihr habt vollkommen recht, mein Prinz.« Morgan nickte. »Daraus ersieht man die Aufgabe, welche Duncan und mir zufällt, wie aber verhält's sich mit Euch? Den dritten Vers durchschaue ich bislang ganz und gar nicht, doch nimmt der vierte Vers offenbar Bezug auf das Krönungszeremoniell, in dessen Verlauf der Erzbischof dem König den Ring anlegt ... und zwar linkerhand. Wieso habe ich nicht gleich daran gedacht?«

»Ja freilich, so muß's sein«, bekräftigte Kelson. »Vater hat sich oft, betraf's derlei Dinge, in Begriffen der Wappenkunde ausgedrückt. Dieser Wortlaut entspricht vollauf seiner Art.« Kelson nahm die Spange und hob gleichzeitig die linke Hand. »›*Die Linkshand wackre Tat besteht: /Des Löwen Zahn durchs Fleische geht.*‹« Er betrachtete die Spange, musterte sodann, einen Ausdruck der Verwunderung in der Miene, seine Freunde. »Morgan, das wiederum verstehe ich nun gar nicht. Der Löwe hat keine Zähne. Wie könnte er da ...?«

»Wartet.« Duncan sprang auf, langte nach der mit Brennguß verzierten Spange. »Laßt mich einmal sehen.« Er besah sich die Spange, sobald er sie in seinen Händen hielt, mit der allerausgiebigsten Genauigkeit, indem er sie hin- und herdrehte, von allen Seiten, betastete schließlich den Verschluß. »O ja, das ist's«, raunte er, den Blick mit einem Mal gleichsam in die Ferne gerichtet. »Stets kommt vor der Erhöhung das Hindernis, die Schranke, wird ein Beweis der Tapferkeit gefordert.«

Langsam stand Morgan von seinem Platz auf, seine Aufmerksamkeit galt ganz Duncan. »Die Nadel«, fragte er leise und in leicht erschrockenem Ton, »ist ›des Löwen Zahn‹?«

Duncans Blick kehrte in die Gegenwart zurück. »Ja.«

Kelson erhob sich, langte über den Tisch und strich mit dem Finger über die drei Zoll lange Nadel, welche sich am Verschluß der goldenen Spange befand. Er schluckte.

»›Des Löwen Zahn‹ muß in meine Hand gebohrt werden?« Ausdruckslos nickte Duncan. »Es ... es wird recht schmerzhaft sein, nicht wahr?« fügte Kelson hinzu; seine Stimme klang inmitten der Stille sehr zaghaft. Nochmals nickte Duncan. »Aber 's gibt keinen anderen Weg, oder?«

»Keinen, mein Prinz«, gab der Priester zur Antwort; vom schwarzen Priesterrock hob sich bleich sein Angesicht ab.

Kelson senkte den Blick. »Dann muß es sein. Wollt Ihr die nötigen Vorkehrungen treffen, Pater?«

»Ja, mein Prinz«, versicherte Duncan. »Ihr und Alaric solltet Euch nicht später als in der Stunde nach dem Abendgebet erneut bei mir einfinden.« Tief verbeugte sich der Geistliche.

Zum Zeichen des Dankes neigte Kelson das Haupt. »So werde ich nun gehen, Pater. Bis zum Abendgebet muß ich lernen, ein wahrer König zu sein.«

Auf dem Absatz vollführte er eine Kehrtwendung und strebte hinaus, dichtauf gefolgt von Morgan; schon lastete die Bürde des Königtums schwer auf Kelsons Schultern.

»Gott mit Euch, mein Prinz«, murmelte der Priester, hob seine Hand zum Segen.

4

Stumm begleitete Morgan seinen jungen Gebieter durch den Burghof, er spürte des Jünglings Bedürfnis, in Gedanken allein zu sein. Erst als sie den Eingang zu den Königlichen Gemächern erreichten, ergriff Kelson von neuem das Wort. »Morgan«, meinte er plötzlich, »seid Ihr wahrhaft der Überzeugung, daß wir wissen, was wir da anfangen?«

»Nun ja«, entgegnete Morgan versonnen, »falls es gegenteilig ist und uns Brions Zauberkräfte unwiederbringlich verloren *sind,* so werden wir zumindest einen Versuch gewagt haben. Das ist's, was Menschen tun *können,* oder nicht, mein Prinz?«

»Natürlich habt Ihr recht, Morgan«, versetzte darauf Kelson zur Antwort. »Doch einmal angenommen, ich bin noch gar nicht reif für die Königswürde?«

»Ihr seid bereits weitaus besser darauf vorbereitet,

mein Prinz, als 's Euch klar ist«, beschied ihn Morgan und streckte die Hand nach dem Türknauf aus.

Ehe er ihn jedoch berühren konnte, schwang die schwere Eichentür langsam auf, gab den Blick auf die Königin, welcher man deutlich Betroffenheit und Verärgerung ansah, und ihr Gefolge frei.

»Wo bist du gewesen, Kelson?« fuhr sie ihren Sohn an.

»Mit Feldherr Morgan zusammen, Mutter. Ist's dir nicht ausgerichtet worden?«

Sanil heftete den Blick auf Morgan. »Was habt Ihr ihm erzählt?«

Morgan betrachtete sie voller Nachdenklichkeit, die Hände auf dem Rücken gefaltet. »Ich habe ihm von seinem Vater erzählt, hochedle Dame. Solltet Ihr Einzelheiten zu wissen wünschen, so müßt Ihr Prinz Kelson selbst befragen.«

»Nun denn, Kelson«, wandte sich die Königin erneut barsch an den Prinzen. »Was für Lügen hat er dir eingeflüstert?«

»Ich bitte dich, Mutter, beende diesen Auftritt«, antwortete Kelson, betrat seine Gemächer. »Ich bezweifle ernstlich, daß ich *dir* erst erklären muß, was er mir gesagt hat. Du weißt, was ich tun muß.« Als die Königin schwieg, widmete er seine Aufmerksamkeit dem Befehlshabenden der Wache. »Hauptmann, ich ziehe mich bis morgen zurück, und bis dahin möchte ich durch niemanden gestört werden. Habt Ihr mich verstanden? Feldherr Morgan wird während der Nacht in meinen Gemächern verweilen.«

»Jawohl, Eure Majestät.«

»Vorzüglich«, sprach Kelson, richtete das Wort noch einmal an seine Mutter. »Gute Nacht, Mutter. Wir sehen uns am Morgen vor dem Einzug in die Kirche. Ich muß mir zuvor etwas Ruhe gönnen.«

Gemessen drehte er sich um, schritt ins Innere seiner Gemächer; Morgan schloß hinter ihm die Tür, der Riegel schnappte mit einem Geräusch zu, das nach Endgültigkeit klang. Nach einem Moment des Zögerns entfernte sich die Königin mit allen Anzeichen der Schicksalsergebenheit durch den Korridor.

Im Schatten der Säulen jedoch lauerte jemand, den es — im Gegensatz zur Königin — keineswegs verdroß, daß der Prinz sich zur Nacht zurückzog. Dieser Mann lächelte bei sich boshaft, dieweil er Zeuge eines Zwists zwischen Angehörigen der Königsfamilie geworden war, und wartete, bis die Schritte der Königin und ihres Gefolges am Ende des langen Korridors verstummten; dann schlüpfte er zum Portal hinaus, raffte sich den Umhang, schlicht in der Machart, wie ihn Knappen trugen, um die Schultern. Ohne Verzug begab er sich in die Ställe der Königsburg, wo ein schnelles Roß gesattelt bereitstand, tauschte dort den Rock mit dem Königlichen Wappen gegen einen dunklen Reitmantel aus und umhüllte das Haupt, bevor er losritt, mit der weiten Kapuze.

Binnen kurzem war er zur Stadt hinausgeritten, und noch innerhalb derselben Stunde zügelte er das Roß und lenkte es von der Landstraße auf einen gewundenen, wenig benutzten Pfad, der ins Vorgebirge führte. Derweil er die tückischen, steilen Hänge einer Schlucht hinabstieg, hielt er wachsam rundum Umschau, und darum erschrak er nicht, als ihn, sobald er auf der Schlucht Sohle gelangte, auf einmal in Blau gekleidete Krieger von wildem Aussehen umringten.

»Wer da?« rief deren Anführer, die Faust am Schwertgriff.

»Herr Ian zur Vorsprache bei der Gräfin«, lautete des einsamen Reiters Auskunft; indem er antwortete, saß er ab und warf die Kapuze in den Nacken.

Der Anführer der wüsten Gesellen verneigte sich mit merklicher Unredlichkeit, nahm von Ian des Reittiers Zügel entgegen und verlieh seiner Stimme sogleich einen etwas unterwürfigeren Tonfall. »Vergebt uns, Herr. Wir haben Euch nicht erkannt.«

»Das verwundert mich nicht weiter«, erwiderte der junge Edelmann spöttisch, »dieweil's ja meine *Absicht* war, nicht erkannt zu werden. Öffnet die Pforte.«

Er winkte gebieterisch, und die Kerle schickten sich die Weisung zu befolgen an. Ein Unterführer drückte die Finger kurz in eine Anzahl kleiner Vertiefungen im Fels, und eine große Steinplatte wich beiseite, enthüllte in der Felswand einen Gang. Ian betrat denselben, die Männer folgten ihm hinein; hinter ihrem Rücken schloß sich der geheime Einlaß. Die Krieger begaben sich an ihre verschiedenerlei Pflichten, während Ian durch den Gang strebte.

Die Schritte seiner Stiefel hallten auf den Marmorfliesen des Fußbodens, während Ian forsch durch den Gang eilte, unterdessen nachsann über die seltsamen Bekanntschaften, die man bisweilen eingehen mußte, um seine Ziele zu verwirklichen. Mittlerweile schenkte die Blaue Hexe ihm nahezu vollständiges Vertrauen, und hatten sie erst gemeinsam den jungen Prinzen aus dem Wege geschafft, so würde Zeit zur Genüge für Ian bleiben, um sich selbst die Macht der Blauen Hexe anzueignen.

Seine silbernen Sporen klirrten, derweil er voller Zuversicht die granitene Treppe hinuntersprang, und die Fackeln in ihren Wandhaltern aus Schmiedeeisen erzeugten auf seinem Haupthaar rostrote Glanzlichter, so als wollten sie das Teuflische seiner Überlegungen widerspiegeln.

Die Wächter ließen ihn vorüber, ihre markige Ehrenbezeugung nahm er gelassen zur Kenntnis; zu guter Letzt näherte er sich einer goldenen, zweiflügeligen Tür und trat hindurch. Drinnen lehnte er sich auf die kunstvoll verzierten Türgriffe, richtete seinen Blick begierig auf die Frau, welche dort saß und sich das lange, silberblaue Haar bürstete, alle Bösartigkeit war fürs erste von ihm gewichen, oder doch wenigstens aus seiner Miene.

»Nun, Ian?« äußerte das Weib; die Mundwinkel der vollen, roten Lippen hoben sich mit mehr als bloß einer Andeutung des Grimms.

»Der Sohn des Löwen sitzt für die Nacht im Käfig, Holdeste«, sprach Ian mit seidenweicher Stimme, schlenderte voll der unbekümmertsten Lüsternheit auf die Frau zu. »Und in der Königsfamilie herrscht Zwietracht. Der Sohn zeigt der Mutter, die allzu sehr auf seinen Schutz bedacht ist, die kalte Schulter, und die Mutter hadert mit dem Feldherrn, der dem Sohn mit der einen oder anderen Geschichte über die Wackerkeit seines Vaters Flausen ins Ohr gesetzt hat.«

Er löste die Spange des schweren Reitmantels, breitete das Kleidungsstück über eine niedrige Sitzbank, ließ sich sodann auf einer breiten, mit Atlas bezogenen Liege nieder, schnallte dabei das Schwert von der Hüfte.

»Und der junge Prinz?« hakte die Frau nach. »Wirkte er im Hinblick auf seine angesagte Krönung sorgenvoll?« Hohn klang aus ihrer Stimme, als sie die silberne Bürste auf die Platte des Ankleidetischs legte und aufstand, die wie Flor zarten Falten ihres Kleids, gehalten in sanftem Himmelblau, um sich raffte.

»Ich glaube, er sorgt sich aufs ärgste.« Der junge Edelmann lächelte, stützte sich auf einen Ellbogen. »Er hat sich in seine Gemächer eingesperrt, um Ruhe zu haben, und befohlen, daß bis zur Morgenfrühe niemand ihn stören darf. Sollte er die Gemächer dennoch verlassen, werden wir unverzüglich davon benachrichtigt.« Seine grünen Augen beobachteten das Weib mit immer unverhohlenerer Geilheit.

»Das ist vortrefflich, Ian«, sprach die Frau nun im Flüsterton, ihre Stimme säuselte, begann nachgerade wie leise Glöcklein zu klingen, indem sie gleichsam auf Ian zuschwebte. »Du hast dich ausgezeichnet bewährt.« Sie senkte feine Fingerspitzen auf Ians Schulter und lächelte. »Die Blaue Hexe wird mit Vergnügen zur Nacht die gleichen Befehle wie der Prinz erteilen.«

5

Als das Geläut zur Vesper entfernt verklang, erhob sich Morgan, als wäre er eine Raubkatze, streckte und räkelte sich; er schlurfte zum Fenster, schob den Vorhang ein Stück weit beiseite und lugte hinaus in den stets dunkleren Abend, ließ endlich den gewichtigen Vorhang fallen. Er unterdrückte ein Gähnen, derweil er zu einem kunstreichen Kerzenleuchter ging, die Kerzen anzündete und den Leuchter sodann in der Nähe des königlichen Liegebetts abstellte.

Unversehens schlug Kelson die Augen auf, schaute umher. »Ich bin scheint's, eingeschlummert«, sprach er, stemmte sich mit der Elle hoch. »Ist's an der Zeit?«

»Noch nicht, mein Prinz«, erwiderte ihm Morgan, öffnete die Königliche Kleiderkammer und machte sich gelassen an eine Sichtung der vorhandenen Gewänder. »Es wird noch ein Weilchen dauern, ehe man zum Komplet läutet.« Er wählte ein dunkelgraues Gewand aus, gesäumt mit Gold und Perlen, hängte es über einen nahen Stuhl. »Dies wird, vermute ich, geeignet sein.« Müde setzte er sich am Kamin auf einen Stuhl, starrte für kurze Frist in die Flammen, derweil seine Finger müßig durchs vom Feuer beleuchtete Haupthaar pflügten. »Wenn ich genauer nachdenke, dürfte es ratsam sein, Ihr macht Euch bereit.«

»Ihr seid ein gar sonderbarer Mann, Morgan«, sprach Kelson, neigte das Haupt seitwärts, während er den jungen Feldherrn aufmerksamen Blicks maß. »Als Ihr mir empfohlen habt, ich sollte schlafen, war ich mir gänzlich dessen sicher, ich könnte kein Auge schließen, doch nachdem Eure ruhige Stimme und leisen Worte meine Furcht beschwichtigt hatten, überwältigte mich alsbald der Schlaf.«

»Ihr seid überaus müde gewesen, mein Prinz«, antwortete Morgan zerstreut. Er verfiel wieder in seine Versonnenheit und Kelson sah ihm an, daß sich von ihm bis auf weiteres keine aufschlußreicheren Erklärungen erwarten ließen, und begab sich still in die Umkleidekammer.

Nachdem er noch für ein Weilchen reglos auf dem Stuhl gesessen hatte, riß Morgan sich mit einem Ruck aus seiner Schwermütigkeit und erhob sich; er streifte Kettenpanzer und Leder ab, unterzog sich in der benachbarten Dienerstube einer nachlässigen Waschung, und als er soeben über der Seidenbluse wieder das leichte Kettenhemd anlegte, kehrte Kelson ins Gemach zurück.

»Ihr erwartet Verdruß?« wollte Kelson erfahren, betrachtete das eiserne Geflecht voll banger Beunruhigung.

Gedämpft lachte Morgan. »Nein, mein Prinz, jedoch ist's klug, auf alles gefaßt zu sein«, entgegnete er, schloß an den Seiten die Schnallen. »Und verzeiht mir, so bitte ich Euch, wenn ich vorhin in etwas bäurischem Ton zu Euch geredet habe. Ich sprach wortkarg und rüde, während ich Euch doch hätte Mut einflößen müssen. Das war meinerseits eine beklagenswerte Achtlosigkeit.«

Kelson lächelte matt, als Morgan ihm im Vorbeigehen die Schultern drückte, und zuckte sichtlich niedergeschlagen die Achseln. »Seid nicht so ernst, königlicher Jüngling«, sprach Morgan, begann in seinen Satteltaschen zu kramen, brachte am Ende einen Wappenrock aus schwarzem Samt und mit Goldsaum hervor, zog ihn sich über das Kettenhemd. »Euer Vater wird sich keiner Magie bedient haben, um dem eigenen Sohn irgendeinen Harm zuzufügen. Jene verschleierten Drohungen sollen Thronräuber abschrecken, nicht hingegen den rechtmäßigen Erben.«

Er gürtete sich das Schwert an die Hüfte, schlang sich den Umhang um die Schultern und holte aus der Kleiderkammer einen weinroten Mantel für den Prinzen, hielt ihn für Kelson, der sich den schwarzen Eisfuchs-Kragen des Kleidungsstücks fest um den Hals zog und sodann zur Tür wandte. »Nicht dort entlang«, sagte Morgan, packte ihn am Arm und führte ihn zu einer Stelle nahe des Balkonfensters. »Gebt acht«, fügte er hinzu.

Mit wohlbemessenen Schritten suchte Morgan von der Mauer einen bestimmten Abstand, prüfte danach aufmerksam die Richtigkeit seines Standorts, beide Füße fest auf die Fliesen des Fußbodens gestellt. Mit gestrecktem Zeigefinger vollführte er vor sich inmitten der Luft ein ungemein verschlungenes Zeichen, und mit einer Art von Seufzlaut klaffte das Gemäuer, offenbarte den Zugang zu einer finsteren Treppe.

Ungläubig starrte Kelson den Feldherrn an. »Wie kommt denn dieser Gang daher?«

»Man möchte meinen, jemand hat ihn gebaut, mein Prinz«, sprach Morgan, indem er den Gang betrat. »In der Königsburg gibt's viele solche Geheimgänge. Folgt mir, ich bitte Euch.«

Er hielt dem Prinzen eine Hand entgegen, als im selben Moment die entfernten Glocken zum Abendgebet läuteten, und Kelson stieg ihm nach, die Treppe hinab. Ungefähr eine Viertelstunde später standen sie beide am jenseitigen Rand des düsteren Burghofs, wo die wuchtigen Mauern der Kirche finster in den Abendhimmel emporragten. Im Schutze des Abenddunkels gelangten sie unbemerkt zum Kirchenportal und verweilten kurz in der Vorhalle.

Auch in der menschenleeren Kirche herrschte gänzliche Stille, und nur das fahle Wabern von Andachtskerzen widerstritt der Dunkelheit, warf rubinroten Glanz auf Steinfliesen und von Staub trübes Glas. Im Sanktuarium verbeugte sich soeben eine einzelne, in Schwarz gekleidete Gestalt, deren Gesichtszüge im schwachen, karminroten Schein des Ewigen Lichts unkenntlich blieben, vor dem Hochaltar. Sie wandte sich um, sobald sie Morgans und Kelsons Schritte vernahm, indem die beiden sich durch den Seitengang nach vorn begaben, kam ihnen entgegen, und alle drei begegneten sich im Querschiff.

»Es ist alles vorbereitet«, raunte Duncan, ging voraus zu seinem Studierzimmer. Er sprach erst weiter, als sie von neuem rings um den kleinen Tisch saßen. Unheilvoll glomm darauf in ihrem blutrot gepolsterten Behältnis die Löwen-Spange. »Herr Kelson«, sprach der Geistliche leise, faltete vor sich die Hände, »was ich zu sagen habe, betrifft in der Hauptsache Euch.« Ernstmütig nickte Kelson, dessen Angesicht im Kerzenschein bleich aussah, und der Priester setzte seine Darlegungen fort. »Das Ritual wird, so wie wir's ausführen wollen, einen recht einfachen Ablauf haben: Wir betreten die Kirche, und Ihr sowie Alaric werdet an den Altarschranken niederknien. Dann werde ich Euch, Kelson, meinen Segen spenden, und danach werdet Ihr aus freiem Willen und mit eigener Hand Euch ›des Löwen Zahn‹ in die Linke stoßen. So Gott uns beisteht, müßtet Ihr fast unverzüglich spüren, wie Euch die magischen Kräfte zuteil werden. Ein Schwindelgefühl wird Euch wohl befallen, und es mag sein, daß Euch die Sinne schwinden, jedoch ist letzteres nicht gewiß. Allein die rechte Tat zur rechten Stunde kann uns die Wahrheit enthüllen.«

Leise, aber gepreßt atmete Kelson aus, sein Antlitz war aschfahl. »Muß ich noch irgend etwas wissen, Pater?«

»Nein, mein Sohn«, antwortete Duncan in wohlwollendem Ton.

»Wenn mir noch ein kurzer Aufschub beschieden sein darf«, sprach der Prinz, und seine Stimme bebte, »möchte ich gerne, bevor wir uns ans Werk machen, für ein kleines Weilchen allein sein.«

»Selbstverständlich, mein Prinz«, gab der Priester zur Antwort, erhob sich und schaute Morgan an. »Alaric wird mir beim Ankleiden helfen.«

In der Sakristei brach Morgan sogleich das Schweigen. »Was soll werden, wenn nun etwas mißlingt, Duncan?« meinte er, reichte ihm den schneeweißen Chorrock, den der Geistliche behutsam nahm. »Wenn's ihn nun tötet?«

»Das ist das Wagnis, welches wir uns aufbürden müssen«, sprach Duncan. »Du und ich, wir zwei wissen, was es gibt, müßte er der Blauen Hexe ohne jegliche Zauberkraft gegenübertreten ... Das immerhin ist Gewißheit.« Er hob eine mit Brokat bestickte Stola an die Lippen und legte sie sich um die Schultern. »Auf diese Weise jedoch hat der Jüngling wenigstens *einige* Aussicht aufs Überleben. Brion kannte seinen Sohn. Ich bezweifle, daß wir einen schweren Fehler begehen können. Komm.« Er berührte Morgans Schulter. »Es wird am klügsten sein, wir tun's.«

Zusammen kehrten sie zurück ins Studierzimmer, wo der junge Prinz bereits auf sein Schicksal harrte.

In tiefsinniger Nachdenklichkeit saß Kelson auf einem Stuhl und blickte in die Flamme der einzigen brennenden Kerze. Bald würde er entweder über seines Vater Kräfte verfügen, oder aber sie blieben ihm unzugänglich, und er mußte das Schlimmste befürchten. Sein Herz schlug voll der Zuneigung und Dankbarkeit für die beiden getreuen Freunde, welche auf Gedeih und Verderb in diese seine Sache verwickelt waren: Morgan, der Waffengefährte des Vaters, der ihm fast als zweiter, wenngleich jüngerer Vater galt, und Duncan, der junge Geistliche, sein Lehrer, solange er sich zurückzuerinnern vermochte, sogar schon bevor man ihn zum Priester geweiht hatte. Flüchtig schalt er sich einen Narren, die Weisheit dieser beiden Getreuen jemals angezweifelt zu haben, und ihn tröstete das Wissen, daß sie zu ihm standen, ganz gleich, was am heutigen Abend geschah. Er erhob sich und lächelte, als leise die Tür aufschwang, und Morgan erwiderte ermunternd das Lächeln, sobald er Kelsons zuversichtliche Stimmung gewahrte.

»Fühlt Ihr Euch bereit, mein Prinz?« erkundigte sich Duncan, ergriff die Spange mitsamt ihrem Behältnis und übergab sie Morgan.

»Ja, Pater«, lautete Kelsons Antwort, und zu dritt machten sie sich auf den Weg in die anliegende Kirche.

Prinz und Kämpe knieten sich an die Chorschranken, nachdem sie die Schwerter abgegürtet und vor sich auf dem Fußboden abgelegt hatten, und der Priester stellte sich zum Gebet vor den Altar. Anschließend bekreuzigte sich Duncan, erklomm des Altars Stufen und küßte die Altarplatte, dann wandte er sich mit ausgebreiteten Armen den beiden Niedergeknieten zu.

»*Dominus vobiscum.*«

»*Et cum spiritu tuo*«, antworteten sie wie aus einem Munde.

»*Oremus.*« Der Geistliche kehrte sich erneut dem Altar zu und neigte wieder das Haupt zum Gebet. »*Per omnia saecula saeculorum*«, beendete er es schließlich feierlich.

»Amen«, antworteten Morgan und Kelson verhalten.

Duncan stieg die Stufen hinab, verharrte vor dem nach wie vor auf den Knien befindlichen Kelson und senkte die Hände fest aufs Haupt des jungen Prinzen. »Möge der Allmächtige Gott, der Vater, der Sohn und der Heilige Geist, Euch segnen, Herr Kelson. Amen.« Zum Zeichen der Segnung schlug er über dem Prinzen das Kreuz; sodann entnahm er die Spange ihrem Behältnis und gab sie mit Nachdruck in Kelsons Hand. »Nur Mut, mein Prinz«, flüsterte er, wandte sich dem Altar zu, breitete von neuem die Arme nach den Seiten aus. »*Domine, fiat voluntas tua!*«

Kelsons Hand zitterte ein wenig, als er der Spange goldene Nadel mit der Spitze auf seinen linken Handteller richtete. Dann rammte er sich die Nadel beherzt in die Hand. Ein Aufkeuchen der Pein entfloh seinen Lippen, als die Spitze, nun dunkel von Blut, aus dem Handrücken fuhr, er sank vornüber, stöhnte leise, derweil Wogen von Schmerz von der durchbohrten Hand ausgingen.

Halb erhob sich Morgan, um seinen jungen Gebieter zu stützen. »Nein, nicht«, warnte jedoch gedämpft Duncan, indem er herumwirbelte. »Warte!« Durchdringenden Blicks musterte er den offenkundig von Schmerz gequälten Prinzen, und Morgan, der nicht einzugreifen wagte, ließ sich zurück auf die Knie sinken.

Nach einer Weile löste ein dumpfes Schweigen des Prinzen Stöhnen ab, und er straffte sich benommen, seiner Miene war unmißverständlich Verwirrung und Entgeisterung anzusehen.

»Pater«, flüsterte er, »alles dreht sich um mich...« Er schwankte, als wäre er trunken, allmählich bekam sein Angesicht einen Ausdruck der Furcht. »Pater, die Finsternis...« Langsam sackte er auf den Fußboden nieder.

»Kelson«, rief der Feldherr, sprang zum Prinzen, um ihm Beistand zu leisten. Duncan gesellte sich dazu, kniete sich an seine Seite, bog sachte die verkrampften Finger der Linken des Jünglings auseinander, in den Augen einen Ausdruck ehrfürchtigen Staunens.

»Wir hatten recht«, sprach er, zog die Nadel heraus und umwickelte die Hand mit einem Sacktuch. »Nun ist er mit den Zauberkräften gewappnet. Die Anzeichen lassen sich unmöglich mißdeuten.« Er machte Anstalten zum Abstreifen des Chorrocks. »Komm«, ergänzte er, »wir müssen ihn zurück in seine Gemächer schaffen. Ich vermute, er wird bis zum Morgen schlummern, aber ich werde dich begleiten, damit wir die Gewißheit haben, daß er während der Nacht unbehelligt bleibt.«

Morgan nickte und hob den Besinnungslosen vom Fußboden hoch, umhüllte ihn dicht mit dem Mantel aus rotem Samt, um ihn gegen des Abends Kühle zu schützen. Duncan las die Schwerter auf, und die zwei Männer begaben sich mit ihrer Last auf den Rückweg in die Wärme der Königlichen Gemächer.

Mit aller Vorsicht bettete Morgan den Prinzen auf die

Liege, tauchte ein Stück Seidenflor in eine scharfriechende, klare Flüssigkeit und säuberte damit des Jünglings verletze Hand, legte anschließend einen Verband an, während Duncan an Kelsons Stiefeln die Schnüre aufknüpfte. Just zog er ihm den samtenen Mantel aus, als plötzlich Kelsons Lider flatterten, er matt die Augen aufschlug.

»Pater?« fragte er mit schwacher Stimme. »Morgan?«

»Wir sind zur Stelle, mein Prinz«, antwortete Duncan, trat an die rechte Seite des Jünglings, kniete nieder und ergriff trostreich seine Hand.

»Morgan«, sprach der Prinz in schwächlichem Tonfall, »ich vernahm meines Vaters Stimme, und danach suchte die allermerkwürdigste Empfindung mich heim ... Es schien mir, als hüllte mich gewobenes Sonnenlicht oder eine überirdisch feine Seide ein. Zunächst verspürte ich Furcht, aber dann ...«

»Schweigt, mein Prinz«, unterbrach Morgan ihn voller Nachsicht, legte eine Hand auf des Jungmannen Stirn. »Ihr müßt nun schlafen und dadurch Kräftigung erlangen. Schlummert unbesorgt, mein Prinz. Ich werde in Eurer Nähe verbleiben.«

Während er sprach, flatterten Kelsons Lider erneut, indessen nur flüchtig, dann sanken sie herab, und alsbald ward seine Atmung so langsam, daß sie die bemerkenswerte Tiefe seines Schlummers anzeigte. Morgan lächelte und glättete ihm das zerzauste Haar, dann breitete er eine warme Decke über seinen jungen Oberherrn. Danach löschte er das Licht und winkte Duncan mit sich auf den Balkon; sie huschten hinaus, ihre Umrisse zeichneten sich schwärzlich gegen den mitternächtlichen Himmel ab.

»Er schenkt dir viel Vertrauen, Alaric«, sprach der junge Priester voll Bewunderung.

Morgan lehnte sich an die Balkonbrüstung, versuchte trotz der Dunkelheit Duncans Miene zu erkennen. »Ebenso dir, mein Freund.«

»Ja wahrlich«, sagte Duncan, stützte die Hände auf die Brüstung und hielt Ausschau über die Stadt. »Ich hoffe bloß, wir werden uns allzeit als seines Vertrauens wert erweisen. Für die schwere Bürde, welche wir ihm heute abend übertragen haben, ist er noch reichlich jung. Deine Stellung als sein Kämpe wird durch seine Zauberkräfte weiß Gott nicht gerade erleichtert.«

Leise lachte Morgan in die Düsternis. »Haben wir Brions Willen getan, dieweil wir dessen Erfüllung als leichte Aufgabe ansahen, oder weil wir Brion liebten, weil wir seinen Sohn lieben, wir unser Handeln als recht erachten?«

»Freilich bist du vollauf im Recht, Alaric.« Der Geistliche ließ ein Seufzen vernehmen. »Wahrhaftig, bisweilen kann ich mich nicht des Eindrucks erwehren, daß du mich besser kennst als ich selbst mich kenne.«

Morgan versetzte Duncan launig einen Rippenstoß. »Was soll das Trübsinnblasen, Pater McLain? Du hast an diesem Abend deine Sache vortrefflich gemacht. Ich war's, der ratlos blieb. Trotz meiner Vorliebe für harmlosere okkulte Künste besaß ich nicht die leiseste Ahnung, was zu erwarten stand, nachdem Kelson das Nötige getan hatte.«

»Hätte dir allerdings nicht Brion den Schlüssel zu seiner Zaubermacht anvertraut, all unsere Bemühungen wären vergeblich gewesen«, hielt Duncan ihm entgegen. »Die Spange sowie das dazu verfaßte Sinngedicht wäre mir ein Rätsel geblieben.« Er lachte halblaut auf. »Es dürfte ratsam sein, wir machen damit Schluß, einer den andern zu lobpreisen, und ich kehre zurück ins Kirchspiel, denn 's wäre überaus unschön, sollte man mich dort vermissen, und träfe man mich am Morgen hier an, fiel's uns gewiß schwer, meine Anwesenheit zu erklären. Und zudem« — er kehrte ins Gemach zurück — »kann ich im Laufe der Nacht für Kelson von keinem Nutzen mehr sein. Er dürfte bis in die Morgenfrühe durchschlafen, es sei denn, 's geschähe etwas Unvorhergesehenes. Und auch du brauchst Nachtruhe, Alaric.«

Dem konnte Morgan nur beipflichten, und die beiden Männer drückten einander die Hand, ehe Duncan durch den Geheimgang fortschlich, dessen Tür sich leise hinter ihm schloß.

Morgan löste die Spange seines Umhangs, schob einen üppig gepolsterten Lehnstuhl neben die Liegestatt des Prinzen und ließ sich müde hineinsinken, legte dann den Umhang über sich wie eine Decke. Wachsam beobachtete er Kelson einige Augenblicke lang, und nachdem er sich davon überzeugt hatte, daß der Prinz wirklich tief und fest schlief, entledigte er sich der Stiefel und machte es sich unbekümmert behaglich; er wußte, er würde sofort erwachen, sollte sich im Gemach am gegenwärtigen Zustand irgend etwas ändern.

6

Just als Morgan ein Lid hob, brach ein Hämmern gegen die Tür die morgendliche Stille. Augenblicklich hellwach, huschte er zur Tür und zerrte den Riegel beiseite. Ein in scharlachrote und blaue Tracht gekleideter Diener vollführte eine untertänige Verbeugung.

»Verzeiht, Euer Gnaden«, sagte der Mann in ernsthaftem Ton, »aber die Kämmerer wüßten nunmehr zu gerne, wann sie sich einstellen dürfen, um den König für seine Krönung anzukleiden.«

»Sie sollen in einer halben Stunde kommen«, erteilte Morgan ihm Bescheid. »Und die Wache soll nach Pater McLain schicken. Seine Hoheit hat den Wunsch, sich mit ihm zu besprechen, bevor der Einzug in den Dom stattfindet.«

Der Diener verbeugte sich nochmals und eilte davon, als Morgan die Tür schloß. Lautlosen Schritts ging der Feldherr zum Balkon und zog die Satin-Vorhänge zur Seite, ließ den blassen morgendlichen Sonnenschein ins

Gemach dringen; anschließend häufte er Brennholz in die restliche Glutasche des Kamins, um den inzwischen abgekühlten Raum zu erwärmen. Gerade hatte er der Kleiderkammer einen dicken Hausmantel aus Wolle entnommen und zog ihn sich an, da merkte er, daß jemand ihn beobachtete. Er wandte das Haupt und lächelte Kelson zu, während er den um die schlanke Leibesmitte geschlungenen Gürtel verknotete. »Einen recht schönen guten Morgen, mein Prinz«, sprach er in heiterem Tonfall, trat zu Kelsons Liege und hockte sich auf deren Kante. »In der Nacht ist's spürbar kälter geworden ... Euer Krönungstag wird kühl sein.«

»Welche Zeit ist's, Morgan?« fragte der Prinz, indem er sich aufsetzte.

»Nicht so spät, wie Ihr glaubt, mein Prinz«, entgegnete Morgan mit einem Auflachen, hinderte Kelson an einem überhasteten Aufspringen. »Eure Kämmerer werden sich erst in einer halben Stunde einstellen, das Bad hat Euer Diener bereits für Euch bereitet, und der Einzug in den Dom soll erst in zwei Stunden stattfinden. Wie fühlt sich Eure Hand an?«

Er ergriff Kelsons Hand, wickelte den Verband ab und nahm die Verletzung in Augenschein. »Ein kleiner Bluterguß, wie ich sehe, aber nichts von Bedeutung. Wir können auf den Verband verzichten. Wie ist Euch zumute?«

»Mir geht's gar prächtig, Morgan. Kann ich mich nun erheben?«

»Gewiß, mein Prinz.« Morgan wies hinüber zur Umkleidekammer. »Ich werde die Kämmerer zu Euch senden, sobald sie eintreffen.«

Mißmutig rümpfte Kelson die Nase, derweil er die Decke beiseiteschlug und die Liegestatt verließ. »Was brauche ich Kämmerer, Morgan? Ich bin mich selber anzukleiden imstande.«

»Am Tage seiner Krönung muß ein König zweifelsfrei ganz unbedingt Kämmerer zur Verfügung haben.« Morgan lachte, schob den Jüngling in die Richtung der Tür. »Morgen mögt Ihr Eure Leibdiener samt und sonders aus Euren Diensten entlassen, aber *heute* werden sie Euch gewanden, wie's einem König geziemt ... Es ist nicht Eure Sache, Euren Verstand mit den Fragen der Bekleidung und dergleichlichen Nebensächlichkeiten zu belasten, wenn's Euch als Aufgabe und Pflicht *obliegt*, Euch der Verantwortlichkeit der Königswürde zu widmen ... Und darum bedürft Ihr der Kämmerer, sechs an der Zahl.« In gemimtem Grausen wölbte Morgan die Brauen.

»Sechs ...!« stöhnte Kelson, aber lachte fröhlich vor sich hin, während er die Umkleidekammer aufsuchte. »Bisweilen gelange ich zu dem Eindruck, Morgan, Ihr treibt diese üblen Scherze mit mir in voller Absicht ...« Seine weiteren Worte unterbrach das Zufallen der Tür.

Morgan lachte bei sich, derweil er zum Kamin schlenderte, doch mit einmal verharrte er, als er an der Wand gegenüber in einem Spiegel sein Abbild erblickte. Sah er fürwahr derartig aus? Bekümmert betrachtete er seine zerknitterte Gewandung, stellte fest, daß es seiner äußeren Erscheinung sehr abträglich gewesen war, bekleidet zu schlafen, und sein Kinn fühlte sich, als er mit der Hand über es strich, rauh wie dickes Leder an. Doch er mußte in diesen Kleidern vor die Allgemeinheit treten, andere hatte er nicht dabei; gegen den Bartwuchs allerdings ließ sich etwas unternehmen ... Er machte sich mit Seifenschaum und einem Schermesser ans Werk und hatte es soeben geschafft, sich der über Nacht nachgesprossenen Bartstoppeln zu entledigen, da pochte jemand an die Eingangstür der Königsgemächer.

»Herein«, rief Morgan, wischte sich Schaum aus den Augen.

Die Tür ward um einen Spaltbreit aufgetan, und unter einem Schopf glatter brauner Haare lugte ein Paar blauer Augen ins Gemach. »Aha«, sprach die Stimme des Ankömmlings. »Der Sünder sinnt auf Verschönung seines äußerlichen Scheins. Da.« Duncan warf dem überraschten Freund ein großes Bündel zu.

»Was ...?« begann Morgan. »Woher hast du diese Sachen, Duncan?«

»Nun ja«, antwortete der junge Geistliche, nahte sich gleichmütig Morgan, welcher unter dem Haufen Kleidung fast verschwand, »ich dachte mir, der Königliche Kämpe könnte eine der Krönung würdige Gewandung brauchen.«

»Königlicher Kämpe? Woher willst du das wissen?«

»Tja, Kelson vertraut mir dies und jenes an, das er dir verschweigt. Und außerdem, was meintest du denn, wen er erwählte? Etwa mich?« Frohen Mutes lachte Morgan, als er das Haupt schüttelte und sich auszuziehen anfing, um neue Kleider anzulegen. »Wie steht's inzwischen um Kelsons Hand?« erkundigte sich der Priester, reichte Morgan eine lange, scharlachrote Kittelbluse aus Seide. »Mir war, als röche ich einen schwachen Duft von *Merascha*, als du am gestrigen Abend seine Wunde verbunden hast.« Er musterte Morgan mit einem Seitenblick.

»Die Hand heilt«, erklärte Morgan, als wäre er der einfältigste Tor, derweil er die Schnüre der Kittelbluse auf seiner Brust zuknüpfte. »Und was das *Merascha* anbelangt, so hatte ich gehofft, du würdest's nicht bemerken. Ein gewisser greiser Lehrmeister, welcher mir mancherlei Wissen vermittelte, wäre ungemein verärgert, wüßte er, daß ein Pfaffe von seiner Beschäftigung mit den okkulten Künsten erfahren hat.«

»Mir genügt's zu wissen, daß du deine Grenzen nicht überschreitest, Alaric. Es gäbe mir eine Verursachung zur größten Sorge ab, solltest du deine Finger in magische Werke stecken, welchselbigen du nicht gewachsen sein kannst.« Duncan gab dem Feldherrn schwarze Seidenstrümpfe sowie Beinkleider, die Morgan rasch anzog. »Wo befindet sich Kelson zur Stunde?«

»Im Bad. Es hat ihn ... äh ... ein wenig verstimmt,

sich Kämmerern ausliefern zu sollen. Er wünschte zu erfahren, wieso er sich nicht allein ankleiden könnte. Ich habe ihm verdeutlicht, daß es zu den Bürden der Königswürde zählt, mit Kämmerern Umgang zu pflegen und sie erdulden zu müssen, und daß er ihnen wenigstens heute keinesfalls trotzen dürfte.«

Verhalten lachte Duncan. »Sobald er erst einmal sieht, was er alles am Leibe tragen muß, wird er froh über ihre Beihilfe sein.« Er setzte sich, hielt Morgans leichtes Kettenhemd in die Höhe. »Schon viele Male bin ich für nur einen Helfer dankbar gewesen, wenn's galt, sich für ein besonders feierliches Hochamt zu bekleiden. O je ...« Er ward regelrecht versonnen. »Wie viele Bänder und Schnüre 's da auch immerzu gibt.«

»Was du nicht sagst«, schnob Morgan schalkhaft, griff sich den Kettenpanzer und schlüpfte hinein, indem er ihn sich übers Haupt streifte. »Du weißt doch selbst, du magst diesen Kleidertand.« Er zwängte die Füße in die schwarzen, auf Hochglanz gewichsten Stiefel, die ihm Duncan zu diesem Zwecke hielt, und unterdessen erscholl vom Eingang erneut ein Klopfen. »Das müssen Kelsons Kämmerer sein«, meinte Morgan, ruckte ein letztes Mal an den Schnallen. »Tretet ein!«

Sechs Männer in fein säuberlicher, scharlachroter Tracht kamen herein, verbeugten sich steif; auf den Armen trugen sie, hochauf bepackt, etliche Gewänder, gebündelte Kleidungsstücke sowie Schatullen.

»Wir sind die Königlichen Kleiderkämmerer, Euer Gnaden«, erklärte der vorderste Mann.

Morgan nickte und wies sie in Kelsons Umkleidekammer. Kaum waren sie dorthin entschwunden, schüttelte er das Haupt und schmunzelte. »Jetzt dauert mich der arme Jüngling doch. Du weißt, 's ist ihm zuwider, wenn man um ihn Aufhebens macht.«

Auf nichtssagende Weise zuckte Duncan die Achseln, während er Morgan ein schwarzes Seidenwams überreichte, gesäumt mit Gold und Rubinen. »Er muß eines

Königs Dasein am eigenen Leibe kennenlernen, Alaric.« Er half Morgan dabei, die geschlitzten Puffärmel zurechtzuzupfen, so daß man darunter der Kittelbluse Scharlachrot sah, dann wand er eine breite Schärpe aus Satin um des Feldherrn schmale Leibesmitte. »Meiner Treue«, rief er, als er Morgans Schwert an einen in der karminroten Schärpe verborgenen Eisenring befestigte, »meiner Treu, ich glaub du bist der gefälligste Königliche Kämpe, den wir seit langem hatten.«

Morgan drehte sich vor dem Spiegel, stapfte auf und ab, stolz wie ein Knabe mit einem neuen Spielzeug. »Was soll ich sagen, Duncan?« entgegnete er übermütig. »Du hast vollkommen recht.«

Fast ließ Duncan den mit einem karmesinroten Rand versehenen Umhang, den er in den Händen hatte, auf den Fußboden fallen, als er Morgan schelmisch einen Fausthieb an den Oberarm versetzte. »Und gleichzeitig wirst du der selbstgefälligste Königliche Kämpe sein, den wir jemals hatten.« Er wich aus, als Morgan ihm den Hieb mit gleicher Münze vergelten wollte, suchte Zuflucht hinter einem Stuhl und drohte dem Feldherrn in gespielter Empörung mit dem Zeigefinger. »Ohooho! Bedenke, ich bin dein geistlicher Vater, ich spreche so zu dir um deines eigenen Seelenheils willen.«

Daraufhin wälzten er und Morgan sich vor Lachen beinahe auf dem Boden.

»Rasch«, keuchte Morgan schließlich, war gänzlich außer Atem, »verhülle all diese Herrlichkeit mit dem Umhang, ehe ich aus schierem Dünkel gar platze.«

Von neuem brachen sie in lautes Gelächter aus, jedoch gelang es ihnen, Morgan den Umhang anzulegen, bevor sie beide gänzlich erhitzt und ermattet in zwei Lehnstühle sanken.

Einer der Kleiderkämmerer in roter Tracht steckte das Haupt durch den Türspalt. »Ist irgend etwas nicht in Ordnung, Euer Gnaden?« fragte er, die Augen weit aufgerissen.

Morgan winkte ab, lachte noch immer heiter gepreßt in sich hinein. »Nein, nein, es ist alles gut«, antwortete er, errrang endlich eine gewisse Fassung zurück. »Aber ist Prinz Kelson indessen bereit? Pater McLain muß sich in den Dom begeben.«

»Ich bin bereit, Pater«, sprach da Kelson, indem er das Gemach betrat. Wie ein Mann erhoben sich Morgen und Duncan, sie vermochten kaum zu glauben, daß dieser in Weiß und Gold gewandete König, welcher da vor ihnen stand, derselbe Jüngling war, der am vorangegangenen Abend so bang mit ihnen an den Chorschranken gekniet hatte. Ganz in Seide und Satin erschien er vor ihnen wie ein jugendlicher Engel, nur das Funkeln von Gold und Rubinen, welche der Prunkkleidung Säume zierten, verlieh dem Strahlen der sahneweißen Gewänder noch ein wenig Irdisches. Um die Schultern hatte er einen prachtvollen Mantel geworfen, hell wie Elfenbein, schwer von Gold und Juwelen; in den Händen hielt er ein Paar makelloser Handschuhe aus Rehkitz-Leder sowie ein Paar mit Gold beschlagener, silberner Sporen. Sein rabenschwarzer Schopf war noch unbedeckt, wie es einem ungekrönten Monarchen anstand.

»Ich ersehe, Ihr seid schon von Eurem neuen Amt in Kenntnis gesetzt worden, Morgan«, fügte er vergnügt hinzu. »Nehmt hin« — er streckte Morgan die Sporen entgegen — »sie sind für Euch.«

Morgan fiel aufs Knie, neigte demütig das blonde Haupt. »Mein Prinz, mir fehlen die Worte.«

»Unfug, Morgan«, erwiderte Kelson, lächelte humorig. »Mich wollt's vorteilhafter dünken, Euch stockt nicht die Rede, just wenn ich Eurer am dringlichsten bedarf.« Mit einer Geste hieß er ihn aufstehen. »Vorwärts, nehmt die Sporen und laßt Euch von meinen Kämmerern beim Anlegen behilflich sein, derweil ich mich mit meinem Beichtvater bespreche.« Er winkte Duncan heran und begab sich mit ihm auf den Balkon, schloß die Flügeltür. Durchs Glas konnte man von außen mitansehen, wie die Kämmerer sich übereifrig um den verdrossenen Feldherrn scharten. Kelson grinste. »Glaubt Ihr, er wird mir lange grollen, Pater?«

»Daran zweifle ich, mein Prinz. Er war viel zu stolz, als Ihr eingetreten seid, um für länger mißgestimmt zu bleiben.«

Der junge Prinz lächelte flüchtig, schaute über die Stadt aus. »Pater«, fragte er mit leiser Stimme, »was macht einen Mann zum König?«

»Ich bin mir nicht dessen sicher, ob Euch darauf überhaupt irgend jemand eine Antwort geben kann, mein Sohn«, entgegnete gedankenschwer Duncan. »Es mag sich durchaus so verhalten, daß Könige gar nicht so verschieden von gemeinen Menschen sind, mit der Ausnahme, versteht sich, daß sie eine weitaus größere Verantwortung tragen.«

Für einen ausgedehnten Moment sann Kelson über diese Worte nach; dann wandte er sich Duncan zu und kniete sich zu Füßen des Geistlichen.

»Pater, gewährt mir Euren Segen«, bat er, neigte das Haupt. »Ich fühle mich ganz und gar nicht wie ein König.«

7

Thomas Grayson, Erzbischof von Sorandor, ließ den Blick mit Staunen über die anwachsende Menschenmenge in den Straßen unterhalb seines Erzbischöflichen Palasts schweifen, während er in nicht geringer Besorgnis der Krönungsstunde entgegensah. Trotz der bitteren Kälte des Novembermorgens befand sich in den Straßen mehr Volk, als er sich jemals beobachtet zu haben entsinnen konnte, mehr sogar als anläßlich der Krönung Brions vor fünfzehn Jahren. Doch es war keine freudige Menschenansammlung, wie man es sich für gewöhnlich hätte versprechen können, sondern eine stille Menge, die eine auffällige Zurückhaltung an den Tag legte; jedem Angesicht, das den Blick hinauf zur Königsburg lenkte, ließ sich furchtsame Erwartung anmerken.

Sie wissen, welcher Prüfung ihr König sich stellen muß, dachte der Erzbischof voller Grimmigkeit, *und sie fürchten um ihn, geradeso wie ich. Werden wir alle dabeistehen und mitanschauen müssen, wie er zugrundegeht, ohne daß jemand eine Hand erhebt, um ihn zu retten, oder haben Morgan und Duncan einen Plan, gibt es eine bislang unbekannte, noch unberücksichtigte Abhilfe? Darf ich zu hoffen wagen?*

Er stieß einen Seufzer der Ergebenheit aus und kehrte der Aussicht den Rücken zu, um sich aufs Ankleiden vorzubereiten. Danach würden sie sich, sobald sich Duncan eingefunden und das Gefolge sich versammelt hatte, allesamt zum Portal des Doms begeben und dort des neuen Königs Ankunft harren, um ihn in den Dom zu geleiten und seinem Volke vorzustellen.

Kelson nahm die Löwen-Spange zur Hand, betastete sie einen Augenblick lang sehr versonnen; dann heftete er sie nachträglich an seinen Rock.

»Die Kutschen stehen in Bereitschaft, mein Prinz«, rief ihm von der Tür Morgan zu. »Wollen wir gehen?«

»Ich komme ja schon«, antwortete Kelson, blickte sich ein letztes Mal in dem Gemach um.

»Sicherlich wißt Ihr, mein Prinz, daß die Kammer auch nach der Krönung noch vorhanden sein wird.«

»Gewiß«, entgegnete Kelson sinnig, »jedoch habe ich mich soeben gefragt, ob's dann *mich* noch gibt.«

Schroff kam Morgan hereingestapft, faßte Kelson am Arm. »Donnerwetter, ich mag nichts dergleichen mehr hören«, schimpfte er, führte den Prinzen in den Korridor, wo schon die Ehrenwache wartete. »In drei Stunden werdet Ihr der rechtmäßig gekrönte König von Sorandor sein, mein Prinz, und nichts und niemand wird's verhindern können, auch nicht die Blaue Hexe.«

Kelson lächelte gallig, als sie sich auf den Weg hinunter in den Burghof machten, in welchem sich unterdessen das Gefolge aufgestellt hatte. »Ich will versuchen, 's mir zu merken«, sagte er, »aber ich habe nichtsdestoweniger das Empfinden, als hätte unsere so ins Blau vernarrte Freundin, was mich anbetrifft, gegenteilige Absichten.«

Im Burghof hatte sich das gesamte königliche Gefolge versammelt, um den jungen Herrscher zum Dom aufbrechen zu sehen; die Versammelten wichen zu beiden Seiten zurück, indem der Prinz und seine Leibwächter zur Kutsche der Königin strebten.

Angesichts der Verwandlung ihres Sohnes konnte man in Sanils deshalb geweiteten, grünen Augen unmißverständlich Überraschung erkennen, und sie lächelte scheu, als Kelson das Haupt neigte und ihr zur Begrüßung die Hand küßte.

»Kelson, mein Sohn«, sprach sie leise, während er ihr in die Kutsche zu steigen half, »heute bist du zum Mann geworden. Ich hätte nicht gedacht ...«

Morgan blieb zufrieden im Hintergrund, beobachtete die Wandlung, welche sich wiederum bei der jungen Königin vollzog. Beifällig bemerkte er, daß sie aus Achtung vor der Krönung ihres Sohnes die Trauergewandung abgelegt hatte, obwohl noch keine allzu lange Frist seit Brions Tod verstrichen war; abgesehen von dem schwarzen Flor, welcher ihren Smaragd-Stirnreif verschleierte, trug sie, wie man es sonst von ihr kannte, jenen dunkelgrünen Samt, der ihr zu ihrem kupferroten Haar und der zarten Haut bestens stand, das Grün, wie es Brion an ihr stets am besten gefallen hatte.

Derweil sie sich nun mit Brions Sohn unterhielt, wirkte sie fast wieder so strahlend schön wie vor der Trauer. Und als Kelson sich zuletzt von ihr verabschiedete, schaute sie ihm liebevoll nach, Bewunderung und Stolz, die ihrem Sohn galten, ließ sich aus ihrer gesamten Haltung ablesen.

Während der junge König in sein Gefährt klomm, tauschten er und Morgan beglückte Blicke aus, und danach winkte Morgan dem Zeremonienmeister zu, um anzuzeigen, daß der Zug sich in Bewegung setzen könnte. Neben der Kutsche des Prinzen schwang er sich auf sein Streitroß, das schwarz war wie Ebenholz; dann entbot der junge Feldherr seinem Monarchen einen markigen Gruß, und der Zug begann langsam den Weg zum Sorandorer Dom.

»Unterlaßt das Hin- und Hergestapfe, Ian«, fauchte die Blaue Hexe, während sie sich die mit Saphiren geschmückte Adelskrone auf dem silbrig-blauen Schopf zurechtrückte. »Ihr verbreitet Unruhe.«

Ian verhielt nachgerade mitten im Schritt. »Verzeiht, Holdeste«, antwortete er gutmütig. »Doch habe ich viele Monate lang auf diesen heutigen Tag gewartet, und harre nun voller Eifer unseres Aufbruchs. Ihr wißt, das Warten ist mir zuwider.«

»Ja, ich weiß es.« Die Blaue Hexe lächelte rätselhaft. »Ich hoffe bloß, Ihr werdet nicht allzu enttäuscht sein. Obwohl jenes emporgekommene Prinzlein der Zauberkräfte seines Vaters entbehrt, bleibt doch Morgan zu bezwingen.« Sie erhob sich in nachdenklicher Stimmung. »O ja, Morgan ist's, auf den wir achten müssen. Ihn fürchte ich, Ian, ihn und den Einfluß, welchen er auf den jungen Prinzen ausübt. Ihr müßt darin sichergehen, daß Ihr ihn im ersten Augenblick des Zweikampfs erschlagt ... Andernfalls könnt's dahin kommen, daß Ihr ihm unterliegt. Gerüchte behaupten sogar, daß er mit Zauberwerken herumpfuscht, doch messe ich derlei Geschwätz wenig Bedeutung bei. Dennoch muß er um jeden Preis beseitigt werden. Habt Ihr mich verstanden?«

Schmeichlerisch verbeugte sich Ian. »Freilich, meine Holdeste«, beteuerte er im Tonfall eines Kriechers, derweil er den seidenen Überrock der Blauen Hexe nahm und ihn ihr brachte. *Und nachdem wir Morgan und sein Prinzchen aus der Welt geschafft haben*, dachte er im geheimen, *werde ich mit Vergnügen auch dich beseitigen.* Er langte mit den Armen um die Blaue Hexe, um die kalte, mit Juwelen verzierte Fibel an ihrer wie Elfenbein weißen Kehle zu schließen. »Die Pferde sowie die Eskorte stehen an der Pforte bereit, edle Dame.«

»Meinen Dank, Herr Ian«, entgegnete sie, widmete ihm einen Seitenblick. »Dann wollen wir nun hinfort.«

Sie vollführte eine großartige Gebärde, und Ian stieß, nachdem er sich schwungvoll verbeugt hatte, die Türflügel auf; begleitet von vier in blaue Kluft gekleideten Waffenknechten eilten die Blaue Hexe und Ian durch den mit Marmor gepflasterten Geheimgang ihrem Treffen mit Prinz Kelson entgegen.

8

Während Kelson in dem riesigen Dom kniete, befaßte er sich in Gedanken, derweil des Erzbischofs Stimme immerzu länger und noch länger erklang, noch einmal mit den Ereignissen der vorangegangenen Stunden. Nachdem die feierliche Prozession im Geleit Erzbischof Graysons und eines Dutzends anderer Prälaten in den Dom Einzug gehalten hatte, war er dem Volk als rechtmäßiger Oberherr vorgestellt worden, und vor dem Volk und Gott dem Allmächtigen als Zeugen hatte er sich sodann seiner Königswürde verschworen. Zum Zeichen seines gottgeschenkten Rechts auf Herrschaft war er mit geweihtem Salböl an den Händen und auf dem Scheitel zum König gesalbt worden, und anschließend hatte er auf den Knien den Segen des Erzbischofs empfangen.

Der Erzbischof beendete sein Gebet, und Kelson stand auf, um mit den Wahrzeichen seines hohen Amtes ausgestattet zu werden; mehrere Priester entkleideten ihn des von Edelsteinen schweren, elfenbeinweißen Mantels, den er in seiner Eigenschaft als Prinz von Sorandor angetan hatte. Man schnallte ihm die goldenen Sporen der Ritterschaft an die Fersen, und Morgan als sein Königlicher Kämpe reichte ihm das Zeremonienschwert, damit der junge Monarch es küssen und es dann zum Altar zurückgetragen werden konnte. Gerade legten Duncan und andere Geistliche ihm den glanzvollen, karmesinroten Königsmantel um die Schultern, da brach das Hallen mit Erz beschlagener Hufe, welche draußen auf dem Kopfsteinpflaster dröhnten, die Stille. Vor den wuchtigen Flügeln des Domportals klirrte bedrohlich blankes Eisen gegen Hauberte.

Indem Kelson sich auf den zum Zwecke der Krönung aufgestellten Sitz niederließ, dem Portal den Rücken zukehrte, warf er Morgan rasch einen Blick stummer Fragestellung zu, und der Feldherr nickte kaum merklich, trat näher zum Prinzen. Just als der Erzbischof Kelson das Königliche Zepter überreichte, schwang jemand, daß es dumpf krachte, das Domportal auf, jäh fegte ein eisiger Windstoß durchs Kirchenschiff, in dem man nur noch die leisen Worte vernahm, mit welchen der Erzbischof den künftigen Herrscher an seine Pflichten gemahnte.

Unwillkürlich krampfte sich Kelson ein wenig zusammen, und er bemerkte, wie auch Morgans Gestalt erstarrte, als sich durch den schmalen Mittelgang laute Schritte zu nahen begannen, er sah, wie sich die von einem Handschuh umhüllte Faust seines Kämpen langsam dem Griff des großen Kriegsschwerts näherte, derweil der Erzbischof den aus Gold und Rubin zusammengefügten Ring aus Feuer in die Hand nahm.

Kelson sandte ein Stoßgebet mit der Bitte um die Kraft himmelwärts, der Gewalt der Blauen Hexe widerstehen zu können, streckte dem Erzbischof die Hand hin und ließ sich von ihm den Ring an den Finger stecken. Als der kühle Metallreif auf seinen Zeigefinger geschoben wurde, verzog sich seine Miene zu einem ansatzweisen Lächeln des Triumphs, und nur äußerste Selbstbeherrschung seiner beiden Freunde Morgan und Duncan vermied, daß sich auch in ihren Mienen ein solches Lächeln zeigte. Er sah, wie das Angesicht seiner Mutter, welche an der Seite stand, vor Schreck erbleichte, als der hohle Klang der Schritte unvermittelt im Querschiff unheilvoll verstummte.

Der Erzbischof hob, ohne auf die Störenfriede zu achten, die reich geschmückte, mit Juwelen besetzte Krone von Sorandor in die Höhe.

»Deinen Segen, o Herr, erflehen wir auf diese Krone, auf daß Du Deinen Diener Kelson weihst, dem Du sie heute zum Zeichen seiner königlichen Majestät aufs Haupt senkst. Durch Deine Gnade statte ihn aus mit allen Tugenden eines Herrschers. Im Namen des Königs der Ewigkeit, unseres Herrn. Amen.«

Das versammelte Volk duckte sich furchtsam, als dem neuen König die Krone aufs Haupt gesetzt wurde und im selben Augenblick das Klirren von Eisen auf den Stufen des Sanktuariums die Stille durchdrang.

Majestätisch erhob sich Kelson, wandte sich seinen Herausforderern zu, verstand sofort den Sinn des Panzerhandschuhs, der da auf der untersten Altarstufe lag; zuversichtlich trat er an den Rand des Allerheiligsten.

»Was wollt Ihr im Hause des Herrn?« fragte er mit einer Aura gelassenen Machtbewußtseins, angesichts welcher man zeitweilig seine Jugendlichkeit vergessen konnte.

»Ich will Euren Tod, Kelson«, gab die Blaue Hexe zur Antwort, machte ihm zum Hohn einen Hofknicks. »Oder meint Ihr, das sei zuviel verlangt? Ich habe ja schon andere getötet, um Euren Thron zu erringen.«

Sie lächelte wie eine Spitzbübin, derweil Ian und ein Dutzend Gewappneter den soeben gekrönten König trotzigen Blicks maßen.

»Ich kann heute morgen an Euren Späßen nichts Lustiges finden, Gräfin«, erwiderte Kelson in unterkühltem Ton. »Und da Ihr Euren Mannen erlaubt, diese Stätte in Wehr und Waffen zu betreten, muß ich Euch des schlechten Benehmens wegen rügen. Kennt Ihr keinerlei Achtung vor dem Dom des Volkes, über welches Ihr herrschen wollt, ganz zu schweigen von dem durch Euch selbst erklärten Burgfrieden?«

Unbeirrt zuckte die Gräfin die Achseln, deutete auf den Fehdehandschuh, welcher noch zwischen ihnen auf der Stufe lag. »Habt Ihr meine Herausforderung übersehen, Eure Majestät? Ich hatte den Eindruck, daß Euer stattlicher Kämpe regelrecht danach lechzt, gegen meinen Kämpen anzutreten.« Auch ihre Stimme klang kühl und feindselig. »Das ist meine Herausforderung, und da steht mein Kämpe. Aber ist Euer Kämpe Manns genug, um den Handschuh aufzunehmen?«

Indem sein Angesicht sich leicht verfärbte, trat Morgan vor, um eben das zu tun; doch Kelson verwehrte es ihm mit vor des Feldherrn Brust ausgestrecktem Zepter.

»Ihr würdet Euch erdreisten«, wandte sich Kelson an den in Blau gekleideten Kämpen der Hexe, »in diesem Haus gegen mich den Stahl zu erheben?«

Eisen schabte leise an Eisen, als Ian, nachdem er sich geschmeidig verneigt hatte, wie zur Antwort das Schwert zückte.

»Jawohl, und wär's ein Haus von tausend Göttern, Prinz Kelson«, erkühnte der junge Adelige sich zu entgegnen, wies mit der Klinge auf Morgan. »Und kommt er nicht herab, um gegen mich zu kämpfen, so werde ich zu ihm gehen und ihn da erschlagen, wo er steht.«

»Hebt Euch Euer Gewäsch für den Fall Eures Sieges auf, Verräter«, schleuderte Morgan ihm entgegen, sein Schwert fuhr mit einem Sausen aus der Scheide, während er die Stufen hinabsprang, um den Fehdehandschuh aufzuheben und sich seinem vermessenen Herausforderer zu stellen. »Im Namen König Kelsons nehme ich Eure Herausforderung an. Da schaut!« Er warf den Panzerhandschuh Ian vor die Füße.

»Nun denn, Morgan«, sprach Ian versonnen, und die Spitze seines Schwertes bewegte sich nahezu träge vor ihm her, derweil er seinen Gegner musterte, »endlich stehen wir uns gegenüber. Also wollen wir diese kleine Streitigkeit ein für allemal entscheiden.«

Das gesprochen, stürzte er wild vorwärts, versuchte Morgan mit dem ersten Ansturm jede Abwehr zu verunmöglichen, aber der behende Feldherr ließ flink den Stahl wirbeln und vereitelte mit Leichtigkeit jeden neuen Angriff Ians. Sobald Morgan Aufschluß über die Fechtweise Ians gewonnen hatte, ging er seinerseits zum Angriff über, und binnen weniger Augenblicke floß das Blut seines Herausforderers. Wutentbrannt wegen der Schramme, stürmte Ian mit erhöhter Gewalt gegen seinen Widerstreiter an, so wie Morgan es sich erhofft hatte, und schließlich gab er sich eine Blöße, als er einen Hieb Morgans parierte, seine rechte Seite blieb ungeschützt, und indem der Feldherr nachstieß, bohrte er ihm die Klinge in den Leib. Das Schwert klirrte aus der Hand des überraschten Edelmanns auf den Fußboden, die Farbe wich ihm aus dem Angesicht. Morgan zog die Waffe zurück, reckte verächtlich das Haupt, und als Ian niedergesunken war, wischte er die Schneide an des jungen Adeligen blutbeflecktem Umhang ab und schlenderte gelassen zu seinem König.

»Morgan!« schrie plötzlich wie ein Besessener Duncan und winkte in höchster Aufregung.

Augenblicklich fuhr Morgan herum, und doch zu spät, um dem Dolch, geworfen nach seinem Rücken, noch ausweichen zu können. Seinen gefühllosen Fingern entglitt das Schwert, ungläubig griff er sich an die Schulter, und Ian, ein Dutzend Schritte von ihm entfernt, lachte abgehackt.

»Ich staune, Morgan«, spottete er, lallte wie ein Trunkener, derweil sich ihm der Tod nahte. »Ich hätte Euch für achtsamer gehalten, als daß Ihr einem verwundeten Gegner die Waffen belaßt. Aber so kommt's nun dahin ...« Er röchelte, bemühte sich hastig um eine Gebärde des Abschieds, »... daß wir uns im Jenseits wiedersehen.« Er sackte vollends auf den Boden, verstummte für immer, und Morgan betrachtete den gefällten Widersacher voll des Mißmuts.

Duncan und andere Priester halfen Morgan dabei, sich auf die Altarstufen zu kauern, während Kelson es besorgt beobachtete, schlang er sich den Saum seines prunkvollen Königsmantels über den Arm, ehe er zu seinem Freund trat, sich über ihn beugte.

»Um Vergebung, Gebieter«, murmelte Morgan, auf dessen Oberlippe Schweißperlen entstanden, derweil Duncan mit behutsamen Fingern die Wunde untersuchte. »Ich war ein Tor, daß ich ihm traute, selbst da ihm schon der Tod drohte.« Er zuckte, biß die Zähne zusammen, als Duncan die schmale Klinge aus der Schulter zog; danach jedoch entspannte sich seine Gestalt, er verlor halb die Besinnung, während der junge Geistliche die Verletzung verband. Kelson drückte dem Freund zur Aufmunterung die Hand, richtete sich auf und stieg einige Stufen hinab, auf die Blaue Hexe zu.

»Euer kleines Spiel ist aus, Gräfin. Ihr dürft gehen.«

Die Blaue Hexe, welche sich unvermindert auf ihre Krieger und ihre Magie stützen konnte, lächelte sardonisch. »Ei, welche kühne Worte unser junger Prinz da redet! Man vermöchte fast zu glauben, er verfügte über genug Macht, um seinen Prahlereien die Tat anzuschließen.« Ihr kalter Blick maß ihn vom Haupt bis zu den Zehen und noch einmal umgekehrt. »Aber wir alle wissen, daß seines Vaters magisches Erbe vor einem Monat mit Brion die irdische Welt verlassen hat, nicht wahr?« Sie schenkte Kelson ein liebliches Lächeln.

»Wahrhaftig, Gräfin?« entgegnete Kelson. »Aber vielleicht seid Ihr ja wirklich *willens*, selber Euer Leben und Eure Macht in die Waagschale zu werfen und zu entdecken, ob's sich so oder anders verhält. Doch ich warne Euch. Dieweil Ihr mich dazu zwingt, meine Stärke zu beweisen, kann ich Euch nicht länger Gnade schenken.«

»Die Blaue Hexe sollte Eurer Gnade bedürfen, Kelson? Nein, mir scheint, Brions Sohn ist nur ein jämmerlicher Aufschneider, und ich nenne seine Protzerei beim Namen.« Sie wich um ein paar Schritte zurück, hob die Hände und schuf hinter ihrem Rücken einen Halbkreis heller, bläulicher Glut. »Nun, Kelson, werdet Ihr den Kreis schließen und gegen mich nach den Regeln der altüberlieferten Rituale zum Duell antreten, oder muß ich Euch vermittelst entfesselter Magie zerschmettern, wo Ihr steht? Wie lautet Euer Entscheid, Kelson?«

Verächtlich musterte Kelson sie einen Moment lang; dann nickte er knapp, um seine Zustimmung zu bekunden, übergab das Zepter einem Bediensteten und gesellte sich zur Blauen Hexe ins Querschiff. Der weindunkle Königsmantel umwallte wie ein Fließen seine jugendlichen Schultern, als er mit zügiger, gleichmäßiger Gebärde seine Arme hob. Ein Halbkreis von leuchtstarkem Karminrot schoß hinter ihm empor, sein Rand verschmolz mit dem blauen Halbkreis. Gönnerhaft nickte die Blaue Hexe und begann eine Beschwörung zu singen.

*»Bey Erdt und Wasser, Lufft und Feuer,
Die Gewalten beschwör ich, dem Kreis zu enteilen.
Ich läuthere ihn. So fleuch ein jeder.
Auf dieser Schwelle kann kein Mensch verweilen.«*

Kräftig zupfte Morgan an Duncans Ärmel. »Duncan! Weiß er, was sie da macht? Wenn er den Zauber vollendet und die beiden Halbkreise gänzlich miteinander verschmelzen, wird der Kreis undurchdringlich bleiben, bis einer von beiden jegliche Macht verloren hat.«

»Ich vermag nicht zu sagen, ob er's weiß, Alaric. Aber wenn sich herausstellt, daß er den Zauber vollenden kann, besitzen wir wenigstens die Gewißheit, daß ihm tatsächlich Brions Magie zu Gebote steht. Gelernt hat Kelson diese Dinge niemals.«

Unterdessen antwortete Kelson auf den Zauberspruch der Blauen Hexe.

> »*Dem Kreis entweiche Raum und Zeit.*
> *Nichts soll noch auswärtz gehen*
> *Oder ein. So von zwweyn einer befreyd,*
> *Mag der Wind den Kreis verwehen.*«

Als Kelson verstummte, waberte violettes Feuer, wo zuvor die beiden Halbbogen geschimmert hatten, und ein kalter violetter Strich umschrieb einen Kreis von dreißig Fuß Durchmesser, worin das Duell stattfinden mußte.

»Als der Geforderte habt Ihr Anspruch auf den ersten Streich, mein teures Prinzlein«, sprach die Blaue Hexe. Ihre Lider weiteten sich ein wenig, als Kelson dieses Rechts entsagte, doch möglicherweise hatte sie nach seiner erfolgreichen Vollendung des Kreises ein solches Verhalten bereits erwartet, denn sie nickte daraufhin lediglich ohne ein Wort und streckte vor sich die Arme aus, die Handflächen aneinandergelegt. Im Flüsterton raunte sie einige unverständliche Silben, trennte dann langsam die Hände, und zwischen denselben entstand inmitten der Luft eine Kugel aus blauem Licht.

Geschwind schwoll das Gebilde zu Mannsgröße an, verfestigte sich zu einem Krieger in voller Rüstung, der am einen Arm einen blauen Schild, in der anderen Faust ein Flammenschwert trug. Die Erscheinung versprühte blaues Feuer, gleichfarbige Dünste umwallten sie, während sie das Haupt dem jungen König streitbar entgegenreckte, durch den Kreis auf ihn zustapfte.

Kelson zögerte nur für eines Herzschlags Dauer, dann legte er die rechte und die linke Hand aneinander, schuf in der geschlossenen Faust ein Flammenschwert von karmesinroter Lohe. Sobald der blaue Krieger in seine Reichweite gelangte, schoß aus Kelsons Linker ein Blitz, bannte das blaue Schwert, und Kelson schlug der Erscheinung das Haupt ab. Mit hohem Klang prallte es auf den Boden, und sofort verschwanden sowohl die gesamte Erscheinung wie auch Kelsons Flammenschwert.

Das im Dom versammelte Volk ließ angesichts der Tapferkeit des jungen Königs ein beifälliges Gemurmel vernehmen, doch schon bewegten sich der Blauen Hexe zarte Finger geschmeidig zum Zwecke einer neuen Beschwörung.

> *»Liebling Baals und Dagons Brut,*
> *Mein Wille sey gantz auch der deine!*
> *Geschöpff des Donners, dich ruffe ich.*
> *Und gebiethe dir: Erscheine!*
> *Vertilg den ehrgeitzigen Prinzen!*
> *Verbrenne ihn im Flammenmeer!*
> *Hülff erschlichne Macht zu stürtzen*
> *Auf der Blauen Hex Begehr.«*

Während sie diese Worte sprach, erscholl vor ihr in der Luft ein Donnergrollen, und dichter, schwarzer Rauch begann sich zu einem riesigen, schattenhaften Wesen zusammenzuballen, ungefähr menschenähnlich in seiner Gestalt, jedoch mit Schuppenhaut sowie langen Krallen und Hauern. Es stand noch da und blinzelte ins Licht, da fing Kelson bereits mit einem Gegenzauber an.

> *»Herr des Lichts im Strahlen-Glantz,*
> *Hülff Du mir, vernimm mein Flehen.*
> *Denn Dein Knecht, Dein Diener gantz,*
> *Muß vor sein Volck im Kampffe stehen.*
> *Verleih mir Krafft, den Dämon zu bezwingen.*
> *Wirff ihn in der Höllen Glut.*
> *Böses muß ich allhier niederringen,*
> *Das beschwor der Hexe Über-Muth.«*

Während das Wesen, aus dessen Rachen greuliche Laute drangen, von dessen Klauen blaues Feuer troff, sich anschickte, durch den Kreis auf Kelson zuzuspringen, vollendete der König den Zauber. In entschlossener Geste deutete er mit jenem Zeigefinger, an welchem der mit Rubin geschmückte Ring saß, auf eine mehrere Ellen von dem Ungetüm entfernte Stelle des Fußbodens.

Im selben Augenblick durchbrach die Sonne das Gewölk, verströmte ihren Schein durch die hohen, bunt verglasten, düsteren Fenster des Doms, warf ein prächtiges, aus vielerlei Farben zusammengesetztes Muster genau dort auf den Boden, wohin Kelson zeigte. Die gesamte Gemeinde holte unwillkürlich Atem, als das Geschöpf selbige Stelle erreichte, sich zu winden anfing, blaue Wolken aus Rauch und Feuer ihr entquollen. Sie kreischte und brüllte vor Wut und Schmerz, aber vermochte, wie es den Anschein hatte, den Fleck nicht zu fliehen, an dem das Licht ihr Fleisch versengte. Indem sie in ihren letzten Zuckungen zusammenbrach, gab sie einen grauenvollen Schrei von sich und wies mit dem Arm wie zur Anklage auf die Blaue Hexe, dann lag sie still. Sofort verschwand sie, und nur Schwaden ätzendscharfen, blauen Qualms sowie ein Flimmern von Karminrot und Gold kennzeichneten noch für einen Moment die Stätte, wo sie sich zuvor befunden hatte.

Kelson senkte die Hand, der Ring aus Feuer funkelte wie zur Warnung, und just in diesem Augenblick entschwand die Sonne wieder hinters Gewölk. Ein gedämpftes Geseufze der Erleichterung ging durch den Dom wie das Gesäusel eines Frühlingslüftchens, doch sobald Kelson, Siegesgewißheit hell in den grauen Augen, vor seine Gegnerin trat, ergab sich von neuem gänzliche Stille.

> »Und nun, du Hexe, muß ein Ende seyn.
> Mein Krafft mag ich nicht länger leihn
> An deine Schrullen. Das Volk hier mein
> Verteidig ich: Dein Macht sei eitel Schein.
> Drum nehm ich mir das Recht
> Und ruffe aus der Flammen Probe,
> Den Feuer-Wall und sein Getobe.
> Es hebe an das letzte Gefecht.«

Er wies mit dem beringten Zeigefinger auf seine Erzfeindin, welche daraufhin alle ihre gleichsam eherne Gefaßtheit zusammennahm, um sich ihm entgegenzustellen. Sogleich flackerten Auren in Blau und Rot in dem Kreis, gleißten jeweils dort, wohin sich die beiden Gegner begaben, und wo sie aufeinanderprallten, waberten violette Leuchterscheinungen über der Wölbung Oberfläche. Für einen Moment flammte der violette Trennwall zwischen den Widersachern in heftigem Lodern auf, derweil die beiden Zauberer einer des anderen Schwächen zu ermitteln trachtete, dann jedoch begann der Trennwall unaufhaltsam die Blaue Hexe zurückzudrängen.

Rücklings wich sie Fußbreit um Fußbreit, indem sie nachgeben mußte, doch bald berührten ihre Schultern das gleichermaßen schlüpfrige wie glasartig feste Hemmnis des magischen Kreises. Mit einem erstickten Aufschrei blickte sie sich um, sank sodann auf die Knie, verbarg das Angesicht in den Händen, während Kelsons karmesinrote Aura die letzten Reste ihrer Kräfte zum Erlöschen brachten.

Sobald der gesamte Kreis rot glomm, verflüchtigte er sich, und zurück blieben nur ein junges Weib, das — am Ende bloß noch ein Mensch bar aller Zauberkräfte — leise vor sich hinweinte, und ein junger König, selbst höchst erstaunt über den ersten, selber erfochtenen Sieg.

Sachte ließ Kelson die Hand an seine Seite sinken, wandte sich, die Miene ausdruckslos, an die Kriegsleute der Blauen Hexe. »Wer von euch hat den Befehl?«

Unter seinem festen Blick traten die Krieger voll des Unbehagens vom einen aufs andere Bein, bis schlußendlich ein Mann mit dem Abzeichen eines Rottenführers nach vorn kam und sich achtungsvoll verbeugte.

»Ich bin derjenige, Herr.« Unsicher sah er hinüber zur zusammengesunkenen Gestalt seiner bisherigen Gebieterin, ehe er weiterredete. »Mein Name ist Brennan de

Colforth, und ich widerrufe den Treueschwur, welchen ich der Blauen Hexe geleistet habe. Ich gebe Euch darauf mein Wort, daß ich Euch in meinem Herzen nie und nimmer irgendeinen Unsegen wünschte, und ich erflehe für mich und meine Untergebenen Eure Verzeihung.«

»Verräterischer Hund«, brauste die Blaue Hexe auf, raffte sich empor. »Wie kannst du's wagen?!«

»Schweig!« gebot ihr Kelson, richtete das Wort danach an seinen Kämpen. »Was ist Eure Meinung, Morgan?«

Nachdem er sich erhoben hatte, gesellte sich Morgan, gestützt von Duncan, zum König. »Die de Colforths sind eine kleine, aber sehr vornehme Sippe im Norden Lanspars, Herr. Ein altes, stolzes Geschlecht.«

»Pater?«

»Niemals habe ich vernommen, daß ein de Colforth falsch geschworen hätte, mein König«, lautete Duncans Antwort.

»Nun denn, de Colforth, ich unterbreite Euch dies gnädige Angebot: Euch und jedem Eurer Männer, welcher mir die Treue schwört, wird unter einer Bedingung meine Barmherzigkeit zuteil: Ihr verbringt die Blaue Hexe nach Shepara in die Verbannung. Danach zerstreut Ihr die Rotte, so daß ein jeder sich heim auf sein Land begeben mag, und keiner soll sich ein zweites Mal wider mich und mein Volk wenden.«

De Colforth fiel aufs Knie, drückte sich die in einen Panzerhandschuh gehüllte Faust auf den Busen. »In tiefster Demut danke ich für Eurer Majestät Gnade und schwöre, aufs getreulichste für der genannten Bedingung Einhaltung Sorge zu tragen.« Hinter seinem Rücken ahmten ein Dutzend Kriegsleute sein Beispiel nach.

Ein ausgedehnter Moment des Schweigens ergab sich, nachdem sie alle sich erhoben hatten, bis schließlich aus dem Hintergrund des Doms vernehmlich ein Ruf erscholl. »Lang lebe König Kelson!« Und beinahe hundert mal hundert Stimmen griffen den Ruf auf und wiederholten ihn.

Erst knieten sich der Erzbischof und die übrigen Kirchenfürsten, nach ihnen der Königliche Kämpe und die Hohen des Reiches vor den neuen König und leisteten den Treueschwur. Und derweil sich hinter Kelson erneut das Gefolge aufstellte, um zum Dom hinauszuziehen, fiel nochmals ein Lichtkegel von Sonnenschein durch ein Buntglasfenster und erzeugte zu seinen Füßen einen Leuchtklecks in den Farbtönen aller Arten von Edelsteinen. Mit einem Mal herrschte wieder Stille im Dom. Gelassen hob Kelson den Blick zum Fenster, lächelte und trat in die Helligkeit, so daß seine Juwelen aufzuglühen schienen; und dann verließ er, begleitet durch Jubelrufe der Freude und der Bewunderung, das Gotteshaus, um sich seinem Volke zu zeigen.

Grundentwurf zu *Das Geschlecht der Magier*

Während ich daran arbeitete, das Deryni-Konzept reif zur Vorlage bei einem Verlag zu machen, schrieb ich den folgenden einseitigen Abriß der ersten Trilogie der Deryni-Serie.

DAS GESCHLECHT DER MAGIER
Roman von Katherine Kurtz

Das Geschlecht der Magier ist der erste Band einer Trilogie, in deren Mittelpunkt die Deryni stehen, ein uraltes Volk quasi-sterblicher Zauberer, Metaphysiker und Lenker menschlicher Verhältnisse, dessen Existenz einmal für die Einwohner der Elf Königreiche ebenso ein Fluch war wie ein Segen.

Das Geschlecht der Magier erzählt, wie Kelson Haldane die magischen Kräfte seines Vaters erwirbt und Charissa bezwingt, eine böse derynische Zauberin. Der Band stellt (was wesentlicher ist) den Hauptcharakter aller drei Bücher vor, Alaric Morgan, einen Freund und Günstling von Kelsons Vater Brion. Morgan ist ein halbderynischer Feldherr, dessen Fähigkeit für eine Rehabilitation der Deryni entscheidende Bedeutung haben soll. Außerdem wird Morgans Vetter Duncan McLain, ebenfalls Halbderyni und zudem Priester, in die Handlung eingeführt.

Die Zauberfürsten, der zweite Band der Trilogie, wird die gesellschaftliche und politische Situation innerhalb der Elf Königreiche in den Monaten unmittelbar nach Kelsons Krönung aufzeigen. Rückblenden in die Zeit der langjährigen Freundschaft zwischen Morgan und Brion sollen enthalten sein. Weitere Handlungsbestandteile sind eine beabsichtigte, aber vereitelte Hochzeit zwischen Morgans Schwester Bronwyn und Duncans Bruder Kevin, das Vorgehen der bischöflichen Kurie gegen Morgan und Duncan sowie wachsende Unruhe, indem militante Derynigegner Morgans Herzogtum unsicher machen; diese Faktoren insgesamt schaffen die Voraussetzungen für einen neuen Konflikt zwischen Menschen und Deryni im dritten Band.

Band III soll sich mit dem zwischen Menschen und Deryni drohenden Krieg befassen und die meisten Probleme beilegen.

Falls die Trilogie erfolgreich ist, sind noch mehr Bände geplant.

Exposé des Romans *Das Geschlecht der Magier*

Das nachstehende Exposé habe ich zwecks Verkauf der ersten Deryni-Trilogie beim Verlag eingereicht und darin den Handlungsverlauf dargestellt, den das Buch Das Geschlecht der Magier *haben sollte. Möglicherweise legen Puristen Wert darauf, das Exposé mit dem tatsächlichen Roman zu verglei-*

chen, doch möchte ich erwähnen, daß die Abweichungen größtenteils aus Ergänzungen und Ausschmückungen bestehen, weniger aus Abänderungen.

EXPOSÉ zu: *Das Geschlecht der Magier*

1. Kapitel

Im fernen Gwynedd reitet Brion Haldane, Herrscher des Landes, in der Nähe der Stadt Rhemuth mit einer Anzahl Vasallen, seinem dreizehnjährigen Sohn Kelson und den Hunden auf die Jagd. Während einer Rast sprechen Brion und Kelson über die Abwesenheit Morgans, des obersten Feldherrn des Königs, und stellen Mutmaßungen über die neuesten Machenschaften der Schattenwalküre Charissa an, einer Angehörigen des uralten Zauberergeschlechts der Deryni. Auch Brion besitzt, obwohl er kein Deryni ist, beachtliche Zauberkräfte, denen er es verdankt, daß er über fünfzehn Jahre lang sein Königreich beherrschen konnte — Zauberkräfte, die eines Tages auf Kelson übergehen sollen. Er nimmt Kelson das Versprechen ab, Morgan kommen zu lassen, falls ihm, Brion, etwas zustößt, und die beiden mischen sich wieder unter die Jagdgesellschaft. Unwissentlich trinkt Brion mit einer Droge vermischten Wein, und die Jagd wird fortgesetzt.

Herr Ian, der den Wein vergiftet hat, bleibt zurück und reitet ostwärts in den Wald, wo er sich mit Charissa trifft. Das Paar diskutiert seinen Plan, an diesem Morgen Brion zu ermorden und Kelson das Königreich zu entreißen. Für Charissa geht es dabei sowohl um die Macht wie auch um Rache, denn vor fünfzehn Jahren verhalf Morgan Brion zu seinen Zauberkräften und ermöglichte es ihm, ihren Vater im Kampf zu töten. Morgan ist ein halbderynischer Adeliger, der nach ihrer Meinung sein derynisches Erbgut verraten hat. Kelson soll vorerst verschont bleiben, aber nur, um als Köder zu dienen und Morgan in den Tod zu locken.

Ian stößt wieder zur Jagdgesellschaft. Die Hunde verlieren die Fährte. Als Kelson vorausreitet, um nachzuschauen, was passiert ist, erleidet Brion scheinbar einen Herzanfall. Als Kelson an seiner Seite eintrifft, hat Brion noch genug Kraft, um »Gedenke deines Versprechens ...« zu flüstern, bevor er stirbt. Kelson schickt einen Boten zu Feldherr Morgan.

2. Kapitel

Schleunigst kommt Morgan nach Rhemuth und trifft am Tag vor der Krönung ein. Er und sein Leutinger, Graf Derry, sind einzige Überlebende eines Hinterhalts, der ihr Eintreffen verzögert hat.

Morgans Ankunft verursacht Empörung. Ihm als Deryni hat man immer mißtraut, und infolge durch Charissa ausgestreuter Lügen und Gerüchte wird er jetzt zum Verräter abgestempelt. Die Nachricht von der Ermordung seiner Eskorte gießt zusätzlich Öl ins Feuer. Noch schlimmer ist, daß dadurch im Regentschaftsrat der Platz eines Ratsmitglieds vakant geworden ist, das Morgan wohlwollend gegenüberstand.

Prinz Nigel, der Bruder des toten Königs, bringt Morgan zu einer Zusammenkunft mit Kelson im Schloßgarten, warnt ihn unterwegs vor Königin Jehanas gegen ihn gerichteten Plänen. Zwar will die Königin ihren Sohn Kelson auf dem Thron Gwynedds sehen, aber ohne die übernatürlichen Kräfte seines Vaters, die sie als Teufelswerk betrachtet. Ihre Absicht ist es, Morgan vor dem Regentschaftsrat der Ketzerei und des Hochverrats anzuklagen. Nigel sagte zu, mit der Königin zu reden, um vielleicht Zeit zu gewinnen. Aber letzten Endes wird Morgans Schicksal von Kelsons persönlichem Einsatz abhängen, mit dem er das Abstimmungsergebnis im Regentschaftsrat zu beeinflussen versteht.

Während er auf Kelson wartet, denkt Morgan über das Derynitum im allgemeinen sowie über die Anfänge seines Zwists mit Jehana im besonderen nach. Als der Jüngling in Begleitung Kevin McLains aufkreuzt, ziehen der Prinz und Morgan sich ins Innere des Schloßgartens zurück, um ihre Strategie zu besprechen.

Kevin begibt sich in den Rittersaal und unterhält sich mit Graf Derry über die gegen Morgan erhobenen Anschuldigungen. Auf Ketzerei und Hochverrat steht die Todesstrafe.

3. Kapitel

In ihren Gemächern brütet Jehana über ihren Plänen zur Vernichtung Morgans. Nigel sucht sie auf und kann sie davon überzeugen, daß Brion nicht einfach an einem Herzanfall gestorben ist. Doch anstatt in die erhoffte Zusammenarbeit einzuwilligen, erklärt Jehana, sie sei nunmehr noch stärker der Auffassung, Kelson müsse als gewöhnlicher Sterblicher regieren, ohne die finsteren Kräfte seines Vaters. Brions Zauberkräfte hätten *ihn* ja nicht geschützt. Jehana bestellt Kelson zu sich und geht zur Sitzung des Regentschaftsrates.

Im Schloßgarten reden Morgan und Kelson über Kelsons bildungsmäßige Voraussetzungen für die Königswürde und die Feindseligkeit seiner Mutter gegenüber allem, was mit Deryni zu tun hat. Ein Stenrect, eine gefährliche Kreatur übernatürlicher Herkunft, nähert sich Kelsons Hand bis auf wenige Zentimeter. Morgan tötet das Geschöpf. Aus einigem Abstand wirkt seine Tat allerdings wie ein Mordversuch am Prinzen. Nur Kelsons Eingreifen verhindert, daß die Wachen Morgan auf der Stelle verhaften.

Morgan und Kelson wagen nicht länger im Garten zu bleiben. Zuviel gilt es noch zu erledigen, bevor man Morgan — wie es bestimmt geschehen wird — vor den Regentschaftsrat ruft. Bis auf weiteres finden sie Zuflucht in St. Hilary, der Königlichen Basilika, wo Morgans Vetter Duncan sie erwartet.

Nigels Bemühung, die Ratssitzung verschieben zu lassen, schlägt fehl. Jehana eröffnet die Sitzung und erhebt ihre Beschuldigungen gegen Morgan.

4. Kapitel

Morgan und Kelson treffen sich mit Duncan, Morgans halbderynischem Vetter, einem Geistlichen. In Duncans Studierzimmer holt Morgan sein Greifensiegel hervor, mit dem sich am Hauptaltar ein verborgenes Fach öffnen läßt. Das wird von Duncan getan, und wenig später bringt er ein flaches, ca. 12×12 cm großes Kästchen. Darin befinden sich ein gefaltetes, in Brions Handschrift beschriebenes Stück Pergament sowie ein zweites Kästchen, das nicht geöffnet werden kann. Auf dem Pergament steht:

Wann wird der Sohn der Zeitenwende Stürme widerstreiten?
Ein Fürsprecher der Ewigkeit hat wohl zu leiten
Des Schwarzen Schirmherrn Hand, vergießt sie jenes Blut,
Das des Zigeuners Auge helle macht zu Abendzeiten.

Das Blut, es nähre rasch im Ring aus Feuer Glut.
Doch acht! nicht zu erregen der Dämonen Wut —
Wenn deine Hand zerstört das jungfräuliche Band,
Vergeltung trifft, worauf nun dein Begehren ruht.

Sodann, wenn des Zigeunerauges Licht entfacht,
Entlaß den Roten Löwen in die Nacht.
Von ernster Hand ohn Zagen muß des Löwen Zahn
Ins Fleisch eindringen zum Verleih der Macht.

So werden Feuer, Aug und Löw das Rätsel lösen.
Gebändigt liegt die streitbar Macht des Bösen.

Am Morgen den Ring an die Hand. Des Beschützers Zeichen
Besiegelt deine Kraft. Keiner Macht mußt du je weichen.

Den Ring aus Feuer hat Morgan in der Tasche. Aber das Zigeunerauge, ein Rubin in einem Ohrring, ist mit Brion begraben worden. Um ihn zu beschaffen, müssen sie in Brions Gruft einbrechen.

Vor der Basilika erscheint Erzbischof Loris, ein zelotischer Deryniverfolger, mit einer Abteilung der Königlichen Leibwache. Die drei Freunde beschließen, in der kommenden Nacht in die Gruft einzudringen. Morgan spricht Kelson Mut zu, dann ergibt er sich Erzbischof Loris. Loris läßt Morgan festnehmen und zeigt ihm einen schriftlichen Befehl, dem zufolge sich Morgan vor dem Regentschaftsrat einfinden und wegen Ketzerei und Hochverrats verantworten soll.

5. Kapitel

Als Morgan und Kelson beim Regentschaftsrat anlangen, ist die Sitzung in Aufruhr. Kelson ordnet Ruhe an und nimmt seinen Platz am Kopfende der Ratstafel ein. Sein Blick verweilt kurz auf dem leeren Ratssitz, während er befiehlt, Morgans Schwert vor ihm auf den Tisch zu legen. Jehana vergeudet keine Zeit und teilt das bisherige Abstimmungsergebnis der Sitzung mit: Sechs zu fünf Stimmen gegen Morgan. Das wäre das Verderben des Feldherrn.

Kelson verlangt, genauer über die vorangegangene Abstimmung unterrichtet zu werden und erfährt, daß Graf Derry nicht erlaubt worden ist, in Morgans Abwesenheit statt seiner abzustimmen. Morgan stimmt selber für sich, wodurch sich das Stimmergebnis auf sechs zu sechs Stimmen verschiebt. Jehana fordert daraufhin, ebenfalls abstimmen zu dürfen, weil sie nach Kelsons Dazukommen nicht mehr als Vorsitzende fungiert. Jetzt fällt die Abstimmung sieben zu sechs gegen Morgan aus.

Kelson gibt Anordnung, die Anklage gegen den Feldherrn förmlich zu verlesen. Als der Schreiber das Vorlesen beendet, schlagen die Glocken des Doms und der Königsbasilika die dritte Nachmittagsstunde. Kelson verkündet, daß er, bevor das Verfahren fortgesetzt wird, den freien Ratssitz neu besetzen will, und ernennt Graf Derry zum neuen Mitglied des Rates. Derry stimmt zu Morgans Gunsten ab, Kelson selbst gibt gleichfalls seine Stimme für Morgan ab und überwindet so das Patt, und Morgan wird mit acht gegen sieben Stimmen freigesprochen.

Jehana spricht Kelson das Recht zu dieser Vorgehensweise ab. Kelson erwidert, daß er niemandes Einverständnis mehr braucht, und der Rat sei kein Regentschaftsrat mehr, sondern nun ein Kronrat. Mit dem Glockenläuten ist Kelson volljährig geworden. Jeder könne sich gewiß noch daran erinnern, äußert er, daß es seine nachmittägliche Geburtsstunde gewesen sei, aufgrund der die Krönung auf den nächsten Tag gelegt werden mußte. Er schließt die Sitzung.

Kelson durchschneidet Morgans Fesseln, händigt ihm sein Schwert aus und eilt mit Derry und Morgan aus der Ratskammer; der Kronrat bleibt völlig entgeistert zurück.

6. Kapitel

Kaum hat das Trio die Ratskammer verlassen, schickt Morgan Graf Derry zu Duncan, damit er ihm ausrichtet, es sei alles in Ordnung. Morgan und Kelson sperren sich in Kelsons Gemächern ein, um sich bis zum Abend auszuruhen. Nach seiner Rückkehr von Duncan hält Derry vor ihrer Tür Wache.

Während der Kronrat auseinandergeht, sorgt Ian sich sehr wegen der günstigen Reaktion der Mitglieder auf

Kelsons brillantes Debüt. Er schleicht sich davon, überwältigt in einem wenig frequentierten Gang der Königsburg einen Wächter und benutzt den Mann als Medium, um mit Charissa Kontakt aufzunehmen. Er benachrichtigt sie von Jehanas Niederlage im Rat, und die beiden verständigen sich über die weitere Planung. Ian tötet den Wächter und verschmiert sein Blut in den ungefähren Umrissen eines Greifen. Als er etwas später dafür sorgt, daß Untergebene Morgans den Toten finden, braucht es wenig, um bei den Männern den Eindruck zu erzeugen, ihr Herr sei nicht bloß ein Verräter, sondern auch ein Mörder.

Kurz nach Anbruch der Dunkelheit erwacht Morgan. Mit einer Anzahl schwarzer und weißer Kuben schirmt er den schlafenden Kelson durch einen Meistertrutzbann ab, um ihn in Sicherheit zu wissen, während er in Brions Bibliothek nach Informationen forscht, die das Ritualsgedicht erhellen könnten. Beim Errichten des Meistertrutzbannes wacht auch Kelson auf und will Morgan begleiten, aber Morgan lehnt ab und versetzt Kelson mittels derynischer Beeinflussung wieder in Schlaf.

Morgans Nachforschungen in der Bibliothek bleiben ohne Resultat. Müde meditiert er über die Bedeutung des Ritualsgedichts und verwendet dabei sein Greifensiegel als Fokus. Da hat er für einen Sekundenbruchteil so etwas wie eine Vision. Flüchtig sieht er inmitten von Dunkelheit ein männliches Gesicht, hat einen Eindruck sowohl von Drängen wie auch Ermutigung — und schon ist der Augenblick vorbei.

Hastig schaut Morgan rundum, aber niemand ist da. Nochmals sucht er in Brions Büchern. Diesmal klappt ein stark zerlesenes Buch an einer Stelle auf, die mit einem von Brion beschriebenen Stück Pergament markiert ist. Am meisten jedoch fährt Morgan der Anblick des auf der einen aufgeschlagenen Seite befindlichen Bilds in die Glieder. Die Abbildung nämlich, ein Porträt

St. Cambers von Culdi, eines Deryni-Adeligen, der vor Jahrhunderten lebte, zeigt das gleiche Gesicht, das er vorher in der Vision sah.

Aufmerksam liest Morgan den aufgeklappten Text, steckt das Pergament zerstreut in die Tasche. Als er das Buch schließt, hört er, wie sich hinter ihm die Tür öffnet, und als er sich umdreht, sieht er Charissa verstohlen eintreten. Sie täuscht vor, nicht im geringsten überrascht zu sein, als Morgan sie anspricht; die beiden plaudern höflich und deuten dabei gegenseitige Drohungen an. Schließlich prahlt Charissa damit, bei Kelson »hineingeschaut« zu haben, und lacht, als Morgan aus der Bibliothek läuft. Dann blättert sie sorgenvoll das Buch durch, in dem Morgan gelesen hat.

7. Kapitel

Umgehend kehrt Morgan in Kelsons Gemächer zurück, aber dem Jüngling ist nichts zugestoßen. Morgan beseitigt den Meistertrutzbann und weckt Kelson. Durch einen Geheimgang begeben sie sich in die Basilika St. Hilary. Von seiner seltsamen Vision erzählt Morgan nichts.

Duncan zeigt ihnen ein altes derynisches Transferportal, durch das man in den Dom teleportieren kann, unter dem Brion in der Gruft beigesetzt worden ist. Er teleportiert voraus, um festzustellen, ob die Luft rein ist; dabei begegnet er Bruder Jerome, dem gealterten, halb blinden Künstler. Duncan zerstreut den Argwohn des Mönchs und schickt ihn mit der magischen Einflüsterung fort, alles zu vergessen, was er eben gesehen hat; anschließend befördert er Morgan und Kelson durch das Transferportal.

Morgan und Duncan machen mit ihren Deryni-Kräften vor der Königsgruft zwei Wächter unschädlich. Während Morgan das Schloß der Gruft zu öffnen versucht, kommt Herr Rogier, um die Wache zu kontrollieren. Duncan überwältigt Rogier, und das Trio betritt die Gruft. Kelson zeigt den Freunden Brions Grab und holt einen Kerzenleuchter, während sie den Deckel entfernen. Nach kurzem Zögern schiebt Morgan das weiße, seidene Leichentuch vom Gesicht des Toten. Es ist nicht Brions Gesicht!

8. Kapitel

Der Tote in dem Sarkophag sieht völlig unbekannt aus. Nach aufgeregter Beratung stellt Duncan die Hypothese auf, Brions Leichnam könnte noch in der Gruft, aber mit einem anderen Toten vertauscht worden sein. Die drei machen sich an die grausige Tätigkeit, andere Gräber zu öffnen, doch plötzlich eilt Morgan zurück zu Brions Sarkophag und ruft die Freunde zu sich. Er ist der Ansicht, der Tote sei *wirklich* Brion, allerdings einem Gestaltwandlungszauber unterzogen. Duncan beseitigt den Zauber, erlebt Brions Tod nach, als er die Seele des Toten endgültig erlöst, und die Leiche nimmt die ursprüngliche Gestalt an.

Morgan entfernt das Zigeunerauge vom Ohr des Leichnams. Duncan hinterläßt in Brions Händen sein Kruzifix, um etwaige weitere Magie zu vereiteln, und sie schließen den Sarkophag.

Wieder in Duncans Studierzimmer angelangt, legen die drei sämtliche Elemente zurecht, die für die Übertragung der magischen Kräfte Brions auf Kelson erforderlich sind: Das Zigeunerauge, den Ring aus Feuer und das Kästchen mit dem Roten Löwen. Morgan durchsticht Kelsons rechtes Ohrläppchen und benetzt mit dem Blut das Zigeunerauge und den Ring aus Feuer. Kelson kann nun, ausgestattet mit dem Zigeunerauge, das Kästchen öffnen und entnimmt ihm eine große, karmesinrot emaillierte Spange mit der Darstellung eines goldenen Löwen. Die Freunde ziehen noch einmal das

Ritualgedicht zu Rate, aber anscheinend sind sie jetzt mit ihrer Weisheit am Ende: Der Löwe hat gar keine Zähne!

9. Kapitel

Duncan liest das Ritualgedicht noch einmal vor. Endlich wird der Sinn klar: Jeder Erhöhung geht eine Herausforderung, die Überwindung einer Schwierigkeit, eine Prüfung voraus. Die Verschlußnadel der Spange ist der Zahn des Löwen, 6 Zentimeter lang und aus blankem Gold. Sie ist es, die »zum Verleih der Macht« ins »Fleisch eindringen« muß.

Morgan und Duncan lassen Kelson für einige Zeit allein, damit er sich moralisch auf diesen Akt vorbereiten kann. Morgan ist nicht ganz wohl bei der Sache zumute, zumal es Duncans Absicht ist, das Ritual in einer geheimen Kapelle neben seinem Studierzimmer zu vollziehen; diese Kapelle ist u. a. St. Camber geweiht. Morgan erzählt Duncan nun von der Vision und dem Text in dem Buch — und da fällt ihm auch das Stück Pergament wieder ein. Er holt es hervor, und darauf steht: »St. Camber von Culdi, bewahre uns vor dem Bösen!«

Auch Duncan hat nun Bedenken, als Priester genauso wie als Deryni, weil er sich darüber im klaren ist, wie unkenntlich bisweilen die Grenze zwischen Gut und Böse verläuft, und aus Furcht vor den Deryni hat die Kirche die Heiligsprechung St. Cambers schon vor langem widerrufen. Doch sie haben nun keine Wahl mehr und müssen weitermachen. Ohne die Zauberkräfte seines Vaters ist Kelson der Tod sicher.

Mit Kelson begeben sie sich in die Kapelle. Morgan und Kelson legen die Schwerter ab und knien nieder, und Duncan beginnt das Ritual. Im richtigen Moment bohrt Kelson sich die goldene Nadel der Spange durch den Handteller. Eine helle Aura umflimmert ihn, er schwankt wie ein Betrunkener, für kurze Zeit hat er

Halluzinationen, dann fällt er in Ohnmacht. Offenbar hat die Übertragung der Zauberkräfte mit Erfolg stattgefunden, doch wird Kelson sie erst morgen, wenn auch der Schlußteil des Rituals erfüllt wird, gebrauchen können.

Morgan und Duncan kehren mit dem bewußtlosen Prinzen in dessen Gemächer zurück. Als Duncan den Geheimgang schließt, schreit aus den Schatten eine Stimme: »Verräter! Ketzer! Was habt ihr Prinz Kelson angetan?« Aus dem Dunkel treten drei bewaffnete Ritter und greifen Duncan und Morgan an.

10. Kapitel

Morgan fängt das Schwert auf, das ihm Duncan zuwirft, und läßt den noch immer besinnungslosen Kelson auf den Boden sinken. Er und Duncan wehren sich gegen die drei Ritter, während Wachen an die Tür hämmern. Duncan erschlägt schließlich seinen Gegner und schaltet einen Widersacher Morgans mit einer derynimagischen Berührung aus. Morgan entwaffnet den dritten Angreifer und hält ihn in Schach, raubt ihm die Erinnerung an Duncan, während sich der Priester auf dem Balkon versteckt. Als die Wachen hereinstürmen, rafft sich Kelson soeben hoch und liest das Duncan entfallene Schwert auf.

Der Gefangene, ein Vasall Morgans, berichtet der Wache von dem ermordeten Wächter, den er und seine Kameraden gefunden haben, von dem aufschlußreichen Greifen, den der Sterbende noch mit seinem Blut hingeschmiert haben muß. Die Wachen wollen Morgan abführen, aber Kelson verbietet es: Morgan kann nicht der Mörder des Wächters sein, weil er sich in Kelsons Gegenwart aufhielt. Auf die Frage, wie der Leichtnam entdeckt worden sei, antwortet der Ritter, sie seien ›gerade dort entlanggegangen‹. Kelson will wissen, ob jemand sie dazu angehalten habe, er ahnt, daß er zum Ursprung der faulen Geschichte kommt, da jedoch packt den Mann Panik, er entreißt einer Wache den Dolch und stößt ihn sich in die eigene Brust, ehe es verhindert werden kann. Kelson gibt Weisung, die Toten fortzuschaffen. Morgan verläßt die Königlichen Gemächer, um nachzuschauen, was aus der vorherigen Wache im Korridor geworden ist. Er findet sie tot bzw. im Sterben vor, auch Derry ist dem Tode nahe.

Während er verzweifelt an Derrys Seite kniet, entsinnt sich Morgan an etwas, das er einmal über Deryni gelesen hat. Er legt beide Hände leicht auf Derrys Stirn, konzentriert sich (auch diesmal mit Hilfe seines Greifensiegels) und versucht die Heilkraft zu beschwören, über die Deryni angeblich verfügen sollen. Für einen Augenblick hat er den Eindruck, als senkte sich ein anderes Paar Hände auf seine Hände. Derrys Lider flattern, seine Wunden und der verletzte Arm sind plötzlich vollständig verheilt, er sinkt in einen Genesungsschlaf.

Morgan starrt noch ungläubig die eigenen Hände an, da hört er hinter sich eine Stimme sagen: »Wohl bewerkstelligt, Morgan.«

11. Kapitel

Morgan fährt heftig wie ein Ertappter herum, rechnet halb damit, wieder das Gesicht aus seiner Vision zu sehen. Aber es ist Bran Coris, der nähertritt, begleitet von Ewan, Nigel, Ian und der hochgradig wütenden Jehana. »Trefflich bewerkstelligt, in der Tat«, fügt Bran hinzu. »Endlich habt Ihr Euer Verbrechen zur Gänze vollbracht, nicht wahr? Nun seid Ihr der einzige Mensch, der weiß, was sich wirklich während des langen Ritts nach Rhemuth begab!«

»Ich muß Euch enttäuschen, aber er ist nicht tot«, erwidert Morgan und überantwortet Derry der Obhut der Wundärzte. Jehana wirft Morgan die Ermordung des Wächters vor, wagt jedoch nichts gegen ihn zu unternehmen. Als Kelson sich erschöpft und verhärmt an der Tür zeigt und Anweisung zum Auseinandergehen gibt, beugt auch sie sich seinem Willen. Ian blickt sich, indem er sich im Korridor entfernt, noch einmal nach Morgan um, dann ruft er einen Waffenknecht zu sich.

Als die Tür zufällt und Duncan das Versteck verläßt, bricht Kelson unter der Belastung zusammen. Während Morgan und Duncan ihn zu Bett bringen, erlangt er kurz die Besinnung wieder und murmelt etwas davon, daß er beim Ritual Gesichter gesehen hätte. Kelson schläft ein, und Morgan setzt sich rasch an den Kamin und wühlt in Kelsons Büchern, findet auch in ihnen schließlich eine Abbildung St. Cambers. *Das* müsse das Gesicht sein, behauptet Morgan, wie es von Kelson gesehen worden ist. Es ist das gleiche Gesicht wie in Morgans Vision. Nun weiht er Duncan in seine wundersame Heilung Derrys ein, und sie überlegen, ob bei allen drei Vorfällen ein gemeinsamer Faktor aufgetreten sein könnte.

Duncan äußert die Ansicht, daß Kelson anscheinend ein paar nützliche Begabungen hätte: Es wäre klug von Morgan gewesen, Kelson die derynischen Befragungstechniken beizubringen, die der Prinz bei dem gefangengenommenen Ritter angewendet hatte. Morgan widerspricht: *Er* hat Kelson nichts derartiges beigebracht, er dachte, *Duncan* hätte es getan. Sie schlußfolgern daraus die Berechtigtheit der Frage: Kann Kelson ein Deryni sein? Solange nicht jemand anderes derynischen Blutes ihn unterwiesen hat — und das ist sehr unwahrscheinlich — könnte er unmöglich davon wissen. Aber wenn er ein Deryni ist, *wieso?* Brion, soviel weiß man war ein normaler Mensch. Und Jehana ...? Wäre *sie* eine Deryni, ohne es zu wissen, oder sie ahnte es, gäbe das eine weitgehende Erklärung für ihre Feindseligkeit ab.

Aussichten: Deryniblut *könnte* Kelson eine Hilfe sein, wenn er sich morgen gegen Charissa verteidigen muß, vor allem, falls die Übertragung von Brions Zauberkräften sich letztendlich doch als Mißerfolg herausstellt. Andererseits wird dadurch Jehana und ihr Widerstand um so unberechenbarer. Nach diesen wenig vielversprechenden Einsichten verabschiedet sich Duncan, und Morgan gönnt sich dringend benötigten Schlaf.

In seinem Zimmer mißbraucht Ian den mittels Magie unterworfenen Waffenknecht für eine nochmalige Kommunikation mit Charissa. »Er war in der Gruft«, teilt Ian ihr mit. »Er trägt das Zigeunerauge. Niemand außer mir hat's bemerkt.« — »Gut«, antwortet Charissa. »Dann begib dich in den Dom. Du weißt, was nunmehr dort deine Aufgabe ist.«

Ian löscht im Gedächtnis des Waffenknechts die Erinnerung an die Zwischenzeit und schickt ihn seiner Wege; danach schleicht er sich aus der Königsburg, um die erhaltenen Befehle auszuführen. Später trifft er in Charissas Gemächern ein und bleibt dort bis zum Morgen.

12. Kapitel

Am folgenden Morgen knöpfen sich die königlichen Kleiderkämmerer und ähnliches Personal Kelson vor, um ihn für die Krönung auszustaffieren. Der inzwischen völlig genesene Derry findet sich ein, um Morgan bei der Erledigung letzter Kleinigkeiten behilflich zu sein. Unterdessen hält Ian einen Kleiderkämmerer an und tauscht Morgans Amtskette gegen eine Kopie aus, die die Funktion hat, an Charissa Informationen zu übermitteln.

Duncan kommt und setzt Morgan davon in Kenntnis, daß er zum Königlichen Kämpen ernannt worden ist — eine große Ehre, die sich allerdings als recht gefährliche Sache erweisen kann, denn anläßlich der Krönung Kelsons muß mit Herausforderungen zu herkömmlichen Zweikämpfen, aber auch zu magischen Duellen gerechnet werden.

Kelson zeigt sich in seiner prunkvollen Krönungskleidung und gratuliert Morgan zu seinem neuen Titel. Der Prinz und Duncan begeben sich, um unter vier Augen zu sprechen, auf den Balkon, wo der Geistliche Kelson seiner Eignung zur Königswürde versichert und ihm die Beichte abnimmt.

Drinnen legt sich Morgan die Amtskette des Königlichen Kämpen um, ohne die geringste Ahnung davon zu haben, daß sie die Schattenwalküre über alles informiert, was er sagt oder tut.

Völlig fassungslos kommt Nigel und meldet, am frühen Morgen sei in der Königsgruft eine schreckliche Bluttat entdeckt worden. Im Laufe der Nacht hätte jemand Brions Grab geplündert, dem Toten die Juwelen gestohlen. Die beiden Wächter hätte man mit glatt durchschnittenen Kehlen aufgefunden, und Rogier sei gleichfalls tot, seine eigene Hand hielte den Dolch, der ihn tötete, und sein Gesicht zeige einen gräßlichen Ausdruck. Seine andere Faust umklammere ein vergoldetes Kruzifix. Es handele sich um Duncans Kruzifix.

13. Kapitel

Ehe Morgan, Kelson und Duncan irgendwie reagieren können, platzt auch schon wutschnaubend Jehana herein, sie ist außer sich wegen der Morde, denn Rogier war einer ihrer entfernteren Verwandten. Sie weiß bereits von der verhängnisvollen Entdeckung des Kruzifix und konfrontiert damit Duncan und Morgan. Ihr Zorn schlägt in kaltes Grausen um, als sie an Kelsons Ohr das Zigeunerauge glitzern sieht; sie weiß, daß es aus Brions Grab stammt.

»Scheusal!« schreit sie Kelson an. »Also schändest du

deines Vaters Grab und *mordest* sogar, um seine Macht erlangen zu können! Ach Kelson, sieh doch, wohin dieser unselige derynische Fluch dich gebracht hat!«

Sie verheißt, daß sie der Krönung fernbleiben will. Morgan begreift, daß es sinnlos ist, es gegenwärtig mit Erklärungen zu versuchen; er stellt ihr ein Ultimatum: Entweder nimmt Jehana an der Krönung teil, oder er, Morgan, wird sie einem Gedankensehen unterziehen, um herauszufinden, ob sie eine Deryni *ist*, wie er es von ihr vermutet. Jehana ist entsetzt, doch tut die Drohung ihre Wirkung: Jehana hat nämlich *tatsächlich* einen Verdacht, was ihre Abkunft betrifft, doch kann sie ihn nicht akzeptieren. Widerwillig sagt sie ihre Teilnahme zu, aber man wird sie unter Beobachtung halten müssen. Alles sammelt sich für die Prozession zum Dom.

Charissa hat die Reibereien in der Königsfamilie und ihrem Umfeld mit großem Interesse verfolgt und macht sich jetzt ebenfalls auf den Weg zum Dom. Unterwegs lenkt sie Ians Aufmerksamkeit auf die neue, potentielle Gefahr, die von Jehana droht. Außerdem durchdenkt sie ihre Pläne bezüglich Morgans und Kelsons — und des hinterlistigen Ians.

Kelsons Krönungsprozession erreicht den Dom. Die Teilnehmer belegen ihre Plätze, Derry hält auf einem Glockenturm Ausschau; drei Erzbischöfe geleiten Kelson in den Dom und fangen mit den Zeremonien an.

Kelson leistet seinen Krönungseid. Während man Kelson salbt, erscheint Derry mit der Nachricht, daß sich Charissa mit einer Gruppe Bewaffneter auf dem Herweg befindet. Die ranghöchsten Kirchenfürsten statten Kelson mit dem Ring aus Feuer und dem Zeremonienschwert des Reiches aus. Morgan tritt vor, um das Schwert in Empfang zu nehmen, und bei dieser Gelegenheit berührt Kelson das Greifensiegel Morgans, um auch die letzte im Ritualgedicht genannte Anforderung zu erfüllen.

Doch nichts geschieht. Morgans Greif ist nicht ›des

Beschützers Zeichen‹. Das Domportal wird mit einem Krachen aufgestoßen, und man sieht am Eingang Charissas Gestalt sich abzeichnen.

14. Kapitel

Während Morgan und Duncan in höchster Verzweiflung darüber nachdenken, welches andere Zeichen gemeint sein könnte, durchquert Charissa mit ihrem Anhang den Mittelgang des Kirchenschiffs. Sie untersagt die Fortsetzung des Krönungszeremoniells und fordert Kelson zum Kampf auf Leben oder Tod um die Herrschaft über Gwynedd heraus.

Kelson weiß, daß Charissa ihn zu einem magischen Duell verleiten will, jedoch verstellt er sich so, als ob er ihre Worte als Herausforderung zum traditionellen Zweikampf verstünde. Er schickt als seinen Kämpen Morgan vor, und Charissa nennt Ian als ihren Kämpen. Die zwei Kämpen fechten, bis Morgan endlich Ian eine tödliche Wunde zufügt. Mit letzter Kraft schleudert der sterbende Ian noch einen Dolch nach Morgan. Dessen verzauberte falsche Amtskette zieht sich um seinen Hals zusammen, so daß er nur schlecht ausweichen kann, und der Dolch verletzt ihn ernst an der Schulter. Morgan befreit sich von der Kette, aber das Unheil ist geschehen.

Das Duell hat keine Entscheidung herbeigeführt. Charissa erneuert ihre Herausforderung, verlangt ein magisches Duell nach uralter Magier-Tradition. Kelson zögert, und da greift Jehana ein.

Die gesamte magische Gewalt einer Vollderyni trifft Charissa, doch hat Jehana keine Kenntnisse in der Anwendung solcher Kräfte, sie läßt sich ausschließlich von der Verzweiflung einer Mutter leiten, die um jeden Preis ihr Kind beschützen will. Charissa hat mit einem solchen Verhalten gerechnet. Jehana kennt sich mit den eigenen Zauberkräften nicht aus, sie hat über sie keine ausreichende Kontrolle. Charissa versucht sie zu töten, doch gelingt es Morgan und Duncan, einen Teil ihrer mörderischen Kraft abzulenken. Das Ergebnis: Jehana wird zur Gefangenen eines Deryni-Kraftfelds, das nur durch Charissas Willen oder ihren Tod aufgehoben werden kann.

Charissa zeigt sich in höchstem Grade überlegen, sie verspottet Kelson: Will er endlich herabkommen und sich ihr zu ehrenhaftem Kampf stellen, oder muß sie zuschlagen und ihn ohne Kampf zerschmettern, wo er steht? Kelson kann sich unmöglich länger vor einer klaren Antwort drücken.

15. Kapitel

Kelsons Gedankengänge überschlagen sich. Er ist ein Halbderyni. Kann er diesen Vorteil irgendwie nutzen, um sich die Zauberkräfte anzueignen, die er jetzt so verzweifelt benötigt? Während er fieberhaft überlegt und dabei mit dem Finger am Ring aus Feuer reibt, fällt sein Blick auf den mit Mosaiken versehenen Marmorboden des Querschiffs, in dem Charissa auf seine Erwiderung wartet. Dort sind die Wahrzeichen zahlreicher Heiliger abgebildet, darunter auch — an der linken Seite — das Wappen St. Cambers, den man vor langem den *Defensor Hominum* nannte, den Beschützer der Menschheit. Kann sein Wappen ›des Beschützers Zeichen‹ (wie es im Ritualgedicht steht) sein?

Kelson greift zu einem allesentscheidenden Bluff. Um zu überleben, muß er sich nun so benehmen, als hätte er bereits Brions Zauberkräfte, sich jedoch darauf verlassen, daß er sie wirklich *erhält*, sobald er aufs Wappen des Heiligen tritt. Äußerlich ganz ruhig, nimmt Kelson Charissas Herausforderung an und schreitet auf sie zu. Duncan und der verletzte Morgan, die auf den Altarstufen zuschauen, erkennen das Risiko, das Kelson eingeht. Als der Jüngling sich auf das Wappen stellt, sieht man nicht, ob sich daraus etwas ergibt. Charissa beginnt einen Zauber, den Kelson beenden muß; und als Kelson zu diesem Zweck die Arme hebt, fängt rings um ihn die Luft zu knistern an. Tatsächlich ist die Magie-Übertragung endlich vervollständigt!

Das Duell nimmt seinen Lauf, wiederholt folgt Gegenzauber auf Zauber, die Duellanten versuchen gegenseitig ihre Schwächen herauszufinden. Morgan, dessen Körperkräfte schnell nachlassen, unternimmt einen Versuch, die derynische Heilkraft, die er am Vorabend bei Derry mit Erfolg eingesetzt hat, heute bei sich selbst anzuwenden.

Eine Zeitlang hält Kelson sich ganz gut. Dann aber beschwört Charissa eine Kreatur der Finsternis, gegen die Kelsons Zauberei anscheinend ohne Wirkung bleibt. Er probiert eine Zauberformel nach der anderen gegen sie aus, doch das Wesen bewegt sich immer näher auf ihn zu, heult und kreischt dabei höhnisch.

16. Kapitel

Als letzten Versuch raunt Kelson einen Zauberspruch und richtet den Zeigefinger auf das Ungeheuer. In diesem Moment fällt Sonnenschein durch ein hohes Buntglasfenster, wirft vor Kelsons Füßen einen Lichtkegel auf den Boden. Das Monster beachtet das Licht nicht — und als es hineingerät, zerstiebt es, indem es sich windet und vor Wut brüllt, in einer Qualmwolke.

Das ist die Wende, auf die Kelson gehofft hatte. Jetzt fordert er Charissa zur endgültigen Entscheidung heraus, zum Kampf bis zum Sieg innerhalb eines magischen Kreises, der erst durchlässig wird, wenn einer von ihnen beiden tot ist. Charissa ist einverstanden. Kelson besiegt die Schattenwalküre.

Durch Charissas Tod wird Jehana vom Zauberbann erlöst. Voller Ehrfurcht und mit wachsendem Stolz beobachtet sie, wie Kelson die Altarstufen ersteigt. Morgan, mittlerweile geheilt, tritt an seine Seite, und Duncan bringt Gwynedds Krone. Alle knien nieder, die drei Erzbischöfe heben die Krone über Kelsons Kopf und sprechen die Krönungsworte.

In den Augen der im Dom anwesenden Deryni sieht es allerdings so aus, als ob noch eine vierte Person die Krone hält — ein hochgewachsener, blonder Mann, der die leuchtend goldgelbe Kleidung des einstigen Deryni-Adels trägt. Und die Worte, die diese Erscheinung spricht, unterscheiden sich von denen der Bischöfe: Hier käme in Gestalt Kelson Haldanes zum erstenmal seit dreihundert Jahren zu guter Letzt wieder ein König gleichermaßen für Menschen wie Deryni auf den Thron.

Kelson wird gekrönt, die nur für Deryni sichtbare Erscheinung verschwindet, und Morgan tritt vor den frischgekrönten König, um niederzuknien und ihm zu huldigen. Andere Adelige folgen seinem Beispiel. Während sich das Gefolge zum Auszug aus dem Dom sammelt, scheint die Sonne ein zweites Mal durchs bunte Glas, ruft zu Kelsons Füßen einen Kreis vielfarbenen Lichts hervor. Die Zuschauer schweigen in furchtsamer Erwartung, weil das bunte Sonnenlicht vorhin den Tod gebracht hat. Doch Kelson stellt sich mit andeutungsweisem Lächeln gelassen in den Lichtkegel.

Diesmal verursacht das Licht keinen Tod. Der Lichtkegel bringt lediglich Kelsons Edelsteine zum Funkeln, gleißt auf seiner Krone mit der Helligkeit von hundert Sonnenaufgängen. Und dann verlassen er und seine treuen Freunde inmitten freudigen Jubels den Dom, damit sich Kelson dem Volk zeigen kann.

Genetische Grundlagen des Deryni-Erbguts

Der primäre genetische Faktor, der das reguläre derynische Erbgut bestimmt, ist eine einfache, geschlechtsgebundene Dominante, die mit dem X-Chromosom gekoppelt ist (bezeichnet als X'). Infolgedessen wird das Derynitum per se nicht von der väterlichen, sondern der mütterlichen Seite vererbt, und ein männliches Kind, das Deryni-Begabung aufweist, muß wenigstens eine heterozygote (X'X) Deryni-Mutter gehabt haben:

$$X'X - XY$$
$$X'Y$$

Damit ein Individuum über das volle Spektrum der Deryni-Fähigkeiten verfügt, ist nur ein X'-Faktor erforderlich; es besteht kein erkennbarer Unterschied zwischen den Kräftepotentialen von Deryni männlichen und weiblichen (X'Y und X'X) Geschlechts. Es ist jedoch sofort ersichtlich, daß es aufgrund der weiblichen Doppel-X-Konfiguration die Chance einer X'X'-Kombination gibt. Eine solche ›Doppel-Deryni‹, ein homozygoter weiblicher Deryni, besitzt aber keine größeren Kapazitäten als ihre heterozygoten Schwestern, weil der X'-Faktor keine Kulminationseigenschaften hat. Der einzige Vorteil einer homozygoten Deryni-Frau gegenüber einer heterozygoten Deryni-Frau ist darin zu sehen, daß *alle* ihre Kinder Deryni sind; doch nicht einmal das ist ein signifikanter Unterschied, weil der primäre genetische Faktor des Derynitums allem Anschein nach das X-Chromosom stärkt, das ihn befördert, so daß eine heterozygote Deryni ihren Kindern mit höherer Wahrscheinlichkeit das X'- als das X-Chromosom vererben wird. (X'-Eier sind robuster als X-Eier, ihre Befruchtung ist wahrscheinlicher.) Diese Bevorzugung des X'- statt des X-Chromosoms bei der Vererbung erklärt zum Teil das Überdauern der Deryni während der Zeit der schweren Verfolgungen. Die nachstehende Übersicht zeigt die wahrscheinlichen Resultate einer beliebigen Vermischung derynischen Erbguts.

YX--X'X	X'X--X'Y	XX--X'Y	X'X'--X'Y	X'X--XY
X'Y	X'Y	XX'	X'X	X'Y
X'X	X'X	XX'	X'X'	X'Y
(XX)	XX'	(XY)	X'Y	X'X
(XY)	(XY)	(XY)	X'Y	X'X

Es existiert ein zweiter, nur mit dem Y-Chromosom beförderter Deryni-Faktor, der bei Menschen die Vererbung derynischer Anlagen verursacht. (Diese Möglichkeit, wenn natürlich auch nicht die genetische Voraussetzung, dieses Phänomens entdeckten Mitte der 890er Camber von Culdi und Thys Thuryn.) Dieser Faktor ist, wenn er zum Tragen kommt, hinsichtlich der Kräftekapazität dem X'-Faktor völlig gleichrangig, wird aber naturgemäß nur väterlicherseits vererbt. Insofern muß eine männliche Person mit der Anlage zur Aneignung der Deryni-Kräfte zwangsläufig einen Vater mit der gleichen Veranlagung besessen haben; allerdings kann dieser Faktor, genauso wie der X'-Faktor, generationenlang zwar latent vorhanden gewesen, aber unerkannt geblieben sein. Der Y'-Faktor als solcher versieht ein männliches Kind nicht automatisch mit den Deryni-Kräften; vielmehr gestaltet sich deren Erwerb als schwieriger, langwieriger Prozeß, der durch vielfältige psychische und physiologische Faktoren gebremst oder beschleunigt werden kann. Bei den seltenen Individuen, die eine Anlage zur Aneignung von Deryni-Kräften zeigen, ohne daß sich eine Deryni-Elternschaft unmittelbar nachweisen läßt (zum Beispiel Sean Graf Derry), wird man feststellen können, daß diese Veranlagung auf einen lange dormanten Y'-Faktor zurückgeht, der unwissentlich durch mehrere Generationen weitervererbt worden ist. Wenn ein Träger eines derartigen Y'-Faktors (oder des X'-Faktors) nicht von einem echten Deryni erkannt, informiert und in der Nutzung seines Potentials unterrichtet wird, kann er sein Talent wahrscheinlich nie entdecken.

Auch ist das Potential zum Aneignen der Deryni-Kräfte keineswegs auf jeweils nur einen Träger zur selben Zeit in einer beliebigen Familie beschränkt, obwohl dies in den Königshäusern der Elf Königreiche allgemein angenommen wird. Vielleicht ist Nigel Haldane sich in gewissem Umfang der Wahrheit bewußt; er besitzt, so wie seine drei Söhne, den Y'-Faktor. Im Laufe der Zeit hat sich jedoch die Ansicht etabliert, jeweils nur ein Angehöriger eines Königsgeschlechts nach dem anderen könnte sich zum Gebrauch solcher Kräfte befähigen; ursprünglich hatte diese Behauptung wahrscheinlich den Zweck, bei einer akuten Frage der Thronfolge die Gefahr magischer Duelle zwischen etwaigen Rivalen zu minimieren. Daraus ist leicht ersichtlich, wie in einem Nebenzweig einer Familie, wie Nigels Familie einer werden wird, die Kenntnis, daß überhaupt ein entsprechendes Potential da ist, verlorengehen kann. Derry, ein Abkömmling eines alten, vornehmen Geschlechts, ist vermutlich durch solche Umstände an sein Potential gelangt, vielleicht ist es schon seit sieben oder acht Generationen weitervererbt worden. Und was eine Person bäuerlicher Herkunft wie Warin de Grey betrifft: Wer kann sagen, wie viele Könige ihre Samen ausgestreut und eine Linie potentieller Deryni gezeugt haben? Das *droit de seigneur* erklärt viele Unregelmäßigkeiten der Abstammung.

Die beiden Deryni-Faktoren X' und Y' existieren unabhängig voneinander, d.h., ein Individuum — wegen des Y'-Faktors zwangsläufig ein männliches — kann beide gleichzeitig haben. Aber auch in diesem Fall wirken die Deryni-Faktoren sich nicht kulminativ aus; folglich hat ein männlicher X'Y'-Deryni im Vergleich mit einem männlichen X'Y- oder XY'-Deryni keinen erkennbaren Vorteil. Allerdings ist es eindeutig möglich, daß der X'Y'-Deryni seine Kräfte mit größerer Effizienz anwenden kann, weil die durch den Y'-Faktor vermittelten Kräfte bereits voll funktional sind, er also ihren Gebrauch nicht erst lernen muß. (Dagegen muß ein X'Y-Deryni die Benutzung seiner Kräfte erlernen und kann sich daher im Nachteil befinden, wenn er keine regelrechte Ausbildung genossen hat.) Darum war Kelson, der die doppelprimäre Konfiguration X'Y' aufweist, von Anfang an ein vollwertiger, zum Gebrauch seiner Möglichkeiten befähigter Deryni, nachdem ihm die Kräfte seines Vaters rituell übertragen worden waren, obwohl er keinerlei ordnungsgemäßen Unterricht in ihrer Anwendung erfahren und von seinem X'-Erbgut nichts geahnt hatte. Auch Brion war durch das Kräfteübertragungsritual *seines* Vaters die sofortige und vollständige Nutzung seines Potentials ermöglicht worden. Jehana dagegen, wahrscheinlich eine X'X-Deryni, hatte nie gewagt, das ererbte Potential zu nutzen, und darum konnte sie von der geübten, starken Charissa, der Nachfahrin langer Generationen meisterhafter Deryni-Zauberer, leicht geschlagen werden.

Diese Untersuchung der genetischen Natur des Derynitums erhellt eine andere wichtige Tatsache: Daß der Mythos vom ›Halbderyni‹ (darunter wird eine Person verstanden, bei der nur ein Elternteil Deryni war) genau das und nicht mehr ist — ein Mythos. Da der X'-Faktor allein das gesamte Deryni-Erbe bestimmt, sind Deryni wie Morgan und Duncan, die nur derynische Mütter hatten, genauso Deryni wie Kelson, Charissa oder sonstige ›Vollderyni‹. Weil das Derynitum als Ganzes von lediglich einem Elternteil ererbt werden kann, ist jede Halbheit ausgeschlossen. Entweder ist jemand ein Deryni, oder er ist es nicht. Die primären Faktoren geben den Ausschlag.

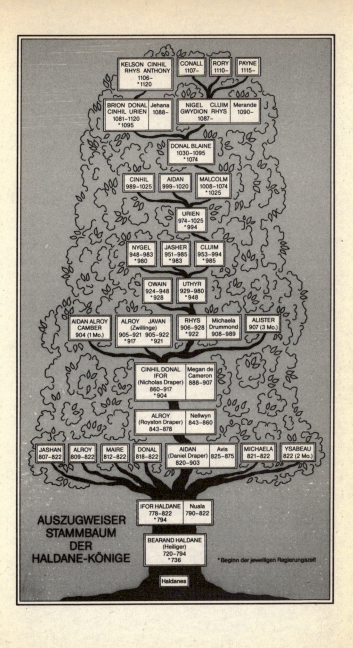

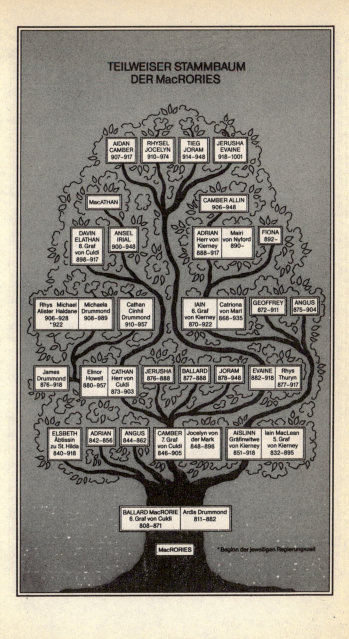

ARMAGEDDON
DAS STRATEGISCHE FANTASYSPIEL

♦ Fantasyschlachten auf dem Wohnzimmertisch: Quadrigen und Phalangen, Burgen und Belagerungsmaschinen, Fabelwesen und Zauberer, Feldschlachten und Seegefechte!

♦ Ein zügiges Brettspiel und zugleich raffinierte Simulation: 20 Jahre Ewiges Spiel auf MAGIRA garantieren hundertfach erprobte Regeln.

♦ Ein stufenweiser Aufbau ermöglicht das Spielen bereits nach den ersten zwei Regelseiten. Zu jeder Regel ein Beispiel und ein Szenario.

♦ 88 Seiten Regeln in 18 separaten Kapiteln, 8 Magirakarten, 1 qm Spielfläche, 521 Figuren auf Karton.

♦ Erweiterungen: Sechseck-Set; Das Ewige Spiel I–III

Beim EDFC gibt es außerdem:

♦ Das Fantasy-Rollenspielsystem ABENTEUER IN MAGIRA
♦ zwei regelmäßig erscheinende Zeitschriften mit Artikeln, Buchbesprechungen, Kurzgeschichten und Illustrationen
♦ die erste grundlegende und umfassende Abhandlung über Theorie und Geschichte der Fantasy von Dr. Helmut Pesch.
♦ Mitgliedsbeitrag: DM 40.- (Konto 139 79-856 beim Postgiroamt Nürnberg)

ERSTER DEUTSCHER FANTASY CLUB e.V.
D-8390 Passau   Postfach 1371

TERRY PRATCHETT
im Heyne-Taschenbuch

Ein Senkrechtstarter in der Fantasy-Literatur

»Der unmöglichste Fantasy-Zyklus aller möglichen Galaxien.«
PUBLISHERS WEEKLY

»Ein boshafter Spaß und ein Quell bizarren Vergnügens –
wie alle Romane von der Scheibenwelt.«
THE GUARDIAN

06/4583

06/4584

06/4706

06/4715

06/4764

WILHELM HEYNE VERLAG MÜNCHEN

Die großen Werke des Science Fiction-Bestsellerautors

Arthur C. Clarke

»Aufregend und lebendig, beobachtet mit dem scharfen Auge eines Experten, geschrieben mit der Hand eines Meisters.« (Kingsley Amis)

01/6680

01/6813

01/7709

01/7887

06/3259

Wilhelm Heyne Verlag München

HEYNE
SCIENCE FICTION
UND FANTASY

ELRIC VON MELNIBONÉ

Michael Moorcocks sechs Bände umfassender Zyklus vom Albinokönig aus der »Träumenden Stadt« und von den beiden schwarzen Zauberschwertern »Sturmbringer« und »Trauerklinge« gilt heute schon unbestritten als eines der großen klassischen Werke der Fantasy-Literatur.

**Die Sage vom
Ende der Zeit**

Der Elric-Zyklus:

Elric von Melniboné ·
Die See des Schicksals ·
Der Zauber des Weißen
Wolfs · Der verzauberte
Turm · Der Bann des
Schwarzen Schwerts ·
Sturmbringer

Heyne-Taschenbuch
06/4101

**Wilhelm Heyne Verlag
München**

JOHN BRUNNER

*Der erfolgreichste englische
Science Fiction-Autor, weltberühmt
durch seine Romane
„Schafe blicken auf" und „Morgenwelt"*

06/3617

06/4683

06/4665

06/4430

06/3750

06/4479

Wilhelm Heyne Verlag München

SUSAN DEXTER

ALLAIRE, der große Fantasy-Zyklus vom königlichen Zauberlehrling Tristan und seinem Kampf gegen Nímir, den Fürsten der Eishölle.

Ein Erlebnis für jeden Fantasy-Fan!

06/4614

06/4615

06/4616

Wilhelm Heyne Verlag
München

HEYNE FANTASY

Romane und Erzählungen internationaler Fantasy-Autoren im Heyne-Taschenbuch.

06/4706

06/4715

06/4478

06/4591

06/4699

06/4451

06/4671

06/4647